시체 읽는 남자

압도적 역사추리 소설

시체 읽는 남자

안토니오 가리도 지음 | 송병선 옮김

레드스톤

성장(省長)이 임명한 검시관은

신고를 받고 네 시간 이내

범죄 현장에 출두해야 한다.

이 의무를 지키지 않거나

자기 책임을 전가하거나

치명적인 상처를 발견하지 못하거나

혹은 그 상처를 잘못 판정하면,

무능한 관리로 선포되고

2년간 노비로 일해야 한다.

송나라 형법전서 『송형통(宋形統)』 제4조

〈판관의 의무에 관하여〉

프롤로그

1206년, 송나라
푸젠성
젠양구

샹은 목구멍으로 솟구치는 피를 맛보고서야 비로소 자기가 죽을 것
임을 알았다. 상처를 손으로 덮으려고 했지만, 이미 동공은 크게 열렸고
다리는 기운을 잃어 줄 끊어진 꼭두각시처럼 주저앉고 말았다. 살인자
의 이름을 외치고 싶었지만, 살인자가 천으로 입에 재갈을 물리는 바람
에 그럴 수가 없었다.

진흙탕에 무릎을 꿇고 마지막 숨을 쉬기 전에, 샹은 살갗에 따스한 빗
물을 느꼈고, 평생 함께했던 축축한 땅 냄새를 맡았다. 잠시 후 피범벅이
된 그는 진흙탕 위로 고꾸라졌고 그의 영혼은 그곳을 맴돌았다.

1부 ○ 참극의 시작

1

그날 새벽 송자(宋慈)는 형 루와 마주치지 않기 위해 일찍 일어났다. 눈이 절로 감겼지만, 여느 아침과 다름없이 논이 자기를 기다리고 있다는 것을 알았다.

그는 자리에서 일어나 이불을 갰다. 온 집안에 퍼져 있는 차 냄새를 맡을 수 있었다. 안방으로 들어가 어머니에게 문안 인사를 했다. 어머니는 미소를 숨기며 인사를 받았지만, 그는 그 미소를 알아채고 웃는 얼굴로 화답했다. 그는 셋째 여동생만큼 어머니를 사랑했다. 셋째보다 먼저 태어났던 첫째와 둘째는 유전병으로 어렸을 때 세상을 떠났다. 셋째 역시 병든 몸이지만 그래도 여태까지 살아있는 유일한 여동생이었다.

아침을 먹기 전 그는 작은 제단으로 향했다. 할아버지를 기리기 위해 창문 옆에 세워놓은 제단이었다. 그는 겉창을 열고 한껏 숨을 들이마셨다. 밖에서는 그날의 첫 아침햇살이 수줍게 안개 사이로 파고들고 있었다. 산들바람이 불어와 제단 화병에 꽂힌 국화를 살며시 흔들고 방안에서 점잖게 솟아오르던 향 연기를 휘저었다. 자는 눈을 감고 추도문을 외우려고 했지만, 〈할아버지, 우리를 린안으로 돌아가게 해주세요.〉라는 말밖에 생각나지 않았다.

그는 조부모가 살아있던 시절을 떠올렸다. 조그마한 시골동네는 그에게 세상의 전부였고, 네 살 많은 형 루는 그의 영웅이었다. 동네의 모든 아이들도 루를 우러러보았다. 루는 아버지가 들려주던 옛날이야기의 위대한 전사 같았다. 다른 아이들이 자의 과일을 훔치려고 할 때면 언제든지 자를 지켜주었고, 파렴치한 놈들이 여동생들을 희롱하려들면 그들을 쫓아버렸다. 루는 자에게 손과 발을 이용해 싸우는 법을 가르쳐주었다. 나룻배 사이에서 발장구를 치고, 잉어와 송어를 낚는 법을 알려주었다. 또 이웃집 여자아이들을 엿볼 수 있는 최고의 은신처를 알려주기도 했다.

그러나 나이를 먹으면서 루는 거만해졌다. 열다섯 살이 되자 그는 그 어느 때보다 힘이 세졌고 그 힘을 과시하기 시작했다. 싸움에서 승자가 되지 못한다면 그 어떤 능력도 우습게 여겼다. 그는 여자아이들 앞에서 으스대기 위해 고양이 사냥을 했고, 부엌에서 훔쳐온 술을 마셔댔다. 또 패거리 중에서 자기가 가장 힘센 사람이라고 떠벌렸다. 그는 너무나 자만한 나머지, 여자아이들의 비아냥거림조차 그에게 관심이 있어서 그러는 것이라고 생각했다. 실제로 여자아이들이 그를 피하고 있다는 사실을 깨닫지 못했다. 자는 자기의 우상이었던 루에게 점차 무관심해졌다.

그때까지는 심각한 문제가 없었다. 하지만 아버지가 수도인 린안으로 이사를 가겠다고 하자, 루는 강경하게 거부했다. 그는 당시 열여섯 살이었고 시골에서 행복하게 지내고 있었기에, 그곳을 떠나려고 하지 않았다.

그는 마을에 자기가 필요로 하는 모든 것이 있다고 고집을 피웠다. 논도 있고 허풍선이 친구들도 있으며, 다정하게 웃어주는 인근의 몇몇 창녀들도 있다고 말했다. 아버지가 부자간의 관계를 끊겠다고 엄포를 놓았지만, 루는 전혀 겁먹지 않았다. 그해 그들은 헤어졌다. 루는 마을에 남았고, 나머지 식구들은 보다 나은 미래를 위해 수도로 이사를 갔다.

처음에 린안에서의 생활은 몹시 힘들었다. 자는 매일 아침 동틀 녘에 일어나 여동생의 건강 상태를 확인했고, 아침식사를 준비했으며, 어머니가 시장에서 돌아올 때까지 여동생을 돌보았다. 학교에 가서 정오 때까지 수업을 듣고 나면 아버지가 일하는 도축장으로 달려가 바닥에 흩어져 있던 내장을 치우면서 일을 거들었다. 밤이 되면 부엌을 청소하고 조상들에게 바치는 기도를 한 후, 다음날 아침 학교에서 암송해야 할 성리학 책을 복습했다. 그렇게 몇 달이 지난 어느 날 아버지는 린안의 도청에서 회계원으로 일하게 되었다. 그 도시에서 가장 현명한 판관으로 손꼽는 펭이 그의 직속상관이었다.

그때부터 그들의 삶은 좋아지기 시작했다. 아버지가 버는 돈이 늘어났고, 자는 도축장 일을 그만두고 완전히 공부에 매진할 수 있었다. 그렇게 학교에서 4년을 공부하면서 뛰어난 성적을 받은 덕택에, 자는 펭판관의 부서에서 조수로 일하게 되었다. 처음에는 단순한 행정업무를 맡았지만 헌신적으로 일하는 모습이 판관의 관심을 끌었고, 판관은 열일곱 살 아이가 자신의 모든 것을 전수할 만한 사람이라는 것을 알아차렸다.

자는 판관의 기대를 저버리지 않았다. 몇 달이 지나자 그는 단순한 업무에서 벗어나 진술을 받아 적는 일을 거들기 시작했고, 용의자들을 심문하는 일에 참여하게 되었다. 또 사인이 의심스러워 펭이 검시해야 할 시체들을 잘 닦아 준비하는 기술자들을 돕게 되었다. 세심하고 솜씨 있는 일처리 덕분에, 그는 판관에게 없어서는 안 될 존재가 되어 점점 더 큰 일을 맡게 되었다. 자는 범죄 수사와 소송 관련 일을 돕게 되면서 수사의 기초를 배웠고, 동시에 해부학의 기초 지식을 습득했다.

자는 린안에 있는 국자학에 시간제로 등록하여 수업을 들었다. 2학년이 되자 펑판관의 권고에 따라 의대 예과 과정을 들었다. 판관에 따르면, 범죄를 밝힐 수 있는 증거가 상처에 숨겨져 있는 경우가 허다하다고 했다. 그것을 알아내기 위해서는 외과 의사처럼 그 상처들을 이해하고 연구해야만 했다.

모든 게 순조로웠다. 그런데 어느 날 밤 그의 할아버지가 갑자기 병으로 세상을 떠났다. 장례를 치른 후, 정해진 장례 절차에 따라 아버지는 회계원 일을 그만두고 주택도 넘겨주어야 했다. 도시에서 살 터전을 잃었으니 자의 소망과는 상관없이 가족은 고향으로 돌아가야 했다.

자는 고향에서 형 루를 만나고 그가 완전히 달라졌다는 것을 알아차렸다. 루는 직접 지은 새 집에 살면서 약간의 땅뙈기를 가지고 몇 명의 일꾼을 부리고 있었다. 그의 아버지가 문을 두드리자, 루는 먼저 사과하라고 요구했다. 사과를 받은 뒤에야 아버지를 집 안으로 들어오게 했고, 안방 대신 조그만 방 하나를 내주었다. 그는 자에게 무관심했다. 그러나 자가 더는 순종적인 개처럼 자신을 따르지 않고 책에만 관심을 보인다는 사실을 알게 되면서 자에게 모든 분노를 퍼부었다. 루는 남자의 진정한 용기는 무엇보다도 들판에서 드러난다고 주장했다. 책이나 그 어떤 공부도 쌀이나 일꾼들을 얻을 수 없다고 말했다. 루가 볼 때, 그의 동생은 스무 살이나 먹은 무용지물이자, 자기가 먹여 살려야 할 기생충에 불과했다. 그때부터 자의 삶은 허물어지게 되었다. 그는 형의 폭언을 참아야 했고, 마을을 증오하게 되었다.

자는 거실에서 루와 마주쳤다. 루는 어머니 옆에서 요란한 소리를 내면서 차를 마시고 있었다. 그는 동생을 보자마자 바닥에 침을 뱉고, 찻잔을 식탁 위에 기분 나쁘다는 듯이 내려놓았다. 아버지가 아직 방에서 나오지 않았는데도 그는 아무 말 없이 작은 꾸러미를 들고 나가버렸다.

"예절바르게 행동하는 법을 배워야 할 것 같아요." 자는 걸레로 형이 엎질러놓은 차를 닦으면서 투덜댔다.

"넌 형을 존경하는 법을 배워야 해. 어쨌든 우리가 형 집에서 살고 있으니까." 어머니는 대답했다. "든든한 가정은……."

〈예, 든든한 가정은 용감한 아버지와 신중한 어머니, 말 잘 듣는 아들과 사근사근한 딸이 있는 가정이죠.〉

그 누구도 그 말을 반복할 필요는 없었다. 이미 루가 매일 아침 그에게 상기시켜주었기 때문이다.

자기가 맡은 일은 아니었지만, 자는 식탁에 대나무 접시받침과 밥공기를 놓았다. 셋째가 병이 심해진 탓에 그는 여동생이 해야 할 일을 대신했다. 하지만 전혀 개의치 않았다. 그는 나무 그릇이 짝수가 되도록 정렬했고, 찻주전자의 입이 그 누구에게도 향하지 않도록 돌려놓았다. 식탁 한가운데에 미주(米酒)와 쌀죽을 놓았고, 그 옆에 잉어로 만든 완자를 놓았다. 그는 숯에 시커멓게 그을린 부엌과 금이 간 설거지통을 보았다. 사람이 사는 집이라기보다는 망가진 용광로처럼 보였다.

잠시 후 아버지가 절룩거리며 나타났다. 자는 가슴이 미어질 것 같은 슬픔을 느꼈다.

〈어떻게 저리도 늙으실 수가 있지?〉

자는 입술을 찡그리며 이를 악물었다. 아버지의 건강 상태는 셋째의 건강과 마찬가지로 악화일로에 치닫는 것 같았다. 아버지는 비틀거리며 걸었다. 시선은 아래를 향했고, 몇 올 없는 턱수염은 마치 다 해진 명주천 같았다. 자에게 체계적이고 참을성 있어야 한다고 가르쳤던 세심한 관리의 흔적만이 겨우 남아 있었다. 자는 생기를 잃은 아버지의 손을 유심히 쳐다보았다. 예전에는 정성들여 손을 다듬었지만, 이제는 거친 굳은살이 박여 있었다. 아버지도 흠잡을 데 없는 손톱과 그 손톱으로 법원 서류 뭉치들을 뒤적이며 검토했던 시절을 그리워할 것이라고 자는 생각했다.

아버지는 자의 부축을 받으며 식탁 머리에 웅크려 앉은 후, 나머지 식구들에게 앉아도 좋다는 손짓을 했다. 자가 자기 자리에 앉았고, 마지막으로 그의 어머니도 부엌과 가장 가까운 쪽에 자리를 잡고 앉았다. 어머니는 미주를 따라주었다. 셋째는 고열로 기운이 없어서 잠자리에서 일어나지 못했다. 일주일 내내 누워만 있었다.

"오늘 저녁 먹으러 올 거니?" 어머니가 자에게 물었다. "몇 달이 지났으니, 펭판관님이 너를 보면 좋아하실 것 같구나."

자는 이 세상의 그 어떤 것을 주더라도 펭판관과의 만남을 놓치고 싶지 않았다. 그의 아버지도 펭판관이 자를 다시 조수로 받아준다면 장례기간을 단축하고서라도 린안으로 돌아가려 마음먹고 있었다. 그것은 모두가 갈망하는 일이었다.

"형이 제게 물소를 새 경작지까지 올려 보내라고 했어요. 끝나면 앵두를 만나려고 했지만, 어쨌든 저녁 시간에 맞춰 올게요."

"네가 벌써 스무 살이라니……. 넌 그 아이한테 홀딱 반한 모양이구나." 아버지가 끼어들며 말했다. "그렇게 자주 만나면, 금세 싫증내게 될 거야."

"앵두는 이 마을에서 유일하게 내 마음에 드는 여자예요. 게다가 우리 혼인을 주선한 건 아버지시잖아요." 자는 대답을 하며 남은 음식을 다 먹었다.

"사탕절임을 가져가렴. 그 아가씨 주려고 만들었어." 어머니가 사탕절임을 건네주었다.

자는 그것을 챙겨 들고 자리에서 일어났다. 집을 나서기 전에 그는 고열로 뜨거워진 동생의 뺨에 입을 맞추고 머리카락을 다시 묶어주었다. 셋째는 눈을 깜빡거렸다. 자는 사탕절임을 꺼내 담요 아래 숨겼다.

"어머니 몰래 먹어." 자는 셋째에게 귀엣말로 말했다.

아이는 미소를 지었지만, 기운이 없어 아무 말도 할 수 없었다.

질척질척한 논에 비가 마구 쏟아졌다. 자는 흠뻑 젖은 셔츠를 벗고 양팔이 쇠처럼 단단해질 만큼 힘을 주었다. 힘줄과 근육에서 소리가 날 정도로 세게 채찍을 휘둘렀다. 물소는 아주 느리게 앞으로 나아갔다. 마치 어차피 이 이랑이 끝나면 다른 이랑을 갈아야 할 것이고, 그 이랑이 끝나면 또 다른 이랑이 기다리고 있다는 것을 아는 것 같았다. 자는 눈을 들어 물에 잠긴 푸른 논을 바라보았다.

형은 도랑을 파서 새 경작지로 물을 빼라고 지시했다. 그러나 논두렁에서 일하는 것은 몹시 힘든 작업이었다. 그의 논과 다른 사람의 논을 가르는 돌 두렁이 망가져 있었기 때문이다. 피로에 지친 자는 물에 잠긴 논을 바라보았다. 그는 채찍으로 물소를 철썩 내리쳤다. 물소가 진흙탕으로 들어갔다.

날이 3분의 1밖에 지나지 않았을 때, 쟁기가 무언가에 걸렸다.

"이런, 빌어먹을, 또 뿌리야." 그는 혼잣말로 신경질을 부렸다.

물소는 이마를 들고 고통을 이기지 못해 울부짖었다. 좀체 앞으로 나아가지 않았다. 막대기로 세게 때리자, 물소는 뿔을 흔들면서 매를 피하려고만 했다. 자는 물소를 뒷걸음치게 하려고 했지만, 쟁기가 반대편에 단단히 박힌 듯했다. 그는 체념한 듯이 물소를 쳐다보았다.

"몹시 아플 거야."

그는 물소의 입에서 쇠고리를 잡아 고삐를 당겼다. 물소는 앞으로 펄쩍 뛰었고, 쟁기는 삐걱 소리를 내며 움직였다. 자는 자기 손으로 뿌리를 파내는 것이 더 나을 거라고 생각했다.

〈쟁기를 부러뜨리면 형은 나를 죽도록 팰 거야.〉

그는 뒤엉킨 뿌리가 만져질 때까지 양손을 진흙탕 속으로 집어넣었다. 뿌리를 잡고 힘껏 잡아당겼지만 꿈쩍도 하지 않았다. 여러 번 시도해도 소용이 없자 물소 옆구리에 달려 있던 자루에서 날카로운 톱을 꺼내왔다. 자는 다시 무릎을 꿇고 물속에서 작업하기 시작했다. 두어 개의 잔뿌리를 뽑아내어 멀리 던져버렸고, 더 큰 뿌리는 톱으로 잘랐다. 그런데 가장 두꺼운 뿌리를 톱으로 자를 때, 손가락 하나가 제대로 말을 듣지 않는다는 것을 알아차렸다.

〈손가락을 베었나 보군.〉

아무런 통증도 느껴지지 않았지만 손을 들어 자세히 살펴보았다.

자에겐 이상한 병이 하나 있었다. 그가 태어날 때부터 지닌 저주였다. 어머니가 넘어지면서 냄비에서 끓고 있던 기름을 그에게 쏟았던 날 처음으로 그것을 알았다. 그가 네 살 때였다. 그때 그는 어머니가 따뜻한 물로 그를 씻겨줄 때와 똑같은 느낌을 받았다. 그러나 불에 그슬린 것 같은 살 냄새는 무언가 끔찍한 일이 벌어지고 있다는 것을 알려주었다. 그는 몸통과 팔에 상처를 입었고, 그 화상자국은 영원히 남게 되었다. 그날 이후 화상 자국을 볼 때마다 그는 자신의 몸이 다른 아이들과는 다르다는 사실을 떠올렸다. 고통을 느끼지 않는 것이 다행일 수도 있지만 그 어떤 상처도 나지 않도록 극도로 조심해야만 했다. 그는 매를 맞아도 고통을 느끼지 않았고, 피로로 야기된 고통도 거의 없었다. 그러다 보니 자는 기진맥진할 때까지 일을 할 수 있었다. 종종 육체의 한계를 넘어서기도 했다.

손은 피로 범벅이 되어 있었다. 엄청난 양의 피를 보고 놀란 그는 급히 달려가 천으로 피를 닦았다. 그러나 피를 닦고 나니, 베인 부분은 생각한 것과 달리 아주 작았다.

〈빌어먹을…… 이게 도대체 무슨 일이지?〉

그는 이상하게 여기면서 다시 논으로 돌아갔다. 논물은 붉게 물들고 있었다. 그는 고삐를 늦추어 쟁기를 떼어내고, 물소를 그곳에서 떨어져 있게 했다. 가만히 서서 벌게진 물을 쳐다보았다. 호흡이 가빠졌다. 빗물이 논물 위로 요란하게 떨어지면서, 다른 모든 소리를 잠재웠다.

뱃속이 오그라들고 관자놀이에서는 쿵쿵거리며 피가 흘러가는 느낌이 들었다. 가만히 떠나야겠다고 생각했지만, 애써 참았다. 그는 쟁기가 박힌 곳에 만들어진 조그만 구멍을 향해 천천히 다가갔다. 구멍에서 규칙적으로 거품이 솟아오르면서 빗방울과 뒤섞이는 것을 보았다. 천천히 양 다리를 벌려 무릎을 꿇었고, 진흙탕에서 끈끈한 거품이 솟아오르는 곳을 보았다. 얼굴을 물에 대듯이 다가갔지만, 피거품만 보일 뿐이었다. 얼굴을 더 가까이 대면, 피를 맛보게 될 것 같았다.

갑자기 무언가가 물밑에서 움직였다. 화들짝 놀라 급히 얼굴을 들었다. 하지만 곧 작은 잉어일 뿐이라는 걸 알고 안도의 한숨을 내쉬었다.

〈염병할 것.〉

그는 일어나서 놀란 가슴을 진정시키려고 했다. 그때 또 다른 잉어가 보였다. 이번에는 주둥이에 살점을 물고 있었다.

〈이게 도대체 무슨 일이지?〉

그는 뒷걸음치려고 했지만, 발을 헛딛는 바람에 진흙과 피와 오물의 소용돌이 속에 넘어지고 말았다. 얼굴이 한 줌의 뿌리와 부딪치는 것을 느끼는 순간, 자기도 모르게 눈을 떴다. 눈앞에 나타난 것을 보고는 심장이 멎는 듯했다. 그의 앞에는 입에 재갈이 물린 채 잘린 남자의 머리가 벼 사이로 떠다니고 있었다.

그는 목이 쉴 때까지 소리를 질렀지만, 아무도 오지 않았다.

잠시 후 그는 그 땅이 오랫동안 버려져 있었으며, 농부들은 산 반대편의 논에서 주로 일한다는 것을 떠올렸다. 쟁기에서 몇 발짝 떨어진 곳에 앉아 주변을 둘러보았다. 어느 정도 마음이 진정되자, 그는 물소를 버려두고 내려가 도움을 청하는 것이 어떨까 생각했다. 또 다른 대안은 그의 형이 올 때까지 논에서 기다리는 것이었다.

그 어떤 방법도 그리 탐탁지 않았지만, 자는 루가 곧 올 테니 기다리는 편이 낫겠다고 생각했다. 그곳은 온갖 도둑과 불량배가 들끓는 곳이었고, 온전한 물소 한 마리는 인간의 잘린 머리보다 수천 배의 가치가 있었다.

기다리는 동안 그는 뿌리를 자르는 일을 마치고 쟁기를 꺼냈다. 쟁기는 다행히 아무런 해도 입지 않았다. 그나마 다행스러운 일이었다. 그는 다시 쟁기를 논에 박고 일을 시작했다. 다른 생각을 하려고 했지만, 머릿속에는 〈등을 돌린다고 문제가 해결되지는 않아.〉라는 말만 메아리쳤다. 아버지가 때때로 그에게 해주던 말이었다.

〈그래, 하지만 이건 내 문제가 아니야.〉 자는 마음속으로 생각했다.

그는 이랑 두 개를 더 갈았다. 하지만 결국 물소를 멈춰 세운 채 잘린 머리가 있는 곳으로 되돌아갔다.

잠시 그는 물 위에서 흔들거리고 있는 머리를 조심스럽게 쳐다보았다. 조금 더 가까이 다가가 자세히 살폈다. 뺨은 마치 분에 못 이겨 짓밟은 것처럼 움푹 꺼져 있었다. 시퍼렇게 멍든 피부 위로는 잉어가 물어뜯어 찢어진 상처도 있었다. 부풀어 열려 있는 눈꺼풀과 호흡기관 옆에 매달린 피 묻은 살점…… 그리고 반쯤 열린 입 밖으로 나와 있는 이상한 천 조각이 보였다.

그처럼 기괴하고 끔찍한 것은 이제까지 본 적이 없었다. 그는 눈을 감고 토했다. 그때 갑자기 그 얼굴이 누구인지 떠올랐다. 잘린 머리는 노인 샹의 것이었다. 그가 사랑하는 여인 앵두의 아버지였다.

제정신으로 돌아오자, 그는 이빨 사이로 삐져나온 천 때문에 부자연스럽게 벌려진 시체의 입을 주의 깊게 바라보았다. 조심스럽게 천 끝을 잡아당겼다. 마치 실꾸리에서 실이 풀리듯, 천이 조금씩 나왔다. 그는 그

천을 소매 안에 넣고 입을 닫아주려고 했지만, 탈구되어 있어서 그렇게 할 수 없었다. 다시 그는 구역질을 했다.

자는 흙탕물로 얼굴을 닦았다. 그러고 나서 갈아놓은 논으로 되돌아가 샹의 나머지 몸을 찾았다. 정오경에 농지의 오른쪽 끝, 그러니까 물소가 옴짝달싹 못하던 곳에서 한참 떨어진 데서 그것을 발견했다. 시체 몸통에는 아직도 그가 훌륭한 사람이라는 것을 보여주는 노란 허리띠 장식이 매여 있었다. 다섯 개의 단추가 달린 그의 겉옷도 보였다.

그는 도저히 논을 갈 수 없었다. 돌 두렁에 앉아 처형된 범죄자의 시체처럼 진흙탕 위에 버려진 불쌍한 샹의 잘린 몸을 보았다.

〈이걸 앵두에게 어떻게 설명해야 할까?〉

그는 도대체 어떤 잔인하고 포악무도한 놈이 샹처럼 가족에게 헌신하고 예의를 지키며 정직하고 공손한 사람의 목을 베어버린 것인지 생각했다. 그런 범죄를 저지른 괴물은 이 세상에 목숨을 부지할 가치도 없는 놈이다.

늦은 오후, 형 루가 논에 도착했다. 함께 온 세 명의 일꾼은 모두 볍씨를 들고 있었다. 자는 물소를 놔두고 형에게 달려갔다. 형이 있는 곳에 이르자 그는 고개를 숙여 인사했다.

"형! 믿을 수 없는 일이 일어났어……." 그의 가슴이 마구 뛰었다.

"그게 무슨 소리야? 지금 내 눈으로 분명하게 보고 있는데." 루는 아직도 갈지 않은 논을 가리키며 고함쳤다.

"내가……." 그가 말을 꺼내기도 전에 형은 그의 얼굴을 후려쳤다. 자는 진흙탕에 쓰러졌다.

"빌어먹을 게으름뱅이!" 루가 침을 뱉었다. "이런데도 언제까지 네가 다른 사람들보다 낫다고 생각할 거야?"

자는 상처 입은 눈썹에서 뿜어 나오는 피를 손으로 닦았다. 형이 그를 때린 것은 처음이 아니었다. 그러나 루는 형이었고, 형에게 대들 수는 없었다. 그는 부은 눈꺼풀을 간신히 뜬 채 사과했다.

"미안해, 형. 일이 늦어진 건……."

루가 그를 밀어버렸다.

"섬세하고 나약한 학생은 농사일 따위는 할 수 없다는 말이냐?" 그러면서 루는 다시 자를 난폭하게 밀어젖혔다. "벼가 스스로 심어진다고 생각하는 모양이지?" 그가 또다시 사를 밀어 진흙탕에 고꾸라뜨렸다. "등골이 부러지도록 일하는 형이 있어서 괜찮다고 생각하는 모양이지?"

루는 자가 일어나는 걸 보면서 바지에 손을 닦았다.

"시체를…… 보았어……."

루가 눈을 치켜떴다.

"시체라고? 지금 무슨 소리를 하는 거야?"

"저기…… 돌 두렁에서……."

루는 몇 마리의 까마귀가 땅에서 무언가를 쪼아 먹고 있는 곳으로 고개를 돌렸다. 그는 지팡이를 움켜잡은 채 자가 가리킨 곳으로 걸어갔다. 잘린 머리가 있는 곳에 도착했을 때, 그는 발로 머리를 밀어 움직였다.

"빌어먹을! 이걸 여기서 발견했단 말이야!" 그는 그 머리의 머리카락을 잡고 역겹다는 듯 흔들었다. "유학자의 수염을 하고 있잖아! 아니, 이건 샹이네! 그럼 나머지 몸은?"

"반대편에…… 쟁기 옆에."

루는 입술을 일그러뜨리고 일꾼들을 쳐다보았다.

"너희 둘, 어서 가서 수습하지 않고 뭘 기다려? 너는 볍씨를 비우고 그 바구니 안에 머리를 집어넣어. 빌어먹을! 염병할! 마을로 돌아가자."

자는 물소에게 다가가 쟁기를 풀어주었다.

"넌 지금 뭐하는 거야?" 루가 소리쳤다.

"마을로 돌아가자고 말했잖아……."

"우리만 돌아가겠다는 말이야." 그가 침을 뱉었다. "넌 네 일을 다 끝내고 돌아와."

2

그날 오후 내내 자는 물소가 비틀거리며 엉덩이로 내뿜는 악취를 견디면서 보냈다. 그는 샹이 무슨 죄를 지었기에 목이 잘리게 되었는지 곰곰이 생각했다. 그가 알고 있는 한에서, 샹은 적도 없고 누구에게 원한 살 사람도 아니었다. 사실 그에게 있어 최악의 일은 너무 많은 딸을 낳았다는 것이다. 딸들을 위해 혼인지참금을 모아야 했으므로 노새처럼 쉬지 않고 일해야 했다. 이것 말고는 샹은 항상 정직하고 존경받는 사람이었다.

시간이 어느 정도나 되었는지 하늘을 올려다보았을 때, 해는 이미 모습을 숨기고 있었다.

루는 논을 다 갈고 나선 시커먼 진흙 더미를 뿌리라고 지시했다. 자는 인분과 진흙, 그리고 재와 지푸라기를 뒤섞어 만든 거름을 삽으로 떠서 뿌렸다. 그는 물소에게 회초리를 후려쳤고, 물소는 그런 일에 능숙하지 않은 양 느릿느릿 뒷걸음쳤다. 일을 끝내고 자는 물소의 등에 올라타고 마을로 돌아가는 길을 잡았다.

마을로 내려가는 길에서 자는 샹의 시체와 그가 린안에 있을 때 보았던 피해자들을 비교하면서 어떤 유사성이 있는지 생각했다. 린안에 체류할 당시, 그는 펑판관과 함께 수많은 폭력사건을 조사했다. 몇몇 교파들이 종교의식을 치른다면서 자행한 잔인무도한 범죄도 목격했지만, 이토록 잔인하게 절단된 시체는 본 적이 없었다. 다행히 지금 펑판관은 마을에 있다. 자는 그가 틀림없이 살인범을 찾아낼 것이라고 생각했다.

집에 들어가자마자 아버지는 왜 늦었느냐고 꾸짖었다. 펑판관은 이미 도착해서 그를 기다리고 있었다. 자는 공손히 가슴에 두 손을 모으며 손님에게 고개를 숙였지만, 펑은 그에게 사과를 하지 못하게 했다.

"맙소사!" 판관은 점잖게 웃었다. "자네는 여기서 무엇을 먹는 거지? 작년만 해도 애송이처럼 보였는데!"

자는 미처 의식하지 못했지만, 그건 사실이었다. 이제 그는 린안의 홀쭉한 소년이 아니었다. 논에서 일하는 동안 병약했던 몸은 근육질이 되었고, 가느다란 근육은 마치 굳게 얽힌 갈대 다발 같았다. 자는 수줍게 미소를 지으며 펑판관을 쳐다보았다. 늙은 판관은 거의 바뀐 것이 없었다. 잔주름만 몇 개 있는 진지한 얼굴은 정성들여 다듬은 그의 하얀 콧수염과 대조를 이뤘고, 머리에는 신분을 나타나는 명주 모자를 쓰고 있었다.

"존경하는 펑판관님." 자가 인사했다. "늦어서 죄송합니다. 그런데……"

"괜찮네." 펭이 말을 끊었다. "자, 어서 들어오게. 흠뻑 젖었군."

자는 방에서 화사한 빨간 종이로 포장한 조그만 상자를 가지고 나왔다. 한 달 전, 펭이 방문할 것이라는 소식을 알게 된 때부터 이 순간을 기다렸다. 평소처럼 펭은 선물을 세 번 거절한 끝에 받았다.

"이렇게 신경 쓰지 않아도 되네." 그는 상자를 열어보지도 않고 보관했다. 만일 열어보았다면 선물 그 자체보다 내용이 더 중요하다는 것을 의미했을 것이기 때문이다.

"많이 컸습니다. 하지만 보시다시피 아직도 무책임합니다." 자의 아버지가 말했다.

자는 말을 더듬었다. 방문 목적과 다른 문제로 손님을 난처하게 만드는 것은 예의에 어긋나는 일이었지만, 살인사건은 그 어떤 예절보다도 중요했다. 그는 판관이 이해할 것이라고 생각했다.

"실례를 범해 죄송합니다. 그런데 아주 끔찍한 소식을 전해드려야 할 것 같습니다. 샹이 살해되었어요! 목이 잘렸습니다!"

아버지가 심각한 표정으로 그를 쳐다보았다.

"그래, 네 형이 이미 이야기해서 알고 있다. 이제 자리에 앉아 저녁을 먹자. 손님을 더 기다리게 해서는 안 된다."

자는 아버지와 펭판관이 이 사건을 너무 냉정하게 받아들이는 것에 화가 치밀었다. 샹은 아버지의 가장 친한 친구였다. 그런데 그와 판관은 마치 아무 일도 없었던 것처럼 저녁식사를 했다. 자도 그들처럼 식사를 했지만 씁쓸한 느낌은 숨길 수 없었다. 아버지가 그걸 눈치 챘다.

"그런 표정 짓지 마라. 어쨌든 우리가 할 수 있는 일은 거의 없다." 아버지가 말했다. "루는 샹의 시체를 관청으로 이송했고, 그의 가족은 이미 장례를 준비하고 있다. 게다가 이 지역에서는 펭판관님에게 재판권이 없다는 걸 너도 알고 있지 않느냐. 우리는 이 사건을 담당할 판관이 오기만을 기다리는 수밖에 없다."

자도 알고 있었다. 하지만 이미 살인범이 종적을 감추었을지 모른다. 자는 아버지의 차분한 태도에 화가 치밀었다. 다행히 펭판관이 그의 생각을 읽은 것 같았다.

"걱정하지 말게." 판관이 그를 안심시켰다. "내가 이미 가족들과 이야기했네. 내일 내가 시체를 살펴보러 갈 것이네."

비가 석판 지붕을 강하게 때렸다. 여름이 되면 때로 태풍이 홍수를 불러와 사람들을 놀라게 했다. 그런데 그날은 루 때문에 놀라고 말았다. 그는 눈은 시뻘개져서 흠뻑 젖은 채 술 냄새를 풍기며 나타났다. 들어오자마자 커다란 궤와 부딪쳤고 바닥에 요란한 소리를 내며 쓰러졌다. 그러나 자리에서 일어나면서 마치 그 궤가 잘못해서 넘어진 것처럼 궤를 발로 걷어찼다. 그는 판관에게 말도 안 되는 소리를 중얼대며 인사한 후 곧장 자기 방으로 들어갔다.

"이제 떠날 시간이 된 것 같군요." 펭판관이 수염을 닦으면서 말했다. "우리가 논의한 것을 잘 생각하기 바랍니다." 그는 자의 아버지에게 말했다. 그러더니 자에게 고개를 돌려 말했다. "자네는 내일 용(龍)시[1]에 내가 묵고 있는 이 지역 수령의 집으로 오게."

펭판관이 떠나자마자 자는 아버지의 얼굴을 뚫어지게 쳐다보았다. 그의 심장은 뛰고 있었다.

---

1 용(龍)시 : 아침 7시부터 9시.

"우리가 돌아간다고 말하셨어요?" 그는 용기를 내서 물었다. 그는 자기도 모르게 손으로 식탁을 탁탁 치고 있었다.

"앉아라, 아들아. 차 한 잔 더 하지 않을래?"

아버지는 자기 잔에 찻물을 가득 채우고 나서 아들의 잔에 찻물을 부어주었다. 그는 슬픈 표정으로 아들을 쳐다보고 시선을 아래로 떨구었다.

"미안하구나, 얘야. 네가 얼마나 린안으로 돌아가고 싶어 하는지 잘 알고 있다……." 그는 소리를 내며 차를 한 모금 마셨다. "하지만 일이 계획대로 되지 않을 때도 종종 있단다."

자는 찻잔을 들다 멈추었다.

"무슨 말씀인지 모르겠어요! 무슨 일이 있었나요? 혹시 펭판관님이 자리가 없다고 하셨나요?"

"아니다, 제안하셨다." 아버지는 다시 천천히 한 모금을 마셨다.

"그런데요?" 자가 자리에서 일어났다.

"앉아라."

"그런데 아버지…… 아버지께서 약속하셨고…… 말씀하셨어요……."

"앉으라고 하지 않았느냐!" 아버지가 목소리를 높였다.

자는 아버지 말에 복종했다. 그의 눈에는 눈물이 괴고 있었다. 아버지는 다시 찻물이 넘칠 때까지 잔에 부었다. 자는 흘러내린 찻물을 닦으려고 했지만, 그의 아버지가 막았다.

"이것 보거라, 자야. 네가 이해할 수 없는 상황들이……."

자는 자기가 이해해야 할 것이 무엇인지 알지 못했다. 형 루가 매일 퍼붓는 경멸의 말을 참고 견뎌야 한단 말인가? 린안의 국자학을 졸업하면 밝은 미래가 기다리고 있는데, 그걸 포기하란 말인가?

"그럼 우리 계획은 어떻게 되는 겁니까, 아버지? 우리의 계획은……."

아버지가 용수철처럼 벌떡 일어나면서 그의 뺨을 후려갈기는 바람에 말을 이을 수 없었다. 아버지의 목소리는 떨리고 있었지만, 눈은 불길을 내뿜고 있었다.

"우리 계획이라니? 언제부터 아들이 계획을 갖고 있었느냐?" 아버지가 소리쳤다. "우리는 여기에, 네 형 집에 남을 것이다! 내가 죽을 때까지 그럴 것이야!"

아버지가 자리를 떠나는 동안, 자는 아무 말도 하지 못했다. 순간적으로 악의에 찬 분노가 일었다.

〈그럼 병든 당신 딸은? 죽어도 상관없다는 말인가요?〉

자는 찻잔을 치우고 동생과 함께 쓰고 있는 방으로 갔다.

잠자리에 누웠지만 관자놀이에서 피가 콸콸 흘러가는 것이 느껴졌다. 고향으로 돌아온 날부터 지금까지 그는 린안으로 돌아가는 꿈을 꾸었다. 매일 밤 눈을 감고 린안에서 지내던 옛 생활을 떠올렸다. 그는 지식경연 대회에서 학교 동료들과 경쟁하며 종종 1등을 차지하던 때를 기억했다. 그가 존경해마지 않는 엄하고 책임감 강한 교수들도 생각했다. 펭판관의 서류 보조원으로 임명되던 날을 떠올렸다. 그는 펭판관처럼 되기를 염원했고, 언젠가 과거에 응시하여 형부의 한 자리를 얻을 수 있기를 간절히 소망했다. 수년 간 시도했지만 결국 하급 공무원 자리에 그친 아버지처럼 되고 싶지는 않았다.

그는 왜 아버지가 돌아가려고 하지 않는 것일까 생각했다. 아버지는 자가 그토록 원하던 자리를 펭판관이 제안했다고 확인해주었다. 그런데 하루아침에 아무런 이유도 없이 갑자기 의견을 바꾸었다. 할아버지 때문일까? 하지만 린안에 가서도 계속 장례 의식을 치를 수 있다.

셋째의 기침 소리에 놀라 몸을 돌렸다. 동생은 그의 옆에서 몸을 떨며 선잠을 자고 있었다. 그는 힘들게 숨을 내쉬는 아이의 머리카락을 다정하게 매만져주며 안타까워했다. 셋째는 첫째나 둘째보다 더 강했다. 일곱 살이 되었는데도 살아있기 때문이다. 그러나 열 살을 넘기지는 못할 것이다. 그래도 린안에 가면 최소한 적절한 치료는 받을 수 있을 것이다.

자는 눈을 감고 다시 몸을 돌렸다. 앵두를 생각했다. 과거에 합격하면 혼인할 여자였다. 그녀는 지금 아버지의 죽음으로 혼비백산해 있을 것이 분명했다. 이 일이 그들의 관계에 어떤 영향을 줄 것인지 생각했다. 그러다 갑자기 그토록 이기적인 생각을 하는 자신이 역겨워졌다. 숨이 막히는 것 같아 단추를 풀었다. 상의를 벗고 나니 불쌍한 샹의 입에서 흘러나온 피 묻은 천을 그제야 발견했다. 그는 놀란 마음으로 다시 그것을 보다가 돌베개 옆에 두었다.

수령 바오파오의 집에 도착했을 때는 이미 날이 밝아오고 있었다.

자는 주랑 아래서 펑판관을 보았다. 그는 명주 모자와 잘 어울리는 새까만 겉옷을 입고 있었다. 자는 예의를 차려 인사했다.

"나는 대충만 살펴볼 것이네. 그러니 호들갑 떨지 말게. 그런 얼굴로 나를 쳐다보지 말게나." 펑판관은 자가 실망하는 것을 확인하고 다시 덧붙였다. "여기는 내 관할구역이 아니고, 자네도 최근에 내가 범죄 해결이 아닌 다른 일을 맡고 있다는 것을 알고 있잖은가. 하지만 너무 걱정하지 말게. 이곳은 조그만 마을이네. 살인자를 찾는 것은 신발에서 자갈을 꺼내는 것처럼 쉬운 일일 거야."

자는 판관을 따라 별채로 갔다. 그곳에는 펭의 하인이 보초를 서고 있었다. 몽고인처럼 보이는 말 없는 사람이었다. 별채 안에는 수령 바오파오가 샹의 아내와 아들을 함께 불러다놓고 그를 기다리고 있었다. 샹의 시체를 보자 자는 갑자기 구역질이 나올 것 같았다. 샹의 가족은 마치 샹이 아직도 살아 있는 것처럼 시체를 나무의자에 앉혀 놓았다. 몸은 똑바로 세워져 있었고, 머리는 가는 갈대로 목에 꿰매어 달아놓았다. 몸을 씻기고 향을 뿌려 옷을 입혔지만, 시체는 피로 범벅된 허수아비처럼 보였다. 펭판관은 가족에게 조의를 표하고 나서 시체를 살펴봐도 좋겠느냐며 허락을 구했다.

"자, 네가 해야 할 일을 기억하고 있겠지?" 그는 자에게 물었다.

자는 완벽하게 기억하고 있었다. 그는 자루에서 둘둘 만 큰 종이 한 장과 벼루, 그리고 가장 좋은 붓을 한 필 꺼냈다. 그는 시체 옆 바닥에 앉았다. 펭은 시체에 다가가면서 시체를 이미 씻긴 것이 유감이라고 말하고 작업을 시작했다.

"나 판관 펭은 개회(開禧) 2년 6월 22일, 관련 가족의 허락을 받아 젠양 구의 현령이 임명하게 될 판관이 실시할 공식적인 조사를 도와줄 사전조사를 실시합니다. 망자의 장남인 리쳉과 아내 리 부인, 그리고 다른 아들들인 제와 신, 그리고 이 마을의 수령인 바오파오와 이 사건의 증인인 제 조수 자가 보는 앞에서 실시합니다."

자는 펭이 구술한 것을 큰 소리로 반복하면서 받아썼다. 펭판관이 계속해서 말했다.

"고인의 이름은 리샹으로 리씨의 후손입니다. 장남의 말에 따르면, 고인의 나이는 죽을 당시 쉰여덟 살이었고, 회계원이자 농부였고 목수였으며, 마지막으로 모습을 보인 것은 지금 이곳 바오파오의 사저에서 일을 본 다음인 이틀 전 정오였습니다. 그의 아들은 고인이 나이나 계절에 따른 질병 이외에는 그 어떤 질병도 앓지 않았으며, 원한을 가진 사람도 없다고 말합니다."

펭은 장남을 쳐다보았다. 그는 급히 자료를 확인했다. 펭은 불만스러운 손짓을 하면서 계속 구술했다.

"가족들의 무지로 시체를 씻겨 옷을 입혔습니다. 가족들은 시체가 인도되었을 때 머리가 몸통에서 잘려 끔찍한 것 이외에는 다른 상처를 보지 못했으며, 의심의 여지없이 그것이 그의 목숨을 앗아간 이유라고 확인해주고 있습니다. 입이 과도하게 벌려진 상태이며……." 그는 입을 닫으려고 했지만 그럴 수 없었다. "턱은 경직된 상태입니다."

"옷을 벗기지 않을 겁니까?" 자가 의아해하며 물었다.

"필요 없을 것이네." 펭은 손을 뻗어 목의 잘린 부분을 만졌다. 그는 자에게 그것을 가리키면서 대답을 기다렸다.

"이중 절단입니까?" 자가 펭판관의 의견을 물었다.

"그렇다네……. 마치 돼지들 목을 자를 때처럼……."

자는 진흙이 떨어져 나간 상처를 꼼꼼하게 살폈다. 실제로 앞부분에, 그러니까 목젖이 있던 자리 아래로 돼지들의 피를 뽑기 위해 사용하는 것과 비슷한 흔적이 있었다. 깨끗하게 수평으로 벤 자리였지만, 도축장에서 사용하는 톱을 사용한 것처럼 조그만 이빨 상처가 주변으로 점점 커져 있었다. 그가 더 말하려고 할 때, 펭은 자에게 시체 발견 상황을 이야기해달라고 요청했다. 자는 기억할 수 있는 한도 내에서 자세하게 말했다. 그가 말을 마치자, 판관은 심각한 표정으로 그를 쳐다보았다.

"그럼 천은?"

"천이라고요?"

〈이런 바보 같으니라고! 어떻게 그걸 잊어버릴 수 있지?〉

"나를 실망시키는군, 자. 자네가 하지 않던 짓을 했군……." 판관은 잠시 침묵을 지켰다. "자네도 알고 있겠지만 열린 입은 도움을 청하거나 고통의 비명을 지를 때와 다르네. 그런 경우라면 사망 이후에 근육 이완으로 닫혀졌을 것이네. 결론적으로 말하면, 죽기 전이나 죽은 직후에 어떤 물건을 입안에 넣었을 것이고, 근육이 조여 왔을 때까지도 그렇게 있었던 것이지. 그 물건의 유형에 관해서는 아마도 그의 치아 사이에 남아 있는 피 묻은 실로 판단하건대, 일종의 아마천일 것이라고 추정하네."

펑의 꾸지람에 자는 마음이 아팠다. 1년 전만 하더라도 그런 실수를 범하지 않았을 테지만, 실습 부족으로 이제는 멍청이가 되어버렸다. 그는 입술을 깨물며 자기 소매 속을 뒤졌다.

"판관님에게 드려야겠다고 생각했습니다." 그는 조심스럽게 접은 천 조각을 내밀었다.

펑은 자세히 살폈다. 천은 회색이었고 여러 군데에 피가 마른 흔적이 있었다. 크기는 머리에 쓰는 보자기 정도였다. 판관은 그것을 증거물로 표시했다.

"초검 검시서 작성을 마치고 내 도장을 찍게. 그리고 곧 도착할 판관에게 줄 사본을 한 부 작성하게."

펑은 참석자들과 인사하고 별채를 떠났다. 다시 비가 내렸다. 자는 서둘러 그를 따라가 숙소 입구에서 펑에게 말을 걸었다.

"서류들은……."

"저기 내 침상 옆에 있는 탁자에 놓도록 하게."

"펭판관님, 저는……."

"너무 걱정하지 말게, 자. 자네 나이 때에 나는 커다란 활에 맞아 죽은 사람과 교수형 당한 사람도 구별하지 못했다네."

그 말은 자에게 위로가 되지 못했다. 그것이 사실이 아니라는 것을 알고 있었기 때문이다.

자는 서류를 정리하는 펭판관을 바라보았다. 그는 펭이 지닌 지혜와 고귀한 성품, 그리고 지식을 갖고자 열망했다. 그는 펭에게 배웠고 계속 스승으로 모시고 싶었지만, 이 조그만 농촌 마을에 처박혀 있는 한 결코 그럴 기회는 오지 않을 것이다. 펭이 서류를 다 챙겼을 때 자는 아버지가 과거의 직책으로 돌아갈 수 있느냐고 물었다. 하지만 판관은 체념한 듯이 고개를 가로저었다.

"그건 자네 아버지와 나와의 문제네."

자는 아직 결정을 하지 못한 구매자처럼, 펭이 가진 물건 사이로 머뭇거리며 움직였다.

"어젯밤에 아버지와 이야기했는데, 제게…… 결론적으로 말하자면 저는 우리가 린안으로 돌아갈 것이라고 생각했는데, 이제는……."

펭은 하던 일을 멈추고 자를 바라보았다. 자의 눈이 축축하게 젖었다. 그는 숨을 깊이 들이마신 후 한 손을 자의 어깨 위에 올려놓았다.

"내가 이런 말을 자네에게 해줘야 할지 모르겠는데……."

"제발 부탁입니다. 말씀해주십시오." 자가 애원했다.

"좋네. 하지만 굳게 입 다물고 있겠다고 약속해야 하네." 그는 자가 고개를 끄덕일 때까지 기다렸다. 그는 다시 숨을 들이쉬고 피곤한 듯이 의자에 털썩 주저앉았다. "내가 이 여행을 한 것은 오로지 자네 가족을 위해서였네. 자네 아버지는 몇 달 전에 다시 옛날의 자리로 돌아오겠다는 뜻을 밝혔지. 그런데 내가 이곳까지 온 지금, 그는 이 문제에 관한 말조차 꺼린다네. 나는 그에게 편안한 자리와 괜찮은 월급을 주겠다고 여러 차례 약속했고, 심지어 도성에서 살 집도 주겠다고 제안했지만, 자네 아버지는 그런 제안을 거부했다네. 나도 무슨 이유 때문인지 모르겠네."

"그럼 저를 데려가주세요! 제가 그 천 조각을 잊어버린 것 때문이라면, 정말 더 열심히 일하겠습니다. 약속드립니다. 다시는 판관님을 창피하게 만들지 않겠습니다. 저는⋯⋯."

"솔직히 말해 자네는 문제가 아니네. 내가 자네를 얼마나 생각하는지는 자네도 알고 있을 거네. 자네는 성실하고 충성스러우니 다시 조수로 데리고 있게 된다면 나는 매우 기쁠 것이네. 자네 아버지에게 자네의 미래에 관해서도 말했다네. 하지만 전혀 생각을 바꾸지 않으셨지. 왜 그런지 모르지만, 아주 완고하셨어. 정말이지 유감이네."

"저는⋯⋯ 저는⋯⋯." 자는 뭐라고 말해야 할지 몰랐다.

멀리서 천둥소리가 울려 퍼졌다. 펭이 자의 등을 툭툭 쳤다.

"난 자네를 위해 아주 큰 계획을 세워놓았다네. 심지어 자네가 린안의 국자학에서 공부할 수 있도록 해놓았지."

"국자학에서 말입니까?" 자의 눈이 휘둥그레졌다. 학교로 돌아가 다시 공부하는 것은 그의 꿈이었다.

"자네 아버지가 말하지 않았는가?"

자의 다리가 후들거렸다. 사기당한 것 같은 배신감을 느꼈다.

3

자는 문을 두드리지 않고 집 안으로 들어갔다. 아버지가 화들짝 놀라며, 들고 있던 서류들을 떨어뜨렸다. 아버지는 바닥에서 서류를 주워 황급히 붉은 함에 집어넣었다.

"여기서 뭐하는 것이냐? 지금 넌 논을 갈고 있어야 하는데." 아버지가 화를 내며 나무랐다. 그는 함을 닫고 침상 밑으로 밀어 넣었다.

자는 앵두를 만나고 싶다고 말했지만, 아버지는 그 말을 들으려고도 하지 않았다.

"넌 해야 할 일은 미루고 하고 싶은 일만 하려고 하는구나."

"부탁이에요, 아버지. 잠깐만 만날게요. 그리고 나서 논일을 끝내겠습니다."

"그리고 나서라고? 너는 루가 논에 놀러나간다고 생각하는 거냐? 물소조차 너보다 더 많이 일한다. 그리고 나서라니, 도대체 그게 언제냐?"

"왜 그러세요, 아버지? 왜 나한테만 그러세요?"

자는 아버지에게 대들고 싶지 않았다. 하지만 최근 반 년 동안 농사를 지으면서 뼈가 으스러지도록 일한 사람은 루가 아니라 자라는 것을 모두가 알고 있었다. 묘판에 볍씨를 기르느라고 발은 트기 일쑤였고, 추수하고 탈곡하고 체로 치고 낟알을 고르느라고 손에는 굳은살이 박였다. 땡볕에서 논을 갈고 흙을 고르고 거름을 가져와 뿌린 사람도 그였으며, 물을 푸고 수확물을 강가의 나룻배까지 옮긴 사람도 바로 자였다. 루가 창녀들과 술을 퍼마시는 동안, 자가 논에서 죽도록 일했다는 것을 마을의 모든 사람들이 알고 있었다.

그는 자신이 착한 사람이라는 사실이 싫었다. 결국 아버지의 결정을 따르는 수밖에 없다는 것을 의미했기 때문이다.

그는 낫과 꾸러미를 찾으러 갔다. 자루는 있었지만 낫이 없었다.

"내 것을 사용하도록 해라. 루가 네 것을 가져갔다." 아버지가 말했다.

자는 아무 말도 하지 않았다. 그저 자루에 아버지의 낫을 넣고 논으로 향했다.

그는 손에 물집이 생길 때까지 물소에게 채찍을 때렸다. 물소는 죽을 것처럼 으르렁거렸지만, 자의 채찍질을 피하기 위해 귀신에 홀린 듯이 필사적으로 논을 갈았다. 자는 쟁기를 땅 속에 집어넣으려고 애를 썼고, 땅은 폭풍이 몰아칠 것 같은 하늘에서 마구 퍼붓는 빗물을 삼키려고 안간힘을 썼다. 이랑을 갈 때마다 그는 욕을 해대며 채찍을 휘둘렀다. 비는 갈수록 세차게 내렸다. 천둥이 울리자, 그는 일을 멈추었다. 하늘은 지금 밟고 있는 진흙처럼 시커멓게 보였다. 날이 갈수록 더워졌다. 숨이 막힐 것만 같았다. 번개가 하늘을 가르자 다시 천둥소리가 났다. 다시 번개가 쳤고, 뒤이어 천둥소리가 울렸다.

갑자기 하늘이 그의 머리 위로 열리더니 섬광이 번뜩였고, 이어 굉음이 울리면서 땅이 흔들렸다. 물소는 놀라 몸을 움츠리면서 펄쩍 뛰었다. 하지만 쟁기는 땅에 단단히 박혀 있었고, 물소는 자기 뒷다리 위로 풀썩 넘어지고 말았다.

자는 놀란 가슴을 추스르고 진흙탕에서 필사적으로 몸부림치는 물소를 보았다. 물소를 일으키려고 했지만 실패하고 말았다. 쟁기를 풀고 채찍을 휘둘러대도 물소는 매를 피하려고 안간힘을 쓰면서 물 위로 고개만 쳐들 뿐이었다. 그는 물소의 뒷다리가 끔찍한 골절을 당했다는 사실을 확인하고 두려움에 사로잡혔다.

〈하늘이시여, 제가 뭘 그토록 잘못했습니까?〉

그는 자루에서 사과 하나를 꺼내 물소에게 갖다 댔지만, 물소는 뿔로 받으려고 했다. 몸을 비틀며 울부짖던 물소가 어느 정도 안정이 되자, 자는 물소의 머리를 잠시 한쪽으로 돌려 뿔을 진흙에 박았다. 그리고 물소의 눈을 쳐다보았다. 공포에 질려 눈을 크게 뜨고 있었다. 풀무처럼 콧구멍이 커졌다 작아졌다 하면서 침을 질질 흘렸다. 일으키려고 애쓸 필요조차 없었다. 이제 물소는 도축장의 고기와 같았다.

그가 주둥이를 쓰다듬고 있을 때 누군가 뒤에서 그를 잡아 물속에 처박았다. 놀라 뒤를 돌아보았다. 루가 성난 얼굴로 막대기를 휘두르고 있었다.

"빌어먹을 놈! 내가 베푼 은혜를 이렇게 갚는 거냐?" 그의 얼굴은 살아있는 마귀와 다름없었다.

자는 막대기가 내려오는 것을 보고 몸을 피하려고 했다. 얼굴이 찢어지는 것 같았다.

"일어나, 개자식아." 그는 다시 자에게 매질을 했다. "너는 몽둥이로 맞으면서 배워야 하는 놈이야."

자는 일어나려고 했지만, 루가 다시 그를 때렸다. 그는 자의 머리끄덩이를 잡은 채 끌고 갔다.

"물소가 얼만지 알아? 그럼 지금 알려주겠어."

루는 자를 인정사정없이 진흙탕으로 던져버리고 그의 머리를 밟아 물속으로 처넣었다. 그가 발버둥치는 것을 보는 게 지겨워지자, 그를 쟁기 아래로 밀어버렸다.

"그만해!" 자가 소리쳤다.

"넌 논에서 일하는 게 끔찍하지, 그렇지? 아버지가 나를 더 좋아하니까 절망하고 있어……." 그는 자를 가죽 끈으로 묶으려고 했다.

"형이 아버지에게 아무리 아부하고 아첨해도 아버지는 형을 사랑하지 않을 거야." 자가 대들었다.

"네가 죽도록 맞으면, 나한테 빌게 되겠지." 그는 다시 자를 때렸다.

막대기에 맞아 흘린 피를 뺨에서 닦아내면서, 자는 분노에 가득 찬 눈으로 형을 쳐다보았다. 장유유서의 관습을 따라 그는 한 번도 형에게 대들지 않았지만, 이제는 자기가 형의 노예가 아니라는 사실을 보여줄 때였다. 사는 일어나 온 힘을 다해 형의 배를 가격했다. 전혀 예상치 못하고 있던 루는 충격을 받은 것 같았다. 그는 곧 호랑이처럼 돌변하며 자의 옆구리로 주먹을 날렸다. 자는 벌렁 나자빠졌다. 형은 몸무게와 덩치에서 그를 압도했다. 자가 일어나려고 했지만, 루는 다시 발로 걸어찼다. 자는 가슴에서 무언가 부러지는 것을 느꼈지만, 통증을 느끼지는 않았다. 신음 소리를 내기도 전에 루가 다시 자의 가슴을 발로 찼다. 온몸의 피가 정신없이 빠르게 흘렀고, 온몸이 아려왔다. 다시 루가 발길질로 그를 쓰러뜨렸다. 자는 일어나려고 했지만, 그럴 수가 없었다. 빗물이 그의 얼굴에 흐르는 피를 씻겨주었다.

그는 형이 인간쓰레기라고 욕하는 것을 들었다고 생각했지만, 확신할 수는 없었다. 갑자기 눈앞이 캄캄해지면서 의식을 잃었다.

펭은 샹의 시체 앞에 있었다. 그때 자가 유령처럼 비틀거리며 모습을 드러냈다.

"맙소사! 도대체 누가 이렇게 했느냐?" 판관이 그를 양팔로 안는 순간, 그는 기절하고 말았다.

펭은 그를 돗자리 위에 눕혔다. 간신히 한쪽 눈만 뜰 수 있는 정도였지만, 뺨의 상처는 심각하지 않다는 것을 알았다. 그는 상처 주위를 만졌다.

"노새를 때리듯이 두들겨 팼군." 그는 상의를 벗기면서 슬퍼했다. 옆구리에 멍이 든 것을 보고 순간적으로 놀랐지만, 다행히 부러진 갈비뼈는 없었다. "루가 그랬나?"

자는 몽롱한 상태에서 고개를 가로저었다.

"거짓말하지 말게. 염병할 놈! 자네 아버지가 그놈을 시골에 남겨둔 것은 아주 잘한 일이야."

펭은 자의 상의를 완전히 벗기고 나머지 상처를 살펴보았다. 그는 자의 맥박이 정상적으로 뛰고 있음을 확인하고 안도의 한숨을 내쉬었다.

윙윙거리는 이상한 소리에 놀라 자가 깨어났다. 그는 힘겹게 일어나 주변을 둘러보았다. 자신이 샹의 시체가 안치된 어두운 별채에 있다는 것을 알았다. 밖에는 비가 내렸지만, 날이 더운 탓에 샹의 시체가 썩기 시작하면서 악취가 심해지고 있었다. 그는 다시 이상한 윙윙 소리를 들으며, 무슨 소리인지 생각했다. 그 소리는 갈수록 커졌고 귀신같은 그림자가 시체 위에서 움직이면서 수축했다가 확장할 때마다 소리도 커졌다 작아졌다 했다. 그는 시체에 가까이 다가가 들여다보고 그것이 시체의 목에 말라붙은 피 위로 파리 떼가 날아다니는 소리라는 것을 알았다.

"눈은 어떤가?" 펭이 물었다.

자는 깜짝 놀랐다. 펭판관이 그곳에 있는지도 몰랐다. 펭은 불과 몇 발짝 떨어지지 않은 바닥에 앉아 있었다.

"모르겠습니다. 아무것도 느껴지지 않습니다."

"괜찮을 것이네. 부러진 뼈는 하나도 없으니……."

가까운 곳에서 천둥소리가 크게 울렸다.

"곧 샹의 가족들이 마을의 원로들을 데리고 올 것이네. 내가 알아낸 사실을 알려주기 위해 소집했다네."

"펭판관님. 저는 이 마을에서 더는 살 수 없습니다. 제발 저를 린안으로 데려가주십시오."

"내게 불가능한 것을 요구하지 말게. 자넨 아버지 말에 따라야 하고……."

"하지만 형이 저를 죽이고 말 겁니다……."

"잠깐만. 벌써 원로들이 도착한 모양이군."

샹의 가족들이 어깨에 관을 들고 들어왔다. 관 뚜껑에는 몇 개의 그림이 그려져 있었다. 샹의 아버지가 행렬을 이끌었다. 몹시 괴로운 표정이었다. 친척들과 이웃들이 그의 뒤를 따랐다. 그들은 관을 시체 옆에 놓고 장송곡을 불렀다. 노래가 끝나자 그들은 시체에서 풍기는 악취에도 아랑곳하지 않고 망자의 발아래에 자리를 잡았다.

펭은 그들에게 인사를 했고, 모두가 그에게 고개를 숙여 답례했다. 의

자에 앉기 전에 판관은 샹의 목 주변을 귀찮게 굴던 파리들을 쫓았지만, 파리들은 다시 그들의 먹잇감으로 돌아왔다.

"여러분, 이미 알고 있듯이 오늘 오후 젠양구에서 파견한 판관이 이곳에 도착할 것입니다. 그러나 가족의 요청에 의해 저는 이미 수사를 시작했습니다. 저는 의전은 생략하고 직접 사건을 소개하고자 합니다."

자는 방 한쪽 귀퉁이에서 펑을 바라보며, 그가 얼마나 지혜로운지, 업무를 얼마나 현명하게 처리하는지 감탄했다.

"우리 모두가 잘 알고 있듯이, 샹은 원한을 살 만한 일을 한 적이 없는 사람이지만, 무참히 살해되었습니다. 그 이유가 무엇일까요? 제가 보기에는 의심의 여지없이 강도였습니다. 명예롭고 존경스러운 여인인 그의 아내는 고인이 모습을 감추기 전, 3천 전(錢)을 줄에 꿰어 허리에 차고 있었다고 증언했습니다. 그러나 오늘 아침 목의 절단 부분을 확인하면서, 명민한 청년 자는 샹을 발견했을 때 그 어떤 돈도 지니지 않았다고 확신했습니다." 펑은 자리에서 일어나 손깍지를 끼고 그의 시선을 피하던 농민들 앞을 왔다 갔다 했다. "한편, 자는 시체의 구강에서 천을 발견했는데, 저는 그것을 증거로 표시해두었습니다." 그는 조그만 상자에서 천을 꺼내 그곳에 있는 사람들 앞에서 펼쳤다.

"남편의 살인범을 잡아주세요!" 샹의 아내가 흐느끼면서 소리쳤다.

펑은 고개를 끄덕였다. 그는 잠시 침묵하다가 다시 말을 시작했다.

"얼핏 보면 혈흔이 있는 단순한 천 조각일 수 있습니다. 그러나 이 혈흔들을 자세히 관찰하면……." 그는 손톱으로 가장 큰 세 개의 혈흔을 가리켰다. "모두가 흥미롭게도 곡선 모양을 띠고 있음을 알게 됩니다."

참석자들이 두런대면서 그런 발견이 어떤 결과를 가져올지 서로 이야기했다. 자도 똑같은 질문을 자신에게 던졌지만, 해답을 찾기도 전에 펭은 계속 말을 이었다.

"제 결론에 이르기 위해 저는 시험을 해보았고, 그것을 여러분들 앞에서 보여드리고자 합니다. 렌!"

젊은 몽고인 조수가 앞으로 나왔다. 그는 부엌칼과 낫, 그리고 먹물이 들어 있는 병과 두 개의 천을 들고 있었다. 그는 그 물건들을 펭 앞에 놓았다. 판관은 부엌칼을 먹물에 담그고 한 개의 천으로 닦았다. 그는 낫으로도 똑같이 실시했고, 그 결과를 참석자들에게 보여주었다.

자는 주의 깊게 쳐다보면서, 부엌칼을 닦은 천은 직선의 길쭉한 자국을 보여주는 반면, 낫을 닦은 천은 샹의 입을 막고 있던 천에서 발견된 곡선 모양을 띠고 있음을 알았다. 따라서 살인자의 무기는 낫이었다. 자는 스승의 명석함에 감탄을 금치 못했다.

펭이 계속 말했다. "그러므로 저는 조수에게 이 마을에 있는 낫을 모두 수거하라고 지시했습니다. 이 일은 수령 바오파오의 도움으로 오늘 아침에 신속하게 수행되었습니다. 렌!"

다시 조수가 낫이 가득 담긴 상자를 끌면서 앞으로 나왔다. 펭은 일어나 시체에게 다가갔다.

"머리는 푸주한의 톱으로 몸통에서 분리되었습니다. 바오파오의 사람들은 샹이 살해되었던 바로 그 농경지에서 이 톱을 발견했습니다." 펭은 상자에서 톱 하나를 꺼내 바닥에 내려놓았다. "그러나 죽음을 야기한 도구는 다른 것입니다. 그의 목숨을 앗아간 도구는 의심의 여지없이 이것과 같은 낫입니다."

이 말에 좌중이 술렁였다. 잠시 그들이 조용해지길 기다린 후, 펭이 말을 이었다.

"이 톱은 그다지 특별한 것이 없습니다. 평범한 쇠로 만들어졌으며, 톱자루는 알 수 없는 나무로 제작되었습니다. 그러나 다행히도 각각의 낫에는 항상 주인의 이름이 적혀 있습니다. 그러므로 낫이 만든 흔적을 찾아내면, 우리는 살인자를 찾아낼 수 있습니다." 펭은 렌에게 손짓을 했다.

조수는 밖으로 나가더니 별채의 문을 열어 바오파오의 부하들이 감시하던 농민들을 보여주었다. 렌은 그들을 안으로 들여보냈다. 자는 그들의 얼굴을 제대로 알아볼 수 없었다. 어두운 방 안쪽에 모여 있었기 때문이다.

펭은 자에게 자기를 도와줄 의향이 있느냐고 물었다. 자는 고개를 끄덕이며 대답했다. 그는 힘들게 자리에서 일어나 펭이 그에게 귀엣말로 속삭인 지시사항에 동의했다. 자는 공책과 붓을 들고 판관을 따라갔다. 판관은 낫 상자 앞에 웅크리고 앉더니 낫들을 조사하기 시작했다. 아주 차분하고 조심스럽게 낫의 날들을 천의 혈흔 위에 놓고 빛에 비추어 대조했다. 그는 모든 행위를 일일이 구술했고, 자는 펭의 지시에 따라 그 말을 옮겨 적었다.

그때까지 자는 펭이 왜 그런 절차를 밟는지 이해할 수 없었다. 대부분의 낫날은 동일한 주형에서 제작되어, 문제의 낫에 우연히 특별한 자국이 없다면 결정적인 정보를 얻기는 힘든 일이었기 때문이다. 그러나 곧 그 이유를 이해했다. 사실 펭이 그런 기지를 사용하는 게 처음은 아니었다. 형법에서는 자백 없이는 죄인을 처벌할 수 없다고 엄격히 규정하고 있었기 때문에, 펭은 죄인에게 겁을 주곤 했던 것이다.

〈증거가 없어. 아무 증거도 없는 거야.〉

펭은 낫날을 모두 시험해본 후 자가 적어놓지도 않은 기록을 읽는 체했다. 그는 자기 수염을 만지면서 농민들에게 천천히 다가갔다.

"여러분에게 딱 한 번만 말하겠소!" 그는 천둥소리보다 더 크게 소리쳤다. "이 천에서 발견된 혈흔은 누가 살인범인지 확인시켜주고 있소. 혈흔은 단 한 개의 낫날과 일치하고, 알다시피 낫에는 여러분의 이름이 새겨져 있소." 그는 겁에 질린 농부들의 얼굴을 자세히 쳐다보았다. "나는 여러분 모두가 이토록 끔찍한 범죄를 저지르면 어떤 처벌을 받는지 알고 있다고 생각하오. 하지만 여러분이 모르는 것은, 지금 죄인이 고백하지 않으면 즉시 능지처참을 당한다는 사실이오." 그가 소리쳤다.

다시 별채 안이 두런거림으로 가득 차기 시작했다. 자는 소름이 끼쳤다. 능지처참, 인간이 상상할 수 있는 가장 잔인한 방법이다. 죄수의 옷을 벗기고 나서 말뚝에 묶은 다음, 마치 살을 발라내듯이 그의 사지를 잘라내는 형벌인 것이다. 떼어낸 살점들은 죄수의 앞에 차곡차곡 쌓아놓았다. 그리고 죄수의 목숨은 그의 생식기를 잘라낼 때까지 최대한 오래 유지시켰다. 자는 농부들의 얼굴에 공포가 서려 있다는 것을 알았다.

"그러나 나는 이 지역을 관할하는 판관이 아니오." 펭은 겁에 질린 마을 사람들에게 바싹 다가가서 소리쳤다. "나는 죄인에게 단 한 번의 기회를 주고자 하오." 그는 울먹이고 있는 젊은 농부 앞에서 발길을 멈추었다. 그에게 오만한 표정을 지으며 말했다. "자, 샹을 무자비하게 죽였지만 나는 자비를 베풀고자 하오. 고발되기 전에 자신의 죄를 고백함으로써 최소한의 명예를 회복할 기회를 주고자 하는 것이오. 이것은 가장 끔찍한 형벌과 치욕을 피할 수 있는 유일한 기회라는 걸 알아두시오."

그는 천천히 뒤로 물러섰다. 빗물이 지붕을 때리고 있었다. 그 소리밖에는 들리는 것이 없었다.

자는 펭이 사냥하는 호랑이처럼 등을 굽힌 채 느릿느릿 걸으며 예리하게 쳐다보는 것을 보았다. 숨을 쉴 수도 없이 긴장된 분위기였다. 농부들은 침묵 속에서 악취를 맡으며 식은땀을 흘린 나머지, 젖은 옷이 몸에 완전히 달라붙어 있었다. 밖에서는 천둥소리가 울려 퍼졌다.

펭의 분노 앞에서 시간이 멈춘 것 같았다. 그러나 그 누구도 자기가 죄인이라고 고백하지 않았다.

"어서 나와라! 이것이 마지막 기회다!" 판관이 소리쳤다.

아무도 움직이지 않았다.

펭은 손톱이 손바닥을 찌를 정도로 주먹을 꽉 쥐었다. 그는 뭐라고 중얼거렸고, 욕을 하면서 자를 쳐다보았다. 자는 소스라치게 놀랐다. 그런 모습을 보는 건 처음이었다. 판관은 그에게서 기록을 낚아채더니 그걸 다시 읽는 체했다. 그러고 나서 다시 농부들을 쳐다보았다. 그의 손은 떨고 있었다.

판관은 푸주한의 톱 위에서 날아다니던 파리 떼에게 다가갔다.

"빌어먹을 벌레들." 그는 손을 흔들어 파리 떼를 쫓아냈다.

그런데 갑자기 무언가가 번득이는 것 같았다.

"피 냄새라……." 그가 되뇌었다.

펭은 파리 떼가 낫이 쌓여 있는 곳으로 이동하도록 다시 톱 위에서 손을 흔들었다. 거의 모든 파리들이 도망쳤지만, 몇 마리는 단 하나의 낫으로 내려가 그곳에 앉았다. 그러자 펭의 표정이 바뀌면서 만족스러운 감탄사를 흘려냈다.

판관은 파리들이 앉아 있는 낫으로 다가가 웅크리고 앉아 조심스럽게 쳐다보았다. 그것은 흔히 볼 수 있는 낫이었고, 겉으로 보기에는 깨끗했다. 그러나 모든 낫들 중에서 파리들이 모여든 유일한 낫이었다. 펭은 톱 옆에 있던 등불을 가져오더니 그것을 낫날에 갖다 댔다. 마침내 거의 감지할 수 없는 붉은 점들을 찾아냈고, 이름이 새겨진 낫자루로 등불을 가져갔다. 곧 펭의 얼굴이 차갑게 굳었다. 그가 손에 든 낫은 자의 형 루의 것이었다.

4

〈형은 어떻게 될까? 이제 나는 어떻게 해야 하지?〉

"일이 어떻게 될까요?"

"자네 형 말인가? 자넨 그 짐승에게서 벗어난 것을 다행이라고 생각하게." 그는 방금 전에 손님 숙소로 가져온 떡을 먹었다. "자, 자네도 하나 먹게."

자는 괜찮다고 했다.

"처형당할까요?"

"그렇게 한다 하더라도 어떻게 하겠나? 그가 상에게 한 짓을 보지 못했나?"

"그래도 제 형인데……."

"또한 살인범이네." 펭은 화를 내며 먹던 떡을 내려놓았다. "이보게. 솔직히 말하면 무슨 일이 벌어질지 나도 모른다네. 그에게 선고를 내릴 사람은 내가 아니니까. 이 사건을 맡을 판관은 아주 현명한 사람이라고 하네. 내가 그와 말을 해보겠네. 자네가 원한다면 자비를 베풀어달라고 부탁하겠네.”

자는 고개를 끄덕였지만, 그다지 믿음이 가지는 않았다. 어떻게 해야 펭이 루에게 더 많은 관심을 가지게 할지 알 수 없었다. 아부도 한 가지 방법이 될 수 있다고 생각했다.

“정말 멋졌습니다, 판관님. 파리들을 낫에 앉게 해서…… 마른 피를…… 저라면 결코 생각조차 못했을 겁니다.”

“그건 나도 마찬가지네. 즉흥적으로 생각난 것이네. 파리들을 쫓아내니 특정한 낫을 향해 날아간 거지. 그때 파리들이 그곳으로 날아간 것은 우연이 아니라 아직도 날에 마른 혈흔이 있었기 때문일 테니, 그 날이 살인자의 것이라는 사실을 깨달은 거라네. 그러나 그건 단지 나만의 공적이 아니라고 인정하고 싶군……. 자네 도움이 핵심이었다네. 천 조각을 발견한 사람이 자네라는 사실을 잊지 말게.”

“알겠습니다…….” 자는 조심스럽게 물었다. “형을 만나볼 수 있을까요?”

펭은 고개를 흔들었다.

“글쎄. 어쨌든 먼저 체포해야 해.”

자는 펭의 숙소를 떠나 골목길을 걸었다. 그가 지날 때 사람들이 창문을 닫았고, 항상 마주치던 이웃들이 그에게 인사를 하지 않았다. 상관없었다. 그가 강가로 내려갈 때 사람들이 뒤에서 욕을 퍼부었다. 빗물에 씻겨 반들반들해진 길이 그의 마음, 그러니까 공허하고 외로운 영혼을 그대로 반영하고 있었다. 바람에 떨어진 기와조각들, 산으로 향하는 꾸불거리는 논두렁들, 강가에서 흔들리며 물소리를 내는 빈 배들을 보면서, 그는 자신의 삶이 불행으로 점철되어 있다는 생각을 피할 수 없었다.

그는 그 마을을 증오했다. 자기를 속인 아버지를 증오했고, 무식하고 잔인무도한 형을 증오했다. 담벼락 뒤로 그를 몰래 훔쳐보는 이웃들을 증오했으며, 매일 자신의 몸과 마음을 축축하게 적시는 비도 증오했다. 화상을 입은 몸, 통증을 모르는 이상한 병도 증오했고, 심지어 막내만 남겨놓고 간 두 여동생도 증오했다. 그러나 무엇보다도 자기 자신을 증오했다. 잔인한 성격이나 살인보다 더 수치스럽고 경멸스러운 행동이 있다면, 그것은 바로 가족을 배신하는 일이었다. 그는 뜻하지 않게 자기 형을 체포하는 데 일조했다.

소나기가 더욱 거세졌다. 그는 비를 피하기 위해 처마를 찾았다. 그런데 모퉁이를 돌려는 순간, 수행 행렬과 부딪치면서 뒤로 자빠지고 말았다. 어떤 사람이 미친 것처럼 작은 북을 마구 치며 행렬을 이끌고 있었다. 그의 뒤로 〈현인 – 젠양구 판관〉이라는 깃발이 높이 들려 있었다. 그 뒤로 여덟 명의 짐꾼들이 아주 얇은 그물이 쳐진 가마를 들고 갔다. 행렬의 끝에는 네 명의 노비가 판관의 개인 소유물임에 틀림없는 것들을 짊어지고 있었다. 자는 고개를 숙여 인사를 했지만, 그가 일어서기도 전에 짐꾼들은 길에 있는 돌을 피하듯 그를 외면하고 정신없이 길을 갔다.

자는 그들이 아래쪽으로 사라지는 모습을 보면서 두려움에 사로잡혔다. 그 지방판관을 본 것이 처음은 아니었다. 종종 그 지방판관은 마을을 찾아와 유산과 관련된 분쟁이나 세금 혹은 해결하기 힘든 다른 소송문제들을 해결했다. 그러나 살인사건 때문에 온 적은 없었고, 게다가 그토록 급하게 온 적은 더더욱 없었다. 자는 슬픔을 잊은 채 바오파오의 집까지 행렬을 따라갔다. 그곳에 도착한 그는 창문 뒤에 자리를 잡고 지켜보았다.

수령은 지방판관을 마치 황제나 되는 듯이 접견했다. 그는 허리를 숙였고, 이빨은 거의 없지만 위선으로 철철 넘치는 미소를 지었다. 예식이 끝나자 수령은 시종들에게 판관의 짐을 옮기고 현인이 머물 방을 준비하라고 명령했다. 그는 다시 굽실거리면서 지방판관에게 최근 사건에 대해 알렸고, 마을에 고등판관 펭이 있다는 사실도 보고했다.

"그런데 아직도 그 루라는 놈을 체포하지 못했단 말인가?" 자는 판관의 목소리를 들었다.

"폭우 때문에 수색견을 출동시킬 수 없었습니다. 하지만 곧 잡아들일 겁니다. 무언가 드시고 싶은 게 있으신가요?"

"물론이다!" 그는 식탁 머리에 있는 조그만 의자에 앉았다. 바오파오도 맞은편에 앉았다. "말해보게. 범인은 관리의 아들이 아닌가?" 판관이 관심을 보였다.

"루 말입니까? 그렇습니다. 판관님의 기억은 평소와 마찬가지로 놀랍기 그지없습니다."

현인은 정말로 그 말을 믿는 것처럼 기분 좋게 웃었다. 바오파오가 그에게 차를 더 따를 때 때마침 펭이 들어왔다.

"도착하셨다는 사실을 방금 전해 들었습니다." 펭판관은 늦게 도착한 것을 사과했다.

현인은 자신의 계급이 펭보다 아래라는 것을 확인하고는, 일어나 자리를 양보했다. 하지만 펭판관은 사양하면서 바오파오의 옆자리에 앉았다. 펭은 자기가 확인한 사실들을 두 사람에게 전해주었다. 그러는 동안 지방판관은 고등판관의 말보다는 삶은 잉어에 더 관심을 보였다.

"그래서……." 펭이 말을 맺으려고 했다.

"맛있군요. 이 사탕절임은 정말 훌륭해요." 현인이 말을 끊었다. 펭은 눈살을 찌푸렸다.

"나는 이 사건이 곤란한 문제라고 말하고 있었습니다." 펭이 계속 말했다. "살인용의자는 예전에 내가 데리고 있던 관리의 아들이며, 불행하게도 시체를 발견한 사람은 그의 동생입니다."

"바오파오에게 들어서 알고 있습니다." 현인은 멍청한 미소를 지었다. "참으로 멍청한 청년이오." 그는 다시 다른 사탕절임을 게걸스럽게 먹었다.

밖에서 몰래 듣고 있던 자는 그 판관을 두들겨 패주고 싶었다.

"어쨌든 나는 자세한 보고서를 준비해놨습니다. 아마도 당신이 조사에 착수하기 전에 그걸 읽어보시면 도움이 될 겁니다." 펭이 말했다.

"아, 그렇습니까? 물론입니다. 하지만 그토록 자세하다면, 여기 이 음식들이 우리를 기다리고 있는데, 다시 조사할 필요가 있겠습니까?" 그가 다시 웃었다.

펭은 조수에게 보고서를 가지고 물러나라는 신호를 보냈다. 그는 현인에게 자를 심문하지 않겠느냐고 물었지만, 판관은 펭의 제안을 거절하고 계속 먹기만 했다. 한참 후에야 그는 씹는 일을 멈추고 펭을 바라보았다.

"번잡한 절차는 그만두고, 그 빌어먹을 놈이나 잡도록 합시다."

저녁식사 때까지 기다릴 필요도 없었다. 바오파오의 부하들이 이끄는 사냥개들이 우이산으로 가는 길에 있는 초록산에서 루를 발견했다. 그는 허리춤에 3천 전을 차고 있었고, 마치 궁지에 몰린 동물처럼 저항했다. 바오파오의 부하들은 그를 죽을 정도로 두들겨 패서 제압했다.

재판은 그날 날이 저문 후에 이루어졌다. 자는 왜 그토록 빨리 재판이 열리는지 의아했다. 살인사건이라면 서로 다른 두 명의 판관에 의해 초검과 복검, 즉 두 번 수사를 하도록 되어 있었다. 하지만 지방판관인 현인은 어떻게든 일을 빨리 해치우고 집에 돌아가고 싶어하는 것 같았다. 방청석으로 마련된 거실에는 지구(地區)의 사법 깃발이 게양되어 있었다. 두 개의 명주 등불이 텅 빈 의자와 책상에 각각 놓여 있었다.

루는 바오파오 부하들의 호송을 받으며 나무로 만든 무거운 형틀인 목가(木枷)를 목에 건 채 나타났다. 그는 마구 얻어맞은 황소처럼 보였다. 피 흘리는 발에는 쇠고랑이, 손에는 소나무로 만든 수갑이 채워져 있어 위험한 범죄자라는 것을 한눈에 보여주었다. 잠시 후 검은 명주옷에 판관 모자를 쓴 현인이 들어왔다. 형방이 그를 소개한 후 루가 기소된 죄목을 읽었다. 현인을 제외한 모두가 침묵을 지켰다.

"원고가 동의한다면……." 판관이 우렁찬 소리로 말했다.

샹의 장남은 동의한다는 표시로 무릎을 꿇고 머리를 땅에 조아렸다. 형방은 기소 내용이 적힌 서류를 확인하라고 요청했고, 샹의 장남은 더듬거리며 읽더니 손가락에 먹을 적셔 서류 위쪽에 지장을 찍었다.

"젠양구의 현인이자 판관인 나는 리샹을 살해하고 재물을 탈취했으며 시체를 모독하고 절단한 가증스러운 범죄자 송루의 죄목을 낱낱이 읽은 후, 형법전서 송형통에 의거하여 현명하신 판관 펭의 보고서에 나타난 모든 사실들이 확인되었다고 공포한다. 이런 사실이 틀림없기에 나는 송루에게 직접 자신의 죄를 말할 기회를 주겠다. 만일 그렇게 하지 않으면,

자백할 때까지 고문을 받게 될 것이다."

자는 가슴이 아파오는 것을 피할 수 없었다.

형방은 루를 밀어 무릎을 꿇게 했다. 루는 움푹 팬 멍한 눈으로 현인을 바라보았다. 루가 입을 열기 시작하자, 자는 그의 이빨 여러 개가 없다는 것을 알아보았다.

"저는…… 그 사람을 죽이지 않았습니다……." 루가 간신히 말했다.

자는 그를 보고 가슴이 아팠다. 아무리 죄인이라고 하더라도, 그런 폭행을 가해서는 안 되었다.

"네가 무슨 말을 하는지 잘 생각하라." 현인이 루에게 경고했다. "내 부하들은 몇몇 도구를 다루는 데 아주 능하다는 것을……."

루는 그게 협박이라는 것을 이해하지 못하는 것 같았다. 자는 형이 술에 취해 있을 것이라고 생각했다. 호위병 한 명이 루를 떠밀어 앞으로 쓰러뜨렸고, 그의 머리는 바닥에 부딪쳤다.

현인은 펭이 작성한 기록을 다시 읽었다. 마치 그날 그것이 자기에게 할당된 유일한 업무인 것처럼 아주 차분하게 읽었다. 그러고는 눈을 들더니 루를 노려보았다.

"너에게는 몇 가지 권리가 있다. 너의 죄는 아직 결정되지 않았기에, 나는 너에게 말할 기회를 주고자 한다. 자, 말해보아라, 루. 문제의 그날 동틀 녘과 정오 사이에 어디에 있었느냐?"

루는 대답하지 않았다. 현인은 목소리를 높여 화를 내면서 다시 똑같은 질문을 던졌다.

"일하고 있었습니다." 마침내 루가 말했지만, 확신 없는 목소리였다.

"일하고 있었다고? 어디서 일했느냐?"

"모르겠습니다. 논입니다." 그가 말을 더듬었다.

"알았다. 그런데 네 일꾼 두 명은 정반대의 말을 하고 있다. 그들에 따르면, 너는 그날 아침 논으로 가지 않았다."

루는 멍청한 얼굴로 지방판관을 바라보았다. 그의 눈빛은 술에 취한 것처럼 이리저리 흔들리고 있었다.

"너는 기억하지 못해도, 술집주인은 새벽 늦게까지 너와 함께 술을 마셨다고 증언했다. 그의 말에 따르면, 너는 주사위 놀이를 했고 술에 취했으며 많은 돈을 잃었다." 지방판관이 말했다.

"그럴 수가 없습니다. 저는 결코 많은 돈을 가지고 다니지 않습니다."

"어쨌든 술집주인은 네가 가지고 있던 모든 돈을 잃었다고 밝혔다."

"그건 주사위로 노름을 할 때면 흔히 있는 일입니다."

"그러나 네가 체포되었을 때 3천 전이나 되는 돈 꾸러미가 네 허리에 달려 있었다." 지방판관은 그를 노려보았다. "술이 아닌 다른 것으로 네 기억을 새로이 해주겠다. 그날 오후, 살인을 저지른 후 너는 도주했고……."

"저는 도망치지 않았습니다……." 그는 겁도 없이 지방판관의 말을 끊었다. "저는 우이산 시장으로 가고 있었습니다. 그건…… 다른 물소를 사고자 했기 때문입니다. 멍청이 같은 제 동생이……." 그는 입술을 깨물면서 자를 가리켰다. "저기 있는 제 동생이 우리가 가진 유일한 물소의 다리를 부러뜨렸기 때문입니다."

"3천 전으로 말이냐? 이제 거짓말은 그만하라. 물소가 4천 전이라는 것은 모두가 아는 사실이다." 펭판관이 노기를 띠며 소리쳤다.

"선금으로 지급하려고 했던 것입니다." 루가 말했다.

"물론 그건 네가 훔친 돈이겠지! 너는 방금 전에 가지고 있던 모든 돈을 잃었다고 증언했고, 네 아버지는 네가 빚을 지고 있다고 확인해주었다."

"그 3천 전은 제가 술집에서 나온 후 어떤 사람에게 이겨서 받은 돈입니다."

"그래? 그게 누구냐? 사실이라면 그 사람이 증언해줄 것이다."

"모릅니다……. 한 번도 본 적이 없는 사람이었습니다. 그 주정뱅이가 노름을 하자고 했고, 제가 이겼습니다. 그 사람이 우이산 시장에서는 물소를 싸게 판다고 말해주었습니다. 제가 어떻게 해야 했겠습니까? 돈을 돌려주어야 했겠습니까?"

펑판관은 증거물이 놓인 탁자 앞으로 나가더니, 현인에게 발언권을 청했다. 그는 루에게 다가가 그의 허리춤에 아직도 걸려 있던 돈 꾸러미를 풀어서 샹의 장남에게 보여주었다. 장남은 가운데로 구멍이 뚫린 동전들을 보는 대신, 루의 배대끈을 성난 듯이 쳐다보았다.

"제 아버지의 것입니다." 그가 자신 있게 말했다.

슬프고 괴로운 상황이었지만, 자는 펑의 지혜에 감탄했다. 도둑들은 대개 돈 꾸러미를 통째로 훔치기 때문에 농부들은 도둑맞을 경우를 대비해 동전을 꿰는 줄에 신원을 확인할 수 있는 표시를 했다. 현인은 펑판관 앞에서 고개를 끄덕인 후, 다시 서류를 검토했다.

"자, 말해라, 루. 이 낫을 본 적이 있느냐?" 그는 손짓을 해서 형방에게 가져오도록 했다.

루는 무심하게 그것을 바라보았다. 그의 눈이 감겼지만, 형방은 다시 그를 밀어 깨어나도록 했다. 루는 눈을 뜨고 낫을 쳐다보았다.

"네 것이냐?" 지방관관이 다시 물었다.

루는 자기 이름이 새겨진 것을 보고 고개를 끄덕였다.

"보고서에 의하면……." 지방판관이 말을 이었다. "고등판관 펭은 이 낫이 샹을 살해한 무기라고 결론지었다. 이 사실과 압수된 돈만으로도 형을 내릴 수 있지만, 법에 의해 나는 네게 죄를 자백하라고 요구한다."

"이미 말했다시피……." 루는 말을 잇지 못한 채 멍하니 지방판관을 쳐다보았다.

"빌어먹을 놈! 네 아버지를 생각해서 아직 너에게 고문을 하지 않았다. 하지만 계속 이렇게 행동하면 나는 어쩔 수 없이…… 루, 나도 점점 인내심을 잃고 있다."

"낫, 돈, 증인 모두 나와는 상관없어요!" 루는 미친 사람처럼 웃었다.

호송병이 대나무 단장으로 그의 옆구리를 후려쳤다. 지방판관이 신호를 보내자, 두 병사가 그를 구석으로 끌고 갔다.

"어떻게 하려는 거죠?" 자가 펭에게 물었다.

"그 고통의 가면을 견뎌내려면 아마도 하늘의 도움이 필요할 것이네." 펭판관이 대답했다.

5

자는 형이 받을 고문이 어떤 것인지 잘 알고 있었다. 마찬가지로 루가 자백하지 않으면 그 어떤 증거도 아무 소용이 없다는 사실도 잘 알고 있었다. 그는 몸을 떨었다.

형방이 사악해 보이는 나무 가면을 들고 나타났다. 쇠로 보강되어 있었고, 아래에는 두 개의 가죽 줄이 걸려 있었다. 지시에 따라 두 명의 병사가 루를 붙잡아 고문도구에 묶으려고 하자, 루가 짐승처럼 발버둥을 쳤다. 자는 형이 몸부림치며 밧줄을 물어뜯고 미친 듯이 울부짖는 모습을 지켜보았다. 여자 몇 명이 공포에 질려 뒤로 돌아섰다. 그러나 병사들이 그에게 가면을 씌우자, 박수를 치며 다시 앞을 바라보았다. 몇 번 더 매질을 당한 후, 루는 기운을 잃었다.

"자백하라!" 현인이 호령했다.

쇠사슬이 채워져 있었지만, 루는 그곳의 그 누구보다도 가장 힘이 센 사람이었다. 그는 갑자기 형틀로 쓰고 있던 목가를 잡고 가장 가까이 있던 병사를 때려눕힌 후 자를 덮치려고 했다. 다행히 병사들이 그를 가로막고 마구 패댔다. 병사들은 축 처진 루를 헛간 벽으로 끌고 가서 쇠사슬로 묶었다. 형방은 그의 입에 막대기를 갖다 대면서 다시 요구했다.

"어서 자백해. 아직 밥은 먹을 수 있다."

"이 빌어먹을 것을 치우란 말이야!"

현인이 손짓을 하자, 병사가 가면의 한쪽 줄을 당겼다. 가면이 루의 얼굴에 완전히 달라붙었다. 루는 마치 뼈가 으스러지는 것처럼 비명을 질렀다. 다른 쪽 줄을 당기자 가면이 그의 관자놀이를 짓눌렀고, 루는 다시금 고통의 비명을 질렀다. 자는 두어 번만 더 그렇게 하면 형의 두개골이 마치 절구 안의 호두처럼 으스러질 것임을 알고 있었다.

〈어서 자백해, 형.〉

루의 비명소리는 더욱 커졌다. 자는 귀를 막았다. 그때 루의 이마에서 한 줄기 피가 솟구쳤다.

〈어서 자백해, 제발.〉

다시 가면의 끈을 잡아당기자, 가면은 삐걱거리는 소리를 냈다. 짐승이 내지르는 것 같은 비명이 온 사방에 울렸다. 자는 도저히 쳐다볼 수가 없어서 눈을 감았다. 그가 다시 눈을 떴을 때, 루가 혀를 깨물어 피가 솟구치고 있다는 것을 알았다. 자비를 베풀어달라고 애원하려는 순간, 루가 기절했다.

현인은 병사들에게 고문을 멈추라고 지시했다. 루는 구겨진 헝겊처럼 웅크린 채 쓰러져 있었지만, 아직 숨을 쉬고 있었다. 거의 느낄 수 없는 숨을 내쉬며 죄수가 손짓을 했다. 판관은 가면을 벗기라고 지시했다.

"자백…… 하는데……." 루가 쉰 소리로 희미하게 말했다.

그 말을 듣자 샹의 장남이 루에게 달려들어 마치 개에게 하듯이 발길로 마구 찼다. 루는 그것도 모르는 양 얼굴색이 거의 변하지 않았다. 병사들이 장남을 떼어놓자, 루는 무릎을 꿇고 자백서류에 지장을 찍었다. 현인이 선고문을 읽었다.

"나는 송루를 샹의 살인범이며, 그가 그런 사실을 자백했음을 선포한다. 도둑질을 하고 사람을 죽인 죄로, 송형통에서 정한 대로 교수형이 아닌 참수형에 처한다."

현인은 선고문에 빨간 지장을 찍은 후, 병사들에게 죄수를 데리고 나가라고 지시하며 재판이 끝났음을 알렸다. 자는 형과 이야기하려고 했지만, 병사들이 저지했다. 그는 아버지가 샹의 가족 앞에 엎드려 용서해달라고 간청하는 것을 보았다. 그러나 샹의 아들들은 마치 쓰레기를 보듯 그를 외면하고 떠났다. 자는 아버지를 부축하려고 달려갔지만, 아버지는 단호하게 거부했다. 그는 있는 힘을 다해 일어나더니 옷에서 흙먼지를 떨어냈다. 그리고 뒤도 돌아보지 않고 그곳을 떠났다. 자는 풀썩 주저앉고 말았다. 그와 함께하는 건 오로지 괴롭고 쓰라린 마음뿐이었다.

자는 양심의 가책으로 괴로웠다. 어렸을 땐 늘 형이 그를 지켜주었고, 성격이 고약하기는 했어도 가족을 위해 일했다. 이런 비극 앞에서 루가 그를 얼마나 못살게 굴었는지는 중요하지 않았다. 심지어 그가 도둑질을 했거나 살인자라는 사실도 중요하지 않았다. 무엇보다 루가 그의 형이었기 때문이다. 공자의 가르침에 따르면, 어떤 상황에서도 그는 형을 존경하고 따라야만 했다. 아마도 루는 더 좋은 사람이 되는 법을 몰랐을 수도 있다. 자는 형이 살인자라는 사실을 믿을 수가 없었다. 폭력적이기는 하지만, 살인을 할 사람은 아니었다.

다음날 아침에도 비가 내리고 번개가 쳤다. 루가 없는 것 말고는 모든 게 똑같았다. 자는 밤새 한숨도 자지 못하다가 형이 어떻게 될 것인지 알아보기 위해 일찍 집을 나섰다.

펭은 마구간에서 몽고인 조수와 함께 짐을 싣고 있었다. 자가 온 것을 보고, 펭은 짐을 놔둔 채 다가왔다. 그는 내륙 길로 난창에 도착해 그곳에서 쌀을 선적하는 배를 타고 양쯔 강을 건너 북쪽 국경지역을 여행하게 될 것이라고 했다. 아마도 여러 달이 걸리는 임무를 수행하게 될 것이라고 알려주었다.

"루 형님이 처형되려는데 지금 가시면 어떻게 합니까?"

"그건 아직 걱정할 필요가 없네."

펭은 최고형일 경우 린안의 고등재판소가 그 평결을 승인해야 하고, 최종 판결이 날 때까지 루를 국가감옥으로 이전해야 한다고 설명해주었다.

"기존의 일정으로 보건대, 가을 이전까지 최종 판결이 나지 않을 것이네." 펭이 말을 맺었다.

"그게 전부입니까? 항소는요? 항소장을 제출할 수 있지 않습니까? 펭 판관님, 제발……." 자가 애원했다.

"솔직히 말해서 여기서는 거의 해줄 수 있는 일이 없다네. 이 문제에 대해서는 현인이 전권을 가지고 있고, 내가 개입한다면 몹시 기분나빠할 테니." 그는 조수에게 짐 꾸러미 하나를 건네주고, 잠시 생각에 잠겼다. "내가 할 수 있는 일은 자네 형을 서쪽에 있는 쓰촨 성으로 이감해달라고 권해보는 것뿐이네. 나는 그곳 소금광산을 다스리는 성주를 잘 알고 있는데, 열심히 일하는 죄수들은 목숨을 더 연장시켜준다고 하네."

"하지만 증거는 어떻게 됩니까?" 자가 펭의 말을 가로막았다. "멀쩡한 정신이라면 그 누구도 3천 전 때문에 사람을 죽이지는 않을 것입니다……."

"자네도 방금 전에 〈멀쩡한 정신이라면〉이라고 말했지. 그러나 루가 멀쩡한 정신이었던 것 같지는 않네. 그렇지 않나? 술집을 나오면서 돈을 땄다는 그 이야기는……." 펭은 그건 아니라는 손짓을 했다. "성난 주정뱅이에게서 이성을 찾으려고 하지 말게. 결코 발견할 수 없을 테니."

자는 고개를 숙였다.

"그럼 현인에게 말씀해주시겠습니까?"

"이미 그렇게 하겠다고 말했네."

"저는…… 어떻게 감사드려야 할지 모르겠습니다……." 그는 무릎을 꿇고 감사의 뜻을 표했다.

"자, 자네는 내게 아들과 같았네." 펭이 자를 일으켜 세웠다. "풍요의 신이 내내 주지 않던 그 아들이었다네." 그는 씁쓸한 표정으로 중얼거렸다. "인색한 사람들은 돈이나 재산을 갈망하지만, 가장 소중한 것은 늙었을 때 자신을 보살펴주고 또 죽었을 때 자신을 기려줄 자식이지." 다시 밖에서 번개가 쳤다. "빌어먹을 폭풍 같으니! 이번 것은 가까운 곳에 떨어졌군." 그가 투덜댔다. "이제 자네를 두고 떠나야 할 시간이네. 아버지에게 안부 전해주게." 그는 자의 어깨에 손을 올려놓았다. "몇 달 내로 린안으로 돌아가면, 내가 항소를 하겠네."

"존경하는 펭판관님, 제발 부탁이니, 잊지 마시고 현인에게 청하시어 루를 도와주십시오."

"걱정하지 말게, 자."

자는 다시 무릎을 꿇고 이마를 땅에 갖다 대면서 경의를 표했지만, 동시에 슬픔을 숨기기 위한 것이기도 했다. 눈을 들었을 때, 펭은 이미 사라지고 없었다.

점심 무렵 그는 펭판관이 취한 조처를 확인하기 위해 현인을 뵙기를 청했다. 지방판관은 자를 접견하며 음식을 내주었다. 자는 그런 행동에 놀랐다.

"펭판관님이 너에 대해 아주 좋게 말씀하셨다. 네 형에 관한 일은 몹시 유감이지만 그는 나쁜 작자 같구나. 살다보면 그런 일도 일어나기 마련이다. 거기 서 있지 말고 들어오너라. 앉아서 내가 어떻게 도와주면 좋을지 말해보아라."

자는 지방판관의 다정한 태도에 거듭 놀랐다.

"펭판관님께서 제게 쓰촨 성의 광산에 관해 말씀드리라고 하셨습니다." 그는 고개를 숙이며 말했다. "판관님께서 제 형을 그곳으로 보낼 수 있을 것이라고 말씀하셨습니다."

"아, 그렇지. 광산이라……." 현인은 떡 한 조각을 삼키고는 손가락을 빨았다. "잘 들어라. 옛날에는 법이라는 게 필요 없었다. 사건이 일어나면 전과경력을 받아보고, 얼굴 표정을 살펴보고, 숨소리와 그들의 말을 들었다. 그리고 그의 행동을 유심히 살폈다. 사람의 영혼에서 암흑을 구별하는 데 다른 게 필요 없었다는 것이다." 그는 다시 떡 하나를 물어뜯었다. "하지만 지금은 그때와는 다른 세상이다. 이제 판관은 그럴 수가 없다. 그러니까…… 예전처럼 마음대로 사건을 해석할 수 없다는 말이지." 그는 힘주어 말했다. "내가 무슨 말을 하는지 알겠느냐?"

자는 이해하지 못했지만 고개를 끄덕였다. 현인이 계속 말을 이었다.

"그러니까 너는 루가 쓰촨 성의 광산으로 이송되기를 원하는 것이구나." 그는 손을 닦고 일어나더니 법전을 찾았다. "그럼, 보자……. 그래, 여기 있다. 실제로 사건에 따라 사형은 추방으로 대체될 수도 있다. 그건 살인자의 가족이 충분한 금전적 보상을 할 경우에 해당된다."

자는 관심을 기울이며 들었다.

"유감스럽게도 네 형의 경우에는 고려의 여지가 없다. 네 형 루는 최악의 범죄를 범했다." 그는 잠시 말을 멈추고 생각했다. "사실 재판 중에 나는 샹의 목을 자른 행위를 보고도 네 가족이 주술 행위와 관련이 있을 것이라 여기지 않았다. 너는 그걸 고맙게 생각해야 한다. 만일 그랬다면

루는 능지처참을 면하지 못했을 것이고, 너와 네 가족은 영원히 추방되었을 것이다."

〈그래, 우리는 그나마 행운이었어.〉

자는 주먹을 불끈 쥐었다. 실제로 법전은 죄수의 친척들에게 아무런 죄가 없더라도 살인자의 죄를 공유할 수 있으며, 그럴 경우 추방한다고 명시하고 있었다. 그러나 그는 지방판관이 무슨 말을 하려는지 이해할 수 없었다. 판관은 자가 의아해하는 표정을 보고, 보다 분명하게 말하기로 결심했다.

"바오파오는 네 가족이 땅을 소유하고 있다고 말했다. 아주 비옥한 땅이라고 하더구나."

"그렇습니다." 자는 그의 말뜻을 이해하지 못한 채 고개를 끄덕였다.

판관은 목청을 가다듬고 빙긋 웃었다.

"또한 바오파오는 이런 상황에서는 네 아버지보다 너와 이야기하는 편이 좋을 것 같다고 했다."

"죄송합니다, 판관님. 무슨 말씀인지 잘 이해가 되지 않아서……."

현인은 어깨를 으쓱했다.

"우선 배를 채우는 게 좋을 것 같다. 식사를 하면서 네 형을 곤궁에서 벗어나게 하는 데 필요한 숫자를 맞춰보도록 하자."

❀

자는 지방판관의 제안을 생각하며 오후 시간을 보냈다. 40만 전이란 엄청난 돈이었지만, 루의 목숨을 구할 수 있다면 큰돈도 아니었다. 자가 들어오는 걸 보고, 웅크린 채 서류를 읽던 아버지가 깜짝 놀랐다. 아버지는 헛기침을 하더니 그것들을 붉은 함에 보관했다. 그는 화난 표정으로 자를 바라보았다.

"나를 놀라게 한 것이 두 번째다. 또다시 문을 두드리고 들어오지 않으면, 후회하게 될 것이다."

"형법 조문을 보관하고 계신 거죠, 그렇죠?" 자는 아버지가 자신을 경솔하다고 여길 거라 생각했지만, 아버지가 꾸짖기 전에 서둘러 말을 이었다. "그걸 참고하고 싶습니다. 아마도 루를 도와줄 수 있을 겁니다."

"누가 그런 말을 하더냐? 그 빌어먹을 펭이 그러더냐? 이제 네 형에 대해서는 잊도록 해라. 그의 범죄 때문에 우리 가족이 받은 불명예가 충분하지 않다는 말이냐?"

자는 화난 아버지의 말을 순간적인 변덕이라고 여겼다.

"누가 그런 말을 했든지, 그건 중요한 게 아닙니다. 정말로 중요한 것은 우리가 모아놓은 돈으로 루의 목숨을 구할 수 있다는 겁니다."

"우리가 모아놓은 돈이라고? 네가 언제부터 저축을 했느냐? 네 형에 관한 문제는 잊고 펭과는 멀리하도록 해라!" 아버지의 눈은 분노로 번뜩였다.

"하지만 아버지……. 현인은 우리가 40만 전을 내면……."

"잊어버리라고 하지 않았느냐! 염병할! 우리 수중에 얼마나 있는지 아느냐? 6년 동안 회계원으로 일하면서도 받은 돈이 10만 전밖에 안 된다! 그 돈의 반은 생활비로 썼고, 나머지 반은 너한테 썼다. 오늘 이후로 우리는 아무에게도 기댈 수 없다. 그러니 쓸데없는 데 힘쓰지 말고, 그 힘을 논에 쓰도록 해라. 그곳이 바로 네 힘을 필요로 하는 장소다." 그는 천으로 싼 붉은 함을 덮었다.

"아버지, 이 범죄에는 제가 이해할 수 없는 게 있어요. 저는 형을 버릴 수 없……."

아버지가 자의 따귀를 후려갈겼다. 너무나 놀란 나머지 자의 안색이 바뀌었다. 아버지가 그에게 손을 든 것은 두 번째였다. 어떤 이유인지 몰라도, 과거의 존경스러운 아버지는 이제 백발이 성성한 노인이 되어 입술을 떨면서 분노를 참지 못하고 있었다. 그가 다시 들어 올린 손은 자의 뺨에서 불과 한 뼘 정도 떨어진 곳에서 자를 위협하고 있었다. 그는 형법 조문을 찾아야겠다고 생각했지만, 아버지와 맞서지는 않았다. 그 길로 집을 나왔고, 돌아오라는 아버지의 고함소리를 무시했다.

그는 비를 맞으며 앵두의 집으로 걸었다. 집 밖에 조그만 장례 제단이 차려져 있었지만, 비가 내린 바람에 촛불은 꺼졌고, 한 줌의 꽃은 잎사귀가 떨어진 채 쓰러져 있었다. 자는 촛불과 꽃송이 몇 개를 세우고 대문 앞을 어슬렁거리다가 그녀가 있는 오두막집으로 향했다. 그는 그곳 처마 밑에서 비를 피했다. 평소처럼 그는 자갈돌로 대들보를 두드리고 문이 열리기를 기다렸다. 그 시간이 몇 년이나 되는 것처럼 느껴졌지만, 마침내 그와 비슷한 다른 소리가 울리면서 앵두가 문 뒤에 있음을 확인해주었다.

함께 이야기하면서 시간을 보낸 적은 그리 많지 않았다. 혼인을 약속했어도 엄한 규범 때문에 서로 만날 약속조차 구체적으로 정할 수 없었다. 그러나 그들은 때때로 같은 날 시장을 가기로 약속하고 생선 좌판 아래로 손을 스치거나, 아니면 아무도 쳐다보지 않을 때 서로 눈빛을 교환했다.

자는 그녀를 사랑했다. 종종 그는 그녀의 백옥 같은 피부와 동그란 얼굴을 만지거나 포동포동한 엉덩이를 만지는 상상을 했고, 둘만 만날 때도 항상 숨기고 보여주지 않던 그녀의 발도 꿈꾸며 아마 셋째의 발처럼 작고 우아할 것이라고 생각했다. 그는 앵두의 어머니가 그녀의 발을 상류층처럼 보이도록 어릴 때부터 묶어놓았다는 것을 알고 있었다.

시끄러운 빗소리에 자는 몽상에서 깨어나 현실로 돌아왔다. 개들조차 한숨도 잠들 수 없는 밤이었다. 하늘의 제방이 무너진 듯이 비가 퍼부었고, 번개와 천둥이 간헐적으로 어둠을 갈랐다. 그의 생애 최악의 밤이었다. 그는 집으로 돌아가 이해할 수 없이 노여워하는 분별없는 아버지와 마주치느니, 차라리 생쥐처럼 흠뻑 젖는 게 낫다고 생각했다. 그는 무엇을 해야 할지 몰랐다. 그는 벽 틈으로 앵두에게 사랑한다고 속삭였고, 그녀도 그 말을 들었다는 표시로 벽을 가볍게 두드렸다. 그녀는 말을 하지 않았다. 그랬다가는 가족이 깰 수도 있기 때문이다. 하지만 적어도 앵두가 가까이에 있다는 것을 느낄 수 있었다. 그는 벽에 기대어 웅크리고 앉았다. 폭풍을 피해 처마 밑에서 밤을 보내기로 작정했다. 잠들기 전에 그는 현인과의 대화를 떠올렸다. 사실 한시도 판관의 제안을 잊을 수 없었다. 그는 판관의 제안이 이기적인 욕심으로 가득 찼을지라도, 루의 목숨을 보존해줄 것이라고 생각했다.

6

갑자기 엄청난 굉음이 울렸다. 앵두의 집 옆에서 꾀죄죄한 넝마처럼 잠을 자던 자는 너무 놀라 눈을 떴다. 그때 비명소리가 들렸고, 마을 가장 북쪽에서 솟아오르는 커다란 연기 기둥을 볼 수 있었다. 심장이 멎는 것 같았다. 그의 집이 있는 곳이었다. 돌연 공포에 질린 그는 소굴에서 도망치는 두더지처럼 모습을 나타내는 마을 사람들과 합류했고, 구경꾼들을 제치면서 절망에 빠진 사람처럼 달려갔다. 갈수록 빨리 뛰었고, 가까워질수록 두려움에 사로잡혔다.

가까이 다가갔지만, 연기가 너무나 짙어 앞을 거의 볼 수 없었다. 비명소리와 우는 소리, 탄식소리가 들렸고, 어찌할 바를 모르고 방황하는 사람들의 모습만 희미하게 보였다. 그는 공포에 질린 눈으로 피를 흘리며 걷는 한 아이와 부딪쳤다. 그의 이웃인 춘이었다. 그는 무슨 일이 벌어졌는지 물어보려고 그의 팔을 잡으려 했지만, 그의 팔은 온데간데없었다. 아이는 망가진 헝겊 인형처럼 푹 쓰러져 숨을 거두었다.

자는 춘의 몸을 넘어 사방으로 흩어져 있는 깨진 기와와 나뭇조각 더미 사이로 들어갔다. 아직도 그의 집은 보이지 않았다. 춘의 집은 이미 사라지고 없었다. 모든 게 폐허가 되어 있었다. 아무것도 남아 있지 않았다.

그의 집이 있던 곳에는 이제 지옥의 잔재만이 남아 있었다. 돌 더미와 기둥들, 그리고 탁탁거리며 타오르는 불길 속에는 무너져버린 벽 위로 흩어진 진흙만이 있을 뿐이었다. 진하고 시큼한 냄새가 온 동네를 뒤덮었다. 하지만 그런 파편 아래서 발견할 수 있는 것은, 이미 모두 죽었을 것이라는 확신뿐이었다. 그것이 연기보다도 더 숨 막히게 했다.

아무 생각도 나지 않았다. 그는 앞에 수북하게 쌓여 있던 망가진 잡동사니와 기둥 더미를 향해 뛰어가면서 돌과 나무를 치웠고, 부모님과 동생의 이름을 울부짖으며 불렀다. 그는 계속해서 소리치며 무너진 벽을 기어

올랐고 돌 더미들을 치웠다.

〈살아 있어야만 해. 하늘이시여, 제게 이러지 마소서! 제발 이러지 마소서!〉

그는 대들보를 밀고 짓눌린 의자의 잔해를 치우다가 깨진 기와 사이로 미끄러졌다. 그중 하나가 그의 발목에 상처를 입혔지만, 그는 아픔을 전혀 느끼지 못했다. 그는 마치 홀린 사람처럼 계속해서 깨진 조각들을 치워냈고, 너무나 흥분한 나머지 제대로 생각할 수도 없었다.

그때 누군가가 무언가를 찾았다고 소리쳤다. 몇몇 사람이 급히 달려왔다. 모두가 힘을 합해 벽의 잔해를 치우고 나자 그는 꼼짝도 할 수 없었다.

그의 부모가 잔해와 파편에 눌린 채 진흙투성이가 되어 쓰러져 있었다. 그는 눈물이 마를 때까지 울었지만, 슬픔은 잦아들지 못했다. 어느 정도 안정을 되찾을 즈음, 이웃이 상황을 알려주었다. 그의 집 뒤에 있는 산기슭에 번개가 떨어지면서 산사태가 일어나 화재로 번지면서 네 채의 집이 파괴되었다고 했다. 확인된 사망자는 총 여섯 명이었다. 그러나 그들 중에 그의 여동생은 없었다.

"대들보 아래에 웅크리고 있었어요." 다른 이가 알려주었다. "발목만 삐었어요."

자는 고개를 끄덕였다. 그 소식에 어느 정도 위안을 얻을 만도 했지만, 그의 부모들은 그곳에 맥없이 누워 있었다. 괴로웠다. 후회와 번민이 밀려왔다. 아버지와 말다툼한 것도 후회되었고, 집 밖에서 밤을 새운 것도 후회스러웠다. 반항하는 대신 집으로 돌아가 아버지 말을 따르고 부모님과 함께 있었다면, 어쩌면 모두가 살아있을지도 모르는 일이었다. 아니면 자신도 그들과 함께 죽을 수도 있었다.

그는 하늘이 왜 그토록 끔찍한 일들이 동시에 벌어지게 했는지 의아했다. 샹의 죽음, 루의 사형 선고, 파멸적인 폭풍, 부모의 죽음……. 혹시 자신의 거만한 자존심 때문에 치러야 할 대가였을까? 평판관이라도 곁에 있었다면!

갑자기 셋째가 떠올랐다. 동생은 살아있다. 아마도 그런 이유로 자신이 살아남았는지도 모르는 일이었다. 이제 그가 여동생을 보살펴야 한다.

무치아라는 이름의 노인이 셋째를 데리고 갔다는 말을 듣고, 자는 미친 듯이 달려갔다. 셋째는 무치아의 아내가 준 담요를 덮고 슬픔과 고통에는 아랑곳없이 편안하게 잠들어 있었다. 무치아의 아내가 인형도 빌려주었는지 셋째는 그게 자기 것인 양 품에 안고 있었다. 자는 노부부에게 고맙다고 말하며, 부모님의 일을 처리할 동안 셋째를 보살펴달라고 부탁했다. 무치아는 아무 불평이 없었지만, 그의 아내는 작은 소리로 투덜댔다.

바오파오는 별채를 시체 안치소로 제공했다. 자는 부모님의 시체를 그곳으로 옮겼다. 그는 다시 폐허로 돌아가 그곳이 약탈되기 전에 값나가는 물건들을 챙겼다.

대낮의 햇볕 아래 서서 그는 산사태로 언덕에 있던 스무 채 가량의 집들 중에 여섯 채가 타격을 입었다는 것을 알 수 있었다. 양 끝에 있던 두 집은 피해를 입었어도 무너지지는 않았지만 그의 집을 포함한 다른 네 채는 완전히 부서져 있었다. 이웃들이 힘을 합쳐 쓰레기와 파편을 치우는 와중에도, 그의 집을 치우는 사람은 아무도 없었다. 몇몇 사람은 손가락질을 하면서 자가 천벌을 받은 거라고 비난했다.

자는 이를 악물고 소매를 걷어붙인 채 일에 몰두했다. 몇 시간 동안 그는 삽으로 진흙과 재를 치우고 판자를 옮기며, 엉망진창으로 뒤섞인 부서진 가구와 너덜너덜해진 옷, 나무토막과 기와를 치웠다. 발길을 옮겨 물건들을 발견할 때마다 마음이 어지러워 일을 계속할 수가 없었다. 그가 발길을 멈출 때는 어김없이 눈물이 얼굴을 뒤덮었다. 그는 어머니가 그토록 아끼던 백자항아리가 산산조각 난 것을 보았다. 그는 최대한 조각들을 모아 마치 금방 산 것처럼 조심스럽게 천을 덮어놓았다. 아버지의 붓도 보았다. 놀랍게도 그것들은 예전 그대로였다. 그가 아버지 무릎에 앉아 글을 배울 때 사용했던 것들이었다. 그는 그 붓들을 하나하나 씻어 백자 항아리 옆에 보관했다. 쭈그러진 쇠 냄비와 이빨 빠진 칼 몇 개도 챙겨놓았다. 겨울철 땔감으로나 쓸 만한 까치발과 둥근 나무그릇은 한쪽으로 치워놓았다. 뭉개진 여러 함들 중에서 아버지가 학생시절부터 보관하고 있던 유학서적들을 보았다.

갑자기 뒤에서 웃음소리가 들렸다. 자는 흠칫 놀라며 가까이 다가갔다. 이웃집 아이 펭이었다. 그의 허리춤에도 닿지 못하는 여섯 살짜리 개구쟁이였지만, 그 누구보다도 총명한 아이였다. 자는 잿더미 사이에서 찾아낸 호두 몇 알을 주었지만, 아이는 이 빠진 치열을 드러내고 활짝 웃으며 숨었다. 자가 다시 먹으라고 하자, 아이가 다가와 손을 내밀었다.

"먹고 싶니?"

아이는 고개를 마구 끄덕였다.

"무슨 일이 있었는지 이야기해주면 이걸 줄게." 자는 아이가 치통을 앓느라 며칠 밤 뜬 눈으로 밤을 새웠다는 사실을 알고 있었다. 아이는 뒤를 흘깃 바라보았다. 마치 누가 그를 염탐하고 있을지 모른다고 생각한 것 같았다.

"번개가 떨어졌고 산이 무너졌어요." 아이는 호두를 낚아채려고 했다.

하지만 자는 아이가 호두를 잡기 전에 손을 위로 치켜 올렸다. 그는 다시 호두를 내밀었다.

"분명해?"

"몇몇 사람을 보았어요⋯⋯."

"몇몇 사람이라고?"

아이가 무언가 더 이야기를 하려고 했지만, 그때 고함소리가 들렸다. 아이의 어머니가 돌아오라며 야단치는 소리였다. 아이의 얼굴색이 바뀌며 모친에게로 달려갔다. 아이가 모습을 감추려는 순간, 자가 아이를 불렀다. 펭이 걸음을 멈추자, 자는 호두를 아이의 발 아래로 던졌다. 아이가 몸을 숙여 주려 할 때, 모친이 아이를 찰싹 때리더니 번쩍 안아서 데려갔다.

오후가 절반쯤 지나자, 그는 가장 커다란 바위를 빼고 모두 치울 수 있었다. 자는 아버지가 린안으로 돌아갈 때의 경비를 충당하기 위해 모아 놓은 저금통을 찾아야만 했다. 그것을 현인의 요구를 충족시키기 위해 사용할 생각이었다. 그는 숨을 깊이 들이마시고 바위를 치우려 애쓰기 시작했다. 한 시간 넘게 용을 쓰면서 손과 팔에 상처가 났지만, 다른 사람의 도움 없이는 절대로 그 바위들을 치우지 못할 것이라는 현실을 받아들여야 했다. 그런데 그가 포기하려는 순간, 커다란 기둥 아래서 그가 그토록 찾고 있던 함의 모서리를 발견했다.

〈무슨 일이 있더라도 너만은 거기서 꺼내고 말겠어.〉

그는 지렛대로 사용할 수 있는 대들보를 잡아 바위와 함 사이에 넣었다. 있는 힘을 다해 밀었다. 하지만 바위는 움직이지 않았다. 그렇게 두어 번 더 시도했지만 아무 소용이 없었다. 그는 지렛대의 위치를 바꿔야 한다는 것을 깨달았다. 힘을 더 받을 수 있도록 바닥에 돌을 더 높게 괴고 어깨를 대들보 아래에 넣은 후 다리에 힘을 주며 일어났다. 다리가 후들후들 떨렸다. 세 번째로 시도하자 바위가 움직이더니 먼지구름을 일으키며 아래로 굴러갔다. 먼지가 어느 정도 가라앉은 후, 자는 함의 자물쇠가 부서져 있다는 걸 알고 급히 뚜껑을 열었다. 그러나 거기에는 한 푼도 없었다. 단지 옷과 천만 들어 있었다. 그는 기가 막혀 멍하니 있을 수밖에 없었다.

"미안하다. 아내가 이 아이와 함께 있을 수 없다고 하는구나." 갑자기 뒤에서 소리가 들렸다.

자는 고개를 돌렸다. 동생을 맡아준 무치아였다. 셋째는 울상을 지은 채 헝겊 인형을 들고 그에게 업혀 있었다.

"뭐라고요?" 자는 무슨 뜻인지 이해하지 못하고 다시 물었다.

"우리 딸도 똑같은 것을 가지고 있어." 노인은 인형을 가리켰다. "그냥 가져도 괜찮아."

자는 입술을 깨물었다. 그는 이제 혼자라는 것은 알고 있었지만 아버지의 친구였던 사람들까지 그를 거부하고 있다는 사실은 미처 깨닫지 못했다. 어쨌든 그는 양 주먹을 가슴에 갖다 대며 고맙다고 인사했다. 무치아는 아무 대답도 없이 돌아갔다.

자는 셋째를 쳐다보았다. 조용하고 순한 셋째는 행복해 보이는 미소를 지으며 그를 쳐다보았다. 아프지만 사랑스러운 아이였다. 자는 주위를 둘러싼 폐허를 바라보다가 다시 여동생에게 눈을 돌렸다. 그 아이의 머리를 쓰다듬으면서, 잠시 내려둘 만한 곳을 찾았다. 목마처럼 보이는 두꺼운 나뭇가지를 찾아 여동생을 그 위에 태워주었다. 셋째는 기침을 하면서도 웃었다. 자는 슬퍼서 가슴이 아팠지만, 그래도 동생을 따라 웃었다.

해가 지기 전에 자는 평소의 두 배나 값을 치러 밥 한 공기를 구해 셋째에게 먹였다. 그는 공기에 남은 밥알을 핥아먹고 시원한 물 한 잔을 마셨다. 셋째는 마른 나뭇가지로 엉성한 침상을 만들어 그 위에 눕혔다. 부모님은 하늘나라로 여행을 떠나셨고, 이제는 자기 혼자 그녀를 보살필 것이라고 설명했다. 항상 자기 말에 따라야 하며, 곧 커다란 새 집을 지으면 꽃도 가득하고 그네도 있는 정원을 갖게 될 것이라고 말했다. 그는 여동생의 이마에 입을 맞추어주고 잠이 들기를 기다렸다.

셋째가 잠든 후, 자는 다시 일을 시작했다. 희미한 빛 속에서 완전히 지칠 때까지 잔해를 치웠다. 그러나 모아놓은 돈이나 빨간 함은 나타나지 않았다. 자는 누군가가 훔쳐갔을 것이라고 생각했다.

그는 여동생 옆에 드러누워 눈을 감은 채 해결할 수 없는 문제를 생각했다. 6년간 그렇게 열심히 일했으면서도 그의 아버지가 고작 10만 전을 벌었다면, 도대체 판관이 요구하는 40만 전을 어떻게 만들어 형을 석방시킬 수 있을까?

7

그날 새벽 자는 폭풍의 신에게 저주를 퍼부었다. 그는 소나기를 맞으며 잠에서 깼고, 재앙에서 되찾은 책을 지키러 달려갔다. 책들이 얼마 나가지 않더라도 아침이 되면 팔 수 있을 것이라고 생각했다. 그는 책을 빗물을 피할 수 있는 안전한 곳으로 옮기고 나서, 잿더미에서 구해낸 물건들을 바라보았다. 여러 권의 책, 돌베개, 쇠그릇 두 개, 반 정도 그을린 담요들, 속옷 몇 가지, 자루가 타버린 낫 두 개, 그리고 이 빠진 커다란 낫 하나였다. 그걸 모두 시장에 내다 팔아도 2천 전이 채 되지 않을 것이다. 그것도 살 사람이 있을 경우에 그랬다. 쌀 한 가마와 차 한 자루, 소금 한 병과 셋째의 약을 비롯해 어머니가 펭판관을 맞이하기 위해 구입했던 훈제 돼지다리 하나도 구해냈다. 그 정도 식량이면 그가 다시 집을 짓는 동안 먹고사는 데 문제가 없었다. 그 이외에도 그는 400전 정도 되는 동전들과 5천 전짜리 어음도 찾아냈다. 땔감으로 팔 나무까지 합치면 그의 재산은 7천 전이 조금 넘었다. 그것은 대략 여덟 식구로 이루어진 가족의 두 달 치 생활비에 해당했다. 그는 저금통을 쳐다보면서, 그 안에 있던 돈이 어디로 갔을까 생각했다.

첫 아침햇살이 비칠 즈음 마지막으로 주변을 찾아보았다. 다시 나무 조각들 위를 걸어 다니며 대들보를 옆으로 치웠고, 대나무 침상의 잔해를 들어 올려 침상 밑을 샅샅이 살폈다. 하지만 아무것도 없었다. 절망적이었다.

샹의 시체를 발견하기 전까지만 해도, 그의 걱정거리는 매일 아침 일찍 일어나는 것뿐이었다. 그저 그날 갈아야 할 논을 불평하고 국자학에서 보낸 나날을 그리워하는 것이 전부였다. 적어도 몸을 둘 지붕과 그를 지켜주는 가족이 있었다. 이제 그가 가진 재산이라고는 굶주린 두 개의 입과 돈 몇 푼뿐이었다. 그는 힘없이 대들보를 발로 걷어차고 바닥에 주저앉았다. 부모님을 생각했다. 그는 최근 아버지의 결정을 이해할 수 없었지만, 그전까지만 해도 온건하고 강직한 분이었다. 그는 아버지에게 대든 것에 죄책감을 느꼈고, 가족과 함께 남아 그들을 보살피지 않고 밖에서 밤을 보낸 것도 후회했다.

마침내 그는 남아 있는 것들 중에서 가장 값나가는 것은 바퀴벌레 둥우리라는 것을 확인한 후 수색작업을 끝마쳤다. 그는 되찾은 것들을 우물 안에 숨겨놓고 여동생을 깨웠다. 셋째는 눈을 뜨자마자 어머니를 찾았다. 훈제 돼지다리를 자르는 동안, 자는 부모님이 아주 먼 곳으로 여행을 떠났다는 사실을 셋째에게 다시 상기시켰다.

"하지만 너를 지켜주고 계셔. 그러니 착한 아가씨답게 행동해야 해."

"어디 계셔?"

"저 구름 뒤에. 자, 이리 와서 얼른 먹어. 그러지 않으면 부모님이 화내실 거야. 아버지가 화나면 어떤 얼굴인지 너도 잘 알지?"

"아직도 집이 망가져 있어." 셋째는 고기를 한 입 베어 물면서 가리켰다.

자는 고개를 끄덕였다. 어떻게 대답해야 할까 생각했다.

"너무 오래된 집이었어. 내가 더 큰 집을 지을 거야. 그렇게 하려면 네가 날 도와주어야 해. 알았지?"

셋째는 고기를 삼키면서 고개를 끄덕였다. 자는 웃으면서 셋째의 한쪽 뺨에 입을 맞추었다. 그는 셋째 옆에 앉아 〈만석꾼〉을 떠올렸다. 어쩌면 그들의 문제를 해결할 수 있는 방법이 있을지도 모른다고.

당장 40만 전을 모으는 것은 산을 옮기는 것보다 더 힘든 일이었다. 그러나 지난밤에 그는 도움이 될지도 모르는 계획을 구상했다.

계획에 들어가기 전, 그는 잿더미에서 구해낸 형법전서를 들고 살인 죄와 감형에 관한 항목을 읽었다. 그는 조항을 이해한 후 잠시 부모를 떠올렸고, 급히 만든 제단에 돼지 다리 한 점을 올렸다. 자비를 베풀어달라는 기도를 마치고, 셋째를 업었다. 그는 만석꾼의 농장을 향해 걸었다. 만석꾼은 마을의 거의 모든 땅을 소유한 사람이었다.

팔에 문신을 한 건장한 남자가 농장 입구를 지키고 있었다. 그는 못마땅한 눈으로 자를 쳐다보았지만, 자가 그곳에 온 의도를 말하자 길을 안내했다. 자는 정원을 지나 조그만 정자까지 남자와 함께 걸어 들어갔다. 산기슭의 논두렁을 훤하게 굽어볼 수 있는 곳이었다. 그곳에 무뚝뚝한 표정의 한 노인이 침상에 누워 있었고, 그의 첩이 부채질을 해주고 있었다. 노인은 발끝부터 머리까지 자의 차림새를 평가해 보고는 인상을 썼다. 그러나 보초가 자가 찾아온 의도를 전하자, 웃는 표정으로 바뀌었다.

"그러니까 루의 땅을 팔고자 하는군." 만석꾼은 자에게 바닥에 있는 의자에 앉으라고 권했다. "가족의 일은 심히 유감이네. 그렇더라도 지금은 협상하기에 좋은 시기가 아니군."

⟨내 입장에서 그렇다는 말이겠지.⟩

자는 인사를 했고, 셋째에게는 연못에서 오리와 놀고 있으라며 보냈다. 그는 서둘지 않고 의자에 앉았다. 이미 대답을 준비하고 왔다.

"저는 많은 사람들이 어르신의 지성에 관해 말하는 소리를 들었습니다." 자가 아부했다. "그러나 어르신은 그 무엇보다도 협상의 귀재라는 소리를 들었습니다."

노인은 동의한다는 듯이 고개를 끄덕였다.

"의심의 여지없이 어르신은 제 상황 때문에 형의 토지를 싼값에 팔 것이라 생각하실 겁니다. 그러나 저는 그 어떤 땅도 헐값으로 팔기 위해 이곳에 온 것이 아닙니다. 저는 그 땅이 매우 가치 있다는 사실을 잘 알고 있습니다."

노인은 뒤로 기댔다. 마치 자의 말을 듣고 있어야 할지, 아니면 매질해서 쫓아내야 할지 고심하는 것 같았다.

"저는 오래전부터 바오파오가 제 형과 협상하려고 했다는 사실을 알고 있습니다." 자는 거짓말을 했다. "그는 제 형이 그 땅을 구입하기 전부터 관심을 갖고 있었습니다."

"그게 나와 무슨 상관이 있는지 모르겠구나. 나는 지금도 땅이 너무 많아서 그 논을 경작하려면 열 개의 마을을 노비로 삼아도 부족한 형편이다." 그는 자를 우습게보면서 대답했다.

"맞습니다. 그런 이유로 제가 바오파오의 집이 아니라 이곳에 있는 것입니다."

"이보게, 핵심만 말하도록 하지. 어서 설명하지 않으면 여기서 끌어내라고 하겠네."

"어르신은 바오파오보다 더 많은 땅을 소유하고 계십니다. 실제로 더 부자이십니다. 하지만 바오파오보다 큰 권력을 갖고 있지는 못합니다. 그는 이 마을 수령입니다. 매우 죄송한 말씀이지만, 어르신은 지주일 뿐입니다."

노인에게서 불만의 한숨이 새어나왔다. 자의 생각이 적중했다.

"마을의 모든 사람들은 바오파오가 루의 땅에 관심을 갖고 있다는 사실을 알고 있습니다. 루에게 그 땅을 넘긴 이전 주인은 조상대대로 내려온 원한 관계로 그 땅을 팔기를 수없이 거부해왔지요."

"자네 형은 놀음으로 하룻밤에 그 땅을 손에 넣었네. 내가 그런 사실을 모를 줄 아나?"

"제 형도 전 주인과 마찬가지로 그 땅을 팔지 않았습니다. 냇물이 논두렁을 따라 흐르기 때문에 건기에도 관개를 할 수 있는 곳입니다. 어르신의 땅은 그것보다 못합니다. 강물에서 물을 댈 수밖에 없기 때문이죠. 또 바오파오의 땅은 산기슭의 높은 곳에 위치하고 있어 발판 양수기로 물을 끌어올리지 않으면 물이 닿을 수 없습니다."

"하지만 내 땅을 통과해야 하니 양수기조차 사용할 수 없네. 그렇지 않나? 나는 내가 경작할 수 있는 땅보다도 더 많은 땅을 가지고 있고, 물을 대는 것도 어렵지 않네. 모두가 다 알고 있는 사실이지. 그런데 내가 왜 자네의 보잘것없는 땅뙈기에 관심을 보여야 하는 건가?"

"바로 바오파오에게 팔지 못하게 하기 위해서입니다. 만일 그가 구입하게 된다면, 수령은 권력을 가질 뿐만 아니라, 제 형이 소유한 논두렁을 따라 흐르는 시냇물에서 풍부한 물도 갖게 될 것입니다."

만석꾼은 자를 아래위로 쳐다보면서 어떻게 반론해야 할지 생각했다. 자의 말이 옳았다. 이제 그가 모르는 것은, 자가 요구할 액수였다.

"이보게, 자네 땅은 내게 하나도 도움이 되지 않네. 바오파오가 원한다면, 그에게 팔게."

〈허세를 부리고 있어. 계속 밀어붙여야 해.〉

"셋째야! 이제 오리랑 그만 놀고 가자!" 자는 이렇게 외치면서 일어났다. "어쨌든 수령은 자기가 원하는 것을 손에 넣을 수 있지만, 돈만 가진 지주는 그걸 막을 수 없지요."

"감히 내 앞에서 그런 말을 하느냐?"

자는 아무 대답도 하지 않았다. 그는 노인을 뒤로하고 정자의 계단을 내려가기 시작했다.

"20만 전이면 되겠느냐?" 만석꾼이 소리쳤다. "네 땅값으로 20만 전을 주겠다."

"40만 전을 주십시오." 자는 차분하게 대답했다.

"지금 농담하느냐?" 노인은 비웃었다. "그 땅값이 내가 제안하는 가격의 반도 나가지 않는다는 것은 모두가 알고 있다."

〈당신은 알고 있겠지만, 당신의 탐욕은 그걸 모르고 있어.〉

"바오파오는 제게 30만 전을 주겠다고 했습니다." 자는 모 아니면 도라는 심정으로 다시 거짓말을 했다. "이 협상에서 그를 이긴다는 것만 해도 5만 전 이상의 가치가 있을 것입니다."

"감히 애송이가 나한테 그 땅뙈기에 40만 전을 지불해야 한다고 말하다니, 참으로 겁이 없구나!" 노인이 소리쳤다.

"마음대로 하십시오, 어르신. 틀림없이 앞으로 어르신은 바오파오의 수확을 부러워하면서 바라보실 겁니다."

"30만 전을 주겠다." 만석꾼이 잘라 말했다. "그 가격에서 조금이라도 더 받겠다고 우긴다면, 반드시 후회할 것이다."

30만 전은 실제 땅값보다 적어도 한 배 반 이상 나가는 돈이었다. 자는 뒤로 돌아서서 바로 자기 위에 서 있는 만석꾼을 보았다. 두 사람 모두 그것이 훌륭한 협상가격이라는 사실을 알고 있었다.

양도서류에 서명하기 전, 만석꾼은 그 땅이 자의 재산이라는 것을 다시 한 번 확인했다.

"걱정하지 마십시오. 법에 따라 제 것입니다. 제 형은 사형선고를 받았으니 이제 제가 장남 역할을 맡고 있습니다."

노인은 고개를 끄덕였다.

"아직 한 가지가 남았다, 청년." 자는 돈을 세면서 눈을 들었다. "나 역시 마지막 무^{2}까지 측정할 것이다. 만일 조금이라도 부족하면, 너는 후회하게 될 것이다."

❦

오전이 반쯤 지났을 무렵 자는 잿더미에서 구해낸 얼마 안 되는 물건들을 가지고 시장으로 갔지만, 그것으로 500전을 받기란 모닥불로 돌을 녹이는 것보다도 힘들었다. 마침내 그는 마지막까지 팔지 않으려 했던 쇠 항아리와 칼들을 덤으로 주면서 간신히 그 액수를 손에 넣었다. 또 마을에는 글을 읽을 수 있는 사람이 거의 없었기에 아무도 책을 사지 않았지만, 그것을 불쏘시개로 주고 대신 셋째가 편히 쉴 수 있도록 버려진 헛간을 이용하기로 했다. 그는 음식과 형법전서만 보관했다. 특히 그 법전은 그 어떤 것보다도 그에게 도움이 될 거라고 생각했다. 자는 셋째를 헛간에 데려다 놓고는 훈제 돼지다리를 잃어버리지 않게 잘 보관하라고 신신당부를 했다.

"특히 고양이를 조심해야 해. 그리고 누군가 오면 소리를 치도록 해."

셋째는 돼지다리 옆에 서서 맹수 같은 표정을 지었다. 자는 웃으면서 헛간의 빗장을 채웠다. 정오가 되기 전에 돌아오겠다고 약속하고 바오파

---

2 무(畝) : 중국의 옛날 토지 단위. 1무는 약 666제곱미터에 해당한다.

오의 집으로 향했다.

시체가 안치된 별채에 도착했을 때, 그는 부모님의 장례식에 관해 생각하기 시작했다. 아버지의 관은 『예기(禮記)』에 규정된 바에 따라 오래전에 제작되어 있었다. 이순(耳順)이 되면 관을 비롯해 장례에 필요한 모든 물건들을 1년에 한 번씩 점검했다. 고희(古稀)가 되면 계절마다 한 번씩, 팔순이 되면 매달 한 번씩, 졸수(卒壽)가 되면 매일 제대로 되어 있는지 살펴봐야 했다. 아버지는 예순두 살이었지만, 어머니는 쉰 살도 되지 않았다. 그는 어머니 관을 준비해야 했다. 다른 희생자들 가족과 이야기하고 있던 목수를 만났다. 그날 오후까지 관을 만들어주는 조건으로 다소 과한 가격을 요구했지만, 자는 그대로 수락했다.

자는 부모님의 시신에 다가가 절을 했다. 아직 씻기지 않은 상태였기에 흉하게 변해가고 있었다. 그는 젖은 지푸라기를 이용해 직접 부모님의 시신을 닦았다. 남들이 보지 않는 틈에 몰래 훔쳐온 방향제를 뿌리고, 빌려온 옷가지로 갈아 입혔다. 촛불도 향도 없었지만, 그는 부모님이 그런 결례를 용서해줄 것이라고 믿었다. 그는 부모님의 영혼을 위해 다시 기도하면서, 여동생을 잘 돌보겠다고 굳게 맹세했다. 이제 그의 삶은 결코 예전으로 돌아갈 수 없으며, 혼자였다. 현인이 루의 석방 협상을 위해 제시한 시간이 끝나가고 있었다. 그는 눈물을 글썽이며 별채를 나왔다.

하인이 지방판관의 개인 숙소로 안내했다. 현인은 욕조 안에 있었고, 시종이 그를 닦아주고 있었다. 자는 그토록 뚱뚱한 사람을 한 번도 본 적이 없었다. 그를 보자 현인은 시종에게 나가 있으라고 지시했다.

"시간을 아주 잘 지키는 청년이군. 내가 거래하기 좋아하는 유형의 사람이야." 그는 웃으면서 접시에서 떡을 하나 집었다. 자에게도 떡 한 조각을 건네주었지만, 자는 사양했다.

"제 형 문제에 관해 말씀드리고 싶습니다. 판관님께서는 제가 벌금을 지불하면 사형에서 감형해주시겠다고⋯⋯."

"그렇게 힘써보겠다고 했지⋯⋯. 자, 말해보게. 돈을 가져왔는가?"

"하지만 판관님, 그렇게 약속하셨습니다."

"쓸데없는 소리는 그만하게! 돈을 가져왔는가?" 판관은 완전히 벌거벗은 채 욕조에서 나왔다. 자는 다소 당황했지만, 겁을 먹지는 않았다.

"30만 전을 가져왔습니다. 제가 가진 전 재산입니다." 그는 떡 위에 어음을 놓았다. 무척 무례한 행동일 수 있었다. 그러나 판관은 그런 것에 개의치 않았다. 그는 돈을 집더니 열심히 세었다. 그의 눈은 금방이라도 동공에서 튀어나올 것처럼 반짝반짝 빛나는 유리구슬 같았다.

"40만 전으로 정했네." 그는 한쪽 눈썹을 치켜 올렸지만, 그 돈을 급히 집어넣었다.

"석방해주실 겁니까?"

"석방이라고? 날 웃기지 말게. 우리는 쓰촨 성으로 이송하는 것에 대해서만 말했네."

자는 얼굴을 찡그렸다. 사람들이 그에게 사기를 치려고 했던 것은 이번이 처음이 아니었다. 하지만 이번 경우는 너무 큰 위험이 따랐다. 그래도 그는 편안한 표정을 지으려고 애썼다.

"제가 잘 듣지 못했던 것 같습니다. 하지만 저는 그것을 몸값 배상금으로 정해진 액수라고 이해했습니다."

"몸값 배상금이라고?" 판관은 놀란 표정을 지었다. "이보게, 자네가 말하는 배상금 액수는 전혀 다른 액수네. 사형에서 감형하려면 지금 내게 건네준 보잘것없는 액수가 아니라, 은 100관(貫)이 필요하네."

자는 자기가 아무리 애써도 판관의 마음을 돌릴 수는 없을 것이라는 사실을 깨달았다. 다행히 그는 준비되어 있었다. 그는 자루에서 형법전서를 꺼내 판관 앞에 펼쳤다.

"죄인이 4품 이상의 고위관리일 경우 은 100관으로, 4품과 5품과 6품의 경우 은 40관으로 정한다." 그는 읽어 내려가면서 점점 자신감을 되찾았다. "7품과 그 이하, 그리고 귀족 선비들에게는 은 20관으로, 그리고 하급 관리에게는 은 15관으로 정하며……." 그는 떡 위에 놓인 그 종이를 힘껏 눌렀다. "그리고 일반 평민에게는 은 10관으로 정한다! 제 형은 이 경우에 해당합니다!"

"그래, 그렇지!" 판관은 잘난 척하는 표정을 지으며 소리쳤다. "그러니까 자네는 법을 알고 있군……."

"그렇습니다." 자는 그의 뻔뻔함에 놀라움을 감출 수 없었다.

"하지만 숫자에 관한 지식은 약한 것 같군……. 은 10관은 85만 전에 해당하네."

"예, 저도 그렇게 계산했습니다." 그는 겁먹지 않았다. "바로 그런 이유로 저는 판관님이 감형하지 않으시리라는 것을 알았습니다. 판관님께서는 단지 제가 구할 수 있을 것이라고 생각하신 액수를 정하셨습니다. 이것에 관해 젠양구에 있는 판관님의 상관들은 어떤 의견일지 저는 모르겠습니다."

"알겠네……. 자네는 꽤 배운 사람이군……." 판관의 목소리가 굳어졌다. "자, 자네는 많은 것을 알고 있으니 한번 생각해보게. 자네와 자네 여동생은 이 범죄와 아무런 관련도 없는가?"

즉시 자는 판관이 그들을 공모와 주술 혐의로 고발할 수도 있었다고 말했던 것을 떠올렸다.

〈이제야 잘 알겠어. 나는 지금 사회의 벌레와 만나고 있는 거야.〉

즉시 그는 전략을 바꿨다.

"죄송합니다, 존경하는 판관님. 너무 긴장한 나머지 제대로 생각하지 못했습니다. 어젯밤에 한숨도 자지 못해서 지금 제가 무슨 말을 하고 있는지 저도 모르겠습니다." 그는 고개를 숙였다. "그렇지만 제가 지금 건넨 액수는 형법에서 정한 것을 상회한다는 것은 말씀드리고 싶습니다."

판관은 수놓은 비단을 몸에 두르고 자를 쳐다보았다. 그는 기름기가 줄줄 흐르는 배의 주름에서 물기를 닦기 시작했다.

"자네에게 설명해주지. 자네 형이 저지른 죄는 어찌할 방법이 없네. 사실 희생자 가족이 간구한 대로 나는 이미 그를 처형했어야 했네. 그러나 그를 쓰촨 성으로 보내는 것만 해도 나는 충분히 도와주는 걸세. 게다가 그를 석방시킬 수 있는 사람은 판관이 아니네. 그건 황제만이 할 수 있는 일이네."

"알겠습니다." 자가 말했다. "그럼 돈을 돌려주십시오. 저는 항소를 준비하겠습니다."

판관의 표정이 순간적으로 굳어지더니 눈이 파르르 떨렸다.

"항소라고? 무슨 근거로? 자네 형은 이미 고백했고, 모든 증거가 그걸 입증하고 있어."

"그렇다면 상급 법원이 그 선고를 결정해도 괜찮다는 말씀이십니까?"

판관은 입술을 깨물었다.

"우리가 해야 할 일을 말해주겠네. 나는 자네의 무례함을 용서할 것이니, 자네는 오늘 우리가 나눈 대화를 잊도록 하게. 내가 최선을 다하겠다고 자네에게 약속하겠네."

"그런 말로는 충분하지 않습니다." 자는 인내심의 한계를 느끼면서 용기를 내어 말했다. "감형을 명하시거나 아니면 제 돈을 돌려주십시오. 만일 그렇게 하지 않으시면, 저는 성의 상급법원에 있는 판관님의 상관들에게 항소하는 수밖에 없습니다."

판관은 마치 벌레를 보듯이 그를 아래위로 훑어보았다. 그러더니 갑자기 화를 내며 얼굴을 붉혔다.

"만일 내가 지금 당장 네 형의 목을 치라고 하면 어떻게 하겠느냐? 정말로 너처럼 하찮은 놈이 나를 협박하고도 무시히 여기서 나갈 것이라고 생각하느냐?"

그 말을 듣자 자는 몸을 떨었다. 일이 걷잡을 수 없이 커지고 있었다. 그는 먼저 돈을 내준 것을 자책했다.

"제발 저의 사과를 받아주십시오. 제가 건방진 말로 판관님의 기분을 상하게 했다면 용서해주시기 바랍니다. 하지만 저는 제 돈이 필요합니다……."

"네 돈이라고?" 갑자기 바오파오가 그곳에 모습을 드러내면서 말했다. "끼어들어 죄송합니다. 그런데 너는 땅뙈기를 팔아 얻은 돈을 네 돈이라고 하는 건 아니겠지?"

자가 고개를 뒤로 돌렸을 때, 만석꾼의 농장에서 보았던 문신한 보초가 사라지는 모습을 보았다. 그가 바오파오에게 몰래 일러바친 것이 틀림없었다.

"맞습니다, 그 돈입니다." 자가 도전적으로 대답했다.

"그래, 그걸 네 돈이라고 말하고 싶은 것이구나." 마을 수령은 마치 양에게 접근하는 호랑이처럼 자에게 다가왔다. "아직도 무슨 소리인지 모르느냐?"

〈무슨 일이지? 내가 뭘 알아야 한다는 말이지?〉

"아, 아직 듣지 못한 모양이군!" 판관은 가축 거간꾼처럼 위선적인 표정을 지으며 장단을 맞추었다. "오늘 아침 루의 판결문을 수정했다. 거기에 그의 땅을 몰수한다는 조항을 덧붙였다."

"하지만…… 이미 팔았습니다……."

"불행하게도 그 재산은 내게 귀속되었네." 바오파오가 말했다.

자의 얼굴이 백짓장처럼 변했다.

〈가능한 한 돈을 회수해서 어서 이곳을 나가야 돼.〉

자는 바오파오와 판관이 하나가 되어 자기를 옭아매고 있다는 것을 알았다. 정말로 판관이 그렇게 하려고 했다면 재판 도중에 땅을 몰수해야 했다. 하지만 자가 돈을 가져올 때까지 기다렸던 것이다. 자는 계획을 바꾸기로 결심했다. 간단한 일은 아니었지만 어쩌면 도움이 될지도 몰랐다. 그건 보다 먹음직스러운 미끼를 그들에게 내미는 것이었다.

"두 번째 납입금을 받지 못하게 되어 유감입니다."

"그게 무슨 말이냐?" 두 사람 모두 관심을 보였다.

"만석꾼은 그 땅에 매우 관심을 보였습니다. 그는 수령님이 그 땅을 얼마나 원하시는지 잘 알고 있었습니다. 그래서 매입을 보증하기 위해 땅의 상태와 합법적인 판매라는 것이 확인되면 제게 30만 전을 더 지불하겠다고 했습니다. 수령님과 판관님이 약속을 지키신다면 저는 그 돈도 지불할 용의가 있습니다."

"30만 전을 더 지불한다고?" 바오파오가 의아해했다. 그는 그 액수가 실제 가격보다 너무나 높다는 것을 알고 있었지만, 그의 눈동자에서는 탐욕이 이글거리고 있었다. 판관이 앞으로 나오면서 말했다.

"언제 지불하겠다고 말했느냐?"

"오늘 오후입니다. 제가 토지서류와 그 토지와 관련된 그 어떤 채무도 없다는 증명서 사본을 보여주면 즉시 지불하기로 했습니다."

"그러니까 몰수 조항이 없어야 한다는 소리군."

"원하신다면 그 돈을 드리겠습니다……."

판관은 생각하는 것처럼 보였지만, 그건 순간에 지나지 않았다. 그는 필경사를 불러 판결문 원본 사본을 만들어오라고 지시했다.

"오늘 날짜로 해주십시오." 자가 요구했다.

판관은 입술을 깨물었다.

"오늘 날짜로 하게." 판관은 승인했다.

판관이 서류에 지장을 찍고 합법적 서류임을 증명하는 걸 보고, 자는 안도의 한숨을 쉬었다. 이제 그가 만석꾼과 체결한 거래가 합법적이라는 증거를 갖게 된 것이다. 그러나 다시 형의 석방을 요구하자, 판관은 단호하게 말했다.

"이제 그만하게. 돈을 가져오게. 그럼 석방을 약속하겠네."

자는 그 제안을 무척 고마워하는 척했다. 판관이 거짓말하고 있다는 것을 알고 있었지만, 자는 그의 말을 믿는 체했다.

"그 전에 제 부모님 일을 처리해야겠습니다."

"알았네."

매장은 신속하고 간단하게 진행되었다. 바오파오가 거느린 두 명의 하인이 관 두 개를 수레에 올려놓고 〈영면산〉까지 끌고 갔다. 그곳은 마을의 죽은 사람들 대부분이 영면하고 있는 지역으로 대나무가 가득한 곳이었다. 자는 아침 해를 마주보고 바람 소리가 나무들 사이로 속삭이는 아름다운 장소를 찾았다. 마지막 삽에 담긴 흙이 관을 완전히 뒤덮고 나자, 자는 그 마을에서 보낼 수 있는 시간은 끝났다는 것을 알았다. 다른 상황이었다면 그는 집을 다시 짓고, 논에서 열심히 일했을 것이고, 장례 기간이 끝나면 앵두와 혼인했을 것이다. 그리고 세월이 흘러 아이들을 낳고 돈을 모으면, 린안으로 돌아가 과거에 응시하는 꿈을 이루고, 셋째에게 훌륭한 신랑감을 찾아주었을 것이다. 그러나 이제 그에게는 도망치는 것 이외의 어떤 선택지도 남아 있지 않았다.

그는 부모님의 무덤 앞에서 작별을 고했다. 그가 어디로 가든지 함께해달라고 기도했다. 그는 만석꾼의 농장으로 걸어가는 척하다가, 바오파오의 두 하인이 시야에서 사라지자, 발길을 돌려 형이 수감된 별채로 갔다.

그는 보초들이 떠나기를 기다렸다. 덤불 아래에 숨어 보초의 수를 확인했다. 마지막으로 딱 한 명만 남았지만, 어떻게 그를 따돌려야 할지 난감했다. 그는 웅크린 채 기다리면서 절망에 사로잡혔다. 도망치기 전에 형과 이야기해야 한다는 생각뿐이었다. 아무리 많은 증거가 있더라도 자는 형이 살인범이라는 것을 인정할 수 없었다.

자는 주변을 둘러보았다. 그곳에는 아무도 없었다. 단지 빌어먹을 보초 한 명만 있었다. 그는 어떤 가능성이 있는지 찬찬히 생각했다. 보초를 매수하려다간 오히려 체포될 수도 있다. 보초의 관심을 분산시키기 위해 불을 지르면 어떨까 했지만, 부싯돌과 불을 붙일 것이 없었다. 비록 그걸 구한다 하더라도 더 많은 사람을 불러들이게 될 것이다. 머리를 쥐어뜯으며 생각하는 동안, 그는 몇 발짝 떨어지지 않은 곳에 조그만 창문이 있는 것을 보았다. 크지는 않았지만, 그가 들어갈 정도는 되는 것 같았다. 그는 술통을 굴려 받침을 만들고 그 위로 올라갔다. 펄쩍 뛰어 창문 손잡이를 잡았다. 팔에 온 힘을 주어 기어 올라갔다. 불행하게도 창문이 너무 작아서 들어갈 수는 없었지만, 별채 안을 들여다볼 수는 있었다. 점차 눈이 어둠에 익숙해져 구석에 있는 사람을 알아볼 수 있었다. 피 묻은 사지는 마치 몸통에서 떨어져 나온 듯했고, 아래로 떨군 머리는 일그러져 있었다. 혀는 잘려 있었고, 눈에는 눈알이 없었다.

자는 바닥으로 쿵 떨어졌다. 머리로는 무언가를 생각하려고 애썼고 입으로는 형의 이름을 부르려고 했지만, 소용없는 일이었다. 자는 비틀거리며 일어났다. 하지만 발을 옮길 때마다 쓰러졌고, 그럴 때마다 다시 일어났다. 갑자기 심한 오한을 느끼며 몸이 떨렸고, 마침내 토하고 말았다. 부러지고 흐느적거리던 사람은 루가 분명했다.

그는 마을에서 도망쳐야 했다. 만석꾼은 이제 그의 것이 아닌 땅과 이미 빼앗긴 돈을 돌려달라고 요구할 것이고, 지방판관은 자에게 죄를 뒤집어 씌울 것이 뻔했다. 그는 자신의 의도를 알리고 죄가 없다는 것이 밝혀질 때까지 기다려달라고 부탁하기 위해 앵두를 만나러 달려갔다. 그러나 앵두의 대답은 단호했다. 직업도 없고 땅도 없는 도망자와는 절대로 혼인하지 않겠다는 것이다. 애원했지만 앵두는 더 말하지 않았다. 앵두의 목소리를 들은 것은 그때가 마지막이었다.

2부 ○ 뱃길에 흐르는 피 냄새

8

셋째는 그가 두고 떠났을 때와 같은 모습으로 있었다. 아이는 아무것도 모른 채 그저 행복해 보였다. 자는 돼지다리를 잘 지켰다고 칭찬해주며 한 조각을 잘라주었다. 셋째가 먹는 동안, 자는 흰 상복을 벗어버리고 아버지가 입었던 거칠고 올 굵은 삼베옷을 입었다. 더러웠지만, 그를 알아보지 못하게 위장하기에는 충분했다. 그는 보따리를 꾸려 그 안에 동전들과 형법전서, 옷가지 몇 개와 돼지다리를 넣었다. 5천 전짜리 어음은 셋째 옷의 안쪽 주머니에 숨겼다. 그는 꾸러미를 등에 메고 셋째의 손을 잡았다.

"배타고 여행갈까?" 그는 셋째의 대답을 기다리지 않고 손을 간질였다. "아마 무척 재미있을 거야."

자는 쓸쓸하게 웃었다. 두 사람은 마을을 빙 돌아 강나루로 향했다. 처음에는 북쪽 육로를 따라 린안으로 갈 생각이었지만, 사람들이 많이 이용하는 경로라서 피하기로 마음먹었다. 강으로 가는 길은 더 길고 멀었지만, 분명 더 안전할 것이다.

자는 추수철이 되면 쌀을 실은 수많은 배들이 고급 목재를 실은 작은 배들과 함께 푸저우 연안 항구로 떠난다는 사실을 떠올렸다. 그 배들은 해안을 따라 올라가 수도로 향했다. 자는 배 한 척을 정해놓고 배가 떠나기 전에 올라타기로 계획했다.

그들을 알아볼 사람이 있을지도 모른다는 두려움에, 자는 큰 나루터를 피해 남쪽 끝에 있는 작은 나루터로 향했다. 그곳에서는 선적과 하역 작업이 한창이었다. 반쯤 가라앉은 배 위에서 검은 반점이 가득한 노인이 오줌을 싸면서, 밧줄을 힘껏 당기고 있는 선원들을 지켜보고 있었다. 자는 누군가가 말하길 종착지가 린안이라고 하는 소리를 들었다. 그는 노인이 배에서 내려오기를 기다렸다가 린안까지 태워달라고 부탁했다. 선장은 미심쩍어했다. 마을 사람들이 배를 타고 린안으로 가는 것이 이상한 일은 아니었지만, 그럴 경우에는 수화물 대리인과 협상하는 게 관례였다.

"그 대리인에게 빚을 지고 있는데, 지금은 그 돈을 지불할 수가 없어서 그럽니다." 자는 미안하다면서 한 움큼의 동전을 선장에게 쥐어주었지만, 선장은 고개를 가로저었다.

"충분하지 않네! 게다가 우리 배는 작아. 이미 얼마나 많은 짐을 실었는지 보이지 않나?"

"선장님, 제발 부탁입니다. 제 여동생이 아파서 약을 사야 하는데, 린안에서만 구할 수 있습니다······."

"그럼 마차를 타고 육로로 가게나." 선장은 손을 흔들더니 그 돈을 바지 안에 넣었다.

"제발 부탁입니다. 육로로 가면 이 아이는 살아남지 못할 겁니다."

"이보게, 청년. 내가 자선가처럼 보여? 배에 오르고 싶으면 돈을 더 가져와."

자는 그게 자기가 가진 전부라면서 애원했지만, 선장은 끄덕도 하지 않았다.

"배를 타고 가면서 일하겠습니다." 그는 5천 전짜리 어음을 갖고 있다고 말하고 싶지는 않았다.

"그 곱상한 손으로 말이야?"

"겉으로는 그렇게 보이지만 전혀 그렇지 않습니다……. 정말 열심히 일하겠습니다. 필요하다면 린안에 내려 나머지 돈을 지불하겠습니다."

"린안에서? 누가 거기서 자네를 기다리고 있나? 황제가 금 자루를 갖고 기다리나?" 그때 선장은 셋째를 눈여겨보더니 아프다는 것이 사실임을 알았다. 그는 자의 남루한 옷을 쳐다보면서, 노비로 팔아도 동전 두 푼도 받지 못하겠다면서 혼잣말로 중얼거렸다. 그는 바닥에 침을 뱉고 등을 돌렸지만, 곧 고개를 돌렸다.

"염병할! 좋아, 청년, 어서 타. 하지만 내가 시키는 대로 해야 해. 그리고 린안에 도착하면 자네 혼자 이 짐을 모두 내려야 해. 알았지?"

자는 마치 생명의 은인에게라도 하듯 고마워했다.

배는 진흙탕에서 벗어나려고 몸부림치는 커다란 생선처럼 느리게 움직였다. 자는 두꺼운 대나무 장대로 배의 방향을 잡는 두 선원을 도왔다. 선주인 왕은 선두에 서서 소리를 질러댔다. 너무 많은 짐을 실은 탓에 배가 제대로 물에 뜨긴 할지 걱정이 될 정도였다. 강물이 점차 거세지면서 배가 흔들렸지만, 이내 균형을 되찾고 조용히 속도를 내기 시작했다. 자는 마을을 영원히 떠난다는 생각에 잠시 기뻤다.

해가 질 때까지 자는 항해 업무를 도왔다. 그래봤자 배가 가는 길에서 막대기로 나뭇가지들을 밀어내고 빌려준 낚싯줄로 낚시를 하는 것 정도였다. 뱃머리에 있던 선원은 가끔씩 강물의 깊이를 점검했고, 선미에 있던 다른 선원은 대나무 장대를 들고 강물이 약해질 때마다 배를 밀었다. 해가 떨어지자, 선주는 강 한가운데에 닻을 던지고 등불에 불을 켰다. 마치 꿀이라도 묻은 것처럼 모기들이 몰려왔다. 선주는 짐이 하나도 물에 빠지지 않았다는 걸 확인한 후, 새벽까지 쉬어도 좋다고 했다. 자는 셋째 옆에 있는 두 개의 쌀가마니 사이에서 쉴 곳을 찾았다. 셋째는 처음으로 배를 타는 것이었지만, 잘 적응하고 있었다. 두 사람은 선원들이 만들어 준 약간의 밥으로 저녁을 먹었고, 부모님의 영혼을 기렸다. 이내 선상에서 목소리들이 잦아들어 강물이 배와 부딪쳐 찰싹거리는 소리만 들려왔다. 그러나 밤의 적막도 자의 고통을 누그러뜨리지는 못했다. 자는 무엇을 잘못했기에 신들이 그토록 분노했는지, 도대체 무슨 죄를 저질렀기에 이런 일을 겪는지 끊임없이 생각했다.

자는 그간 일어난 모든 일들로 지치고 괴로웠다. 그는 눈을 감았다. 어릴 때부터 그는 죽음을 자연적이고 불가피한 것으로 보았다. 그것은 그의 주변에서 끊임없이 일어나는 친숙한 것이었다. 여자들은 출산하다가 죽었고, 아이들은 죽은 채 태어나거나 질병으로 죽었다. 혹은 먹을 것이 없어 굶주려 죽기도 했다. 노인들은 기운을 잃거나 아니면 병들거나 혹은 버려진 채 들판에서 죽어가기도 했다. 홍수가 마을 전체를 휩쓸기도 했고, 태풍이 방심한 사람들을 괴롭히기도 했다. 광산은 목숨을 통행료로 받기도 했으며, 강과 바다 역시 마찬가지였다. 배고픔, 질병, 살인……. 죽음은 삶처럼 분명한 것이었지만, 훨씬 더 잔인했고 불시에 급습했다. 그렇더라도 그는 어떻게 그토록 짧은 시간에 그 많은 참사가 일어났는지 이해할 수가 없었다. 멍청한 사람은 아마도 신들이 변덕을 부렸고, 여러 불행이 이유 없이 합쳐져 그를 강타한 것이라고 생각할 수도 있었다. 하지만 그는 아니었다. 그는 이 땅에서 일어나는 모든 사건이 인간 행동의 결과이며 대가라는 것을 알고 있었다. 그렇지만 이해 가능한 해답을 찾을 수 없었다. 그는 이 고통에서 벗어나는 것은 흘린 물을 주워 담는 것처럼 어려운 일이라고 생각했다. 그의 몸을 감싸고 있는 고통과 비교될 수 있는 것은 아무것도 없었다.

해가 밝아오기만을 기다렸다. 그는 자기 삶에 무슨 일이 벌어질 것인지 짐작할 수 없었다. 어디로 가야 할지, 혹은 무엇을 해야 할지, 어떻게 살아가야 할지 생각하지 못했다. 그럴 기운도 없었고 그런 것을 생각할 정신도 없었다. 단지 그가 가진 모든 것을 빼앗아버린 그 마을에서 멀리 떠나야 하며, 여동생을 지켜야 한다는 것만 생각했다.

여명이 밝아오자 그들은 다시 뱃일로 돌아왔다. 선주 왕은 닻을 거두고 선원들에게 지시를 내렸다. 그때 어떤 노인이 모는 배가 위협적으로 다가오더니 그들의 배와 부딪쳤다. 왕은 큰 소리로 나무랐지만, 그 늙은 어부는 대수롭지 않게 그에게 인사를 하고 계속 노를 저었다. 자는 왜 그 어선이 출현했는지 의아했지만, 바로 그때 납작하고 시커먼 수십 척의 작은 목선들이 배가 가는 길에 득실거리고 있는 것을 보게 되었다.

"염병한 노인네들! 모두 목매달아 죽여야 해!" 선원 한 명이 투덜댔다. 그는 배의 옆을 보더니 고개를 저었다. "저 빌어먹을 노인네 때문에 물이 새고 있습니다." 그는 왕에게 보고했다. "수리를 하지 않으면 짐을 모두 잃게 됩니다."

왕은 물이 새는 것을 확인하고 침을 뱉었지만, 그 노인은 이미 멀리 떨어져 있었다. 그는 욕을 하면서 강가로 이동하라고 지시했다. 다행히 젠양구에서 그리 멀지 않았다. 젠양구는 강들이 합류하는 커다란 마을로, 그곳에 가면 배를 수리하는 데 필요한 자재를 구할 수 있었다. 그때까지 그들은 강가에 붙여 항해해야 했다. 그럴 경우 약탈을 일삼는 도둑떼의 습격을 당할 위험도 있었다. 왕은 자와 선원들에게 눈을 크게 뜨고 잘 살펴보라고, 만일 누군가 배에 가까이 오면 즉시 보고하라고 일렀다.

무사히 젠양구에 도착했다. 그곳에는 상인들과 가축 거간꾼들, 온갖 종류의 일꾼들과 어부들, 그리고 거지들과 창녀들이 우글거리고 있었다. 너무 뒤죽박죽 섞여 있어서 누가 누구인지 분간할 수가 없었다. 썩은 생선 냄새와 시큼한 땀 냄새, 그리고 식료품 가판대의 더러운 기름 냄새가 코를 찔렀다.

부두에 배를 대자마자 허름한 옷을 입고 염소수염을 한 작은 체구의 남자가 달려와 계류비를 요구했다. 하지만 왕은 발길질로 그를 내쫓으며, 물건을 하역하려는 게 아니라 분명히 그곳 사람인 어느 멍청이가 배를 망가뜨려서 잠시 배를 댄 것이라고 소리를 질렀다.

왕은 음식을 구하기 위해 배에서 내리면서, 경험 많은 선원인 제에게 배 수리에 필요한 대나무와 삼을 구입하라고 지시했고, 보다 젊은 선원에게는 자와 함께 남아 배를 지키라고 했다. 젊은 선원은 툴툴거렸지만, 자는 셋째를 깨우지 않아도 된다는 사실에 기뻤다. 셋째는 두 개의 가마니 사이에서 졸고 있었다. 산들바람에도 덜덜 떠는 셋째에게 담요를 덮어주고, 자는 배 위의 널빤지를 씻었다. 그동안 젊은 선원은 짙게 화장하고 화사한 옷을 입고 걸어가는 몇몇 여자들을 유심히 쳐다보고 있었다. 잠시 후 선원은 배에서 내려 한 바퀴 돌아보고 오겠다고 했다. 자는 혼자 있게 되었지만 그리 걱정하지 않았다. 그는 계속 갑판을 청소했다.

그때 붉은 옷을 입은 한 젊은 여자가 배 쪽으로 걸어왔다. 그녀의 몸에 밀착된 옷은 낡아보였지만, 아름다운 몸매를 여지없이 드러내보였다. 그녀는 미소를 지으면서 완벽한 치열을 보여주었다. 자는 얼굴이 새빨개졌다. 여자는 배가 그의 것이냐고 물었다.

〈앵두보다 더 예뻐.〉

"지켜주고 있는 것뿐이에요." 그는 간신히 대답했다.

젊은 여자는 마치 머리를 매만지려는 듯이 비녀를 만졌다. 그에게 관심을 보이는 것 같아 자는 가슴이 뛰었다. 그는 펑판관과 찻집에 갔을 때 친해졌던 린안의 궁녀들과 애인 앵두, 그리고 가족들 말고는 다른 여자들과 말해본 적이 없었다. 젊은 여자는 엉덩이를 살랑살랑 흔들면서 부둣가 주변을 배회하더니, 다시 배 옆으로 다가왔다. 자는 그녀에게 눈을 떼지 않다가 그녀가 돌아오는 걸 보고는 얼른 다른 곳을 쳐다보는 척했다.

"혼자 여행해요?" 그녀가 관심을 보이며 물었다.

"그래요, 그러니까…… 아니에요!" 자는 그녀가 그의 손에 난 화상자국을 쳐다본다는 것을 알고 급히 등 뒤로 숨겼다.

"하지만 당신밖에 없는 것 같은데요." 여자가 웃었다.

"그래요." 자가 말을 더듬었다. "다른 사람들은 필요한 걸 사기 위해 배에서 내렸어요."

"당신은? 안 내려와요?"

"배를 지키라는 지시를 받았어요."

"아, 그래요! 정말 고분고분하군요!" 그녀가 더욱 가까이 왔다. "그럼 여자들과 놀면 안 된다고 금지했나요?"

자는 어떻게 대답해야 할지 몰랐다. 멍하니 그녀를 계속 바라보았다. 그녀는 창녀였다.

"난…… 돈이 없어요."

"그런 건 문제되지 않아요." 젊은 여자는 시시각각 미소를 지었다. "당신은 근사한 청년이니 특별한 가격으로 제공할게요. 따뜻한 차 한 잔 마시지 않을래요? 우리 어머니가 복숭아 향내 나는 차를 만들어요. 내 이름은 도향(桃香)인데 거기서 따왔죠." 그녀는 웃으면서 근처에 있는 오두막 집을 가리켰다.

"이 배를 떠날 수 없어요, 도향."

여자는 그의 말에 그다지 신경 쓰지 않았다. 그녀는 웃으며 오두막집으로 걸어갔다. 잠시 후 찻주전자와 두 개의 찻잔을 가지고 돌아왔다. 자는 그녀의 뺨이 생각보다 통통하다고 생각했다. 그녀를 원하는 감정을 숨길 수 없었다. 그 여자가 배로 올라오겠다고 손짓했을 때, 자는 안 된다고 대답할 수 없었다.

"그렇게 멍하니 서 있지 말고 날 잡아줘요! 떨어질 것 같아요." 여자는 뻔뻔스럽게 요구했다.

자는 손을 내밀며 화상자국을 소매로 가리려고 애썼다. 그녀는 상처를 보고도 별 관심을 보이지 않았다. 여자는 자의 손을 잡고 배 위로 펄쩍 뛰어올랐다. 자의 동의도 구하지 않고 쌀가마니 위에 걸터앉아 찻잔에 차를 따랐다.

"마셔요. 찻값은 받지 않을 거예요."

자는 그녀의 말대로 했다. 그는 차를 마시라는 것이 〈꽃〉들이 일상적으로 쓰는 수법이라는 것을 알고 있었다. 꽃이란 창녀들이 스스로를 부르는 말이었다. 그러나 그는 차를 마시는 것만으로는 그 어떤 것도 약속하지 않는다는 사실도 알고 있었다. 어쨌든 그 아침에 그는 차를 마시고 싶었다. 그는 여자 맞은편 바닥에 앉아 그녀를 찬찬히 바라보았다. 쌀가루를 칠한 얼굴에서 눈썹이 도드라졌다. 그는 차 한 모금을 마셨다. 강하고 짜릿한 맛이었다. 온기가 몸을 감쌌다. 젊은 여자는 손으로 날아가는 새 흉내를 내며 노래 한 곡을 불렀다.

그 노래의 선율이 그의 주변을 맴돌면서 오감을 천천히 마비시켰다. 사는 다시 뜨거운 차 한 모금을 마시며 즐겁게 맛을 보았다. 한 모금 마실 때마다 따뜻한 품에 안기는 느낌이었고, 노랫가락이 그를 애무하고 감싸는 듯했다. 그의 눈꺼풀은 전날 밤의 피로를 여실히 드러내며 반쯤 감겼다. 그는 뱃전을 치는 강물과 함께 그를 흔드는 달콤한 느낌을 음미했다. 점차 졸음이 엄습했고 결국 완전히 잠들어버렸다. 그렇게 그의 고통은 암흑을 향해 발걸음을 내딛으며 사라졌다.

그는 얼굴에 차가운 물을 맞고서야 잠에서 깼다.

"이런 빌어먹을 놈! 배는 어디에 있어?" 왕은 바닥에서 그를 일으키며 소리쳤다.

자는 무슨 일이 일어났는지 몰라 주변을 둘러보았다. 머리가 깨질 것만 같았다. 늙은 배주인은 그를 사정없이 흔들어댔다. 하지만 그는 제대로 말할 수가 없었다.

"취한 거야? 취했냐고, 이 염병할 놈아?" 왕은 얼굴을 자의 얼굴에 갖다 대며 냄새를 맡았다. "다른 놈은 어디 갔어? 내 배는 어디에 있는 거야?"

자는 왜 그가 미친 듯이 소리를 치는지, 왜 자기가 땅바닥에 쓰러져 있고 머리가 깨질 것 같은지 깨닫지 못했다. 나이 많은 선원이 다시 그에게 찬물을 뿌렸고, 자는 개처럼 몸을 떨었다. 머리가 빙빙 돌았지만, 순간적으로 일련의 모습들이 그려지기 시작했다. 부두에 배를 대고…… 주인과 선원들이 배에서 내리고…… 매력적인 여자…… 찻잔…… 그리고 아무것도 떠오르지 않았다. 순간적으로 그는 자기가 약에 취해 잠들었고 배와 선적된 물건들을 도둑맞았다는 것을 깨달았다. 그러나 정말로 그를 경악하게 한 것은 셋째 역시 배와 함께 자취를 감추었다는 사실이었다.

절망에 빠진 자는 왕에게 셋째를 찾도록 도와달라고 애원했다. 왕은 등을 돌리더니, 배를 버린 대가로 그와 다른 선원을 죽여버리겠다고 소리쳤다.

9

갈기갈기 찢어 죽이겠다는 위협을 받았지만, 자는 여동생을 찾기 위해서라면 무슨 일이든 할 작정이었다.

그는 아직도 멍한 머리로 일어나 왕을 쫓아갔다. 왕은 어부들과 상인들 사이로 들어가 배를 빌릴 수 있는지 알아보았다. 어부들은 왕의 제안을 거부했지만, 다행히도 작은 배 위에서 한가롭게 시간을 보내던 두 명의 젊은이들이 동전 한 꾸러미에 배를 빌려주겠다고 했다. 왕은 그 두 사람이 노를 저어주는 조건으로 요구한 돈을 지불하려고 했다. 하지만 그들은 도둑을 뒤쫓으려는 걸 알고 마음을 바꾸었다. 왕이 아무리 애원해도 소용이 없었다. 그들은 목숨을 걸어야 하는 모험에 끼어들 수 없다고 완고하게 거절했다. 대신 배를 팔 수는 있다며 엄청난 가격을 요구했다. 결국 왕은 그 제안을 수락하고 약속한 돈을 지불했다. 왕이 배에 올랐고, 그 뒤를 따라 선원 제가 탔다. 자도 배에 오르려 하자, 왕이 앞을 막아섰다.

"젠장! 어디로 가려는 건데?"

"제 여동생이 그 배에 타고 있습니다." 자의 눈에서는 단호함이 엿보였다.

왕은 그를 죽이는 것보다 도움을 받는 편이 낫다는 것을 깨달았다.

"좋아. 하지만 그 염병할 화물을 되찾지 못하면, 너는 피로 갚아야 할 거다. 내가 직접 너를 때려죽이겠어. 자, 어서 배를 준비하고 저 그물을 걸어. 그동안 나는 무기를 사올 테니……."

"선장님." 자가 그의 말을 끊었다. "좋은 생각이 아닌 것 같습니다……. 무기를 사용할 줄 아십니까?"

"맙소사, 그게 무슨 소린가? 무기 없이 어떻게 그들을 잡을 수 있다고 생각하나? 그들에게 차를 먹여 재우려는 건가?"

"우리는 그들이 얼마나 되는지 알지 못합니다." 자는 그를 설득하려고 했다. "그들이 무장하고 있는지 아닌지도 모릅니다. 그들이 도둑이라면, 아마도 두 노인과 한 명의 농부보다 싸우는 법을 더 잘 알고 있을 겁니다. 우리가 제대로 사용할 줄도 모르는 활과 화살로 공격한다면, 우리는 죽고 말 겁니다."

"네가 선천적으로 겁쟁이인지, 아니면 차를 마셔서 그런 건지 모르겠다. 하지만 우리가 좋게 말로 한다고 해서, 그놈들이 내 배와 네 여동생을 돌려줄 것 같아?"

"우리가 서로 말다툼하는 동안 그 사람들은 점점 멀어집니다." 선원제가 말했다.

"조용히 해, 제! 너는 내가 시키는 대로만 하면 돼. 아니면 여기서 떠나든지!" 선장이 소리쳤다.

"이 청년 말이 맞습니다." 제가 대답했다. "우리가 지금 즉시 출발하면, 한 시간 내로 따라잡을 수 있습니다. 그들은 짐을 내리러 멈출 겁니다. 틀림없이 서둘러 강 아래쪽으로 갈 거예요. 게다가 그 짐을 옮길 수단도 없을 겁니다. 그들을 잡는 건 그리 어려운 일이 아닙니다."

"네가 그걸 어떻게 알아? 네가 점쟁이라도 되냐!"

"주인님, 그 도둑놈들이 가장 쉬운 길을 찾을 것이라는 사실은 분명합니다. 이 지역의 물살은 세고 강물을 거슬러 올라가면 속도만 줄어들 뿐입니다. 게다가 싣고 있는 목재가 상류에서는 아무 가치도 없지만, 푸저우에서는 엄청난 값이 나갑니다."

"한 시간 내로 그놈들을 찾을 수 있다고?"

"배에 물이 새고 있다는 것을 기억하십시오. 그 배는 오랫동안 물에 떠 있을 수 없습니다. 해 길이로 측정하건대, 그들은 우리보다 반 시간 정도 앞서 있습니다. 그러니 따라잡을 수 있습니다."

왕은 놀란 눈으로 그를 바라보았다. 너무 서두르는 바람에 배에 물이 새고 있다는 것을 완전히 잊고 있었던 것이다.

"그래서 짐을 내릴 것이라고 말했군. 배에 문제가 있다는 사실을 알면 말이야. 그럼 이제는 어디로 가는지 하는 문제만 남는군."

"그걸 누가 알겠습니까, 선장님. 하지만 그들은 사람들의 눈을 피할 수 있는 강어귀나 지류를 찾을 겁니다. 혹시 그런 곳을 알고 있으시다면……."

"젠장, 물론이지! 자, 어서 가자! 어서 출발해!"

자는 대나무 장대와 배를 수리하기 위해 시장에서 구입한 자재를 싣고 배에 올랐다. 두 사람 모두 장대를 들고 배를 밀면서 뒤쫓기 시작했다.

제가 예상했던 것처럼 한 시간도 채 지나기 전에 강의 지류로 들어가는 배를 볼 수 있었다. 마치 쉴 곳을 찾는 상처 입은 동물처럼 한쪽으로 기운 채 천천히 강가에 붙어 항해하고 있었다. 몇 명이 배에 타고 있는지 아직 알 수는 없었지만, 단지 한 사람만이 배의 방향을 조정하고 있었다. 그것을 보고 자는 희망을 품었다. 그는 더 세게 노를 저었다.

그들은 배를 쫓아가면서 여러 전략을 세웠다. 그러나 도둑이 세 명이라는 것이 확인되자, 자의 계획으로 결정했다. 그것은 그 배를 앞질러가면서 병든 상인이 있는 척하여 도둑들이 욕심을 부리게 하자는 것이다.

"그들은 늙은이와 병든 환자가 자기들을 덮치리라고는 생각조차 못할 겁니다. 배가 가까워지면 장대로 그들을 밀어 강물에 떨어뜨리면 됩니다." 자가 덧붙였다. "그렇게 하려면 그들이 배를 정박하기 전에 따라잡아야 합니다."

왕은 뭍에서는 그들을 공격하지 못할 것이라는 데 동의했다. 그들은 조심스럽게 배를 밀어 접근했다. 자는 장대를 들고 담요 아래에 숨었다.

그들의 배에 다다르자 왕은 환한 미소를 지으면서, 세 명의 도둑과 창녀에게 인사를 건넸다.

자는 담요 아래 숨어서 왕이 하는 말을 들었다. 왕은 뜻하지 않게 병에 걸린 부유한 상인을 도와달라고 요청했다. 제는 그들의 배와 도둑맞은 배가 나란히 있도록 했다. 자는 계획을 다시 점검했다.

〈신호하면 나는 일어나 뱃머리에 있는 놈을 밀어버릴 거야. 그러면 두 사람이 나머지 두 놈을 책임지는 거지.〉

그는 배에서 풍기는 썩은 생선 냄새를 참았다. 가격을 흥정하는 의미 없는 대화가 들렸다. 갈수록 심장이 심하게 고동치는데 왕의 신호는 떨어지지 않았다. 갑자기 조용해졌다.

〈뭔가 잘못되고 있어.〉

그는 힘껏 장대를 잡았다. 일어나 자기 몫을 해야 했다. 셋째가 위험에 처해 있을 수도 있었다. 그때 왕이 선수를 쳤다.

"지금이다!" 선장이 소리쳤다.

자는 용수철처럼 벌떡 일어나 힘껏 장대를 휘둘렀다. 그 사이 왕도 선미에 있던 도둑을 장대로 후려쳤다. 첫 번째 도둑은 장대를 맞자 비틀거리더니 영문도 모른 채 배에서 떨어졌다. 왕의 적수는 균형을 잃지는 않았지만, 다시 장대를 맞자 강물로 떨어졌다. 그러나 제는 실패했다. 세 번째 도둑은 단도를 꺼내 마구 휘둘렀다.

자는 강물에 떨어진 두 사람이 다시 배에 오르는 것은 시간 문제라는 것을 알고 있다. 배에 남아 있는 놈을 처치하지 못하면 모든 게 수포로 돌아갈 수 있었다. 왕도 그의 생각을 읽은 것 같았다. 두 사람이 제를 돕기 위해 달려갔다. 세 개의 장대가 마지막 도둑을 해치웠다. 즉시 왕은 자기 배로 건너갔다.

"넌 여기에 있어." 선장은 제에게 지시하고 창녀에게 주먹을 휘둘렀다. 창녀는 소리를 질러댔다.

자는 왕을 따라갔다. 선장은 그에게 강물에 떨어진 놈들이 배에 접근하지 못하도록 지시했다. 그러나 그는 먼저 셋째가 어떤 상태인지 확인해야 했다. 그는 셋째가 자고 있던 가마니 쪽으로 달려갔지만, 아이는 그곳에 없었다. 미칠 것만 같았다. 자는 셋째 이름을 부르면서 미친 사람처럼 짐 꾸러미들을 옮기기 시작했다. 그때 갑자기 그 배의 반대쪽에서 희미한 목소리가 들렸다. 왕과 제가 장대를 이용해 도둑들이 배에 올라타지 못하게 하는 동안, 자는 동생의 목소리가 들리는 쪽으로 뛰어갔다. 담요를 들추었다. 바로 그곳에 셋째가 있었다. 아이는 힘없이 인형을 꼭 쥐고 있었다. 겁에 질려 전보다 더 아파 보였다.

자가 창녀를 배에 태워주자고 하자, 왕은 어처구니없다는 표정을 지었다. 그러나 자는 고집을 부렸다.

"저놈들이 시켜서 할 수 없이 그 일을 했던 겁니다. 제 여동생을 구해준 생명의 은인입니다."

"맞아요." 자의 뒤에 숨어 있던 셋째가 작은 목소리로 거들었다.

"지금 무슨 생각을 하는 거야? 정신 차려! 저 꽃은 모질고 가시가 많아. 모든 꽃들이 그래. 너는 저 예쁜 엉덩이를 구할 수만 있다면 무슨 말이든 하겠지." 왕은 장대를 강변 쪽으로 밀었다.

그들은 지류를 벗어나와 그들이 구입한 배에 원래의 배를 묶어서 강 반대편으로 노를 저었다. 강물이 세게 흘렀기 때문에 도둑들은 절대로 헤엄쳐서 그 강을 가로지를 수 없었다. 강가에 도착하자, 자가 다시 왕을 설득하려고 했다.

"손해 볼 게 없잖아요? 우리한테 아무런 해도 끼치지 못하고, 여기에 놔두면 도둑놈들에게 건네주는 꼴이에요."

"나보고 어떻게 하란 말이야?" 왕이 화를 내며 말했다. "저년이 네 여동생을 돌본 것은 사창가에 팔아버리려고 그랬던 거야. 뱀처럼 사악한 년이야. 저년을 강물에 처박아버려야 하는데, 그렇게 하지 않은 것만 해도 나한테 고마워해야 해. 이제 그만하고 내 일이나 도와."

자는 웅크리고 있는 도향을 쳐다보았다. 너무나 불쌍해 보였다. 무자비한 돌팔매를 당해 아무도 믿지 못하고 눈에 띄는 사람마다 물어버리는 길거리의 개를 떠올렸다. 자는 그녀가 아무 죄도 없다는 것을 믿었다. 그녀의 아픔이 마치 자신의 고통과 같을 거라는 생각이 강하게 들었다.

"제가 돈을 내겠어요." 자가 말했다.

"지금 내가 제대로 들은 거야?"

"그럴 겁니다. 당신 영혼처럼 귀가 가혹하지 않다면 말입니다……." 그는 셋째에게 가더니 그녀의 옷에서 5천 전짜리 어음을 꺼냈다. "이 정도면 우리 세 명이 린안까지 가는 요금으로 충분할 겁니다."

왕은 그를 아래위로 훑어보더니 바닥에 침을 뱉었다.

"돈이 없다고 했잖아? 어쨌든 이건 네 돈이니 나한테 지불하고 저년을 태워. 그리고 저년은 네가 책임져." 그는 입술에 침을 발랐다. "하지만 저년이 네 눈을 파먹더라도, 나한테 울면서 하소연하지는 마."

정오 무렵 배의 수리가 끝났다. 갈대 묶음이 제 역할을 했고, 지푸라기와 역청으로 만든 뱃밥이 스며드는 강물을 막아주고 있었다. 왕은 막걸리 한 모금을 길게 들이키고 선원 제에게도 마시라고 권했다. 자는 선적한 나무가 썩지 않도록 계속해서 물을 퍼냈다. 그가 거의 작업을 끝냈을 때 왕이 다가왔다.

"이봐, 청년……. 이런 말을 할 필요는 없지만, 어쨌든 고맙네."

자는 어떻게 대답해야 할지 몰랐다.

"저는 그런 말을 들을 자격이 없습니다. 제가 어리석은 짓을……."

"됐네, 됐어. 모두 자네 잘못은 아니야. 나는 자네에게 배에 있으라고 말했고, 자네는 그 말대로 했어……. 배를 버리고 간 파렴치한 놈이 잘못한 거야. 그런데 이런 식으로 생각해보게. 하등 쓸모없는 선원은 배에서 내렸고, 잃어버린 배도 되찾았을 뿐 아니라 상당 구간 노를 저어가야만 했는데, 그러지 않아도 되었네." 그가 웃었다.

"그렇습니다. 도둑들이 우리가 해야 할 일을 대신해주었습니다." 자도 웃으며 말했다.

왕은 배의 측면을 살펴보더니 걱정스러운 표정으로 침을 뱉었다.

"나는 사실 웅강진(雄江鎭)에서 멈추고 싶지는 않네. 그곳에서 얻을 수 있는 것은 하나도 없거든. 기껏해야 칼에 찔리거나 상처를 입는 것밖에 없지." 그는 상의를 들추어 배를 가로지르는 상처를 보여주었다. "전부 도둑놈이거나 창녀들이야! 식량을 구입하기에 좋은 곳이 아니지. 하지만 어쨌든 먹을 것을 보충해야 하니까. 저 뱃밥도 오랫동안 견뎌줄 것 같진 않단 말이지."

그들은 잉어 한 마리와 밥 한 공기를 급하게 먹고 〈죽음의 도시〉를 향해 출항했다. 왕이 웅강진에 붙인 이름이었다. 선장에 의하면, 뱃밥으로 덧댄 부분이 잘 견뎌준다면 하루에서 하루 반 정도 항해할 수 있었다.

강을 따라가면서 자는 펭판관을 떠올렸다. 펭판관 밑으로 들어갔을 때부터 그는 펭의 지혜와 지식, 세세한 일처리와 공평한 결정, 빈틈없는 판결에 감탄을 금치 못했다. 펭판관보다 예리하게 관찰하고 효율적으로 일하는 사람은 그 누구도 없었다. 자가 아는 모든 것은 그에게서 배운 것이었다. 자는 그처럼 되고 싶었고, 린안에서 그렇게 되고자 했다. 왕은 린안에 있게 되면 퇴비에 모여드는 파리들처럼 많은 기회를 잡게 될 것이라고 했다. 자는 펭판관이 출장에서 돌아오면 왕의 말처럼 될지 모른다고 기대했다. 그는 부모님을 떠올렸다. 더럭 슬픔이 밀려와 바닥에 주저앉았다. 셋째가 자를 보고는 걱정스러운 얼굴로 다가왔다. 자는 제대로 못 먹어서 기운이 없는 것이라고 둘러대며 셋째에게 돼지다리를 한 조각 잘라서 주었다. 그는 셋째의 머리를 쓰다듬고 선미로 데려갔다.

그때 창녀가 다가와 그의 옆에 앉았다. 그녀는 그의 손을 만졌지만, 그는 화상 상처 때문에 얼른 손을 뺐다.

"당신이 하는 말을 들었어요. 내 편 들어줄 때······." 도향이 말했다.

"착각하지 말아요. 나는 내 동생 때문에 그런 거예요." 그녀가 가까이 있는 게 불편했다.

"아직도 내가 당신을 속였다고 생각해요?"

"모두가 그렇게 생각할 거예요." 그는 쓸쓸한 표정을 지으며 웃었다.

"그래요?" 그녀는 도전적인 표정으로 자리에서 일어났다. "나는 잠시 당신은 다를 것이라고 생각했어요. 내게서 무언가를 봤다고 느꼈죠. 당신은 나 같은 여자가 참고 견뎌야 하는 게 무엇인지 잘 몰라요. 나는 태어났을 때부터 일했고, 내가 가진 것이라고는 이 망가진 몸과 머리카락 사이에 가득한 이와 누더기 같은 옷뿐이에요. 심지어 내 삶도 내 것이 아니라 남의 것이라는 느낌이 들어요……."

도향은 갑자기 울음을 터뜨렸지만, 자는 흔들리지 않았다.

"난 당신에 대해 아무것도 알고 싶지 않아요."

그는 일어나 왕을 쳐다보았다. 선장은 턱을 들고 눈을 반쯤 감은 채 뱃머리에서 방향을 잡고 있었다. 그의 자신 있는 태도를 보자 자는 마음이 놓였다. 그는 창녀와 말다툼을 하고 싶지는 않았다.

셋째를 돌보면서 밤을 보내야 하지만, 자는 어느 순간 도향을 슬쩍 훔쳐보고 있었다. 그는 배의 위치를 알려주는 호롱불이 드리우는 그림자를 이용해 남몰래 그녀를 쳐다보았다. 그런데 쳐다보면 볼수록 그녀의 자태에 빠져들었다. 그녀의 우아한 동작과 섬세한 시선, 부드러운 피부와 희미하게 붉어진 뺨을 보면서 더욱 매료되었다. 아직도 그는 왜 마지막 남은 돈을 그녀를 위해 써버렸는지 이해할 수가 없었다.

그때 자는 어둠 속에서 자신을 쳐다보는 도향의 가느다란 시선과 마주치고 몸을 떨었다. 마치 강렬한 번개가 밤을 밝혀 그의 가장 은밀한 마음을 드러내는 것 같았다. 그녀는 자에게서 눈을 떼지 않았다. 그의 눈은 최면에 걸린 먹잇감처럼 그녀의 시선에 굴복했다.

자는 그녀가 살며시 다가오는 것을 보았다. 그녀는 어둠 속에서 조그만 백로의 다리로 떠다니듯 걸어와 그의 손을 잡고 빈 배로 데려갔다. 그녀 손의 감촉을 느끼자 그의 가슴은 마구 고동쳤다. 그녀는 그의 옷 속으로 손을 집어넣어 능숙하게 그의 성기를 애무했다. 자의 허벅지가 부르르 떨렸다. 자는 그녀에게서 떨어져 나오려고 했지만, 그녀는 그의 몸 위에 기마자세로 앉더니 자기 입술을 그의 입술에 포개어 입술 사이로 그를 빨았다. 그는 마음의 고통이 잦아들면서 욕정을 느꼈고, 그녀 몸 안에서 정신을 잃어버렸으며, 굶주린 짐승처럼 그녀 안으로 들어가려고 했다. 자는 자신의 욕정이 두려웠다. 하지만 그녀의 달콤하고 부드러운 몸은 그의 모든 감각을 마비시켰다.

"안 돼!" 도향이 상의를 벗기려고 하자 자가 단호하게 속삭였다. 대신 바지를 내리는 것만은 허락했다.

그는 도향이 그의 배에 몸을 밀착시키고 엉덩이를 움직여 계속된 왕복운동을 하자 죽을 것만 같았다. 마치 그녀가 그의 육체를 모두 삼켜버리려는 느낌을 받았다. 그녀는 그의 화상 입은 손을 자신의 조그만 가슴으로 이끌어 애무하도록 하면서, 희미한 신음소리를 냈다. 그렇게 그녀는 고통이 사라지고 형언할 수 없는 기쁨으로 바뀌는 세상으로 그를 데려갔다. 그곳은 그때까지 그가 모르고 있던 세상이었다.

다음날 왕은 자가 마치 술에 취한 것처럼 녹초가 되어 다른 배에서 잠을 자고 있는 것을 보았다. 그는 껄껄 웃으며 그를 흔들어 깨웠다.

"그래서 그 여자를 태운 거군, 그렇지? 자, 어서 정신 차리고 노를 젓도록 해. 죽음의 도시가 우리를 기다리고 있어."

10

죽음의 도시를 보며 자는 진저리를 쳤다. 왕에게는 그곳에 입항하는 것이 두 손이 묶인 채 최악의 패를 가지고 노름하는 것처럼 위험한 일이었다. 그 마을은 무법자들과 도망자들, 암거래 상인들과 노름꾼들, 사기꾼들과 창녀들의 보금자리였다. 그들은 그곳에 내리는 첫 번째 이방인의 피를 빨아먹기 위해 만반의 준비가 된 사람들이었다. 왕은 그걸 잘 알고 있었다. 그의 배에 난 상처가 매일 그 사실을 떠올려주었기 때문이다. 그러나 평소에 시끌벅적하던 항구는 이상하게도 조용했다. 마치 버려진 곳 같았다. 그곳에 정박한 수백 척의 배도 안개 사이에서 마치 유령처럼 보였다. 유일하게 들을 수 있는 목소리는 강물이 배에 부딪쳐 철썩거리는 소리뿐이었다.

"조심하게." 왕이 속삭였다.

그들은 텅 빈 배들 사이를 지나 부두 쪽으로 향했다. 종종 이 가게에서 저 가게로 뛰어가는 사람들이 보이던 곳이었다. 자는 어느 배 옆을 지나면서 시체 하나가 토해낸 피 위에 떠 있는 것을 보았다. 말할 필요도 없이 그는 근처에 더 많은 시체가 있을 것이라는 사실을 알아차렸다.

"역병이야!" 선원 제가 소리쳤다. 그의 얼굴은 공포에 사로잡혀 있었다.

왕은 고개를 끄덕였다. 자는 셋째 옆에 앉았고, 도향은 그의 뒤에 숨어 있었다. 자는 안개 사이로 강변을 보려고 했지만, 안개가 너무 짙어 볼 수 없었다.

"하류로 계속 간다." 왕이 결정했다. "너는 장대를 잡아." 왕이 창녀에게 지시했다.

그런데 도향은 갑자기 그의 말을 따르지 않고 셋째를 낚아채더니 강물에 던져버리겠다고 위협했다.

"도대체 왜 이러는 거야?" 자가 소리치면서 도향에게 다가갔다. 그러자 창녀는 다시 셋째를 강물에 던지려고 했다. 셋째는 울음을 터뜨렸다.

"던져버리겠어." 단아했던 그녀의 얼굴은 오싹하고 잔혹한 가면으로 변해 있었다.

"하지만 난 네게……."

"돈!" 그녀가 소리쳤다. "돈을 줘. 아니면 던져버릴 거야!"

"염병할 년! 내 동생을 풀어줘!"

"돈을 던져! 어서!" 도향은 뒷걸음쳤고, 자는 한 발짝 앞으로 다가섰다. 그러자 창녀는 셋째를 들어 강물로 던질 자세를 취했다. "한 발만 더 다가오면……." 도향이 경고했다.

"안 돼!" 왕이 소리쳤다. "강물이 오염되어 있어."

자는 멈추었다. 이 지역의 강물에 얼마나 끔찍한 병균이 득실거리는지 그는 알고 있었다. 그는 왕에게 창녀의 말을 들어주라고 부탁했지만, 선장은 꿈쩍도 하지 않고 그녀를 노려보았다. 사실 그는 이미 너무 많은 돈을 써버렸다.

"조금 더 좋은 제안을 하지." 왕이 말했다. "저 아이를 풀어주고 여기서 꺼져. 아니면 네 엉덩이 사이에 장대를 껴서 강물로 던져버리겠어."

"저 사람에게 그래도 괜찮냐고 물어봤어?" 창녀가 자를 가리키며 말했다. "당장 돈이나 줘, 염병할 늙은이야!"

왕은 장대를 움켜잡고 그것을 휘둘렀고, 자는 아연실색한 표정으로 바라보았다.

"지금 뭐하는 거예요? 제발 부탁이니 저 여자에게 돈을 줘요." 자가 애원했다.

왕은 고개를 숙이고 장대를 내리는 체하다가 갑자기 능숙하게 그것을 휘둘렀다. 창녀는 장대로 머리를 맞자 균형을 잃으면서 셋째를 손에서 놓치고 말았다. 셋째는 급히 자에게 달려왔지만, 자가 도착하기 전에 도향은 셋째의 한쪽 다리를 잡아 강물로 던져버렸다. 자의 얼굴은 백짓장이 되었다. 셋째는 수영을 할 줄 몰라 돌처럼 가라앉을 게 분명했다. 그는 숨을 깊이 들이마시고 강물로 뛰어들었다. 탁한 강물 속으로 잠수해서 이리저리 살펴보았지만 셋째를 찾을 수 없었다. 숨이 막혀 폐가 터져버릴 찰나, 그는 숨쉬기 위해 강물 위로 올라와 물을 뱉고는 여동생의 이름을 외쳤다. 그러나 찾을 수가 없었다. 그때 두 개의 시체 사이에서 셋째가 보였지만, 다시 다른 배 아래로 가라앉았다. 자는 있는 힘을 다해 팔을 저어 셋째가 있는 쪽으로 헤엄쳐 갔다. 그곳에 도착하자 다시 배 밑으로 잠수했다. 셋째를 보는 순간 그는 할 말을 잃었다. 셋째의 옷이 선체 사이에 끼어 있었다. 셋째는 움직이지 않았다. 눈을 감고 있었고, 코로 한 줄기의 물거품이 새어나왔다. 완전히 기운을 잃은 상태였다. 그는 필사적으로 셋째의 옷을 벗기고 수면 위로 들어올렸다. 아이는 숨을 쉬지 않았다. 자는 여동생의 이름을 부르며 마구 흔들었다.

"제발 죽지 마."

그때 무언가가 자기 등을 찌르는 느낌을 받았다. 왕이 장대를 내밀고 있었다. 자는 그 장대를 붙잡아 여동생을 안고 배 위로 올라왔다. 선장은 자기 무릎에 셋째를 눕혀 팔을 마구 흔들었다.

"죽어도 싼 창녀 같으니…… 담요를 가져와."

왕은 셋째를 계속 흔들면서, 여러 번 등을 치면서 세웠다가 눕히기를 반복했다. 시간이 흘렀다. 자가 왕을 도와주려고 했지만, 왕은 그를 밀어버렸다. 왕이 계속해서 아이의 등을 손바닥으로 치고 얼굴을 어루만지며 시도했지만, 여전히 아이는 반응을 보이지 않았다. 갑자기 셋째가 물을 토했다. 자는 셋째가 내는 소리와 몸짓을 주의 깊게 살펴보면서 희망을 가지고 기다렸다. 셋째가 기침을 시작했다. 마침내 셋째는 계속된 기침 끝에 울음을 터뜨렸다. 자는 여동생을 안으며 울지 않을 수가 없었다.

왕은 도향이 도망쳤다고 알려주었다. 혼란스러운 틈을 이용해 다른 배로 뛰어넘어 육지로 갔다고 했다. 도향은 기회를 엿보고 있던 참에 오염된 강물이 그 기회를 제공했던 모양이었다.

"염병할 창녀! 지난밤에 자네가 그년과 무엇을 했는지 모르겠군." 왕이 자를 나무랐다. "분명한 것은 자네가 그 값을 단단히 치렀다는 거야."

"그런데 무슨 일이 있었던 거죠?" 자는 제를 가리키며 물었다. 선원은 바닥에 누워 고통으로 몸부림치고 있었다. 그의 정강이에서 피가 흐르고 있었다. 왕은 대수롭지 않다는 듯이 그를 쳐다보았다.

"그년을 잡으려고 하다가 닻에 다리를 부딪쳤네." 그는 길게 천을 찢더니 그것을 제에게 주었다. "자, 이것으로 상처를 동여매게. 아니면 자네 피 때문에 우리 배가 가라앉을지도 모르니." 왕은 자에게 말했다. "폐가 망가지기 전에 어서 옷이나 갈아입어."

"저는 괜찮습니다."

그는 바지를 갈아입었다. 하지만 화상자국을 감추기 위해 상의는 갈아입지 않았다. 그는 앵두와 도향을 생각했다. 다시는 여자를 믿지 않기로 결심했다. 결코 그러지 않겠다고 다짐했다.

"내 말 안 들려? 어서 갈아입어." 왕이 다시 재촉했다.

자는 아무 말도 하지 않았다. 그럴 기운도 없었다.

하류로 계속 항해하면서 자는 자신의 미래에 관해 생각했다. 셋째가 오염된 물에 빠졌지만 그저 병에 걸리지 않게 해달라고 하늘에 비는 수밖에 달리 방법이 없었다. 자는 병이 두렵지 않았지만, 건강 상태가 좋지 않은 셋째는 그렇지 않았다. 병에 걸리면 살아남지 못할 것이다. 다행히 체온은 정상이었고, 기침도 멎었다. 그러나 그들의 행운은 거기까지였다. 왕이 자 때문에 일어난 모든 일에 진저리를 내면서, 다음 나루터에서 내려달라고 했다.

자는 갑자기 들려오는 비명소리에 다시 정신을 차렸다. 고개를 돌려 제를 보았다. 그는 돼지처럼 비명을 지르며 뱃머리에 쓰러져 있었다. 그때까지만 해도 제는 힘껏 노를 저으면서 제자리를 지키고 있었지만, 쌀가마니를 옮기려다가 발을 헛디뎌 쓰러졌다. 그는 죽음의 도시에서 지체 없이 도망칠 수 있도록, 상처가 얼마나 심각한지 입을 다물었던 것이 분명했다. 왕은 그가 쓰러진 것을 알고는 왜 이렇게 재수가 없느냐며 욕을 해댔다. 자는 천 쪼가리가 상처를 치료하기보다 그저 상처를 숨기는 데 사용되었다는 걸 확인했다. 제의 다리에서 천을 제거하자, 엄청나게 큰 상처가 드러났다. 정강이 뼈가 거의 드러나 있었다.

"계속 노를 젓겠습니다, 선장님……." 제가 사과했다.

왕은 고개를 좌우로 흔들었다. 이제까지 수많은 상처를 보았지만, 그 어느 때보다 심각해 보였다. 자는 무릎을 꿇고 상처를 세밀하게 살펴보았다.

"다행히 힘줄은 괜찮습니다. 하지만 상처가 깊습니다. 다리가 썩기 전에 상처를 봉합해야 합니다." 자가 걱정스러운 듯 말했다.

"알았네, 그런데 어떻게 봉합하지? 밧줄로 동여매야 하나?" 왕이 비웃듯이 말했다.

"다음 마을까지 얼마나 떨어져 있습니까?" 이렇게 물으면서 자는 왕이 다음 마을에 정박하면 배에서 내리라고 한 사실을 떠올렸다.

"자네가 무당을 찾는 거라면, 잊어버리게. 나는 그런 사기꾼들은 믿지 않네."

자는 고개를 끄덕였다. 일반적으로 사람들은 시골 의원들을 돌팔이라고 여겼다. 그것은 아버지에서 아들로 내려오는 직업이었지만, 그다지 적절하지 않은 상속이었다. 제대로 된 의원을 찾기란 쉬운 일이 아니었다. 대신 그들은 약초와 한약, 그리고 고약과 침술과 뜸을 잘 아는 사람들을 찾았다. 이들이 치료를 포기하면 그때는 무당에게 갔다. 그들 대부분은 주술사이자 점쟁이, 야바위꾼이었으며, 수술에 대한 초보적인 지식을 지니고 있었지만 신체 절개를 단호하게 금하는 유교의 법칙과 어긋나는 행위였다. 그런 탓에 수술을 할 줄 아는 얼마 안 되는 사람들은 불경스럽다고 낙인이 찍혀 있었다. 그러나 자는 펭판관과 일하면서, 사람의 내장과 뼈와 살이 돼지와 확연히 다르다는 것을 배웠다.

"조심하게! 죽는 것보다는 절름발이가 낫네."

"저는 의학에 관해 조금 압니다." 자가 말했다. "저는 물소의 상처를 직접 치료했습니다. 급한 대로 위험한 것은 막을 수 있을 겁니다……."

제는 신음소리를 내면서 고개를 끄덕였다. 어쨌거나 그는 푸저우에 가야 더 나은 의원의 도움을 받을 수 있을 것임을 알고 있었다.

자는 예전에 배웠던 것을 기억했다. 이런 치료를 하는 게 처음은 아니었다. 사실 그는 국자학에 다닐 당시 많은 실습을 했다. 그는 상처에 붙어 있던 천을 떼어내고, 끓인 차로 상처를 닦았다. 상처는 무릎 아래에서 시작하여 정강이를 따라 거의 발목 위까지 나 있었다. 그는 왕에게 강변 쪽으로 접근해달라고 요청했다.

"왜? 벌써 끝났어?"

자는 머리를 좌우로 흔들었다. 바늘과 실은 없었지만, 그는 큰머리 왕개미로 지혈을 할 수 있다는 것을 생각해냈다. 그는 왕에게 그 개미들을 이용해 상처를 봉합할 수 있다는 것을 설명했다.

"그 개미들은 갈대 속에서 삽니다. 찾기에 그리 어렵지 않습니다."

왕은 눈살을 찌푸렸다. 그는 그 개미에 물리면 죽은 사람도 깨어날 수 있다는 말만 들었다. 자의 말을 믿지는 않았지만, 그도 어쨌든 뱃밥을 대어 수리한 부분을 살펴봐야 했다. 그는 배를 강가로 몰았다.

그들은 죽어가는 뱀처럼 느릿느릿 흐르는 지류의 입구 쪽 누런 삼각주 옆에 닻을 던졌다. 누런 황토색이 울창한 숲처럼 빼곡하게 자란 갈대의 푸른 잎들과 대조를 이루었다.

자는 갈대숲 사이에 숨겨진 마른 진흙의 개밋둑을 보았다. 안도의 한숨을 내쉬었다. 곧 무릎을 꿇고 개미 흙무덤 안으로 손을 집어넣어 개미집을 통째로 들어냈다. 그러자 미친 개미들이 엄청나게 커다란 턱으로 자신들의 삶을 방해한 그의 팔을 물어뜯었다. 물론 그는 전혀 아픔을 느끼지 않았다. 그는 한 마리씩 떼어내 조그만 통 안에 조심스럽게 넣고 천으로 덮은 후 배로 돌아왔다. 아직도 자의 팔에 큰머리 왕개미들이 우글거리는 것을 보자, 왕은 그것들을 떼어내려고 했다.

"맙소사! 아프지 않나?"

"물론입니다." 자는 거짓말을 했다. "악마처럼 물어뜯습니다."

그는 팔 안쪽에서 분주하게 물어뜯는 개미들을 쳐다보았다.

시간이 흐르면서 그는 자신의 독특한 재능을 숨기는 법을 익혔다. 어렸을 때 그는 통증을 느끼지 않는다는 사실로 이웃 또래들의 존경을 한몸에 받았다. 이웃 아이들은 살을 꼬집고 뜸을 떠도 그가 어떻게 견디는지 보기 위해 줄을 섰다. 그러나 학교에 가게 되자 상황이 바뀌었다. 선생님들은 그가 회초리를 맞아도 신음소리 하나 내지 않는 것을 보고 놀랐으며, 아이들은 그런 이상한 재능을 부러워했다. 그런 재능 덕분에 그는 다른 아이들보다 더 잘난 체할 수 있었다. 아이들은 그를 얼마나 아프게 하면 그가 소리를 지르는지 확인해보려고 했다. 그렇게 아이들의 놀이는 점점 폭력적이 되었고, 단순한 따귀에서 잔인무도한 짓으로 발전했다. 그러자 자는 조금씩 꾀병의 기술을 습득했다. 조금만 스쳐도 마치 돌을 맞아 머리가 깨진 것처럼 울부짖으며 비명을 질렀다.

그는 개미가 든 통을 흔들면서 제를 쳐다보았다.

"준비됐어요?"

선원은 고개를 끄덕였다. 자는 오른손 엄지와 검지로 개미 한 마리를 잡아서 조심스럽게 상처 부위에 올려놓았다. 그러면서 다른 손으로는 상처를 닫았다. 제는 흥미롭게 쳐다보았다. 피부에 닿자 개미는 턱을 내리면서 입으로 상처를 물어 봉했다. 즉시 자는 개미의 복부를 잡아떼면서 머리만 상처에 붙여놓았다. 다시 다른 개미를 조심스럽게 첫 번째 개미머리 아래에 놓고 똑같이 되풀이했고, 그렇게 상처를 따라 반복했다.

"이제 됐어요. 보름 후에 머리를 떼어내세요. 그리 힘들지 않을 겁니다. 그때면 이미 상처가 아물어 있을 것이고…….”

“직접 하라고?” 왕이 말했다. “저 커다란 손으로 어떻게 그런 일을 하라는 거지?”

“음…… 그럼 칼날을 이용하면 됩니다.”

“그런 생각은 하지도 말게. 자네가 해줘야지.”

“그게…… 무슨 말인가요? 제게 배에서 내리라고 하셨는데…….”

“그 말은 잊어버리게. 이제 자네는 손님 자격이 아니네. 저 상태에서 제는 노를 저을 수 없고, 나는 혼자 이 배를 몰고 갈 수 없어. 그러니 우리가 린안에 도착할 때까지 자네가 제의 자리에 있게.”

“하지만 선장님, 저는…….”

“나한테 일 삯을 달라고 할 생각은 말게. 그러면 내가 사네를 강물에 떨어뜨리고 말겠네. 알았지?”

자는 고개를 끄덕였다. 선장은 뒤돌아서 뱃머리로 갔다. 왕의 무뚝뚝한 태도에도 불구하고, 자는 그 노인이 자신과 여동생의 생명을 구해주었다는 것을 알았다.

자는 여동생에게서 눈을 떼지 않았다. 그가 열심히 기도했지만, 다시 고열이 시작되었다. 약은 효과를 발휘했지만, 언제 떨어질지 몰라 걱정이 되었다. 자는 린안에 도착하면 가장 먼저 약을 충분히 구해야겠다고 마음먹었다.

셋째를 돌보지 않을 때는 열심히 일했다. 힘껏 노를 저었고, 갑판을 청소했으며, 제가 빌려준 두꺼운 장갑을 끼고 짐을 단단히 조여 맸다. 가끔씩 왕은 수심을 확인하거나 강물의 나뭇가지들을 치우라고 했지만, 대개는 그를 성가시게 하지 않았다. 강물이 알아서 배를 밀어주었기 때문이다. 어느 날 오후 갑판을 청소하고 있을 때 갑자기 왕이 불렀다.

"잘 들어! 여동생을 숨기고 입을 꼭 다물고 있어!"

자는 왕의 경고하는 말투를 듣고 몸을 떨었다. 그들을 향해 배 한 척이 다가오고 있다는 것을 알았다. 그곳에는 커다란 개와 함께 두 사람이 타고 있었다. 한 사람의 얼굴은 곰보로 가득했다. 왕은 자에게 청소는 그만하고 장대를 잡으라고 속삭였다.

"송자라는 사람이 타고 있느냐?" 곰보 얼굴을 한 사람이 소리쳤다.

왕은 자를 쳐다보았다. 자는 담요 아래로 여동생을 숨기면서 벌벌 떨었다. 선장은 막 도착한 사람에게 고개를 돌렸다.

"자라고요? 그건 어떤 바보의 이름입니까?" 그는 웃었다.

"묻는 말에만 대답하라. 아니면 이 몽둥이맛을 보게 될 것이다." 그 사람은 나졸임을 밝히는 징표를 보여주었다. "내 이름은 카오다. 배에 타고 가는 저 사람들은 누구냐?"

"죄송합니다." 선주가 사과했다. "제 이름은 왕이며, 주낭(珠囊) 출신입니다. 절름발이는 제이며, 이 배의 선원입니다. 우리는 쌀을 선적하고 린안으로……"

"너희들이 어디로 가는지는 내 관심사가 아니다. 우리는 젠양에서 승선한 청년을 찾고 있다. 아마도 병든 여동생과 함께 있을 것이다."

"도망자입니까?" 왕이 관심을 보이는 척하면서 물었다.

"돈을 훔쳤다. 그런데 저 사람은 누구냐?" 그는 곁눈으로 자를 가리켰다.

왕은 머뭇거렸다. 자는 장대를 잡고 싸울 준비를 했다.

"제 아들입니다. 왜 묻는 겁니까?"

나졸은 오만한 얼굴로 자를 아래위로 훑어보았다.

"비켜라, 배를 조사해봐야겠다."

자는 입술을 깨물었다. 배를 검사하면 셋째를 발견할 것이 분명했다. 그러나 배에 오르지 못하게 한다면, 그를 용의자로 체포할 것이다.

〈어서 생각해, 아니면 넌 잡히고 말아.〉

갑자기 자는 고통으로 일그러진 얼굴을 한 채 마치 척추가 부러진 것처럼 앞으로 고꾸라졌다. 소스라치게 놀란 왕이 그를 도와주려고 했지만, 자는 심하게 기침을 시작했다. 자는 상상도 못할 만큼 눈을 크게 뜨면서 가슴을 쳤고, 마치 죽을 것 같은 몸짓을 하면서 피를 토했다. 그는 힘들게 일어나 나졸에게 손을 내밀었다. 나졸은 자가 뱉은 피를 놀란 눈으로 쳐다보고 있었다.

"무…… 울…… 제발…… 도와…… 주세요……." 자는 나졸을 향해 나아갔다.

나졸은 겁에 질려 뒷걸음쳤다. 자는 비틀거리며 다시 한 발을 내밀었다. 나졸을 붙잡으려는 찰나, 자는 균형을 잃고 넘어지면서 갑판 위에 있던 쌀가마니와 부딪쳤다. 왕은 피로 뒤범벅되어 덜덜 떨고 있는 자를 보았다.

"오염된 강물 때문이야!" 왕이 자를 피해 펄쩍 뛰면서 소리쳤다.

"오염된 강물……!" 카오가 창백해지면서 그대로 반복했다.

나졸은 덜덜 떨면서 뒷걸음치더니 배 끝으로 물러섰다. 그는 뒤도 돌아보지 않고 자기 배로 펄쩍 뛰어내리고는 어서 그곳을 떠나라고 조수에게 지시했다. "어서 노를 저으란 말이야, 빌어먹을 놈아!" 그는 미친 사람처럼 소리 질렀다.

조수는 장대를 잡고 도망치듯이 마구 노를 젓기 시작했다. 점차 그 배는 하류로 멀어져가더니 시야에서 사라졌다.

왕은 아직도 무슨 일이 있었는지 제대로 파악하지 못했다. 그때 자가 마법에 걸린 것처럼 벌떡 일어났다.

"그런데…… 도대체 뭘 한 거야?" 선주는 말을 더듬었다. 자는 방금 딴 사과처럼 건강하고 싱싱해 보였다.

"아, 이것 말인가요?" 그는 장갑을 벗고 나머지 피를 뱉었다. "뺨을 깨물었을 때 조금 아팠습니다." 그는 거짓말을 하면서 아픈 척했다. "그런데 그 작자의 얼굴을 보니, 그럴 가치가 충분히 있었습니다."

"이런 염병할 놈……!"

두 사람은 배꼽을 잡고 웃었다. 왕은 이제는 조그만 점으로 변한 나졸의 배를 보더니 표정을 바꾸고 자를 쳐다보았다.

"틀림없이 그들은 린안으로 가고 있어. 자네가 무엇 때문에 그의 관심을 끌었는지는 모르겠지만 나는 그런 것에 전혀 관심이 없네. 하지만 그곳에서 내리면 눈을 부릅뜨고 조심해야 해. 저 카오라는 나졸의 눈은 사냥개 같아. 자네 피 냄새를 맡았으니, 자네에게 달려들고 말 거야."

3부 ○ 살기 위한 더러운 투쟁

11

배는 안개로 뒤덮인 첸탕 강의 하구를 향해 느릿느릿 움직였다. 그곳은 오염된 강물이 끝나고 더럽기 그지없는 시후 호(西湖)와 합류되는 곳으로, 대도시의 모든 부와 가난이 병존했다. 그곳이 바로 옛날 항저우라고 불리던 곳이며, 저장성의 성도(省都)이고 남송의 중심이었다.

악취가 코를 찌르는 가운데 희미한 햇빛이 수백 척의 배를 은은하게 비추었다. 당당하고 위압적인 상선들과 왕의 배처럼 반쯤 가라앉은 배들, 그리고 좀먹은 나무로 만든 작은 배들이었다. 썩어버린 나무 바닥에 필사적으로 붙어 있으려는 수상가옥들도 눈에 띄었다. 항구 쪽에 정박한 작은 삼판들과 갈대 사이로 배들이 요리조리 움직였다.

왕은 쉴 새 없이 분주하게 배들이 오가는 항구로 배를 몰면서, 편안하게 항해할 수 있는 자리를 차지하려고 다투었다. 조용했던 여행은 이제 고함과 헐떡거림, 경고와 위협적인 욕지거리로 가득 찼고, 갑판이 부딪칠 때면 서로 주먹을 주고받았다. 왕은 강물로 사람을 던져버릴 정도로 흥분해 있었다.

"이런 염병할! 어디서 노 젓는 법을 배운 거야?" 왕이 지나가던 선원에게 고함쳤다. "넌 왜 웃는 거야?" 그는 제를 꾸짖었다. "네 다리가 어떤지는 상관없어. 창녀들은 그만 생각하고, 이리 와서 돕기나 해. 우리는 조금 더 가서 가게들에서 멀리 떨어진 곳에 배를 댈 거다."

제는 투덜댔지만, 자는 아무 말도 하지 않았다. 힘껏 장대를 잡고 노를 젓는 것만으로도 힘이 부쳤기 때문이다.

북적거리던 배들이 다소 한산해지자, 자는 눈을 들었다. 그는 강에서 린안을 쳐다본 적이 한 번도 없었다. 그 웅대하고 화려한 모습에 그는 할 말을 잃었다. 도시는 예전과 마찬가지로 거만하고 자랑스럽게 서 있었다. 서쪽에는 울창한 언덕이 있었고, 남쪽은 강과 접해 있었다. 도시는 홍수 방지를 위해 세운 커다란 둑과 흙과 돌로 지은 웅장한 성벽으로 둘러싸여 있어, 강에서는 직접 성 안으로 들어갈 수 없었다.

한 시간 넘게 걸려서야 가장 큰 나루터에서 멀리 떨어진 곳에 배를 댈 수 있었다. 그곳 맞은편에는 강에서 성 안으로 들어갈 수 있는 일곱 개의 커다란 성문 중 하나가 있었다. 왕은 자와 셋째가 내릴 곳으로 그 장소를 선택했다.

"가장 안전한 지역일 거야. 누군가가 자네를 기다린다면, 아마도 쌀시장 근처나 북쪽에 있는 흑교(黑橋)일 테지. 보통 짐은 그곳에서 하역을 하거든." 왕이 자신 있게 말했다.

3주간 배를 타고 여행하는 동안, 선장은 고향 사람들보다 훨씬 더 많이 그를 도와주었다. 왕은 겉으로는 차갑고 고약하지만, 농장이나 가장 값비싼 것을 맡겨도 괜찮을 정도로 믿음이 가는 사람이었다. 왕은 그를 린안까지 데려다주었을 뿐만 아니라, 일거리도 주었고, 무엇보다도 그 모든 것을 하나도 묻지 않았다.

자는 제에게 다가가 작별인사를 하고 다리 상처를 마지막으로 살펴보았다. 그다지 나빠 보이지 않았다. 자는 왕개미들이 턱으로 단단히 물고 있는 상처를 확인했다.

"이틀 정도 지난 다음 개미 머리를 떼어내세요. 하지만 당신 머리는 그대로 둬야 해요, 알았죠?" 두 사람은 작별하면서 웃었다.

그는 여동생의 손을 잡고 보퉁이를 어깨에 둘러멨다. 배에서 내리기 전에 그는 왕을 쳐다보았다. 그가 감사의 말을 하려고 했지만, 왕이 먼저 말을 꺼냈다.

"자네 급료야……. 마지막으로 충고 하나 해주지. 이름을 바꾸도록 해. 자라는 이름을 사용하면 문제가 생길 거야." 그는 자에게 동전 주머니를 내밀었다.

다른 상황이었다면 자는 그 돈을 받지 않았을 것이다. 하지만 린안에서 처음 며칠을 살아남으려면 뭐라도 필요할 것이다. 그는 줄로 동전을 꿰어 허리에 묶고는 웃옷 아래에 숨겼다.

"저는……." 자가 용기를 내서 말하기도 전에, 늙은 선장은 부두에서 배를 밀기 시작했다.

왕과 헤어지는 순간, 그의 머릿속에서는 그가 했던 알 수 없는 말이 울렸다.

〈저 나졸이 자네 피 냄새를 맡았으니, 자네에게 달려들고 말 거야.〉

그는 석회를 칠한 거대한 벽돌 성벽에 도착하면서 두려움에 떨었다. 커다란 성문이 성벽 한가운데 있었다. 그것은 마지막 장애물이었다. 용의 입과 같은 모습을 띠고 있었다. 자신의 커다란 꿈을 이루기 위해 반드시 지나야만 하는 관문이었다. 그가 그토록 돌아오고 싶었던 린안이 눈앞에 있는데도 알 수 없는 두려움이 그를 사로잡았다.

"자, 가자." 그는 셋째에게 말했다. 도시로 들어오고 나가는 사람들의 소용돌이 속에 뒤섞여, 그들은 성문을 지났다.

거대한 장벽 뒤로는 모든 게 기억하는 그대로였다. 강둑에는 판잣집들이 줄지어 늘어섰고, 코를 찌르는 생선 냄새가 풍겼으며, 길모퉁이마다 장사꾼들이 소리를 지르며 음식과 음료를 팔았다. 거리를 따라 덜커덕거리는 마차 소리가 들렸으며, 울부짖는 가축들과 싸우며 젊은이들이 땀을 흘렸고, 작업장 현관에서는 붉은 등이 흔들거렸다. 비단과 비취와 싸구려 장신구들을 파는 가게, 북적대는 외국상품 가게, 마구 쌓아놓은 타일처럼 모여 있는 색색의 노점들도 그대로였고, 손님들을 끌어들이고 아이들을 내쫓는 상인들의 고함소리도 변함없었다.

그들은 정처 없이 걸었다. 자는 셋째가 계속해서 자기 소매를 잡아당기고 있다는 것을 알아차렸다. 셋째는 점쟁이처럼 보이는 사람이 앉아 있는 화려한 사탕가게를 하염없이 바라보고 있었다. 너무나 흥분한 셋째를 보고 자는 가슴이 아팠다. 하지만 왕이 준 얼마 안 되는 돈을 한 줌의 사탕을 사는 데 써버릴 수는 없었다. 자가 여동생에게 설명하려는 찰나, 점쟁이가 다가왔다.

"3전이야." 그는 이렇게 말하면서 셋째에게 사탕 두 개를 내밀었다.

자는 이빨 빠진 잇몸을 드러내며 바보처럼 웃는 조그만 남자를 쳐다보았다. 그는 낡은 당나귀 가죽 옷을 입고 있어 역겹기도 하고 낭비벽이 심한 사람처럼 보이기도 했다. 마른 나뭇가지로 만든 단정하지 못한 모자에 작은 팔랑개비를 꽂아서 더욱 기괴해 보였다. 모자 밑으로는 한 줌의 흰 머리카락이 삐져나와 있었다.

"3전이야." 남자는 미소를 지으며 다시 말했다.

셋째는 사탕을 집으려고 했지만, 자가 막았다.

"살 수 없어." 자는 여동생에게 귀엣말로 속삭였다. 3전이면 두 사람이 하루 종일 먹을 수 있는 밥을 살 수 있었다.

"왜? 난 사탕 먹고 싶어." 셋째는 심각한 표정을 지으면서 따졌다.

"아이 말이 맞소." 그들의 말을 모두 듣고 있던 그 작은 남자가 끼어들었다. "받아. 맛을 보도록 해." 그러면서 화사한 종이로 포장된 사탕 하나를 내밀었다.

"고집 부리지 마. 돈 없단 말이야." 자는 셋째의 손을 단호하게 당겼다. "어서 가자."

"하지만 저 사람은 점쟁이야." 그곳을 떠나면서 셋째가 훌쩍였다. "사탕을 사지 않으면, 우리에게 마술을 부릴 거야."

"저 사람은 엉터리야. 정말 점쟁이면 우리가 살 수 없다는 것을 알았어야 해."

셋째는 고개를 끄덕였다. 아이는 목소리를 가다듬더니 기침을 했다. 자는 걸음을 멈추었다. 그 기침소리를 너무나 잘 알고 있었다.

"괜찮아?"

여동생은 다시 기침을 했지만, 고개를 끄덕였다. 자는 그 말을 믿지 않았다.

린안대로를 향해 걸어가면서, 자는 주변을 쳐다보았다. 아주 잘 알고 있는 장소였다. 그는 그곳에 우글거리는 모든 정보원들과 부랑자들, 곡예사들과 거지들, 수다쟁이들과 도둑들을 알고 있었다. 펭판관과 일할 때는 매일 이 빈민가를 오가야 했다. 도시에서 가장 가난하고 위험한 구역이었다. 여자들이 길모퉁이에서 몸을 팔고, 남자들은 술에 취해 뒹굴고, 사기 꾼들과 도둑놈들이 거리를 배회했다. 기분 나쁘게 쳐다보면 목숨이 달아날 수도 있었고, 못마땅한 표정을 지으면 목이 잘릴 수도 있었다. 그게 그곳의 일상이었다. 또한 밀고자들과 끄나풀들이 사는 곳이었기에 그들과 자주 마주치기도 했다. 항구 옆에 있으며, 도시를 에워싸고 있는 오래된 성벽의 안과 밖 경계였기 때문에 린안에서 가장 가난하고 위험한 동네였다. 바로 그런 이유로 자는 그날 밤 어디서 자야 할지 걱정하고 있었다.

그는 관리들이 출생지가 아닌 다른 곳에서 일해야 한다는 법에 욕을 퍼부었다. 사실 그 법은 너무나 일상적으로 행해지던 부패와 뇌물수수를 방지하기 위해 취해진 조치였다. 관리들이 자신의 직책을 이용하여 친척들에게 불법적으로 이익을 제공하는 것을 미연에 방지하기 위한 것이기도 했다. 그러나 관리들이 가족과 떨어져 살아야 하는 부정적 결과도 있었다. 그런 이유로 자와 셋째는 린안에 아는 사람이 단 한 명도 없었다. 사실 그들은 그 어느 곳에도 아는 사람이 없었다. 아버지의 형제들은 남쪽으로 이사 갔다가 해안지방을 강타한 태풍 때문에 모두 죽었다. 그리고 외가 쪽 친척에 대해서는 아는 게 전혀 없었다.

서둘러야 했다. 해가 지면 그 지역은 더욱 위험해졌기 때문이다. 어서 그 동네를 벗어나 잠잘 곳을 찾아야 했다.

셋째가 갑자기 기침을 하면서 몸을 떨었다. 기침은 갈수록 심해졌고 횟수도 잦아지고 있었다. 자는 셋째가 죽을지도 모른다는 생각에 두려웠다. 조금씩 기침은 가라앉았지만, 셋째의 얼굴에는 여전히 괴로운 기색이 역력했다.

"괜찮아질 거야. 조금만 참아."

그는 보퉁이를 급히 뒤졌다. 약을 찾지 못해 손이 떨렸다. 보퉁이를 풀어 바닥에 모두 쏟아버리고, 마침내 마른 뿌리 몇 개를 찾아냈다. 그 가느다란 뿌리가 마지막 남은 약이었다. 곧 구입해야만 했다. 셋째는 뿌리를 씹고 삼켰다. 그러자 기침이 멈추었다.

"미안해." 셋째가 말했다.

자는 가슴이 미어지는 것 같았다.

여동생을 재우러 어디로 가야 할지 그는 머리를 쥐어짰다. 일단 봉황산을 향해 걸었다. 도시의 남쪽 끝에 있는 주거지역이며 예전에 살았던 곳이었다. 물론 그곳에 숙소는 없었다. 현 관리들만 사는 마을이기 때문이다. 그러나 아버지의 옛 친구이자 이웃이었던 인 할아버지를 떠올렸고, 며칠 동안은 그의 집에 머무를 수 있을 것이라고 기대했다.

린안대로를 따라 줄지어 있던 5층짜리 건물들 대신 이제 곡선 모양의 지붕과 잘 꾸민 정원을 갖춘 별궁들이 보였다. 성문 근처의 북적대는 소음과 땀 냄새는 대나무 흔들의자 위로 불어오는 산들바람과 영춘화의 꽃

향기로 바뀌어 있었다. 노새는 하인과 귀족과 귀부인이 타는 가마로 대체되었다. 순간 자는 예전에 살던 세계로 돌아왔다는 느낌이 들었다.

잘 세공된 인 할아버지의 대문을 두드렸을 때는 해가 이미 지고 있었다. 인 할아버지는 항상 그들을 손자처럼 대해주었지만, 정작 대문을 열어준 사람은 오만하고 쌀쌀맞은 그의 두 번째 아내였다. 그녀는 인상을 찌푸렸다.

"여기서 뭐하는 거야? 우리를 망하게 할 작정이야?"

그들이 만난 지 1년도 넘었는데, 그 여자는 놀라기는커녕 그들이 나타나기만 기다렸던 것 같았다. 그들의 면전에서 문을 쾅 닫아버리기 전에, 자는 인 할아버지에 대해 물었다.

"지금 안 계셔!" 여자는 쌀쌀맞게 대답했다. "이제는 너희를 보고 싶어 하지 않으셔!"

"제발 부탁이에요. 제 여동생이 너무 아파서……."

여자는 셋째를 넌더리가 난다는 듯 쳐다보았다.

"핑계 대지 말고 얼른 꺼져."

"누구지?" 집안에서 희미한 목소리가 들렸다. 인 할아버지의 목소리였다.

"거지예요! 이제 곧 갈 거예요!" 그녀는 소리치면서 한쪽으로 비켜서더니 셋째의 팔을 잡아채고 거리 쪽으로 끌고 갔다. 자도 셋째를 따라가야만 했다. "잘 들어! 여기는 점잖고 품위 있는 집이야. 우리 이름을 더럽힐 너 같은 도둑놈은 필요하지 않아."

"하지만……."

"불쌍한 척하지 마!" 그녀는 입술을 깨물고 계속 말했다. "오늘 아침에 카오라는 나졸이 커다란 개를 이끌고 이 동네에 나타났어. 우리 집을 샅샅이 뒤졌지. 정말 창피한 일이야! 네가 무슨 짓을 했는지 우리에게 이 야기해주었어. 모든 것을 얘기해줬다고! 틀림없이 여기 올 거라고 말했어. 이봐, 난 네가 왜 그 돈을 가지고 도망쳤는지 몰라. 하지만 분명하게 말하는데, 우리가 네 아버지를 생각하지 않았다면, 지금 당장 너를 관아로 끌고 가서 고발했을 거야." 그녀는 셋째의 팔을 놓아주며 자에게 밀쳤다. "다신 오지 마. 우리 집 근처에서 얼쩡거리면 이 도시의 모든 징을 쳐서 네가 여기 있다는 것을 알리겠어."

자는 여동생의 손을 잡고 뒷걸음쳤다. 그의 인생에는 밤이 드리워져, 낮은 결코 돌아오지 않을 것 같았다. 현인이 자를 상의 살해사건에 연루시키겠다는 협박을 실행에 옮겼거나, 아니면 만석꾼이 지방판관 주머니로 들어간 30만 전을 자가 훔쳤다고 고발했음이 분명했다. 그리고 강에서 만난 나졸 카오는 바로 판관이 그를 잡아오라고 파견한 사람이었다.

그는 나졸이 나머지 이웃들에게도 이미 알렸을 것이라고 생각했다. 하는 수 없이 눈에 띄지 않도록 성벽을 향해 걸었다. 그는 부두로 되돌아오면서, 근처 객줏집에서는 머무를 수 있을 것이라고 생각했다. 물론 그 도시에서 추천할 만한 곳은 아니었지만, 방값이 싼 곳이었고 거기까지 그들을 찾으러 올 위험이 적었다.

두 사람은 거의 무너져가는 건물을 발견했다. 싼 방이 있다는 벽보가 붙어 있었다. 울퉁불퉁한 벽이 썩은 냄새를 풍기는 식당과 붙어 있었다. 그는 입구에 쳐진 낡은 휘장을 걷으며 들어갔다. 주인은 술 냄새를 풀풀 풍기면서 꾸벅꾸벅 졸고 있었다. 그는 자를 쳐다보지도 않았다. 그는 손을 뻗어 50전을 선불로 요구했다. 그건 자가 가지고 있던 돈의 전부였다.

자가 깎으려고 하자, 그 주정뱅이는 전혀 관심 없다는 듯이 바닥에 침을 뱉었다. 자가 돈을 세고 있는데, 셋째가 기침을 했다. 그 가격을 그대로 받아들이면, 셋째의 약을 살 돈이 남아 있지 않았다.

〈일할 곳을 찾아야 해.〉

자는 일자리를 찾을 수 있을 거라고 생각하고 싶었다. 그는 방값을 지불한 후 열쇠가 있느냐고 물었다.

"여기에 묵는 사람들이 열쇠를 필요로 할 정도로 값비싼 것을 갖고 있겠소? 방은 저 안쪽에 있소. 3층이오. 아, 그리고 한 가지만 명심하시오." 자는 걸음을 멈추었고, 남자는 빙긋 웃었다. "저 어린애와 뭘 하든 난 관심 없소. 하지만 저 애가 죽으면, 내가 알기 전에 즉시 데리고 나가야 하오. 난 문제가 생기는 걸 원치 않소."

자는 대답도 하지 않았다. 주먹으로 한 대 치고 싶은 마음을 애써 참았다. 두 사람은 복도로 걸어갔다. 복도를 따라 줄지어 있는 방의 휘장 사이로 말소리와 웃음소리가 새어나왔다. 그들은 마치 지하 감방으로 가는 것 같은 삐걱거리는 계단을 올라갔다. 구역질이 날 것만 같았다. 햇빛이 거의 들어오지 않았고, 고약한 땀 냄새와 오줌 냄새가 진동했다. 다행히 그들이 들어간 방은 그나마 강과 마주하고 있었고, 벽돌 벽을 수선하려고 사용한 대나무 사이로 강을 내다볼 수 있었다. 바닥에 깔려 있는 이불은 심하게 얼룩져 있었다. 그 위에서 잠을 자고 싶다는 생각을 할 수 없을 정도였다. 자는 발로 이불을 걷어내고 짐 꾸러미에서 담요를 꺼냈다. 셋째가 다시 기침을 시작했다.

〈당장 약을 구해야 해.〉

주변을 둘러보았다. 천장이 너무 낮아서 어른이 겨우 서 있을 정도였다. 그는 어떻게 그토록 작은 방을 빌려주면서 그만큼이나 받아먹을 수 있는지 이해가 되지 않았다. 게다가 그 방을 쓰레기장으로 사용한 것 같았다. 벽을 수리하고 남은 대나무 막대기 수십 개가 바닥에 널려 있었다. 자는 그 막대기들을 반원 모양으로 구부려 조그만 틀 모양으로 만들었다. 조그만 집 모양이 되었다. 그는 바닥의 흙을 셋째의 얼굴에 발라주고, 어떻게 숨는지 가르쳐주었다.

"잘 들어. 이건 정말 중요한 거야." 셋째는 눈을 크게 떴다. 그녀의 더러운 얼굴이 환하게 빛났다. "난 지금 나가야 해. 금방 돌아올 거야. 내가 나가 있는 동안…… 우리 집이 무너진 날 네가 어떻게 숨었는지 기억나지? 지금 다시 저 대나무 뒤에 똑같이 숨어 있도록 해. 아무 말도 하지 마. 거기서 나오지도 말고, 내가 돌아올 때까지 고개를 내밀어서도 안 돼. 알았지? 내 말대로 하면, 점쟁이가 팔던 사탕을 가져올게."

셋째는 고개를 끄덕였다. 어쨌든 다른 대안이 없었다.

그는 동생을 지켜달라고 돌아가신 부모님들에게 빌었다. 갖고 있는 물건들 중에서 팔 수 있는 것을 찾았다. 옷가지 네 벌과 마을에서 가져온 칼은 거저 준다고 해도 고맙다는 인사조차 못 받을 것이 뻔했다. 아버지에게 물려받은 형법전서인 『송형통』만이 어느 정도 돈을 받을 수 있는 것이었다. 그러나 그마저도 사고 싶은 사람을 만났을 때 가능한 일이었다.

그는 시장으로 가는 길에서 옛 기억을 떠올렸다. 예전에 여름 정자를 둘러싸고 있는 나무 아래 가판대에서 가장 좋은 책들을 구입할 수 있었다. 시간을 절약하기 위해 그는 운하로 곧장 내려갔고, 노를 저어 공짜로 타고갈 수 있는 배를 물색했다. 그 도시는 여러 수로로 연결되어 있어서 배를 타는 것이 미로와 같은 린안에서 가장 빠르게 움직일 수 있는 방법이었다.

다행히 그날 가장 좋은 시간대에 책 시장에 내렸다. 학생들이 수업을 마치고 차를 마시는 시간이었다. 그 시간에 그들은 종종 히웅하 인쇄소에 도착한 최신 서적들을 둘러보았다. 검은 상의를 단정하게 입은 수십 명의 관리 지망생들을 보며, 자는 지식에 대한 갈증을 해소하기 위해 법의학 서적을 찾아 그 공원을 배회했던 1년 전의 자신을 생각했다. 법학 서적을 전문으로 하는 가판대로 걸어가면서, 거리에서 들려오는 대화가 부러웠다. 학교에 다니던 시절을 떠올렸다. 지식의 중요성에 관한 토론과 북쪽 오랑캐의 침입, 최신 성리학 사조에 관한 논쟁이 생각났다. 하지만 지금 그곳에 있는 이유는 책을 팔려는 것이지, 자신의 열망을 꿈꾸는 것이 아니라면서 스스로를 나무랐다. 시집 판매상들을 뒤로하고, 그는 여러 법학 서적을 파는 가판대로 갔다. 익히 알고 있던 대로 형법전서는 학생들이 가장 많이 찾는 책이었다. 그런 이유로 여러 권의 책이 있었고 가격도 천차만별이었다. 그는 자줏빛 비단으로 장정된 아주 멋진 『송형통』 판본을 발견했다. 그가 가지고 있는 책과 매우 흡사했다. 그는 서적상에게 다가가서 그 책을 가리켰다.

"얼마지요?"

서적상은 의자에서 일어나 느릿느릿 걸어와 책을 집었다. 손의 먼지를 털고는 마치 아름다운 여인을 애무하듯이 그 책을 펼쳐서 보여주었다.

"음, 진정한 예술 작품을 아는 것 같군요." 그는 자에게 알랑거렸다. "항 선생이 멋진 글씨로 손수 베껴 쓴 『송형통』이지요. 마구 찍어낸 저런 싸구려 목판사본과는 비교할 수 없어요."

자는 고개를 끄덕였다.

"얼마지요?" 자가 다시 물었다.

"만 전입니다. 헐값이에요." 그는 그 책을 건네주고 살펴보도록 해주었다.

자는 다정한 미소를 지으며 괜찮다고 말했다. 그는 린안에서는 모든 것을 거의 헐값이라면서 판다는 것을 잊고 있었다. 그러나 그 서적상의 다른 책들을 살펴보는 귀족들로 판단하건대, 나무 가판대에 진열된 책들은 정말 귀하고 값진 것이라는 사실을 알 수 있었다. 그때 수염에 기름을 칠한 어느 노인이 방금 자가 살펴보았던 책에 관심을 보였다. 빛이 나는 붉고 긴 웃옷을 입고 똑같은 색깔의 모자를 쓴 것으로 보아, 지체 높은 교수가 분명했다. 노인은 조심스럽게 그 책을 살펴보면서, 얼굴이 환하게 빛났고 새끼손가락의 긴 손톱으로 책을 부드럽게 어루만졌다. 노인은 서적상에게 얼마냐고 물었지만 서적상의 대답에 얼굴을 찌푸렸다. 너무 비싸다고 생각했던 것이다. 그러나 그 책을 되돌려주지 않고 계속 살펴보았다. 그 책을 제자리에 놓기 전에, 자는 노인이 돈을 가져와 그 책을 사겠다고 말하는 소리를 들었다.

"주제넘게 나서서 죄송합니다, 존경하는 교수님." 노인이 가판대에서 멀어지자, 자가 다가갔다. 노교수는 다소 놀란 얼굴로 자를 바라보았다.

"난 지금 시간이 없소. 학원에 들어오고 싶다면 학원으로 찾아와 이야기하도록 해요." 그는 걸음 속도를 줄이지 않고 말했다.

"아닙니다. 죄송합니다, 교수님. 저는 교수님이 형법전서에 관심을 보이시는 것을 보았습니다. 그런데 우연히 저도 그것과 비슷한 책을 가지고 있습니다. 저는 훨씬 싼 가격에 팔 수……."

"그래요? 손으로 직접 필사한 『송형통』이오?" 그가 믿지 못하겠다는 표정으로 물었다.

자는 보자기에서 책을 꺼내 보여주었다. 노교수는 그 책을 들어 천천히 펼쳤다. 그는 조심스럽게 살펴보고 자에게 되돌려주었다. 자는 받지 않았다.

"5천 전만 주십시오."

"미안하오, 청년. 나는 도둑에게서는 책을 사지 않소."

"저는 도둑이 아닙니다." 자의 얼굴이 새빨개졌다. "이것은 제 아버지의 책입니다. 돈이 필요하지 않았다면 절대로 팔지 않았을 책입니다."

"알았소. 자네 아버님이 누구신가?"

자는 입술을 깨물었다. 수배당하는 몸이라 신원을 밝히고 싶지 않았다. 노인은 그를 훑어보면서 인상을 찌푸렸다. 그는 책을 되돌려주고 돌아섰다.

"교수님, 맹세컨대 거짓말이 아닙니다." 노교수는 계속 걸어갔지만, 자는 그를 쫓아가서 붙잡았다. "증명할 수 있습니다."

노교수는 당황스러워하며 걸음을 멈추었다. 모르는 사람이 동의 없이 다가가는 것은 무례한 짓이었다. 그를 붙잡는 것은 말할 것도 없었다. 자는 그가 시장을 순찰하고 있던 나졸을 부를지 몰라 두려웠다. 노교수는 다시 그를 쳐다보더니 팔을 뺐다.

"알았소. 한번 봅시다."

자는 목청을 가다듬었다. 돈이 필요했다. 그 사람을 설득해야 했고, 그것만이 유일한 기회였다. 그는 눈을 감고서 정신을 집중했다.

"『송형통』 1부, 일반형에 관하여." 그는 숨을 쉬고 계속했다. "가장 경미한 죄는 대나무의 가장 얇은 부분으로 죄수를 때리면서 시행된다. 이것은 그가 범한 어리석음을 부끄럽게 여기도록 하여 미래의 행동에 대해 유익한 경고를 주기 위함이다. 두 번째 형은 대나무의 가장 두꺼운 부분으로 때리면서 시행된다. 이것은 보다 큰 고통을 주고 자중하게 만들기 위함이다. 세 번째 형은 5백 리 떨어진 곳으로 잠시 추방하는 것이다. 이것은 죄수가 뉘우치고 행동을 교정하도록 만들기 위함이다. 네 번째 형은 영원한 추방이며, 이것은 함께 살기에 부적절하지만 최대의 고통을 받을 필요는 없는 죄수에게 적용된다. 이들에게는 최소 2천 리 떨어진 곳으로 추방령을 내린다. 마지막으로 다섯 번째 형은 사형이다. 이것은 참수나 교수형을 통해 실시된다."

그는 이렇게 시작 부분을 외우면서, 노교수가 그만하라고 말하기를 기다렸다.

"그다지 인상적이지 않네. 나는 이런 속임수를 여러 번 보았네."

"속임수라고요?" 자는 그 말을 이해하지 못했다.

"두어 대목을 외우고 학생인 체하는 것이지. 하지만 나는 오랫동안 교수로 일하고 있네. 이제 순찰 나졸들을 부르기 전에 그만 가게."

"속임수라고요? 그렇다면 원하시는 부분을 물어보십시오." 자는 교수에게 책을 내밀었다.

"뭐라고 했나?"

"원하시는 부분을 물어보시라고 했습니다." 자가 도전적으로 말했다.

노교수는 자를 뚫어지게 쳐다보았다. 그는 책을 받아 아무 페이지나 펼치고 본문을 쳐다보았다. 그는 도전적인 표정으로 기다리고 있던 자를 다시 바라보았다.

"좋네. 그렇다면 시간 구분에 대해……."

자는 다시 숨을 들이마셨다. 이미 몇 달 전에 읽은 부분이었다.

〈제발 생각나라.〉

시간은 흘렀고, 노교수는 발로 바닥을 탁탁 쳤다. 그가 책을 돌려주려는 순간, 자가 시작했다.

"하루는 여든여섯 시기로 나뉜다." 자는 거의 소리치듯이 말했다. 그 내용이 물밀 듯이 기억나고 있었다. "근무일은 새벽부터 황혼 사이의 여섯 시로 구성된다. 밤 역시 여섯으로 이루어지며, 따라서 매일 열두 시가 된다. 한 해는 삼백육십 일로 이루어지고, 사람의 나이는 이름과 출생일이 공식적으로 기록된 날부터 햇수에 따라 측정되며……."

"어떻게 이걸 모두……." 노교수가 자의 말을 끊었다.

"저는 속이지 않습니다. 이 책은 제 것입니다. 하지만 5천 전을 주시면 팔겠습니다." 그는 노교수가 결정하지 못하고 있다는 것을 알았다. "제 여동생이 병에 걸려서 돈이 필요합니다. 제발 부탁입니다."

노교수는 빈틈없이 장정된 책을 쳐다보았다. 사람이 붓으로 직접 쓴 사본이었다. 글자체는 활력 있고 감동적이었다. 그는 책을 닫고 한숨을 내쉬면서 자에게 되돌려주었다.

"이건 정말로 멋진 책이네. 하지만…… 자네에게 살 수 없네."

"왜 그러신 거죠? 가격 때문이라면 깎아드리겠습니다. 4천 전…… 아니 3천 전에 드리겠습니다."

"고집부리지 말게. 미리 보았다면, 의심의 여지없이 샀을 것이네. 하지만 난 서적상과 약속했고, 내 약속은 자네가 깎아줄 돈보다 훨씬 더 가치가 있네. 게다가 자네의 궁핍함을 악용해서 이 멋진 책을 싸게 사는 것도 올바르지 않은 일이네." 그는 자가 절망하는 얼굴을 보면서 잠시 생각에 잠겼다. "그럼 이렇게 하도록 하지. 내가 100전을 줄 테니 자네 책을 보관하게. 이 책을 팔면서 자네가 얼마나 가슴 아파 하는지 알겠네. 돈에 관해서는 기분 나쁘게 생각하지 말고, 빌려준 것이라고 생각하게. 자네 상황이 해결되면 내게 갚으면 되지. 내 이름은 밍이네."

자는 뭐라고 말해야 할지 몰랐다. 창피했지만 동전을 받아 허리춤에 매면서, 일주일 내로 이자까지 쳐서 갚겠다고 약속했다. 노교수는 미소를 지으며 고개를 끄덕였다. 그는 자에게 다정하게 작별인사를 하고 자기 길을 갔다.

자는 린안의 대약방(大藥房)으로 서둘러 달려갔다. 100전 미만으로 셋째가 필요로 하는 약을 구입할 수 있는 유일한 곳이었다. 대약방은 도시 중심가에 있었으며, 가장 큰 가게일 뿐만 아니라 돈이 없는 사람들에게 자선을 베풀어주기도 했다.

〈하지만 필요한 약이라는 것을 어떻게 설득해야 할까?〉 그는 슬픔에 잠겨 생각했다.

그것이 문제였다. 환자가 약방으로 직접 가지 않으면, 가족은 의원의 처방전을 보여주거나 약값을 모두 지불해야만 했다. 그러나 약값도 없는 상황에서 어떻게 의원에게 처방을 받을까? 그래도 다른 방법이 없었다.

약방 입구에 도착했을 때, 몇 사람이 차별대우를 받았다면서 소란을 피우고 있었다. 그는 자기부담 창구를 피하고 자선 창구로 갔다. 그곳으로 갑자기 두 무리가 몰려왔다. 하나는 수족이 부자연스러운 사람들이었고, 다른 하나는 영양상태가 좋지 않은 이주자들이었다. 그들이 데리고 온 아이들은 이쪽저쪽으로 마구 뛰어다니며 시끄럽게 떠들었다.

자는 두 번째 그룹 옆에 자리를 잡았다. 그때 심장이 멎는 것 같았다.

아이들 옆에서 곰보가 가득 나 있는 나졸이 커다란 개를 데리고 부모와 아이들을 한 명씩 조사하고 있었다. 나졸 카오였다. 그는 자의 여동생이 병에 걸렸다는 사실을 알고, 그를 기다리고 있었던 것이다. 만일 들키기라도 한다면 이번에는 배에서처럼 행운이 찾아오지 않을 게 분명했다.

자가 몰래 빠져나오려고 하는데, 나졸의 개가 킁킁거리면서 그에게 다가왔다. 우연일 수도 있었지만, 마을에서 수거한 옷 냄새를 맡고서 그를 뒤쫓은 것일 수도 있었다. 자는 숨을 참으려고 했지만 소용없었다. 그 개가 으르렁댔던 것이다. 자는 욕을 내뱉었다. 나졸이 곧 그런 상황을 알게 될 게 뻔했다. 개는 다시 으르렁대면서 자의 주변을 돌아다니더니 주둥이를 그의 손에 갖다 댔다. 어이없게도 개가 그의 손가락을 핥고 있었다.

자는 안도의 한숨을 내쉬었다. 개를 유혹한 것은 국수 냄새였다. 자는 핥게 내버려두고서 개가 떠나기를 기다렸다. 그는 천천히 뒷걸음쳐서 첫 번째 무리 옆에 자리를 잡았다. 그때 웬 고함소리에 깜짝 놀랐다.

"거기 서시오!"

자는 조마조마한 마음으로 시키는 대로 했다.

"아이 약을 사고 싶으면, 다른 쪽에 다시 줄을 서시오!"

자는 다시 안도했다. 약방 종업원의 목소리였다. 그런데 다른 쪽에 줄을 서려는 찰나, 카오의 시뻘건 눈과 정면으로 마주쳤다. 자는 제발 그가 알아보지 못하게 해달라고 기도했다.

영원과도 같은 순간이 흘렀고, 나졸은 그를 알아보고 소리쳤다.

개가 번개처럼 그의 목을 향해 덮치는 순간, 자는 도망쳤다. 약방을 뛰쳐나와 사람들로 북적대는 아래거리로 달려가면서, 손에 닿는 장애물을 뒤엎어 개가 달려드는 것을 막았다. 운하에 도착하지 않으면 모든 게

146

끝나버리는 상황이었다. 그는 몇몇 수레 뒤로 방향을 틀어 다리를 건너다가 기름 장수와 부딪쳤다. 기름 장수는 기름이 바닥에 떨어지자 그에게 욕을 퍼부었다. 다행히 개는 바닥에 쏟아진 기름 위로 미끄러졌고, 덕분에 자는 개와의 거리를 벌릴 수 있었다. 그러나 안전하다고 생각하던 순간, 그는 비틀거리며 바닥에 넘어졌고, 그 바람에 아버지의 책을 떨어뜨렸다. 그 책을 주우려는 순간, 갑자기 거지가 나타나 낚아채더니 눈 깜짝할 사이에 사람들 사이로 사라졌다. 자는 쫓아가야겠다고 생각했지만, 나졸의 고함소리를 듣고 포기했다. 그는 일어나 다시 뛰기 시작했다. 농기구를 파는 가판대를 지나면서 그는 곡괭이 하나를 빼앗아 계속 운하를 향해 도망쳤다. 운하가 눈앞에 있었고, 버려진 배 한 척이 눈에 띄었다. 자는 그 배를 이용해 도망칠 생각으로 배가 있는 곳을 향해 달렸다. 그런데 배가 묶여 있던 밧줄을 풀려는 순간, 개가 달려들어 그를 벽 쪽으로 몰았다. 개는 이빨을 드러내며 으르렁댔다. 자는 뒤를 돌아보고, 카오가 다가오는 것을 보았다. 이제 그가 체포되는 건 시간문제였다. 자는 곡괭이를 높이 들었다. 자가 개를 향해 곡괭이를 휘둘렀지만, 개는 우습다는 듯이 그의 공격을 피했다. 다시 곡괭이를 쳐드는 순간, 개는 순식간에 그의 한쪽 다리로 달려들어 종아리를 물었다. 자는 개의 송곳니가 종아리로 파고드는 것을 알았지만, 통증은 조금도 느끼지 않았다. 다시 곡괭이를 힘껏 내리쳤고, 개의 머리에서 우두둑 소리가 났다. 또다시 곡괭이로 머리를 내리치자, 개는 힘을 잃어 물고 있던 그의 종아리를 놔주었다. 카오는 멍한 표정으로 서 있었다. 자는 운하를 향해 뛰어가서, 조금도 머뭇거림 없이 물로 뛰어들었다. 물 위를 떠다니던 오물과 갈대와 과일 밑으로 가라앉자, 코로 물이 마구 밀려들어왔다. 그는 구멍 뚫린 배 아래로 잠수했고, 선체의 현을 잡고서 숨을 쉬었다. 그가 물 밖으로 머리를 내밀자 나졸은 곡괭이를 휘두르며 그를 잡으려 했다. 자는 다시 물속으로 들어가 배의 반대쪽으로 헤엄쳐 가서 배의 끝머리를 붙잡았다. 그런 상황에서는 오래 견딜 수 없었다. 조만간 체포될 수밖에 없을 것이다. 그때 수문이 열린다고 외치는 소리를 들렸다. 자는 수문이 열릴 때 물속에 있는 게 얼마나 위험한지 떠올렸다.

〈이게 유일한 기회야.〉

그는 두 번 생각하지 않고 배에서 손을 놓고 강물에 휩쓸려 갔다. 엄청난 강물이 보(洑)를 향해 흘러가면서 그를 사정없이 때렸고, 그는 마치 호두껍데기처럼 강물에 잠겼다가 강물 위로 모습을 드러냈다. 첫 번째 수문을 통과하고 나자, 이제는 물길에 휩쓸려온 배들과 부딪칠 위험이 있었다. 그는 있는 힘을 다해 두 번째 수문으로 헤엄치면서, 결코 지금 죽지 않을 것이라고 자신에게 맹렬히 확신을 불어넣었다. 강물이 보와 부딪치자, 그는 풀린 닻줄을 잡았다. 그때 수면이 급격하게 상승하면서 여러 척의 배들이 서로 맞부딪쳤다. 그는 배들 사이에서 으스러져 죽을지도 모를 위험에 처했다. 그가 간신히 밧줄을 잡아서 보의 벽으로 기어오르려 할 때, 오른쪽 다리가 말을 듣지 않았다.

〈염병할! 이게 무슨 일이지?〉

개에게 물린 상처가 얼마나 심각한지 그제야 보였다.

〈빌어먹을 개새끼!〉

그는 오로지 왼쪽 다리와 팔만을 이용해 보 위로 기어올랐다. 그곳에서 그는 카오를 보았다. 보(洑) 반대편에서 어쩔 수 없다는 표정으로 서 있었다. 나졸은 죽은 개를 발로 걷어찼다.

"네가 어디에 숨든 찾아내고야 말겠어! 무슨 일이 있더라도 너를 잡고 말 거다!"

자는 대답하지 않았다. 그곳에 있던 사람들이 놀라서 쳐다보는 가운데, 그는 절룩거리면서 사람들 사이로 사라졌다.

12

인적이 드문 뒷골목으로 다리를 질질 끌고 가면서 자는 투덜댔다. 이제 약을 사려면 사설 약재상을 찾는 수밖에 없었다. 그곳에서는 분명히 터무니없이 비싸게 부를 것이다. 자는 가장 먼저 눈에 띈 약재상 앞에서 발길을 멈추었다. 약초 뿌리와 잎을 구입하고 판매하는 가게였다. 손님이 한 명도 없었지만, 두 명의 주인은 그를 불치병에 걸린 사람 보듯 했다. 자는 상관하지 않고 약이 있는지 물어보았다. 그들은 서로 무언가를 속삭이더니, 그 약이 매우 귀하며 구하기도 힘들다고 말했다. 그러더니 한 줌에 800전이 넘는다고 알려주었다.

자는 약값을 협상하려고 했다. 그가 가진 재산은 책 시장에서 노교수가 주었던 100전이 전부였기 때문이다. 자는 허리춤에서 동전꾸러미를 풀었다.

"한 줌까지도 필요하지 않습니다. 4분의 1만 있으면 충분합니다." 자는 그렇게 말하고서 동전꾸러미를 계산대 위에 올려놓았다. 계산대에는 마른 약초 뿌리와 잎들이 마른 버섯과 종자들과 꼬투리, 가느다랗게 찢은 줄기들과 광물들에 마구 뒤섞여 있었다.

"그렇다면 200전이오. 그런데 100전밖에 없군요." 주인 한 사람이 말했다.

"전 이것밖에 없습니다." 그는 텅 빈 가게를 쳐다보면서 생각하는 척했다. "장사가 그리 잘 되는 것 같지는 않군요. 아무것도 벌지 못하느니, 조금이라도 버는 편이 낫지 않겠습니까?"

두 주인은 황당하다는 얼굴로 서로 쳐다보았다.

"대약방에 가면 무료로 얻을 수 있다는 사실을 명심하십시오." 자는 두 사람이 전혀 반응을 보이지 않는 걸 보고 덧붙여 말했다.

"이봐요, 청년." 둘 중 뚱뚱한 사람이 약을 넣으며 말했다. "그건 수없이 들은 이야기라오. 만일 이것보다 더 싼 가격에 구할 수 있었다면, 당신은 거기서 샀을 것이오. 200전을 내거나 아니면 당신이 왔던 곳으로 어서 가시오."

〈어떻게 내가 이렇게 멍청한 말을 했지?〉

자는 입술을 깨물며 마지막으로 시도했다. 그는 신발을 벗었다.

"아주 좋은 가죽으로 만든 겁니다. 아무리 못 받아도 100전은 받을 수 있는 물건입니다. 정말이지 내가 가진 건 이게 전부입니다."

"한 가지만 물어보겠소, 청년. 당신은 우리가 이 신발을 필요로 한다고 생각하오? 자, 어서 꺼지시지!"

잠시 자는 약초를 움켜쥐고 도망칠까도 생각해보았지만, 다리를 절고 있으니 불가능한 일이었다. 약재상을 나오며 그는 절망감에 사로잡혔다. 누군가가 그의 미래에 관해 물어보았다면 그의 부모님들이 돌아가신 날 이미 끝났다고 대답했을 것이다.

다른 약재상에서도 그와 비슷한 대접을 받았다. 마지막으로 찾아간 약재상은 부둣가 시장 근처에 있는 형편없는 곳이었다. 그곳 주인은 가루로 만든 대나무를 팔려고 했다. 다행히 그는 그 약을 수없이 많이 샀기 때문에, 약간 쏩쓸한 맛을 내며 끈적끈적하다는 것을 알고 있었다. 맛을 보자마자 그들이 속이려고 한다는 것을 깨달았다. 그는 입에 넣은 것을 뱉고 돈을 되찾았다. 그렇더라도 그는 황급히 도망쳐야 했다. 구입하기로 하고 말을 바꾸었다면서 가만두지 않을 것이기 때문이다.

그는 슬픔에 잠긴 채 걸었다. 그의 세상은 무너지고 있었다.

여러 가게로 가서 일자리를 물었지만, 병약한 용모에 그나마 한쪽 다리를 절고 있다는 사실을 알고는 그 누구도 관심을 보이지 않았다. 그가 다리에 붕대를 감아야겠다고 생각했을 때는 이미 대부분의 가게가 문을 닫은 이후였다. 부둣가에도 일자리를 기다리는 일꾼들로 가득했다. 그는 짐꾼이나 행상, 하인이나 청소부로 일하게 해달라고 부탁했지만, 대부분은 일자리를 찾으려면 조합의 허락이 필요하다며, 시후 호와 봉황산 근처에 조합 사무소가 있다고 알려주었다. 다른 곳에서는 아예 그의 말을 듣지도 않았다. 셋째의 건강이 갈수록 나빠지고 있는데 시간은 너무나도 완고하게 흘러가고 있었다.

그는 심지어 운하 다리 아래서 몸이라도 팔아야겠다는 생각을 했지만, 그것조차도 폭력조직에 의해 관리되고 있었다. 그것은 부잣집 아이들을 협박해서 갈취하는 것부터 거리에 들끓는 소매치기와 불량배를 포함해 좀도둑의 노름판까지 장악하고 있는 범죄조직이었다. 펑판관이 오랫

동안 그들을 뒤쫓았기 때문에 자는 잘 알고 있었다.

그때 멀리서 아침에 만난 사탕 장수의 모습이 보였다. 그는 당나귀 가죽옷을 입은 채 점쟁이 가판대 대신 일종의 무대 같은 것을 만들어 사람들에게 돈을 벌어가라고 소리치고 있었다. 이미 속아 넘어간 듯 보이는 순진한 사람들이 점쟁이가 연기하는 이상한 호들갑을 지켜보고 있었다. 이내 점쟁이 주위로 사람들이 몰려들었고, 자도 그곳으로 발길을 옮겼다.

〈도대체 무슨 꿍꿍이일까?〉

자는 줄을 서서 기다리는 사람들을 보면서 그 점쟁이가 최고의 사기꾼임에 틀림없다고 생각했다. 그 작은 체구의 남자는 사탕 가판대뿐만 아니라 무대 뒤로 빨간 휘장을 친 탁자를 놓고서, 그 위에 온갖 싸구려 장신구들을 걸어놓았다. 점을 칠 때 사용하는 낡은 거북 등딱지, 조잡하게 색칠한 점토 부처상, 박제된 조그만 새들, 싸구려 종이부채, 대나무와 비단으로 만든 연, 질이 의심스러운 향, 낡은 손수건, 반지, 허리띠, 비녀, 깨진 사발, 신발 한 짝, 오래된 동전, 등롱, 약초 뿌리, 팔찌, 목걸이, 붓, 빨간 먹물, 개구리와 뱀의 뼈를 비롯해 도저히 알아볼 수 없는 수많은 물건들이 매달려 있었다. 마치 진열장처럼 온갖 종류의 쓰레기와 추잡한 것들을 그 휘장 위에 걸어놓은 것 같았다.

〈이 작자는 물건을 전시할 줄 알아. 그런데 왜 이토록 많은 사람들이 이 사기꾼을 기다리는 것일까?〉

자는 조금 더 가까이 다가가서야 알게 되었다.

사람들 때문에 반만 보이던 탁자 위에 나무판 하나가 놓여 있었다. 거기에는 수많은 줄이 미로와 같은 모양새로 파여 있었다. 가까이에서 살펴보니, 파여진 줄들은 여섯 개의 홈을 향해 나 있는데, 모두 다른 색깔이었다. 그건 다름 아닌 귀뚜라미 경주였다. 탁자 중앙에는 사탕이 놓여 있었다. 어떤 귀뚜라미가 중앙에 있는 사탕까지 가장 먼저 가느냐를 놓고 내기하는 것이었다.

자는 사람들을 밀치면서 점쟁이가 있는 곳 앞에 자리를 잡았다.

"마지막 기회입니다! 가난에서 벗어나 부자처럼 살 수 있는 마지막 기회입니다!" 점쟁이가 소리쳤다. "이기면 원하는 여자들과 혼인할 수 있고, 그리고도 기운이 남으면 여러분이 원하는 창녀와도 잘 수 있습니다!"

그때까지 망설이고 있던 몇몇 사람들이 동전을 걸었다. 경주에 참가할 귀뚜라미들은 상자 안에서 기다리고 있었고, 귀뚜라미의 등은 해당된 홈의 색깔을 띠고 있었다.

"더 없습니까? 나한테 도전할 배짱 있는 사람들이 더 없습니까?" 그는 목청을 가다듬었다. "이런 겁쟁이들! 내 늙은 귀뚜라미가 이길 것 같아 겁납니까? 좋아요……. 오늘 내가 미친 것 같군요. 신들이 이 미친놈을 속이고 악용하는 여러분을 용서할 것입니다. 어쨌든 여러분은 오늘 행운아입니다!" 그는 자기 귀뚜라미를 들었다. 등은 노란 색이었다. 그는 앞다리를 뜯어냈다. 그 노란 귀뚜라미를 미로 위에 올려놓고 다시 외쳤다. "이제는 어떻습니까? 여러분이 나를 이길 거라고 생각합니까? 그럴 자신이 있으면, 이제 보여주십시오." 그는 자기 불알을 잡더니 바지 아래로 마구 흔들었다.

마지막으로 머뭇거리고 있던 사람들은 점쟁이가 미쳤다고 확신했는지 돈을 걸기 시작했다. 자는 노름을 하는 게 좋은 생각은 아니라는 걸 알고 있었지만, 그것은 그가 찾던 마지막 기회, 그러니까 약을 사는 데 필요한 돈을 손에 넣을 수 있는 마지막 기회라고 생각했다. 그러나 마음속의 무언가는 그렇게 하지 말라고 말하고 있었다.

점쟁이가 내기를 마감하려는 순간, 자는 쾅 소리 나게 파란 상자 위로 돈을 걸었다.

"100전이오!"

〈제발, 제발!〉

"이제 마감되었습니다. 자, 멀리 떨어지시오!"

점쟁이는 절룩거리는 귀뚜라미를 똑바로 서게 했다. 그 귀뚜라미는 상자 안에서 자꾸 왼쪽으로 돌려고 했다. 그는 서로 다른 색깔의 다섯 상자를 각각의 홈에 놓았다. 그리고 귀뚜라미들이 뛰어나와 도망치지 않도록 비단 그물이 제대로 되어 있는지 확인한 후 징을 쳤다.

"준비되었나?" 그가 소리쳤다.

"당신이나 준비하시오." 누군가가 이렇게 대답했다. "내 빨간 귀뚜라미가 당신 귀뚜라미를 갈가리 찢어 먹어치울 것이오."

점쟁이는 살며시 미소를 지으며 다시 징을 쳤다.

상자의 문을 열자마자 귀뚜라미들이 각자의 홈으로 급히 달려들었다. 점쟁이의 귀뚜라미만 예외였다. 그것은 아주 힘들게 상자의 문을 나왔다.

"자, 어서 달려!" 점쟁이가 소리쳤다.

절름발이 귀뚜라미는 그 말을 들은 듯이 경주를 시작했다. 나머지 귀뚜라미들도 전속력으로 앞으로 나아갔다. 돈을 건 사람들이 흥분해서 마구 외치며 응원했다. 자기 귀뚜라미가 가다가 멈추면 더욱 크게 소리를 질렀고, 미로를 따라 흩어져 있던 다리와 굴로 사라지면 다시 조용해졌다. 자는 빨간 귀뚜라미가 중앙에 있는 사탕을 향해 마치 투창처럼 나아가고 있는 것을 보았다. 그런데 목표물에서 한 뼘 정도 거리에 있을 때 갑자기 멈추었다. 모든 내기꾼들이 입을 다물었다. 그 귀뚜라미는 마치 자기 앞에 투명한 벽이라도 있는 것처럼 머뭇거렸다. 내기를 건 사람이 고함을 질러댔지만 빨간 귀뚜라미는 이상하게도 뒷걸음치기 시작했다. 동시에 점쟁이의 귀뚜라미는 미친 듯이 달리며 다른 귀뚜라미들을 제치고 있었다.

"염병할 놈! 어서 달려, 아니면 으깨버리겠어!" 빨간 귀뚜라미 주인이 소리쳤다. 그러나 귀뚜라미는 홈을 따라가지 않고 벽을 기어오르려 했다.

결국 그 귀뚜라미는 주인의 고함소리와 손뼉에도 아랑곳하지 않았을 뿐만 아니라, 벽을 타고 올라 경주로를 바꾸었고, 엄청난 욕을 얻어먹으면서 실격되었다. 그동안 자는 점쟁이의 귀뚜라미가 얼마나 빨리 달리는지 경탄을 금치 못하며 지켜보았다. 그 귀뚜라미는 마지막 구간의 굴을 지나려는 순간, 거구의 남자가 내기를 건 귀뚜라미를 바짝 따라잡았다. 두 귀뚜라미는 굴에서 나오며 머뭇거렸다.

"젠장, 어서 달려!" 거구의 남자가 귀가 멍멍해질 정도로 소리를 질러댔다.

자는 두 귀뚜라미에게서 눈을 떼지 않았다. 그 바로 앞에는 자가 돈을 건 파란 귀뚜라미가 앞서 있었다. 그런데 모두가 파란 귀뚜라미를 승자라고 외치려는 순간, 점쟁이의 귀뚜라미가 별안간 무지막지한 속도로 나아가 거구의 귀뚜라미를 가뿐하게 따돌렸다. 그러더니 결국 자의 파란 귀뚜라미보다 먼저 사탕에 닿았다.

내기를 건 사람들은 믿을 수 없다는 듯이 모두 눈을 비볐다. 마치 악마의 장난 같았다.

"이런 야바위꾼! 사기를 친 거야!" 거구의 남자가 소리쳤다.

거구의 남자가 머리를 박살내버리겠다고 위협했지만, 점쟁이는 당황스러워하지 않았다. 그는 노란 귀뚜라미를 들고 그곳에 있던 모든 사람들에게 보여주었다. 정말로 앞다리 하나가 없었다.

"이제 그만 떠나시오! 아니면 나졸을 부르겠습니다." 점쟁이는 손으로 휘파람을 불면서 말했다.

거구의 남자는 화를 참지 못해 점쟁이가 들고 있던 귀뚜라미를 손으로 쳐서 떨어뜨리고 발로 짓밟아버렸다. 그는 침을 뱉고 욕을 퍼붓다가 점쟁이에게 다시 돌아와 잃어버린 돈을 되찾겠다고 맹세했다. 나머지 참가자들도 자기 귀뚜라미를 내동댕이치고는 거구의 남자처럼 모두 짓밟아버렸다. 그러나 자는 가판대 옆에 그대로 있었다. 이해할 수 없는 비밀이 풀리기를 기다리기라도 하는 것처럼.

〈도대체 어떻게 이긴 것일까?〉

"자네도 어서 가!" 점쟁이가 말했다.

그러나 자는 움직이지 않았다. 돈이 급하기도 했지만 그 남자가 속였다고 확신했기 때문이다. 모든 돈을 따게 해준 귀뚜라미가 짓밟혔는데도 쳐다보기는커녕 화도 내지 않고 노랫가락을 흥얼거리고 있는 점쟁이의 모습이 정말 이상했다.

그가 뒤로 돌아선 틈을 타, 자는 아직도 다리를 흔들고 있는 귀뚜라미 옆에 웅크리고 앉았다. 순간 그 귀뚜라미의 배 아래에서 무언가가 반짝이는 것을 보았다.

그가 그 귀뚜라미를 살펴보려고 하는 순간, 점쟁이가 몸을 돌렸다. 자는 순식간에 손을 뻗어 점쟁이가 보기 전에 귀뚜라미를 집었다.

"거기서 뭘 하는 거요? 어서 가라고 하지 않았소!"

"사과가 떨어졌어요." 그는 바닥에 있던 과일을 집었다. "지금 찾았어요. 이제 갈게요."

"잠깐! 거기 뭘 숨기고 있는 것이오?"

"예? 뭘 말입니까?" 그는 어떻게 대답해야 할지 생각했다.

"날 화나게 하지 마시오, 청년."

자는 절룩거리며 몇 발짝 뒤로 물러나고서 도전적으로 말했다.

"당신은 점쟁이 아닌가요?"

작은 체구의 점쟁이는 인상을 썼다. 그는 건방진 청년에게 주먹을 휘갈기고 싶었지만, 대신 의미 없는 웃음을 지었다. 그는 서둘러 가판대를 정리하고는 물건들을 수레에 싣고 근처 술집 쪽으로 갔다.

자는 점쟁이의 귀뚜라미를 주의 깊게 살폈다. 손톱 끝으로 아직 배에 붙어 있던 반짝이는 조그만 금속을 조심스레 떼어냈다. 쇠나 그와 유사한 것으로 만든 은박 같았다. 표면은 반들반들했고, 주변은 그 귀뚜라미의 몸과 정확하게 일치하도록 세밀하게 세공되어 있었다. 하지만 그게 무슨 목적을 띠고 있는지는 알 수 없었다. 도움을 주기보다는 오히려 무거워서 달리기 힘들 것 같았다.

도대체 금속의 용도가 무엇일까 생각하고 있는데, 갑자기 그 조각이 손가락 사이로 빠지더니 허리춤에 차고 있던 칼에 찰싹 달라붙었다. 자는 너무 놀라 눈을 크게 떴다. 미로의 형태를 다시 떠올렸다. 마지막으로 귀뚜라미의 나머지 부분을 눈여겨보았다.

〈빌어먹을 놈. 이래서 이겼군.〉

그는 죽은 귀뚜라미를 천에 싸서 점쟁이가 들어간 술집을 향했다. 문 밖에는 한 아이가 점쟁이의 접이식 노름 탁자를 지키고 있었다. 자는 그 아이에게 얼마나 받느냐고 물었고, 아이는 사탕 몇 개를 보여주었다.

"저 탁자를 보게 해주면 사과 하나를 줄게." 자가 말했다.

아이는 잠시 생각하는 듯했다.

"좋아요. 쳐다보기만 해야 해요." 아이는 번개처럼 손을 내밀었다.

자는 과일을 건네주고서 즉시 미로가 새겨진 판으로 향했다. 그걸 잡으려 하자, 아이가 말했다.

"만지면 안 돼요."

"뒷면을 보려는 거야." 자가 말했다.

"보기만 하겠다고 했잖아요."

"젠장! 사과나 먹고 입 다물고 있어." 자가 아이에게 겁을 주었다.

자는 그 판을 세밀히 살폈다. 홈에 있는 문을 닫았고, 홈의 냄새를 맡았으며, 아래쪽을 면밀하게 살폈다. 거기서 과자조각처럼 생긴 쇳조각 하나를 떼어내 소매에 숨긴 다음, 그 판을 제자리에 놓고 일어섰다. 그는 돈을 되찾을 준비를 하고 〈오욕(伍慾)〉이라는 이름의 술집으로 들어갔다.

점쟁이를 찾는 것은 그리 어려운 일이 아니었다. 자는 두 명의 창녀가 흥분해서 속삭이는 걸 들을 수 있었다. 그들은 당나귀 가죽을 입은 늙은이가 술집 휘장 뒤에서 돈을 어떻게 탕진하고 있는지 이야기하고 있었다.

그는 잠시 계획을 검토하고 주변을 둘러보았다. 술집은 항구 주변에 넘쳐나는 사창굴과 다름없었다. 튀김 기름 연기로 자욱한 곳에서 열댓 명의 손님들이 삶은 돼지고기와 광둥지방의 생선국을 먹고 있었다. 삶은 닭과 새우 냄새는 어부와 부두 노동자, 선원들의 고약한 땀내와 뒤섞여 있었다. 그들은 마치 인생의 마지막 날이라도 되는 것처럼 피리와 비파의 선율에 맞춰 노래하고 술을 마시며 떠들어댔다. 안쪽에는 임시로 만든 무대 위에서 꽃들이 엉덩이를 흔들며 시끄러워 거의 들리지도 않는 노래를 부르면서 손님들에게 음탕한 눈길을 보냈다.

자는 기름칠한 바닥 위를 걸어서 촌스러운 경치가 그려진 휘장으로 갔다. 점쟁이가 있는 곳이었다. 그는 냅다 휘장을 걷고 안으로 들어갔다. 우스꽝스러운 자세로 젊은 여자 위에서 하얀 엉덩이를 흔들고 있던 작은 체구의 점쟁이를 보았다. 점쟁이는 자를 보자 의아해하며 멈추었다. 그러나 곧 아랑곳하지 않고 썩은 이를 드러내면서 바보처럼 웃더니 하던 행동을 계속했다. 이미 술에 취해 제정신이 아니었다.

"내 돈으로 즐거운 시간을 보내고 있네요, 그렇죠?" 자는 늙은이를 밀었다. 여자가 황급히 옷을 집어 주방 쪽으로 도망쳤다.

"도대체 무슨……."

자는 그가 일어나기 전에 멱살을 잡았다.

"내 돈을 돌려줘. 한 푼도 빼놓지 말고! 지금 당장!"

자가 그의 허리춤을 뒤지려는 순간, 누군가가 뒤에서 그를 번쩍 들어 식당 한가운데 있던 탁자 위로 던져버렸다. 비명소리에 음악이 멈추었다.

"손님들을 귀찮게 하지 마."

마치 모기를 잡듯 자를 내던진 사람은 산처럼 커다란 술집 주인이었다. 그 짐승의 팔은 자의 다리보다 두꺼웠고, 눈빛은 성난 물소 같았다. 그는 다시 자의 옆구리를 걷어찼다. 자는 있는 힘을 다해 일어났다. 술집 주인이 다시 때리려는 순간, 자가 뒷걸음치며 말했다.

"저 사람은 사기꾼이에요. 속임수로 내 돈을 빼앗았다고요."

술집 주인이 자를 주먹으로 쳤고, 자는 휘청거렸다. 여느 때처럼 통증을 느끼지는 않았다.

"당신들은 눈먼 장님인가요? 저 사람은 아이들을 속이듯 당신들을 속여요."

"내가 아는 것은 누가 술값을 내느냐는 것이야." 술집 주인이 다시 자를 때리려고 했다.

"그만하시오. 아직 젊은 청년이오." 점쟁이가 술집 주인을 말리면서 말했다. "자, 청년. 더 다치기 전에 어서 여기서 나가."

자는 창녀 하나를 붙잡으며 힘들게 일어났다. 다리의 상처에서 다시 피가 흘렀다.

"내 돈을 주면 갈 겁니다."

"돈을 달라고? 바보 같은 소리 하지 마. 저 짐승이 자네 머리를 박살 내기를 원하는 거야?"

"마음대로 하라고 해요. 난 당신의 미로를 조사해봤어요."

점쟁이의 얼굴에 약간의 불안감이 스쳐지나갔다.

"그래? 자, 앉아서 내게 말해봐……. 정확히 무엇을 찾아냈다는 건지 말해봐." 점쟁이가 얼굴을 갖다 댔다.

자는 주머니에서 귀뚜라미에 붙어 있던 쇳조각을 꺼냈다. 그리고 탁자의 술병을 한쪽으로 치우고 그것을 올려놓았다.

"이게 뭔지 알죠?"

점쟁이는 쇳조각을 집고 우습다는 표정으로 쳐다보았다. 그러고는 탁자 위로 던졌다.

"내가 아는 것은 자네가 돈을 잃었다는 거야." 하지만 그의 눈은 쇳조각에 고정되어 있었다.

"좋아요." 자는 미로에서 찾아낸 과자 크기의 쇳조각을 꺼내 탁자 아래에 놓았다. "이제 알게 될 겁니다."

자는 탁자 아래로 쇳조각을 움직여, 탁자 위에 있던 또 다른 쇳조각이 있는 곳으로 가져갔다. 처음에는 아무 일도 일어나지 않았다. 그런데 갑자기 보이지 않는 손에 끌려오는 것처럼, 탁자 위의 쇳조각이 움직이기 시작하더니 탁자 아래의 쇳조각이 있는 곳에서 멈추었다. 자는 계속 탁자 아래서 손을 움직였고, 쇳조각은 그에 따라 움직이면서 기적처럼 탁자 위에 놓여 있던 술잔 사이로 빠져나갔다. 점쟁이는 의자에서 언짢은 표정으로 몸을 틀었지만, 아무 말 없이 앉아 있었다.

"자석입니다." 자가 말했다. "그리고 귀뚜라미들이 달리던 홈의 마지막 구간에는 곤충 기피제인 장뇌가 발라져 있거나 함정문이 있었어요. 함정문은 귀뚜라미가 터널을 지날 때 막아놓는 거지요. 다리가 온전한 귀뚜라미가 마지막으로 지날 때 통행을 막았어요. 그러면서 배에 이 금속이 붙은 절름발이 귀뚜라미는 지나가도록 열렸고요. 이 모든 것을 당신에게 다시 설명할 필요가 있을까요?"

점쟁이는 그를 못마땅하게 쳐다보았다.

"자네가 원하는 게 뭐지?" 그가 속삭였다.

"800전을 주세요. 내가 노름판에서 이겼으면 받았을 돈이지요."

"흥! 지금 당장 여기서 나가! 난 여기서 할 일이 있어!"

"돈을 주기 전까지는 갈 수 없습니다."

"이봐, 청년. 자네는 의심의 여지없이 아주 똑똑해. 하지만 나를 짜증나게 만들기 시작하는군. 자오!" 그는 근처에서 기다리고 있던 술집 주인에게 손짓을 했다. "밥 한 그릇 주고 여기서 내쫓아. 그리고 내 계산서에 달아놔."

"마지막으로 말하겠습니다. 내 돈을 주지 않으면, 모든 사람들에게 이 비밀을 밝히고……."

"이제 그만해." 술집 주인이 끼어들었다.

"아니야, 계속해!" 누군가가 뒤에서 소리쳤다. 술집에 있던 모든 사람들이 무슨 일인지 보기 위해 일제히 고개를 돌렸다.

식당 한가운데에서 술집 주인보다 더 커다란 체구의 남자가 화난 표정으로 일어났다. 자는 그가 누구인지 알아보았다. 내기판에서 복수를 하겠다고 맹세한 거구의 남자였다. 그 거인이 자기 발에 걸리적거리는 것을 모두 밀치며 곧장 다가오는 것을 보자, 점쟁이의 얼굴은 놀라움에서 공포로 변했다. 술집 주인이 그를 붙잡으려고 했지만, 거인은 한 주먹으로 그를 때려눕혔다. 점쟁이 앞에서 거인은 걸음을 멈추었다. 달콤한 순간을 음미하기 직전의 동물처럼 씩씩대고 있었다. 엄청나게 커다란 오른손이 점쟁이의 멱살을 잡았고, 다른 손은 자를 잡았다.

"이제 다시 그 자석 이야기를 듣도록 하지."

자는 겁먹지 않았다. 그는 사기꾼들을 경멸했지만, 폭력을 남용하는 사람들은 더 경멸했다. 그 작자는 자기 돈을 되찾기 위해서뿐만 아니라, 다른 사람이 노름에 건 돈까지 모두 차지하기 위해 폭력을 사용하려는 것 같았다.

"이건 나와 점쟁이의 문제입니다." 자가 완강하게 말했다. 거인이 자의 목을 더욱 세게 쥐었지만, 자는 굽히지 않았다.

"염병할!" 그가 두 사람을 낡은 격자창으로 내동댕이치자 격자창은 산산조각이 났다.

자는 힘들게 일어났다. 거구의 남자는 점쟁이 위에 걸터앉아 그의 목을 누르고 있었다. 자가 거인에게 달려들어 그의 등을 후려쳤지만, 주먹으로 성벽을 치는 것이나 다름없었다. 거인은 뒤로 돌더니 다시 커다란 손을 휘둘러 자를 격자창 쪽으로 날려버렸다. 자는 입에서 피의 따스한 맛을 느꼈다. 나머지 손님들은 싸움 냄새를 맡고 그들 주위로 몰려들어 둥글게 에워쌌다. 그러더니 내기를 걸기 시작했다.

"거인에게 100전 단위로 거세요!" 어느 젊은 사람이 자진해서 돈을 관리하겠다면서 외쳤다.

"200전 걸게!"

"난 1000전!"

"거인이 저놈을 죽이는 데 2000전!"

술에 취한 사람들은 마치 피에 굶주린 늑대 같았다. 자는 순간 목숨이 위험하다는 사실을 깨달았다. 그는 주변을 둘러보았다. 도망치려고 생각했지만, 사람들로 둘러싸여 있어서 그럴 수 없었다. 거인은 이미 일어나 있었다. 거의 천장에 닿을 정도로 컸다. 거인이 그를 내려다볼 때 마치 바퀴벌레를 짓밟고 신발의 먼지를 터는 사람처럼 보였다. 그는 자기 손에 침을 뱉고 높이 들어 올리며 내기를 거는 사람들을 더 북돋았다. 자는 셋째를 생각했다. 그는 결심했다.

"이런 계집애 같은 놈을 박살낸 게 처음은 아니야!" 자가 큰소리쳤다.

"뭐라고?" 거인이 팔을 들어 자를 때리려고 했지만, 자는 용케 피했다. 그 바람에 거인은 비틀거리더니 넘어지고 말았다.

"넌 남자처럼 보이지만 남자가 아니라는 데 내기를 걸겠어." 자가 다시 말했다.

"네 창자를 꺼내 개한테 던져주고 말겠다." 거인은 일어나 다시 덤벼들었지만 자는 이번에도 피했다.

"이 불쌍한 절름발이가 널 이길지도 몰라 겁나지? 자, 칼을 가져와!" 자가 소리쳤다.

거인은 입가에 미소를 지었다.

"네 무덤을 파고 있구나." 거인은 술이 든 호리병박을 들더니 단숨에 비워버렸다. 그는 소매로 입을 닦고 주방에서 가져온 칼 중의 하나를 잡았다.

자는 자기 칼을 만져보았다. 칼날이 아주 예리하고 날카로웠다. 그는 싸울 자세를 취하려고 했다. 그때 내기를 제안했던 청년이 겁도 없이 끼어들었다.

"이 하찮은 청년에게 걸 사람은 없나요?" 청년이 웃으며 말했다. "자, 어서 거세요! 내기의 손실을 메울 돈이 필요해요! 이 청년은 날렵하고 날쌥니다. 적어도 한 번의 공격은 막아낼 수 있어요."

모두가 웃음을 터뜨렸지만, 아무도 자에게 돈을 걸지 않았다.

"내가 나한테 걸겠소." 자가 말했다. 모든 사람들이 깜짝 놀랐다. "800전을 걸겠소!" 그는 점쟁이를 쳐다보면서 동의를 구했다.

점쟁이가 놀란 눈으로 자를 쳐다보았다. 입술을 깨물며 잠시 생각하더니 고개를 끄덕였다. 그는 옷자락 아래를 뒤져 자가 내기를 건 액수만큼의 동전을 꺼내 내기 중재자에게 건넸다. 그리고 나서 마치 돈을 잃어버린 것처럼 고개를 좌우로 흔들고 자기 탁자로 돌아갔다. 그곳에는 이미 다른 창녀가 그를 기다리고 있었다.

"좋아요. 더 있습니까? 없어요? 그렇다면…… 싸움을 시작하시오!"

거인이 웃으면서 아는 사람에게 눈을 찡긋거리고, 어떻게 계집애 같은 저 무례하고 건방진 놈을 박살낼 것인지 동료들에게 허풍을 떨었다. 그는 천천히 옷을 벗으면서, 황소와 싸워도 모자람이 없는 근육을 드러냈다. 웃옷을 벗은 그의 몸은 더욱 커보였지만, 자는 개의치 않았다. 거인은 기름이 든 호리병박을 들어 가슴에 쏟아붓고는 완전히 기름칠을 했다. 자에게도 그렇게 하라면서 기다렸다.

"오줌 싼 거야?" 거인은 자가 움직이지 않는 것을 보며 물었다.

자는 대답하지 않았다. 일종의 의식을 치르는 태도로 자는 메고 있던 보퉁이를 근처에 내려놓았다. 마치 자신과 상대방의 운명을 이미 알고 있는 것처럼 담담한 모습이었다. 그는 겉옷에 잠겨 있던 다섯 개의 단추를 풀어서 벗었다. 그곳에 모인 사람들이 그를 주의 깊게 지켜보았다. 자의 이상할 정도로 차분한 행동에 홀린 것 같았다. 그들은 자가 죽을지도 몰라 초조해했다. 하지만 자는 끄떡도 하지 않았다. 자의 얼굴이 곱상한 것과는 달리, 그의 몸은 허리부터 목까지, 그리고 팔에도 온통 상처투성이였다. 자가 잔혹하다는 것을 보여주는 말없는 증거였다. 놀란 관객들이 수군거렸다. 심지어 거인도 놀라 뒷걸음쳤다.

"난 준비되었다." 자가 소리치자 사람들도 소리를 질렀다. "하지만 그 전에 할 말이 있다!" 구경꾼들이 무슨 말일까 궁금해하며 입을 다물었다. "저 사람에게 목숨을 구할 기회를 주고 싶다."

"개소리 그만해! 그런 소리는 네 무덤 안에서나 해!" 거인이 놀라움과 분노가 뒤섞인 목소리로 대답했다.

"진지하게 생각해." 자가 눈을 부릅떴다. "당신은 이런 상처를 입고도 살아남은 사람을 쉽게 죽일 수 있다고 생각하나?"

거인은 기가 막혀 입을 딱 벌렸지만, 자는 개의치 않고 계속 말했다.

"나는 그 누구도 죽이고 싶지 않다. 나는 그런 걸로 기쁨을 느끼는 사람이 아니다. 그래서 다른 것을 제안하겠다. 〈용 결투〉를 하는 게 어떤가?"

거인은 눈을 깜빡거렸다. 용 결투는 힘으로 하는 것은 아니었지만, 대부분이 피하는 싸움이었다. 그것은 자신의 몸에 그려진 무늬를 칼로 자르는 것이었다. 아주 위험천만한 결투였다. 몸에 칼을 박아 넣으며 결투하는 사람들이 얼마나 견디는지를 시험하는 것이었다. 먼저 비명을 지르는 사람이 패자였다.

"나는 여기, 그러니까 심장 위쪽의 왼쪽 젖꼭지 부분을 택하겠다." 자는 구경꾼들이 자신에게 유리하게 반응하기를 기다렸다.

"넌 내가 바보인줄 알아? 하나도 긁히지 않고 너를 죽일 수 있는데, 왜 내가 내 몸에 상처를 내야 하지?" 거인이 말을 더듬었다. 그는 초조해하고 있었고, 자는 그것을 알았다.

"당신을 비난하고 싶은 생각은 없다. 나는 당신 같은 겁쟁이들이 어떤 사람인지 잘 알고 있으니까. 그러니 원하지 않는다면 하지 않아도 좋다." 자는 모두가 들을 수 있도록 큰 소리로 말했다.

거인은 자가 두렵지는 않았지만, 도전을 거부하면 그의 남성성에 대한 의문이 항구 전역으로 퍼질 게 분명하다고 판단했다. 그것이야말로 그가 도저히 허락할 수 없는 것이었다. 자가 제안한 대로 하는 수밖에 다른 방법이 없었다.

"좋아, 애송이." 거인이 양보했다. "하지만 나도 조건이 있어."

사람들이 궁금한 표정으로 그를 쳐다보았다. 자는 두려웠지만, 이제는 물러설 수가 없었다.

"어서 말하시오."

거인은 모든 사람을 하나씩 쳐다보면서 그 순간을 즐겼다.

"누가 이기든지, 승자가 상대방의 심장에 칼을 꽂는 것으로 하자."

13

"청년에게 1만 전을 걸겠소!"

자를 포함해 모두가 너무나 놀라서 그렇게 외친 사람을 쳐다보았다.

"미쳤군, 미쳤어!" 사람들이 수군댔다.

"눈까지 걸지 그래!" 놀란 어떤 사람이 소리쳤다.

점쟁이는 생각을 바꾸지 않았다. 그는 바지에서 지갑을 꺼내더니 정확하게 그 액수가 적힌 어음을 꺼냈다. 내기의 책임자인 청년은 어음을 받아 앞면에서 도장과 서명을, 뒷면에서 일종의 경고로써 위조자는 처형을 당한다는 내용의 그림을 확인했다. 의심의 여지없이 진짜 어음이었다. 거인이 질 경우 그에게 지급할 돈이 충분하다는 것을 보증하는 일만 남아 있었다. 다른 사람들이 내기를 건 돈으로 충분하다는 것을 확인한 후, 청년은 징을 울려 결투의 시작을 알렸다.

자는 거인에게서 세 발짝 떨어진 곳에 자리를 잡고 그와 마주보았다.

그들 옆에는 미리 규칙을 숙지한 두 명의 요리사가 커다란 칼을 들고 기다렸다. 그들의 칼날에는 얼마나 깊이 찔러야만 하는지를 보여주는 표시가 새겨 있었다. 거인은 흘낏 칼을 쳐다보았다. 그는 마지막 남은 술을 들이키고 나서 다시 술을 가져오라고 미친 사람처럼 소리쳤다.

첫 번째 요리사가 먹물에 붓을 적시고 거인의 근육덩이 위로 칼이 지나가야 할 부분을 그렸다. 이제 자의 차례가 되었다. 두 번째 요리사도 비슷한 작업을 했지만, 그의 왼쪽 가슴 위를 지나면서 손을 떨었다. 화상을 입은 몸 위에는 이미 깊고 두꺼운 상처가 그와 비슷한 그림을 그리고 있었다. 그는 자가 용 결투를 처음 하는 것이 아니라는 것을 알아챘다.

요리사가 표시를 하는 동안, 자는 조상님들께 자신을 보호해달라고 빌었다. 3년 전 가족의 명예를 지키기 위해 이와 비슷한 결투를 벌여야 했다. 그때 승리를 거두었지만, 자칫 목숨을 잃을 뻔했다. 그것은 동전의 다른 면이었다. 고통을 느끼지 않은 반면, 그 어떤 치명적인 위험도 감지할 수 없기 때문이다. 이번에도 결과를 전혀 알 수 없었다. 실제로 다른 칼이 거인의 지방과 근육의 두꺼운 층을 지나기 전에, 자의 칼이 심장을 찌를 가능성이 다분했다. 그러나 그런 위험을 감수할 가치가 있었다. 셋째의 생명을 구하기 위해서.

자는 침을 삼켰다. 이제 결투가 시작될 것이다. 관객들의 함성이 식당 안에서 요란하게 울렸다. 마치 굶주린 사냥개 같았고, 그는 먹이였다.

그는 절개할 때 통증을 느끼지 않았다. 그러나 핏줄기가 젖꼭지 아래서 솟구치면서 배를 타고 내려와 바지를 적시는 것을 분명하게 느꼈다. 가장 힘든 순간이었다. 통증은 문제가 되지 않았다. 하지만 몸부림을 치면 내기에서 질 수도 있다. 그는 침착하고 냉정하게 있으면서, 상대방의 칼도 똑같이 들어가기를 기다렸다. 그는 자기 앞에 있는 요리사가 거인의 피부를 가르는 것을 지켜보았다.

거인은 칼끝이 갈색 젖꼭지로 파고들자 고통스럽다는 듯이 움찔했다. 그러나 그는 냉소적인 미소를 지었고, 자는 대단한 상대와 마주하고 있다는 것을 알았다. 시간이 흐를수록 그의 죽음은 가까워 오고 있었다.

요리사들의 칼이 천천히, 하지만 냉혹하게 들어가면서 갈수록 깊이 파고들었고, 지방과 살을 헤집으면서 근육으로 파고들었다. 피가 튀고 근육조직이 찢기면서, 두 경쟁자들은 갈수록 참을 수 없이 고통스러운 표정을 지었다. 자는 일부러 그런 표정을 지었지만, 거인의 표정은 진짜였다. 그러나 거구의 입은 닫혀 있었고, 턱도 움직이지 않았으며, 목에는 힘을 주고 있었다. 단지 성난 시선으로 자를 뚫어지게 바라보았는데, 그것만이 그가 얼마나 고통스러운지 보여주고 있었다.

그때 자는 칼끝이 갈비뼈 위에서, 그러니까 심장 바로 위에서 멈추는 것을 느꼈다. 요리사가 너무 힘을 주는 바람에 칼날이 갈비뼈와 부딪쳤고, 갈비뼈와 힘줄처럼 단단한 조직 사이에 끼였던 것이다. 자는 숨을 멈추었다. 갑자기 움직이면 칼끝이 심장을 찌를 수도 있었다. 거인은 자의 표정을 보고 승리가 가까워 왔다고 생각하는 것 같았다. 그는 다시 술을 가져오라고 소리쳤다. 자는 자기 요리사에게 계속하라고 다그쳤다. 너무 오래 멈춰 있으면 패배로 인정되기 때문이다.

"정말이오?" 요리사가 물었다. 그의 손이 떨리고 있었다.

〈아니야!〉

하지만 자는 고개를 끄덕였다.

요리사는 이를 악물고 힘껏 칼을 쥐었다. 자는 그 힘을 느꼈다. 피부가 송진처럼 늘어나더니 빠개지는 소리를 내며 터져버렸고, 칼은 더 깊이 박혀 직접 그의 심장을 향해 나아갔다. 그는 심장이 칼날 아래서 뛰는 소리를 느꼈고, 다시 숨을 참았다. 요리사는 그만하라는 신호를 기다렸지만, 자는 굴복하지 않았다.

"계속해, 이 염병할 놈아!"

그 순간 거인의 빈정대는 웃음소리를 들었다. 자는 그를 쳐다보았다. 그의 몸은 피투성이가 되어 있었지만, 술이 그의 감각뿐만 아니라 이성도 마비시킨 것 같았다.

"누가 겁쟁이지?" 거인은 다시 술을 입안에 털어 넣으며 소리쳤다.

자는 계속한다면 끔찍한 일이 일어날 수도 있다는 것을 알고 있었다. 그러나 돈이 필요했다.

〈제기랄, 어서 소리 질러!〉

갑자기 그의 생각을 읽기라도 한 것처럼 거인의 얼굴이 창백해졌다. 짐승 같은 그의 눈이 흐려지더니 무서운 유령을 본 것처럼 크게 열렸다. 그는 피범벅이 되어 일어나서는 비틀거리면서 자에게 다가왔다. 칼이 손잡이까지 그의 가슴에 박혀 있었다.

"이…… 사람이…… 움직였어요!" 요리사가 말을 더듬었다.

"염병할…… 새끼!"

그것이 거인의 마지막 말이었다. 그는 한 발짝 더 내딛고 마치 산사태가 일어난 것처럼 쓰러지면서, 주변에 있는 내기꾼들과 탁자들까지도 쓰러뜨렸다.

많은 사람이 달려가 그를 일으키려고 했지만, 몇 안 되는 사람은 이긴 돈을 받으려고 내기 책임자에게 달려들었다.

"어서 가자! 서둘러!"

자는 옷을 입을 시간도 없었다. 점쟁이는 혼란스러운 틈을 이용해 그를 뒷문으로 끌어당겼다. 다행히 한밤중이라 거의 사람이 없었다. 그들은 운하와 맞닿은 골목길로 냅다 뛰어서 돌다리에 도착했다. 그들은 그 아래 숨었다.

"받아. 이걸 입고 여기서 기다려."

자는 점쟁이가 준 무명 웃옷을 들고서 가장 깊은 상처의 피를 닦은 다음 그곳을 졸라맸다. 그는 점쟁이가 돌아올까 의심스러웠다. 그런데 놀랍게도 얼마 후에 속이 꽉 찬 자루를 끌며 나타났다.

"좀 어때? 많이 아파?" 자는 고개를 흔들었다. "자, 보여줘. 맙소사! 아직도 나는 자네가 이겼다는 걸 믿을 수 없어."

"나도 왜 당신이 나한테 돈을 걸었는지 모르겠어요."

"그건 나중에 설명해주겠네. 이걸 발라." 그는 연고를 꺼내 상처 부위에 발라주었다. "이 화상은 어쩌다 입은 거야?"

자는 대답하지 않았다. 점쟁이는 낡은 천으로 그의 상처를 동여맸다. 가죽 옷을 벗어 그것으로 자를 덮어주었다. 산에서 내려온 추위가 뼛속까지 스며들기 시작했다.

"말해봐. 일할 데 있어?"

자는 아니라며 다시 고개를 흔들었다.

"어디 살아?"

"그건 당신이 상관할 바 아니에요. 돈 받았어요?" 자가 그의 말을 끊었다.

"물론이지." 그가 웃었다. "난 점쟁이지 바보가 아니야. 이게 자네가 찾던 거지?" 그는 돈으로 가득 찬 자루 하나를 건네주었다.

자는 고개를 끄덕였고, 그 자루를 받았다. 800전이 1600전으로 불어나 있었다. 사실 그가 받아야 할 액수보다 적었지만, 따지지 않기로 했다.

"가야겠어요." 자는 퉁명스럽게 말하고 자리에서 일어섰다.

"왜 그렇게 서두르는 거야? 이봐, 그 다리로는 멀리 가지 못할 거야."

"약방에 가야 해요."

"이 시간에? 게다가 약방에서는 그 상처를 치료할 수 없어. 내가 의원을 아는데……."

"나 때문에 약방에 가려는 게 아니에요." 자는 걸으려고 했지만 비틀거렸다. "염병할 다리!"

"시끄러! 앉아. 아니면 우리는 발각될지도 몰라. 내기에 건 작자들은 점잖은 불교 승려들이 아니야. 술 취한 게 가시면, 우리를 죽여서 잃은 돈을 되찾으려고 할 거야."

"하지만 난 깨끗하게 벌었어요."

"그래. 내가 귀뚜라미로 번 것처럼 깨끗하게 벌었지. 날 속일 생각은 하지 마. 자네와 나는 본질적으로 똑같아. 난 분명히 보았어. 거인이 자네 목을 짓눌렀을 때, 자네는 움찔했어. 하지만 자네 상처를 보고는 알았지. 용 결투에서 자르는 부위와 정확하게 일치하는 상처지. 자네는 이런 결투를 처음 하는 게 아니었어. 다시 말하는데, 자네가 어떻게 그걸 해냈는지 모르지만 자네는 거기 있던 사람들과 근육덩어리를 속였어. 하지만 나만은 못 속여. 나는 점쟁이거든. 그래서 자네에게 돈을 걸었던 거야."

"무슨 말을 하는 건지 모르겠어요."

"음, 나도 자석이 무슨 소린지 모르네……. 자, 그 다리 좀 보도록 하지." 그는 자의 정강이 상처를 보았다. "제기랄! 호랑이한테 물린 거야?"

자는 이를 악물었다. 소중한 시간이 허비되고 있었다. 더 지체할 수 없었다. 밤새 그곳에 숨어 있으려고 목숨을 건 내기를 한 게 아니었다.

"가야겠어요. 근처에 아는 약방이 있나요?"

"몇 군데 알고 있지. 하지만 내가 같이 가지 않으면 열어주지 않을 거야. 내일 아침까지 기다릴 수는 없나?"

"안 돼요, 그럴 수 없습니다."

"빌어먹을 자식! 알았어, 가자."

두 사람은 두터운 안개에 가려 있는 부둣가 골목길로 걸어갔다. 커다란 가게들에 가까이 갈수록 썩은 생선 냄새가 추위와 뒤섞여 토할 것 같았다. 거지들은 그들을 보며 눈빛을 반짝였지만, 다리를 절룩거리는 자와 낡은 당나귀 가죽 옷을 입은 점쟁이의 모습에 뭔가 빼앗을 게 있을 거라는 기대를 접었다. 〈생선뼈〉라고 불리는 뒷골목, 쓰레기와 생선 내장이 잔뜩 쌓여 있는 곳에서 점쟁이가 멈추었다. 바닥에 흥건하게 고인 더럽고 끈끈한 피를 피해서 걸었고, 도둑 소굴처럼 보이는 건물의 두 번째 문을 두드렸다. 잠시 후 등롱의 불빛이 비쳤다.

"열어! 나 슈야!"

"빚진 돈을 가져온 거야?"

"젠장! 어서 열어! 여기 다친 사람이 있어."

녹슨 자물쇠 소리가 나더니, 문이 열렸다. 문 뒤로 부스럼이 가득한 남자가 나타났다. 그는 두 사람을 쳐다보고 내키지 않는다는 듯이 침을 뱉었다.

"내 돈 가져왔지?"

슈는 그를 밀치고 안으로 들어갔다. 건물 외부가 도둑 소굴 같았다면, 내부는 돼지우리 같았다. 자는 셋째가 필요로 하는 약초 뿌리가 있느냐고 물었다. 얼굴에 부스럼이 많은 남자는 고개를 끄덕였고, 휘장 뒤로 사라졌다. 뒤에서 귀엣말이 들렸다.

"걱정 말게. 구두쇠에 노랑이지만 믿어도 괜찮은 사람이야."

잠시 후 남자가 약초를 들고 돌아왔다. 자는 맛을 보았다. 양은 적었지만 분명히 그 약초였다. 남자는 1000전을 요구했지만, 마침내 800전으로 마무리했다.

"이봐! 다리 상처에 바를 것도 가져와." 슈가 말했다.

"괜찮아요. 필요 없어요⋯⋯."

"걱정 마, 청년. 이건 내가 계산할 테니."

두 사람은 함께 그 소굴에서 나왔다. 비가 오기 시작했고, 바람이 거세졌다. 자는 어서 셋째에게 가야 했다.

"고맙습니다."

"그런 말은 하지 말게. 그런데⋯⋯ 내가 생각해봤는데⋯⋯ 일자리가 없다고 말했지?"

"예."

"몇 년 전부터 내 진짜 직업은 무덤 파는 일이야. 고인의 가족을 다룰 줄만 안다면 아주 짭짤한 일이지. 나는 린안 대묘지인 〈죽음의 땅〉에서 일하고 있어. 점쟁이는 부업이야. 자네가 이미 사람을 속였기 때문에 이

내 소문이 퍼질 거야. 내가 귀뚜라미를 가지고 속였던 것도 마찬가지일 거고. 그래서 나는 지역을 바꿔야 해. 하지만 염병할 깡패들이 모든 걸 손에 쥐고 통제하고 있지. 그놈들한테 돈을 주거나, 아니면 다른 곳으로 가야 한다고. 린안은 대도시지만, 생각처럼 그리 크지도 않아."

"알겠습니다……." 자는 마음이 급했지만, 배은망덕한 사람처럼 보이고 싶지는 않았다.

"어쨌든 돈을 벌려면 사탕도 팔고, 가재도구도 수리하고, 미래도 예측하면서 이런저런 이야기도 들려줘야 해. 오늘 밤 내가 번 돈도 그리 많지는 않아. 젠장! 난 가족도 있고, 술과 창녀도 모두 돈이 든단 말이야!" 그가 웃으면서 말했다.

"죄송합니다, 하지만……."

"알았네, 알았어. 어디로 가지? 남쪽인가? 자, 함께 가세."

자는 운하에서 배를 탈 것이며, 이제는 배 값을 낼 수 있다고 말했다.

"돈이 있어서 좋은 점이 바로 그거지! 돈을 더 벌고 싶지 않나?" 그는 깔깔대면서 자의 옆구리를 팔꿈치로 툭툭 쳤다.

"그건 물어볼 필요도 없지요."

"자네에게 말한 것처럼, 귀뚜라미 경주는 그저 내가 필요한 돈만 간신히 충당할 뿐이야……. 반면에 자네와 내가 힘을 합친다면…… 나는 장터도 알고 도시 곳곳을 알고 있어. 자네가 가진 그 재능으로…… 우리는 엄청난 돈을 벌 수 있어."

"그게 무슨 소리지요?"

"음…… 우리는 아주 조심스럽게 일해야 하네. 그 거인과 상대할 때처럼 하면 안 돼. 뚜쟁이와 허풍쟁이들, 그리고 주정뱅이들을 찾아야 해……. 이곳 항구는 애송이 청년과 맞서 모든 돈을 걸고 내기할 바보들로 가득해. 그들의 돈을 모두 털자고. 자네의 곱상한 얼굴은 그런 일에 안성맞춤이야. 그리고 그들이 알아차리기 전에 우리는 돈을 가지고 멀리 떠나면 되는 거야."

"제안은 고맙지만, 내게는 다른 계획이 있습니다."

"다른 계획이라고? 자네 몫 때문에 그런 건가? 그거라면, 나는 기꺼이 이익의 반을 줄 생각이 있네. 혹시 자네 혼자 하려는 건 아니지? 그렇다면 자네가 잘못 생각하는 거야."

"아니에요, 아닙니다. 위험한 일을 하고 싶지 않아서 그런 겁니다. 이제 그만 가야겠어요." 자는 막 떠나려는 배로 다가가면서 말했다.

"잠깐! 자네 이름이 뭐지?"

자는 대답하지 않았다. 그에게 고맙다고 인사하고 배에 올라탔다.

싸구려 숙소에 도착했다. 그는 셋째만 생각했다. 그러나 아무 이유도 없이 무언가 좋지 않은 일이 벌어졌다는 끔찍한 느낌이 들었다. 그는 상처 입은 다리는 개의치 않고 성큼성큼 계단을 올라갔다. 등롱이 없었기 때문에 아무것도 보이지 않았다. 그의 맥박 소리만 들려왔다. 그 고요함이 너무나 불안했다. 그는 천천히 휘장을 걷었다. 빗물이 벽 틈으로 들어와 방 안이 젖어 있었다.

그는 셋째를 불렀지만 아무 대답도 없었다.

셋째를 숨겨두었던 곳으로 다가가면서 손이 떨렸다. 자는 셋째가 그곳에 잠자고 있기를 기도했다. 천천히 대나무 가지를 치웠다. 그 뒤로 어떤 꾸러미가 움직이지 않고 있었다. 자의 심장이 얼어붙는 것 같았다. 그는 최악의 일이 일어났을지 모른다는 생각에서 잠시 기다렸다. 셋째를 부르려고 했지만, 목소리가 나오지 않았다. 천천히 손을 뻗었다. 셋째가 없을 것 같아 두려웠다. 그의 손에 닿은 것은 담요와 누더기 옷이었다. 곧 그의 입에서 공포의 비명이 새어나왔다.

그 꾸러미 아래에는 아무것도 없었다. 단지 젖은 담요와 그날 아침 그곳을 떠나면서 입혀주었던 셋째의 옷만 덩그렇게 남아 있었다.

14

자는 여동생의 이름을 부르며 미친 듯이 계단을 내려갔다. 단숨에 아래층으로 내려가 여인숙 주인의 방으로 들어가 그가 덮고 있던 담요를 들쳤다. 주인은 자기를 죽이려는 것이라고 생각했는지 손으로 머리를 감쌌다. 하지만 자를 보고는 벌떡 일어나 대들었다. 자는 화를 내며 그의 멱살을 잡았다.

"어디 있어?" 마치 목 졸라 죽일 것처럼 세게 힘을 주었다.

"누구 말이오?" 여인숙 주인의 눈알이 눈에서 튀어나오려고 했다.

"나와 함께 온 여자아이! 어서 대답해! 아니면 죽여버리겠어!"

"저기…… 안에. 내가…….”

자는 그를 바닥에 던져버리고 홀린 사람처럼 가구와 가재도구들을 마구 쓰러뜨리며 주인이 가리킨 방으로 들어갔다. 그곳은 마치 버려진 곳

처럼 어두웠다. 낡은 의자, 삐걱대는 옷장들이 있었다. 자는 두려운 마음
으로 일일이 들추어보았다. 아무것도 보이지 않자 다른 방으로 건너갔다.
그곳에는 호롱불이 음산하게 깜빡거렸다. 벽이 희미한 노란 불빛에 물들
어 있었지만, 그래도 어두웠다. 그때 방 한쪽 구석에서 힘들게 숨 쉬는 소
리가 들렸다. 그는 놀란 여자아이의 모습을 보았다. 아이는 바닥에 웅크
린 채 벌벌 떨었다. 자는 아이를 향해 천천히 다가갔다. 그런데 깜박거리
는 호롱불 불빛에 비친 얼굴을 보자 당황스러웠다. 셋째가 아니었다. 대
신 그 아이의 무릎에 누군가가 누워 있었다. 셋째의 조그만 몸이었다.

그가 셋째 옆에 무릎을 꿇으려는 순간 무언가가 머리를 세게 때렸고,
그는 의식을 잃었다.

자는 머리가 깨질 것 같은 고통 속에서 눈을 떴다. 아무것도 보이지
않았고, 숨을 쉬기도 힘들었다. 호롱불이 계속 깜빡거리면서 음산한 방을
노랗게 물들이고 있었다. 그는 움직이려고 했지만 그럴 수가 없었다. 재
갈이 물리고 손발이 묶인 채 바닥에 쓰러져 있었던 것이다. 일어나려고
했지만 누군가의 발이 그의 뺨을 짓누르면서 일어나지 못하게 했다. 그는
목소리를 듣고 여인숙 주인이라는 것을 알았다.

"빌어먹을 놈, 은혜를 이렇게 갚는 거야? 너 같은 놈은 여기서 죽어야
해! 그냥 죽게 내버려두려 했는데 내 딸년이 저 여자애를 살려주자고 애
원했어. 그런데 염병할 놈, 네놈이 날 죽이려고 해?" 그는 더욱 세게 자의
얼굴을 짓눌렀다.

"아버지, 그만해요……." 어둠 속에서 여자아이의 목소리가 애원했다.

"넌 입 다물고 있어! 이런 새끼들은 어린 것들과 교접하는 놈들이야. 애를 죽게 내버려두는 것도 모자라 나를 죽이려고 했어. 이제 여기서 네 인생은 끝이야. 네가 여자아이를 못살게 구는 건 이번이 마지막이라고." 그는 칼을 꺼내 자의 목에 갖다 댔다. 자는 칼끝이 목을 가르는 것을 느끼면서 몸을 비틀었다. "아프지, 이 개자식아?"

자는 통증을 느끼지 않았다. 단지 턱 아래서 차가운 칼날이 누르는 것을 느꼈을 뿐이었다. 그는 희미한 목소리를 들으면서 정신을 잃었다.

"제…… 오빠예요."

자는 자기가 죽는다고 생각했다.

그가 정신을 차렸을 때는 여전히 어두웠다. 자는 침을 간신히 목으로 삼켰다. 계속 묶여 있었지만, 그의 입에 밀어 넣은 천은 이제 목 주변 상처로 내려가 있었다. 어둠에 눈이 익고 나니 여인숙 주인의 딸을 볼 수 있었다. 여자아이는 셋째를 무릎 위에 놓고 손수건으로 땀을 닦아주고 있었다. 주인은 없었다.

"괜찮아?" 자가 동생에게 물었다.

"날 풀어줘!"

여인숙 주인의 딸은 고개를 저었다.

"우리 아버지가 당신을 믿지 말라고 했어요."

"제발 부탁이야! 저 아이는 약을 먹어야 해."

여자아이는 초조한 눈빛으로 문을 쳐다보더니 다시 자의 눈을 보았다. 머뭇거리는 것 같았다. 마침내 여자아이는 셋째를 이불 위에 내려놓고 그에게 다가왔다. 그런데 그를 풀어주려는 순간 갑자기 문이 열렸고, 여자아이는 소스라치게 놀랐다. 그녀의 아버지였다. 손에 칼을 쥐고 있었다. 그 남자는 자의 옆에 몸을 웅크리더니 고개를 갸우뚱거렸다.

"이 빌어먹을 놈! 네 여동생이라는 말이 무슨 소리지?"

자는 말을 더듬으면서 셋째가 여동생이라고 설명했다. 셋째가 병을 앓고 있으며, 그는 약을 구하러 나갔던 것이라고 말했다. 여동생이 없는 걸 알고는, 그녀를 팔거나 강간하려고 데려갔을 거라고 생각한 거라며 설명했다.

"천벌을 받을 놈! 그래서 나를 죽이려고 했단 말이야?"

"제정신이 아니었어요……. 제발 풀어주세요. 약을 먹여야 한단 말이에요. 여기 들어 있어요."

"여기에 있다고?" 그는 단숨에 자의 보퉁이를 빼앗았다.

"조심해요. 그게 전부예요."

남자는 약초 가루 냄새를 맡았다. 역겨운 냄새에 인상을 찌푸렸다.

"여기 있는 돈은 어디서 훔친 거지?"

"내가 모아놓은 돈이에요. 내 여동생의 약을 사기 위해 그 돈이 모두 필요해요."

여인숙 주인은 침을 뱉었다.

"풀어줘!"

여인숙 주인의 감시 아래, 그의 딸이 끈을 풀어주었다. 자는 여동생에게 다가가 머리카락을 쓰다듬고는 약초 가루를 물에 섞어 셋째의 입에 마지막 한 방울까지 먹여주었다.

"이제 어때?"

동생은 미소를 지었고, 자는 안도의 한숨을 내쉬었다.

✺

여인숙 주인은 빼앗았던 돈 중에 300전을 돌려주었다. 그는 자가 망가뜨린 가구를 수리하는 비용과 자기 딸이 셋째를 보살펴준 대가로 나머지 돈을 갖겠다고 덧붙였다. 거기에는 그의 딸이 식은땀을 흘리며 기침하던 셋째를 발견하고 입혀준 낡은 바지와 찢어진 옷값도 포함되어 있다고 설명했다. 과한 비용이라고 생각했지만, 자는 따지지 않았다.

여인숙 입구에서 누군가가 주인을 부르는 소리에, 남자가 나갔다. 자는 여동생을 데리고 방으로 돌아가려다가 멈추고 주인 딸을 바라보았다.

"내 동생을 돌봐줄 수 있어?"

주인 딸은 무슨 소리인지 알아듣지 못한 것 같았다.

"아침에만 봐주면 돼. 내 동생을 맡아줄 사람이 필요해……. 대가는 지불할게." 자가 애원했다.

주인 딸은 관심 있는 얼굴로 자를 쳐다보았지만 아무 대답도 하지 않았다. 여자아이는 일어나 문으로 가더니 그만 나가라는 몸짓을 했다. 방을 나가는 자의 뒤에서 여자아이가 말했다.

"내일 봐요."

자는 놀란 눈으로 쳐다보고 미소를 지었다.

자는 린안의 국자학 주변에 개인교습을 받고자 하는 사람이 있을 거라고 생각했다. 모습이 좀 나아 보이도록 최선을 다해 옷을 똑바로 입고 상처를 숨겼다. 하지만 수업을 하려면 무엇보다 적성 증명서를 손에 넣어야 했다. 그것은 그가 이수한 과목의 성적뿐만 아니라 부모의 이력과 정직성과 청렴성이 세세하게 기재된 서류였다.

배에서 내리자마자 그는 오싹한 한기에 몸을 떨었다. 그의 앞에는 전국 방방곡곡에서 온 학생들이 국자학 정문으로 떼를 지어 가고 있었다. 자는 행정관을 향해 걸어갔다. 그곳에는 영광의 길을 열어줄 과거를 치르기 위해 필요한 증명서를 발급 받으려는 젊은이들이 몰려 있었다. 자는 주변을 둘러보았다.

바뀐 것은 전혀 없었다. 지원자들을 안내하는 밧줄 쳐진 정원의 오솔길, 행정직원들이 있는 대나무 오두막집들, 밥과 차를 파는 행상꾼들, 말끔하게 화장하고 깨끗한 옷을 입은 고급 창녀들, 소매치기들을 감시하는 나졸들도 그대로였다.

자는 줄을 섰다. 순서가 되자, 그는 힘껏 숨을 들이마시고 한발 앞으로 몸을 내밀었다. 아무 문제도 없기를 기도했다.

관리는 머리도 들지 않았다. 눈썹까지 가릴 정도로 깊이 눌러쓴 비단 모자가 천이 아니라 돌로 된 것 같았다. 자는 종이에 이름을 써서 책상 위에 올려놓았다. 남자는 목록에 숫자를 적고 그를 쳐다보았다. 그러더니 작은 눈을 찡그렸다.

"출생지." 그가 중얼거렸다.

"푸젠성 젠양구의 젠양입니다. 이곳 린안에서 시험을 치렀습니다."

"읽을 줄 몰라요?" 관리는 그에게 각 오두막마다 어떤 일을 하고 있는지 적은 글자를 가리켰다. "대학 본관으로 가야 해요. 이 줄은 외국인 줄이에요."

그는 입술을 깨물었다. 본관에서는 그 어떤 기회도 얻지 못할 것이다.

"여기서 발급해줄 수는 없습니까?" 그가 고집을 부렸다.

관리는 마치 자가 투명인간인 것처럼 바라보더니, 대답도 하지 않고 뒤에 서 있던 학생에게 앞으로 오라고 손짓했다.

"제발 부탁입니다. 저는……."

그때 뒤에 있던 청년이 그를 밀쳤다.

그는 그에게 항의를 하려고 했지만, 근처에 나졸이 있는 것을 보고 마음을 바꿨다. 자는 침을 삼키며 그 줄에서 나왔다. 본관 건물로 들어가는 것이 얼마나 위험한 일일까 생각했다. 대약방에서 카오와 마주친 후, 중요한 장소로 가는 것은 일종의 함정에 빠지는 일이 될 수 있었다. 그러나 다른 방법이 없었다. 그는 주먹을 불끈 쥐고 본관으로 향했다.

〈지혜관〉이라는 이름이 붙은 본관 입구를 지나면서, 그는 가슴을 졸였다. 그 정원으로 수백 번 지나다녔고, 배운 것을 제대로 암송하면 사탕을 받을 걸 꿈꾸는 어린아이처럼 부푼 기대로 강의실에 들어갔으며, 언젠가 꼭 돌아올 것이라는 희망을 가지고 그곳을 떠났다. 그런데 1년이 지난 지금, 그는 무서운 용의 모습이 새겨진 핏빛 현관을 다시 지나며 불안한 마음을 감출 수 없었다. 마치 그 용들이 학교에 다니지 않는 무지한 사람들에게 두려움을 주기 위해 그곳에 있는 것 같았다.

복도 벽에는 그해에 필요한 서류들이 무엇인지 붓으로 또박또박 쓴 수많은 종이들이 붙어 있었다. 그것들을 보고 나서 그는 행정실로 들어갔다. 다정한 얼굴의 직원이 그에게 인사했다. 자는 그에게 적성 증명서가 필요하다고 설명했다.

"당신 것인가요?" 그가 물었다.

자는 초조한 눈빛으로 두리번거렸다.

"그렇습니다."

"여기서 공부했나요?"

"네, 법학을 공부했습니다."

"알았습니다. 성적이 함께 기입된 게 필요한가요, 아니면 그냥 증명서만 필요한가요?"

"두 개 모두 들어 있는 서류가 필요합니다." 자는 신상자료를 적고 신청서를 제출했다.

직원은 그것을 읽고 나서 자를 바라보며 고개를 끄덕였다.

"여기서 기다리도록 하세요. 자료를 찾아봐야 하니까요." 직원이 말했다.

직원이 돌아왔다. 그러나 그의 얼굴에서는 다정한 표정이 사라져 있었다. 자는 그가 무언가를 알았을 것이라고 생각했지만, 직원은 그를 쳐다보지도 않았다. 그는 손에 들고 있는 서류를 뚫어지게 쳐다보면서 읽고 또 읽었다. 자는 기다려야 하는지 의문이 들었지만, 그 남자는 관청 직인이 찍힌 서류에서 눈을 떼지 못한 채 계속 읽고 있었다.

"미안합니다." 마침내 그가 말했다. "증명서를 발급해줄 수 없어요. 당신 성적은 아주 훌륭하지만, 당신 아버지의 성실성과 청렴성은……." 그가 입을 다물었다.

"우리 아버지요? 무슨 일이 있었던 거죠?"

"직접 읽어보세요. 6개월 전에 감사를 하다가 당신 아버지가 기금을 횡령했다는 사실이 밝혀졌어요. 관리가 범할 수 있는 최악의 범죄지요. 당시 초상을 당해 휴직한 상태였지만, 그는 직위 해제되어 해고되었어요."

자는 서류를 허겁지겁 읽고 나서 비틀거리며 뒷걸음쳤다. 숨을 쉴 수가 없었다. 서류가 그의 손에서 떨어지면서 바닥으로 흩어졌다. 그의 아버지는 부정부패로 처벌받은 것이었다. 그래서 린안으로 돌아가려고 하지 않았던 것이다. 펭판관이 마을로 찾아와 그런 사실을 알려준 후, 아버지는 생각을 바꾸고 갑자기 침묵을 지켰던 것이다.

갑자기 모든 게 창피해졌다. 그는 아버지의 불명예에 오염된 자신이 수치스럽게 느껴졌다. 현기증이 났다. 그는 급히 본관을 빠져나왔다.

정원을 휘청거리는 걸음으로 나오면서 그는 자신의 어리석음을 탓했다. 멍하게 걸어 다니면서 학생들과 부딪쳤다. 그러다가 책 가판대와 부딪쳐 뒤엎고 말았다. 그는 책을 주워주려고 했지만, 책 주인이 욕을 퍼붓자 그도 욕으로 대꾸했다. 근처에 있던 경비원이 달려오는 걸 보고, 자는 학생들 사이로 서둘러 모습을 감추었다.

그는 언제라도 체포될지 모른다는 두려움에 사로잡혀 이리저리 살피면서 빠져나왔다. 다행히 아무도 그를 눈여겨보지 않았고, 그는 무역광장까지 가는 배에 올라타 승객들 속에 가만히 숨어 있었다. 무역광장에 도착했을 때, 그는 허리에 묶어놓은 동전꾸러미를 쳐다보았다. 동전 200전이 흔들리고 있었다. 그에게는 그 돈이 전부였다. 그는 약초가게를 찾아 고열에 잘 듣는 약을 구입했다. 마지막 돈을 몽땅 건네주었다. 그는 바닥까지 떨어졌다고 생각했다. 그때까지만 해도 그는 대학 주변에서 시험 날짜에 쫓기는 돈 많은 학생들에게서 개인 교습 일자리를 구할 수 있을 것이라는 희망을 갖고 있었다. 그러나 적성 증명서가 없으니, 모든 꿈이 허물어졌다. 숙박료와 음식 값을 낼 돈이 필요했다. 아침에 객줏집 주인이 그날 밤까지 돈을 내지 않으면 쫓아내겠다고 으름장을 놓았던 것이다.

〈그런데 무슨 일을 하지?〉

그는 효율적으로 수행할 수 있는 일들을 머릿속으로 열거한 후, 아무도 그에게 돈을 주지 않을 일들은 그 목록에서 삭제했다. 아무리 목록을 검토해봐도 자신이 무능력자라는 결론밖에 나오지 않았다. 일꾼들이 넘쳐나는 장터에서 그의 지식은 아무런 도움도 되지 않았다. 독이 있는 생선과 먹을 수 있는 생선을 구별하는 데도 그런 지식은 소용이 없었다. 게다가 다른 일꾼들보다 잘할 수 있는 기술도 없었고, 몸을 다친 상태라 짐꾼으로 일할 수 있는 힘이 있는지도 의심스러웠다. 그는 여러 가게에서 거부당한 끝에, 소금가게 앞에 서서 일할 기회를 달라고 부탁했다.

가게 주인은 마치 절름발이 노새를 사라고 제안 받은 것처럼 그를 쳐다보았다. 그의 어깨를 툭툭 치면서 얼마나 힘이 센지 살폈고, 조수에게 눈을 깜빡거렸다. 그는 계단을 올라가더니 자에게 계단 아래 그대로 있으라고 하고는, 소금 가마니를 떨어뜨려 그걸 들어 올리라고 했다. 갈비뼈가 마른 나뭇가지처럼 우두둑거렸지만, 그는 간신히 들어올렸다. 그러나 두 번째 소금가마니를 들어 올리려다가 고꾸라지면서 가마니에 깔리고 말았다.

두 사람은 폭소를 터뜨렸다. 조수가 소금가마니를 번쩍 들고 자를 가게 밖으로 밀어버렸다. 그러고는 아무 일도 없었던 것처럼 계속해서 소금가마니를 날랐다.

자는 다리를 질질 끌며 거리로 나와 숨을 가다듬었다. 육체적 고통은 느끼지 않지만, 상처 후유증 때문에 좋은 인상을 줄 수가 없었다. 가장 하찮은 일까지 모두 통제하고 있는 조합의 일원이 되지 않는 한 일자리를 얻을 수 없을 것이라는 사실을 알면서도, 그는 가게들과 작업장, 사무실과 부두를 돌아다녔다. 하지만 아무도 그에게 일자리를 주지 않았고, 심지어 일하는 대가로 음식을 주는 것조차 거부했다. 이상한 일은 아니었다. 밥 한 공기에 죽어라고 일할 건장한 청년들이 린안에는 넘쳐났기 때문이다.

그는 매일 운하에서 분뇨를 수거해 농부들에게 파는 일자리도 알아봤지만 거기서도 자를 외면했다. 그는 책임자에게 먹을 것만 주고 하루만 시험 삼아 써보라고 애원했다. 남자는 고개를 절레절레 흔들며, 그처럼 일자리를 구하는 수백 명의 사람들을 가리켰다.

"똥을 수거하고 싶으면, 먼저 똥을 싸도록 하시오."

자는 린안대로와 교차하는 골목길을 걷기 시작했고, 정해놓은 목적지도 없이 성벽 바깥지역을 배회했다.

〈벌써 정오야. 그런데 아직도 나는 어떻게 돈을 벌어야 할지도 모르고 있어.〉

그때 불현듯 떠오르는 것이 있었다.

〈점쟁이의 제안.〉

생각만 해도 역겨웠다. 그는 자신의 이상한 질병을 이용하는 것이 죽도록 싫었지만, 어쩔 도리가 없었다. 그에게서 가치 있는 것이라고는 그것뿐일지도 몰랐다. 결투를 하러 다니면서 장터의 유명인사가 되는 것.

그는 강을 향해 거칠게 흘러가는 시커먼 운하의 물을 내려다보았다. 그 안의 냉기를 생각하니 몸이 떨렸다. 운하로 뛰어내릴 생각도 들었지만, 여동생 때문에 참아야 했다. 운하의 물은 그에게 속삭였다. 지금 물로 뛰어드는 게 가장 빠른 해결책이라고. 하지만 자는 물에서 눈을 떼고 단호히 일어났다. 그게 그의 운명일지라도, 적어도 그걸 피하기 위해서 싸울 작정이었다. 자는 침을 뱉고 점쟁이를 찾아 나섰다.

점쟁이가 일한다는 〈죽음의 땅〉으로 가면서, 자는 다른 도시로 도망쳐 아무도 그들을 알지 못하는 곳에, 그러니까 카오의 위협에서 멀리 떨어진 곳에 숨는 게 더 낫지 않을까도 생각했다. 하지만 그는 그곳에 머무르면서, 그 어떤 바보라도 불가능하다고 생각할 만한 꿈을 연장하고 싶었다.

자는 눈을 감고 아버지를 생각했다. 이제 그는 아버지가 가족의 명예를 더럽혔으며, 가족을 배신하고, 그와 셋째에게 영원한 치욕과 오명을 안겨주었다는 사실을 알게 되었다. 가슴이 아팠다. 그의 아버지, 사회에서 정직과 희생이 가장 중요하다고 가르쳤던 사람이 횡령을 하고 펭판관의 믿음을 저버렸다는 사실이 믿기지 않았다. 그러나 학교 직원이 보여준 서류는 의심의 여지가 없었다. 그는 그것을 꼼꼼하게 읽었고, 죄목을 낱낱이 기억했다. 자는 아버지처럼 위선적이고 치욕스러우며 야비한 사람이 되지 않겠노라고 맹세했다. 그는 돛대를 발로 차면서 아버지에 대한 분노를 풀었다. 그의 아버지는 지금 그와 셋째가 겪고 있는 불행의 책임자였다. 하지만 그렇게 아버지를 증오하면서도 마음속으로는 결코 그런 행동을 하지 않았을 거라고 굳게 믿고 싶었다.

그가 탄 배는 시후 호의 나루터에 서투르게 정박했다. 바로 묘지가 있는 언덕 기슭이었다.

그는 〈죽음의 땅〉으로 가는 완만한 언덕길을 오르면서, 언덕 끝에 이르기 위해 발길을 서두르는 사람들을 보았다. 한 주의 일이 끝나면 가족들이 모여서 조상들을 추모하기 위해 온갖 종류의 음식을 가지고 제사상을 차렸다. 해가 지는 걸 바라보면서 그는 셋째를 생각했다. 여인숙 주인의 딸이 셋째에게 먹을 것을 주었는지, 셋째의 기침이 더 심해지진 않았는지 걱정이 되었다. 여동생을 생각하는 것만으로도 가슴이 아팠다. 그는 발길을 서둘러 사람들을 앞질러가면서 묘지 입구에 도착했다. 조그만 장례푯말 사이를 돌아다니면서 점쟁이를 찾았다. 그러나 그는 물론이고 그의 행방을 아는 사람도 없었다. 자는 언덕을 계속 올라가 공동묘지의 가장 높은 데로 향했다. 커다란 비석들이 아주 잘 가꾸어진 잔디밭으로 둘러싸여 있는 곳이었다. 거기서부터 귀족 가문의 봉분이 시작되고 있었다. 그곳에서는 깨끗한 하얀 상복을 입은 부잣집 가족들이 조상들에게 신선한 차를 따르며 향을 피우고 있었다. 그가 눈물과 탄식소리를 뒤로하고 언덕 정상에 이르자, 거무스름한 누각이 보였다. 그 누각 근처에서 일하는 어두운 표정의 정원사가 그곳에서 멀지 않은 곳, 〈영원한 영묘〉를 알려주며 자가 찾는 사람은 거기 있을 것이라 귀띔해주었다.

그곳에는 안개 사이로 네모난 사원이 유령처럼 있었다. 과연 체구가 작은 사람이 삽질을 할 때마다 욕을 내뱉는 모습이 보였다. 점쟁이 슈였다. 자는 가슴이 떨리고 초조해졌다. 잠시 발길을 멈추고 그가 헉헉거리며 숨을 몰아쉬는 모습을 지켜보았다. 자는 자신의 선택이 옳은 건지 불안해하면서 천천히 다가갔다.

자가 그냥 돌아가는 편이 낫겠다고 생각했을 때, 점쟁이가 눈을 들어 그를 뚫어지게 쳐다보았다. 그러더니 흙더미에 삽을 내려놓고 몸을 폈다. 그는 손에 침에 뱉고 고개를 갸우뚱거렸다. 자는 뭐라고 해야 할지 난감했다. 다행히 점쟁이가 먼저 말을 꺼냈다.

"여기서 뭐하는지 물어도 될까?" 그는 별로 반가워하지 않는 얼굴로 말했다. "돈을 더 달라고 할 생각인가? 난 그 돈을 창녀를 사고 술 마시는 데 모두 써버렸어. 그러니 돌아가는 게 좋을 거야."

자는 인상을 찌푸렸다.

"나를 보면 기뻐할 줄 알았어요. 어젯밤에는 그렇게 붙잡았잖아요."

점쟁이는 거친 숨소리를 내며 자의 말을 끊었다.

"어제라고? 어젯밤에는 술에 취해 있었어. 그만 가. 난 일해야 해."

"어젯밤에 당신이 뭘 제안했는지 기억나지 않아요?"

"이봐, 청년. 자네 덕분에 이제 린안의 모든 사람들이 내가 귀뚜라미로 어떻게 속였는지 알고 있어. 그나마 오늘 아침에 도망칠 수 있었던 게 다행이야. 그 미친놈들에게 잡혔다면, 나는 지금쯤 이곳에 한 자리를 차지하고 있었을 거야." 그는 자기가 파고 있던 묘 구덩이를 가리켰다.

"미안합니다. 하지만 그런 속임수를 쓴 건 내가 아니라는 사실을 떠올려주고 싶군요."

"아, 그래? 넌 거인이 너를 두 동강 내더라도 신음소리 하나 내뱉지 않을 걸 알면서 내기한 것 아니야? 염병할 놈! 내가 이 구덩이에서 나가 내쫓기 전에 어서 여기서 꺼져!"

"왜 그래요? 어제 내게 애원하지 않았어요? 나는 당신의 제안을 수락하려고 여기에 온 거예요. 알겠어요?"

"어젯밤 이야기는 그만해! 난 취해 있었어." 점쟁이가 투덜댔다.

"당신이 돈을 꼼꼼하게 셌던 것으로 봐서 그렇지는 않았어요."

"내 말 잘 들어. 지금 엉뚱한 소리를 하는 사람은 너야." 그는 손에 삽을 쥐고 묘 구덩이에서 나왔다. "너 때문에 내가 시장으로 돌아가지 못할 거라는 말이 무슨 뜻인지 몰라? 네가 특별한 재능을 갖고 있다는 말이 사방에 퍼졌고, 이제 아무도 너와 내기를 하려고 하지 않는단 말이야. 넌 염병할 놈이고, 재수 없는 놈이야. 난 이 빌어먹을 묘 구덩이를 파야 해! 그러니 어서 여기서 꺼져!" 그는 삽을 구덩이에 던졌다.

그때 그들 뒤에서 걸쭉한 목소리가 들렸다.

"이놈이 못살게 구는 건가, 슈?" 문신으로 뒤덮인 거구의 남자가 갑자기 모습을 드러냈다.

"아닙니다. 이제 막 가려던 참입니다." 점쟁이가 대답했다.

"알았네. 어서 이 작업을 끝내게. 아니면 오늘 밤 자네는 다른 일을 찾아야 할 거야." 거구의 남자가 호통을 치면서 산기슭으로 올라오는 장례 행렬을 가리켰다.

점쟁이는 삽을 잡고 미친 듯이 구덩이를 파기 시작했다. 문신을 한 남자가 뒤로 돌아선 후, 자는 구덩이로 뛰어내렸다.

"여기서 뭐하는 거야?"

"안 보여요? 도와주려는 거지요." 자는 두 손으로 땅을 파기 시작했다. 점쟁이는 그를 물끄러미 바라보면서 한숨을 내쉬었다.

"자, 이걸 들어." 점쟁이는 자에게 괭이를 주었다.

몸 하나가 들어갈 정도의 길이에, 그 몸의 반 정도 깊이의 구덩이가 생길 때까지 두 사람은 열심히 흙을 파냈다. 작업이 끝난 후, 슈는 구덩이 가에 앉아 자루에서 더러운 술병을 꺼내어 자에게 한 잔 따라주었다.

"이 재수 없는 놈과 술 마시는 게 두렵지 않아요?"

"어서 마셔. 그리고 이 염병할 구덩이에서 나가자."

장례 행렬이 마지막 절차를 마무리하는 동안 두 사람은 함께 기다렸다. 그 가족의 연장자처럼 보이는 사람이 신호를 보내자, 자는 슈를 도와서 관을 구덩이 안으로 내렸다. 거의 작업이 끝날 무렵, 뜻하지 않게 자가 미끄러지면서 관이 바닥에 떨어졌다. 그 충격으로 뚜껑이 반쯤 열리고 흙이 안으로 쏟아졌다. 자는 아무 말도 할 수 없었다.

〈제기랄! 도대체 왜 이런 일이 일어나는 거야?〉

자는 구덩이로 뛰어내려 열린 관 뚜껑을 다시 제자리로 돌려놓으려고 했지만, 점쟁이가 그를 확 밀쳤다. 그렇게 하면 흙으로 더러워진 고인을 보고 비명을 지르던 가족을 진정시킬 수 있으리라고 생각한 것 같았다. 하지만 슈는 관을 움직이려다가 손가락을 삐는 바람에 제대로 움직일 수 없었다.

"거기서 꺼내, 이 멍청이들아." 누군가가 소리쳤다. 옷으로 보아 고인의 아내인 것 같았다. "살아서도 충분히 고통을 받았는데, 죽어서도 힘들게 만드는 거야?"

몇몇 남자 친척들의 도움을 받아 자와 슈는 묘 구덩이에서 망가진 관을 꺼냈다. 관을 수리하고 시체를 다시 깨끗하게 닦기 위해 모두 영묘 건물로 갔다. 가족들은 슬퍼하고 애도했다. 점쟁이가 한 손을 거의 사용할 수 없는 터라 자는 꽃향내 나는 물을 적신 수세미를 집어 망자의 옷을 닦기 시작했다. 가족들은 기꺼이 자에게 그 일을 맡겼다. 사람이 죽은 후 그 시체를 만지면 불행이 닥치고, 또 시체를 괴롭히면 저주를 받을 거라고 믿었기 때문이다.

자는 그런 미신에 개의치 않았다. 시체를 다루는 일에 너무나 익숙했다. 옷 속에 들어간 흙을 털어내기 위해 수의를 풀어야 할 때도 전혀 주저하지 않았다. 그는 시체를 닦아내며 목 부분에서 몇 개의 자국을 보았다.

그는 닦는 일을 멈추고 고인의 아버지처럼 보이는 사람에게 물었다.

"시체에 화장을 했습니까?"

그는 고개를 가로저으며 왜 그런 질문을 한 것이냐고 물었지만, 자는 대답하는 대신 다시 물었다.

"어떻게 사망했습니까?" 그는 수의의 상의를 조금 더 열면서 목덜미를 자세히 살폈다.

"말에서 떨어졌는데 목이 부러졌습니다."

자는 고개를 저었다. 그가 죽은 사람의 눈꺼풀을 올려 보자, 슈가 끼어들었다.

"지금 뭐하는 거야? 이제 그만하고 일을 끝내는 게 어때?"

자는 고인의 아버지를 쳐다보며 단호하게 말했다.

"이분은 당신이 생각하는 이유로 죽은 게 아닙니다."

"그게 무슨 말이지요?" 고인의 아버지가 말을 더듬었다. "말에서 떨어지는 걸 처남이 봤어요."

"그랬을 수도 있습니다. 하지만 그 후에 누군가가 목을 졸랐습니다."

가족들의 대답을 기다리지도 않고, 자는 목 양쪽으로 난 붉은 멍을 보여주었다.

"이 자국들은 화장 때문에 숨겨져 있었습니다. 서투르게 작업했습니다." 자가 덧붙였다. "그러나 힘센 손의 흔적임이 분명합니다. 여기를 보십시오." 그는 피부에 나란히 나 있는 멍을 가리켰다. "그리고 여기도 보십시오."

가족들은 놀라 서로를 쳐다보았고, 틀림없느냐고 재차 물었다. 자는 의심의 여지가 없다고 말했다. 자가 매장을 하겠느냐고 물었지만, 고인의 부모들은 즉시 매장을 멈추고 판관에게 이 사건을 알리는 데 동의했다.

❋

자는 슈의 부러진 손가락에 부목을 댔다. 슈는 쉬지 않고 투덜대다가 물었다.

"말해 봐. 지금 미친 거지?"

"당연히 그렇지 않습니다." 자가 웃으면서 말했다.

"그럼 함께 사업을 하도록 하지." 점쟁이가 단호히 말했다.

자는 놀란 눈으로 그를 쳐다보았다. 점쟁이는 갑자기 저택을 선물 받은 거지처럼 싱글벙글 웃는 표정을 지었다. 자는 개의치 않았다. 그가 관심 있는 것은 여인숙 주인에게 지불할 돈을 선불로 받는 것뿐이었다. 시간이 흐를수록 걱정이 되었다. 그가 여인숙에서 있었던 일을 들려주자, 슈는 어린아이처럼 깔깔대고 웃었다.

"돈 문제인가? 하하하! 우리는 곧 부자가 될 거야!"

점쟁이는 주머니를 뒤지더니 일주일치 숙박비를 내고도 충분할 정도의 돈을 꺼내어 선불로 주었다.

"그럼 이제 자네 명예를 걸고, 내일 아침 날이 밝으면 묘지로 오겠다고 맹세하게."

자는 돈을 세고 나서 맹세했다.

"내가 싸우면 되는 거죠?"

"아니네. 그것보다 훨씬 더 위험한 일을 하겠지만, 훨씬 많은 돈을 벌수 있을 거네."

15

여인숙 주인은 그곳에 머무르는 거야 자의 마음이지만, 여동생만큼은 절대 책임질 수 없다고 했다. "여기는 여자아이가 있을 곳이 아니야. 그건 자네도 너무나 잘 알고 있을 거야."

자는 여인숙 주인이 더 많은 돈을 요구하는 거라 생각하고 어떻게든 협상하려고 했다.

"그게 문제가 아니야." 여인숙 주인이 화를 내며 말했다. "이 소굴로 드나드는 사람들이 어떤 종류인지 보지 못했어? 점잖게 말하느라 그 쓰레기들을 사람이라고 하는 거라고. 자네 여동생이 이곳에 머무는 건 좋지 않아. 어느 날 밤엔 그 아이가 없을 수도 있어. 그 정도가 아니라, 다리를 벌린 채 그 성스러운 조그만 동굴에서 피 흘리는 걸 볼 수도 있지. 그럼 자네는 나를 죽이려고 할 것이고, 나도 자네를 죽일지 몰라. 자네가 돈을 많이 낸다 하면 나야 돈을 좋아하니 받으면 되겠지. 하지만 자네를 죽여 천벌을 받고 싶지는 않아. 어쨌든 방은 빌려줄 수 있지만, 여자아이는 책임질 수 없네."

자는 여인숙 주인의 말이 의심스러웠다. 하지만 어느 방에서 상의를 벗은 남자가 나온 후, 곧바로 여인숙 주인의 딸이 나오는 것을 보고 깨끗이 마음을 바꾸었다. 자는 셋째와 함께 여인숙을 나왔다.

슈는 계약조건을 논의하기 위해 자와 여동생을 〈영원한 영묘〉로 데려갔다. 그곳은 죽은 사람들에게 수의를 입히는 곳이었다. 점쟁이가 먼저 들어가 등불을 켜자, 향과 시체 냄새가 진동하던 어두운 방이 환해졌다. 셋째는 그곳에 들어가자 겁을 먹었지만, 자가 손을 꽉 잡아주어 안심시켰다. 점쟁이는 촛불을 켜서 긴 의자처럼 생긴 시체 닦는 판 위에 올려놓았다. 그는 어지럽게 널려 있던 단지들과 향수, 기름과 비품들을 치우고, 봉헌으로 바친 사탕과 종종 죽은 사람들과 함께 묻던 토기 인형의 부스러기들을 털어냈다.

"여기서 우리의 사업을 벌일 거야." 그는 자랑스럽게 촛불을 들었다.

자는 전혀 이해할 수 없었다. 그곳은 빈 방에 불과했다.

"처음부터 알아봤어." 슈가 말했다. "네 예언 능력을."

"예언이라고요?"

"그래, 시치미 떼지 마! 넌 그걸 철저히 숨겼어, 빌어먹을 놈."

"하지만······."

"잘 들어." 점쟁이가 자의 말을 끊었다. "넌 이곳에 자리를 잡고 시체들을 살펴보게 될 거야. 넌 시체들을 살펴보고 네가 확인한 것을 나한테 말해주면 돼. 그들이 어떻게 죽었는지, 저 새로운 세상에서 행복한지, 아니면 뭔가를 필요로 하는지······ 네가 마음대로 지어내도 돼. 그러면 나는 그걸 가족에게 이야기해주면서 돈을 받을 거야. 모든 사람이 흡족하게 되는 거지."

자는 어이없는 눈으로 슈를 바라보았다.

"난 그런 걸 할 수 없어요."

"왜 못한다는 거지? 어제 나는 내 두 눈으로 분명히 봤어. 넌 그 남자가 말에서 떨어져 죽은 게 아니라 목 졸려 죽은 거라고 했어. 그건 정말로 믿을 수 없는 일이었어. 내가 소문을 내면 손님들이 사방에서 파리 떼처럼 몰려들 거야."

자는 고개를 가로저었다.

"난 점쟁이가 아니에요. 솔직하게 말해서 미안하지만, 그게 사실이에요. 난 예언하지 않아요. 단지 시체에서 흔적이나 자국을 확인하는 것뿐이에요."

"흔적이나 자국이라······. 네가 뭐라고 부르든 그건 나와 상관없어. 네가 그것들을 확인해서 말해주면 되는 거야. 엄청난 돈을 받을 수 있어! 네가 어제 한 것을······ 다시 할 수 있잖아, 그렇지?"

"몇 가지는 알아낼 수 있지만……."

"그럼 됐어! 이제 끝난 거야." 슈는 웃으면서 말했다.

그들은 슈가 가져온 아침을 먹기 위해 관 주위에 둘러앉았다. 임시로 만든 식탁에 슈는 룽징의 참새우가 담긴 그릇과 나비로 만든 국, 달콤 쌉싸름한 잉어와 생선을 얹은 두부를 올려놓았다. 펭판관이 마을을 방문한 날 이후, 자와 셋째가 그토록 배불리 먹은 적은 없었다.

"아내에게 요리하라고 말했어. 이건 정말 축하해야 할 일이거든!" 슈는 국물을 홀짝홀짝 마셨다.

자는 슈가 손가락을 쪽쪽 빨면서 그의 손에 있는 화상자국을 보고 있다는 것을 알았다. 그는 얼른 숨겼다. 장터의 동물처럼 구경거리가 되는 느낌이 죽도록 싫었다. 마지막 음식까지 먹은 후, 그는 셋째에게 나가서 놀라고 하며 내보냈다.

"계약 조건을 분명히 합시다." 자가 말했다. "내 몫은 어떻게 되는 거죠?"

"꽤 똑똑하군……." 점쟁이가 웃었다. "수익의 1할이야." 그러면서 얼굴에서 미소를 지우고 진지한 표정을 지었다.

"내가 대부분의 일을 하는데 1할이라고요?"

"네가 잘못 생각하는 거야. 내가 생각해냈고, 장소도 내가 제공하고, 시체들도 내가 가져와."

"내가 받아들이지 않으면, 당신은 시체들만 갖게 될 겁니다. 나는 수익의 반을 원해요. 그렇지 않으면 계약은 없던 걸로 하겠어요."

"내가 돈을 만드는 신인 줄 알아?"

"당신은 이게 위험할 거라고 말했어요."

"그건 나한테도 마찬가지야."

자는 잠시 생각했다. 정당한 허가 없이 시체를 다루는 것은 중죄였다. 그런데도 슈는 그가 차린 잔칫상에 자가 숟가락을 얹는 것에 불과하다는 인상을 주려 애썼다. 자가 일어나려고 하자, 슈는 그의 소매를 붙잡았다. 그러더니 백주가 담긴 술병을 꺼내 두 개의 사발에 부었다. 첫 번째 사발을 마시고, 계속해서 두 번째 사발을 마셨다. 그는 트림을 요란하게 하더니 말했다.

"좋아. 2할을 주겠어."

자는 그를 쳐다보았다. 점쟁이의 손처럼 자기 심장이 떨리는 것을 느꼈다.

"아침 식사 감사했습니다." 자는 일어났다.

"빌어먹을 놈! 어서 앉지 못해! 이건 두 사람 모두를 위한 사업이 되어야 해. 그런데 더 많은 위험을 감수하는 사람은 나야. 내가 시체로 장사하고 다닌다는 것을 누군가가 알게 되면, 나는 여기서 쫓겨나."

"그리고 나는 개의 먹이가 되겠지요."

점쟁이는 인상을 찌푸리더니 다시 사발에 술을 부었다. 이번에는 자에게 한 사발을 주었다. 점쟁이는 자기 사발을 두어 번 비우고 나서 단호한 어투로 말했다.

"이봐, 넌 이 모든 것이 네가 가진 특별한 힘에 좌우될 것이라고 믿고 있지만, 현실은 그렇게 만만하지 않아. 우선 시체들을 살펴보려면 가족들을 설득해야 해. 어떻게 죽었는지 정보를 많이 확인해야 하고, 그들이 원하는 것이 무엇인지 자세히 알기 위해서는 그들에게 여러 가지를 물어봐야 하지. 예언 기술은 진실의 일부분에 불과해. 나머지는 대부분 거짓말이고 환상이야. 우리는 재력 있는 가족을 골라야 하고, 장례식 동안 그들과 이야기해야 해. 이 모든 것은 극도로 신중하게 이루어져야 하지. 그렇지 않으면 사업은 망해. 3분의 1을 주지. 이게 내 마지막 제안이야."

자는 일어나서 가슴에 두 주먹을 모으고 인사했다.

"언제 시작하지요?" 자가 물었다.

※

그날 오전 내내 자는 공동묘지에서 슈의 일을 도왔다. 묘석을 바로잡고, 무덤을 파고, 묘 구덩이를 청소했다. 자는 〈영원한 영묘〉도 청소하고 정리해야 했다. 점쟁이가 도구를 보관하고 있던 옆방은 돼지우리와 흡사했기 때문이다. 자는 아마 슈의 집도 그렇거나 그것보다 더할 것이라고 추측했다. 그래서 점쟁이가 함께 살면 어떻겠느냐고 제안했을 때, 자는 그다지 탐탁스럽지 않았다.

"우리가 함께 일할 거라면, 그게 내가 너를 위해 해줄 수 있는 거야." 그는 잠시 말을 멈추고 이맛살을 찌푸렸다. "물론 내게 돈을 내야 해……. 하지만 적어도 네 여동생 문제는 해결될 거야."

"돈을 내라고요? 하지만 지금 한 푼도 없어요."

"그건 걱정하지 마. 푼돈에 불과할 거야. 그것도 네 수당에서 제하면 되는 거야. 그러니까…… 1할?"

"1할이라고요?" 자는 황당해서 눈을 크게 떴다. "그걸 푼돈이라고 하는 거예요?"

"물론이지!" 그가 자신 있게 말했다. "그리고 잊지 말 것은, 네 여동생이 생선가게에서 내 아내의 일을 도와줘야 한다는 거야. 난 우리 집에 쓸 모없는 인간은 원치 않거든."

그 가격은 너무 터무니없었지만, 자는 그의 아내가 셋째를 돌봐줄 것 이라는 말을 듣고 마음을 놓았다. 슈는 두 명의 아내와 살고 있었다. 세 딸이 있지만, 다행히 이미 혼인시킨 후였다. 자가 걱정하는 것은 여동생 의 건강뿐이었다. 슈는 셋째가 할 일이라고는 생선을 닦고 종류별로 정돈 하는 것뿐이라며 걱정 말라고 했다. 그 말에 자는 안심했다. 갑자기 그의 인생이 다시 제자리를 찾는 것 같은 느낌이었다.

그들은 작업방식에 관해 논의했다. 슈는 자에게 매장하는 건수를 알 려주었다. 대략 매일 50명에 이르는데, 대부분은 사고나 복수 혹은 살인 으로 일어난다고 했다. 매장에서 일하는 다른 일꾼들도 있지만, 그들보다 최고의 수익을 낼 수 있는 시체를 얻어낼 수 있다고 덧붙였다. 게다가 그 의 계획 중에는 시체들의 상처나 흔적을 확인하는 것뿐만 아니라, 가족들 과의 협상도 포함되어 있었다.

"너는 질병에 관해 알고 있어. 틀림없이 슬쩍 쳐다보기만 해도 위장인 지 창자인지 아님 내장이 잘못되어 죽었는지 짐작할 수 있을 거야."

"내장과 창자는 같은 거예요." 자가 지적했다.

"알았으니 그만해! 나한테 잘난 척하지 마." 점쟁이가 자의 말을 끊었 다. "어쨌든 사람들은 항상 양심의 가책을 느끼며 괴로운 마음으로 이곳 으로 와. 너도 왜 그런지는 알 거야. 죽은 사람에게 나쁜 말을 했거나 약 간의 배신을 했거나 무언가를 훔쳤다는 양심의 가책이 있지. 우리가 그런 감정과 죽은 사람의 고통스러운 영혼을 제대로 다루기만 한다면, 돈을 빼 내는 건 그리 어렵지 않아."

자는 슈의 제안을 단호히 거부했다. 지식을 이용하여 사망 원인을 밝히는 것과 위로가 필요한 가족들을 이용하는 것은 전혀 다른 것이었다.

그러나 슈는 포기하지 않았다.

"좋아. 너는 왜 그런 일을 당하게 되었는지 확인해. 나머지는 내가 알아서 할 테니."

자는 머리를 긁적였다. 슈와 함께 일하면 못마땅한 일이 한둘이 아닐 게 분명했다.

바로 그날 오후 그들은 여섯 번의 매장에 참여했다. 자는 눈꺼풀이 부풀어 있는 걸로 보아 폭력이 사인임을 보여주는 시체를 살펴보려고 했지만, 가족들이 거부했다. 그런 일이 세 차례나 있게 되니, 슈는 정말 이것이 좋은 사업이었는지 생각하기 시작했다. 그는 자에게 할당된 역할을 제대로 수행하도록 머리를 짜내지 않으면 계약을 파기하겠다고 엄포를 놓았다.

이미 날이 어두워지고 묘지 문을 닫을 시간이 가까워졌다. 자는 천천히 산기슭을 올라오는 장례행렬을 보았다. 마지막 기회였다. 그는 그들이 부잣집 가족이라는 것을 알아챘다. 관이 화려하게 세공되어 있었고, 가족들 뒤에는 돈을 주고 고용한 악사들이 장송곡을 연주하고 있었다. 그는 서둘러 가족 중에서 가장 충격을 받은 듯 보이는 사람이 누구인지 찾았다. 상복을 입은 젊은이였다. 충혈된 눈은 그가 고통스러워한다는 것을 분명히 보여주었다. 자는 해야 할 일이 수치스러웠지만, 머뭇거리지 않았다. 무슨 수를 쓰더라도 셋째를 먹여 살려야 했다. 그는 화상을 가릴 장갑을 끼고 젊은이에게 다가가 고통스러운 감정에 동참하고 싶다는 핑계를 댔다. 그는 특별한 힘이 있는 것이라며 향을 하나 건네주었다. 그 향내의 놀라운 특성에 관해 거짓말을 둘러대면서, 청년에게서 고통의 흔적을 찾았다. 이내 그의 눈이 누런색을 띠고 있다는 것을 알았고, 의학 지식을 동원하여 그의 간이 좋지 않다는 것을 확인했다.

"종종 구토와 현기증이 심할 텐데 그건 괜찮습니다." 자가 말했다. "그런데 그걸 치료하지 않으면, 당신이 지금 오른쪽 옆구리에서 느끼는 고통으로 무덤에 가게 됩니다."

그 말에 청년은 마치 귀신이 불길한 운명을 예고한 것처럼 몸을 덜덜 떨기 시작했다. 그는 혹시 점쟁이냐고 물었다.

"지역 최고의 점쟁이지요." 슈가 입가에 미소를 띠며 끼어들었다.

슈는 시간을 허비하지 않았다. 그는 청년에게 다가가 다소 과장되게 인사를 한 후, 그의 팔을 잡아 끌며 장례 행렬에서 나왔다. 자는 두 사람이 무슨 말을 했는지 알 수 없었지만, 나중에 슈는 만족스러운 얼굴로 돈주머니를 보여주었다.

그날 밤 자는 점쟁이가 살림집으로 사용하는 배에 들어갔다. 그 배는 항해한 지 오래된 것이었다. 배는 작은 부두에 매여 있었고, 대마밧줄로 묶어 놓은 덕분에 가라앉지 않은 듯했다. 발을 옮길 때마다 삐걱거리는 소리가 났고, 썩은 생선 냄새가 진동했다. 자가 보기에는 전혀 사람이 살 수 있는 집 같지 않았지만, 슈는 그 집을 자랑스러워했다. 자는 문의 휘장으로 사용되는 범포를 지나려다가 한 여자와 마주쳤다. 여자는 마치 도둑이 들어온 것처럼 비명을 질렀고, 자와 셋째를 밀어버리려고 했다. 그때 슈가 그녀를 붙잡았다.

"내 아내 펑과야." 슈가 웃으면서 말했다. 그때 더 젊은 여자가 나와 그들을 보고 인사했다. "역시 내 아내야. 이름은 광이고." 그는 웃으며 잘난 체했다.

저녁을 먹는 동안 자는 두 여자들이 속삭이는 소리를 참아야 했다. 그들은 귀뚜라미 한 마리조차 들어올 틈도 없는데 두 사람을 숙박시키는 건 말도 안 된다며 몹시 못마땅해했다. 그러나 슈가 묘지에서 자 덕분에 벌어온 돈 꾸러미를 던지자, 여자들은 얼굴색을 바꾸고 과도할 정도로 환한 미소를 지었다.

그들은 좁은 곳에 쑤셔 넣은 것 같은 잠자리에 누웠다. 자의 자리는 슈의 발 옆이었다. 그는 썩은 생선 옆에서 자는 게 차라리 나을 거라고 생각했다. 어쩌면 고통을 느끼지 못하는 병이 냄새를 맡는 데 특별한 재능을 준 것이 아닐까 생각했다. 번개를 맞아 불탔던 그날이 퍼뜩 떠올랐다. 그의 집에서 맡았던 이상한 냄새가 생각났다. 시큼하고 강렬한 냄새……. 그는 몸을 돌려 보다 편안한 자세를 취하려고 했지만, 그럴 수가 없었다.

자는 철썩거리는 강물을 자장가 삼아 잠을 자려고 애쓰다가 겨우 잠들었다. 꿈에 국자학 시절의 모습이 나타나 이상하리만큼 행복감에 사로잡혔다. 그는 졸업하는 꿈을 꾸었다. 그때 갑자기 누군가가 그의 입을 막고 마구 흔들었다. 자가 놀라서 눈을 뜨자마자, 슈의 입 냄새가 밀려왔다. 그는 조용히 일어나라고 손짓했다.

"문제가 생겼어! 어서 서둘러!" 그가 속삭였다.

"왜 그래요? 무슨 일이에요?"

"내가 위험할 거라고 말했잖아."

16

밤에는 린안의 운하로 통행하는 배가 거의 없었다. 어쩔 수 없이 운하로 도망치겠다는 생각은 버리고 그들을 데리러 온 사람을 따라가는 수밖에 없었다. 자는 그 사람이 누구인지 알 수 없었다. 단지 예전에는 주황색이었겠지만 하도 낡아 색이 불분명해진 낡은 두건을 두른 시커먼 얼굴만 흘낏 보았을 뿐이었다. 남자는 비밀리에 이동했다. 모퉁이마다 서서 쫓아오는 사람이 있는지 확인하고서야 그들에게 멈추거나 오라는 신호를 보냈다. 자는 슈에게 도대체 무슨 일이냐고 다시 물었지만, 슈는 입 다물고 걷는 게 좋겠다고 충고했다.

그들은 일상적으로 린안을 순찰하는 주둔 병력을 피해 가장 어두운 골목길만을 골라 도시를 가로질렀다. 자는 그들이 동쪽에 있는 산으로 향하고 있음을 알아챘다. 그곳은 그 도시에서 가장 큰 불교사원이 있는 장소였다. 공식명칭은 〈영혼의 안식처〉였지만 사람들은 〈시체 화로〉라고 불렀다. 매장할 수 없는 시체들을 그곳에서 밤낮으로 태웠기 때문이다. 그들은 커다란 정자에 도착했다. 사원으로 향하는 2천 개의 계단이 있는 곳이었다. 밀려오는 구름 사이로 여전히 달이 빛나고 있었다.

남자는 입구 경비원에게 신분을 밝혔다. 그는 사원으로 들어가면서 기다리라고 지시했다. 잠시 후 얼굴이 창백한 노인이 나오더니 함께 가자고 정중하게 요청했다. 두 사람은 천천히 그를 따라갔다. 자는 사원의 벽이 금빛으로 장식된 것을 보고 놀랐다. 공자를 기리기 위해 세워진 사원과는 완전히 달랐다. 그들은 대웅전의 부속건물을 지나 남쪽 건물로 걸었다. 죽은 사람들의 몸이 완전히 없어질 때까지 태우는 곳이었다. 그들은 회랑으로 들어갔다. 그곳의 벽은 방금 지나왔던 화려한 장식과는 달리 소박했다. 마치 지옥의 심연으로 들어가는 기분이었다. 살이 타는 역겨운 악취가 점점 강해지면서, 화장터가 가까이 있다는 것을 알려주었다. 자는 겁이 났다.

그 방은 산허리를 파서 만든 곰팡내 풍기는 동굴이었다. 숨쉬기도 어려울 정도로 공중에 재가 날아다녔다. 그 재의 안개 속에서 자는 커다란 화장용 장작더미를 보았다. 그 위에 벌거벗은 시체가 한 구 놓여 있었고, 주변에 여러 명이 모여 있었다. 얼추 열 명쯤 되어 보였다.

마치 해야 할 일을 아는 것처럼 슈가 장작더미로 다가갔다.

"이쪽으로." 슈는 자에게 가까이 오라는 신호를 보냈다. 그는 그곳에 있는 사람들에게 시체를 살펴볼 수 있도록 충분한 공간을 달라고 부탁했다. "네가 놀랄까봐 이야기하지 않은 거야." 그는 자에게 속삭이며 죽은 사람의 손발을 대충 만졌다. "이 사람은 이 도시에서 가장 강력한 범죄 집단의 두목이야. 우리를 에워싼 사람들은 그의 자식들인데, 누가 죽였는지 알고 싶어 해."

"어떻게 그걸 알아내란 말이에요?" 자가 투덜댔다.

"어제 내가 저 사람들에게 네가 할 수 있을 거라고 말했거든."

"당신이? 미친 거 아니에요? 그럼 지금 당신이 잘못 생각했다고 말하고 여기서 나가도록 해요." 자가 작은 목소리로 말했다.

"그럴 수 없어."

"왜요?"

슈는 침을 삼켰다.

"이미 돈을 받았거든."

자는 가족들을 쳐다보았다. 그들의 시선은 차가웠고, 그들이 쥐고 있는 단도의 칼날처럼 날카롭고 매서웠다. 만일 제대로 밝혀내지 못하면 자는 그 방에 두 개의 시체가 더 놓이게 될 것이라고 확신했다.

그는 불을 더 밝혀달라고 부탁했다. 태연히 무뚝뚝해 보이려고 애쓰며 슈 앞으로 갔다. 그는 펭판관에게 배운 경험을 모두 활용할 수 있게 해달라며 기도했다.

등불을 죽은 사람의 얼굴에 가까이 갖다 대자, 마른 피와 상처가 곳곳에서 보였다. 귀 한쪽이 없었고, 광대뼈의 일부가 함몰되어 있었다. 불필요한 폭력이 가해진 경우였다. 그 어떤 상처도 치명적으로 보이지 않았다. 시체가 굳은 정도와 피부색으로 보아, 적어도 나흘 전에 사망했을 것이라고 추정했다. 자는 식초를 충분히 갖다달라고 요청한 후, 시체를 발견했을 때의 상황을 물었다. 또 판관이 고인을 검사했는지도 물었다.

"아무도 검사하지 않았습니다. 시체는 그의 집 정원에 있는 우물 바닥에서 발견되었습니다. 당시 유일하게 집에 있던 하인이 발견했습니다." 한 사람이 대답했다. 자는 슈가 그들에게 살인범의 이름을 알려주겠다고 했다는 사실을 떠올렸다.

자는 성난 눈으로 슈를 쳐다보고 숨을 깊이 들이마셨다. 어떻게 이 불행을 해결해야 할지 생각했다.

"모든 게 나한테 달린 것은 아닙니다." 자가 모든 사람이 들을 수 있도록 목소리를 높였다. "물론 내게는 사물을 알아낼 능력이 있지만, 그것은 항상 신들에게서 나옵니다. 여러분도 알겠지만, 신들이 도와주어야 가능합니다." 그는 노승을 쳐다보면서 동의를 구했다.

노승은 고개를 숙이며 동의했다. 하지만 식구들은 그 말을 듣고도 전혀 안색이 변하지 않았다.

자는 침을 삼켰다. 그는 시체로 돌아가 검사를 계속했다. 목은 문제가 없었다. 그러나 상체를 덮고 있던 홑이불을 걷어내자, 구더기 떼가 기름 낀 창자 위에서 오른쪽 옆구리로 흩어졌다. 악취로 숨을 쉬기가 힘들었다. 악취가 자의 뱃속으로 스며들었고, 결국 토하고 말았다. 슈가 도와주러 달려왔다. 자는 대마 기름에 적신 솜을 달라고 하여, 콧구멍 속으로 집어넣었다. 그러자 마술처럼 악취가 사라졌다. 그는 슈에게 그곳에 있는 승려들과 함께 시체를 넣을 구덩이를 파라고 했다.

"이 사람은 불교신자야. 가족들은 화장하기를 원해." 슈가 말했다.

자는 구덩이는 시체를 묻기 위해서가 아니라 시체를 따뜻하게 하기 위해서라고 설명했다. 그는 펭판관이 많은 경우에 그렇게 하는 것을 보았다. 무엇보다도 시간을 벌기 위해서였다. 여러 승려들이 구멍을 파는 동안, 자는 자세하게 살폈다. 그는 가족들에게 제대로 일할 수 있도록 좀 더 물러나라고 요청했다.

"장남의 허락을 받아 저는 예순 살 가량의 고귀한 남성 앞에 있습니다. 신장은 보통이며 체격은 중간 정도입니다. 몸에는 어떤 상흔도 없으며, 이것은 심각하거나 치명적인 질병과도 관계가 없음을 보여줍니다." 자는 가족을 쳐다보았다. "피부는 연약하고 탄력이 없으며, 힘을 주어 잡아당기면 쉽게 찢어집니다. 머리카락은 가늘고 희며, 마찬가지로 잡아당기면 쉽게 빠집니다. 머리와 얼굴에 많은 멍이 있는데, 이것은 분명 둔기의 충격으로 생긴 겁니다."

그는 죽은 사람의 입술을 자세히 보면서 말을 멈추었다가 다시 말하기 시작했다.

"상체에는 긁힌 자국이 있는데, 아마도 시체를 끌면서 생긴 것 같습니다. 그리고 복부에는……." 그는 역겨운 모습을 보이지 않으려고 애썼다. "복부에는 왼쪽 폐 아래부터 오른쪽 서혜부까지 깊이 벤 자국이 있습니다. 그로 인해 대부분의 내장이 밖으로 나와 있습니다." 그는 구역질을 참기 위해 말을 멈추었다. "창자는 부풀어 있지만, 복부는 그렇지 않습니다. 옥근은 정상이며, 다리에는 그 어떤 상처도 없고……."

그는 그런 정보에 만족할 것이라고 굳게 믿으며 가족들을 쳐다보았다. 하지만 그들의 표정에는 변화가 없었다. 마치 오랫동안 구경거리를 보면서 깜짝 놀랄 결말을 기대하는 것 같은 얼굴이었다.

〈슈, 도대체 나를 왜 이런 문제에 개입시킨 거야? 사망 원인을 밝히는 것도 힘든 일인데, 어떻게 나보고 살인자를 찾아내라는 거야?〉

자는 승려들에게 구덩이 파는 일을 잠시 멈추고, 시체를 뒤로 돌려 달라고 요청했다. 불행히도 고인의 등에는 그의 생각을 확증해줄 만한 아무런 정보나 흔적도 없었다. 그는 시체를 덮고 결론을 나열하기 시작했다.

"그 누가 봐도 사망 원인은 복부를 가로지르는 커다란 상처입니다. 그 상처 때문에 창자가 밖으로 나온 것이고……."

"맙소사! 장님도 알 수 있는 걸 말하라고 돈을 준 게 아니오!" 노인이 자의 말을 끊고 얼굴에 상처자국이 있는 청년에게 손짓을 했다. 그러자 그 험상궂은 청년은 슈에게 성큼 다가가 그의 머리카락을 쥐어 잡고 목에 단도를 들이댔다. 노인은 조그만 촛불을 켜서 자 옆에 놓았다.

"이 촛불이 꺼질 때까지 시간을 주겠소. 그때까지도 살인자의 이름을 말하지 않으면, 당신과 당신 동료는 초상을 치르게 될 것이오."

자는 몸을 떨었다. 아직도 사망원인이 무엇인지 알지 못했다. 그는 힘없이 깜빡거리는 불꽃을 보았다. 천천히 냉정하게 아래로 타 내려가고 있었다.

구덩이 파는 작업이 끝나자, 자는 타다 남은 깜부기불을 구덩이에 가득 채우라고 지시했다. 깜부기불이 모두 꺼진 후, 잿더미 위에 돗자리를 깔고 그 위에 식초를 뿌렸다. 시체는 구덩이로 옮겨달라고 했다. 자는 구덩이에 넣은 시체 위에 홑이불을 덮어놓고 초조한 마음으로 기다렸다.

바람이 산들 불어오자 불꽃이 기운을 잃고 흔들렸다. 자는 다시 숨을 들이마시고 어떤 선택을 할 수 있는지 생각했다. 기껏해야 사망원인을 추정할 수 있을 뿐이었다. 그것과 범죄자의 이름을 밝히는 것은 엄청난 차이가 있었다. 그는 초조한 중에도 잠시 기다렸다가 시체에게서 홑이불을 걷고 엄숙한 표정을 지었다. 그는 시체의 발목을 살폈다.

"말했던 것처럼……." 자는 그곳에 있는 사람들의 눈을 쳐다보았다. "그 누가 봐도 이 사람은 배를 가른 깊고 잔인한 상처 때문에 목숨을 잃었습니다. 그러나 그런 증거는 살인자가 얼마나 교활하고 사악한 놈인지를 보여줄 뿐입니다." 자는 죽은 사람의 발목을 쓰다듬었다. "살인자는 냉혈한이며 신중하고 계산적입니다. 그는 범죄를 저지르는 데 필요한 시간을 확보했을 뿐만 아니라, 우리가 사망원인을 잘못 생각하도록 시체에 손을 썼습니다."

사람들은 자의 말을 주의 깊게 들었다. 자는 빠르게 내려가는 촛불의 불꽃을 쳐다보며 정신을 집중했다.

"고인은 실종된 날 신임하는 측근들의 보호를 받고 있었다고 여러분이 말했습니다. 이것은 음모가 있을지도 모른다는 사실을 배제하는 동시에 유일한 범죄자를 알려주기도 합니다. 그는 잔인하고 폭력적이며, 매우 겁이 많은 사람입니다."

"시간이 다 되고 있소." 슈의 목에 단도를 갖다 댄 사람이 알려주었다.

자는 곁눈질로 촛불을 쳐다보고 이를 악문 채 단도를 든 사람에게 다가갔다.

"이 사람은 칼에 찔린 상처로 죽은 게 아닙니다. 이건 확실합니다. 상처 주변의 피부가 그걸 말해줍니다." 자는 피부를 가리켰다. "자세히 보면, 구더기들이 상처의 잘린 면에 있지 않다는 것을 알게 될 겁니다. 이것은 상처가 났을 때 피가 나지 않았다는 사실을 증명합니다. 피를 흘리지 않았습니다. 고인의 배를 갈랐을 때는 이미 그가 죽은 지 여러 시간이 흘러 있었기 때문입니다."

동굴 안이 웅성거리기 시작했다. 자는 계속 말했다.

"흥미롭게도 물에 빠져 죽은 것도 아닙니다. 위장을 눌러보면 텅 비어 있으며, 치아와 혀를 포함해 입안뿐만 아니라 콧구멍에도 식물 찌꺼기나 벌레, 혹은 우물에 있게 마련인 오물이 없습니다. 그가 살아 있었다면 분명히 이런 것들을 먹거나 삼켰을 것입니다. 따라서 우물에 던져졌을 때 그는 이미 죽어 있었다는 결론에 이를 수 있습니다."

"칼에 찔려 죽은 것도 아니고, 우물에 빠져 죽은 것도 아니고, 심지어 치명타를 맞은 게 아니라면, 도대체 어떻게 죽었단 말입니까?" 고인의 아들이 물었다.

자는 그와 슈의 목숨이 지금부터 하려는 말에 달려 있다고 생각했다.

그는 조심스럽게 말했다.

"당신의 아버지는 끔찍할 정도로 천천히 죽었습니다. 말도 못하고, 도움도 요청할 수 없었습니다. 당신의 아버지는 독살된 것입니다." 다시 두런대는 소리가 동굴로 퍼졌다. "꽉 쥔 손가락과 검은 입술, 검게 변한 혀는 의심의 여지없이 독살되었다는 사실을 보여줍니다. 독살에 쓰인 물질은 바로 적색 수은입니다. 도교에서 사용되는 치명적인 연금약액이며, 미친 연금사술들이 사용하던 독물입니다." 자는 잠깐 말을 멈추었다. 촛불이 마지막 숨을 쉬면서 안간힘을 쓰고 있었다. "범인은 숨이 끊어진 걸 확인하고, 당신 아버지의 발목을 잡아서 끌고 정원에 있는 우물로 갔습니다. 그곳에 던진 것입니다. 그러나 그게 전부가 아닙니다. 그 전에 살인범은 배를 갈랐고 귀를 절단했습니다. 진짜 사인을 숨기기 위해 그랬던 것입니다."

"그걸 당신이 어떻게 알 수 있소?" 그곳에 있던 어떤 사람이 물었다. 자는 대답했다.

"식초에서 증발된 기체가 보여준 흔적으로 볼 때 의심의 여지가 없습니다." 그는 발목의 흔적을 가리켰다. "그래서 배가 긁힌 것이며, 그때만 해도 그는 살아있었습니다. 손톱이 그걸 보여줍니다. 그가 목숨을 구하려고 안간힘을 쓰다가 손톱이 부러진 것입니다." 자는 흙이 가득한 손톱을 보여주면서, 그 흙은 정원에 있는 것과 일치할 것이라고 말했다.

자는 촛불이 꺼져가고 있다는 것을 알았다. 단도를 든 남자는 촛불이 마지막 숨을 토하자 손에 힘을 주었다.

"굉장하군." 가장 나이 많은 사람이 인정했다. "하지만 아직 살인자의 이름을 말하지 않았소." 그는 험상궂은 얼굴로 단도를 든 사람에게 손짓했다. "이름을 말하시오!" 노인이 갑자기 소리쳤다.

절망에 빠진 자는 주변을 둘러보면서 도망칠 길을 찾았다. 창문도 없었고 뒷문도 없었다. 무장한 두 남자가 외부와 통하는 유일한 문을 지키고 있었고, 슈는 인질로 잡혀 있었다. 두 사람의 목숨을 구할 수 있는 결정을 바로 당장 그곳에서 해야만 했다.

칼을 든 남자가 슈의 목 위로 칼을 눌렀다. 그의 냉혹한 눈은 분명히 슈의 목을 자르겠다는 결심을 보여주고 있었다. 지금 이름을 말하지 않으면, 점쟁이의 목은 지체 없이 잘릴 게 분명했다.

잠시 침묵의 순간이 흘렀다. 단지 숨소리만 들렸다.

가장 나이 든 노인이 더는 참지 않았다. 흉악한 얼굴의 남자에게 지시를 내렸고, 그 남자는 팔을 들어 슈의 복을 칼로 찌르려고 했다. 그때 자가 소리쳤다.

"대단한 거짓말쟁이!" 자는 되는 대로 뱉어냈다.

흉악한 얼굴의 청년은 당황하여 멈춘 채 노인의 얼굴을 쳐다보았다.

"이게 바로 여러분이 찾는 범인이오!" 자는 이렇게 말하면서 자신이 짜고 있는 거미줄에서 떨어지지 않으려고 애썼다.

그는 기다리는 동안 슈를 쳐다보았다. 점쟁이가 뭔가 말하기를, 앞으로의 일을 알려줄 몸짓을, 그 수렁에서 빠져나갈 수 있는 단서를 보여주기를 기다렸다. 하지만 슈는 공포에 질려 눈을 감고 있었다.

"죽여." 노인이 말했다.

"창입니다! 창이 죽였습니다!" 갑자기 슈가 소리쳤다.

노인의 얼굴이 창백해졌다.

"창이라고?" 그의 입술이 떨렸다. 그는 떨리는 손을 옷 속으로 집어넣어 칼을 꺼냈다. 칼이 등불의 불빛에 반짝거렸다. 아무 말도 하지 않은 채 그는 천천히 한 사람에게 다가갔고, 그 사람은 공포에 질려 뒷걸음쳤다. 그러나 여러 사람이 그의 팔을 붙잡아 움직이지 못하게 했다. 그 사람이 바로 방금 전에 슈가 지적한 창이었다. 처음에 그는 죄를 부인했지만, 그의 손톱을 빼내자 그가 했다고 자백했다. 그는 처음부터 죽일 생각은 아니었다며, 울면서 용서를 빌었다. 창의 얼굴은 일그러져 있었다. 목숨이 곧 끝날 것이라는 걸, 죽음이 닥칠 것을 아는 사람의 모습이었다.

그는 저항하지 않았다. 처형은 천천히 이루어졌다. 노인은 노련한 솜씨로 창의 목을 관통하는 동맥을 끊었다. 자신이 어떻게 죽어가는지 알게 하려는 의도였다. 그가 마지막 숨을 내쉬고 앞으로 고꾸라지자, 남자들은 자에게 다가와 경의를 표했다. 노인은 슈에게 동전 주머니를 건네주었다.

"잔금이오." 노인이 고개를 숙이며 인사했다. 슈도 숨을 가다듬으며 인사했다. "이제 당신들이 허락한다면, 우리는 고인들에게 경의를 표해야 합니다."

슈가 그곳을 떠나려는 순간, 자는 그를 가지 못하게 막았다.

"모두 잘 들으십시오!" 자가 간곡히 부탁했다. "신들이 제 입을 통해 말씀하셨습니다. 신들의 의지로 살인범을 밝혀낼 수 있었고, 신들이 주신 힘으로, 여러분이 목격한 것을 절대 비밀로 해야 한다고 지시합니다. 여러분이 아닌 그 어떤 다른 사람도 이 비밀을 알아서는 안 됩니다. 아무도 발설하면 안 됩니다. 그렇지 않으면 원혼들이 여러분과 그 가족이 무덤으로 갈 때까지 끊임없이 괴롭힐 겁니다."

노인은 침묵을 지키며 입술을 찡그렸다. 그는 인사를 하고 일당들과 그곳을 떠났다. 자와 슈도 그들을 그곳까지 데려온 승려를 따라 출구까지 무사히 나왔다.

그들은 동쪽 산기슭을 통해 커다란 정자가 있는 언덕을 내려갔다. 바다가 강과 만나는 수평선 저 멀리서 새벽빛이 희미하게 가물거렸다. 자는 다시 그 빛을 볼 수 있다는 사실이 믿어지지 않았다. 도시를 지키는 성벽을 지나기 전에, 슈가 자에게 얼굴을 들이밀며 따졌다.

"빌어먹을! 왜 그런 소리를 한 거야? 일생일대의 사업이 이루어질 찰나였는데, 너 때문에 망쳤어. 네가 바보 같은 설교만 안 했어도, 몇 시간 안에 린안의 모든 사람들이 간밤에 무슨 일이 있었는지 알았을 거야. 그럼 손님이 물밀 듯이 밀어닥쳤을 것이고, 우리 묘지를 사고도 남을 정도로 돈을 벌 수 있었어!"

자는 나졸에게 쫓기는 몸이라고 이야기할 수 없었다. 그는 린안의 모든 사람들이 손에 화상을 입은 청년이 공동묘지에서 일하고 있다는 사실을 알기를 원치 않았다. 하지만 분노로 속이 뒤틀렸다. 그들은 자칫 잘못하면 죽을 뻔했다. 그런데 목숨을 구해주어 고맙다는 말 대신, 슈는 단지 사업을 망쳤다며 자를 나무라고 있었다.

자는 슈를 멀리해야겠다는 생각이 들었다. 셋째를 데리고 어디로든 도망치고 싶었지만, 새벽의 추위 때문에 분노가 가라앉았다.

"당신 목숨을 살려주었는데, 그런 식으로 되갚는 건가요?" 그는 차분한 목소리로 말했다.

"이봐, 네가 이 모든 일을 한 게 아니야! 창의 이름을 말한 건 바로 나야!" 슈가 씩씩거리며 말했다. 하지만 그의 얼굴은 주머니에 가득 찬 돈만큼이나 환했다.

자는 오로지 돈만 생각하는 사람과 말다툼할 필요가 있는지 생각했다. 그럴 필요가 없다고 생각했지만, 그렇다고 그에게 굴복하고 싶지도 않았다.

"알았어요." 자가 말했다. "아마도 그 작자가 당신 목을 잘라버리도록 놔두는 편이 나았을 것 같군요. 아니, 당신이 알아서 해결하기를 기다리면서 시체 앞에서 입 다물고 있는 편이 나았을지도 모르죠."

"내가 살인자의 이름을 말했단 말이야!" 슈가 다시 반복했다.

"알았어요! 그런데 그게 무슨 상관이에요? 어쨌든 이 문제에 관해 말하는 건 이번이 처음이자 마지막이에요."

"그게 무슨 소리지?"

"내 말은, 앞으로 결코 이런 상황에 연루되거나 참여하지 않겠다는 말이에요. 당신은 오로지 돈을 벌 생각만 해요. 당신은 이게 아주 괜찮은 사업이라고만 생각하고 있어요." 자는 갑자기 말을 멈추었다. "빌어먹을! 정말로 내가 모든 걸 알아맞힐 수 있다고 생각해요? 염병할! 나는 평범한 사람인데 당신은 내가 신처럼 행동하기를 바라고 있어요. 그것도 우리 목을 잘라버릴 수도 있는 미친놈들 앞에서……. 정말이지 아무리 생각해도 왜 당신이 그런 생각을 했는지 모르겠군요."

슈는 동전 주머니를 꺼내 자의 얼굴에 대고 흔들었다.

"돈이야!"

"난 돈으로 만든 관을 원치 않아요." 자가 중얼거리면서 그 돈주머니를 얼굴 앞에서 치웠다.

"도대체 뭘 원하는 거야? 텅 빈 주머니? 네가 계속해서 그렇게 하면, 넌 그렇게밖에 살 수 없어."

자가 그를 놔두고 걷기 시작했다.

"어디로 가려는 거지?" 슈가 급히 자를 쫓아왔다. "내가 바보인 줄 알아? 더 나은 일이 있거나 네가 갈 수 있는 곳이 있다면, 넌 지금 여기 있지 않을 거야. 그러니 나한테 고마워하는 게 좋을걸. 자, 가져."

슈가 동전의 3분의 1을 주었다.

"네가 반 년 동안 죽도록 일해도 벌 수 없는 돈이야."

자는 거부했다. 그는 탐욕의 종착점이 어디인지 잘 알고 있었다. 아버지가 이미 가르쳐주었던 것이다.

"염병할 놈! 무슨 생각을 하는 거야? 아무런 위험 부담 없이 돈을 벌려는 거야?"

"아마도 그 사람, 창은……."

"뭐라고?" 슈가 고함쳤다.

"왜 창을 범인이라고 지적한 거죠? 그는 죄가 없을지 몰라요."

"죄가 없다고? 웃기지 마. 거기에 있던 사람들은, 심지어 가장 순진한 놈도 자기 아들을 칼로 찔러 산 채로 매장할 수 있는 놈들이야. 어떻게 사는 놈들인지 알아? 우리를 어떻게 했을 거라고 생각해? 난 창을 알고 있었어. 모두가 그를 알고 있지. 그놈은 죽은 사람의 자리를 탐냈어. 너도 그가 자백하는 걸 봤지. 게다가 그가 죄가 있고 없고가 뭐가 중요해? 그는 도둑놈이고 비열한 놈이야. 지금이 아니더라도 조만간 그렇게 죽었을 놈이야. 그놈이 자기 목숨으로 우리를 가난에서 조금이라도 벗어나게 해주는 편이 더 낫지 않겠어?"

"난 그런 것에 관심 없어요." 자가 목소리를 높였다. "당신은 확신하지 못했어요. 증거도 없었어요. 고문을 했기 때문에 자백했을지도 몰라요. 다시는 이런 일을 하지 않겠어요. 알겠어요? 무덤을 파도 괜찮고, 환자들을 진찰해도 괜찮고, 산 사람이나 죽은 사람을 검사하는 일도 괜찮아요. 어떤 일이든. 하지만 분명히 말하는데, 아무 증거도 없이 사람에게 죄를 뒤집어씌우라고 강요하지는 말아요. 만일 그렇게 하면, 내 손가락은 당신을 가리키게 될 겁니다."

✿

자는 고개를 숙인 채 진퇴양난에 빠진 자신의 상황을 생각하며 걸었다. 아무리 고민해도 어떻게 해결해야 할지 알 수 없었다.

슈와 헤어지고 린안에서 멀리 떨어진 곳에서 새로운 삶을 살 수도 있을 것이다. 슈가 방금 전에 주었던 돈을 챙겨서 셋째를 깨워 이 모든 위험에서 도망치면 되는 일이었다. 그것은 그가 꿈꾸었던 모든 것, 그러니까 그의 꿈과 국자학과 그토록 염원했던 과거를 포기해야 한다는 것을 의미했다.

반면 린안에 그대로 남으면 슈의 변덕스러운 책략을 참고 견뎌야 하고, 그로 인한 끔찍한 결과도 겪어야 한다. 카오에게 발각되는 날에는 죽음도 각오해야 했다.

그는 돌을 발로 차면서 욕을 했다.

자는 흠 없는 아버지, 고민과 걱정에 대한 조언을 해줄 수 있는 올바르고 훌륭한 아버지가 없다는 사실이 슬펐다. 그는 수평선을 바라보았다. 새벽의 햇빛이 도시를 물들이기 시작했다. 자는 자신의 아이들에게는 결코 이런 일이 일어나지 않도록 하겠다고 맹세했다. 아이들이 태어나면 그를 자랑스럽게 여기도록 있는 힘을 다할 작정이었다. 아버지가 그에게서 빼앗은 모든 것을 아이들에게 주리라고 마음먹었다. 그것이 그가 남기는 유산이 되도록 할 작정이었다.

그들은 슈의 주거용 배에 도착했다. 자는 아직도 결정하지 못한 상태였지만, 슈가 도와주었다. 점쟁이는 한쪽 발을 배에 기대고 다른 발로는 땅을 밟은 채, 자의 앞을 막아섰다.

"넌 두 가지 중의 하나를 선택해야 해. 지금까지 했던 것처럼 계속 일하거나, 아니면 여기서 나가. 아주 간단해."

자는 슈를 쳐다보았다. 선택의 여지가 없었다. 중요한 것은 여동생의 목숨을 부지하는 일이었다. 자는 이를 악물고 슈를 밀치며 배에 올랐다.

17

매일 밤 자는 시장으로 가서 슈의 아내가 구입하는 생선을 운반했다. 배로 돌아오면 생선을 분류하고 깨끗이 닦았다. 이것은 셋째에게 할당된 일이라서 아프더라도 반드시 해야만 하는 일이었다. 자는 셋째의 짐을 덜어주려고 애썼다. 그는 슈와 함께 아침나절에 시장과 부둣가를을 한 바퀴 돌면서, 전날 밤 얼마나 많은 사람들이 사고나 폭력으로 죽었는지 알아보았다. 보통은 슈가 의원을 찾아가 종업원들에게 몇 푼 쥐어주며 중상을 당한 사람들의 이름과 상황, 그들의 질병과 치료에 관한 정보를 빼냈다. 린안 대약방에서도 똑같은 일을 반복했다. 슈는 이 정보들 가운데 가장 쉽게 최대의 이익을 챙길 수 있는 경우를 골라 일을 계획했다.

〈죽음의 땅〉으로 가는 길에 자는 환자들의 정보를 발췌해서 평가했다. 그는 환자들의 병력을 살피고 신빙성을 줄 수 있는 어떤 정보를 밝힐 수 있는지 확인했다. 공동묘지에서는 사용할 도구들을 정리했으며, 슈를 도와 묘 구덩이를 팠고, 흙을 옮기거나 묘석을 놓았고, 가족들을 도와 관들을 옮겨주기도 했다. 슈의 첫 번째 아내가 만들어준 마법사 옷을 입고 연기할 준비도 했다. 자는 가면을 추가해서 얼굴을 가렸다.

"이러면 더 그럴듯하고 신비스럽게 보일 거예요."

점쟁이가 그의 생각을 탐탁지 않게 여겼지만, 자는 무슨 일이 일어나면 누구라도 자기를 대체하여 그 사업을 이어나갈 수 있을 것이라고 설득했다.

그들은 공동묘지뿐만 아니라 불교사원을 찾아가기도 했다. 화장은 매장보다 돈이 덜 되었지만, 홍보도 하고 고객의 목록을 늘릴 수도 있었다.

밤에 배로 돌아오면, 자는 셋째를 깨워 건강상태가 괜찮은지, 생선가게에서 할 일은 다 했는지 점검했다. 셋째에게 약을 먹였고, 글을 가르치려고 천자문을 함께 읊었다.

"졸려." 셋째가 투덜댔지만, 자는 여동생의 머리를 쓰다듬으며 조금만 더 공부하자고 했다.

"네가 평생 생선가게에서 일하고 싶으면……." 자가 이렇게 말하면, 셋째는 천자문이 적힌 종이를 집어서 읊었다.

모두가 잠들면, 그는 밖으로 나가 차가운 밤공기를 맞았다. 강물에 비친 별들을 바라보며 『유연자귀유방(劉涓子鬼遺方)』의 각 항목들을 외우려고 애썼다. 그가 책 시장에서 중고로 구입한 외상전문 치료서적이었다. 그곳에서 잠들 때까지 혹은 빗물 때문에 등불이 꺼질 때까지 공부했다. 깊은 밤 그는 슈의 다리와 썩은 생선 사이의 빈 공간을 찾아 잠을 청했다.

매일 밤 그는 하루도 빠짐없이 피로로 눈꺼풀이 내려올 때까지 아버지의 불명예를 떠올리면서 씁쓸해했다.

✻

몇 달이 흐르면서 자는 우연히 난 상처와 죽이려고 낸 상처를 구별할 수 있게 되었다. 도끼를 휘둘러 낸 상처와 단도나 부엌칼 혹은 낫이나 칼로 생긴 상처도 구별할 수 있게 되었고, 살인과 자살도 분간할 수 있었다. 자살할 때 먹은 독약의 양은 살인할 때 사용한 양보다 더 적으며, 똑같은 독약이라 해도 누가 어떻게 주었느냐에 따라 효과가 달라진다는 것을 알게 되었다. 또한 살인자가 사용하는 방법은 질투나 충동적 분노로 인한 예기치 못한 싸움일 경우에는 조잡하고 엉성하며 본능적이지만, 미리 계획했거나 복수일 경우에는 보다 정교하고 치밀하다는 사실도 알게 되었다.

새로운 사건이 발생할 때마다 그것은 자의 지성뿐만 아니라 상상력도 일깨웠다. 시간도 없고 도구도 없이, 그는 사소해 보이는 시체의 모든 흉터나 상처, 염증, 굳은 정도나 색깔 등 모든 것을 종합해서 완전한 그림을 그려야 했다. 종종 머리털이나 엷은 고름이 설명할 수 없는 사건의 단서를 제공하는 경우도 있었다.

시체를 많이 다룰수록 그는 자신이 얼마나 무지한지 받아들여야 했다. 사람들은 그가 확인해주는 것을 마술의 힘이라고 생각했다. 그렇지만 그는 배우면 배울수록, 자기의 지식이 부족하다는 사실을 실감했다. 그는 알지 못했던 증상을 보거나 비밀을 간직한 시체를 다루거나, 혹은 잘못된 추측을 할 때마다 절망했다. 그럴 때마다 그는 수사에 대한 열정과 사소한 것에 대한 관심을 가르쳐주었던 옛 스승 펭판관을 더욱 존경했다. 그는 펭판관과 일하면서 국자학에서 결코 가르쳐주지 않은 것들을 배웠다. 그런데 그때와 마찬가지로 지금 자는 슈에게서 새로운 지혜의 세계를 발견하고 있었다.

슈는 죽은 사람들에 관해 어느 정도 경험이 있었다.

"이건 열어볼 필요 없어. 배를 봐. 안으로 터졌잖아." 그는 자가 모른다고 생각하며 자랑스럽게 말했다.

사실 슈는 시체에 관해 상당히 잘 알고 있었으며, 동시에 살아있는 사람들의 행동이나 손짓도 기가 막히게 해석하는 재주가 있었다. 그는 시체가 어떻게 변하는지 알고 있었고, 부러진 뼈를 찾거나 멍든 부위를 알아보고 그 원인을 예측하기도 했다. 심지어 살아있는 사람을 심문하듯이 죽은 사람의 직업까지도 알아냈다. 그는 공동묘지에서 여러 해를 보냈고 불교 사원에서 화장을 도왔을 뿐 아니라 고문과 죽음이 매일 다반사로 일어나는 쓰촨 성의 감방에서 무덤을 파기도 했다. 자에게 부족한 경험을 갖고 있었던 것이다.

"거기서는 정말로 처형하는 모습을 볼 수 있어. 진짜 살인이지! 그것에 비하면 이건 애들 장난이야!" 그는 으스대면서 말했다. "죄수 가족이 음식을 갖다 주지 않으면, 나라에서도 그들에게 먹을 것을 주지 않아. 정말이지 늑대나 사냥개들과 다름없어."

그 말을 듣고 자는 형을 떠올렸다. 그는 형이 살아서 쓰촨 성으로 갔더라도 그의 운명이 그다지 달라지지 않았을 것이라고 생각하면서 위안을 삼았다.

슈의 경험은 자에게 끝없이 샘솟는 지식의 원천이었고, 자는 그 샘물을 마음껏 마셨다. 자는 과거에 응시할 수 있는 날을 손꼽아 기다렸다.

❦

린안에 봄이 찾아왔다. 자는 점점 일에 대한 자신감을 갖게 되었다. 그의 눈은 예리해져 둔기로 맞아 생긴 자줏빛 멍을 첫눈에 알아보게 되었다. 그의 후각은 썩은 살의 악취와 괴저의 달콤하고 고약한 냄새를 구별하는 법을 배웠다. 그의 손은 피부조직 아래에서 딱딱한 반점이나 목을 맨 밧줄에서 생긴 조그만 종기, 늙어서 부드러워진 피부, 뜸으로 치료하다가 생긴 화상 흔적, 심지어 침을 놓다가 생긴 아주 작은 상처의 흔적까지 발견할 정도로 능숙해졌다.

갈수록 자신감이 생겼다. 그러나 그것이 오히려 큰 실수를 낳게 했다.

4월의 어느 비오는 날, 근사하게 옷을 차려입은 귀족들이 긴 행렬을 이루며 관을 들고 공동묘지로 올라왔다. 두 명의 하인이 행렬을 앞질러 와서 슈에게 사망원인을 밝혀달라는 가족의 말을 전했다. 병부(兵部)의 고위관리였던 고인은 지난밤 오랜 지병 끝에 사망했다. 그러나 사망원인은 불분명했고, 가족들은 죽음을 피할 수 있었는지 알고 싶어 했다.

슈는 가격을 흥정한 후 자를 찾았다. 자는 그때 묘 구덩이 벽이 무너져 수리하고 있었다. 옷이 너무나 더러워 갈아입을 시간을 달라고 했지만, 슈는 시간이 없다고 재촉했다. 자는 투덜거리며 마법사 옷에 가면을 쓰고 나가려다 장갑이 진흙투성이라는 걸 알았다. 그는 작업에 들어가기 전에 손의 화상 흔적을 숨기기 위해 반드시 슈의 아내가 만들어준 장갑을 꼭 끼었던 것이다.

그는 모험을 할 수 없었다. 화상 흔적이 그의 신원을 드러낼 수 있었기 때문이다.

"나는 장갑 없이는 일을 할 수 없어요." 자는 슈에게 말했다.

"염병할! 그 손을 숨기거나 네 엉덩이 안에 집어넣어. 이제는 손을 등 뒤에 숨기고도 얼마든지 할 수 있잖아."

그는 안 된다고 해야 했지만, 슈의 말대로 장갑 없이도 할 수 있는 정도는 되었다고 생각했다. 자는 질병으로 사망한 노인의 경우라고 수월하게 생각하며 행렬을 맞으러 나갔다. 그는 시체의 얼굴을 보자마자, 중풍으로 사망한 단순한 경우라고 추측했다.

죽은 사람의 목은 약간 부풀어 있었다. 주름진 얼굴은 단정했고, 수의에서는 향과 백단향 냄새가 풍겼다. 비정상적인 것은 하나도 없었다. 시체를 손으로 만져서 검사할 필요도 없었다. 가족들이 구체적인 사망원인을 원하고 있으니, 보이는 대로 말하면 되었다. 그는 자기 손이 소매 안에 있는지 확인했고, 얼굴과 목과 귀를 살펴보는 척했다.

"중풍으로 돌아가셨습니다." 마침내 자가 말했다.

아주 쉬운 작업이었다. 그러나 그가 그곳에서 떠나려는 순간, 뒤에서 누군가 소리쳤다.

"저놈 잡아!"

손 써볼 틈도 없이 두 남자가 그를 붙잡았고, 다른 남자가 다가와 그의 몸을 뒤지기 시작했다.

"왜 이러는 겁니까?" 자는 몸부림을 치면서 물었다.

"어디에 있지? 어디에 넣었어?" 한 사람이 말했다.

"저 사람이 소매 안에 숨기는 것을 봤어요. 도둑이에요!" 다른 한 사람이 말했다.

그때 슈는 거리를 유지하고 있었다. 자를 붙잡고 있던 두 남자가 방금 훔친 진주 핀을 내놓으라고 요구했다. 자는 그걸 훔치지 않았다. 아무리 말해봐도 그들을 설득시킬 수는 없었다. 자를 완전히 벗겨서 확인해보고도 그들은 만족하지 않았다. 그들은 옷을 자의 얼굴로 던지며 협박했다.

"화상 입은 염병할 놈! 진주 핀이 어디 있는지 말하는 게 좋을 거야. 그렇지 않으면 네가 너덜너덜해질 때까지 두들겨 팰 거다."

이미 가족 중의 한 사람이 관청에 신고하라고 젊은 하인을 보냈다. 하지만 그들은 하인이 돌아올 때까지 기다리고 싶지 않은 표정이었다. 그를 붙잡고 있던 두 남자가 팔을 뒤로 비틀었다.

"난 아무것도 훔치지 않았소! 손으로 만지지도 않았소!"

그러자 누군가가 주먹으로 자의 배를 때려 고꾸라지게 했다. 그는 숨도 제대로 쉴 수 없었다.

"어서 내놓지 않으면 넌 살아서 못 가!"

어떤 남자가 밧줄을 들고 자에게 다가왔다. 힘없이 쓰러져 있던 자는 목 주변을 올가미로 매는 걸 느꼈다. 남자는 그의 목을 조르려고 했다. 그때 거드럭거리는 목소리가 천둥처럼 들려왔다.

"멈춰라! 풀어줘라!"

갑자기 주먹을 휘둘렀던 사람들이 자를 일으켜 세우고 고개를 숙였다. 그들 앞에는 가장으로 보이는 나이 든 남자가 진주 핀을 높이 들고 있었다.

"정말 미안하오. 아들이 방금 전 관 바닥에서 발견했소. 관을 옮기는 도중에 떨어졌던 것 같소……." 그는 미안해하면서 고개를 숙였다.

자는 아무 말도 하지 않았다. 그저 흙을 털고 그곳을 빠져나왔다.

그날 밤 자는 배의 갑판에서 밤이 깊어질 때까지 이 사건에 대해 깊이 생각했다. 손의 화상자국을 숨기려는 대신, 정성을 다해 세심히 시체를 조사했다면, 아무도 그를 의심하지 않았을 것이다. 그는 슈의 행동도 비난하지 않았다. 그는 무슨 일이 일어났는지 몰랐기 때문에 개입하지 못했을 뿐이다. 결과가 분명한 것이라도 가볍게 검사해서는 안 되며, 사소한 실수도 그를 죽음으로 이끌거나 심각한 문제를 야기할 수 있다는 것을 다시 마음에 새겼다.

그는 별을 바라보면서 잠자리에 누웠다. 일진이 좋은 날은 아니었다. 하지만 곧 새해가 다가올 것이고 그는 스물한 살이 될 것이다.

이틀 후 일은 갈수록 더 꼬였다.

그날 아침 그는 슈와 함께 〈영원한 영묘〉에서 관을 닦고 있었다. 그때 밖에서 이상한 소리가 들렸다. 처음에 자는 정원에서 잎사귀를 그러모으며 끊임없이 콧노래를 부르는 사람의 소리라고 여겼다. 그러나 소리가 점점 커지면서 개 짖는 소리라는 것이 분명해졌다. 자의 머리카락이 곤두섰다. 개 짖는 소리를 마지막으로 들은 것은 나졸 카오에게서 도망쳤을 때였다. 사람들이 공동묘지에 개를 데리고 오는 경우는 거의 없었다. 그는 문틈으로 살펴보았다. 그의 얼굴색이 변했다.

언덕으로 제복을 입은 나졸과 함께 사냥개 한 마리가 올라오고 있었다. 그 나졸은 카오였다.

"날 도와줘요!" 자는 점쟁이에게 애원했다.

"뭘 도와달라는 거야?" 아무것도 모르는 슈가 물었다.

"저기 올라오는 사람! 나가서 시간을 벌어줘요. 그동안 생각할 테니."

슈는 문틈으로 밖을 바라보았다.

"나졸이야!" 그는 믿을 수 없다는 눈으로 자를 쳐다보았다. "도대체 무슨 문제가 있는 거야?"

"아무것도 아니에요! 어서 나가서 내가 떠났다고 말해요!"

"어디로? 어디로 갔다고 말해?"

"나도 몰라요. 아무 데나 말해요!"

"음…… 그런데 개는 어쩌지?"

"어서, 부탁이에요, 슈!"

점쟁이는 일어나 누각에서 나갔다. 그때 나졸이 영묘 입구에 도착했다. 슈는 나졸이 개를 잡고 있는 것을 보자 안도의 한숨을 내쉬었다.

"멋지고 사랑스러운 개군요." 어느 정도 거리를 두고 서서 슈가 말했다. 그는 문을 닫고 정중하게 고개를 숙여 인사했다.

"나도 그렇다고 생각하오." 나졸이 퉁명스럽게 말했다. "그런데 점쟁이라는 사람이 당신이오?"

"그렇습니다. 제 이름은 슈입니다."

"좋소, 슈. 이틀 전에 진주 핀을 도둑맞았다는 고발이 접수되었소. 바로 이곳 공동묘지에서 말이오. 내가 무슨 말을 하는지 아시오?"

"아! 그것 말입니까? 그건…… 큰 오해에서 생긴 일입니다." 그는 초조한 미소를 지었다. "성마른 몇몇 사람들이 우리가 진주 핀을 훔쳤다고 오해했지만, 그 즉시 관 아래에서 발견했습니다. 모든 게 문제없이 해결되었지요."

"그렇소. 나중에 가족 한 명이 내게 확인해주었소."

"그런데…… 뭐가 문제입니까?" 슈가 의아해하며 물었다.

"그들이 당신을 도와주고 있던 청년에 관해 말했소. 손과 상체에 화상 흔적이 있으며, 마법사 옷으로 위장한…… 내가 찾고 있던 도망자와 일치하오. 키 크고 비쩍 마른 청년이오. 잘생겼고, 갈색 머리를 끈으로 묶은……."

"아! 그 빌어먹을 놈 말씀이신가요? 그를 고용한 내 자신이 저주스럽습니다." 슈는 화를 내며 침을 뱉었다. "어제 아무 말도 없이 내 돈주머니를 들고 도망쳤습니다. 오늘 일이 끝나면 저도 그걸 신고하려고 했는데……."

"음……." 카오가 고개를 흔들었다. "물론 자네는 그가 지금 어디에 있는지 모르겠지?"

"그렇습니다……. 어딘가에 있을 겁니다. 아마도 나룻터에……. 그런데 왜 그를 찾는 겁니까? 무슨 죄를 저질렀습니까?"

"돈을 훔쳤소. 자네가 관심을 보일 정도의 현상금이 붙어 있네……." 카오가 덧붙였다.

"현상금이라고요?" 그의 얼굴색이 바뀌었다.

그때 갑자기 영묘의 누각 안에서 소리가 났다. 나졸이 그걸 놓칠 리가 없었다.

"저 안에 누가 있지?" 그는 사원을 뚫어지게 쳐다보았다.

"아무도 없습니다. 제가……."

"비켜!" 카오가 소리쳤다.

자는 문을 잠근 채 슈가 나졸을 붙들어두려 했지만 실패하는 것을 지켜보았다. 자가 있는 그곳은 감방처럼 숨을 곳이 전혀 없는 거대한 관과 같았다. 뒤 창문으로 도망친다면, 개가 틀림없이 그를 덮칠 것이다. 도망칠 방법이 없었다. 완전히 덫에 걸린 신세였다.

"저기에는 죽은 시체들밖에 없습니다." 카오가 안에서 잠긴 문을 발로 차는 동안 점쟁이가 소리쳤다.

"들어가보면 알겠지." 나졸이 소리쳤다.

카오는 문을 발로 마구 찼다. 하지만 문은 단단했고 끄덕하지 않았다. 그는 바닥에서 커다란 쟁기를 들어 올려 문을 내리치기 시작했다. 여러 차례 쟁기로 내리치면서 조그만 파편만 뒤다가 드디어 문이 삐걱거렸다. 그가 문을 부수려는 순간, 갑자기 안에서 문이 열렸다. 나졸은 마법사 옷을 입은 사람을 보자 뒷걸음쳤다. 그 사람은 떨면서 팔을 올렸다.

"밖으로 나와!" 카오가 명령했다. "가면 벗어!" 카오는 소리치면서 개를 잡아당겼다. 개는 마법사를 집어 삼키려는 것처럼 마구 짖었다.

가면 쓴 마법사는 장갑을 낀 손이 심하게 떨려 가면의 매듭을 풀지 못했다.

"날 더 화나게 하지 마라! 어서 장갑 벗어! 어서!"

마법사는 오른쪽 장갑에서 손가락을 하나씩 천천히 뺐다. 왼손도 그렇게 했다. 그러고는 장갑을 바닥에 떨어뜨렸다. 승리자의 표정을 지었던 카오의 얼굴이 순간적으로 일그러졌다.

"그런데…… 그런데 넌……."

나졸은 화상 흔적이 없는 주름진 손을 보았다. 마치 기적이 일어나 그 흔적을 지운 것 같았다. 화를 참지 못한 카오가 가면을 확 벗겼다. 그러나 그의 눈에 들어온 것은 겁에 질린 노인의 얼굴이었다.

"비켜!"

그는 노인을 밀치고 누각 안으로 들어가면서, 걸리적거리는 것들을 발로 차버렸다. 사방을 둘러보았지만, 그곳은 텅 비어 있었다. 카오는 상처 입은 짐승처럼 악을 썼다. 그는 슈의 멱살을 잡았다.

"빌어먹을 사기꾼! 지금 당장 그놈이 어디에 있는지 말해! 아니면 이 개가 송곳니로 네 목을 물어뜯게 하겠다!" 개가 나졸의 옆에서 무서운 이빨을 드러냈다.

슈는 두려웠지만 정말로 모른다고 맹세했다.

"밤낮으로 너를 지켜볼 거다. 만일 그놈이 돌아와 네 가증스러운 일을 돕는다면, 평생 후회하도록 만들어주겠다!"

"저는 불쌍한 마음에 그에게 일자리를 주었습니다." 슈가 말했다. "제가 그의 능력을 만들어냈고 마법사 옷을 입혔습니다. 그는 제가 말해준 것만 말했을 뿐입니다. 그래서 다른 조수를 구했지요." 그는 정원사를 가리켰다. 그는 몇 발짝 떨어진 곳에서 벌벌 떨고 있었다. "그놈은 돌아오지 않을 겁니다. 내 돈을 훔쳐갔기 때문이죠. 돌아온다면, 내가 그놈의 눈을 파버릴 겁니다."

카오는 슈의 발에 침을 뱉었다. 이를 악물더니 욕설을 퍼부으면서 묘지를 떠났다.

"그런데 어떻게 들키지 않고 숨을 수 있었지?"

자는 뒤쪽 창문으로 정원사를 불러 대가를 충분히 지급하겠다면서 설득했다고 설명했다.

"나는 관에 숨어 정원사에게 나무못을 박게 했어요. 못 박힌 관처럼 보이도록 말이에요."

슈는 폭소를 터뜨렸다.

"모든 게 그 귀족들과 진주 핀 때문에 일어난 것 같다. 너를 신고하러 간 놈이 널 손에 화상 흔적이 있고 마법사 옷을 입은 젊은이라고 설명하니까 나졸이 의심했던 거야." 그는 자를 뚫어지게 바라보았다. "이제는 왜 그가 널 찾고 있는지 설명해야 할 차례야. 푸짐한 현상금이 걸렸다고 말했어……. 물론 네가 하는 연기로 우리가 버는 만큼은 아니지만." 그가 말했다.

자는 머뭇거렸다. 가족을 잃은 비극적인 사건 이후 그가 겪은 인생의 부침을 설명하는 일은 복잡했을 뿐만 아니라, 믿기도 어려운 일이었다. 게다가 그는 아직도 모든 것을 털어놓을 정도로 슈를 믿지는 못했다.

"이곳을 떠나야 할 것 같아요." 자가 힘들게 말을 꺼냈다.

"그건 절대 안 돼." 슈가 단호하게 거부했다. "변장하는 옷을 보다 눈에 띄지 않는 것으로 바꾸도록 해. 그리고 더 나은 손님을 고르자. 네가 불교사원에서 했던 것처럼 손님들에게 절대로 비밀을 발설하지 않도록 협박도 하고. 난 그리 욕심이 많지 않아." 점쟁이가 웃었다. "지금 있는 손님만 하더라도 몇 달은 걱정 없어. 그러니 계속하도록 해."

그러나 점쟁이는 자기에게 유리한 것이라면 무엇이든 할 사람이었다. 자는 그 불쾌한 뒷맛을 씻어낼 수 없었다. 그가 말한 걸로 미루어볼 때, 슈는 자와 함께 일한 이후 귀뚜라미로 사기 쳐서 일 년간 버는 돈보다 더 많은 돈을 모았다. 슈는 그토록 전도유망한 사업을 하루아침에 무너지게 할 수는 없기 때문에 도망자를 보호해주는 편이 낫다고 판단했을 것이다.

"잘 모르겠어요, 슈. 내 문제에 당신이 연루되길 바라지 않아요." 자가 말했다.

"네 문제는 곧 내 문제야." 슈가 말했다. "그리고 네 이익이 내 이익이고." 그는 큰 소리로 웃었다. "그러니 이 문제에 관해 더는 말하지 마."

자는 마지못해 고개를 끄덕였다.

그러나 이틀 후 셋째가 다시 병이 심해지자, 자는 자신의 문제가 결코 점쟁이의 문제가 아니라는 사실을 확인했다.

어느 쌀쌀한 아침, 슈의 두 아내는 셋째가 거추장스럽다고 투덜댔다. 셋째는 배우는 속도가 너무 느리고, 집중을 잘 못하는데다, 참새우와 작은 바다새우를 구별하지 못하고, 너무 많이 먹는다고 했다. 게다가 두 여자는 셋째의 건강에 신경을 쓰며 보살펴야 하는 걸 성가셔했다. 사실 셋째의 건강은 계속해서 나빠지고 있었다. 슈는 자에게 두 아내의 불평을 전했다.

"아마도 팔아버려야 할 것 같아." 점쟁이가 말했다.

슈는 가난한 가족에게는 그것이 일상적인 해결책이라고 여러 번 주장했지만, 자는 단호히 거부했다.

"그럼 혼인시킵시다." 첫째 아내가 끼어들어 제안했다.

점쟁이는 그 말에 환호했다. 이 제안은 자가 거부할 수 없을 거라고 생각했다. 셋째가 어리다는 점을 중시할 남자만 구해서 떠맡기면 되는 일이었다. 어쨌거나 셋째는 그 집을 떠나야 성가신 존재에서 벗어날 수 있었다.

"우리 딸들도 그렇게 했어." 점쟁이가 설명했다. "여덟 살이 되었다고 했지, 그렇지?" 그는 셋째의 손을 잡으려고 했다. "아파 보이지 않도록 조금 화장을 시키면 돼. 난 어린 여자애를 좋아할 사람들을 알고 있거든."

자는 점쟁이가 셋째의 손을 잡지 못하도록 했다. 여자아이를 시집보내는 것은 그다지 이상한 일이 아니었다. 때때로 여자아이들의 미래를 위한 최선의 선택이 되는 수도 있었다. 그러나 자는 여동생이 늙은이의 노예가 되어 그의 침으로 적셔지게 할 생각은 없었다.

평소처럼 자는 조금 더 많은 돈을 슈에게 지불하면서 그 문제를 미루어 놓았다. 그러나 그가 모아놓은 돈은 빠르게 사라져갔다. 셋째는 갈수록 더 많은 약을 먹었지만, 약효는 갈수록 떨어졌다. 자는 기운 없는 병약한 여동생을 놔두고 매일 공동묘지로 가야만 하는 현실에 가슴이 찢어질 것 같았다. 작은 손으로 생선을 정리하면서, 들릴락 말락 한 목소리로 작별인사를 하고 얼굴에 미소를 지으려고 애쓰는 여동생을 볼 때면 가슴이 아팠다.

그날 오후 그가 마법사 옷으로 변장했을 때, 한 교수의 안내를 받으며 학생들이 질서정연하게 영묘의 누각으로 올라왔다. 슈가 말해준 바로는, 유명한 밍학원 학생들은 종종 묘지로 와서 며칠간 찾아가지 않은 시체들을 살펴본다고 했다. 다행히 그날은 아직 세 구가 매장을 기다리고 있어서, 슈는 갑작스러운 만찬에 초대받은 것처럼 기뻐했다.

"이 젊은이들은 네가 약간만 추켜세우면 사례비를 마구 주는 사람들이야."

자는 고개를 끄덕였다. 그는 셋째를 생각하면서 정신을 집중하려고 애를 썼다.

교수가 학생들을 첫 번째 시체 주위에 배치시키는 동안 자는 한쪽 구석에 서서 지켜보았다. 붉은 옷을 입은 대머리 교수는 어딘지 낯이 익었다. 시작하기 전에 교수는 학생들에게 미래의 판관으로서 어떤 책임을 가져야 하는지 알려주었다. 죽은 사람들에게 경의를 표하고 최대한 정직하고 솔직하게 자신의 견해를 밝혀야 한다고 강조했다. 그는 시체를 덮고 있던 천을 들추었다. 그날 아침 린안 운하에서 발견된, 몇 달 되지 않은 여자아기였다. 교수는 학생들에게 사망 원인에 대해 질문을 던졌다.

"분명히 물에 빠져 죽었습니다." 첫 번째 학생이 말했다. 앳된 얼굴을 한 말쑥한 청년이었다. "복부가 부풀어 있고, 다른 흔적은 없습니다." 그는 자랑스러운 표정으로 교수를 쳐다보았다.

교수는 고개를 끄덕이더니 다음 학생에게 질문했다.

"물에 빠져 죽은 아이의 전형적인 경우입니다. 부모는 먹을 것을 주지 않기 위해 운하로 던져버렸을 겁니다." 두 번째 학생이 주장했다.

"그렇지 않을 수도 있지." 교수가 꾸짖었다. "다른 의견 있나?"

다른 학생들보다 키가 크고 머리가 희끗희끗한 학생이 생각 없이 하품을 했다. 교수는 곁눈으로 그것을 보았지만, 아무 말도 하지 않았다. 교수는 시체를 덮고 슈에게 다음 시체를 가져오라고 했다. 그때를 이용해 슈는 공동묘지의 위대한 마법사로 자를 소개했다. 마법사 옷을 보고, 학생들은 우습다는 표정으로 쳐다보았다.

"엉터리 소리를 들을 시간이 없네." 교수가 말했다. "우리는 그 누구도 미신이나 마법을 믿지 않네."

자는 당황했지만 침묵을 지키면서 슈 옆으로 갔다. 슈는 가면을 벗고 정신을 바짝 차리라고 속삭였다. 자는 가면을 벗고 섰다. 그들 앞에는 어느 시장 가판대 뒤에서 죽은 채 발견된 흰 머리 성성한 노인의 시체가 있었다.

"굶주려 죽은 경우입니다." 뼈에 가죽만 있는 것처럼 앙상한 노인을 검사하면서, 네 번째 학생이 말했다. "발과 발목이 부어 있습니다. 대략 예순 살 정도 되는 것 같습니다. 자연사라고 말할 수 있습니다."

교수는 그 평가에 동의했고, 모두가 그 학생을 축하했다. 자는 머리카락이 희끗희끗한 학생이 냉소적으로 고개를 끄덕이는 것을 보았다. 마치 자기 동료들이 발견한 것이 고작해야 비가 하늘에서 땅으로 떨어진다는 사실에 불과하다는 표정이었다. 교수는 손뼉을 치면서 슈에게 마지막 시체를 가져오라고 했다. 자는 슈를 도와 커다란 소나무 관을 끌고 왔다. 두 사람은 뚜껑을 열고 시체를 탁자 위에 올려놓았다. 가장 가까이 있던 학생들은 기절할 것 같은 표정을 지으며 뒷걸음쳤다. 그때 머리카락이 희끗희끗한 학생이 앞으로 나와 시체를 살폈다. 그의 따분해하던 얼굴이 이내 만족스러운 표정으로 변했다.

"자네 재능을 보여줄 기회처럼 보이는군." 교수가 말했다.

대답 대신 학생은 냉소적인 미소를 지으며 교수에게 인사했다. 검사를 시작해도 좋다는 허락을 받고, 그는 관에 보물이 든 것처럼 천천히 시체에게 다가갔다. 그의 눈은 욕심으로 빛났고, 칼자국 천지인 그 시체 앞에서 눈을 감았다가 떴다. 그는 종이와 벼루, 그리고 붓을 꺼냈다. 자는 그를 주의 깊게 쳐다보았다.

그저 시체를 눈으로만 살피던 다른 동료들과 달리, 〈회유〉라고 불리던 그 학생은 펭판관이 사건을 수사할 때 사용하던 것과 비슷한 방법을 따르는 것 같았다.

우선 그는 시체의 옷을 검사했다. 소매 아래쪽을 살펴보았고, 속옷 안 쪽과 바지, 신발 안을 조사했다. 옷을 벗긴 후 시체를 자세히 살폈으며, 자에게 물을 담아 오라고 했다. 그는 피 묻은 살이 돼지 살덩이처럼 붉은 색을 띨 때까지 물로 조심스럽게 닦아냈다. 또 시체의 신장을 잰 후 일반 남자의 평균 신장보다 머리 두 개쯤 더 크다고 말했다. 그의 목소리로 보 건대, 그는 시체 검사를 즐기는 것 같았다.

그는 시체의 부은 얼굴을 살핀 후, 이마 위에 이상한 상처가 두개골이 보일 정도로 열려 있다고 밝혔다. 그 상처를 씻는 대신, 상처 안에 있던 흙을 빼내면서 모서리가 날카로운 포석(鋪石)이나 자갈에 부딪친 결과라 고 설명했다. 또 무언가를 종이에 적고는, 눈은 마른 생선의 눈처럼 반쯤 열려 있고 반짝이지 않는다고 말했다. 불룩 튀어나온 광대뼈와 성긴 턱수 염, 강인한 턱도 언급했다. 그는 목젖부터 오른쪽 귀까지 가로지르는 커 다란 상처에 주목했다. 상처 주위를 살피더니, 젓가락으로 그 깊이를 쟀 다. 그는 웃으면서 다시 무언가를 적었다.

그는 계속해서 칼에 수없이 찔린 근육질의 가슴을 살폈다. 상처가 모 두 열두 개이며 모두 가슴 부위에 집중되어 있다고 밝혔다. 그는 그 상처 들을 만져보고 다시 무언가를 적었다. 그런 다음 조그맣고 주름진 옥근 을 감싼 고간(股間)을 살폈다. 마지막으로 그는 튼튼한 허벅지와 털이 없 는 근육질의 종아리를 보았다. 자의 도움을 받아 그는 시체를 뒤로 돌렸 다. 시체를 씻으면서 생긴 혈흔을 제외하면 등은 아무런 자국 없이 멀쩡 했다. 그 학생은 마지막으로 시체를 쳐다보고는 만족스러운 표정으로 물러났다.

"어떤가?" 교수가 물었다.

학생의 얼굴에 뻔뻔스러운 미소가 그려졌다. 그는 대답하기 전에 잠시 뜸을 들이면서, 잘난 척하는 표정으로 학생들을 일일이 쳐다보았다. 그는 분명 그 순간을 즐기고 있었다. 자는 눈살을 찌푸렸지만 그의 말에 귀를 기울였다.

"우리가 평범하지 않은 사건 앞에 있다는 것은 분명합니다." 회유가 말하기 시작했다. "보기 드물게 건장하고 튼튼하지만, 칼에 난자되어 목이 잘린 젊은 청년입니다. 놀라울 정도로 잔인하며, 이것은 피비린내 나는 혈투가 벌어졌음을 암시합니다."

이제는 자가 하품을 참을 수 없었다. 슈가 나무랐다.

교수는 학생에게 계속하라는 손짓을 했다.

"첫눈에 보아도 우리는 여러 명의 공격자가 있었다고 생각할 수 있으며, 시체에 난 여러 개의 칼자국이 증명해줍니다. 분명 여러 명이 공격하여 이 거인을 쓰러뜨렸을 것입니다. 이 사람은 수많은 상처를 입었지만, 그런 상태에서도 싸움은 지속되었습니다. 그러다가 어느 공격자가 목에 결정적인 상처를 입혔습니다. 목의 상처로 인해 쓰러지면서 이마를 부딪친 탓에 이상한 사각형 흔적이 생긴 것입니다." 여기서 학생은 말을 멈추고 긴장감을 조성했다. "살인의 동기는 무엇일까요? 아마도 여러 가지를 생각할 수 있을 겁니다. 술집에서 일어난 말다툼부터 채무를 지불하지 않았거나, 아니면 오래 전부터 지속된 원한 관계, 어쩌면 아름다운 〈꽃〉 때문에 일어난 싸움까지……. 물론 이 모든 것이 가능합니다. 그러나 단순 약탈이나 강도보다 더 설득력 있는 것은 없습니다. 이 시체에 돈 나가는 그 어떤 것도 남아 있지 않다는 사실이 보여줍니다." 그는 자기가 적어둔 것을 참고했다. "이 손에 있어야 할 팔찌까지도 없습니다." 그러면서 그는 햇빛을 받지 못해 허옇게 드러나 손목의 흰 부분, 즉 장신구가 있어야 할 부분을 가리켰다. "신고가 접수되었다면, 담당 판관은 이 시체가 발견된 장소의 주변을 즉시 수색하라고 지시했을 겁니다. 물론 저는 그 지역의 술집들을 집중 수색하고, 특히 필요 이상으로 돈을 많이 쓰는 상처 입은 불량배들에게 관심을 보여야 할 것이라고 생각합니다." 그는 자기가 적은 종이를 접은 후, 시체를 덮고 학생들을 응시하며 박수를 기다렸다.

그때 자는 아부를 떨어야 사례금이 나온다는 슈의 말이 떠올라 그에게 다가가 축하했다. 그러나 그 학생은 마치 나병환자가 접근한 것처럼 경멸스러운 눈으로 자를 바라보았다.

"잘난 체하는 멍청이." 자가 중얼거렸다.

"뭐라고?" 그가 자의 팔을 붙잡았다.

자는 단숨에 팔을 빼고 도전적인 시선으로 그를 노려보았다. 교수가 두 사람 사이에 끼어들었다.

"그러니까 마법사는 우리가 잘난 체하면서 헛소리만 한다고 생각하는군." 그는 어디선가 자를 본 것 같은 눈으로 쳐다보며 혹시 전에 만난 적이 있는지 물었다.

"그럴 리가 없다고 생각합니다. 저는 린안에 온 지 얼마 되지 않습니다." 자는 거짓말을 했다. 그러나 그 말을 하자마자 어떤 사실이 퍼뜩 떠올랐다. 린안의 책 시장에서 아버지의 형법전서를 팔려고 했던 그 사람이었다.

"틀림없나? 그래, 그건 상관없네." 그는 이상하다면서 고개를 흔들었다. "어쨌든 나는 자네가 내 학생에게 사과해야 한다고 생각하네." 그러면서 회유를 가리켰다.

"아마도 저 학생이 제게 사과를 해야 할 겁니다." 자가 대답했다.

매장꾼의 건방지고 무례한 태도에 모두가 수군거렸다.

"교수님, 죄송합니다. 이 사람을 용서해주십시오." 슈가 재빨리 끼어들었다. "이 사람은 지금 자기가 무슨 말을 하는지도 모릅니다."

하지만 자는 물러서지 않았다. 사례금을 받지 못할 것이라면, 적어도 잘난 체하면서도 무능하기 짝이 없는 그 학생에게서 바보 같은 미소를 지워버리고 싶었다. 자는 슈를 보면서 자기에게 돈을 걸라고 말했다. 슈는 무슨 말인지 알아듣지 못했다.

"있는 돈을 모두 걸어요. 그게 당신이 가장 잘하는 것 아닌가요?"

18

처음에 밍교수는 내기를 하지 않으려 했지만, 호기심을 못 이겨 흥분한 학생들의 요구를 들어주기로 했다. 학생들은 내기에서 자가 참패할 것이라고 생각했다. 슈는 돈을 잃을지 모른다고 걱정하는 얼굴로 내기 금액을 교묘하게 올렸다.

"네가 내기에 지면 네 여동생을 돼지만도 못한 가격에 팔아버리겠어." 슈가 경고했다.

자는 겁먹지 않았다. 그는 학생들에게 검사할 수 있도록 공간을 달라고 요청하고, 시체 옆에 묵직한 보퉁이를 내려놓았다. 거기서 조그만 망치와 대나무로 만든 집게, 해부용 칼, 조그만 낫 모양의 물건과 나무 압설자를 꺼냈다. 학생들은 웃었지만, 교수는 인상을 찌푸렸다. 자는 그것 말고도 대야 하나와 물과 식초가 든 여러 그릇을 비롯해 벼루와 종이 한 두루마리, 이미 먹물을 적신 가느다란 붓을 꺼내놓았다. 시작하기 전에 그는 마법사 옷을 벗어 영묘의 누각 안쪽으로 던졌다.

자는 시체를 덮고 있던 덮개를 벗겼다. 그는 셋째를 생각하면서 숨을 들이마셨다. 절대로 실수하면 안 되었다. 그의 마지막 시도가 될지도 몰랐기 때문이다.

그는 시체의 목덜미부터 시작했다. 창백하고 힘없는 피부를 조사했지만 특이한 점은 없었다. 상투를 풀어 손으로 만지면서 머리 가죽으로 올라가 정수리로 향했다. 압설자를 이용해 그는 귀의 안팎을 살폈다. 황소처럼 단단한 목으로 내려갔다가 근육질의 어깨를 조사했다. 또한 팔 안쪽과 팔꿈치, 팔뚝을 검사했지만, 특별한 것은 없었다. 그러나 그의 오른손에 멈추어 엄지의 아랫부분에 관심을 보였다.

〈원형 모양의 굳은살이야.〉

그는 그것을 종이에 적었다.

자는 척추와 근육을 눌러가면서 등을 살펴보았고, 엉덩이에서 멈추었다. 경결이나 골절도 없었고, 살인임을 드러낼 그 어떤 것도 없었다. 다리를 검사한 후, 다시 시체를 돌렸다. 물과 식초를 섞어서 얼굴과 목과 상체를 닦고는, 칼에 찔린 상처에서 멈추었다. 적어도 세 개가 치명적이었다. 그는 상처의 모양을 살피고 깊이를 쟀다.

〈내가 의심했던 그대로야.〉

그는 다시 목으로 올라갔다. 상처는 끔찍했다. 왼쪽에서 시작해서 목젖을 완전히 가로질러 거의 오른쪽 귀까지 이어진 상처였다. 자는 상처의 깊이와 방향, 그리고 상처 주위의 찢어진 부위를 확인했다.

그는 이마의 이상한 상처를 마지막 조사대상으로 놔두고 얼굴에 집중했다. 우선 콧구멍을 조사했고, 집게를 이용해 입안을 휘저어 희끄무레한 뭔가를 꺼내 코로 가져갔다. 역겨운 표정으로 냄새를 맡고 그릇 위에 올려놓았다. 다시 무언가를 적었다.

"시간이 지체되고 있소." 교수가 경고했다.

자는 들은 척도 하지 않았다. 그의 머릿속에서는 수많은 자료가 소용돌이치고 있었지만, 아직도 해답을 찾지 못하고 있었다. 그는 정신을 집중해서 남자의 뺨을 조사하면서 식초로 비볐다. 희미하게 긁힌 자국이 드러났다. 이어서 눈으로 올라갔고, 마지막으로 이마에서 멈추었다. 사각형의 무거운 물체가 살을 뭉개고 으깼던 것 같은 상처가 있는 곳이었다.

압설자를 이용해 그는 아직도 상처 주위에 붙어 있는 흙을 떼어냈다. 놀랍게도 네모난 상처의 흔적은 그 어떤 충격에 의한 것이 아니라 날카로운 물체로 자른 것이며, 흙으로 위장된 것임을 확인했다.

그는 도구를 내려놓고 붓을 벼루의 먹물에 적셨다. 그의 심장이 뛰고 있었다. 무언가를 발견한 것이다.

그는 다시 팔과 손을 살피고 거기서도 긁힌 자국을 발견했다. 조심스럽게 머리카락을 가르면서 정수리를 조사했다. 자신의 의심을 확인한 후, 그는 시체를 덮개로 덮었다. 교수를 향해 고개를 돌렸을 때, 그의 눈빛에는 확신이 어려 있었다.

"좋소, 마법사. 새롭게 덧붙일 것이 있소?" 회유가 미소를 지으면서 물었다.

"많지는 않습니다." 그는 고개를 숙여 적어놓은 것을 다시 읽었다.

학생들은 웃음을 터뜨렸고, 소리 높여 슈에게 돈을 지불하라고 요구했다. 점쟁이는 초조한 얼굴로 자의 말을 들어보자고 했지만, 자는 그저 자기가 적어놓은 것만 읽었다. 슈는 욕을 내뱉었다. 그가 돈을 지불하려고 하려는 찰나, 자가 슈의 손을 잡았다. 그리고 마지막 동전까지 지불해야 할 사람들은 학생들일 것이라고 말했다. 학생들은 비아냥거리는 웃음을 멈추고 놀랍다는 표정을 지었다.

"그게 무슨 소리요?" 회유가 앞으로 나왔다. "우리를 속이려고 한다면……"

자는 그를 쳐다보지도 않았다. 그는 교수가 말해도 좋다고 허락하기를 기다렸다. 교수는 한참을 아무 말 없이 자를 쳐다보았다. 마치 정말로 특별한 사람, 그러니까 천하고 야비한 마법사가 아닌 사람 앞에 있다는 사실을 직감한 것 같았다.

"자, 말해보시오." 교수가 허락했다.

자는 이미 자기가 할 말을 완전히 준비했다.

"우선 저는 여러분에게 여기에서 듣는 것은 신들의 의지에 해당한다는 것을 알려주고 싶습니다. 신들의 뜻이기에, 나는 지금 이 순간부터 반드시 지켜야 할 의무를 알려주어야 합니다. 여러분은 지금 알게 될 사실을 철저히 비밀로 해야 하며, 신의 보잘것없는 종인 이 사람에 관련된 것도 비밀로 해야 합니다."

"계속하시오. 당신의 비밀은 무슨 일이 있어도 지켜질 것이오." 밍교수는 그다지 확신하지 못하는 얼굴로 말했다.

"교수님의 학생은 피상적이고 서투르게 검사했습니다. 허영에 들떠

자기에게 평범해 보이는 것이 얼마나 중요한 것인지를 간과했습니다. 진실이 담긴 세세한 것들을 무시한 것입니다. 수천 리도 한 걸음씩 가야 하는 것과 마찬가지로, 시체 검사는 가장 세세한 것까지 주의를 기울이는 인내심과 겸손함이 필요합니다."

"자네야말로 겸손함이 부족한 것처럼 보이네……." 밍교수가 지적했다.

자는 입술을 깨물었다. 그는 경의를 표하고 계속 말했다.

"살해된 사람의 이름은 푸에 룽입니다. 중죄를 지은 죄인으로 한강과 경계를 이루는 샹양 전진기지에서 병사로 복무하라는 형을 선고받았지만, 최근에 그곳에서 탈영했습니다. 그는 새로운 삶을 시작하기 위해 린안에 도착했지만, 폭력적인 성향 때문에 그럴 수 없었습니다. 종종 그랬던 것처럼 어제 오후 그는 아내와 말다툼을 벌이다가 아내를 무자비하게 때렸습니다. 아내는 더 참지 않았습니다. 남편이 마음 편히 저녁식사를 하는 틈을 이용해, 등 뒤에서 공격하여 목에 긴 상처를 낸 것입니다. 이 불쌍한 여인은 시체가 발견된 성벽 근처 집에 있을 겁니다. 북쪽 부둣가 근처에 위치한 여진족 가게에서 물어보십시오. 그녀가 이미 자살하지 않았다면 어디에 살고 있는지 알려줄 것입니다."

모두가 침묵을 지켰다. 자가 돈을 받으라고 지시할 때 슈조차 한마디도 하지 못했다. 마침내 회유가 한 발짝 앞으로 나오더니 자의 따귀를 때렸다.

자가 입을 열기도 전에, 그가 자의 말을 막았다.

"지금까지 온갖 종류의 협잡꾼이나 고자질쟁이, 혹은 불량배들의 헛소리를 들었다. 하지만 너의 뻔뻔함은 그 어떤 행위보다 더 용서받을 수 없다. 어서 여기서 사라져!"

그에 대한 대답으로, 자도 그의 따귀를 때렸다.

"이제 내 말 잘 들으시오. 난 당신의 무례함이나 무능함에 책임이 없소. 당신은 증거를 확인하기도 전에 시체를 닦는 잘못까지 범했소."

회유가 다시 자를 때리려고 했지만, 밍교수가 막았다.

"하지만 교수님……. 이놈은 우리의 돈을 갈취하려는 작자입니다."

"진정하게. 이 청년의 말은 확신에서 비롯된 것이네. 확신은 일종의 진실에 부응할 수도 있다네. 그러나 여러분에게 누차 말했듯이, 이런 확신은 우리의 일에 도움이 되기도 하지만, 때때로 광신과 편협한 정신의 무기도 될 수 있지. 우쭐거리는 말만 듣고 형을 선고할 수는 없으며, 그 어떤 판관도 그것을 증거로 채택하지 않네. 그러니 아직 자네들의 허리춤에서 돈을 꺼내지 말게. 아직 확실하지 않으니." 그는 자를 쳐다보았다. "자네의 말도 일리가 있는 면이 있지만, 자네 또한 매우 무례하고 거만한 모습을 보여주고 있네. 무엇보다도 자네의 말에는 증거가 부족하네. 그렇다면 우리는 단지 자네 상상의 산물이라고 결론 내릴 수밖에 없지. 아니, 그 정도가 아니라 허위 사실 유포로 죄를 짓고 있다는 것도 명심하게."

자는 숨을 무겁게 쉬었다. 지금은 슬픔에 잠긴 가족들 앞에 있는 것이 아니라, 국가의 최고 수사판관들을 양성하는 밍학원의 우수한 학생들과 수사의 최고 권위자인 밍교수 앞에 있다는 것을 다시 상기했다. 만일 논리적으로 설명하지 못한다면 그는 거짓말쟁이이자 광대로 여겨질 것이고, 만일 논리적인 설명을 제공한다면 그들은 그에게 의학지식이 있다는 것을 알게 될 것이다. 이것은 그를 위험에 빠뜨릴 수도 있었다.

자는 만일 증거가 필요하다면 범죄현장으로 가서 그의 말이 진실인지 확인해보면 알 것이라고 둘러댔다. 하지만 그 말은 밍교수를 설득시키지 못했다. 오히려 교수는 관청으로 가서 그를 고발하겠다고 위협했다.

그는 주먹을 불끈 쥐었다. 위험이 따른다는 것을 알았지만, 잘난 체하는 부잣집 아이들을 입 다물게 할 기회였다.

"좋습니다. 그럼 사망원인부터 시작하지요." 마침내 자가 말했다. "이 사람은 싸움을 하다가 죽은 것이 아닙니다. 몇 명에게서 공격을 받았다는 증거도 없으며, 맞은 부분도 많지 않습니다. 단 하나의 상처, 목에 난 상처 때문에 죽은 겁니다. 이 상처는 목과 왼쪽 혈관을 완전히 절개했습니다. 절개 시작점과 방향은 등 뒤에서 공격을 받았으며, 아래에서 위로 잘렸다는 것을 보여줍니다. 서서 당했다고 추정할 수도 있지만, 이 사람은 평균적인 사람보다 머리 두 개가 더 클 정도로 엄청난 체구라는 점을 잊지 말아야 합니다. 그러므로 이 사람은 죽었을 때 앉아 있었거나 웅크리고 있었고, 아니면 쓰러져 있었음이 분명합니다. 그렇지 않다면 살인자는 이것처럼 아래에서 위로 자를 수 없었을 겁니다. 다른 상처에 관해서 말하자면, 상체 정면의 상처들로 볼 때 동일한 무기에 의해 자행되었습니다. 각도나 강도가 동일합니다. 다시 말하면, 모든 찔린 상처는 동일한 인물에 의해 이루어졌습니다. 그런데 흥미롭게도 세 개의 찔린 상처, 그러니까 심장과 간과 왼쪽 폐를 가로지르는 상처는 치명적입니다. 목을 찌른 상처도 치명적인 것에 포함해야 할 것입니다. 그러나 나머지 칼에 찔린 상처는 불필요했다는 것을 보여줍니다." 자는 시체에게 다가가더니 덮개를 든 채 그 상처들을 가리켰다. "그러니 불량배들과 싸움을 벌이다가 죽었다는 말은 전혀 근거가 없다고 말할 수 있습니다."

"맙소사! 순전히 추측과 가정이야." 회유가 말했다.

"그 말에 책임질 수 있소?"

자는 마치 칼처럼 나무 압설자를 집어 그에게 달려들었다. 그러나 학생은 펄쩍 뛰어 뒤로 물러나 공격을 피했다. 다시 자는 나무 압설자를 들고 몸을 날려 학생을 한쪽 구석으로 몰았다. 그리고 가슴을 때리려 했지만 그의 가슴에 압설자를 적중시키지는 못했다. 갑자기 공격을 시작했던 것과 마찬가지로, 자는 갑자기 멈추었다.

회유는 입을 벌린 채 믿지 못하겠다는 듯이 휘둥그레진 눈으로 주위를 둘러보았다. 그런데 이상하게도 아무도 그를 도와주러 달려오지 않았다. 모든 것을 냉정하게 지켜보고 있던 밍교수조차 그의 편을 들지 않았다.

"교수님!" 그 학생이 불평했다.

그에 대한 답으로 밍교수는 자에게 다시 말할 기회를 주었다.

자는 그 학생을 쳐다보면서 말했다.

"보다시피, 내가 아무리 애를 써도 당신의 가슴을 찌르지 못했소. 만약 내가 나무 압설자 대신 칼을 사용했다면, 당신의 팔은 지금쯤 칼자국이 나 있을 거요. 어쩌면 가슴도 찔렸을 수 있어. 그러면 상처의 각도와 깊이는 달라졌겠지."

회유는 대답하지 않았다.

"하지만 그것으로는 살인자가 여자이며, 그 여자가 아내이고, 그 남자가 전과자이며, 샹양 부대에서 탈영했다는 것을 설명하지 못하네. 물론 자네가 말한 그 나머지 거짓말도 마찬가지네." 교수가 지적했다.

대답하는 대신, 자는 시체 옆으로 갔다. 머리를 들어 이마의 상처를 가리키면서, 모두에게 그 상처를 잘 보라고 했다.

"넘어진 결과라고요? 그것 역시 잘못된 것입니다. 이 학생은 정작 닦아야 할 곳은 닦지 않았고, 닦지 말아야 할 곳을 닦았습니다. 그러지만 않았더라도 그가 짓이겨졌다고 추정한 피부는 무언가와 부딪쳤기 때문이 아니라, 이 사람의 목을 자른 바로 그 칼로 머리에서 떼어낸 것임을 알았을 겁니다. 자, 상처 주위를 잘 보십시오." 자는 장갑 낀 손으로 상처 주위를 만졌다. "흙이 묻어 있던 주위를 닦아내자, 아주 분명하게 날카로운 윤곽을 보여주고 있습니다. 이 사각형의 상처 모양은 단 한 가지 목적으로 실행된 것입니다."

"악마의 의식인가?" 슈가 가장 먼저 물었다.

〈슈, 제발 부탁이야. 지금은 날 도와줄 필요 없어.〉

"아닙니다." 자가 말했다. "도려낸 피부는 시체를 확인할 수 있는 무언가를 제거하고자 했기 때문입니다. 그것은 고인이 위험한 범죄자이며 최악의 형벌을 선고받은 사람이라는 것을 보여주는 표시였습니다. 또한 고인과 살인자를 분명하게 연결시켜주는 흔적이었습니다." 그는 잠시 말을 쉬고 밍교수를 바라보았다. "도려낸 피부는 평범한 것이 아니었습니다. 살인자로 선고받은 사람들에게 새기는 문신이 있는 부위였습니다. 그러나 살인을 저지른 죄수에게는 그의 죄목을 이마에 새길 뿐만 아니라, 그의 이름을 정수리에도 새기고 있지요. 아마 이 남자를 죽인 사람은 그 사실을 잊었거나 몰랐을 것입니다. 여기 바로 머리카락 아래에 말입니다."

학생들의 얼굴이 경멸에서 놀라움으로 바뀌기 시작했다. 교수가 질문했다.

"그가 샹양에서 탈영했다는 결론은 어떻게 이끌어낸 것인가?"

"우리의 형법은 살인죄를 저지른 사람들에게 가할 수 있는 형벌을 처형, 추방 혹은 군대에서의 강제노동으로 규정하고 있습니다. 이자가 어제까지 살아있던 것으로 보아, 추방이나 강제노동 형을 받았음을 알 수 있습니다." 자는 시체의 오른손이 있는 곳으로 자리를 옮겼다. "그러나 오른손 엄지 아랫면에 있는 원형의 굳은살은 이 남자가 얼마 전까지만 해도 활시위를 팽팽하게 하는 구리 반지를 끼고 있었다는 것을 확인해줍니다."

"한번 보도록 하지." 교수가 말하면서 자에게 다가왔다.

"우리는 현재 금나라의 위협을 받아 모든 군대가 샹양에 집결했다는 사실을 알고 있습니다."

"그래서 탈영했다고 말하는 것이군."

"그렇습니다. 전시 상태에서는 그 누구도 부대를 벗어날 수 없지만, 이 사람은 탈영을 해서 린안으로 왔습니다. 이마가 햇볕에 탄 자국으로 봐서 그리 오래 되지는 않았습니다."

"이해할 수 없네. 햇볕에 탄 것이라고?" 교수가 의아해하면 물었다.

"수평으로 난 희미한 자국을 잘 보십시오." 그가 이마를 가리켰다. "여기 눈썹 주변과 이마 사이로 피부색이 약간 차이를 보입니다."

교수는 그 말이 맞는다는 것을 확인했지만, 아직도 이해하지 못하는 것 같았다.

"이것은 전형적으로 머리 보자기를 쓴 흔적입니다. 논에서 그걸 사용하는 농부들은 〈머리 선〉이라고 부릅니다. 그러나 이자에게는 그 차이가 미미합니다. 이것은 그가 얼마 전부터 문신을 가리기 위해 머리 보자기를 쓰기 시작했다는 것을 암시합니다."

교수는 제자리로 돌아갔다. 자는 그가 인상 쓰는 것을 확인했다. 다음 질문으로 무엇을 해야 할까 곰곰이 생각하는 것 같았다.

"그의 아내를 찾을 수 있을 거라는 장소는? 여진족 가게에서 물어보라는 것은 무슨 뜻인가?"

"아, 그건 행운이었습니다." 그는 무의식적으로 말했지만, 그래도 계속 말을 이었다. "입에서 희끄무레한 음식 찌꺼기를 다수 발견했습니다. 그래서 먹는 도중에 살해되었을 것이라고 추측했던 것입니다."

"하지만 아직도 난 이해하지 못하겠네……."

"여진족 가게는…… 자, 보십시오." 그는 음식찌꺼기를 놔두었던 그릇을 들었다. "짐승의 젖을 발효시킨 것입니다."

"짐승의 젖이라고?"

"놀랍지 않습니까? 우리의 식성에는 전혀 맞지 않는 음식입니다. 그러나 북쪽 부족은 흔히 먹는 음식입니다. 제가 아는 한, 린안으로 이 음식을 들여오는 유일한 가게는 몇 년 전부터 노인 판위가 운영하는 곳입니다. 분명히 그는 이토록 역겨운 음식을 구해달라고 부탁하는 고객들을 기억하고 있을 겁니다."

"그가 군대에 있으면서 먹게 된 음식이로군."

"아마 그러리라고 생각합니다. 그곳에서는 모든 것을 가리지 않고 먹으니까요."

"그러나 그렇다고 그의 아내가 살인을 했다는 사실은 설명되지 않네."

자는 자기가 적어놓은 것을 다시 보았다. 고개를 끄덕이고는 죽은 사람의 팔을 들었다.

"이것도 찾아냈습니다." 그는 희미한 자국을 보여주었다.

"긁힌 자국인가?"

"그의 양쪽 어깨에도 있습니다. 이것은 식초를 발랐을 때 드러난 것입니다."

"알겠네. 그래서 자네는……."

"그날 그의 아내는 죽도록 맞았을 겁니다. 그후 그녀는 남편이 저녁식사를 하는 동안 목을 찔렀습니다. 그리고 분노를 참지 못해 그의 위에 걸터앉아 계속 칼로 찔렀습니다. 그가 이미 죽었는데도 말입니다. 마지막으로 어느 정도 진정이 되자, 자기와 연관될 수 있는 것을 모두 빼냈습니다. 반지와 귀중품……."

"그리고 이마의 문신자국도 도려낸 것이군."

"그렇습니다. 그리고 있는 힘을 다해 그 사람을 집 밖으로 끌어내어 시체가 발견된 장소에 놔둔 것입니다. 체구 때문에 그리 멀리 끌고 갈 수는 없었을 겁니다."

"정말로 멋지군……." 밍교수가 인정했다.

"고맙습니다." 자가 고개를 숙여 인사했다.

"아니네, 그리 급하게 고마워할 필요는 없네. 이건 칭찬이 아니네." 밍의 얼굴에서 다정한 표정이 사라졌다. "내가 멋지다고 말하는 것은 자네의 결론마다 엄청난 상상이 있다는 말이네. 그렇지 않다면 자네는 어떻게 살인범이 그의 여동생이 아니라 아내라고 확신하는 것인가? 이마의 피부가 도려내진 것에 대해, 자네는 어떻게 그 안에 살인범이라고 밝히는 문신이 있다고 그토록 자신 있게 말하는 것인가?"

"하지만 저는……."

"이제 됐네." 교수가 자의 말을 중단시켰다. "자네는 영리해. 그건 의심할 여지가 없네. 아니, 보다 정확하게 말하면 아주 총명하고 명석해. 하지만 자네가 생각하는 만큼은 아니네."

"그럼 내기에 건 돈은……." 슈가 말했다.

250

"아, 그렇지. 내기를 했지." 그는 동전 주머니를 꺼내더니 점쟁이에게 주었다. "그걸로 충분할 걸세."

교수는 학생들에게 그곳을 떠날 시간이라는 신호를 보냈다. 학생들이 모두 떠나고 나서, 교수는 자를 불렀다.

교수는 영묘 입구까지 함께 가자고 했다. 그들은 울타리가 있는 곳까지 갔다. 자는 나쁜 일이 벌어질 것이라고 생각한 나머지 가슴이 고동쳤다. 그는 교수가 말하기를 기다렸다.

"청년, 몇 살이지?"

"스물한 살입니다." 자가 대답했다.

"어디서 공부했나?"

"공부라고요? 무슨 말씀인지 모르겠습니다." 자는 거짓말을 했다.

"어서 말해보게. 내 눈은 침침하지만, 장님이라 하더라도 자네 능력이 어디에서 나오는지 구별할 수 있을 것이네."

자는 입을 다물었다. 교수가 재차 물었지만, 자는 입술을 떼지 않았다.

"알았네…… 마음대로 하게나……. 하지만 자네가 협조하지 않을 생각이라면 정말 유감이네. 자네가 무모한 만용을 부리긴 했지만, 난 깊은 인상을 받았다는 걸 인정하네."

"유감이라고요, 교수님?"

"그렇다네. 공교롭게도 지난주에 한 학생이 병에 걸려 고향으로 돌아갔다네. 이제 학원에는 빈자리가 하나 있는데, 대기 인원이 아무리 많더라도 우리는 항상 소질이 있는 학생들을 찾고 있지. 아마도 자네가 그 공석을 채울 수 있을 거라는 생각이 갑자기 들었네……." 그는 잠시 말을 멈추었다. "그런데 그 자리가 자네 것이 아닌 것 같군."

자는 그 말을 믿을 수가 없었다. 밍학원은 형부에서 일하려는 모든 사람들의 꿈같은 자리였다. 그것은 어려운 과거를 치르지 않고 사회의 상류층에 오르고 싶어 하는 사람들의 목표였다. 그곳에 입학하는 것은 그가 결코 원해본 적도 없는 것이었다. 가족과 자신의 명예를 되찾는 지름길이었다.

갑자기 그런 기회가 잘 익은 사과처럼 그의 앞에 나타난 것이다. 이제 손을 내밀어 받기만 하면 되었다.

교수는 씁쓸하게 웃었다. 아무리 생각해도 그것은 슬픈 꿈에 불과했다. 밍교수가 입학을 시켜주더라도 비싼 등록금을 지불할 방법이 없었다. 그것은 아이에게 쓴 약을 먹이기 위해 발라주는 달콤한 꿀과 다름없었다. 교수가 오후에 도서관에서 일하며 등록금과 기숙비용을 충당할 수 있게 해주겠다고 했지만, 자는 그게 꿈이라고 생각했다. 그것은 그가 밤낮으로 공부하고, 모르던 기술을 배우며, 최첨단 지식을 익히는 것을 의미했다. 그것은 자신의 목표를 이룰 수 있는 방법이었다. 마침내 그의 삶이 환하게 빛날 것임을 의미하는 제안이었다.

그는 어떻게 말해야 할지 몰랐지만, 그의 눈은 강렬하게 빛났다. 그의 영혼이 무엇을 바라는지 여실히 드러냈다. 교수는 그의 마음을 읽었다. 하지만 자는 그 제안을 거절했고, 밍교수는 충격적인 표정을 짓지 않을 수 없었다.

19

밍교수의 말은 야심 있는 젊은이라면 그 누구라도 원하고도 남았을 제안이었다. 그것이야말로 거부할 수 없는 선물이자, 이 세상의 모든 보물을 주더라도 구할 수 없는 특별한 것이었다. 아주 조금만 희생하면 손에 쥘 수 있는 보물이었다. 그러나 불행하게도 그 조금은 그가 지불할 수 없는 통행료였다.

그는 여동생을 버릴 수 없었다.

그 학원에 들어가는 데 돈이 드는 것은 아니었다. 책값이나 숙박비, 식비도 필요 없었다. 열심히 공부하고 도서관에서 일하면 모든 게 해결되는 문제였다. 그러나 급료를 받지는 못할 것이다. 밍교수에게 수업에 출석하면서 공동묘지에서 계속 일할 수 없느냐고 물었지만, 그 문제에 관해 교수는 단호했다. 학원 외부에서 돈벌이를 하는 것에 대해서는 말도 하려고 하지 않았다. 만일 입학하면, 공부에 전념해야 한다는 것이다. 그러나 돈을 벌지 않으면, 셋째의 약값을 충당할 수 없었다. 여동생의 식대와 숙박비도 낼 수 없었다.

그는 무덤을 파고 또 팠다. 손에서 피가 나서 곡괭이의 자루가 피로 범벅이 될 때까지 멈추지 않았다. 그날 밤에는 잠을 이룰 수 없었다. 셋째는 식은땀을 흘리면서 기침을 멈추지 않았다. 자는 몸을 뒤척이면서 어떻게 하면 좋을지 생각했다. 몇 시간 전에 마지막 남은 약을 여동생에게 주었다. 이제 남은 약은 없었고, 가진 돈도 없었다. 슈는 밍교수가 준 동전 주머니를 나누려고 하지 않았다. 돈을 건 사람은 자신이니 딴 돈도 자기 것이라고 주장했다.

그가 죽도록 미웠다. 새벽에 슈가 공동묘지로 가자고 알렸을 때, 자는 못 들은 척하고 여동생과 조금 더 있었다. 여름이었지만 셋째는 계속해서 몸을 떨었다. 이불을 덮어주고서, 점쟁이에게 말했다.

"오늘 내 동생에게 일 시킬 생각은 하지 말아요."

그는 배에서 나왔다.

✻

수많은 거지들 사이로 항구를 따라 걸어가면서, 자는 펭판관이 린안으로 돌아오지 않았을까 생각했다.

이제 선택할 수단도 없고 시간도 없다. 다른 일자리를 찾을 수도 없고, 슈가 자신을 불쌍히 여기기를 기다릴 수도 없다. 도망자 신분으로 나타나면 펭판관의 명예가 손상될지도 모르지만 그것밖에 희망이 없었다.

그는 발길을 서둘렀다. 배를 여러 번 갈아타고 도시를 가로질러 도시 남쪽의 〈봉황〉 지역에 도착했다. 입구에 있는 몇 개의 커다란 저택을 지나자, 1층짜리 옛 건물이자 펭판관이 근무하는 곳이 나타났다. 앞뒤로 조그만 정원이 있는 건물이었다. 그는 사과나무들 사이에서 보냈던 평생 가장 행복했던 시절을 떠올리면서 감격에 젖었다. 그러나 눈에 들어온 모습은 예전과 완전히 달랐다. 2년 전만 하더라도 잘 가꾸어진 정원에 꽃이 만발했지만, 이제는 황폐해져서 잡초만 무성했다. 그는 이상하게 여기며 잡석으로 가득해진 연못을 돌아 나무 계단을 올라갔다. 계단은 불쌍한 늙은이처럼 심하게 삐걱거렸다. 모든 게 망가져 있었다. 최악의 일이 일어날까 두려워하며 그는 문을 두드렸다. 예전에 반짝반짝 빛났던 붉은 문은 이제 말라서 금이 간 가죽 같았고, 칠이 벗겨져 양파 껍데기처럼 너덜너덜했다. 등불 하나가 머리 위에서 삐걱대는 소리를 냈다. 마치 교수형 당한 사람처럼 바람에 흔들렸다. 아무도 대답하지 않았다. 창문을 쳐다보았다. 갑자기 창가에 주름 가득한 얼굴이 지나가는 것 같았다. 창문의 낡은 창호지 틈 사이로 얼핏 보았다. 여자인 것 같았다. 자가 소리를 내어 불렀지만, 그 여자의 모습은 사라졌다.

문고리를 당기자 문이 쉽게 열렸다. 코를 찌르는 곰팡이와 습기 냄새가 가득했다. 모든 창문이 굳게 닫혀 있어서 거의 보이지 않았다. 그는 눈이 어둠에 익숙해질 때까지 기다렸다가 집 안에 들어갔다. 거실을 가로질러 펭판관의 방이 있던 곳을 찾았다. 그곳은 완전히 텅 비어 있었다. 세공된 고급 가구는 사라져 있었고, 거미줄과 먼지가 유령처럼 층층이 쌓여 있었다. 벽 위에 걸린 낡은 액자만이 그 건물에 언젠가 사람이 살았다는 것을 보여주었다.

갑자기 등 뒤에서 소리가 났다. 언뜻 고개를 돌렸을 때 등 굽은 누군가가 다른 침실로 달려가는 것이 보였다. 심장이 쿵쿵 뛰었다. 그는 바닥에 있던 대나무 막대를 들고 어둠 속으로 천천히 나아갔다. 몇 발짝 떨어지지 않은 곳에서 발을 질질 끄는 소리가 들렸다. 그는 귀를 쫑긋 세우고 머뭇거렸다. 누군가가 그의 옆에서 숨을 쉬고 있었다. 그 순간 그 누군가가 움직였다. 자는 생각할 틈도 없이 그 사람의 길을 막아섰지만, 그는 자의 다리를 발로 쳐서 넘어뜨렸다. 자가 일어나기도 전에, 그 알지 못하는 사람의 손이 공격했다. 자는 공격을 막으려고 그 손을 잡고는 뜻밖에도 부드럽고 연약한 손이라는 걸 알았다.

그 사람은 자가 소스라치게 놀랄 정도로 비명을 질렀다. 자는 있는 힘을 다해 일어나서 그 사람을 밖으로 끌고 나왔다. 앙상한 양 한 마리의 무게 정도밖에 되지 않았다. 아침 안개 속에서 자는 끌고 나온 손이 앙상한 뼈 가죽에 불과한 것을 보았다. 게다가 너무나 놀란 표정을 짓고 있던 사람이 늙은 여자라는 사실을 확인하고 더 놀랐다. 그녀는 앙상한 팔로 얼굴을 가리면서 마치 버려진 강아지처럼 흐느꼈다. 때리지 말라고 애원했다. 자신은 아무것도 훔치지 않았으며 그곳에 숨어 살았을 뿐이라고 말했다.

그 여자가 어느 정도 진정되었을 때, 자는 유심히 쳐다보았다. 더러운 겉옷 아래로 공포에 질린 눈이 반짝거렸다. 자는 그녀에게 여기서 뭘 하고 있느냐고 물었다. 그가 노인의 어깨를 잡고 흔들며 다시 묻자, 여자는 몇 달 전부터 빈집이라 들어왔다고 말했다.

자는 그녀의 말을 믿었다. 하얀 머리카락 아래로 늙고 배고파서 엉망이 된 얼굴이 보였다. 그녀의 눈은 거짓말을 하지 않았다. 그저 놀라서 자를 바라보고만 있었다. 그런데 갑자기 눈을 더욱 크게 떴다.

"맙소사! 이게 누구야? 혹시 자니?"

자는 기억을 떠올렸다. 점차로 노인의 더러운 주름살이 사라지면서 옛 얼굴을 생각해낼 수 있었다. 자를 껴안으면서 눈물을 흘리는 그 여자는 정심이었다. 펭판관의 옛 하녀였다. 그녀는 몇 년 동안 판관과 그의 집을 돌보았다.

자는 슬픈 표정으로 그녀를 쳐다보았다. 펭판관과 헤어질 무렵, 정심이 미치기 시작했다는 것을 기억했다. 그래도 펭판관은 그녀를 데리고 있었다. 적어도 자의 가족이 린안을 떠나야 했을 때까지만 해도 그녀는 펭과 함께 있었다.

정심은 더 말을 하지 않았다. 단지 그 여자가 나타난 후에 자신이 판관의 집을 떠났다고만 말했다.

"어떤 여자 말이에요?" 자가 물었다.

"못된 여자야. 아름답기는 했어. 하지만 결코 눈을 맞추는 적이 없었지." 정심은 마치 정말 여자가 보이기라도 하는 것처럼 그곳을 보았다. "새로운 하인들도 데려왔어……. 역시 염병할 것들이었지."

"그런데 지금 그들은 어디에 있죠?"

"난 혼자 살아. 난 숨어……. 가끔씩 어둠 속에 나타나서 내게 말을 해……." 그녀의 눈은 다시 공포에 질렸다. "그런데 당신은 누구야? 왜 날 붙잡고 있어?" 그녀는 자를 밀어버리고 뒷걸음쳤다.

자는 넝마를 걸친 꼽추처럼 등을 웅크린 채 헛소리를 하고 있는 그녀를 쳐다보았다. 정심은 마치 귀신에 쫓기는 것처럼 곧 어둠 속으로 모습을 감추었다.

〈불쌍한 여자. 아직 땅에 발을 딛고 있지만, 이미 귀신들과 함께 살고 있어.〉

그는 다시 집안으로 들어가 무슨 일이 있었는지 밝혀줄 단서를 찾았지만, 정심이 쌓아놓은 쓰레기뿐이었다. 그 집은 꽤 오래전부터 버려져 있었다. 펭판관이 그와 마지막으로 만났을 때 왜 그런 이야기를 전혀 하지 않았는지 이상했다.

그곳을 나왔을 때 비가 억수처럼 퍼붓기 시작했다. 그는 하는 수 없이 노비시장에서 비를 피해야 했다. 천막 아래서 그는 절망감에 사로잡혔다. 그의 마지막 희망이었던 펭판관은 이제 없다. 아직 북쪽 파견 근무에서 돌아오지 않았거나, 아니면 다른 도시로 전근을 갔을지도 모른다. 이제는 시간도 없고 돈도 없었다. 무엇보다도 셋째의 약을 살 돈이 없었다. 그는 주변을 둘러보다가 마치 가축들처럼 줄에 묶여 걸어가는 북쪽 출신의 노비들을 보았다. 전투 중에 생포된 여진족들일 것이라고 생각했다. 그들은 가련해보였다. 하지만 꼼짝없이 죽어가는 여동생을 바라봐야 하는 일은 없을 것이다.

자는 결심했다. 그의 평생에서 가장 끔찍한 결정일 수도 있었지만, 아무 시도도 하지 않을 수는 없었다. 폭우가 내렸지만 그는 〈죽음의 땅〉으로 달려갔다.

슈는 관 위에서 일하고 있었다. 그는 자를 흘낏 쳐다보았다. 기다리고 있었다는 표정이었다. 그는 못 박는 일을 멈추고 일어났다.

"물에 빠진 병아리 같군. 어서 옷 갈아입고 날 도와줘."

"돈이 필요해요." 자가 움직이지 않고 말했다.

"나도 마찬가지야. 그 문제에 대해서는 이미 말했어."

"지금 필요해요. 셋째가 죽어가고 있어요."

"죽음은 사람이라면 모두 맞이해야 해. 우리가 어디에 있는지 몰라?"

자는 슈의 멱살을 잡고 때리려고 하다가 참았다. 그를 풀어주었다. 슈는 먼지를 털고 하던 일로 되돌아갔다. 자는 고개를 숙이고 침을 뱉었다.

"내 몸값으로 얼마를 줄 거죠?"

슈는 망치를 떨어뜨렸다. 자가 방금 전에 제안한 말을 믿을 수가 없었던 것이다. 자신을 노비로 팔겠다는 자의 결심을 재차 확인하고, 슈는 콧방귀를 뀌었다.

"만 전. 그게 내가 줄 수 있는 최고 액수야."

자는 숨을 들이마셨다. 흥정하면 더 많은 돈을 받을 수 있었지만, 그럴 힘이 없었다. 매일 밤 여동생의 기침과 울음소리를 들으며 해결책을 찾으려고 안간힘을 쓰는 바람에 기운이 모두 소진되었던 것이다. 이제 이러나저러나 마찬가지였다. 숨 쉬고 목숨만 붙어 있어도 만족했다. 그는 그 액수를 수락했다.

슈는 관에서 일어나더니 노비계약서를 작성하러 달려갔다. 그는 붓에 먹물을 적시고 급히 계약서를 썼다. 또 정원사를 불러 증인이 되어달라고 부탁했다. 슈는 계약서를 자에게 내밀며 지장을 찍으라고 했다.

"중요한 것만 적었어. 내게 봉사하고 죽을 때까지 내 소유라고 적었어. 자, 지장 찍어."

"우선 돈을 줘요." 자가 요구했다.

"배에서 줄게. 지금 지장 찍어."

"그럼 거기서 찍겠어요. 돈이 내 손에 들어오면."

슈는 투덜대면서 동의했다. 그러나 이미 자가 자기 소유인 것처럼 관에 못을 박으라고 명령했다. 그는 노랫가락을 흥얼거렸다. 점쟁이는 수년 만에 찾아온 갑작스러운 행운을 그렇게 축하했다.

오후가 반쯤 지날 무렵 그들은 배로 돌아가는 길을 걸었다.

슈는 같은 노랫가락을 여러 차례 흥얼대면서 가볍게 발걸음을 옮겼다. 자는 고개를 숙인 채 발을 질질 끌면서 천천히 따라갔다. 그는 평생 꿈꾸었던 모든 것이 수평선 너머로 사라지고 있다고 생각했다. 하지만 여동생 얼굴에만 정신을 집중하려고 했다. 결국 치료될 것이라고 자신하면서 미소를 지었다. 셋째에게 최고의 약을 사줄 수 있게 된다. 셋째가 아름다운 아가씨로 자랄 것이라고 생각하며 위안했다. 그것만이 지금 그에게 남아 있는 유일한 꿈이었다.

그러나 부둣가로 다가갈수록 기분이 울적해졌다.

배가 눈에 들어오자, 끔찍한 일이 일어났다는 것을 알았다. 밖에서 슈의 두 아내가 소리를 지르면서 그들에게 서둘러 오라고 팔을 흔들었다. 슈는 발길을 재촉했고, 자는 마구 뛰어갔다. 배로 뛰어 들어가 셋째가 자던 조그만 방으로 들어갔다. 소리치며 불렀지만 대답이 들리지 않았다. 두 여자의 눈물만이 무슨 일이 벌어졌는지 알려주고 있었다.

그는 온 배를 휘저어 헤매다가 마침내 셋째를 발견했다. 방 한쪽 구석에 있는 생선 그릇 옆에, 여동생의 축 늘어진 조그만 몸이 천에 덮여 있었다. 그곳에 아무 말 없이 창백한 모습으로 영원히 잠들어 있었다.

4부 ○ 배신으로 잃은 꿈

20

시체를 매장하는 동안, 자는 자기 몸이 사랑스러운 동생과 함께 조그만 관 안에 있다고 느꼈다. 다른 부분은 토막 난 살덩이였다. 비록 다시 꿰매어 연결시킨다 하더라도 예전처럼 빛나지 않을 조각들이었다.

그는 눈물이 마를 때까지 하염없이 울었다. 자신의 몸이 텅 빈 보릿자루처럼 되어가는 걸 느꼈다. 괴로움과 절망감만 남았다. 여동생들이 세상을 떠났고, 그 다음에는 부모님과 형이, 이제는 막내 여동생이 죽었다.

안장하는 동안 함께 있던 사람은 슈뿐이었다. 점쟁이는 기대감에 넘쳐 말없이 기다리면서, 관을 옮기기 위해 빌린 수레 옆에서 약초 뿌리를 씹고 있었다. 하지만 자가 아직 조그만 봉분을 꽃으로 단장하기도 전에, 점쟁이가 다가와 노비계약서를 들이밀었다. 자는 몸을 돌리고 그것을 갈가리 찢어버렸다. 슈는 눈 하나 깜짝하지 않았다. 그는 조용히 그 종잇조각들을 주워 조심스럽게 붙였다.

"지장 안 찍어?" 그가 웃었다. "넌 내가 널 도망치도록 놔둘 것 같아?"

자는 그를 노려보았다. 돌아서는 자의 등 뒤에서 슈가 고함을 쳤다.

"어디로 가려는 거야? 너는 나 없이 여기서 살 수 없어! 넌 잘난 체하는 거지일 뿐이야!"

"내가 어디로 가냐고요?" 자가 폭발했다. "당신과 당신의 더러운 탐욕에서 멀리 떨어진 곳! 밍학원으로 가요!"

그것밖에는 생각할 수 없었다. 그 말을 내뱉자마자 자는 후회했다.

"정말이야? 넌 지금 잘못 생각하는 거야!" 슈가 웃었다. "나를 버리고 가면, 나는 공동묘지로 너를 찾으러 왔던 그 나졸에게 고발할 거야. 네 여동생의 무덤에 오줌을 갈기고, 보상금으로 창녀들과 지낼 거라고."

슈는 번개처럼 날아온 주먹을 맞고 더 지껄일 수 없었다. 두 번째 주먹에 슈의 이가 부러졌다. 자는 머리를 으깨버려야겠다는 생각을 참으면서 손을 흔들었다. 슈는 피를 뱉었지만, 그래도 얼빠진 미소를 지었다.

"나랑 일하지 않으면 그 누구와도 일하지 못할 거야."

"잘 들어요!" 자가 소리쳤다. "빌어먹을 가면을 쓰고, 당신이 원하는 만큼 돈을 긁어모아요. 틀림없이 당신은 충분히 많은 사람들을 속여서 현상금보다 더 많은 돈을 벌 거예요. 만일 당신이 카오에게 내 이야기를 하면, 당신이 얼마나 거짓말쟁이인지 온 도시 사람들이 알게 될 것이고, 당신의 사업은 끝나게 될 거예요." 그는 가려고 하다가 멈추었다. "이 무덤을 건드리면, 당신을 두 동강 내서 심장을 먹어버릴 거예요."

그는 마지막 꽃을 셋째의 무덤 위에 놓고 린안을 향해 걸어갔다.

자는 바람에 흩날리는 헐벗은 버드나무를 지켜보았다. 그 나무의 가장 앙상한 나뭇가지조차 자만큼 버려진 느낌을 받지는 않을 것이다. 겨울비가 그의 옷을 적시고 그의 피부를 후려쳤다. 자는 슬퍼하며 마냥 걸었다. 아침 내내 그는 똑같은 운하와 골목길을 수차례 돌았지만, 그것조차도 알아차리지 못했다. 점심 무렵 걸음을 멈추고 숨을 돌렸다. 그는 고독보다 더한 고통에 빠져 있었다. 그의 영혼은 괴로운 절망의 무게를 견디고 있었다. 그는 오래된 나무 기둥에 등을 기대고 웅크려 앉아, 밍학원에서 공부할 필요가 있을까 생각했다. 그곳에서 지식을 익히면 셋째의 명랑한 얼굴과 어머니의 다정한 손길, 그리고 아버지의 정직과 청렴을 되찾을 수 있을까?

여동생의 흐릿한 모습, 빗속으로 사라지는 것 같은 작은 미소, 고열 속에서도 빛나던 명랑한 눈……. 모든 게 끔찍한 절망의 색을 띠면서 사라졌다. 그는 가족을 생각했다. 어머니, 아버지, 여동생들……. 모두가 행복했던 시절을 떠올렸다. 서로 꿈을 나누던 때였다. 이제는 결코 돌아오지 않을 시간이었다.

그는 한참을 앉아 있었다. 빗물이 얼굴에 떨어져 앞이 제대로 보이지 않았다. 고독이 그의 영혼을 어둡게 했다. 거지 아이가 비를 피해 뜻밖에 그의 옆에 앉지 않았더라면, 그는 거기에 계속 있었을 것이다. 그 아이는 양쪽 팔이 모두 없었다. 팔이 잘린 부분에 음식을 담을 수 있는 두 개의 천주머니가 달려 있었다. 그런데도 아이는 이빨 빠진 잇몸을 드러내며 웃었고, 눈은 행복해 보였다. 거지 아이는 빗물로 얼굴을 씻을 수 있기 때문에 비를 좋아한다고 말했다. 자는 천주머니를 똑바로 걸어주었고, 빗물에 젖은 천으로 아이 얼굴을 닦아주었다. 병든 얼굴로 항상 생글거리던 셋째가 떠올랐다. 여동생의 영혼이 그의 곁에서 어서 일어나 꿈을 향해 달려가라고 기운을 북돋우고 있었다. 그의 옆에 여동생이 있는 것만 같았다. 그는 환영처럼 보이는 여동생을 향해 손을 들었다가 거지 아이의 머리를 어루만져주고 일어났다.

날이 개기 시작했다. 서두르면 해가 지기 전에 밍학원에 도착할 수 있는 시간이었다.

자는 억누를 수 없는 초조함에 이끌려 생각보다 일찍 도착했다. 학원이 있는 옛 궁궐 바깥에서 그는 불 켜진 창문 뒤로 열심히 토론하는 학생들의 윤곽을 볼 수 있었다. 그들의 웃음은 그곳을 에워싼 웅장한 돌담 뒤에 있는 자두나무와 배나무와 살구나무 정원으로 새어나왔다. 그는 그들 중의 하나가 되리라는 생각에 흥분이 되었다. 그때 한 무리의 학생들이 학원으로 들어가는 것을 보았다. 그들은 방금 전에 구입한 책에 관해 이야기하며 누가 가장 먼저 형부로 진출할 것인지 내기를 했다.

그 학생들이 학원 정문으로 들어가는 걸 보며, 자의 심장이 뛰었다. 그는 돈 많은 귀족들과 판관들의 아들들만이 갈 수 있는 그곳에 자신이 들어갈 수 있는지 생각했다. 그는 용기를 내어 그들 뒤를 쫓아갔다. 학원 정문을 지나 건물 마당을 향해 걸었다. 그때 작은 체구의 남자가 곤봉을 손에 들고 나타났다. 그는 마치 파리를 쫓듯이 곤봉을 흔들면서 자의 길을 막았다. 자는 밍교수와 만나고 싶다는 의도를 밝혔지만, 경비원은 불가능하다고 대답했다. 밍교수가 오라고 했다는 말을 했지만, 경비원은 믿지 않았다.

"교수님은 거지와 만나지 않아." 그는 자를 정문 밖으로 밀어냈다.

자는 포기하지 않았다. 그건 그에게 일생일대의 기회였다. 그는 경비원 옆쪽으로 몸을 돌려 건물을 향해 마구 달리기 시작했다. 그의 뒤에서 고함소리가 들렸다. 그는 본관 입구를 지나 어느 강의실로 들어갔다. 몇 명의 학생이 경비원과 함께 그를 잡으러 달려왔다. 자는 문을 닫고 창문으로 뛰어내려 다른 강의실로 들어갔다. 몇몇 학생이 명상을 하고 있었다. 그들이 반응할 틈도 주지 않고 자는 강의실을 가로질러 도서관으로 달렸다. 그곳에서 책을 읽던 학생들과 부딪치는 바람에, 책들이 떨어져 바닥에 흩어졌다. 자는 주변을 둘러보았다. 바깥에서는 또 다른 학생들이 경비원과 함께 쫓아오고 있었다. 포위된 것이다. 그때 2층 사무실로 향하는 계단이 있는 것을 보고, 성큼성큼 올라갔다. 복도를 가로질러 맨 끝에 있는 문 앞에 멈췄다. 문은 잠겨 있었다. 힘껏 밀쳤지만 열 수 없었다. 성난 사람들이 막대기와 몽둥이를 휘두르며 올라오기 시작했다. 자는 문에 등을 대고 다시 온 힘을 다해 밀었다. 몽둥이에 맞을 정도로 그들은 가까이 왔을 즈음, 그는 손으로 얼굴을 가렸다. 순간, 문이 안으로 스르르 열렸다.

갑자기 그를 쫓아오던 사람들이 우뚝 멈췄다. 자는 무슨 일인지 모르고 뒤를 돌아다보았다. 그의 뒤에 밍교수가 말없이 서서 노려보고 있었다.

아무 설명도 필요 없었다. 밍교수는 경비원의 말을 듣자, 그를 쫓아내라고 지시했다. 즉시 대여섯 명의 학생들이 자를 덮쳐 그를 끌고 내려가 마당에 내동댕이쳤다.

자는 일어나 먼지를 털었다. 누군가가 손을 내밀어 일어나도록 도와주었다. 학원 정문을 지키던 경비원이었다. 그 남자는 밥공기 하나를 내밀었다. 자는 이해할 수 없었지만, 고맙다고 했다.

"교수님에게 감사하도록 해." 경비원은 이렇게 말하면서, 밍교수의 연구실이 있는 곳을 가리켰다. "점잖게 입고 오면 내일 만나주시겠다고 했어."

✳

그는 밖에서 밤을 보냈다. 학원 정문 옆에 개처럼 누워 있었다. 거의 잠을 이루지 못했다. 눈을 감으면 행복해하는 셋째가 떠올랐다. 그녀를 그리워하며 자신을 보호해달라고 기도하는 것 이외에 그가 할 수 있는 것은 없었다.

다음날 아침 그는 누군가가 흔드는 통에 잠에서 깼다. 눈곱도 떼지 못한 채 정신을 차리려고 애썼다. 겨우 맑아진 시야에 전날 곤봉을 휘두르며 쫓아온 경비원이라는 것을 알았다. 그는 이빨 빠진 잇몸을 드러내면서 자에게 얼른 일어나 가능한 한 남부끄럽지 않게 옷을 입으라고 요구했다. 자는 먼지를 털고 머리를 정리했다. 그는 경비원을 따라갔다. 정원사는 연못 옆에서 잠시 일을 멈추더니 자에게 세수를 하도록 물을 내주었다. 자는 마당을 지나 도서관에 도착했다. 밍교수는 책을 읽고 있다가 자를 보고 책을 덮었다.

교수는 잠시 그를 뚫어지게 바라보았다. 그는 자가 묘지에서 보았던 붉은 비단 겉옷을 입고 있었다. 마침내 교수가 일어났다.

"자네 이름이 뭔가? 내가 자네를 어떻게 불러야 하나?" 그는 이렇게 말하고는 자의 앞을 두세 걸음 오갔다. "놀라운 무덤가 점쟁이? 아니면 학원 불청객?"

자는 얼굴을 붉혔다. 이름을 자라고 말하자, 교수는 성이 무엇이냐고 물었다. 자는 아버지의 부정직한 행동에 관한 서류를 떠올렸고, 이후 불편한 질문을 던질 것 같아서 입을 다물었다.

"좋네, 〈고아〉인 자. 그럼 다른 걸 묻겠네." 밍교수가 말했다. "성을 잊어버린 척하면서 자신의 조상을 부정하는 사람에게 내가 왜 이런 제안을 해야 하는지 모르겠네. 물론 공동묘지에 있던 날, 나는 자네처럼 명민한 사람은 그런 기회를 가질 자격이 있을 뿐만 아니라, 시체 판독이라는 어려운 학문에 공헌할 사람이라고 생각했네. 그러나 어제 자네가 불쑥 찾아온 것을 보면서 큰 의심을 품게 되었네. 그건 정직한 청년이 아닌 길거리의 들치기들이나 하는 짓이네."

자는 어떻게 대답해야 할지 고민했다. 자신의 신분을 드러낼 수 없었지만, 그렇다고 거짓말하기도 싫었다. 그렇게 영원처럼 보이던 몇 초가 흘렀다. 마침내 자는 결심했다.

"3년 전에 끔찍한 사고를 당해 기억을 잃어버렸습니다." 그는 천천히 웃옷을 풀어 가슴에 가득한 상처를 보여주었다. 천천히 옷을 여미면서 말했다. "어느 날 들판 한가운데 있었다는 사실만 기억납니다. 어느 가족이 저를 발견해서 상처를 치료해주었습니다. 하지만 그 가족이 남쪽으로 이사하면서, 저는 도시로 오는 쪽을 택했습니다. 그 가족은 항상 제게 도시에서 살아야 한다고 말했습니다."

"알았네." 밍교수는 천천히 자기 턱수염을 만졌다. "하지만 자네는 숨겨진 상처를 드러내는 데 어떤 방법을 사용해야 하며, 어느 장소에 죄수의 문신이 새겨져 있는지, 그리고 어떤 칼이 치명적인지 아닌지 알고 있네……."

"그 가족과 함께 도살장에서 일했습니다." 자는 급히 둘러댔다. "나머지는 묘지에서 배웠습니다."

"이봐, 청년. 공동묘지에서는 매장하는 법만 배우네. 그리고 거짓말하는 법도."

"교수님, 저는……."

"어제 자네의 실례되는 행동은 말할 것도 없네." 교수가 자의 말을 끊었다.

그는 앉은뱅이 탁자 위에 놓인 책을 가리켰다. "이 책을 알겠나?"

자는 그 책을 들고 조심스럽게 살펴보았다. 침을 삼키려고 했지만, 그럴 수가 없었다. 자는 그 책을 너무나 잘 알고 있었다. 아버지가 갖고 있던 책이었기 때문이다. 카오에게서 도망치다가 운하 근처에서 잃어버린 바로 그 책이었다.

"어디서…… 어디서 구하셨습니까?" 자가 말을 더듬었다.

"자네는 어디서 잃어버렸나?" 밍교수가 대답 대신 물었다.

자는 그의 날카로운 시선을 피했다. 무슨 거짓말을 만들어내든, 밍교수는 알아낼 것이 분명했다.

"도둑맞았습니다." 자가 간신히 입을 떼면서 말했다.

"알겠네. 아마도 내게 이 책을 팔았던 그 자에게 도둑맞은 모양이군." 다시 밍교수가 대답했다.

자는 입을 다물었다. 밍교수는 그를 알 뿐만 아니라, 나졸이 그를 뒤쫓고 있다는 사실도 알고 있을지도 모른다. 그렇다면 학원으로 온 것은

270

실수였다. 자는 책을 내려놓고 한숨을 내쉬었다. 그가 일어나 떠나려고 하자, 교수가 막았다.

"시장에서 어느 불량배에게서 구입했네. 우리가 공동묘지에서 만났을 때, 어딘지 모르게 낯이 익었네. 물론 그때는 자네인지 알아보지 못했지. 내 기억력이 예전과 같지 않거든." 그가 슬퍼했다.

"그런데 지난주에 책 시장을 돌아다니던 중에 그다지 좋지 않은 가판대에서 팔고 있던 책 한 권이 내 시선을 사로잡았네. 그때 자네를 떠올렸지. 나는 조만간 자네가 이곳에 오리라고 생각해서 이 책을 구입했네."

그는 얼굴을 찡그리면서 한 손을 관자놀이에 갖다 댔다. 무슨 말을 해야 할지 생각하는 것 같았다.

"청년, 지금 난 틀림없이 후회할 것 같다는 느낌이 드네. 자네가 그럴듯한 이유를 갖다 붙이며 거짓말을 한다는 생각이 드니까. 하지만 내 제안을 철회하지 않고 자네에게 기회를 주고자 하네." 그는 책을 들었다. "자네에게 특별한 자질이 있다는 것은 분명하네. 이런 자질을 잃어버린다는 것은 정말 유감이지. 그래서 자네가 정말 내가 시키는 대로 할 의향이 있다면……." 그는 책을 자에게 내밀었다. "갖게. 이건 자네 것이네."

자는 손을 떨면서 책을 받았다. 아직도 왜 밍교수가 그를 입학시켜주는 것인지 알 수 없었다. 밍교수는 그의 아버지에 관해서는 알고 있을 수도 있지만, 그의 말로 미루어보건대, 카오와 만난 것 같지는 않았다. 자는 무릎을 꿇고 감사했지만, 밍교수는 그에게 일어나라고 말했다.

"지금 내게 감사할 필요는 없네. 그럼 당장 공부를 시작하게."

"결코 교수님의 은혜를 잊지 않겠습니다."

"나도 그러길 바라네. 나도 그랬으면 좋겠어."

﹡

　자는 〈명예의 토론실〉에서 앞으로 배우게 될 교수들을 만났다. 그곳은 토론을 하거나 시험을 치르는 대형 강의실이었다. 신입생이 들어오면, 여러 분야의 교수들이 그 학원에 들어온 동기나 목적에 대해 묻고 답을 듣는 것이 전통이라고 했다. 수많은 눈이 지켜보는 가운데 자는 떨리는 마음으로 한가운데에 섰다.

　모두가 엄숙히 침묵을 지키고 있을 때 밍교수가 앞에 놓인 나무 연단으로 올라갔다. 그는 자를 소개했다. 공동묘지에서 우연히 만났으며, 시체 판독가로서 놀라운 재능을 갖고 있음을 발견했다고 말했다. 그는 자의 기량을 마법과 박식함, 의술이 혼합된 이해할 수 없는 것이라고 평가했다. 아울러 자의 거칠고 촌스러운 외모와 행동은 아마도 앞으로 훌륭하게 세공된 보석처럼 빛날 것이라고 덧붙였다. 특히 〈아마도〉라는 단어에 힘을 주어 말했다. 그런 이유로 그는 빈자리 하나를 자에게 주어 그의 자질을 발휘할 기회를 주자고 요청했다.

　교수진이 지원자의 출신에 관해 질문하자, 밍교수는 그가 사고를 당해 기억을 잃어버렸다는 이야기를 들려주면서 그의 과거를 묘지 매장꾼, 푸주한과 점쟁이였다고 언급했다.

　밍은 자에게 연단으로 올라오라고 했다. 교수들이 질문할 차례였다. 자는 그곳에 모인 얼굴들 중에서 다정한 표정을 찾았지만, 모두가 한 줄로 세워놓은 석상처럼 차가웠다. 첫 번째 교수진은 고전에 대한 지식을 물었고, 두 번째 교수진은 법을 비롯해 시(詩)에 관해 물었다. 반론 시간이 되자, 비쩍 마르고 눈썹이 진한 교수가 말을 시작했다.

"우리 동료 밍교수는 틀림없이 자네가 시체의 흔적을 읽는 솜씨에 감동하여 온갖 칭찬으로 자네를 소개했네. 난 그걸 비판할 생각은 없네." 그는 잠시 말을 멈추고 할 말을 생각했다. "금의 광휘와 싸구려 금속의 빛을 구별하기 쉽지 않을 때가 종종 있네. 자네의 검시 실력과 예언 때문에 밍교수는 아주 특별한 사람을 발견했으며, 문학 공부에 평생을 바친 사람들과 대등한 뛰어난 사람이라고 생각했을 것이네. 물론 나는 이런 것을 전혀 이상하게 생각하지 않네. 밍교수가 문학이나 시처럼 아주 중요한 문제는 간과하고, 신장과 내장을 비롯한 다른 신체 기관에 비범한 열정을 갖고 있다는 것은 익히 알려진 사실이지."

그는 자에게 고개를 돌렸다.

"하지만 범죄를 해결하고 이후에 재판하고 처벌하는 일은, 누가 어떻게 범죄를 저질렀는지에 대한 단순한 추측을 넘어서는 능력을 요구하네. 어떤 동기로 살인을 저지르게 되었는지, 그들의 상황과 원인을 이해해야만 진실은 빛을 발할 수 있네. 이런 것은 상처나 창자에 있지 않다네. 예술과 미술과 문학에 소양이 있는 사람만이 그런 것을 이해할 수 있네."

자는 방금 전에 이견을 낸 교수를 쳐다보면서 잠자코 있었다. 일리가 있는 말이지만, 그는 의학을 완전히 무시하고 있었다. 판관들이 자연사와 살인을 구분할 수 없다면, 어떻게 정의를 실현할 것인가?

"존경하는 교수님. 저는 전투에서 이기기 위해 이곳에 있는 것이 아닙니다." 자가 경의를 표했다. "저는 제 하찮은 지식으로 이기고자 하지 않으며, 교수님들과 학생들이 가진 지식을 제 것과 비교하고자 하지도 않습니다. 저는 단지 배우고 싶을 뿐입니다. 지식은 벽도 없고 한계도 없으며 구획 짓지도 않습니다. 또한 편견도 없습니다. 제게 이곳에 들어올 기회를 주신다면, 있는 힘을 다해 학업에 매진할 것이며, 필요하다면 교수님이 못마땅하게 여기시는 상처와 창자 문제에 대한 관심을 줄이도록 하겠습니다."

수염이 듬성듬성 난 뚱뚱한 교수가 손을 들어 발언권을 요청했다. 몇 발짝만 나왔을 뿐인데도 마치 높은 산에 오른 것처럼 헉헉댔다. 그는 뚱뚱한 배에 손을 올려놓고 자를 찬찬히 바라보았다.

"지금 보니 어제 야만인처럼 느닷없이 들어와 이 학원의 명예를 더럽힌 사람이군. 자네를 보니 이웃사람들이 〈그렇습니다. 지금은 도둑이지만 나중엔 아주 훌륭한 피리 연주자가 될 자입니다.〉라고 말한 사람이 떠오르네. 그래서 내가 뭐라고 대답했는지 아나? 〈맞습니다. 아주 훌륭한 피리 연주자가 될 테지만 지금은 도둑놈입니다.〉라고 말했네."

그 교수는 가느다란 혀로 두툼한 입술을 적시고 기름기 줄줄 흐르는 목을 긁었다.

"자네는 어떤 사람인가? 예의는 모르지만 시체를 읽는 사람인가? 아니면 시체를 읽지만 예의를 모르는 사람인가? 아니, 조금 더 구체적으로 말하겠네. 왜 이 나라에서 가장 훌륭한 기관이 자네 같은 거지를 받아야 한다고 생각하는지 말해줄 수 있나?"

자는 직접적인 비난과 적의에 놀랐고 걱정이 되었다. 그는 접근 방법을 바꾸기로 했다.

"존경하는 교수님." 그는 다시 고개를 조아렸다. "어제 저의 부적절한 행동을 용서해주시기 바랍니다. 무력하고 절망적인 상황에서 경험이 부족하여 그런 행동을 저지르고 말았습니다. 핑계가 되지 않는다는 것은 잘 압니다만, 제가 교수님의 신임을 얻을 만한 가치가 있는 사람이라는 것을 보여드려야 할 것입니다. 그러기 위해서는 교수님의 용서가 필요합니다."
그는 다시 정중하게 인사를 하고 나머지 교수들을 쳐다보았다.

"사람은 실수를 저지릅니다. 심지어 가장 지혜로운 사람들도 그렇습니다. 저는 시골 촌놈에 불과합니다. 그러나 배우고 싶은 열망으로 가득한 시골 청년입니다. 이곳은 배움의 장소가 아닙니까? 제가 모든 규정과 규칙을 알고 있다면, 그리고 제 안에 배우고자 하는 열망이 없다면, 왜 공부를 하려고 하겠습니까? 저의 불완전함을 어떻게 해야 피할 수 있겠습니까? 오늘 제 평생 처음으로 이처럼 훌륭한 기회를 갖게 되었습니다. 지식이 없는 삶은 제대로 된 삶이 아니기 때문입니다. 저는 어떤 의미에서 장님이자 귀머거리입니다. 제가 보고 듣게 해주십시오. 절대로 교수님들을 실망시키지 않겠다고 맹세하겠습니다."

뚱뚱한 교수는 두어 번 헐떡거리더니 고개를 끄덕였고, 마지막 교수에게 발언권을 넘겼다. 눈에 생기가 없고 구부정한 노교수였다. 그는 밍 교수의 제안을 받아들인 동기에 관해 관심을 보였다.

"이것이 제 꿈이기 때문입니다." 자는 대답했다.

노교수는 고개를 가로저었다.

"그게 전부인가? 하늘을 날기를 꿈꾼 사람이 있었네. 그는 벼랑에서 뛰어내렸지만, 바위와 부딪쳐 뼈가 산산조각나면서 삶을 마감했다네."

자는 노교수의 꺼져가는 눈을 응시했다. 연단에서 내려와 그에게 다가갔다.

"우리가 눈에 보이는 것을 원할 때는 팔을 펼쳐 그것을 잡으면 됩니다. 우리가 원하는 것이 꿈이라면, 우리의 마음을 펼쳐야 합니다."

"분명한가? 종종 꿈은 우리를 실패로 이끌기도 하지."

"그럴 수도 있습니다. 그러나 우리의 조상들이 보다 나은 세상을 꿈꾸지 않았더라면, 아직도 우리는 넝마를 걸치고 있을 겁니다. 제 아버지는 언젠가 이렇게 말씀하셨습니다." 아버지라는 단어를 말하는 순간, 자의 목소리가 떨렸다. "제가 공중에 궁궐을 지으려고 안간힘을 써도, 그것은 시간을 허비하는 게 아니라고요. 저는 그 궁궐을 지탱한 초석을 짓기 위해 모든 힘을 다할 것입니다."

"자네 아버지라고? 정말 이상하군! 밍교수는 자네가 기억을 상실했다고 말했는데."

자의 눈에 눈물이 글썽거렸다.

"아버지에 대해 기억나는 것은 그게 유일합니다."

✤

강당은 학생들로 가득 찼다. 그들은 신입생에 대한 무성한 소문으로 웅성거렸다. 자가 밍교수와 함께 들어오는 것을 보며, 회유는 감초를 바닥에 뱉었다.

밍은 학생들에게 자를 소개했다. 자가 이제 그들과 함께 있게 될 것이라고 말했다. 그들 모두는 형부의 한 자리를 차지하고자 경쟁하는 학생들이었다. 대부분 손톱이 길고 머리를 단정하게 한 귀족층 청년들이었다. 몇몇이 못마땅한 표정을 지었지만, 대부분은 그에게 정중하게 인사했다. 그러나 한쪽 구석에 떨어져 있던 학생만은 그렇지 않았다. 밍교수는 그걸 눈치 채고 큰 소리로 회유를 불렀다.

"나머지 학생들이 자에 대해 궁금해하는데 자네는 그렇지 않은 것 같

276

군, 회유."

"제가 왜 관심을 보여야 하는지 모르겠습니다. 저는 이곳에 공부하러 온 것이지, 사기나 치는 거지에게 속기 위해 온 것이 아닙니다."

"좋아. 자를 가까이에서 지켜보면서 그의 말에 어느 정도의 진실이 담겨 있는지 확인할 기회를 주지."

"제가요? 무슨 말씀이신지⋯⋯."

"오늘부터 자네와 함께 방을 쓰게 될 것이네."

"하지만 교수님! 저는 촌놈과 함께 살 수 없습니다. 저는⋯⋯."

"그만하게!" 밍교수가 야단쳤다. "이 학원에서는 자네 가족의 돈이나 사업이나 영향력도 중요하지 않네! 내 말에 복종하고 자에게 인사해! 아니면 자네 짐을 싸도록 하게!"

회유는 고개를 숙여 인사했지만, 눈은 자를 뚫어져라 쳐다보았다. 그는 나가도 되겠느냐고 물었다. 밍교수는 좋다고 허락했지만, 회유가 문을 열고 나가려 하자 멈춰 세웠다.

"가기 전에 바닥에 뱉은 감초를 줍도록 해."

자는 학원에서의 일상이 어떤 것인지 배웠다. 밍교수는 그에게 해 뜨는 시간에 일어나 조상들에게 의식을 치러야 한다고 알려주었다. 오전에는 공부에 매진하고, 오후에는 공부를 하거나 아니면 실제 사건에 대해 토론을 할 것이라고 했다. 저녁식사 후에는 숙박비를 지불하기 위해 도서관에서 일해야 했다. 또한 밍교수는 지금은 의과가 폐쇄됐지만, 자신은 학생들에게 조금씩 의학을 가르치고 사망원인에 대한 연구에 전념하고 있다고 했다. 때때로 그들은 판관들이 시체를 검사할 때 직접 참관하러 형부 산하기관에 갈 것이며, 범죄자들의 행동을 직접 보고 판관들이 어떻게 선고하는지 알기 위해 재판에도 참석하게 될 것이라고 말해주었다.

"세 달마다 시험을 치른다네. 우리는 학생들이 계획대로 발전하고 있는지 확인하지. 우리의 노력에 보답하지 않는 학생들은 퇴학을 당하게 된다네. 자네는 임시로 입학한 것임을 잊지 말게."

저녁식사 시간에 학생들이 식당에 모였다. 그곳은 정자와 과일나무가 그려진 고급 비단으로 장식되어 있었다. 자가 식당에 도착했을 때, 학생들은 이미 버드나무 식탁 주변에 둥그렇게 모여앉아 있었다. 국과 튀긴 생선, 양념과 과일이 가득 있었고, 자는 허기진 눈길로 자리를 찾았다. 그는 빈자리에 앉으려고 했지만, 학생들이 자리를 옮겨가며 자가 앉지 못하도록 했다. 다른 식탁에서도 시도했지만, 결과는 마찬가지였다. 한 번 더 시도하면서, 자는 그 학생들이 누구의 지시에 따라 그렇게 움직이는지 알아냈다. 바로 식당 안쪽에 앉아 있던 회유였다. 자는 그를 쳐다보았다. 그는 빈정대는 미소를 짓고 있었다.

자는 만일 지금 물러서면, 학원에 머무는 내내 그를 참고 견뎌야 한다고 생각했다. 이런 상황 따위에 굴복하려고 그토록 많은 고통과 역경을 이겨낸 것이 아니었다.

자는 회유가 앉은 식탁을 향해 걸어갔다. 그를 둘러싼 학생들이 행동을 취하기 전에, 그의 자리를 빼앗으려고 하던 두 학생 사이로 다리를 집어넣었다. 그들이 성난 표정으로 쳐다보았지만, 자는 겁먹지 않았다. 그는 억지로 자기가 앉을 공간을 만들었다. 그때 회유가 일어났다.

"이 식탁에서 넌 환영받지 못해."

자는 그의 말을 무시하고 앉았다. 국그릇을 들고 먹기 시작했다.

"내 말 안 들려?" 회유가 목소리를 높였다.

"그래, 네 말은 들었지. 하지만 국이 불평하는 소리는 듣지 못했어." 자는 그를 쳐다보지 않고 계속 먹었다.

"넌 네 아버지는 몰라도, 우리 아버지를 모르진 않을 거야." 그가 협박했다.

자는 먹는 것을 멈추었다. 국그릇을 놓고 천천히 일어나서, 그를 매섭게 노려보았다.

"이젠 네가 내 말을 들을 차례야." 자가 도전적인 말투로 말했다. 식탁에 둘러앉은 학생들이 두 사람을 주의 깊게 쳐다보았다. "네 혀가 소중하다고 생각한다면, 앞으로 우리 아버지에 관해서는 입도 벙긋하지 마. 아니면 앞으로 넌 손으로 의사소통을 해야 할 거야." 자는 앉아서 마치 아무 일도 없었던 것처럼 식사했다.

회유는 분노로 벌개져서 자를 쳐다보았다. 그는 아무 말 없이 식당을 나갔다.

밤이 되자 긴장감은 더 커졌다. 두 사람이 함께 써야 하는 방은 작은 병풍으로 구분되어 있었다. 두 개의 침상과 두 개의 탁자, 두 개의 옷장이 있었고, 개인 물품과 책을 간신히 놓을 만한 공간뿐이었다. 회유의 침상은 마치 혼기에 찬 여자처럼 비단이 가득하고 아주 화려하게 장정된 두꺼운 책들도 있었다. 자의 침상에는 거미줄만 있었다. 그는 손으로 거미줄을 치우고 아버지의 책을 첫 번째 선반 한가운데에 놓았다. 먼저 무릎을 꿇고 가족들을 위해 기도했다. 회유는 비아냥거리는 시선으로 그를 지켜보았다. 기도를 끝내고 옷을 벗고 침상 안으로 들어갔다. 자는 어둠을 이용해 몸의 화상 흔적을 숨기려고 했지만, 회유는 기어코 보고 말았다.

"이봐, 애송이!" 그가 실실 웃었다. "그게 네 비밀이지, 그렇지? 넌 똑똑한 놈일 거야. 하지만 바퀴벌레처럼 구역질나는 인간이야. 시체를 그토록 잘 읽는 게 이상한 일은 아니지. 네 자신이 썩은 시체 같으니까."

자는 대답하지 않았다. 이를 악물고 눈을 감으면서 그의 말을 듣지 않으려고 애썼다. 하지만 분노 때문에 뱃속이 부글부글 끓었다. 그는 자신의 상처에 너무나 익숙해진 나머지 그것이 다른 사람들에게는 관심의 대상이 될 수 있다는 사실을 종종 잊었다. 그를 만난 이들은 그의 얼굴이 고상하고 기품이 있으며 미소가 깨끗하다고 말했지만, 분명한 것은 그의 가슴과 손이 온통 화상자국이라는 사실이었다. 그는 고통을 감지하지 못하는 자신의 빌어먹을 병과 상처를 저주했다.

며칠이 눈 깜짝할 새 지나갔다. 자는 그 누구보다도 먼저 일어났고, 마지막 햇빛이 비칠 때까지 그날 배운 것을 복습했다. 자유시간은 거의 없었지만, 시간이 날 때마다 아버지의 책을 되풀이해 읽으면서 형사 사건과 관련된 모든 내용을 하나도 빠짐없이 암기하려고 했다.

빈 수업 시간이 있으면 밍교수와 함께 의원을 방문했다. 거기에는 약초 전문가와 치료사, 침술사들과 뜸 놓는 사람은 많았지만, 정작 필요한 외과의사는 거의 없었다. 유교는 사람의 신체에 칼을 대는 것을 금했기 때문에 대부분이 수술을 기피했다. 의학을 경멸하는 다른 교수들과는 달리, 밍교수는 선진 의학에 많은 관심을 보였다. 밍교수는 의과 폐쇄를 매우 애석하게 여겼다.

"20년 전에 의과가 만들어졌는데, 이제는 그걸 닫아버렸네. 총장을 위시한 전통주의적 행정가들은 수술을 미개한 학문이라고 여기지. 대신 우리 판관들이 문학과 시를 공부해서 범인을 밝혀내기를 원하네."

자는 고개를 끄덕였다. 그는 의과가 폐쇄되기 전, 그러니까 펭판관과 일할 때 그곳에서 수업을 들었다. 그가 가장 그리워하는 수업 중의 하나였다.

처음 해보는 것도 아닌데 모든 것이 새로웠다. 철학에 대해 토론하는 것조차도 시체를 검사하거나 뜨거운 법적 논쟁에 참여하는 것만큼이나 자에게는 의미가 컸다. 밍학원에서 그는 행복했다.

자는 매일 새로운 것을 배웠다. 그의 동료들은 자의 지식이 결코 상처나 죽은 시체에 한정되지 않고, 두꺼운 형법전서의 내용뿐 아니라 재판과 관련된 절차나 용의자 취조 과정도 잘 알고 있다는 사실을 알고 놀랐다. 밍교수는 그를 고급과정 학생들과 함께 공부하게 해주었다. 그들은 그 과정이 끝나면 형부에 직접 들어가서 일할 기회를 가질 학생들이었다.

밍교수는 11월 시험을 실시한다고 알렸다. 그 시험은 2인 1조로 실시하며, 학원이 아니라 성청(省廳)에서 실시한다고 했다.

"〈사자(死者)의 방〉에서 실시될 것이다. 수사와 관련된 일상적인 과정이며, 여러분은 미해결된 사건을 접하게 될 것이다." 밍교수가 말했다. "실제와 마찬가지로, 각 조에서 한 명은 초검(初檢)을 맡아 첫 번째 보고서를 작성한다. 다른 한 명은 복검(覆檢)을 맡는다. 다시 말하면, 주심 판관의 보고서를 점검하는 역할을 한다. 두 사람이 합심하여 최종 평결을 작성한다. 그리고 마찬가지로 준비된 다른 두 조와 경쟁한다. 둘이 힘을 합칠 경우 강한 조가 될 것이고, 그렇지 않을 경우는 최대의 약점으로 작용할 수도 있다. 그러므로 조원들은 경쟁하기보다는 힘을 합쳐야 한다. 여러분의 지식을 합치면 승자가 될 것이다. 하지만 서로 반목하면 어리석음이 승리를 거둘 것이다. 알겠나?" 밍교수는 자와 회유가 고개를 숙이고 있는 것을 보았다.

"한 가지가 더 있다. 이 시험에서 승리하는 조는 매년 황실에서 우리에게 할당하는 관리의 자리를 우선적으로 차지할 권리를 갖게 될 것이다. 그것은 여러분이 항상 꿈꾸었던 종신직이다. 그러니 서로 합심하기 바란다."

회유는 초검 판관을 맡고자 했다. 자는 그것을 불편하게 여기지 않았다. 밍교수는 회유가 제안한 역할 분담을 수락했다. 회유가 자보다 많이 알거나 그 학원에서 더 오래 공부했기 때문이 아니라, 두 사람이 문제없이 작업할 것이라고 확신했기 때문이다.

자는 두 사람의 쓸데없는 싸움에 종지부를 찍을 수 있는 아주 중요한 기회라고 생각했다. 게다가 자는 법과 문학에 대한 회유의 지식이 훌륭하다는 것을 인정했고, 시합에서 이기려면 그의 능력이 필요하다고 판단했다. 저녁식사가 끝나고 그에게 말을 건넬 수 있었다. 몇몇 학생들은 이미 두 명씩 조를 이루어 도서관에서 과제를 준비했다. 자도 도서관에서 함께 준비하자고 제안했다.

"내일은 아주 중요한 날이 될 거야. 몇 가지 사건을 검토해보자."

"넌 여기에 온 지 고작 네 달밖에 되지 않았어. 그런데 정말로 내가 너와 함께 공부할 것이라고 생각하는 거야?" 회유가 비웃으면서 자의 말을 끊었다. "난 너 같은 애송이의 도움은 필요 없어. 너는 네 일을 해. 내 일은 내가 알아서 할 테니." 그는 아주 마음 편히 자러 갔다.

자는 회유를 따라가지 않았다. 그는 늦게까지 내용을 검토했고, 밍교수가 집중하라고 했던 주제를 복습했다.

그러나 공부가 문제는 아니었다. 시험이 〈사자의 방〉에서 실시될 것이라는 사실을 안 순간부터 그는 위험에 처할 수도 있음을 우려했다. 공동묘지에 카오가 예기치 않게 나타난 지 반 년이 흘렀고, 그 이후 아무 소식도 들은 바가 없었다. 하지만 자에게 현상금이 붙어 있기 때문에, 어쩌면 그의 외모와 신원에 대한 말이 관청에 퍼졌을지도 모른다.

하지만 그토록 특별한 기회를 놓칠 수는 없었다. 자는 모험을 하기로 마음먹었다.

새벽이 되자 글자들이 종이 위에서 춤추기 시작했다. 자는 시체 검사에 필요한 도구를 챙겼고, 종이 두루마리와 목탄, 이미 실을 꿴 바늘을 비롯해 주방에서 얻은 장뇌 단지도 준비했다. 그러고 나서 공들여 변장을 했다. 솜을 조심스럽게 양쪽 콧구멍에 넣어 최대로 늘렸다. 듬성듬성한 턱수염을 면도했으며, 머리를 묶고 동료가 빌려준 모자를 썼다. 반들반들한 청동거울에 비친 모습을 보고, 자는 만족스러운 미소를 지었다. 커다란 변화라고 말할 수는 없어도, 약간의 도움은 될 수 있었다.

회유는 이미 일어난 지 오래였다. 자는 장갑을 끼면서 동료들과 만나기 위해 달렸다. 마치 두들겨 맞은 것처럼 머릿속에서 윙윙거리는 소리가 들렸다. 그는 계단을 후다닥 내려갔다.

그를 보자, 밍교수가 고개를 가로저었다.

"맙소사! 코는 왜 그런 건가?"

자는 악취를 참기 위해 장뇌를 적신 솜을 코에 넣었다고 대답했다. 그는 늦게 온 것에 용서를 구했다.

"나를 실망시키는군." 밍교수는 자의 모자 아래로 삐져나온 헝클어진 머리카락을 가리켰다.

자는 고개를 숙여 인사하고 회유 옆에 섰다. 그는 흠 없이 말쑥하게 차려입고 있었다.

🜨

잠시 후 그들은 주요 운하 사이에 위치한 성의 청사에 도착했다. 네 개의 건물로 구성된 웅장한 건축물이었다. 깨끗한 벽은 금방이라고 쓰러질 것 같은 인근 건물이나 시장 노점과 대조를 이루었다. 동시에 외롭고도 생명력 잃은 기운을 띠고 있었다. 린안에 사는 사람이라면 누구라도 그곳을 알고 있었고 두려워했다.

자는 몸을 떨었다. 그는 관자놀이가 덮일 정도로 모자를 푹 눌러썼고, 옷의 깃을 세웠다. 그곳에 들어서면서 자는 회유의 뒤에 서서 몸을 숨기려고 했고, 〈사자의 방〉에 이르러서야 비로소 고개를 들었다. 장뇌는 그다지 효과를 발휘하지 못했다. 그는 죽음의 냄새를 들이마셨다. 온 방안에 냄새가 퍼져 있었다.

그곳은 모두가 간신히 들어갈 수 있는 숨 막힐 것 같은 좁고 답답한 방이었다. 한쪽에 있는 물동이는 방을 가로지르는 조그만 도관에 붙은 오물을 씻기 위한 것처럼 보였다. 가운데에 있는 긴 탁자 위에 덮개로 덮어 놓은 시체가 있었다. 악취를 풍겼다. 경비원이 반대쪽 문으로 나타나더니 그 뒤로 성장(城將)이 입장했다. 그는 엄숙하게 기초정보를 제공해주었다.

이 사건은 최대의 신중함을 요하는 복잡한 경우이며, 그러기에 모든 세세한 사항을 제공하지는 않을 것이라고 했다. 이틀 전에 마흔 살 가량의 건장한 남자 시체가 운하에 떠다니던 것을 수문에서 일하던 사람이 발견했다. 시체는 발견될 당시 옷을 입고 있었으며, 술병을 들고 있었다. 신분증명서도 소지하지 않았고 돈이나 귀중품도 없었지만, 그의 옷으로 그의 직업을 알 수 있었다. 하지만 이것은 그들에게 밝힐 수 없는 자료였다. 전날 밤에 담당 판관의 감독 아래 검사가 실시되었지만, 그 내용 역시 비밀을 유지할 수밖에 없다고 말했다. 또 이것은 고급과정 학생들에게 기회를 제공하는 것이라고 밝혔다.

다음으로 밍교수가 앞으로 나왔다. 그는 시체를 검사할 세 조에게 말했다. 각 조는 한 시간 내에 결론을 이끌어내야 하며, 향을 태워 시간이 측정된다. 관료주의적 형식은 배제하고 곧장 검사를 실시할 것이며, 중요한 징후나 발견은 적어놓아야 하고, 그것을 공식 보고서와 추후에 비교할 것이다. 마지막으로 밍교수는 순서를 정했다. 먼저 문학에 정통한 광둥 출신의 두 형제가 하고, 이후 법학 전공의 두 학생이, 그리고 회유와 자가 마지막이었다.

회유는 이미 다른 학생들이 손을 댄 시체를 검사하는 것은 불리하다고 투덜댔다. 하지만 자는 상관하지 않았다. 그들보다 먼저 검사할 두 조는 해부학 지식이 부족하기 때문에 시체를 거의 만지지도 않을 게 분명한데다, 차례가 되기 전에 두 조의 진행을 지켜볼 수 있는 기회가 되기 때문이다. 광둥의 두 형제가 중앙에 있는 탁자로 다가가는 동안, 자는 종이와 붓을 준비했다. 그는 최대한 좋은 자리를 차지해서 붓에 먹물을 적시기 시작했다.

밍은 향을 피우며 시험 시작을 알렸다. 즉시 광둥 출신의 학생들이 교수에게 인사했다. 그들은 탁자 양쪽에 서서 동시에 시체를 덮고 있던 덮개를 들었다. 그들이 검사를 시작하려는데, 갑자기 뒤에서 큰 소리가 들렸다. 학생들은 일제히 멈추었고, 그곳에 있는 모든 사람들이 고개를 돌렸다. 커다란 먹물자국이 그들의 발 아래로 퍼지고 있었다. 원인 제공자는 자였다. 장갑을 낀 그의 손가락은 벼루를 들고 있었을 때의 자세 그대로였지만, 벼루는 이미 바닥에 떨어져 산산조각이 나 있었다. 그의 앞에, 그러니까 검사용 탁자 위에 나졸 카오의 시체가 누워 있었던 것이다.

21

자는 카오의 시체를 보고 충격을 받았다. 하지만 가능한 한 가장 가까운 곳에 자리를 잡고 첫 번째 조의 작업을 지켜보았다. 그는 카오에게 무슨 일이 있었는지 알아내야만 했다. 그는 동료들이 시체를 검사하는 모습을 주의 깊게 지켜보면서, 그들이 발견한 세세한 것들을 모두 머릿속에 넣었다. 첫 번째 조는 상처가 없는 것으로 보아 폭력에 의한 죽음이 아니며, 단순사고일 것이라고 생각했다. 두 번째 조는 입술과 속눈썹의 조그만 멍자국에 초점을 맞추었고, 운하에 많은 물고기에 의한 것이라고 결론 내렸다. 또 카오의 안색과 피부색, 오래된 상처에 대해서도 자세히 살폈지만, 자는 그것이 사망원인이 될 수는 없다고 생각했다.

두 번째 향이 꺼지자, 회유와 자의 차례가 되었다. 회유는 천천히 시체에게 다가갔다. 먹잇감을 배회하는 족제비처럼 시체를 한 바퀴 돌더니, 평소와 반대 방향으로 검사를 시작했다. 그는 푸른빛이 감도는 발을 건드렸다. 두꺼운 종아리를 만져가면서 위로 올라갔고, 무릎과 근육질의 허벅지를 건드리고는 옥근에서 멈추었다. 그곳도 물고기에 의해 물어뜯겨 있었다. 그는 조심스럽게 옥근을 들고 축 처진 고환을 살폈다. 자는 향이 타는 것을 지켜보았다. 아직 상체에도 다가가지 못했는데, 시간이 이미 4분의 1쯤 지나 있었다. 회유는 머리 부분으로 올라가 머리를 돌렸다. 그는 시체를 돌려야 하니 도와달라고 했다. 그때를 이용해 자는 시체의 사지가 경직되어 있다는 것을 확인했다.

회유는 분통 터질 정도로 느리게 검사했지만, 반대로 향은 아주 빠르게 타고 있었다. 그는 귀와 등, 엉덩이 근육을 조사하고 다시 발가락을 살폈다. 자는 향을 쳐다보았다. 이미 반 이상이 타 있었다. 그러나 회유는 개의치 않았다. 밍교수도 다른 학생과 대화하면서 관심을 두지 않았다. 자는 자기 동료가 시간을 초과한 시간만큼 밍교수가 연장해줄 것이라고 생각하며, 회유에게 아무 말도 하지 않았다. 회유가 끝났다고 했을 때, 향은 거의 타 있었다. 자는 서둘러 그를 대체했다.

앞선 검시를 지켜본 까닭에 그는 이미 신체에 그 어떤 상처도 없다는 사실을 알고 있었다. 그는 바로 머리로 가서 목덜미를 유심히 살폈다. 무언가 발견할 수 있을 것이라고 기대했지만, 중요한 단서는 전혀 없었다. 입과 눈, 콧구멍을 검사했다. 이상한 상처도 없었고 독극물에 중독된 흔적도 없었다. 마지막으로 귀를 살폈다. 오른쪽은 정상이었지만, 갑자기 왼쪽에 무언가 있다고 생각했다. 그건 단지 직감이었고, 확인할 필요가 있었다. 그는 필요한 도구를 찾았다. 시간이 흐르고 있었지만, 찾고자 하던 도구를 찾을 수 없었다. 향을 쳐다보니 꺼지기 일보직전이었다. 그는 가지고 온 보퉁이를 뒤집어서 모든 도구를 바닥에 떨어뜨린 후 집게를 들었다. 그러나 시체로 돌아가 계속 검사하려는 순간, 경비병이 막았다. 자의 얼굴은 공포에 질렸다. 자신의 신원이 발각되었다고 생각했다. 그는 눈을 아래로 떨어뜨리고서 영원과도 같은 몇 초를 기다렸다.

"시간이 끝났습니다." 경비병이 말했다.

자는 잠깐 안도를 하는 한편 절망스럽기도 했다. 그는 계속해야만 했다. 시작한 지 얼마 되지도 않았다.

"회유가 제 시간을 썼습니다." 자는 용기를 내서 대답했다.

"그건 내가 상관할 문제가 아닙니다. 성장님이 기다리고 계십니다." 그는 움직이지 않은 채 말했다.

자는 밍교수를 쳐다보며 도움을 청했지만, 그도 시선을 피했다. 이제 혼자였다.

⟨그래도 해야 해. 반드시 해야만 해.⟩

자는 알겠다는 표시로 고개를 숙였다. 천천히 물러나 집게를 보퉁이에 넣었다. 그러나 그곳을 떠나기 전에 덮개로 시체를 덮게 해달라고 요청했다. 경비병은 머뭇거렸지만, 결국 허락하고 말았다. 자는 신속하게 덮개를 덮었다.

그들이 ⟨사자의 방⟩을 떠날 때, 자의 눈은 만족스럽게 반짝였다.

학원으로 돌아오는 길에 밍교수는 자에게 사과했다.

"자네에게 더 시간을 주려고 했는데, 그것이 성장의 계획과 반할 것이라는 생각은 미처 하지 못했네."

자는 고개만 끄덕였을 뿐, 아무 말도 하지 않았다. 단지 그가 발견한 것의 결과만 생각했다. 성장은 이 사건을 절대 비밀로 해야 한다고 다시 주지시킨 후, 이틀이라는 시간을 줄 테니 서면 보고서를 제출하라고 말했다. 자의 운명을 결정할 수 있는 이틀이었다.

자는 점심식사 때 거의 먹지 않았다. 식사시간이 끝나면 밍교수에게 예비 요약본을 제출해야 했지만, 아직도 무슨 이야기를 해야 할지 결정하지 못했다. 아마도 관청에서는 카오가 무슨 일을 하는지 알고 있을 것이다. 그렇지 않으면 그 사건을 그토록 비밀리에 처리하는 것이 설명되지 않았다. 그러나 관청이 그의 살해 사실을 알고 있는지는 분명하지 않았다. 자의 결론을 알려주면, 관청당국은 살인자가 있다는 사실에 놀랄 것이고, 그 경우 아마도 가장 유력한 용의자는 그가 될 것이다. 두 번째 조는 이미 밍교수와 만나고 있었다. 곧 그들 차례였다. 심장이 마구 뛰었다.

〈젠장, 어떻게 해야 하지?〉

만일 아버지가 자기 입장이라면 어떻게 했을지 생각했다. 가슴이 답답했다. 중요한 결정을 해야 할 때면, 아버지의 환영이 그를 괴롭게 만들었다. 자는 아버지가 정직하고 존경받던 시절을 기억했다. 아버지는 자의 용기를 북돋우면서 과거에 응시하라고 격려했다. 자는 자신을 지지해 줄 펭판관 같은 사람이 없다는 걸 아쉬워했다.

밍교수의 개인 연구실에 오는 것은 처음이었다. 너무나 음침한 방이라 놀랐다. 창문도 없어서 햇빛이 전혀 들어오지 않았다. 붉은 나무 벽에는 낡은 비단에 그려진 인간 해부도가 걸려 있었다. 교수는 검은 흑단 책상 뒤에 앉아 기다리면서 책을 보고 있었다. 그의 뒤로 조그만 등불이 비추는 선반에는 해골들이 음산하게 빛을 발하고 있었다. 마치 소중한 물건이나 되듯이 크기별로 구분되어 있었다. 회유가 먼저 앞으로 나섰다. 밍교수가 허락하자 그는 책상 앞에 무릎을 꿇었고, 자도 그를 따라 무릎을 꿇었다. 밍교수의 피곤한 얼굴과 눈빛에 짜증이 묻어 있었다.

"자네들은 다른 동료들이 갖추지 못한 최소한의 지식을 지니고 있을 것이라고 생각하네. 시작하게!"

회유는 목청을 가다듬었다. 그의 건방진 시선은 연구실 벽 너머를 바라보고 있었다. 그는 자기가 적은 것을 꺼내어 읽기 시작했다.

"존경하는 교수님. 이런 기회를 주셔서 정말로 감사하며, 당신의 지혜에……."

"그런 소리는 그만두고 당장 본론으로 들어가도록 하지." 밍교수가 그의 말을 막았다.

"알겠습니다, 교수님." 회유는 다시 목청을 가다듬었다. "그런데 자가 밖에 있어야 좋을 것 같습니다. 교수님도 아시다시피 두 번째 판관은 첫 번째 판관의 결론을 알게 되면 그것의 영향을 받을 수 있습니다."

"회유, 쓸데없는 소리는 그만하게. 시작할 마음이 없는가?"

그는 다시 목청을 가다듬고 밍교수를 쳐다보았다.

"사인에 관해 이야기하기 전에, 우리는 왜 그토록 이 사건이 비밀리에 처리되어야 하는지를 생각해야 할 것입니다. 이것은 매우 보기 드문 경우입니다. 저는 고인이 중요한 인물이거나 아니면 중요한 인물과 관련된 사람일 것이라고 생각합니다."

"계속하게." 밍교수가 관심을 보이며 말했다.

"그렇다면 다음 질문은 왜 관련당국이 학생들의 의견에 관심을 보이는가 하는 것입니다. 절대 비밀을 요한다면, 그것을 보장할 수 있는 최고의 방법은 사건을 드러내지 않는 것입니다. 이것은 당국이 무슨 일이 일어났는지 모르거나, 아니면 적어도 그것에 관해 확신하지 못하고 있음을 의미합니다."

"그렇다네. 그건 사실이네."

"고인의 직업과 사회적 조건에 관련해서는, 그의 의상에 관한 정보를 주지 않아 밝혀내기 어렵습니다. 그러나 적어도 손에 굳은살이 없는 것으로 보아, 노동자가 아닌 관료일 것이라고 추정됩니다. 동시에 그의 짧은 손톱 역시 문학인이라는 가능성을 배제합니다."

"흥미로운 의견이군."

"저 역시 그렇게 생각합니다." 그는 잘난 척하며 웃었다. "마지막으로 사인과 관련하여 시체는 멍이나 상처 혹은 최근에 독살되었다는 그 어떤 표시도 드러내지 않습니다. 또한 일곱 개의 구멍에 그 어떤 배설물도 없으므로 자연적인 죽음임을 분명하게 보여줍니다. 만일 자연사가 아니었다면 물에 빠졌더라도 작은 찌꺼기가 남아 있었을 것입니다."

"그래서?"

"따라서 우리는 그가 운하에 떨어진 후 죽었다고 결론 내릴 수 있습니다. 제 의견으로는 그 사람이 물에 빠져 죽었을지도 모른다는 사실은 그다지 중요하지 않습니다. 정말 중요한 것은 그가 술에 취한 다음에 죽었다는 사실입니다. 이것은 그가 술병을 잡고 있는 채 발견되었다는 사실에서 알 수 있습니다."

"알겠네⋯⋯." 밍교수의 얼굴이 실망하는 표정으로 바뀌었다. "그러니까 자네 결론은?"

"그렇습니다, 교수님." 밍교수의 찡그린 표정을 보고 회유가 말을 더 듣었다. "이미 말한 것처럼, 고인은 아주 중요한 일을 하고 있었습니다. 전혀 예기치 못했던 그의 죽음은 그들에게 불운이었을 것입니다. 그래서 그의 죽음이 정말 사고 때문인지 확인하기 위해 우리를 부른 것입니다."

밍교수는 잘난 체하는 회유의 얼굴을 다시 쳐다보았다. 죽은 사람의 사회적 조건과 관련된 사항들을 제외하면, 회유가 말한 것은 그의 동료들이 추측했던 것과 그다지 다른 게 없었다.

"자네 차례일세." 그는 자를 바라보며 말했다.

"그의 옷을 살펴볼 수 있었다면⋯⋯. 아니면 시체를 발견한 사람과 말해볼 수 있었다면⋯⋯." 회유가 끼어들었다.

"자네 차례네." 밍교수가 다시 말했다.

자는 일어났다. 그는 회유의 말을 주의 깊게 들었고, 두어 개의 결론을 그가 먼저 말했다는 것을 유감스럽게 여겼다. 그는 회유와 똑같은 내용이나 조금 더 덧붙여 찾아낸 것을 이야기하고, 결정적인 것은 혼자만 알고 있겠다고 결심했다. 물론 동료의 말을 그대로 반복한다면, 밍교수는 실망할 것이다. 그렇지만 자는 결심한 대로 말했다.

밍교수는 얼굴을 찌푸렸다. 그는 자가 계속 말하기를 기다렸지만, 자는 잠자코 있었다.

"전부인가?"

"시체를 살펴본 바에 따르면, 제가 말할 수 있는 것은 그게 전부입다. 제 생각에 회유의 의견은 어느 정도 일리가 있습니다." 자는 설득력 있게 보이려고 애썼다. "그의 의견은 정확하고 현명하며, 제가 보고 만져서 판단한 것과 일치합니다."

"그렇다면 자네는 보다 주의를 기울여야 할 것 같군. 앵무새처럼 동료의 말을 반복하라고 이 학원에 데리고 있는 게 아니니까." 밍교수는 잠시 침묵을 지켰다. "게다가 자네는 날 속이려고 하는군!"

"무슨 말씀인지 모르겠습니다." 자는 얼굴을 붉혔다.

"자네는 나를 바보로 아는가?"

자는 밍교수의 얼굴이 붉어지는 것을 보았다.

"무슨 말씀이신지……." 자가 다시 말했다.

"맙소사! 이제 그만하도록 하게! 자네는 귀에서 무언가를 발견했어. 내가 그걸 못 보았을 거라고 생각하나? 시체를 덮을 때 자네가 이상한 행동을 하는 걸 눈치 채지 못했을 것 같나? 심지어 나는 자네가 만족스러운 미소를 짓는 것도……."

"무슨 말씀을 하시는지 모르겠습니다." 자는 거짓말을 했다.

밍교수는 씩씩거리면서 일어났고, 눈에는 핏발이 서 있었다.

"이제 그만 가게! 내 눈에서 사라져! 두 사람 모두!"

그들은 연구실에서 빠져나오면서 교수가 중얼거리는 소리를 들었다.

"염병할 거짓말쟁이……."

자는 해결책을 찾아 머리를 쥐어짜면서 도서관에 있었다. 마침내 붓을 들어 글을 쓰기 시작했다. 시체에서 확인한 모든 세세한 사항들을 한참 동안 적었지만, 아직도 그 보고서를 제출해야 할지 결정하지 못했다. 회유의 상황이 부러웠다. 그는 다른 동료들과 농담하고 웃으면서 술병을 손에 쥐고 있었다. 마치 그 정도 실패는 전혀 개의치 않는 것 같았다. 회유는 자에게 술 한 모금을 권했지만, 자는 거절하면서 급히 보고서를 숨겼다.

"자, 이보게 친구." 그가 말했다. "밍교수는 잊고 조금 마셔."

자는 술이 사람에게 가져올 수 있는 효과에 경탄을 금치 못했다. 학원에 들어온 이후, 그의 기숙사 동료가 모욕적인 언사를 내뱉지 않고 말한 건 처음이었다. 자는 다시 거절했지만, 회유는 굽히지 않았다.

"고백하는데, 오늘 오후까지만 해도 난 네가 싫었어…… 똑똑하고…… 총명하고……." 그는 다시 술 한 모금을 목으로 넘겼다. "하지만 고맙게도 오늘 너는 그다지 똑똑하지도, 총명하지도 않았어. 아직도 난 네 말을 기억해. 〈제 생각에 회유의 의견은 어느 정도 일리가 있습니다. 그의 의견은 정확하고 현명하며, 제가 보고 만져서 판단한 것과 일치합니다.〉" 그가 자의 말투를 흉내 냈다. "아주 내 마음에 들었어. 자, 마셔." 회유는 마음껏 웃었다.

자는 술병을 들고 술 한 모금을 마셨다. 그래야 그가 더 귀찮게 굴지 않을 것 같았다. 따뜻한 백주가 목구멍을 지나 배를 불태우는 것 같았다. 자는 그렇게 도수 높은 술을 마시는 데 익숙하지 않았다.

"오늘 우린 〈환락궁〉에 갈 거야. 오지 않을래? 실컷 마시고 즐기자고."

"아니야, 고마워. 밍교수가 알면 좋지 않을 것 같은데……."

"알면 어때? 우리는 이곳에 포로로 있는 게 아니야. 밍교수는 퉁명스럽고 빙퉁그러진 늙은이야. 자, 함께 가자! 멋진 밤이 될 거야. 두 번째 징 소리가 날 때 정원으로 나와." 그는 술을 자의 발아래에 놔두고 콧노래를 흥얼거리며 나갔다.

자는 술병을 들고 그 안을 쳐다보았다. 술이 그의 영혼처럼 어둠 속에서 흔들렸다. 오후 내내 해결책을 찾으려고 애를 썼지만, 여전히 어떻게 해야 할지 몰랐다. 알고 있는 것을 모두 밝히면 밍교수에게 다시 신임을 받을 수 있겠지만, 커다란 위험을 감수해야 했다. 그렇다고 입을 다물면 형부에 진출하는 꿈을 이룰 수 없을지도 모른다. 그는 술병을 들어 다시 마셨다. 이번에는 기분이 좋아졌다. 점차 판단력이 흐려졌고, 그의 문제가 머릿속에서 지워지기 시작했다.

두 번째 징소리가 울렸을 때 자는 깜짝 놀랐다. 그의 옆에는 텅 빈 술병이 놓여 있었다. 밍교수가 얼마 동안이나 자신을 학원에 데리고 있을까, 자는 생각했다. 얼마나 있다가 다시 공동묘지로 돌려보낼까.

그런데 그런 걸 마음에 담고 있어야 할까?

정원에서 웃음소리가 들려왔다. 그는 비틀거리며 일어나 계단을 내려갔다. 네 명의 학생들이 각자 술병을 들고 회유를 에워싸고 있었다. 자는 잠시 그들을 보았다. 모두가 행복해 보였다. 그가 도로 기숙사로 향하려고 하는 순간, 회유가 그를 불렀다. 말투는 다정하고 설득력이 있었다. 자는 주저하며 움직이지 않았다. 술을 더 마시고 싶었지만, 좋은 선택이 아니라는 생각이 들었다. 그때 회유가 다가왔다. 웃고 있었다. 그는 자의 어깨를 감싸며 함께 가자고 졸랐다. 자는 모든 게 나쁜 결과로 나아간다해도, 그곳에 가면 적어도 회유와의 불편한 관계가 해소될 것이라고 생각했다.

〈환락궁〉에서 자는 상상조차 하지 못했던 아름다운 여인들을 만났다. 명랑하고 쾌활한 하인이 회유를 맞이하며 부자와 상인, 무희와 그녀들을 쫓아온 학생들로 북적거리는 공간에 호들갑을 떨면서 자리를 마련해주었다. 비파와 수금 소리에 손님들은 흥분했고, 화장한 여자들 앞에서 웃고 떠들었다. 꽃들은 마치 소용돌이 속의 수련처럼 그들 주위를 빙빙 돌았다. 자는 가끔씩 그 젊은 여자들이 옷자락을 살짝 들어 올리면서 속치마와 작은 발을 드러낸다는 것을 알았다. 이것이 남자들을 흥분시켜 음욕을 깨우고 동시에 환호하게 했다. 회유는 그 광경의 일부가 되어, 마치 그 매음굴의 주인인 듯 친구들과 지인들에게 인사했다. 이내 한 무리의 하인들이 온갖 종류의 술과 음식으로 식탁을 가득 채우기 시작했다. 회유는 두 명의 꽃을 부르라고 했다. 미소 짓는 두 여인이 여섯 명의 젊은이들 옆에 자리를 잡았고, 회유는 술을 더 따랐다. 여덟은 완벽한 숫자였다.

"마음에 들어?" 회유는 자에게 미소를 지으면서 한 여자의 다리를 어루만졌다. "잘 모셔." 그는 마치 오래 전부터 알고 지낸 것처럼 꽃들에게 지시했다. "이 사람은 자야. 시체 판독가지. 내 새로운 동료야. 영혼들과도 말할 수 있어. 그러니 꿀처럼 달콤하게 굴어. 그렇지 않으면 너희들을 나귀로 만들어버릴 테니까." 그는 친구들과 함께 뽐내며 웃었.

자는 두 명의 꽃이 자리를 바꾸어 자기 옆에 앉는 게 불편했다. 욕망과 충동을 참을 수 없었다. 여자와 살을 대본 지 오래 전이었다. 여자들의 부드러운 피부와 향내도 잊고 있었다. 감각이 흐려졌다.

음식이 도착하자 다른 욕구가 솟구쳤다. 린안에서는 연을 제외하고는 하늘을 날아다니는 모든 것을 먹을 수 있으며, 배를 제외하고 헤엄치는 모든 것을, 탁자를 제외하고는 발이 달린 모든 것을 먹을 수 있다는 속담이 사실임을 보여주듯이, 수많은 다양한 음식이 차려졌다. 식탁보 위로 생강과 함께 찐 달팽이, 여덟 겹으로 만든 과자, 진주색 게, 볶음밥, 밤을 곁들인 돼지갈비찜, 용 이빨 모양의 굴튀김, 생선……. 다른 작은 상에는 소화를 돕기 위해 향신료를 뿌린 국그릇이 차례를 기다리고 있었다. 따뜻한 백주가 이 사발 저 사발에 가득 찼고, 갈수록 웃음소리가 커졌다. 자는 즐겁게 술을 마셨고, 회유가 하루아침에 변한 것에 놀랐다. 회유는 조금씩 술을 마시면서 좌중을 즐겁게 했다.

그들이 자를 부추길 필요가 없었다. 두 명의 꽃이 알아서 그런 일을 했기 때문이다.

처음에 어느 꽃의 손이 가랑이 사이로 슬그머니 들어오는 것을 느끼자, 자는 화들짝 놀라서 술을 뱉고 말았다. 자는 여자에게 솔직해지려고 애썼다. 그는 그녀의 향내로 혼란스러우며 그녀의 붉은 입술이 옥근의 가장 깊은 곳까지 정신을 잃게 하지만, 자신은 아무것도 가진 게 없는 가난뱅이라 그녀의 봉사에 대가를 지불할 수 없다고 고백했다. 그러나 그 꽃은 그런 말에 아랑곳하지 않고 부드럽게 머리를 숙이더니 혀로 그의 목을 애무했다.

그 쾌감에 등까지 떨리면서 살갗이 돋았다. 회유와 다른 동료들은 웃으면서, 그녀와 함께 가라고 부추기며 떠밀었다.

자는 거의 생각을 할 수 없었다. 그는 사발에 담은 백주를 연거푸 마셔 이미 몽롱한 상태였고, 애무와 달콤한 향내의 세계로 빠져들었으며,

결코 상상도 해보지 못했던 쾌감을 향해 나아가고 있었다. 꽃에게 입을 맞추려는 순간, 누군가가 그의 어깨를 세게 잡는 것을 느꼈다.

"이 여자를 놓고 다른 여자를 찾아!" 중년의 남자가 손에 지팡이를 들고 외쳤다.

"뭐라고? 가만두지 못해!" 회유가 끼어들었다.

그러나 그 남자는 여자의 팔을 움켜잡고 마치 자에게서 떼어내려는 것처럼 끌어냈다. 그 바람에 식탁에 있던 모든 그릇이 바닥에 쏟아졌다. 자는 그 남자를 막으려고 일어섰지만, 얼굴에 지팡이를 맞아 쓰러지고 말았다. 그 남자가 다시 자를 때리려는 순간, 회유가 그를 덮쳐 넘어뜨렸다. 그때 여러 하인들이 달려와 두 사람을 떼어놓았다.

"염병할 술주정뱅이!" 회유는 고함을 지르면서, 한쪽 손에서 흐르는 피를 닦았다. "손님을 가려서 받아야 할 것 같아." 그는 자를 일으켜주었다. "괜찮아?"

자는 무슨 일이 일어났는지 정확히 알지 못했다. 술 때문에 제대로 판단하거나 행동할 수 없었기 때문이다. 회유는 자를 조용한 구석에 있는 깨끗한 탁자로 데려갔다. 다른 학생들은 두 명의 꽃과 그대로 남아 있었다.

"제기랄! 저 바보 때문에 멋진 밤이 엉망이 될 뻔했어. 다른 아이 불러줄까?"

"아니야, 괜찮아……." 머리가 빙빙 돌았다.

"정말이야? 저 애는 경험이 많은 것 같아. 아주 달콤한 발을 가지고 있어. 틀림없이 갓 튀긴 생선처럼 엉덩이를 꿈틀거릴 거야. 하지만 네 마음에 들지 않는다면 잊도록 하자. 우리는 즐기러 온 거니까!" 그는 술을 더 가져오라고 손짓했다.

자는 회유와 다시 마시기 시작했다. 회유는 잘난 척하는 태도를 버리고 이야기했고, 두 사람은 마치 죽마고우인 것처럼 웃고 떠들었다. 그들은 무희들 사이에서 침을 질질 흘리는 늙은이들에 대해 이야기하며, 무희들이 늙은이들의 돈을 받으면서도 어떻게 인상을 쓰는지 흉내 냈다. 자는 그동안 잃었던 웃음을 되찾았다. 그들은 참깨로 만든 떡과 백주를 더 갖다 달라고 했고, 혀가 뒤엉킬 때까지 술을 마셨다. 잠시 침묵을 지키며 멍하니 앉아 있을 때, 회유의 얼굴색이 바뀌었다.

그는 고독하다고 털어놓았다. 아주 어렸을 때부터 그의 부친은 아들을 최고의 학원에 보내 현인들에게 둘러싸여 자라게 했지만, 가족들의 사랑을 받지 못했고 친구와 비밀스러운 이야기도 나눌 수 없었다고 말했다. 자신을 높이 평가하는 법은 배웠지만, 그 누구도 믿지 않는 법도 배웠다고 털어놓았다. 그의 삶은 황금 마구간에 갇혔지만 가까이 오는 사람은 뒷발로 차버리는 순혈의 멋진 말과 같다고 했다. 회유는 그런 슬프고 고독한 삶이 싫다고 고백했다.

"나를 용서해줘." 회유가 말했다. "나는 너를 달갑지 않게 대했어. 적어도 학원에서는 밍교수에게 인정받고 있었거든……. 아니, 그렇게 생각하고 있었어. 네가 오기 전까지는 말이야. 이제 밍교수는 너에게만 관심을 보이고 있어."

자는 회유를 바라보면서 무슨 말을 해야 할지 몰랐다. 술 때문에 정신이 흐려졌다.

"난 그리 똑똑하지 못해." 자가 말했다.

"아니야, 넌 똑똑해." 회유가 머리를 숙이며 다시 말했다. "가령 오늘 아침에 〈사자의 방〉에서 너는 우리 중에서 그 누구도 볼 수 없었던 것을 발견했어."

"내가?"

"그 남자의 귀에서 무언가를 발견했어. 젠장! 난 잘난 체하지만 멍청이야!"

"그런 말 하지 마. 누구든 발견할 수 있는 것이었어."

"아니야, 난 아니야." 그는 다시 술잔을 들이켰다.

자는 그의 눈에서 패배감을 보았다. 자는 주머니를 뒤져 조그만 금속 조각을 비틀거리며 꺼냈다.

"이걸 잘 봐." 자는 이렇게 말하면서 쇳조각을 보여주었다. 그것을 바닥에 있던 쇠그릇으로 가져갔다. 그러자 마치 마술을 부린 것처럼 그의 손에서 쇳조각이 펄쩍 뛰어 그릇으로 날아가 붙어버렸다. 회유의 눈이 튀어나올 것처럼 커졌다.

"이건……." 그는 이해하지 못했다. "자석이야?"

"응, 자석이야." 자는 쇳조각을 그릇에서 떼어내며 말했다. "너도 이런 것을 갖고 있었다면, 그의 귀에 삽입된 조그만 쇠막대를 발견했을 거야. 그 쇠막대로 그 나졸을 살해한 거야."

"살해되었다고? 나졸이? 정말이지 넌 끝내주는 놈이야." 그는 기운을 차리고 다시 술을 마셨다. "그럼 그가 손에 잡고 있던 술병은……."

자는 주변을 둘러보다가 손에 지팡이를 든 채 긴 의자에서 자고 있는 노인을 보았다. 자는 노인을 가리켰다.

"잘 봐. 꽉 잡고 있지 않아." 자는 자꾸만 눈이 감겼다. 하지만 애써 눈을 뜨고 계속 말했다. "지팡이는 손에 가볍게 놓여 있어. 사람이 죽으면, 마지막 숨과 함께 모든 기운이 사라져. 그건 죽은 후에 누군가가 그곳에 술병을 올려놓고 잡고 있었다는 거야. 시체가 경직되기 시작할 때까지……."

"미끼였다는 거야?"

"그래." 자는 급히 술잔을 비웠다. 생각을 정리할 수 없었다.

"정말이지 넌 대단한 놈이야."

자는 무슨 말을 해야 할지 몰랐다. 술 때문에 갈수록 머리가 흐려졌다. 그러자 건배를 해야겠다는 생각이 떠올랐다.

"새로운 친구를 위해!" 자가 말했다.

회유가 술잔을 비웠다.

"내 새로운 친구를 위해!" 회유도 똑같이 말했다.

회유는 술을 더 주문했지만, 자는 더 마실 수 없다고 말했다. 술잔과 손님과 무희들, 모든 게 그의 머리 주변으로 빙빙 돌았다. 그 소용돌이 속에서 그는 천천히 다가오는 날씬한 여자를 보았다. 꽃잎 같은 눈을 지닌 그녀가 그의 얼굴에 입맞춤을 했다. 그녀의 촉촉한 입술이 그를 다른 세상으로 데려갔다.

자가 꽃의 품에 안겨 있는 동안, 회유는 일어났다.

만일 애무에 몸을 맡기는 대신 눈을 들어 친구를 바라보았다면, 자는 아마 깜짝 놀랐을 것이다. 회유는 취한 적 없는 사람처럼 멀쩡하게 걸어 나가 약속한 동전을 건넸다. 그 돈을 받은 사람은 조금 전에 그를 덮쳤던 남자였다. 회유는 〈환락궁〉을 떠났다.

22

자가 뒷골목 쓰레기 더미에서 정신을 차렸을 때는, 해가 이미 린안의 축축한 지붕들 위에서 반짝이고 있었다. 행인들이 지르는 고함소리가 마치 수천 개의 번개처럼 아직 잠이 덜 깬 그의 머릿속에서 마구 울렸다. 그는 천천히 일어나 혼란스러워하며 주변을 둘러보았다. 머리 위에서 〈환락궁〉의 간판이 보였다. 그는 몸서리를 치면서 잠에서 깼다. 아직 그의 피부에는 자기 몸 위에서 요동치던 꽃의 향이 남아 있었지만, 이상한 혼란스러움도 뒤섞여 있었다. 회유나 다른 동료들은 보이지 않았다. 그는 천천히 학원을 향해 걷기 시작했다.

경비원은 밍교수가 그를 여러 차례 찾았다고 알려주었다. 밍교수는 시험을 치른 학생들을 소집해서 토론실에 있는 교수들에게 보고서를 제출하라고 지시했던 것이다.

"소집된 지 얼마 안 되었어. 하지만 그런 모습으로 들어갈 생각은 하지 마. 그랬다가는 몽둥이로 쫓아낼지도 몰라."

그제야 자는 자기 모습을 보았다. 옷은 토사물이 묻어 더러워졌고, 술 냄새가 지독했다. 그는 자신에게 욕을 퍼부었다. 황급히 얼굴을 씻고, 깨끗한 옷을 찾았다. 그러고는 보고서가 든 보통이를 들고 토론실을 향해 정신없이 뛰었다. 토론실에 들어가자, 모두가 자를 쳐다보았다. 그는 조용히 자리에 앉았고, 바로 그때 회유의 발표가 시작되었다는 것을 알았다.

자는 눈으로 인사했지만, 회유는 시선을 피했다. 자는 이상했지만 아마도 초조해서 그럴 거라고 생각하며 자리에 앉았다. 회유는 교수들의 허락을 구하고 시체 검사 동안 이루어졌던 예비 절차를 이야기했다. 자는 아직도 자기 보고서를 어떻게 해야 할지 결정하지 못한 채 보퉁이를 끌렀다. 그런데 이상하게도 보고서가 없었다. 어쩔 줄 모르며 보고서를 찾고 있는데, 그가 쓴 보고서가 이미 발표되고 있다는 걸 깨달았다. 다름 아닌 회유의 입을 통해 나오고 있었다.

〈이럴 수는 없어.〉

자는 떨리는 손으로 보퉁이를 뒤졌다. 갈수록 더 손이 떨렸다. 그때 밑바닥에서 그가 쓴 두루마리를 발견했다. 아주 깔끔하게 말아서 놔둔 종이가 마구 구겨져 있었다. 피가 거꾸로 솟았다.

회유의 발표를 들으면서 자는 이용당했다는 사실을 알게 되었다. 그가 보여준 우정은 사악한 계략이었고, 그의 고백은 자가 가진 정보를 캐내기 위한 도구였다. 자는 회유의 목소리를 들으며, 자신에게 비수를 겨누고 있는 적을 믿은 것이 얼마나 어리석었는지 깨달았다.

자는 그의 적이 이 시체의 사인은 자살이나 우연한 사고가 아니라고 설명하는 것을 들었다. 회유는 고인이 술병을 잡고 있을 수 있다는 가능성을 배제했다. 사인에 대해서는 자가 발견했던 것을 그대로 말하면서, 왼쪽 귀에서 길고 가느다란 쇠막대가 발견되었으며, 사전 모임에서는 밍교수에게 그런 사실을 밝히지 않았다며 용서를 구했다. 회유는 보고서를 천천히 읽었다. 자가 작성한 보고서를 그대로 베낀 것이었다. 발표가 끝나자 회유는 결론을 밍교수에게 제출했다. 누락된 것은 전혀 없었다. 자가 끝까지 고민했던 살해된 사람의 직업까지도 베낀 것이다.

자는 그에게 달려들고 싶었지만, 참아야 했다. 게다가 회유를 고발할 수도 없었다. 그렇게 하더라도 동료가 그의 보고서를 훔쳤다는 사실을 증명하는 것은 아주 힘든 일이었다. 당연히 회유는 자가 자기 것을 베꼈다고 주장할 것이기 때문이다. 설사 증명한다고 하더라도, 자는 죽은 사람이 나졸이었다는 사실을 어떻게 알았는지 설명해야만 했다. 다행히 그 설명은 원본 보고서에는 누락되어 있었다. 그래서 회유는 밍교수가 그 문제를 물었을 때, 제대로 대답할 수 없었다.

"절대 비밀을 지켜야 한다는 여러 차례 반복된 이상한 요구를 근거로 하여 그의 직업을 추정했습니다." 회유가 머뭇거리면서 대답했다.

"추정했다고? 오히려 베꼈다고 말해야 하는 것 아닌가?" 밍교수가 물었다.

회유는 양쪽 미간을 찡그리며 얼굴을 붉혔다.

"무슨 말씀인지 모르겠습니다."

"그렇다면 아마도 자가 우리에게 설명할 수 있을 것 같군." 밍교수는 자를 지목했다.

자는 교탁으로 나갔다. 그러나 그 전에 보고서를 구겨서 넣었다. 자는 회유의 두려움 가득한 눈빛을 보았다. 밍교수가 무언가를 의심하고 있음이 분명했다. 그는 잠자코 상황을 어떻게 해결해야 할지 생각했다.

"이제 설명하게." 밍교수가 요구했다.

"무엇을 설명해야 할지 잘 모르겠습니다." 마침내 자가 입을 열었다.

그 대답을 듣자 밍교수는 당황해했다.

"아무 반론도 없다는 말인가?" 밍교수가 분노하면서 말했다.

"없습니다, 교수님."

"자네는 나를 바보로 아는가? 아무런 의견조차 없는가?"

자는 회유를 쳐다보았다. 회유는 침을 삼켰다. 입을 열기 전, 자는 자기가 해야 할 대답을 다시 생각했다.

"저는 이 결과가 아주 훌륭하다고 생각합니다." 자는 자기 동료를 가리켰다. "그러므로 우리 모두는 회유를 축하하고 우리의 목표를 위해 계속 정진해야 할 것입니다." 그는 밍교수의 허락도 구하지 않은 채 교단을 내려와 분노를 삼키면서 토론실을 나갔다.

자는 자신의 어리석음을 수천 번이나 탓했고, 그것보다 수천 배나 많이 자신의 비겁함을 저주했다. 그는 회유의 얼굴을 주먹으로 때릴 수도 있었다. 아마도 그랬다면 자는 퇴학당했을 것이고 그의 경쟁자는 승리의 미소를 지었을 것이다. 자는 그런 일이 일어나도록 할 수는 없었다. 그는 도서관 한쪽 구석에 앉아, 구겨진 보고서를 꺼내어 회유의 기만을 폭로할 수 있는 증거를 찾았다. 진실을 밝히고 자기 자신도 위험에 빠지지 않을 내용이어야 했다. 그때 누군가가 뒤에서 다가왔다. 밍교수였다. 그는 고개를 저으며 자 앞에 앉았다. 그의 얼굴에는 분노가 서려 있었다.

"내게는 다른 선택권이 없네. 자네가 바뀌지 않으면, 난 자네를 여기서 퇴학시켜야 하네." 밍교수가 말했다. "도대체 무슨 일이지? 왜 자네가 찾아낸 것을 그가 이용하도록 방치한 것인가?"

"무슨 말씀인지 모르겠습니다." 자는 보고서를 소매 아래로 감추었다. 밍교수는 그걸 눈치 챘다.

"거기 뭘 숨기는 건가? 나한테 주게." 그는 일어나더니 종이를 빼앗았다. 급히 살펴보더니 안색이 변했다. "내가 생각했던 대로군." 그는 중얼거렸다. "회유는 이런 용어를 사용해 보고서를 작성할 수 있는 학생이 절대 아니네. 내가 그의 문체를 모를 줄 아나?" 그는 잠시 말을 멈추고 자의 대답을 기다렸다. "내가 자네를 믿었기 때문에 자네는 여기에 있는 것이네. 이제는 자네가 나를 믿고 무슨 일이 있었는지 말해보게. 자네는 이 세상에 홀로 있는 게 아니네……."

〈아니야, 나는 혼자야. 나는 이 세상에 혼자야.〉

자는 보고서를 되찾으려고 했지만, 밍교수는 돌려주지 않았다.

자는 침묵을 지키며, 분노로 몸을 비틀었다. 밍교수는 무슨 일이 있었는지 알고 있는 것일까? 그의 꿈을 이룰 기회를 날려버렸다는 것 말고도, 체포될 위험에 처해 있다는 것을 어떻게 납득시켜야 할까? 그가 믿었던 모든 사람들이, 심지어 그의 아버지조차 결국은 배신했다는 것을 어떻게 설명해야 할까?

이후 며칠 동안 자는 문서작업에 매진했다. 동료들은 그가 회유의 속임수를 증명해 보이려 한다고 생각했다. 심지어 그도 식당에서 그렇게 떠벌리면서, 그 말이 적의 귀에 들어가도록 했다. 마지막으로 자는 다음날 교수회의에 새로운 보고서를 제출하여 회유의 속임수를 밝힐 것이라는 소문이 돌게 했다. 그는 방으로 가서 그의 적을 기다렸다.

회유는 저녁때가 되어 모습을 드러냈다. 그는 자를 보자마자 헛기침을 했고, 마치 피곤한 듯 침상에 벌렁 드러누웠다. 자는 그가 잠자는 척한다는 것을 알았다. 잠시 시간이 지난 후, 자는 일어나서 보고서를 챙겨 옷장에 넣어두었다. 이어 침묵의 시간을 알리는 징 소리를 기다렸다가 방을 나왔다.

이미 자가 부탁한 대로 밍교수는 복도에서 기다리고 있었다.

"자네가 나를 어떻게 설득했기에 내가 이런 미친 짓을 하고 있는지 모르겠네." 교수가 중얼거렸다.

"그냥 숨어서 기다리시면 됩니다." 자는 그에게 고개를 숙여 인사했다.

밍교수는 자를 따라 옆에 있는 기둥 뒤에 숨었다. 멀리 있는 등불의 불빛이 마치 그 음모에 가담하듯이 흔들렸다. 시간이 천천히 흘렀다. 잠시 후 그들은 회유의 머리가 복도로 나오더니 이쪽저쪽을 살펴보고 다시 방안으로 사라지는 것을 보았다. 얼마 후 침묵 속에서 옷장이 열리는 소리가 들렸다.

"이제 시작할 모양이군!" 밍교수가 자에게 말했다.

자는 고개를 가로저으면서 기다리라는 신호를 보냈다. 열까지 셌다.

"지금입니다!" 자가 소리쳤다.

두 사람은 방 안으로 달려갔고, 자의 보퉁이를 손에 든 회유는 소스라치게 놀랐다. 발각되었다는 것을 알자, 그의 안색이 변했다.

"너!" 회유는 자에게 달려들었다.

두 사람은 바닥에서 뒹굴며 방 안의 의자들을 쓰러뜨렸다. 밍교수가 두 사람을 떼어놓으려고 했지만, 그들은 서로 물어뜯는 야생 고양이 같았다. 회유가 자의 몸 위에 앉아 제압하려는 순간, 자는 몸을 비틀어 빠져나왔다. 이어 회유가 자의 배를 주먹으로 때렸지만, 자는 움찔하지도 않았다. 그가 다시 자에게 힘을 다해 주먹을 내질렀고, 역시 꿈쩍도 하지 않는 자의 모습에 당황스러운 표정이 역력했다.

"놀랐지?" 자는 벌떡 일어나 회유의 얼굴을 주먹으로 때렸다. "내가 작성한 보고서를 찾고 있었지?" 자가 다시 그의 얼굴을 때리자 그의 입술에서 피가 흘렀다. "그래, 여기 있잖아!" 자가 다시 주먹을 날리자 회유는 뒤로 벌렁 자빠졌다. 밍교수가 잡아주려고 했지만 그럴 틈이 없었다.

자는 가쁜 숨을 몰아쉬면서 일어났다. 회유는 침상 밑에서 피로 뒤덮인 얼굴로 신음했다. 자는 그의 협박을 듣자 침을 뱉었다. 이미 회유 때문에 충분히 쓴맛을 보았고, 더는 허용하지 않을 작정이었다.

✺

다음날 자는 회유가 학원을 나가는 순간에 그와 마주쳤다. 그와 작별 인사를 나누러 나온 사람은 아무도 없었다. 심지어 그와 항상 함께 다니던 친구들조차 모습을 보이지 않았다. 자는 문 앞에서 수행원들이 기다리고 있는 것을 보았다. 마치 큰 행사를 치르러 나온 사람들처럼 화려한 옷을 입고 있었다. 이상한 일은 아니었다. 아침식사 시간에 성청에서 제공한 자리가 회유에게 할당되었다는 소문이 돌았던 것이다. 자는 이를 악물었다. 아마도 평생의 기회를 잃어버린 것인지도 모른다. 적어도 자신의 자리를 빼앗긴 것만은 분명했다. 놀랍게도 회유는 그에게 미소를 지었다.

"너도 내가 여기를 떠난다는 걸 알고 있겠지."

"유감이야." 자가 비꼬았다.

회유는 인상을 찌푸렸다. 그는 고개를 숙여 자의 귀에 대고 속삭였다.

"공부 열심히 해. 그리고 날 잊지 마. 나도 널 잊지 않을 테니."

자는 그를 경멸하듯이 바라보았고, 그는 학원을 떠났다.

그날 오후 자의 퇴학을 논의하기 위해 긴급 교수회의가 소집되었다.

많은 교수들이 자의 재능과 상관없이 그 어떤 것도 그의 행동을 합리화할 수 없다고 주장했다. 그가 학원의 명성을 추락시켰을 뿐만 아니라, 학원의 수익금도 감소시켰다는 것이다. 마지막 폭력적인 행위는 회유의 가족이 매년 내던 기부금도 끊게 할 뻔했다.

"사실 우리는 기부금을 계속 받기 위해 형부에 회유를 추천해야만 했습니다. 그러지 않았다면 큰 재앙을 맞을 수도 있었습니다." 어느 교수가 말했다.

밍교수는 그 의견에 반대했다. 그는 이미 밝혀진 대로 회유가 베껴낸 보고서는 바로 자가 쓴 것이라고 주장했다. 하지만 반대파 교수들은, 자가 보고서 발표 시간에 그 보고서를 동료가 쓴 것임을 인정했고, 이후에도 반론을 제기하지 않았다는 사실을 상기시켰다. 물론 그 사실을 뒤엎기 위해 사용한 방법도 수용할 수 없는 것이라고 주장했다. 대부분의 교수들은 자가 지체 없이 학원을 떠나야 한다는 데 동의했다.

그러나 밍교수는 굴복하지 않았다. 그는 조만간 자가 그 어떤 보조금보다 학원에 더 많이 기여할 것이라고 확신했다. 그러므로 학원의 지출 비용을 줄이기 위해 자를 개인 조교로 사용하는 것이 어떠냐고 제안했다.

반대 의견이 대다수였다. 가장 호전적인 교수 중의 하나인 유교수는 자를 종잇조각을 비단이라고 속여 파는 상인이나 아무 효용도 없는 약을 파는 허접한 약장수와 다름없는 협잡꾼이라고 평가했다. 심지어 밍교수를 제정신이 아니라고 단정하면서, 그의 이타적인 관심에 의문을 제기했고 오히려 개인적인 욕심에 불과하다는 평가를 덧붙였다. 밍교수는 고개를 숙이고 침묵을 지켰다. 오래전부터 유교수를 주축으로 시기심 많은 교수들이 밍교수를 원장직에서 내쫓기 위해 혈안이 되어 있었다. 가장 나이 많은 원로교수가 일어났다.

"그런 음험한 암시는 여기에서 논의하기에 부적절합니다." 그의 권위 있는 목소리가 울려 퍼졌다. "밍교수는 이 학원의 원장일 뿐만 아니라 우수한 교수이며, 그의 도덕성은 이론의 여지가 없습니다. 항상 자신의 일을 정확하게 처리했으며, 그의 취향에 대한 소문, 그러니까 이 기관 밖에서 행해지는 그 어떤 말도 그의 사적인 문제이지, 여기서 논할 사안이 아닙니다."

회의실에 긴장된 침묵이 흘렀다. 모든 참석자들의 눈이 밍교수를 향하고 있었다. 밍교수는 발언권을 요청했다.

"지금 여기서 논의할 문제는 제 명성이 아니라 자에 관한 것입니다." 밍교수는 방금 전에 자기를 비난했던 교수를 향해 도전적으로 말했다. "이 학생은 첫날부터 밤낮으로 열심히 일했습니다. 이곳에서 지내는 동안 새벽에 일찍 일어나 청소부터 하고 수업에 임했으며, 짧은 시간 동안 다른 학생들이 평생 배우는 것보다 더 많은 것을 익히고 배웠습니다. 그를 보지도 않고 평가하는 사람들, 혹은 자신의 이익을 위해 거짓 논거를 이용해 제 인격을 해치려는 사람들은 지금 실수를 범하고 있습니다. 자는 거칠고 충동적인 학생이지만, 한편 좀처럼 발견하기 힘든 재능을 지닌 학생입니다. 그의 행동은 우리의 비난을 받아 마땅하지만, 또한 우리의 관대함과 아량을 받을 자격이 있습니다."

"그가 입학했을 때 이미 우리는 그에게 아량을 베풀었소." 원로교수가 지적했다.

밍교수는 참석한 교수들을 쳐다보았다.

"그를 믿을 수 없다면, 저를 믿어주십시오."

밍교수의 자리를 탐내던 네 명의 교수를 제외하고, 나머지 교수들은 자가 원장의 엄격한 감독 아래 남아 있어도 좋다는 데 동의했다. 그러나 최소한의 교칙 위반으로도 즉시 퇴학 조치를 취할 것이고, 밍교수는 원장 직을 사임하기로 약속했다.

자는 밍교수에게서 이 사실을 전해 듣고 믿을 수가 없었다. 그는 왜 밍교수가 그토록 자신을 신임하는지 이해할 수 없었지만, 감사하며 기꺼이 받아들였다.

그때부터 학원은 무릉도원이 되었다. 자는 매일 아침 가장 먼저 강의실로 가서 가장 나중에 나왔다. 학수고대하면서 법학 수업을 들었고, 연인에게 좋은 인상을 주려는 사춘기 소년처럼 열정적으로 린안의 병원들을 돌아다녔다. 저녁식사 후에 그는 밍교수의 연구실에 틀어박혀 의과가 폐쇄되기 전에 밍교수가 되찾아온 의학서적을 탐닉했다. 자는 그 책들을 반복해 읽으면서, 그 안에 비축된 지식이 너무나 소중하지만 몹시 혼란스럽고 무질서하다고 느꼈다. 그는 밍교수에게 그런 혼란을 체계화하자고 제안했다. 통증에 따라 분류된 새로운 책을 편집하는 것이었다. 그렇게 하면 동일한 개념이 반복되거나 누락되어 여러 책을 참고해야 할 필요가 없었다.

밍교수는 그 제안을 수락했다. 더 나아가 교수들에게 그 작업을 해야 할 필요성을 설득하여 연구비를 확보했으며, 그것으로 자료를 구입하고 자의 인건비를 지불했다.

자는 열심히 작업했다. 처음에는 『내서록(內恕錄)』 같은 의학서적 정보를 수집하고 정리하는 것에 한정되었다. 그 과정에서 『의옥집(疑獄集)』과 『절옥귀감(折獄龜鑑)』도 공부했다. 몇 달이 지나자 자는 분석 작업 이외에도 자신의 생각을 포함시키기 시작했다. 그는 밍교수가 잠든 밤에 작업을 했다. 조상들에게 기도한 후 등롱을 켰고, 시체를 검사하는 방법을 정리했다.

사망한 사람의 상황에 대한 철저한 지식은 필수이며, 가장 단순하거나 사소한 일에도 완벽을 기해야 한다. 실수를 저지르지 않기 위해서는 정확한 순서를 따라야 한다. 검사는 정수리와 두개골 봉합선과 가마에서 시작하여 이마와 눈썹과 눈으로 나아가야 한다. 고인의 영혼이 나갈지도 모른다며 두려워하지 말고 반드시 눈꺼풀을 들어서 검사해야 한다. 그 다음으로 목으로 나아가고, 남자일 경우 가슴, 여자일 경우 젖 부위를 살펴보고, 이후 심장과 목젖과 배꼽, 그리고 옥근과 고환을 포함한 음모 부위를 손으로 더듬어 하나도 빠짐없이 살펴야 한다. 여자일 경우 가능한 한 산파의 도움을 받아 옥문을 조사해야 한다. 마지막으로 손톱과 발톱, 손가락과 발가락을 포함하여 팔과 다리를 검사해야 한다. 이후 시체를 뒤로 돌려 마찬가지로 조심스럽게 뒷부분을 완전히 살펴야 한다. 우선 목덜미와 베개를 벨 때 닿는 목뼈, 목, 등, 엉덩이를 차례로 검사해야 한다. 또한 항문을 비롯해 다리의 뒷부분 역시 항상 양쪽을 눌러가면서 구타나 매질 혹은 염증으로 생긴 흔적이 없는지 점검해야 한다. 이런 예비 검사를 통해 사망한 사람의 나이와 대략적인 사망 날짜를 추정할 수 있다.

밍교수는 첫 부분을 읽고 자를 더욱 믿음직스럽게 바라보았다. 자가 쓴 많은 것들, 특히 법의학 검시와 관련된 부분은 도서관에 있는 몇몇 서적에 무질서하게 흩어져 있는 것보다 훨씬 분명하고 정확했다. 그러나 그것 이외에도 밍교수가 알지 못했던 검사 과정과 경험이 포함되어 있었다. 특히 자가 구입한 수술도구와 〈보존함〉이라고 이름 붙인 이상한 얼음상자에 대한 제안은 새롭기 짝이 없었다. 〈보존함〉은 자가 신체 기관을 오랫동안 보존하기 위해 만든 상자였다.

자는 다른 학생들과 거의 관계를 맺지 않았다. 사실 그의 머리에는 다른 생각이 존재하지 않았다. 그는 온종일 공부했고, 밍교수의 질문에 대답하지 못하거나 시체를 검사하면서 단서를 놓치면 크게 자책했다. 하나의 사건을 해결하면, 그것을 혼자 음미했다. 친구도 없고, 함께 지내는 동료도 없었다. 그런 것에 연연해하지도 않았다. 그는 세상과 동떨어져 일하면서 시간을 보냈다. 그의 눈은 책에 박혀 있었고, 마음은 그의 꿈을 이루는 데에만 관심이 있었다.

겨울은 빨리 지나갔다. 봄이 되자 자의 마음은 혼란에 빠졌다.

종종 너무나 생생한 악몽을 꾸다가 눈을 떴고, 시커먼 어둠 속에서 셋째의 모습을 찾았다. 눈뿐만 아니라 마음으로도 셋째를 찾았다. 그렇게 잠에서 깬 밤에는 셋째와 가족이 없다는 사실에 두려웠다. 그럴 때면 유독 펭판관을 떠올리며 그리워했다. 언젠가 꼭 한 번 그의 행선지를 알아보겠다고 생각했지만, 자신이 도망자 신세라는 사실이 밝혀지면 그의 명예에 누가 될 거라는 생각에 괴로웠다.

어느 날 오후 그는 일을 멈추고 〈향락궁〉에서 위안을 찾기로 마음먹었다.

그가 선택한 꽃은 무척 다정했다. 자는 그녀가 자신을 좋아한다고 생각했다. 화상 상처를 보고도 애무를 멈추지 않았고, 그녀의 입술로 자가 결코 상상하지 못했던 것을 해주었다. 그는 돈을 주었고, 그녀는 그의 고독을 잠시 달래주었다.

다음 주에도, 그 다음 주에도, 또 그 다음 주에도, 자는 같은 꽃을 찾았다. 그러다 구름이 잔뜩 낀 어느 날 저녁, 회유를 보았다. 그는 몇 달 전 그를 속였던 바로 그 탁자에 앉아 있었다. 그 젊은 판관은 멍청한 친구들에게 둘러싸여 기분 좋게 술을 마시고 있었다. 그때 무리 중 한 명이 자를 보았다. 회유의 얼굴은 자의 주먹질 때문에 상당히 달라져 있었다. 자는 도망치려고 했지만, 회유가 그의 길을 막았다. 그와 친구들은 자를 붙잡아 주먹을 휘둘렀다.

자가 맞아도 통증을 느끼지 않자, 그들은 더욱 잔인하게 그를 때렸다. 그가 더는 움직이지 못할 때까지 쉬지 않고 때렸다.

그는 학원에서 깨어났다. 그의 곁에는 밍교수가 앉아 있었다. 자는 거의 움직일 수 없었고, 눈이 부어서 뜰 수조차 없었다. 다시 암흑이 그를 삼켰다. 그가 다시 깨어났을 때에도 밍교수는 그곳에 있었다. 자는 그의

314

목소리를 들었지만 무슨 말인지 알아듣지 못했다.

밍교수는 그가 사흘 동안이나 의식을 잃었다고 말해주었다. 어떤 여자가 상황을 알려주어 밍교수가 학생들과 함께 그를 데려왔다고 했다.

"그 여자의 말에 의하면, 모르는 사람 여럿이 자네를 공격했다더군. 아니, 적어도 그게 내가 이곳 사람들에게 말한 것이네."

자는 일어나려고 했지만, 밍교수는 더 쉬라고 말했다. 의원은 그에게 골절된 갈비뼈가 나을 때까지 안정을 취해야 한다고 처방했다. 자는 중요한 수업을 놓칠 수 없다고 했지만 밍교수는 걱정하지 말라고 했다. 그는 꽃처럼 달콤하고 부드럽게 자의 손을 잡았다.

"지금 자네에게 필요한 건 수업이 아니라 휴식이라네."

자는 밍교수의 간호를 받으면서 그의 계속된 꾸지람을 참고 견뎌야 했다. 밍교수는 자의 비사교적인 행동 때문에 지식을 제대로 향유하지 못하고 다른 학생들과 어울리지 못하는 것이라고 나무랐다. 자의 근면성을 칭찬하면서도 사회적으로 고립되어 있다고 평가했다. 또 결과로 판단하건대, 꽃과 함께 있는 것은 최고의 치료방법이 되지 못한다고 덧붙였다. 자는 그의 말을 듣지 않는 척했지만, 시간이 천천히 흐르는 밤이면 그의 말을 곰곰이 생각했다. 그의 가슴에 비수를 찌르는 말이었다. 밍교수가 옳았다. 한밤중에 그를 불현듯 찾아오는 귀신들이 그의 삶을 망치고 있었다. 아버지에 대한 의심이 그를 갉아먹었으며, 그것은 날이 갈수록 커졌다. 그는 꿈을 이루고 싶었다. 하지만 그러기 위해서는 그의 마음에서 그들을 쫓아내야 했다.

결국 어느 날 밤 그는 밍교수에게 모든 걸 털어놓겠다고 결심했다.

밍교수는 연구실에 있었다. 향 연기가 회색 어둠을 가득 채우고 으스스한 분위기를 냈다. 박하의 짙고 달콤한 향내가 자의 가슴으로 파고들었다. 밍교수는 찻잔을 앞에 두고 생각에 잠겨 꼼짝하지 않았다. 그의 얼굴은 창백한 납빛을 띠었다. 그는 희미한 목소리로 앉으라고 했다. 자는 어디서부터 시작해야 할지 갈피를 잡을 수 없었다. 다행히 밍교수가 도와주었다.

"내가 명상하는 시간에 들어온 것을 보면 아주 중요한 일이 있나 보군. 자, 어서 말해보게. 기꺼이 자네 말을 들어주겠네."

그의 목소리는 부드러웠다. 밍교수는 부러진 나뭇가지의 거스러미를 금방이라도 사용할 수 있는 섬세한 붓으로 바꿀 줄 아는 사람이었다.

자는 마음을 열고 모든 것을 설명했다. 자신이 누구인지, 어디 출신인지 말했다. 자기 몸에 흔적을 남기고 있는 이상한 질병과 몇 년 전에 린안의 국자학에 있었던 것, 그리고 펑판관의 조수로 일했던 시절을 비롯해 가족이 모두 죽은 후에는 끔찍한 고독에 시달리고 있다는 것까지 모두 털어놓았다. 그러나 무엇보다도 그는 자신의 몸을 관통하는 아버지의 수치스러운 불명예에 관해 말했다. 하지만 자신이 나졸이 찾던 도망자이며 바로 그 나졸이 살해되었다는 것은 결국 용기를 내지 못했다.

밍교수는 잠자코 자의 말을 들었다. 그러면서 김이 모락모락 나는 차를 마치 값비싸고 진귀한 요리인 양 천천히 마셨다. 마치 수천 번이나 그런 이야기를 들은 노인처럼 밍교수의 얼굴색은 전혀 변하지 않았다. 자가 이야기를 끝내자, 밍교수는 찻잔을 앉은뱅이 탁자에 올려놓고 그를 뚫어지게 쳐다보았다.

"이제 자네는 스물두 살이 되었네. 나무는 항상 자신의 과일에 책임을 져야 하지만, 과일은 나무에게 책임이 없네. 그렇더라도 나는 자네가 자기 마음속을 들여다본다면 아버지를 자랑스럽게 여길 이유가 있을 거라고 확신하네. 자네의 총명함과 지혜, 그리고 몸짓과 예법에서 나는 그걸 본다네."

"예법이라고요? 제가 학원에 온 이후, 제 삶은 거짓말로 가득했습니다. 저는……."

"자네는 야심이 있고 가끔은 충동적인 젊은이네. 하지만 양심이 없는 사람은 아니야. 그랬다면 그런 가책을 느끼며 잠을 이루지 못하는 일은 없었을 거네. 그리고 자네 거짓말에 관해서는……." 그는 찻잔에 약간의 차를 더 넣었다. "이건 좋은 충고는 아니지만, 거짓말을 하려면 조금 더 잘해야 할 것이네."

밍교수는 일어나서 서재로 향했다. 거기서 책을 한 권 들고 돌아왔다. 자는 그 책이 어떤 것인지 바로 알아보았다. 그것은 아버지가 갖고 있던 것과 유사한 형법전서이었다.

"『송형통』을 읽은 푸주한이 있을 것 같나?" 밍교수가 나무랐다. "얼마 전에 린안에 도착했다는 묘지 매장꾼이 발효시킨 젖처럼 보기 드문 것을 파는 유일한 장소를 어떻게 알겠나? 상처와 해부학에 대한 지식을 제외하곤 모든 것을 잊어버렸다는 가난뱅이이자 무식쟁이가 세상에 있을 수 있나? 자, 정말로 나를 속일 수 있을 거라고 생각했나?"

자는 무슨 말을 해야 할지 몰랐다. 다행히도 밍교수가 먼저 말을 꺼냈다.

"나는 자네에게서 무언가를 보았네. 자네 입에서 흘러나온 거짓말 뒤에서 나는 슬픔의 그림자를 봤네. 자네의 눈은 도움을 청하고 있었네. 순수하면서도…… 어찌할 도리가 없다는 눈이었지. 날 실망시키지 말게."

그날 밤 자는 편안하게 잠들었다. 그의 삶에서 처음이자 마지막이라고 느껴진 달콤한 잠이었다. 다음날 그는 깜짝 놀랄 소식을 접했다.

5부 ○ 황궁 살인 사건

23

자는 일찍 일어나 밍교수의 개인 정원을 청소했고, 조상들을 위해 기도했다. 그리고 나서는 오후에 교수회의에 제출해야 할 개론서에 몰두했다. 그것은 밍교수와 함께 진행해온 작업의 결과물로, 법의학 실행과 절차에 관한 편찬물이었다. 그러나 오전이 반쯤 지났을 때, 질병의 원인과 증상에 관한 총론인 『제병원후론(諸病源候論)』에서 발췌할 아주 중요한 대목 몇 개를 잊어버렸다는 사실을 깨달았다. 그 책을 밍교수의 서재에 놓고 온 것이다.

자는 주먹으로 책상을 쳤다. 책이 급히 필요했지만, 바로 그날 아침 밍교수는 급히 성청에서 호출을 받아 나간 후였다. 그가 돌아올 때까지 기다리면, 제시간에 제출하기가 힘들었다. 그러나 허락 없이 밍교수의 개인 연구실에 들어가는 것은 엄격히 금지되어 있었다.

〈이건 좋은 생각이 아니지만…….〉

그는 문을 열고 밍교수의 연구실로 들어갔다. 모든 게 어둠에 잠겨 있었다. 손으로 더듬으면서 밍교수의 개인 서재까지 나아갔다. 심장이 얼어 붙는 것 같았다. 천천히 밍교수가 그 책을 놔두던 선반을 더듬었지만 그곳은 텅 비어 있었다. 온몸에 한기가 흘렀다. 그는 재수가 없어도 너무 없다며 투덜댔다. 자는 주변을 꼼꼼히 살폈다.

마침내 책상에 놓인 비단으로 장정된 다른 책 아래서 그 책을 찾아냈다. 천천히 다가가 손을 뻗었지만, 어떻게 해야 할지 머뭇거렸다.

〈이건 좋은 생각이 아니야.〉 그는 또다시 생각했다.

그가 뒷걸음치려는 순간, 갑자기 문이 열렸다. 자는 화들짝 놀랐고, 그 책은 가죽으로 장정된 다른 책과 함께 바닥에 떨어졌다.

고개를 돌려보니 밍교수가 서 있었다. 밍교수는 연구실로 들어오더니 등불을 켰다. 자가 우뚝 서 있는 것을 보고 밍교수는 당황하며 눈을 깜빡거렸다. 왜 이곳에 있느냐고 물었다.

"저는……『제병원후론』을 참고하려고……." 자가 말을 더듬었다.

"내 물건에 손대지 말라고 하지 않았느냐?" 그의 목소리에는 분노가 가득했다.

자는 서둘러 책을 집어 밍교수에게 돌려주려 했다. 그런데 그에게 건네려는 순간, 가죽으로 장정된 책이 펼쳐지면서 벌거벗은 몇몇 남자의 그림이 눈에 들어왔다. 밍교수는 황급히 그것을 숨겼다.

"해부학 책이다." 밍교수가 말했다.

자는 고개를 끄덕였지만, 왜 밍교수가 속이려고 하는지 알 수 없었다. 그는 해부학 그림이 결코 교접하는 두 남자를 묘사하지 않는다는 것을 잘 알고 있었다. 자는 죄송하다는 말과 함께 나가도 되겠느냐며 허락을 구했다.

"나가는 데는 내 허락을 구하고, 들어오는 데는 그렇지 않다니, 참으로 해괴하군. 그리고 이 책은? 이제는 필요하지 않나?" 밍교수가 물었다.

"죄송합니다, 교수님. 제가 어리석었습니다."

밍교수는 문을 닫고, 자에게 앉으라고 했다. 그의 얼굴은 핏줄이 불끈 솟아 있었다. 눈에도 핏발이 서 있었다.

"한번이라도 내가 지금 자네에게 은혜를 베풀고 있는 이유를 생각해보았나?"

"여러 번 생각했습니다." 자는 뉘우치면서 고개를 숙였다.

"자네가 그런 대우를 받을 자격이 있다고 생각하는가?"

자는 입술을 깨물었다.

"아니라고 생각합니다, 교수님."

"그렇게 생각하나? 혹시 지금 내가 어디에서 오는지 아는지 모르겠군." 그가 목소리를 높였다. "나는 성청에 다녀왔네. 자문위원 자격으로 판관들을 도와주라는 지시를 받았네. 그 누구도 생각조차 할 수 없는 가장 야만적이고 잔인무도한 범죄가 일어났기 때문이지. 나는 궁궐로 들어오라는 요청을 받았네."

그는 쓸쓸하게 웃었다.

"나는 그들에게 학원에 정말 보기 드문 학생이 있다며 추천했다네. 나보다 더 낫다고 말일세. 좀처럼 볼 수 없는 전대미문의 관찰력을 지닌 학생이라고 했지. 그게 누굴 것 같나. 바로 자네야. 나는 그들에게 요청했다네. 자네가 나와 함께 일할 수 있게 해달라고 말이지. 그런데 이런 식으로 되갚는 것인가? 내 믿음을 배신하다니. 내 연구실에 들어와 내 책들을 캐

323

어보고 다니다니!" 밍교수는 책상을 주먹으로 쳤다.

자는 밍교수에게 대답을 하고 싶었지만, 한마디도 입 밖에 낼 수 없었다. 그토록 중요한 것만 아니었다면 허락 없이 그곳에 들어오지 않았을 것이라고 말하고 싶었다. 공부를 그토록 사랑하지 않았다면, 그의 은혜를 중요하게 여기지 않았더라면, 그의 기대에 부응하도록 완벽한 개론서를 제출해야 한다는 의무를 느끼지 않았다면, 그의 믿음에 먹칠을 하지 않았을 것이라고 말하고 싶었다. 또한 허락 없이 들어온 것은 그 어떤 이유로도 합리화될 수 없지만, 그가 교수회의에서 자신을 자랑스럽게 여기도록 하기 위해서였다고 말하고 싶었다. 하지만 그런 마음을 표현할 수 있었던 것은 눈물뿐이었다.

그는 밍교수가 자신의 약한 면을 보기 전에 일어났다. 밍교수는 다시 그의 발을 돌려세웠다.

"나는 자네를 궁궐로 데려갈 것이라고 약속했네. 그러나 그곳을 다녀온 다음에는 이곳을 떠나게. 더는 이 학원에서 자네를 보고 싶지 않네."

�

정상적인 상황이었다면, 자는 궁궐의 벽을 통과한다는 기쁨을 누렸을 것이다. 그러나 그 순간 그는 모든 것을 다 바치더라도 밍교수의 신임을 다시 얻기만을 원했다.

고개를 숙인 채 그는 봉황산을 향해 린안대로를 지나는 형부 관리 일행의 발걸음을 쫓아갔다. 두 명의 관리가 요란하게 북을 두드려 성청의 판관 행차를 알리면서 길을 열었다. 수많은 구경꾼들이 몰려들어 가마에 탄 판관을 바라보면서, 고문이나 처형과 관련된 소문을 들으려고 애를 썼다. 밍교수는 피곤한 얼굴이었다. 자는 그를 쳐다볼 때마다 자책하는 마음을 멈출 수 없었다.

밍교수는 자에게 단지 궁궐에서 황제 폐하가 기다리고 계신다는 것만 알려주었을 뿐 다른 말은 하지 않았다. 황제는 조용하고 과묵한 성품을 지녔다고 알려졌다. 그의 앞에 부복할 수 있는 사람은 선택된 극소수에 불과했고, 그를 쳐다볼 수 있는 사람은 그보다 더 적었다. 가장 신임 받는 측근 내상들만이 그에게 다가갈 수 있었으며, 단지 황후와 왕자들만 그를 만질 수 있었고, 그와 대화할 수 있는 사람들은 환관들뿐이었다. 그는 황궁에서 평생을 보냈으며, 두꺼운 벽이 도시의 악취와 불행에서 그를 지켜주고 있었다. 황금 우리에 갇혀 끝없이 이어지는 접견과 행사와 의식을 치르며 시간을 보냈다. 어쨌든 황제는 엄청난 책임이 있는 자리였다. 그것은 쾌락을 향유하기보다는 계속된 희생을 치르며 무거운 의무를 져야 하는 자리였다.

이제 자는 이승과 저승을 가르는 입구를 지나는 순간에 서 있었다. 화려한 부의 세계가 자의 눈앞에 펼쳐졌다. 아름답게 세공된 돌 분수들이 푸른 정원을 따라 늘어서 있었고, 노루들이 그곳에서 뛰어놀고 있었다. 무지갯빛 공작새들이 마치 그들을 환영하듯이 줄을 지어 행진했다. 크고 오래된 나무들 사이로 개울이 소리를 내며 흘러갔고, 여러 건물의 기둥과 처마와 난간이 황금색과 주홍색으로 반짝거렸다. 자는 지붕을 보면서 입을 다물 수 없었다. 지붕의 쇠시리 장식이 창공을 향해 굽이치며 올라가고 있었다. 건물들은 북쪽에서 남쪽에 이르는 선을 축으로 삼아 사각형으로 완벽하게 정렬되어 있었고, 그 어떤 공격도 물리칠 수 있을 것처럼 보이는 자신만만한 거구의 병사들이 위협적인 얼굴로 지키고 있었다. 그것도 모자라 끝도 없이 늘어선 병사들이 황궁과 도시를 나누는 입구 양쪽으로 경비를 서고 있었다.

일행이 조용히 앞으로 나아가더니 한궁(寒宮)과 온궁(溫宮) 사이에 있는 접견용 누각 앞에 발길을 멈추었다. 칠보를 칠한 누각 지붕의 주랑 아래 주름진 얼굴의 뚱뚱한 사람이 그들을 초조하게 기다리고 있었다. 그의 모자로 보아 고명하신 칸, 즉 모든 사람이 벌벌 떠는 형부(刑部) 내상(內相)이었다. 가까이 다가가자 그 사람의 한쪽 눈이 없다는 것을 알아볼 수 있었다. 유일하게 시력이 살아있는 한쪽 눈이 초조하게 깜빡거렸다.

내상은 환영 인사를 한 후, 그들에게 따라오라고 했다. 일행은 아무 말 없이 끝없이 긴 복도를 지났다. 그들은 자줏빛 벽과 대조되는 백설처럼 하얀 백자로 장식된 여러 방을 지났고, 옥 광산과 비교될 정도로 화려한 광채를 뿜어내는 사각형의 방도 지났다. 계속해서 덜 정교하지만 마찬가지로 위엄 있는 다른 누각으로 들어갔다.

"황제 폐하께 절하십시오." 그들을 방 안으로 안내했던 관리가 텅 빈 옥좌를 가리켰다.

모두가 옥좌 앞에 부복했고, 마치 황제가 앉아 있는 것처럼 머리를 바닥에 갖다 댔다. 의식이 끝나자, 애꾸눈인 칸 내상은 단상으로 힘들게 올라가서 그곳에 있는 사람들을 주의 깊게 쳐다보았다.

"이미 알다시피, 정말로 충격적인 문제 때문에 여러분을 소집했소. 이것은 여러분의 지식보다 지혜와 직관을 필요로 하는 사건이오. 이제 보게 될 것은 상상할 수 없이 기괴하고 끔찍하오. 나는 여러분이 다루게 될 범죄자가 사람인지, 해로운 동물인지 아니면 정신이상자인지 알지 못하오.

그러나 무엇이 되었든 간에 여러분의 임무는 그 끔찍한 존재를 밝히고 체포하는 것이오."

그는 연단을 내려와 커다란 도끼를 든 거구의 두 병사가 지키고 있던 방으로 향했다. 자는 흑단나무 문을 보면서 놀라움을 금치 못했다. 그곳 상인방에는 열 명의 염라대왕이 새겨져 있었다. 문이 열리자, 썩어가는 살 냄새가 풍겼다. 그곳에 들어가기 전, 칸의 부하가 장뇌를 적신 솜을 나누어주었고, 그들은 급히 코를 막고 공포의 방으로 들어갔다.

그들은 방 한가운데 있는 피 묻은 덮개 주변에 자리를 잡았다. 그곳에 있던 사람들의 얼굴은 호기심에서 비탄의 표정으로 변하더니 이내 공포의 표정을 지었다. 덮개 아래로 사람처럼 보이는 절단된 시체가 있다는 것을 알 수 있었다. 덮개는 피로 물들어 있었다. 특히 가슴과 목에 해당하는 부위에 피가 많았다. 머리가 있어야 할 부분에는 아무것도 없는 듯했다.

큰방상궁이 덮개를 벗기자, 그곳에 있던 사람들은 공포에 질려 수군 거렸다. 몇몇은 인상을 찌푸렸고, 어떤 이는 토했다. 모두가 뒷걸음쳤다.

자는 전혀 겁먹지 않았다. 오히려 얼마 전까지만 해도 여자였던 토막 난 시체를 대담하게 관찰했다. 무자비하게 더럽혀진 부드러운 살은 부분적으로 동물에게 먹힌 것처럼 보였다. 머리는 완전히 절단되어 있었고, 기도와 식도가 잘리고 남은 부분은 마치 돼지 창자처럼 목에 덜렁덜렁 걸려 있었다. 양발도 발목부분에서 절단되어 있었다. 상체에 있는 수많은 상처 중에서 두 개의 심한 상처가 눈에 띄었다. 왼쪽 가슴 아래에 있는 하나는 깊은 구멍이었다. 마치 짐승이 심장을 먹기 위해 그곳에 주둥이를 갖다 대고 파먹은 것 같았다. 또 다른 상처는 더 끔찍했고, 심지어 자도 몸을 떨었다. 잔인무도하게 삼각형으로 절개된 상처는 배꼽 아래를 수직으로 가로지르면서 양 고간까지 이어졌으며, 기름과 피가 엉켜 붙은 살덩이를 보여주고 있었다. 모든 쾌락의 구멍은 이상한 의식을 치른 것처럼 뿌리째 뽑혀 있었다.

자는 슬픈 얼굴로 시체를 바라봤다. 그의 몸이 겪은 야만적인 행위는 부드러운 손과 완전히 대조되었다. 심지어 아직도 부드러운 향수 냄새가 은은하게 풍기면서, 부패의 악취와 싸우고 있었다. 자는 이제 그만 물러나라고 지시하는 관리의 손을 느꼈다. 칸 내상은 큰방상궁이 실시한 검사로 작성된 예비보고서를 읽기 시작했다. 하지만 약 서른 살로 추정되는 여자의 대략적인 나이와 작고 연약한 양쪽 유방이 손상되지 않았다는 것, 그리고 피부가 매우 부드럽다는 것 따위만 언급했다. 그 여자는 옷을 입은 채 소금시장 근처의 골목길에서 버려진 채 발견되었다고 했다. 마지막으로 어떤 종류의 동물이 그토록 몸을 절단할 수 있는지에 대해 언급하면서 아마도 호랑이나 개 혹은 용이라는 의견을 보였다.

나머지 사람들이 웅성거렸지만, 자는 고개를 가로저었다. 분명히 큰방상궁은 출산이나 가사를 돌보거나 연회를 조직하는 것은 잘 알고 있겠지만, 벌레에게 물린 자국과 단순한 화상자국은 구별할 수 없을 것이다. 그러나 그가 할 수 있는 일은 많지 않았다. 유교는 남자가 여자의 시체를 건드릴 수 없다고 단호하게 규정하고 있었다. 제정신을 가진 사람이라면 그 누구도 그런 법칙을 어길 수는 없었다.

보고서를 모두 읽은 후, 칸은 그곳에 있는 사람들에게 의견을 구했다.

성청 판관이 가장 먼저 말했다. 그는 앞으로 나아가서 천천히 시체 주위를 돌고는, 큰방상궁에게 등을 볼 수 있도록 시체를 뒤로 돌려달라고 요청했다. 나머지 사람들도 가까이 다가갔다. 상궁이 시체를 움직이자, 상처가 전혀 없는 하얀 등이 드러났다. 허리는 두꺼웠고, 엉덩이는 부드럽고 흐늘흐늘했다. 판관은 다시 한 바퀴 돌고는 생각에 잠겨 자기의 염소수염을 잡아당겼다. 그는 발견 당시 희생자가 입고 있던 옷을 검사했다. 종들이 입는 평범한 아마포 겉옷이었다. 그는 머리를 긁으면서 칸을 쳐다보았다.

"형부 내상님……. 이토록 역겨운 사건을 보니 차마 말이 나오지 않습니다. 저는 짐승에 의한 것이라는 동료들의 의견에 동의합니다. 하지만 이 상처들이 절대적으로 흔히 볼 수 있는 것이 아니기에 저도 단정 지을 수는 없습니다." 그는 어떤 말을 해야 할지 생각하는 것 같았다. "이런 상처로 볼 때, 저는 주술을 행하는 분파의 행동일지 모른다고 생각합니다. 아마 백련교도나 마니교도 혹은 경교(景敎)교도나 미륵불교의 행위일 수 있을 겁니다. 그 증거는 이 살인자들이 극악무도한 욕망에 사로잡혀 유혈 의식을 치르면서 머리를 잘랐고 발을 절단했으며, 그것으로도 만족하지 않아 끔찍한 욕구를 채우고 짐승이 폐를 먹어치우도록 했다는 것입니다." 그는 칸 내상을 보면서 동의를 기다렸다. "그렇다면 무슨 동기였을까요? 그것은 살인자의 정신이 얼마나 사악하고 일그러졌는지에 따라 다를 수 있습니다. 그것은 입사의식일 수도 있으며, 명령불복종에 대한 처벌일 수도 있으며, 제물일 수도 있으며, 인간의 신체기관에 있는 불로장생의 약을 찾기 위한 것일 수도 있습니다……."

칸 내상은 판관의 말을 음미하면서 고개를 끄덕였다. 그는 밍교수의 말도 들어보고 싶다고 말했다.

"존엄하신 형부 내상 대인, 대인의 자애로운 얼굴 앞에서 인사를 하게 되어 영광입니다." 밍교수는 정중하게 칸 내상에게 인사했다. "저는 보잘 것없는 교수일 뿐이나 이런 사건에 불러주신 것에 감사드립니다." 칸 내상은 계속하라고 손짓했다. "만약 제 의견이 지금까지 나온 것과 다르다면, 기분이 상하더라도 용서해주시기 바랍니다."

밍교수는 잠자코 시체의 등을 살폈다. 그는 상궁에게 원래의 위치로 돌려놓아달라고 요청했다. 성기가 뽑혀 움푹 팬 부분을 가까이에서 살펴보면서 그는 그 역겨운 모습에 움찔했다. 그는 칸 내상의 동의를 구한 후, 대나무 줄기를 달라고 해서 상처를 면밀히 조사했다.

"상처는 무슨 일이 있었는지를 말해주는 충실한 증인입니다. 상처가 어떻게 생기게 되었는지 말해주며, 언제 심지어 왜 그런 일이 벌어졌는지 알려주기도 합니다. 그러나 지금 여기에 있는 상처는 단지 복수 때문이라고 말하고 있습니다. 시체에 대한 지식을 바탕으로, 상처의 깊이, 구타의 의도, 어느 정도의 힘으로 가격했는지를 평가할 수 있습니다. 하지만 범죄를 해결하기 위해서는 살인자의 정신 상태를 알아야만 합니다." 밍교수가 잠시 말을 멈추었다. 칸 내상이 초조해하면서 손가락을 딱딱 부딪쳤다. "단지 제 추측에 불과하나, 저는 쾌락의 부위가 적출되었다는 사실은 사악한 충동 때문이라고 여깁니다. 음란한 충동에 사로잡혀 이렇게 보기 힘든 폭력적인 범죄를 범한 것입니다. 저는 신체 절단이 밀교(密敎) 교도들의 행동인지는 잘 모릅니다. 아마도 가슴의 상처는 그렇다는 것을 보여줄 수도 있지만, 저는 살인자가 섬뜩한 의식의 일부로 희생자의 머리와 다리를 잘랐다고는 생각하지 않습니다. 신체를 절단한 것은 희생자의 신원을 감추기 위해서였을 겁니다. 얼굴을 제거한 것은 희생자를 알아보지 못하도록 취한 조치입니다. 그리고 발을 자른 것은 희생자의 가족이나 지

330

위에 대한 비밀을 숨기기 위해서였을 겁니다."

"잘 이해가 되지 않소." 칸 내상이 말했다.

"이 여자는 촌부가 아닙니다. 손이 곱고 손톱이 잘 단장되었으며, 심지어 아직도 시체에서 나는 향수 냄새로 볼 때, 귀족 가문에 속한 여인입니다. 그러나 살인자는 이 여자에게 싸구려 옷을 입혀 달리 생각하게 하려고 시도했습니다." 그는 천천히 방 안을 돌았다. "상류 귀족 여인들에게는 어렸을 때부터 발을 묶어 성장을 억제하고 아름답게 하려는 전족의 풍습이 있다는 것을 익히 아실 겁니다. 그러나 대부분이 모르는 것은 그런 과정에서 여자들의 주먹이 각자 다르듯 발도 다르게 변한다는 사실입니다. 각 여자마다 다른 발을 가지고 있는 것이지요. 그리고 남자들에게는 발을 절대 보여주지 않는다 해도, 하녀들은 내밀하게 여주인의 발을 보살핍니다. 여자는 얼굴이 없더라도 하녀들이 그 발을 보게 되면 누구인지 즉시 밝혀집니다. 살인자는 희생자가 누구인지 밝혀지지 않도록 그렇게 했던 것입니다."

"흥미롭군……. 그럼 가슴의 상처는?"

"네, 말씀드리겠습니다." 밍교수가 말했다. "정말 이상한 구멍입니다! 성청 판관님은 살인자의 잔인성을 지적하셨고, 그것은 논의의 여지가 없습니다. 그 상처가 커다란 짐승이 이빨로 물어뜯은 상처와 흡사하게 보인다는 점에도 저는 동의합니다. 그러나 그 상처가 피해자가 죽은 즉시 생긴 것이라고는 결론 내릴 수 없습니다. 그것은 시체가 뒷골목에 버려진 이후 지나가던 개가 몸의 일부를 먹어버릴 수도 있기 때문입니다."

칸 내상은 얼굴을 찡그렸다. 그는 시간을 재는 모래시계를 쳐다보면서 무언가를 생각했다.

"알겠습니다. 여러분의 노력에 감사드립니다. 여러분이 필요하면, 즉시 다시 부르겠습니다." 칸 내상이 단호하게 말했다. "이제 제 부하를 따라가십시오. 여러분들을 출구로 안내할 겁니다."

"내상 대인! 죄송합니다!" 그는 그 방을 떠나려 할 때, 밍교수가 용기를 내서 말했다. "시체 판독가의 말을 들어보지 않았습니다. 성청 판관님에게 그에 관해 말했고, 판관님도 그가 함께 오는 데 동의하셨습니다."

"시체 판독가라고?" 형부 내상이 의아해하면서 물었다.

"시체를 읽는 사람입니다. 제 수제자입니다." 밍교수는 이렇게 말하면서 자를 가리켰다.

"내게는 아무 말도 하지 않았소." 그는 자기 수행원들을 못마땅한 눈으로 쳐다보았다. 수행원들이 모두 고개를 숙였다. "당신과 같은 전문가가 놓친 것을 포착할 수 있다는 말이오?"

"아마 이상하게 보일지 모르겠습니다. 하지만 그의 눈은 우리가 보지 못한 것을 볼 수 있는 능력이 있습니다."

칸 내상은 마치 자가 죽은 사람도 살릴 수 있다고 확신한 것처럼 믿지 못하겠다는 눈으로 쳐다보았다. 그는 말했다. "좋소. 하지만 서두르도록 하게. 덧붙일 게 있나?"

자는 앞으로 나와 칼을 잡았다.

〈저도 그랬으면 좋겠습니다.〉

그는 즉시 시체의 배에 칼을 꽂았다. 그곳에 있는 사람들이 모두 놀랐고, 상궁이 막으려고 했지만 소용없었다.

"이제 아시겠습니까?" 피 묻은 손으로 자는 훤히 드러난 내장을 가리켰다.

"무얼 알겠느냐는 것이냐?" 칸 내상이 물었다.

"이 시체는 여자가 아니라 남자입니다."

24

"남자이지 여자가 아닙니다……."

수사나졸들이 시체의 내장 아래에 그 어떤 여성기관도 없다는 것과 반면 남성기관의 흔적이 있음을 확인했다. 내상은 입을 다물었다. 천천히 의자에 앉으면서 자에게 계속하라고 지시했다.

우려스러우나 자신 있는 목소리로, 자는 사인이 폐의 상처 때문이라고 지적했다. 상처의 테두리는 살아있을 때 잘릴 경우 나타나는 전형적인 수축 현상이나 붉은 반점을 보여주지 않으며, 이것은 발목과 목이 잘린 부위, 성기를 들어낸 틈에서도 동일하게 나타난다고 설명했다. 그럼에도 사망원인이 폐에 있다고 확신하는 것은, 날카로운 물체로 구멍을 낸 것처럼 움푹 꺼져 있기 때문이라고 지적했다.

자는 상처가 동물에 의해 자행되었을 것이라는 생각을 일축했다. 누군가가 내장 안쪽까지 접근하려고 하면서 폐를 잔인무도하게 제거한 것은 분명하나, 외부에는 할퀸 자국이나 물린 자국이 없었다. 주변에 긁힌 자국도 없었으며, 커다란 동물이 개입되었다는 것을 보여줄 흔적이 전혀 없었다. 비록 갈비뼈가 골절되었지만, 아주 깨끗하게 부러졌기 때문에 마치 일종의 도구를 이용해 그렇게 한 것 같았다. 그것이 어떻게 이루어졌는지는 몰라도, 살인자는 몸의 내부에서 무언가를 찾아 분명히 그것을 손에 넣은 것 같았다.

"그게 뭔가?" 칸 내상이 물었다.

"그건 모르겠습니다. 아마도 몸 안에 화살촉이 부러져 살인자가 그것을 제거하려고 했을 수도 있습니다. 그것은 귀금속으로 만들어졌거나 아니면 신원을 밝혀줄 흔적을 지니고 있을 수도 있으니까요. 알 수는 없지만, 분명한 것은 살인자가 범죄자임을 드러낼 모든 증거를 없애려고 했다는 점입니다."

"목이나 발을 절단한 것처럼?"

"밍교수님은 이 시체가 귀족 여인일 것이라 하셨습니다. 발이 절단된 것은 그녀의 신원을 숨기기 위한 것이라고요. 무척 훌륭한 생각이나, 저는 이것이 살인자가 우리를 혼란에 빠뜨리기 위한 미끼였다고 생각합니다. 부드러운 젖을 지닌 형태의 몸을 보고 어떻게 여자가 아니라고 생각할 수 있겠습니까? 살인자는 이 사람의 진정한 신원을 보여줄 수 있는 모든 것을 잘랐습니다. 신원확인이 불가능하도록 머리를 절단했고, 남자임을 드러낼 커다란 발을 톱으로 잘라서 우리에게 귀족 여인이라고 믿게 했습니다. 또한 옥근을 포함한 생식기를 잘라냈습니다. 그리고 교활하게도 가슴은 그대로 놔두었습니다. 하지만 손은 여자의 것처럼 부드럽고 섬세한 반면, 너무 큽니다. 살인자가 손의 크기에 주의했다면, 틀림없이 그의 목표를 이루었을 겁니다."

"하지만 아직 이해가 되지 않네……." 칸 내상이 고개를 흔들었다. "옥근…… 여자의 가슴……. 이것도 저것도 아니라면 도대체 어떤 종류의 괴물인가?"

"전혀 괴물이 아닙니다, 형부 내상 대인. 이 불쌍하고 가련한 고인은 궁궐의 환관일 뿐입니다."

칸 내상은 황소처럼 씩씩거렸다. 일반적이지는 않지만, 여성적 외모의 환관이 존재한다는 사실, 특히 사춘기 이전에 거세된 환관들이 많다는 사실은 궁궐 내에서 익히 알려져 있었다. 내상은 화가 치밀어 주먹을 불끈 쥐면서, 왜 그런 가능성을 고려하지 않았는지 모르겠다며 투덜댔다. 칸 내상이 반란보다 더 싫어하는 것이 있는데, 그것은 누군가가 자기보다 더 영리하다는 것을 보여주는 것이었다. 내상은 마치 자신의 무지에 대한 책임이 자에게 있다는 것처럼 쳐다보았다.

"이제 가보게." 내상이 못마땅한 표정으로 말했다. "더는 필요 없네."

돌아오는 길 내내 밍교수는 아무 말도 하지 않았다. 그의 심각한 표정과 꽉 다문 턱을 보면서, 자는 마음이 무거웠다. 황궁으로 가기 전날, 밍교수는 그를 학원에서 내보내겠다고 했다. 그러나 이제 자는 시체를 판독해서 알아낸 사실이 그의 자존심에 상처를 입혔을 거라 생각하며 두려워했다. 고향에서 펭판관을 도왔지만, 결국은 형이 고발되는 상상하지 못했던 결과를 낳았던 일을 떠올렸다. 자는 입을 다물었다.

학원에 도착하기 전, 밍교수는 잠시 학원을 비워야 한다며 밤에 돌아오면 그때 이야기하자고 했다. 자는 그와 헤어져 혼자 학원을 향해 걸었다. 이제 학원에 들어가는 건 마지막이 될 거라 생각하며 비감해했다. 그런데 그를 보자마자 입구를 지키던 경비원이 달려 나왔다. 그는 자의 팔을 붙잡고 급히 정원으로 데려갔다. 자가 무슨 일이냐고 묻자, 작은 체구의 경비원이 얼굴을 붉혔다.

"이상한 사람이 자네를 만나러 왔어. 친구라고 하던데, 술에 취한 것 같았어. 자네가 없다고 말하니까 화를 내면서 미친 사람처럼 소리를 지르기 시작했어. 그래서 발로 차서 내쫓았지. 자기가 점쟁이라면서 보상금 이야기를 하던데, 난 뭔 소리인지 모르겠어. 저녁 때 다시 오겠다고 했어." 경비원에 자에게 조그만 소리로 말했다. "자네가 알고 있어야만 할 것 같아서 말해주는 거야. 난 자네가 마음에 들거든. 하지만 나라면 그런 사람과 어울리지는 않을 거야. 만일 교수님들이 그런 사람과 있는 자네를 보면, 별로 좋아하지 않을 거야."

자는 얼굴이 벌게졌다. 슈는 그를 찾아내 협박하려는 것 같았다.

모든 게 무너지고 있었다. 자는 일이 복잡해지기 전에 이곳을 떠나야겠다고 생각했다. 밍교수는 그를 학원에서 퇴학시킬 것이고, 그렇지 않는다 해도 슈가 공갈을 치거나 고발할 것이다. 자는 구름 낀 하늘을 보면서 운명을 저주했다. 그가 꿈꾸었던 모든 것이 영원히 사라지고 있었다.

자는 기숙사에 돌아와 물건을 챙겼다. 갑자기 펭판관이 머리에 떠올랐다. 그를 제자로 맞이한 첫 날부터, 펭판관은 그에게 정직성과 지식을 가르쳐주었다. 그에게 더할 나위 없는 아버지 역할도 해주었다. 자는 셋째의 병 때문에 하는 수 없이 그가 살던 저택에 찾아간 날을 떠올렸다. 그는 판관이 어떻게 되었을까 궁금했지만, 이후 그를 잊는 편을 택했다. 어쨌든 그와의 만남을 포기한 것은 판관의 명예를 지켜주기 위해 그가 할 수 있는 최선의 방법이었다. 펭판관은 감히 도망자가 명예를 더럽힐 수 있는 사람이 아니었다.

그는 마지막으로 학원 안을 걸었다. 그의 슬픔에 전염된 듯 보이는 텅 빈 강의실을 보았다. 모두 헛된 시도였으며 이제는 그가 깨어나야만 하는 꿈의 말없는 증인이었다. 도서관 앞을 지났다. 주인을 기다리는 책들이 책장에 놓여 있었다. 그 책들은 수 세대에 걸쳐 조상들이 수집한 지혜를 후대와 공유하기 위해 펼쳐지기를 간절히 바라고 있었다. 자는 그 책들을 부러운 시선으로 바라보면서 작별했다.

린안의 거리는 이제 어둠에 잠기기 시작했다. 익명의 사람들이 무질서한 벌떼들처럼 우글거렸지만, 그런 혼란스러운 상태에서도 각자는 갈 곳이 어딘지 알고 있었다. 자신만 빼고 모두가 쉴 곳을 갖고 있는 것 같았다. 그는 정처 없이 걸었다. 자기를 먼 곳으로, 남들이 알지 못하는 삶으로, 그리고 불행한 삶으로 데려갈 마차나 배를 만날 때까지 걸을 작정이었다. 그는 잠시 고개를 돌려 그가 머물던 곳을 바라보며 누군가 창문에 모습을 드러내 그의 이름을 불러주길 간절히 바랐다. 하지만 아무도 나타나지 않았다. 그런데 놀랍게도 다시 고개를 돌리는 순간, 궁궐의 경비병과 마주쳤다. 그는 다른 무장한 세 명의 군사를 거느리고 있었다.

"시체 판독가인가?"

"그렇습니다. 저를 그렇게 부릅니다." 자는 이렇게 대답하면서, 황궁에서 검사를 하는 동안 참관했던 경비원들 중의 하나를 알아보았다.

"너를 데려오라는 지시를 받았다."

자는 저항하지 않았다. 그들은 한마디도 없이 머리씌우개로 머리를 덮고 노새가 끄는 마차에 올라타게 했다. 마차는 린안의 거리를 한참 달렸다. 마차를 타고 가는 도중에 그는 길을 비켜주는 행인들의 욕과 비아냥거림을 참아야만 했다. 그를 교수대로 가는 중죄인이라고 여겼던 것이다. 그러나 행인들의 비난이 점차 멀어지더니, 마침내 마차가 멈췄다. 자는 육중대문이 무겁게 삐걱거리며 열리는 소리와 몇몇 사람의 목소리를 들었지만, 그들이 무슨 말을 하는지는 알 수 없었다. 마차는 다시 한참을 달리다가 멈추었다. 그는 마차에서 내린 후 돌로 포장된 바닥을 지나 미끌미끌한 경사로로 이끌려갔다. 자는 곰팡이 냄새와 오물 냄새를 맡았다. 자는 왠지 살아서 그곳을 나가지 못할 것이라는 끔찍한 느낌을 받았다. 이윽고 자물쇠 소리가 나더니 문을 밀고 그에게 두어 발짝 앞으로 나아가게 했다. 자물쇠 잠기는 소리가 났다. 그런 후에는 아무 소리도 나지 않았다. 그 공간에 혼자 있다고 생각했을 즈음, 누군가 머리씌우개를 벗겨 주었다. 그 순간 여러 사람의 발자국 소리가 들렸다.

"물러나라!" 누군가가 명령했다.

자의 눈앞에 눈썹을 태울 정도로 가깝게 횃불이 켜져 있었다. 병사가 물러나니 그를 가둔 시커먼 지하 감방이 눈에 들어왔다. 문도, 창문도 없는 방이었다. 돌 벽은 끈적끈적하고 습한 냄새를 풍기는 더러운 것들로 뒤덮여 있었다. 그는 커다란 방 안에 있었고, 벽에는 쇠사슬과 집게를 비롯한 고문도구들이 걸려 있었다. 마침내 그의 눈이 어둠을 볼 수 있게 되었다. 경비병들에게 둘러싸인 퉁퉁한 사람이 보였다. 그가 다가왔다.

"다시 만나게 되는군." 칸 내상이 말했다.

자는 몸을 덜덜 떨었다. 긴 의자에 놓인 쇠사슬과 집게를 보면서 힘껏 숨을 들이마셨고, 그 전에 도망치지 못한 자신을 자책했다. 멀리서 찢어질 것 같은 비명소리가 들리자, 자의 우려와 걱정은 더욱 커졌다.

"무릎을 꿇어라."

자는 최악의 일이 일어날지도 모른다고 생각하고 준비했다. 그는 바닥에 무릎을 꿇고 머리를 숙인 채 결정적인 타격을 기다렸다. 하지만 치명적인 타격 대신, 어떤 사람이 앞으로 나왔다. 횃불의 불빛이 비추자, 눈앞에 금과 보석이 박힌 검고 굽은 신발이 보였다. 천천히 눈을 들어, 금실로 수놓은 붉은 겉옷에 진주자개로 만든 허리띠를 보았다. 계속 눈을 들어 가슴에 걸린 멋진 황금 목걸이를 보았다. 온몸이 떨렸다. 인장의 끝이 황금보다도 더 빛났다. 황제의 인장이었다. 자는 황제의 얼굴에서 병약한 안색과 불안한 시선을 엿보았다.

자는 눈을 감았다. 허락 없이 하늘의 아들을 쳐다본다는 것은 죽음을 의미했다. 자는 황제가 그의 처형을 직접 지켜보고 싶어 한다고 생각했다. 그는 이를 악물고 기다렸다.

"네가 시체 판독가라는 사람이냐?" 그의 목소리가 힘없이 울렸다.

자는 침을 삼키려고 했지만, 그의 목은 마치 모래 한 숟가락을 삼킨 것처럼 말라 있었다.

"저를 그렇게 부릅니다, 폐하."

"일어나 따르라."

몇몇 병사가 자를 도와주었다. 자는 지금 일어나고 있는 일에 어안이 벙벙했다. 무장한 경비병들과 수행원들이 황제를 둘러쌌고, 형부 내상은 황제의 오른편에 섰다. 그들은 어둡고 음산한 복도로 나아갔다. 자는 두 명의 경비병들에게 호위를 받으면서 그들을 따라갔다.

좁은 복도를 지나자, 수행원들과 경비병들은 크고 둥근 천장이 있는 방으로 들어갔다. 그 방의 한가운데에는 두 개의 소나무 관이 놓여 있었다. 여러 개의 횃불이 어둠 속에서 탁탁 소리를 내면서, 그 안에 있는 시체들을 밝혔다. 경비병들이 물러나고 내상과 황제 단 두 사람만 남았다.

"폐하께서 자네 의견을 듣고 싶어 하신다." 칸이 못마땅한 목소리로 말했다.

황제의 메마른 얼굴은 살아있는 해골에 초를 입힌 것 같았다. 자는 황제의 허락을 받아 첫 번째 관으로 다가갔다. 시체는 나이 든 남자였다. 마른 체격이었고, 손발은 길었다. 구더기들이 그의 얼굴을 완전히 일그러뜨릴 정도로 먹어치웠고, 복부도 먹어치우고 있었다. 복부의 상처는 눈에 익었다. 자는 죽은 지 닷새 정도 될 것이라고 추정했다.

계속해서 두 번째 관으로 향했다. 보다 젊은 남자였고, 부패 상태는 비슷했다. 구더기들이 모든 구멍에서 넘쳐흘렀고, 심장 위로 열린 상처를 뒤덮고 있었다.

두 사람이 동일한 살인자에 의해 살해된 것이 분명했다. 전날 환관을 죽인 바로 그 범인이었다. 그런 사실을 칸 내상에게 보고하기 시작했지만, 황제가 말을 끊었다.

"내게 직접 보고하라."

자는 고개를 숙였다. 그는 용기를 내어 황제를 쳐다보았다. 확고하고 분명한 목소리로 세 사람의 죽음에 이상하기 그지없는 공통점이 있다고 결론 내렸다.

"가장 중요한 것은 세 경우 모두 사망의 원인이 한 종류의 상처에 기인하는 것입니다. 상체에 이상하게 파여 있는 상처입니다. 상처의 크기와 그 주변의 흔적으로 볼 때 동일한 도구로 죽였다는 인상을 받습니다. 모서리가 둥근 칼의 종류인 것 같습니다. 모두 동일한 목적으로, 즉 신체 내부에서 무언가를 적출하기 위해 사용되었습니다. 하지만 이것도 큰 의미를 갖지는 못합니다. 화살촉이 부러질 수 있지만, 두 번에 걸쳐, 심지어 세 번이나 그런 일이 일어나기는 어렵습니다. 이상하게도 이 세 구의 시체는 저항이나 투쟁의 흔적이 보이지 않습니다. 마지막으로 제가 보기에 가장 혼란스러운 것은 악취에도 불구하고 은은하면서도 강한 향이 동일하게 풍기고 있다는 점입니다."

그러나 자는 차이점도 존재한다고 설명했다.

"환관의 경우와 첫 번째 관에 있는 시체의 경우, 살인자는 신원확인을 용이하게 해줄 수 있는 모든 것을 제거하려고 했습니다. 환관의 경우 성기와 발과 머리를 잘랐습니다. 그리고 첫 번째 관에 있는 시체의 경우 수십 개의 상처를 내어 얼굴을 엉망으로 만들어 구더기가 들끓게 했습니다. 하지만 마지막 시체를 주의 깊게 살펴보면, 구더기가 뒤덮고는 있지만 얼굴은 거의 손상되지 않았습니다."

황제는 시체 같은 시선으로 자의 화상 입은 손이 가리키는 쪽을 쳐다보았다. 그는 아무 말 없이 고개를 끄덕였다.

"제가 보기에, 이것은 살인자의 부주의나 즉흥적인 작품이 아닙니다. 손을 자세히 살펴보면, 젊은이의 손에는 가난한 사람의 전형인 굳은살과 흙이 있습니다. 손톱은 잘라져 있고, 손가락의 조그만 상처들은 그가 하류층 노동자라는 것을 보여줍니다. 반면에 환관과 노인의 손은 섬세하고 부드러우며, 아주 잘 다듬어져 있습니다. 이것은 그들이 상류층이라는 것을 의미합니다."

"흥미롭군……. 계속하라."

자는 잠시 멈추어 생각을 정리한 다음, 보다 젊은 시체를 가리켰다.

"제 의견으로는 살인자가 급한 상황에 처해 놀랐거나 서둘렀을 것입니다. 아니면 이 가난한 일꾼의 시체가 확인되는 데 그리 상관하지 않은 것 같습니다. 하지만 다른 두 경우에는 이런 일이 일어나지 않도록 심혈을 기울였습니다. 죽은 사람들의 신원이 밝혀지면, 살인자와의 관계를 찾아낼 수 있기 때문입니다."

"그래서 자네의 결론은?"

"그랬으면 얼마나 좋겠습니까." 자가 애석해했다.

"제가 말씀드린 것처럼 저 청년은 시체를 제대로 읽지 못합니다!" 칸 내상이 말했다.

"결론을 이끌어낼 수 있느냐?" 황제가 자에게 물었다. 그의 얼굴에는 그 어떤 감정도 서려 있지 않았다.

자는 이를 악물고 대답했다.

"죄송합니다, 폐하. 저는 폐하의 전문가들이 사악한 종파가 벌인 살인이라고 지적한 것이 정확했다고 생각합니다. 아마도 필요한 도구와 재료가 있다면, 보다 충실하게 말할 수 있을 것 같습니다. 그러나 집게나 식초도 없고, 아무런 도구도 없는 상태에서는 지금까지 말한 것 이상을 확인할 수는 없습니다. 이 시체들의 부패 상태에서 제가 유일하게 유추할 수 있는 것은 살인이 최근에 일어났다는 것뿐입니다. 부패 진척 정도로 볼 때, 노인이 먼저 죽었고, 젊은 일꾼이 이후에 죽었습니다."

황제는 입술 양쪽으로 난 얼마 안 되는 수염을 만지작거리면서 잠시 침묵을 지켰다. 마침내 황제는 칸 내상에게 가까이 다가오라는 손짓을 했다. 황제는 뭔가를 귀엣말로 속삭였고, 칸 내상의 얼굴색이 바뀌었다. 내상은 못마땅한 표정으로 자를 보며 그곳을 나갔다.

"알았다, 시체 판독가. 마지막으로 하나만 묻겠다." 황제가 작은 목소리로 말했다. "너는 내 판관들의 소견을 들었다. 네가 보기에 혹시 그들이 놓친 것이 있느냐?" 그는 멀리 떨어져 기다리고 있던 초록색 겉옷과 관을 쓴 두 명의 수행원을 가리켰다.

자는 그들의 신중한 얼굴을 보았다. 의원들을 우습게 여기는 관리들 같았다. 그들이 역시 자신도 우습게 여길 것이라고 생각했다.

"그림을 그렸습니까?" 자는 아직 얼굴을 알아볼 수 있는 젊은 시체를 가리켰다.

"그림을 그렸느냐고? 무슨 말인지 모르겠다."

"구더기들 때문에 이틀만 지나면 해골로 남게 될 것입니다. 저라면 가능한 한 정확하게 청년의 초상화를 그렸을 겁니다. 아마도 그것은 앞으로 그의 신원을 확인할 때 필요할 것입니다."

❦

자는 지하 감방을 나와 옆방으로 옮겼다. 음산한 곳이었지만, 적어도 깨끗했고 벽에 쇠사슬이 걸려 있지는 않았다. 머리가 하얗고 피부가 누런 관리가 들어왔다.

"판독가라…… 흥미로운 이름이군. 자네가 선택한 것인가?" 관리는 자를 아래위로 훑어보았다.

"아닙니다." 자는 관리의 조그만 눈이 진한 눈썹 아래에서 빛나는 것을 보았다.

"음……. 그게 무슨 의미인가?"

"시체를 관찰하고 사인을 이해하는 제 능력 때문에 그런 이름이 붙은 것 같습니다. 제가 공부하는 학원에서 붙여주었습니다."

"밍학원 말이군. 그래, 나도 거길 잘 알고 있네. 린안의 모든 사람이 알고 있는 기관이지. 내 이름은 보라고 하네." 관리의 태도가 한층 부드러워졌다. "황제 폐하께서는 자네의 연락 관리로 나를 임명하셨네. 지금부터 자네에게 필요한 모든 것과 자네가 확인하는 모든 것은 나를 통해 알려야 한다는 말이라네." 관리는 자의 앞에서 걸음을 멈추었다. "나도 어제 자네가 환관을 검시할 때 지켜보았네. 솔직히 말하면 자네에게서 좋은 인상을 받았다네. 황제 폐하께서도 그런 것 같네."

"제가 이런 것을 기뻐해야 할지 모르겠습니다……. 형부 내상 대인은 그다지 좋은 인상을 받지 못한 것 같았습니다."

"그래." 그는 머뭇거렸다. "칸 내상이 직접 이 사건을 관장하고 있다네. 하지만 자네에게 시체를 보인 것은 황제 폐하의 생각이시네. 내상은 옛 풍습을 숭앙하며, 매우 엄격하고 강직하신 분이지. 돌도 씹고 불도 삼킬 수 있는 전사랄까." 그는 관대한 웃음을 지었다. "궁궐에서는 그가 너무나 엄격한 교육을 받아서 어렸을 때에도 절대 눈물 한 방울 흘린 적이 없다고 말한다네. 그런데 내가 보기에는 때어날 때에도 울지 않았던 것 같네. 칸 내상은 선황 폐하께서 돌아가실 때까지 그분을 모셨고, 시간이 흐르면서 황제 폐하의 가장 충성스러운 신하가 되셨지. 조금도 흠이 없는 분이시네. 믿을 만한 분이시지. 그분이 자네의 새로운 임무를 탐탁지 않게 생각한다는 말은, 아마도 자네가 칼을 잡고 그분의 허락 없이 그 환관의 배를 갈랐기 때문일 것이네. 칸 내상은 교만한 사람을 참지 못하시네. 아니, 분노하신다네. 어제 자네는 그 경계선을 넘었지."

"그런 것 같습니다……." 자가 걱정스럽게 말했다. "그런데 제가 이해할 수 없는 것은 나리께서 제 연락 관리이시고 제가 확인하는 모든 것을 아셔야 한다고 말씀하셨는데…… 제가 뭘 확인하고 밝혀야 하는 것입니까?"

"어제 자네가 보여준 솜씨에 황제 폐하는 감탄하셨다네. 자네가 유용할 것이라고 여기셨지. 자네는 궁궐 판관들이 의심조차 하지 못했던 것을 찾아냈다네." 그는 잠시 침묵을 지켰다. 그는 망설이는 듯 보였다. "잘 듣게. 내가 지금 이야기하는 것은 절대로 발설해서는 안 된다네. 그것에 관해 말하면, 그 무엇도 자네 목숨을 구해줄 수 없을 테니. 알겠는가?"

"그 말을 무덤까지 갖고 가겠습니다." 자는 말했다.

"몇 달 전부터 최악의 불행이 린안을 강타하고 있다네. 그것은 모습을 숨긴 채 우리 모두를 위협하고 있지. 아직은 약할지 모르지만, 무시무시할 정도로 위험한 것이라네. 오랑캐의 침략처럼 치명적이고 전염병처럼 끔찍하며 물리치기 매우 힘든 것이지." 그는 하얀 수염을 만지작거렸다.

보의 말에서 유추하건대, 그는 초자연적인 존재를 의심하는 것 같았다. 하지만 자가 검사한 세 구의 시체는 모두 구체적인 누군가에 의해 살해된 것이었다. 그 말을 하려는데 보가 먼저 말했다.

"형부 나졸들은 최선을 다해 일했지만, 아무런 소득을 얻지 못했다네. 용의자를 발견했다고 믿었지만, 그 용의자는 한순간 사라지거나 살해된 채 발견되었다네." 그는 일어나 다시 방안을 어슬렁거렸다. "황제 폐하께서는 자네를 이 수사에 참여하도록 하셨다네. 비밀리에 일을 신속하게 처리하려는 것이지."

"그런데 나리, 저는 하찮은 학생에 불과합니다. 제가 어떻게 이런 일을……."

"그래, 학생이지. 하지만 하찮지는 않네." 보는 자를 높이 평가하듯이 쳐다보았다. "우리는 자네에 관해 알아보았다네. 심지어 폐하께서는 직접 성청 판관과도 말씀하셨네. 그 판관도 어제 검시 동안 자네가 큰 역할을 했다고 평가했으며, 학원에서 자네가 훌륭하게 공부해왔고 법의학 전서들을 야심차게 정리하고 있다고 언급했다네."

자는 자신의 책임이 엄청나다고 느꼈다.

"그러나 나리, 사람들은 성공만 널리 알리고, 그 반향은 마치 기름얼룩처럼 번져갑니다. 사람들은 종종 실패를 언급하지 않습니다. 제 예측은 수십 번이나 틀렸고, 수백 번의 경우에는 어린아이도 확인할 수 있는 자료만 제공했을 뿐입니다. 학원으로 오는 대부분의 사건은 단순 살인이나 질투에 의한 분노, 술집에서 벌어진 싸움이나 혹은 토지로 인한 분쟁입니다. 살해된 사람들의 주변인들에게 물어보면, 시체를 보지 않고도 평결을 내릴 수 있는 것들입니다. 그러나 이 사건들은 단순한 살인이 아닙니다. 이런 범죄를 저지른 작자는 극단적으로 잔인할 뿐만 아니라, 머리도 매우 뛰어난 사람입니다. 그리고 형부 판관들은 어떤가요? 그들은 학식도 없고 경험도 없는 애송이가 하는 말에 결코 동의하지 않을 겁니다."

"하지만 판관들 중에서 그 누구도 죽은 자가 환관이라는 것을 밝히지 못했네."

자는 황궁이 자신의 지식을 제대로 평가해주었다는 점에서 자랑스러웠지만, 과도하게 관여하면 도망자라는 사실이 드러날 수도 있다는 것이 두려웠다.

"판관들 문제는 걱정하지 말게." 보가 다시 말했다. "특권층이라고 마음대로 할 수는 없네. 우리는 발전하고자 하는 사람들, 노력하는 사람들, 자신의 가치와 지식을 보여주는 사람들을 등용하네. 자네의 꿈이 과거에 응시하는 것이라는 사실을 알고 있네. 자네도 알고 있겠지만, 이 시험은 사회계층이나 출신을 막론하고 누구나 응시할 수 있지. 농부도 내상이 될 수 있고, 어부도 판관이 될 수 있으며, 고아도 세리가 될 수 있네. 우리의 법은 죄를 짓는 사람에게는 엄격하지만, 자격이 있는 사람에게는 후한 상을 내리네. 이걸 기억하게. 자네가 그들보다 더 뛰어나다면, 자네는 도와줄 권리뿐만 아니라, 그래야 하는 의무도 있는 것이야."

자는 이 위험에서 결코 벗어나지 못하고 도망칠 수도 없을 것이라고 예감했다.

"자네가 당혹해하는 건 이해하네. 하지만 너무 막중한 책임감을 느낄 필요는 없다네. 그런 책임감을 자네에게 부여하지도 않을 것이네." 보가 계속 말했다. "궁궐에는 자네가 무시하지 못할 실력 있는 판관들이 있다네. 자네가 수사를 지휘하라는 말이 아니라네. 단지 자네 의견만 제출하면 된다네. 그리 힘들거나 복잡하지 않을 것이네. 게다가 황제 폐하는 자네에게 자비를 베풀고자 하신다네. 일이 잘 될 경우, 황제 폐하는 자네를 직접 형부 관리로 임명하실 것이네."

그런 제안은 전혀 꿈도 꾸지 못한 것이었다. 하지만 그게 독이 든 선물은 아닐까 하는 생각이 머리에서 떠나지 않았다.

"나리, 솔직하게 말씀드리겠습니다. 아마도 궁궐 판관들은 나리가 생각하는 것보다 더 현명하고 똑똑할 것입니다."

보는 눈을 치켜떴고, 이마의 얇은 피부가 주름졌다.

"이제는 내가 무슨 말인지 못 알아듣겠네."

"나리께서 말씀하신 법에 관한 것입니다. 벌을 주고 상을 주는 법규, 그러니까 상벌 목록에 있는 것 말입니다. 동일한 기준이 판관들에게 적용됩니다. 그들 역시 올바른 판단을 내리면 보상을 받고, 잘못된 결정을 하면 심한 벌을 받습니다. 실수 때문에 판관의 지위를 박탈당한 사람이 없지 않을 것입니다."

"물론이네. 피의자들의 목숨은 그들 손에 달려 있지. 그래서 실수를 하면 그 대가를 치르게 된다네."

"종종 목숨을 잃는 경우도 있습니다. 그렇다면 그들이 일어날 수 있는 결과에 대한 위험을 감수하지 않으려고 판단을 유보하는 것은 당연하다고 생각됩니다. 지금처럼 위험천만한 경우라면, 잘못된 판결을 내릴 수도 있는데 구태여 위험을 감수할 필요가 있겠습니까? 입을 다물고 목숨을 구하는 편이 나을 겁니다."

그때 문이 열리면서 칸 내상이 방으로 들어왔다. 내상은 심각한 표정으로 다가와서 보에게 잠시 자리를 비워달라고 했다. 그의 인상 쓴 눈썹과 꽉 다문 입술이 그의 심정이 말해주고 있었다.

"오늘 이 순간부터 너는 내 명령을 받게 된다. 필요한 것이 있으면, 내게 먼저 요청해야 한다. 후궁 거처와 내가 있는 곳만 제외하고는 궁궐의 모든 곳을 드나들 수 있는 통행증을 네게 줄 것이다. 형부의 기록문서도 참고할 수 있을 것이고, 필요한 경우에는 시체를 보다 세밀히 살펴볼 수도 있을 것이다. 궁궐의 모든 사람들을 취조할 수도 있다. 그러나 이 모든 것은 내 사전허락이 있어야 한다. 나머지 자세한 사항은 보가 설명할 것이다."

자의 심장이 요동쳤다.

"대인." 자가 고개를 숙이며 말했다. "제가 이 일을 할 능력이 있는지 모르겠습니다……."

칸 내상은 눈을 부릅뜨더니 차갑게 쳐다보았다.

"아무도 네게 그걸 요구하지 않는다."

비밀문서보관소는 린안의 국자학 도서관과 비교할 수 없을 만큼 거대하고 끝이 보이지 않는 미로였다. 두루마리와 서책으로 가득한 수천 개의 책장이 줄지어 있었다. 자는 좁은 복도로 칸 내상을 따라갔다. 지붕에 닿을 정도로 수북이 쌓인 책과 종이뭉치가 가득했다. 좁은 창문으로 아침 햇살이 들어왔다. 칸 내상은 하나의 종이묶음이 놓여 있는 자개 책상 앞에서 걸음을 멈추었다. 그는 의자에 앉았다. 잠시 그 서류를 살펴보더니 자에게도 앉으라고 권했다.

"네가 보에게 말한 것을 들었다." 칸 내상이 말을 시작했다. "분명히 밝혀두마. 황제 폐하가 네게 기회를 주셨지만, 그렇다고 내가 널 신임한다는 뜻은 아니다. 우리의 사법체계는 그것을 무너뜨리거나 위반하는 사람에게는 한 치의 용서도 허락하지 않는다. 우리 판관들은 그 체계를 공부하고 적용하면서 나이를 먹었다. 아마도 너는 허영심에 들떠서 이 판관들의 가치를 우습게 여길지도 모른다. 네 눈에는 그들이 오줌줄기가 닿는 곳 너머로는 아무것도 볼 수 없는 무능력한 노인네들로 보일지도 모르지. 그러나 이것만은 경고하겠다. 내 판관들의 능력을 의심하지 마라."

자는 내상의 말에 복종하는 척했지만, 마음속으로는 그 판관들이 정말 훌륭한 자질을 가졌다면 그가 지금 여기 있지는 않을 것이라고 확신했다. 칸 내상은 그 서류에 적힌 내용을 보여주었다.

"이것은 세 살인사건에 대한 초검보고서와 복검보고서다. 여기에 붓과 먹물이 있다. 얼마든지 참고하고 네 의견을 적어라." 그는 네모난 종이를 꺼내 자에게 건네주었다. "이것은 통행증이다. 어느 곳이든 네가 들어가고 싶을 때, 이 통행증을 경비병들에게 보여주어라. 그러면 방명록에 네 이름을 적고 들어가게 해줄 것이다."

"누가 시체를 검사했습니까?" 자는 용기를 내서 물었다.

"보고서에 그들의 이름이 적혀 있을 것이다."

자는 재빨리 서류를 살펴보았다.

"여기에는 판관들의 이름만 있습니다. 저는 실제로 검사한 사람들을 알고 싶습니다."

"너와 같은 우초[3]다."

자는 인상을 찌푸렸다. 우초는 부검을 하고 시체를 닦는 일을 하는 사람을 일컫는 경멸적인 용어였다. 자는 더 따지지 않는 편이 낫다고 생각했다. 그는 보고서를 읽고 나서 한쪽으로 치워놓았다.

"여기에는 연락 관리가 말씀하신 위험에 관해 아무것도 적혀 있지 않습니다. 저는 이 도시에서 끔찍한 일이 벌어지고 있다고 들었는데 여기에는 단지 세 구의 시체에 관해서만 말하고 있습니다. 살해 동기나 혐의점에 대한 언급도 없습니다."

"그 이상의 정보는 제공할 수 없다."

"하지만 대인, 제가 도우려면 그걸 알아야만……."

"돕는다고?" 내상은 자에게 얼굴을 바짝 갖다 댔다. "아직 제대로 알아듣지 못한 모양이군. 개인적으로 나는 네가 무엇을 발견하든 전혀 관심이 없다. 그러니 지시하는 것만 해라. 그리고 네 몸이나 잘 돌보도록 해."

---

3 판관이 시체를 보기 전 시체를 닦거나 절개하는 일, 혹은 신체 기관을 적출하거나 검사하는 일 등을 담당하던 조수들로 교육을 거의 받지 못한 사람들이었다. 당시 판관은 기록만 담당했다. 일반적으로 우초는 푸주한 일을 병행했다.

자는 주먹을 쥐고 입술을 깨물었다. 그는 다시 보고서로 눈을 돌려 검토했지만 별 내용이 없었다. 농부라도 쓸 수 있는 내용이었다.

"대인." 자가 일어나면서 말했다. "시체를 자세히 검사할 수 있는 적절한 장소가 필요합니다. 제 모든 도구를 그곳으로 옮겨주십시오. 가능하면 오늘 오후에 해주십시오. 또한 향수제조상도 찾아주십시오. 린안 최고의 제조상으로 부탁드리겠습니다. 오늘 실시할 조사에 그 향수제조상도 함께 있어야 합니다." 칸 내상이 놀랍다는 표정을 지었지만 자는 개의치 않고 계속 말했다. "새로운 살인사건이 발생할 경우, 발견 시간과 장소를 불문하고 즉시 제게 연락을 주십시오. 제가 도착할 때까지 아무도 시체를 건드리지 말아야 하며, 옮기지도 말아야 하고, 깨끗이 닦아서도 안 됩니다. 판관이라 할지라도 절대로 시체를 움직이면 안 됩니다. 증인이 있다면 그들을 서로 분리시키십시오. 최고의 초상화가도 필요합니다. 왕자의 얼굴을 멋있게 치장하는 그런 부류가 아니라, 현실을 그대로 포착할 수 있는 화가로 구해주십시오. 또한 저는 살해된 환관에 관한 모든 것을 알아야 합니다. 그가 궁궐에서 무슨 직책을 맡았는지, 그의 취향과 악습을 비롯해 그의 약점과 장점은 어떤 것인지 알아야 합니다. 남자나 여자 애인이 있었는지, 가족과 접촉하고 있었는지, 어느 정도의 재산을 축적했는지, 그리고 누구와 만났는지도 알아야 합니다. 무엇을 먹고, 무엇을 마셨으며, 심지어 어느 정도나 화장실에서 시간을 보냈는지도 알아야 합니다. 또한 밀교나 주술 혹은 불법적 행위로 수사되었던 모든 도교, 불교, 마니교, 경교 교파의 목록도 도움이 될 것입니다. 마지막으로 최근 6개월 사이에 일어난 모든 살인사건을 비롯해, 이 살인사건과 전혀 관련이 없다고 판단될지라도 혹시 관련될 수 있는 형부 보고서나 증인 혹은 실종사건의 목록도 건네주시기 바랍니다."

"보가 이 모든 것을 처리할 것이다."

"여러 부서와 그들의 기능을 확인할 수 있는 궁궐의 지도도 도움이 될 것입니다. 제가 들어갈 수 있는 곳이 어딘지도 알아야 합니다."

"그러지."

"마지막으로 한 가지만 더 부탁드리겠습니다."

"그래, 뭔가?"

"도움이 필요합니다. 저는 이 사건을 혼자 해결할 수 없습니다. 제 스승인 밍교수님이 아마도……."

"그 문제에 대해서는 이미 생각해놓은 사람이 있다."

내상은 일어나 두 번 손바닥을 치고 기다렸다. 잠시 후 복도 끝에서 문이 열렸다. 자는 햇빛이 들어오는 곳을 향해 눈을 돌렸고, 그들에게 다가오는 호리호리한 모습의 남자를 보았다. 눈을 가늘게 떴지만, 누구인지 구별할 수 없었다. 그러나 그 사람이 다가오면서, 모습이 눈에 익었다. 자는 온몸을 부들부들 떨었다. 미소 짓는 그 얼굴은 바로 회유였다. 순간, 자는 할 말을 잃었다.

마침내 자가 말했다. "대인, 회유는 적절한 사람이 아니라고 생각됩니다. 저는……."

"이제 요구는 그만해라! 이 판관은 내가 전적으로 신임하는 사람이다. 그는 네가 아직 이루지 못한 것을 이룬 사람이다. 그러니 이제 일이나 열심히 해라. 네가 무엇을 발견하든 회유와 함께 나누고, 그도 너와 똑같이 할 것이다. 이 수사가 진행되는 동안, 회유는 내 입이며 내 귀다. 그러니 그에게 적극 협력하도록 하라."

"하지만 그는 저를 배신했습니다. 그는 결코……."

"그만! 회유는 내 조카다. 더 듣고 싶지 않다!"

자의 옛 동료는 칸 내상이 떠나기를 기다렸다. 그는 자에게 미소 지었다.

"다시 만나게 되는군." 회유가 말했다.

"불행 중 불행이지." 자는 그를 쳐다보지도 않았다.

"정말 많이 바뀌었군! 황제 폐하의 시체 판독관이라……." 그가 서류를 보려는 듯 자리에 앉았다.

"반면에 너는 똑같군. 남의 것을 자기 것으로 만들려는 것이." 자는 회유가 들고 있던 보고서를 빼앗았다.

회유는 번개처럼 벌떡 일어났지만, 자는 그와 맞섰다. 그들의 코가 거의 스칠 정도로 가까이 있었다. 누구도 물러서지 않았다.

"그거 알아? 인생은 우연의 일치로 가득해." 회유가 말했다.

"사실 궁궐에서 내가 맡은 첫 번째 일은 그 나졸의 죽음을 조사하는 것이야. 우리가 성청에서 함께 검사했던 나졸 말이야. 카오라고 하지……."

자의 온몸으로 한기가 흘러내렸다.

"무슨 소리야?" 자가 간신히 입을 뗐다.

"매우 흥미로운 사건이지. 그 나졸에 관해 조사하면 할수록 모든 게 이상해 보여. 그가 도망자를 찾아 푸젠에서 온 것 알아? 분명히 보상금이 있었을 거야."

"아니, 몰라. 내가 왜 그걸 안다고 생각하는 거지?" 자가 머뭇거리며 말했다.

"어쨌든 너도 그곳에서 왔으니까."

"푸젠은 아주 큰 지방이야. 매일 거기서 수천 명이 이곳에 도착해. 그들 모두에게 물어보는 게 어때?"

"넌 정말 똑똑해! 지금 내가 이걸 말해주는 건, 우리가 친구이기 때문이야." 그는 위선적인 웃음을 지었다.

"도망자의 이름이 뭐지?"

"아직은 몰라. 카오라는 이름의 나졸은 입이 무거운 사람이고, 그 문제에 관해 거의 말하지 않았어."

자는 안도의 숨을 쉬었다. 입을 다물어야겠다고 생각했지만, 관심을 보이지 않는다면 수상하게 여겨질 수 있었다.

"이상하군. 형부에서는 그 어떤 현상금도 내걸지 않았는데." 자는 관심을 보이는 척하면서 말했다.

"나도 알아. 아마도 어느 부자가 내건 현상금 같아. 그 도망자는 아주 중요한 사람임에 분명해."

"아마도 그 나졸이 단서를 발견해서 자기가 그 돈을 차지하려고 했나 보군." 자가 넌지시 말했다. "아니면 이미 그 돈을 받았든지. 그래서 살해된 모양이네."

"그럴 수도 있지." 회유는 자의 지적을 타당하다고 여기는 것 같았다. "방금 전에 나는 젠양구 당국에 서신을 보냈어. 보름 내에 그 도망자의 이름과 얼굴을 알게 될 거야. 그를 잡는 것은 아이에게 사과를 빼앗는 것처럼 쉬운 일일걸."

25

검사실 문 옆에 근사하게 차려입은 작은 체구의 남자가 기다리고 있었다. 보는 그가 향수제조상이라고 말해주었다. 그는 궁궐의 향수 공급자였다.

남자는 입구에 선 경비병이 든 칼을 쳐다보면서 덜덜 떨고 있었다. 마치 자기 목이 위험에 처할지도 모른다고 걱정하는 것 같았다.

"다시 말하지만, 난 아무 짓도 하지 않았어요!" 향수제조상이 말했다. "나를 체포한 나졸들에게 설명했지만, 그들은 막무가내였고 내 말을 듣지도 않았어요."

그 작은 체구의 남자는 왜 붙잡혀왔는지 정말 모르고 있었다. 자가 무슨 일인지 설명하려고 하는데, 보가 먼저 말했다.

"이분의 말을 따르거라." 그는 자를 가리켰다. "혀를 온전히 보존하고 싶으면, 입을 닫고 가만히 있거라."

더 말할 필요가 없었다. 그 남자는 훌쩍이면서 자의 발 앞에 엎드려 자기를 죽이지 말아달라고 애원했다.

"가족도 있고 손자도 있습니다……."

자는 부드럽게 그를 일으켜 세웠다. 남자는 놀란 개처럼 후들후들 떨었다. 자가 안심시켰다.

"어떤 향수에 대해 의견을 구하기 위해 데려왔을 뿐입니다. 단지 그것 때문입니다."

남자는 믿지 못하겠다는 눈으로 자를 쳐다보았다. 제정신이라면 궁궐의 경비병들이 향내에 대한 자문 따위를 구하기 위해 체포하지 않는다는 걸 알고 있을 것이다. 어쨌든 자의 말에 그는 마음의 안정을 되찾은 것 같았다. 하지만 보가 썩은 세 구의 시체를 보여주자 그는 쓰러지고 말았다.

자는 살해된 사람의 가족에게 의식을 되찾아주기 위해 일상적으로 사용하던 소금으로 그를 깨웠다. 향수제조상은 인상을 쓰더니 목이 쉴 때까지 소리를 질렀다. 목소리가 더는 나오지 않을 때에야, 자는 그가 해야 할 일을 설명할 수 있었다.

"그게 전부입니까?" 향수제조상은 믿지 못하겠다는 말투로 물었다.

"향수 냄새만 밝혀주면 됩니다." 자가 다시 확인시켜주었다.

자는 악취를 막기 위해 장뇌 적신 솜을 어떻게 사용하는지 알려주었지만, 그는 괜찮다면서 거부했다. 그는 숨을 들이마시고 검사실 안으로 들어갔다. 악취가 진동했다. 마치 더러운 토사물이 목에 달라붙는 것 같았다. 남자는 파리와 구더기들이 들끓고 있는 시체 쪽으로 덜덜 떨면서 나아갔다. 그러나 시체에 도착하기 전에 고개를 좌우로 흔들더니 방에서 달려 나오고 말았다. 자가 뒤쫓아 갔지만, 그는 이미 토하고 있었다.

"너무 끔찍해서……." 향수제조상은 경련을 일으키며 간신히 말했다.

"다시 한 번 시도해주세요. 당신이 필요합니다."

남자는 솜을 코에 넣는 대신 이번에는 조그만 대나무 막대를 들고 단호하게 들어갔다. 시체 앞에서 그는 여러 상처의 가장자리를 그것으로 문질러서 조그만 병에 넣더니 검사실을 황급히 빠져나왔다. 자는 그를 따라 나오며 문을 닫았다.

"저 안에서는 숨을 쉴 수가 없어요." 남자가 헐떡거리며 말했다. "내 평생 맡아본 냄새 중에서 저토록 역겨운 것은 처음입니다."

"아마 그럴 겁니다." 자가 대답했다. "언제쯤 알 수 있을까요?"

"예측하기 힘듭니다. 향수 냄새는 썩은 살 냄새와 뒤섞여 있어서 가장 먼저 해야 할 일이 두 냄새를 분리시키는 겁니다. 그게 성공하면, 이 도시에서 판매하는 수천 개의 냄새와 비교해야 합니다. 이건 매우 힘들고 복잡한 일인데……." 그가 머뭇거렸다. "향수제조상들은 자신만의 향수를 만듭니다. 비록 유사한 물질에 바탕을 두지만, 서로 다른 비율로 혼합하여 다르게 됩니다."

"그렇다면 그다지 희망적이지 않다는 말이군요."

"하지만 특별한 냄새가 난다는 것을 확인했으니 어쩌면 쉽게 해결될지도 모릅니다. 여러 날이 지났는데도 아직 향수 냄새가 남아 있다는 것은 농도가 매우 짙고 아주 뛰어난 양질의 정착액을 사용했다는 뜻입니다. 향내의 조합으로 볼 때……." 그는 병 하나의 뚜껑을 열고 코에 갖다 댔다. "평범한 향수는 아니라고 말할 수 있습니다."

"그게 무슨 말인지요?"

"어쩌면 행운이 따를지도 모릅니다. 이틀 정도면 해답을 가져올 수도 있을 겁니다."

자는 처음 시체 검사에서 누락됐던 중요한 자료를 찾아냈다. 가슴에 공통적으로 지닌 끔찍한 상처 이외에도, 노인의 시체에는 등에, 그러니까 오른쪽 견갑골 아래로 둥근 상처가 나 있었다. 직경은 동전만 했고, 상처 가장자리는 찢겨진 채 밖으로 향하고 있었다. 그는 이런 것들을 적고 다시 조사를 계속했다.

방어 흔적이 없다는 것은 희생자들이 살인자에게 저항하지 않았다는 것을 의미했다. 희생자들이 방어할 틈도 없이 급습을 당했거나 아니면 살인자와 잘 아는 사이라는 것이다. 어쨌든 깊이 생각해야 할 일이었다. 자는 그때까지 눈치 채지 못했던 것을 또 하나 발견했다. 노인, 그러니까 얼굴이 완전히 손상된 시체의 손에 이상하게 부식된 흔적이 있었는데, 그것은 손가락에서 출발해서 손바닥과 손등으로 이어지고 있었다. 부식된 피부는 다른 부분보다 약간 더 흰색을 띠었다. 마치 백토의 흙가루가 묻은 것 같았다. 오른손 엄지 아래에서 너울거리는 불꽃 모양의 조그만 문신처럼 보이는 것도 찾아냈다. 그는 톱으로 시체의 손목을 잘랐다. 그것을 얼음 속에 넣고 보존함에 보관했다.

잠시 후 보가 시체의 초상화를 그릴 화가와 함께 도착했다. 향수제조상과는 반대로, 화가는 이미 자기 업무가 어렵고 까다롭다는 사실을 알고 있었다. 하지만 검사실에 들어서는 순간, 그는 공포의 비명을 질렀다. 어느 정도 안정을 되찾고 나자, 자는 그가 그릴 얼굴이 살아있을 때의 모습과 비슷하도록 그가 유추해야 할 부분을 가리켰다. 화가는 고개를 끄덕이고 붓을 꺼내 작업을 시작했다.

화가가 그리는 동안, 자는 방금 전에 보가 건네준 보고서를 천천히 읽었다. 거기에는 살해된 환관의 이름이 〈유포〉이며, 열 살 때부터 후궁에서 일하기 시작했다고 적혀 있었다. 그때부터 그는 후궁에서 비빈들의 수발을 들었고 악기를 연주하고 시를 읊어주었다고 한다. 그는 무척 똑똑해

서 회계 책임자들에게 인정을 받았고, 서른 살이 되었을 때는 행정 보조
관으로 임명되어 마흔네 살에 죽을 때까지 그 일을 맡았다.

자는 그다지 이상하다고 여기지 않았다. 환관들이 궁궐의 재산을 관
리하는 데 둘도 없는 적임자라는 것은 익히 알려진 사실이었다. 후손이
없기에 자신의 이익을 위해 돈을 빼돌리려는 유혹을 받지 않는다고 여겨
졌기 때문이다.

실종되기 일주일 전에 유포는 아버지가 갑자기 병에 걸렸다며 궁궐을
나갈 수 있게 허락을 요청했다고 기록되어 있었다. 허락이 떨어진 상태여
서 아무도 그가 실종되었다고는 생각하지 못했다.

그의 악습과 장점에 관해서는 단지 골동품을 과도하게 사랑했다는 것
만 적혀 있었다. 그는 개인 침실에 골동품을 소장하고 있었다. 마지막으
로 그의 일상과 자주 만나던 사람들은 주로 그와 같은 조건인 환관들이
었다고 기록하며 보고가 끝났다. 그러나 검시 결과에 대해서는 아무 언급
도 없었다.

자는 그 보고서를 궁궐지도 옆에 보관했다. 궁궐지도에는 수사가 진
행되는 동안 그가 머물 곳이 표시되어 있었다. 그에게 배정된 방은 후궁
과 인접해 있었다. 물론 자는 후궁에 들어갈 수 없다. 그는 도구를 한데
모으며, 초상화가 거의 끝내가는 그림을 흘끗 쳐다보았다. 명성이 자자
한 전문가임이 분명했다. 죽은 사람의 얼굴이 점점 실물처럼 변해가고 있
었다. 아마도 큰 도움이 될 것이다. 자는 보에게 작은 창을 하나 제작해달
라고 부탁하고 그곳을 나왔다.

그는 지금까지 단 하나만 확신할 수 있었다. 그것은 자신이 극도로 위
험하고, 잔인한 만큼이나 범죄를 위장하는 능력 또한 뛰어난 살인자를 다

루고 있다는 사실이었다. 그것밖에 없었다. 그러나 자는 환관이 남자라는 것을 밝혀냈고, 살인자는 이런 사실을 알지 못할 것이라는 점이 이점이라고 생각했다. 문제는 수사의 장애물이었다. 하나는 살인자의 살해 동기를 전혀 모른다는 점이다. 이것은 시체의 부패 정도가 상당히 진척된 것으로 보아 신속하게 확인해야만 하는 중요한 사항이었다. 다른 하나는 칸 내상의 노골적인 적개심이었다. 그에게 있어서 자의 존재는 해결책이라기보다 짐인 것 같았다. 하지만 이런 두 가지 문제는 그가 가장 위험하다고 여기는 것에 비교하면 하찮은 것에 불과했다. 그것은 회유라는 쥐새끼 같은 놈과 함께 수사를 해야 한다는 사실이었다.

자는 검사실에서 가져온 〈보존함〉을 열었다. 밝은 햇빛 아래서 검사하기 위해 시체에서 잘라놓은 손을 꺼냈다. 손가락 끝이 수십 개의 바늘에 찔려 일종의 부해석(浮海石), 즉 광둥 성의 울퉁불퉁한 속돌처럼 변해 있었다. 자는 그 원인이 예전의 피부부식이라고 판단했지만, 그 이상은 증명할 수 없었다. 이번에는 손톱을 유심히 살폈다. 손톱 아래에 부서진 조각과 비슷한 검은 파편이 있었다. 그것을 꺼내 눌러보자 산산이 부서졌다. 숯 찌꺼기였다. 손을 보존함에 넣은 후, 살인자가 세 개의 주요 상처 위에 남겨놓은 이상한 구멍에 대해 생각했다. 왜 이 상처에 향수를 바른 것일까? 왜 그토록 잔인하게 상처 안을 헤집어놓은 것일까? 정말로 무언가를 찾거나 아니면 종교의식인 것일까?

그는 일어나 보고서를 덮었다. 무언가를 진척시키려면, 첫 번째 살인으로 되돌아가서 유포와 친한 사람들을 조사하는 게 급선무였다.

〈여명〉이 궁궐 도서관에 있다고, 어느 관리가 알려주었다. 유포의 가장 친한 친구는 앳된 얼굴의 젊은 내시였다. 나이는 열일곱 살이 채 되지 않은 것 같았다. 그의 눈은 눈물로 붉어졌지만 단호한 목소리로 차분하고 신중하게 대답했다. 그러나 유포에 관한 질문에는 말투가 바뀌었다.

"이미 형부 내상 대인에게 유포는 과묵한 사람이라고 말했어요. 우리가 함께 많은 시간을 보낸 것은 분명하지만, 실제로는 그리 말을 많이 하지 않았거든요."

자는 그에게 무슨 일을 하면서 시간을 보냈느냐는 질문을 던지지 않았다. 그 대신 유포의 가족에 관해 물었다.

"거의 말하지 않았어요." 여명이 대답했다. 그를 용의자로 대하지 않는다는 사실을 확인하고 마음을 놓은 것 같았다. "그의 아버지는 시후 호의 어부였어요. 대부분 환관들의 아버지들처럼 말이에요. 그는 그런 사실을 인정하지 않으려고 했어요. 항상 그 점에 대해서는 꾸며댔지요."

"꾸며댔다고요?"

"그러니까 과장하고 포장했다는 말이에요……." 그가 자에게 설명했다. "가족에 관해 말할 때면, 항상 존경과 칭찬의 말만 했어요. 하지만 효자라서 그런 게 아니라 부유하고 권력 있는 가문인 것처럼 말하고 싶었던 거예요. 불쌍한 유포! 그가 나쁜 뜻으로 거짓말한 것은 아니에요. 젊었을 때 겪었던 가난을 증오했기 때문에 그랬던 거예요."

"알겠습니다." 자는 흘낏 자기가 적은 종이를 쳐다보았다. "그런데 아주 근면하고 열심히 일했던 것 같은데……."

"그래요, 그건 분명해요! 그는 항상 자기가 하는 일을 적었어요. 쉬는 시간엔 장부를 정리하고 항상 마지막으로 나왔어요. 그는 자기가 그 직책을 맡았다는 사실을 자랑스러워했어요. 그래서 많은 사람들이 그를 시기하고 질투했지요."

"질투하고 시기한다고요? 누구죠?"

"거의 모든 사람들이요. 유포는 잘생겼고, 비단처럼 부드러운 사람이었어요. 돈도 많았어요. 열심히 저축했거든요."

자는 그다지 놀라지 않았다. 궁궐에서 높은 자리에 오르는 환관들이 많았고, 약간의 재산을 모으는 경우도 허다했다. 모든 게 아부와 아첨 능력에 따라 좌우되었다. 하지만 자가 그런 사실을 지적하자, 젊은 환관은 동의하지 않았다.

"그는 다른 사람들과 달랐어요. 그는 오로지 일만 하면서 골동품에……, 그리고 내게만 관심을 보였어요." 그는 울음을 터뜨렸다.

자가 달래주려고 했지만, 그는 좀체 울음을 멈추지 않았다. 자는 더 묻지 않기로 마음먹었다. 필요하면 다시 찾아와 질문할 참이었다. 자가 떠나려고 하는 순간, 갑자기 뭔가가 떠올랐다.

"마지막으로 한 가지만 물을게요." 자가 그를 가리켰다. "유포가 거의 모든 사람들에게 질투를 불러일으켰다고 말했는데……."

"네." 그가 훌쩍거리며 대답했다.

"당신을 제외하고, 그를 질투하지 않은 사람이 누구죠?"

젊은 환관은 자의 눈을 쳐다보았다. 마치 그 질문에 감사하다는 표정이었다. 하지만 아래로 시선을 떨구었다.

"미안합니다. 말할 수 없습니다."

"나를 두려워할 필요 없어요." 자가 의아해하며 말했다.

"제가 두려워하는 사람은 칸 내상입니다."

자는 실종되기 전날까지 유포가 거주했던 침소로 들어갔다. 행정관리의 보조관으로 일했기 때문에 그의 방은 위층에 있었다. 그러니까 호부 근처에 있었다. 거의 말이 없는 경비병이 문을 지키고 있었다. 자가 방명록에 이름을 적고 궁궐에서 발행한 진짜 통행증이라는 것을 보여주고 나서야 들어가게 해주었다. 그는 방 안에 들어서서 유포가 아주 깨끗하고 질서 정연한 사람이라는 것을 확인할 수 있었다. 책장에 있던 책들은 모두가 시집이었다. 광적일 정도로 정렬되어 있었을 뿐만 아니라, 겉표지는 모두 동일한 색깔의 비단으로 씌워져 있었다. 방 안에 아무렇게나 놓인 것은 하나도 없었다. 옷은 완벽하게 개켜서 먼지 하나 없는 함에 차곡차곡 넣어두었고, 붓은 너무나 깨끗해서 갓 태어난 아기가 빨아도 괜찮을 정도였다. 향은 크기와 냄새에 따라 분류되어 정돈되어 있었다. 하지만 책상 위에는 전혀 어울리지 않는 물건이 하나 있었다. 반으로 열린 채 적당히 놔둔 일기였다. 자는 환관이 실종된 후 이곳에 들어온 사람이 있느냐고 물었고, 경비병은 방명록을 살펴본 후 아무도 없었다고 대답했다.

두 번째 방은 널찍한 거실이었다. 벽은 골동품으로 가득했다. 입구의 벽에는 당나라와 진나라의 청동과 옥으로 만든 조그만 조각품들이 원산지 표시와 함께 분류되어 있었다. 후궁 궁궐이 바라보이는 창문 측면에는 루저우의 고급 도자기 그릇이 있었다. 그 반대편 벽에는 고급 비단 위에

산과 정원과 강과 일몰을 그린 훌륭한 그림들이 걸려 있었다. 그러나 네 번째 벽에는 단 하나의 서예 작품만이 문 위에 걸려 있었다. 자는 그것을 눈여겨보았다. 힘차고 견고한 필체로 적힌 것은 시였다.

자는 그곳에 있는 골동품은 값을 헤아릴 수 없다고 판단했다. 유포가 아무리 성실히 일했다 해도 환관이라는 지위로는 좀처럼 지닐 수 없는 것들이었다.

세 번째 방으로 들어갔다. 엷은 비단으로 덮인 침상이 놓여 있었고, 향수 냄새가 진하게 풍겼다. 누비이불은 손에 딱 맞는 장갑처럼 침상 모서리에 정확하게 맞았다. 청결한 벽에는 수놓은 비단 그림이 걸려 있었다. 그 방 역시 극도로 정리되어 있었다.

유포의 일기를 제외하면, 아무렇게 놓인 것은 아무것도 없었다. 자는 다시 첫 번째 방으로 가서 일기를 살폈다. 연꽃으로 장식된 엷은 종이를 엮은 것이었다. 한 장도 빠지지 않고 완전하다는 것을 확인한 다음, 자는 천천히 읽으면서 도움이 될 만한 내용을 찾았다. 이상하게도 일기는 그의 근무에 관한 것은 전혀 언급하지 않고 오로지 개인적인 이야기만 하고 있었다. 환관은 여명에 대한 자신의 감정을 모두 적어놓았다. 그의 부모에 관해 말할 때처럼 섬세하고 애정 어린 말투로 썼다. 아마도 그를 무척 사랑한 것 같았다.

자는 인상을 찌푸렸다. 그 일기에서 알 수 있는 것은, 환관이 뜨겁게 사랑하는 사람이며 감성적이고 정직한 사람이라는 것뿐이었다.

다음날 자는 아침 일찍 재무 관련 기록을 찾아보기로 했다. 회유는 궁궐 밖에서 잠을 자는데다, 결코 아침 일찍 일어나는 사람이 아니었다. 자는 회유가 입궐하기 전에, 유포가 죽기 전 무슨 일을 했는지 확인해보기로 마음먹었다.

서류에서 확인한 바에 따르면, 재작년부터 유포는 소금 매매와 관련된 회계업무를 맡고 있었다. 차와 향, 주류와 더불어 소금은 국가가 수출입을 통제하는 물품이었다. 자는 무역이나 상거래에 관해서는 잘 모르지만, 이전 몇 해 동안의 기록을 살펴보면서 소금매매를 통한 이익이 꾸준히 감소했다는 것을 확인했다. 이런 침체는 시장의 변동과 관련되어 있거나 아니면 불법적인 수입으로 인한 축재 혹은 유포가 소장한 값비싼 골동품과 관련이 있을 것 같았다.

그것을 확인하기 위해 호부를 찾아갔다. 그곳에서는 국가 수익금이 북쪽 오랑캐와의 문제로 인해 감소되었다고 알려주었다. 지난 몇 년 동안 금나라 군대는 송나라 북부를 점령할 정도로 진군했다. 그때부터 양국의 무역이 악화되었고, 최근 몇 년 심화되어왔다. 조약을 맺고 조공을 바쳤음에도, 그들의 군대는 계속해서 세력을 확장하겠다고 위협하고 있었다.

자는 검사실로 발걸음을 옮겼다. 검사실에 들어서기도 전부터 썩은 악취가 사정없이 밀려들었다. 장뇌를 적신 솜도 그다지 도움이 되지 못했다. 그때 보가 왔다.

"조금 늦었네. 자, 여기 있네." 보는 자가 부탁했던 창을 보여주었다.

자는 창을 자세히 살펴 무게를 쟀고, 직경과 날을 확인했다. 그는 만족스러운 표정을 지으며 고개를 끄덕였다. 바로 그가 필요로 하던 것이었다. 자는 창을 한쪽에 놔두고 준비 작업을 했다. 그는 냄비에 하얀 엉겅퀴와 완두콩 꼬투리를 가득 넣어 꾹꾹 누르고 불을 붙였다. 연기로 악취를 없애기 위해서였다. 그는 식초에 대마 기름을 몇 방울 넣어 마시고 신선한 생강 한 쪽을 깨물었다. 그렇다고 악취를 없앨 수는 없었지만, 그게 할 수 있는 최선의 방법이었다. 그는 숨을 들이마시고 마지막 검사를 위해 검사실로 들어갔다.

전날 시체를 씻어놓았지만, 구더기들은 다시 기어 다니며 시체를 손상시키고 있었다. 그는 빠르게 연기가 퍼지도록 식초로 불을 껐다. 나머지 식초와 썩은 분뇨를 섞었고, 끈적끈적한 액체가 만들어지자 물을 넣어 희석했다. 그것을 넓은 붓에 바르고, 구더기와 벌레들을 쓸어버렸다. 마지막으로 여러 번 물로 시체를 씻어냈다.

환관과 얼굴이 완전히 일그러진 시체에서는 중요한 것을 발견하지 못했다. 두 시체는 부패가 진척되면서 피부가 검어졌다. 근육도 떨어져 나왔다. 수많은 곳이 검게 변해 있었다. 하지만 초상화를 그린 젊은 시체의 얼굴에서는 양귀비 씨앗처럼 조그만 흔적들을 발견했다. 자는 정성을 다해 가장 잘 보존된 피부 부위를 씻었고, 주의 깊게 검사했다. 작은 상처 흔적은 오래된 것처럼 보였고, 마치 화상 흔적이나 홍역으로 인한 곰보처럼 얼굴 전체에 퍼져 있었다. 그런데 각각의 눈 주변에 사각형 모양의 이상한 흔적이 있었다. 그는 그것을 적고, 그 모양을 그대로 그렸다. 똑같은 화상 흔적이 손에도 있다는 것을 확인했다. 이제 그는 창을 들었다.

자는 생각대로 될지 확신하지 못했지만, 노인의 절단된 시체로 다가갔다. 그는 창을 쥐고 가슴에 열린 구멍을 향해 창끝을 겨누었다. 아주 조심스럽게 그것을 집어넣고 나아갈 수 있는 방향을 찾았다. 압력을 가하자 창끝이 나아갔다. 그는 만족스러워하며 숨을 내쉬었다. 조금씩 비밀통로로 미끄러져 나아가듯이 창끝은 몸 안으로 파고들면서, 아래쪽과 바깥쪽으로 기울었다. 더 나아가지 못하자, 자는 보에게 시체를 돌려달라고 부탁했다. 시체를 돌리자, 자는 창끝이 등의 상처로 나오는 것을 확인하면서 그의 의심이 옳았음을 보여주었다. 그것은 서로 다른 두 개의 상처가 아니라, 무언가가 들어갔다가 나온 단 하나의 상처였다. 그가 창끝을 빼내는 순간, 창끝이 반짝였다. 자는 조심스럽게 집게를 들어 반짝이는 파편에서 마른 피를 제거했다. 그는 돌조각이라고 결론 내렸다. 그게 어디서 나온 것인지는 알 수 없으나, 증거물로 보관했다.

"다른 시체가 하나 필요합니다." 자는 보에게 말했다.

보는 걱정스러운 표정으로 그를 쳐다보았다. 자는 의심스러운 점을 한 번 더 확인하고자 했다. 그들은 사형당한 시체를 찾아보기로 했다.

사사(士師), 성 밖에 있는 감옥의 우두머리는 자의 의도와는 상관없이 죽은 자를 창으로 관통한다는 생각을 몹시 흡족하게 여기는 것 같았다.

"바로 오늘 아침에 한 명을 교살했습니다." 그는 기쁘게 말했다. "과거에 침술 효과를 실험하기 위해 죽은 죄수들을 사용했다는 사실은 알고 있었어도, 이번 같은 제안은 처음입니다. 어쨌든 그 죄수가 도움이 될 것입니다."

그는 그들을 죄수의 시체가 있는 곳으로 데려갔다. 사사의 말에 따르면, 처형은 전날 어느 장터에서 이루어졌고 감옥 마당으로 이송되어 그때부터 나머지 죄수들에게 교훈이 되도록 이곳에 전시했다는 것이다. 죽은 죄수는 너덜너덜한 누더기를 입고 큰 대자로 땅 위에 누워 있었다.

"이 자식은 두 여자아이를 강간하고 바다에 던져버렸습니다. 사람들에게 몰매를 맞았지요." 사사가 말했다.

사사가 그의 옷을 벗겨야 하느냐고 묻자, 자는 아니라고 대답했다. 노인은 옷을 입은 채 살해되었으니, 가장 충실하게 그 사건을 재현해야 했다. 자는 상처의 위치를 확인하고 시체의 옷에 대나무 집게를 집어서 그가 창을 찔러야 할 곳을 표시했다.

"일으켜 세우는 게 좋겠습니다." 자가 지적했다.

병사들은 시체를 세워 겨드랑이를 밧줄로 묶어 대들보에 고정시켰다. 시체는 누더기 인형처럼 매달려 있었다. 자는 그를 쳐다보았다. 창을 잡고 나자 범죄자에 대한 미안함을 금할 수 없었다. 가느다랗게 뜬 죄수의 눈은 죽음 너머에서 그들에게 달려드는 것 같았다. 자는 창을 들었다. 죽은 여자아이들을 생각하면서 있는 힘을 다해 시체 위로 창을 찔렀다. 우두둑 소리가 나면서 창이 시체 속으로 파고들었다. 그러나 중간 정도에서 멈추고 시체를 관통하지 못했다.

자가 다시 온 힘을 모으고 여자아이들을 생각하며 더욱 세게 찔렀다. 하지만 마찬가지로 시체를 관통하지 못했다. 그는 창을 빼서 바닥으로 던졌다.

"내려놓아도 좋소." 자는 화가 치밀어 발로 돌을 찼다. 고개를 좌우로 흔들었다.

자는 아무 설명도 하지 않았다. 단지 협조해주어서 고맙다는 말로 실험을 끝냈다.

회유는 어느 정도나 진척되었느냐고 물었지만, 자는 조금도 주저하지 않고 거짓말을 했다. 다시는 그에게 속지 않을 작정이었다.

"내가 확인할 수 있었던 것은 유포가 정직한 사람이었다는 사실이야. 일만 하면서 지냈어. 하지만 더 많은 것을 알아보지는 못했어. 너는?" 자는 관심을 보이는 척했다.

"솔직하게 말해줄까?"

자는 회유가 그렇게 말했던 때를 떠올렸다.

"이건 독이 든 선물이야." 회유가 건성으로 말했다. "궁궐 판관들은 아무것도 몰라. 그들이 해결할 수 없으니까 우리에게 이 사건을 맡긴 거야. 우리도 자기들처럼 무능한 사람들처럼 보이게 하려는 거지."

"그래, 머리도 없고 발도 없는 시체지." 자가 말했다. "그런데 어떻게 할 작정이야?"

"나는 다른 일을 서두르기로 마음먹었어. 나줄 살인사건이지. 어느 정도 진척된 상태야. 나는 그 자식들이 갓 시작한 내 경력에 오점이 생기도록 놔두지는 않을 거야."

자는 두려웠지만 푸젠에서 새로운 소식이 왔느냐고 물었다.

"아니야, 정반대야. 행랑이 늦어지고 있어. 엿새 전부터 기다리던 서신이 어제서야 도착했어. 그래서 내가 그곳으로 직접 가기로 결심했지." 그는 잠시 말을 쉬었다. "나는 첫 번째 사건을 성공적으로 해결할 거야. 카오 사건을 해결할 때까지 쉬지 않고 일할 거야."

"그럼 칸 내상의 지시는?" 자는 그의 생각을 고쳐먹게 하려고 시도했다.

"이미 칸 내상과 말했는데, 그는 내가 하려는 일에 아무런 반대도 하지 않았어." 회유가 웃었다. "피는 물보다 진하거든. 너 혼자 해결해야 할 거야."

자는 그에게 질문한 것을 후회했다. 그때까지만 하더라도 자는 회유의 수사가 헛수고가 될 것이라는 희망을 품고 있었다. 하지만 이제는 이 젊은 판관이 확실히 자의 코앞까지 다가올 것 같은 예감이 들었다. 자는 언제 떠나는지 물었다.

"오늘 밤에 떠나. 이곳에 더 머무를수록, 나를 무능력한 판관이라고 부를 가능성이 높아지니까."

자는 기뻐해야 할지 아닐지 난감했다. 살인사건을 차분하게 조사할 수 있는 시간을 갖게 되었지만, 그조차 회유의 수사에 달려 있었기 때문이다.

"행운을 빌어."

그토록 가증스럽고 위선적으로 행운을 바란 적은 없었다.

26

자는 시체의 얼굴에 나 있던 작은 상처들이 어디서 생긴 것일까 골똘히 생각했다. 바로 그때 향수제조상이 도착했다. 자는 몇 가지 가정을 세웠지만, 아직 그 어떤 결론에도 도달하지 못한 상태였다. 그래서 그의 행운이 따랐다는 말에 몹시 기뻤다. 향수제조상은 밀랍으로 봉인된 조그만 병을 내밀면서 살그머니 웃기만 했다.

"냄새를 맡아봐요." 그는 자랑스럽게 말했다.

자는 봉인을 뜯고 병을 코에 갖다 댔다. 강한 향내가 콧속으로 들어왔다. 꿀처럼 깊고 진하며 끈적끈적하고 달콤했다. 백단향과 꿀풀 냄새였다. 너무나 강해서 오감이 마비될 정도였다. 익히 알던 냄새 같았지만, 정확하게 알 수는 없었다. 향수제조상은 마개를 막으면서 말했다.

"모르겠어요?"

"내가 알아야만 하나요?" 자가 놀라서 물었다.

"그러리라고 생각합니다. 이건 옥향(玉香)이에요. 내가 오래전부터 황제 폐하에게 진상하는 향수지요."

자는 그게 무엇인지 몰랐다.

"나는 황제 폐하를 직접 뵙는 특전을 누렸지만, 폐하의 향내를 맡을 정도로 가까이 있지는 못했어요."

"아니, 아니에요! 이 향수는 폐하가 쓰는 게 아니에요."

그는 오래전부터 비밀 성분들을 아무도 모르는 비율로 사용해서 그 향수를 제조했다고 말해주었다. 그건 황후나 황제의 후궁들 외에는 결코 사용할 수 없다고 말했다.

"그들만을 위해 특별히 제작합니다."

자는 잠자코 향수제조상의 말을 깊이 생각했다. 그는 작업장에 있는 사람이 일부를 빼돌렸을 가능성은 없느냐고 물었다. 그러자 향수제조상은 몹시 언짢아했다.

"그건 불가능합니다! 새로 주문을 받을 때마다, 내가 직접 향수를 만들어 병에 넣고 번호를 매긴 다음, 궁궐로 가져갑니다." 그는 단호하게 말했다.

"그 향내를 모방할 가능성은 없을까요?"

"모방이라고요? 그런 건 있을 수 없는 일입니다. 첫째, 나만 그 성분을 알고 있고, 다른 사람이 그걸 알아내기란 쉬운 일이 아닙니다. 둘째, 황제 폐하가 좋아하는 것을 모방하거나 위조하면, 가차 없이 처형됩니다."

"알겠습니다. 그런데 당신이 실수했을 가능성은 없나요?"

"그게 무슨 말이죠?" 향수제조상은 마치 모욕이라도 당한 것처럼 자를 쳐다보았다.

"그러니까 내 말은 이것이 시체에서 난 향수 냄새라는 것을 확신하느냐는 말입니다……. 어쨌든 남아 있던 향내는 아주 적었지만, 썩은 냄새는 진동하고 있었으니까요."

"이봐요." 그는 한 치의 의심도 없이 확신했다. "당신이 태어났을 때부터 이런 일을 했다면, 지금 내가 무슨 말을 하는지 잘 알 겁니다. 옆에 코끼리 부대가 있더라도 나는 내가 만든 향수 냄새를 알아볼 수 있습니다."

너무나 자신만만하게 말했기 때문에 자는 의심하지 않았다. 향수제조상이 덧붙였다.

"물론 이상하지만, 다른 냄새도 있었습니다……. 이상한 냄새였지요. 신 냄새였어요. 아주 미량이었지만, 그곳에 있었습니다."

"다른 향수 냄새라고요?"

"아니에요, 그건 향수 냄새가 아니었습니다. 썩은 냄새도 아니었습니다. 나도 모르겠습니다. 확인해보려고 했지만, 그럴 수가 없었습니다."

자는 그 내용을 적어놓았다. 그 정도의 자료면 충분했지만, 또 다른 질문이 머리에 떠올랐다.

"당신이 제조하는 향수인 옥향과 관련해서…… 궁궐에서 그걸 받는 사람이 누구지요?"

"여사(女士)님이십니다. 황제 폐하와 후궁의 만남을 관리하는 분입니다. 일반적으로 나는 매달 첫날에 드립니다. 요구량에 따라 다르지만, 보통 이것과 같은 병으로 서른 개를 준비합니다. 그런데 잘 아시겠지만 여사님 이외에도 후궁에는 천 명이 넘는 분들이 계십니다. 여사님이 이 향수를 일괄적으로 수령해서 한 병씩 제공합니다. 여사님은 이것을 마치 가질 수 없는 아이처럼 소중히 여깁니다."

〈여사〉가 누구인지 알고 싶은 마음이 간절했다. 후궁에 출입할 수 없다는 것을 잘 알고 있었지만, 그곳에 가봐야 한다고 느꼈다. 자는 머릿속으로 자료를 다시 검토했다.

먼저 시체를 생각했다. 환관의 시체. 그는 근면하고 꼼꼼하며 가족을 사랑하는 정직한 사람이었다. 하지만 호부의 보조관으로 일하면서 그토록 값비싼 골동품을 수집할 수는 없다. 그 다음엔 약 쉰 살가량 되었고, 얼굴이 완전히 일그러졌으며, 손이 산이나 질병으로 이상하게 부식된 남자의 시체를 생각했다. 그 부식된 흔적이 그를 확인할 수 있는 유일한 방법이었지만, 아직 그에 관해서는 아는 게 없었다. 마지막으로 눈 주위에 이상한 고리 같은 테를 보이는 걸 제외하고는 오래전 생긴 것으로 추정되는 작은 상처만 가득한 얼굴의 젊은 시체를 생각했다.

우선 시급하게 조사해야 할 일은 세 살인사건의 공통점이었다. 살인자는 시체의 신원을 알아보지 못하게 했으며, 상체에 끔찍하게 구멍을 내고 황제의 여사가 관리하는 향수의 냄새를 남겨놓았다.

자는 자신도 모르게 후궁 궁궐 주변을 서성이고 있었다. 만일 환관에게 발견될 경우 위험에 처할 수도 있었다. 그는 나무 뒤에 숨어서 아름다운 격자창이 하나도 빠짐없이 설치된 건물을 쳐다보았다. 섬세하고 우아한 건물이었다.

향수제조상에 따르면 여사는 그 향수를 관리하는 유일한 사람이다. 그 누구도 그 향수에 접근할 수 없다. 그러니 향수제조상이 말한 것처럼 그가 그 향수를 제조하는 유일한 사람이라면, 배급 책임자를 찾아가는 것밖에 달리 방법이 없었다.

자는 초상화가에게서 거의 실제와 흡사한 그림을 받아놓고도 무엇을 어떻게 해야 할지 혼란스러웠다. 밍교수를 생각했다. 밍교수는 항상 어떻게 말해야 할지, 어떻게 행동해야 할지 아는 사람이라는 사실을 떠올렸다. 그를 노엽게 하여 불편해졌지만, 그럼에도 자는 그에게 많은 빚을 지고 있었다. 그를 찾아가서 이 문제를 상의하고 도움을 청하고 싶었다. 자는 초상화를 둘둘 말아 적어 놓은 것과 함께 챙겼다. 우선 밍교수를 만나야겠다는 생각만이 간절했다.

정원을 지나는 데는 아무 문제도 없었다. 그러나 궁궐 성벽의 문을 지나려는데, 경비병이 거칠게 막았다.

"쓸데없는 노력은 하지 마시오." 경비병은 자가 내미는 통행증을 허투루 보며 말했다. 형부 내상이 직접 발급한 통행증이라고 했지만, 경비병은 전혀 반응이 없었다.

"그럼 내상 대인과 말하시오. 이건 내상 대인의 지시요."

자는 그의 말을 믿을 수가 없었다. 경비병은 한 발짝도 물러나지 않았다.

자는 이를 악물고, 화가 치밀어 돌을 발로 차댔다. 자가 수사를 진전시키기를 원한다면 황제는 그에게 도움을 주기보다는 훼방을 놓는 내상을 어떻게든 해결해야 할 것이다. 다행히 통행증은 궁궐 안에서 아무 문제가 없어 황제 알현실 앞에 있는 승지까지 만날 수 있었다. 자는 신원을 밝히고 알현을 요청했지만, 깨끗이 면도한 늙은 승지는 마치 파리가 눈앞에 앉은 것처럼 자를 무심히 쳐다보았다. 그는 하찮은 일꾼 주제에 감히 알현을 요구한다며 차갑고도 냉정하게 자를 내쳤다.

"여기서는 자네보다 허접한 죄로 죽는 사람이 많네." 그는 자를 외면한 채 말했다.

자가 재차 요구하자, 그는 경비병을 부르겠다면서 즉시 물러나라고 지시했다. 자는 꼼짝도 하지 않았다. 무슨 일을 당하더라도 그 상황을 정확하게 설명할 작정이었다. 승지는 재판에 넘겨 교수형에 처하겠다고 위협했다. 그때 자는 칸 내상과 황제가 일행들과 함께 그곳으로 다가오고 있다는 것을 알아챘다. 황제의 발걸음을 멈추게 할 방법이 없었다. 자는 승지를 무시하고 경비병을 피해 황제의 앞에 달려가 엎드렸다. 칸 내상은 체포하라고 지시했지만, 황제는 그냥 놔두라고 했다.

"참으로 이상하게 찾아오는구나."

자신의 무례함을 알고 있던 자는 감히 고개를 들어 황제를 쳐다볼 엄두를 내지 못했다. 그는 바닥에 머리를 조아리면서 용서를 빌었다. 황제는 말없이 자를 내려다보기만 했다. 자는 범죄와 관련된 문제라서 시간을 끌 수 없었다고 더듬거리며 말했다.

"폐하, 이건 도저히 용서할 수 없는 일입니다!" 칸 내상이 말했다.

"벌을 내릴 시간은 나중에도 있을 것이오. 그래, 뭔가 발견했느냐?" 황제가 물었다.

자는 황제와 단둘이 이야기하는 게 좋지 않을까 생각했지만 이 이상의 행운은 바라지 않기로 했다. 그는 부복한 채 칸 내상을 흘낏 쳐다보았다.

"폐하, 송구하오나 누군가가 제 작업을 고의로 방해하는 것 같습니다." 자가 말했다.

"방해한다고? 그게 누구냐?" 황제는 경비병들에게 몇 발짝 물러나라고 손짓했다.

"방금 전에 제가 외부에서 할 일이 있어 궁궐을 나가려는데, 경비병이 저를 막았습니다." 자는 차분하게 말했다. "내상이 주신 통행증도 아무 소용이 없었습니다. 그리고……."

"알겠다." 황제는 칸 내상을 바라보았다. 칸 내상은 자의 말에 관심을 기울이지 않았다. "또 다른 것이 있느냐?"

"네, 말씀드리겠습니다. 폐…… 하." 자는 당황해서 말을 더듬었다. "제가 받은 보고서에는 궁궐 판관들이 실시한 수사가 누락되어 있사옵니다. 시체가 어디서 발견되었는지, 어떻게 발견되었는지 아무런 언급도 없습니다. 실종에 대해 신고한 사람이나 증인도 없으며, 용의자에 대한 기록도 없고, 살해 동기에 대해서도 전혀 언급되어 있지 않습니다." 자는 칸 내상을 흘낏 쳐다보았지만, 내상은 자의 눈길을 피했다. "어제 저는 환관 유포와 가장 친한 친구를 심문했습니다. 그 젊은 환관은 상당히 호의적이었지만, 어느 순간 협조할 수 없다고 입을 닫았습니다. 그의 갑작스러운 침묵에 대해 묻자, 형부 내상이 그 일에 대해 말하는 것을 금지했다고 설명했습니다."

황제는 잠시 침묵을 지켰다.

"고작 그런 이유로 불쑥 나타나 길을 막는 것이냐?"

"폐하, 저는……." 자는 그때서야 자신이 조급한 나머지 얼마나 멍청하게 행동했는지 깨달았다. "칸 내상은 유포의 방에 아무도 들어가지 않았다고 말했지만, 사실이 아니었습니다. 내상이 들어갔을 뿐만 아니라,

경비병에게 그것에 관해 말하는 것도 금지했습니다. 폐하의 내상은 제가 아무것도 발견하지 못하길 바라고 있는 듯합니다! 정확한 검사와 합리적인 추론에서 나오는 모든 것을 거부하고, 증거로 사용될 수 있는 것을 숨기려고 합니다. 저는 후궁들을 방문할 수도 없으며, 제대로 작성된 보고서를 접할 수도 없고, 궁궐에서 나갈 수도 없으며⋯⋯."

"이제 무례한 말은 그만하라! 경비병!"

자는 저항하지 않았지만, 칸 내상이 음흉한 미소를 지으며 한쪽 눈에서 빛을 발하는 것을 보았다.

✸

자는 경비병들에 의해 그의 거처로 던져졌다. 얼마 후 보가 인사도 하지 않고 들어왔다. 분노로 얼굴이 벌게져 있었다.

"자네가 세상의 주인이라고 생각하는가!" 그가 방 안을 서성이며 말했다. "자네는 지식과 새로운 기술, 그리고 숙련된 분석능력을 가지고 이곳으로 왔네. 하지만 능력을 과신한 나머지 상관들에게 거만하고 교만하게 행동했네. 게다가 가장 기본적인 예의도 잊었지." 그는 잠시 말을 멈추고 자를 뚫어지게 바라보았다. "도대체 자네가 원하는 것이 무엇인가? 어떻게 감히 내상을 비난할 생각을 했나?"

"형부 내상은 제 수사를 방해하고 있으며, 저를 죄수처럼 이곳에 가두어⋯⋯."

"시끄럽네, 자! 궁궐을 나가지 못하게 한 것은 그분의 생각이 아니었네. 단지 폐하의 지시를 따랐을 뿐이지."

자의 얼굴이 백짓장처럼 변했다.

"하지만 저는……." 자는 말뜻을 이해하지 못한 채 더듬거렸다.

"이런 멍청한! 호위병 없이 궁궐을 나가면, 자네 목숨은 여우 입에 든 계란보다도 더 짧아진단 말일세." 보는 잠시 말을 멈추고 자가 이해했는지 살폈다. "나갈 수 없는 게 아니라 나가려면 호위를 받아야 하는 거네."

"하지만……."

"그래, 칸 내상이 유포의 침실에 들어간 것은 사실이네. 그런데 자넨 무엇을 원하나? 모든 걸 자네 손에 맡기기를 바라는 건가?"

"하지만 제가 어떤 위험과 마주치게 될지 설명해주지 않으시면, 제가 도와드릴 수 없다는 것을 모르십니까?" 자가 목소리를 높였다.

보는 생각하는 것 같았다. 그는 창문으로 가더니 밖을 내다보았다.

"자네가 얼마나 무력하게 느끼는지 이해하네. 하지만 받아들여야 하네. 황제 폐하께서 자네에게 일을 맡긴 것은 사실이지만, 그렇다고 궁궐에 갓 들어온 사람에게 모든 비밀을 털어놓을 것이라고 생각하지 말게."

"알겠습니다. 이 사건을 진척시킬 수 없다면, 저는 황제 폐하께 저를 해임하실 것을 요청하겠습니다. 제가 찾아낸 모든 것을 말씀드리겠습니다. 그러니……."

"그래! 뭔가 찾아냈는가?" 보가 놀라면서 물었다.

"제 능력에는 미치지 못하지만, 제가 할 수 있는 한계를 생각하면 충분한 것입니다."

"내 말 잘 듣게! 나는 내상이 아니지만 고위 관리네. 지금 당장 자네를 매질하라고 지시할 수도 있다는 말이네. 그러니 더는 빈정대지 말게."

자는 곧 자신의 부적절한 언행을 깨닫고 용서를 빌었다. 그는 마음을 가라앉히고, 알아낸 사실을 하나씩 자세히 설명했다. 가장 젊은 사람의 시체 얼굴에서 발견한 작은 상처들, 옥향의 존재와 그것을 관장하는 궁궐의 여사, 그리고 유포의 거짓말에 관해 말했다.

"그게 무슨 소린가?" 보의 눈이 빛났다.

"칸 내상에게 거짓말을 했다는 것입니다. 환관은 아버지를 찾아가지 않았습니다. 그의 아버지는 아프지 않았습니다. 유포는 그런 핑계를 이용해서 아무도 그가 궁궐에 없는 것을 의심하는 일이 없게 했습니다."

"그걸 어떻게 확신하나?" 보가 관심을 보였다. "그의 아버지는 종종 편찮으셨네."

"그렇습니다. 그런 일이 있을 때마다 유포는 일기에 적었습니다. 아버지가 얼마나 여위었고, 자신이 얼마나 슬퍼하며 두려워하는지, 심지어 아버지를 찾아갈 때 가져가야 할 물건들과 선물, 찾아갈 날짜까지 적어놓았습니다. 하나도 잊지 않고 죄다 적었습니다. 하지만 마지막 달에는 그 어떤 언급도 없습니다. 심지어 감기에 걸렸다는 말도 없습니다."

"아주 급하고 갑작스러운 질병일 수도 있네. 그래서 적을 시간이 없었을지도 모르지." 보가 몹시 불편해하면서 지적했다.

"물론 그런 일이 있을 수 있습니다. 하지만 그렇지 않았습니다. 보고서에는 유포가 이달 2일에 휴가를 요청했습니다. 그 다음 날 밤에 떠난 것으로 볼 때, 그가 일기에 모든 것을 세세하게 적을 시간은 충분했습니다."

"그래서 그게 어떻다는 말인가?" 보가 궁금해하면서 물었다.

"아마도 만난 게 알려지면 난처할 사람을 만났으리라고 유추해봅니다. 유포는 알고 있는 사람에게 살해되었습니다. 믿었던 사람일 겁니다. 그의 몸에 저항한 흔적도 없으며, 스스로를 지키려고 하지도 않았습니다.

아마도 살인자가 자신을 죽일 것이라고는 예상하지 못했을 겁니다. 그가 궁궐을 떠나기 위해 거짓말을 한 이유는 매우 절실하거나 긴급했기 때문일 것입니다. 발각되면 어떤 처벌을 받을지 잘 알고 있었을 것입니다."

"자네가 말한 것은 정말 걱정스러운 일이군. 황제 폐하께 보고해야 할 것 같네."

27

자는 뚱뚱한 칸 내상을 따라 비밀문서보관소의 어두운 복도를 지났다. 자료를 검토할 때는, 내상이 보는 앞에서 해야 했다. 형부 내상은 조그만 등불을 들고 있었다. 그 불빛을 받아 한쪽 눈이 없는 그의 얼굴이 기괴한 가면으로 변했다. 자의 얼굴에 두려움이 비쳤다. 칸 내상을 비난한 것을 후회했다. 그가 공공연한 적이 되었다는 생각이 밀려왔다.

그들 위에는 언제라도 쓰러질 것 같은 문서들이 가득 쌓여 있었다. 자는 걸어가는 동안, 서류뭉치에 붙어 있는 제목을 눈여겨보았다. 「여진족의 반란과 진압」, 「용 전사의 무기와 갑옷」, 「질병과 유행병을 야기하는 체제」 등이었다.

칸 내상은 「악비 장군의 명예와 배신」이라고 적혀 있는 서류 앞에 멈추었다. 그것을 꺼내 자에게 주었다.

"누구인지 아나?"

자는 고개를 끄덕였다. 학교에서는 국가 영웅인 악비의 이야기를 반드시 배워야 했다. 악비는 백 년 전에 가난한 농노의 아들로 태어났다. 열

아홉 살이 되자 군에 입대하여 북쪽 국경지역에서 활동했으며, 금나라 침입자들과 맞서 혁혁한 전공을 세웠다. 용기와 능력을 인정받아, 그는 황제의 개인 고문단의 두 번째 지위인 선무사까지 되었다. 그가 카이펑 외곽에서 800명의 군사로 5만 명의 금나라 군사를 물리쳤다는 전설은 유명했다.

"그런데 제목에 왜 '배신'이라는 말이 있는지 이해하지 못하겠습니다." 자가 대답했다.

칸 내상은 그 서류뭉치를 펼쳤다.

"그건 거의 알려지지 않은 사실이다. 우리의 가장 수치스러운 실수 중 하나다." 칸이 솔직하게 말했다. "그토록 국가를 위해 헌신했지만, 서른아홉 살의 나이로 악비 장군은 배신자라는 누명을 쓰고 불명예스럽게 처형되었다. 시간이 흐르면서 가증스러운 모함을 받았다는 사실이 밝혀졌고, 황제 폐하의 조부이신 효종 황제에 의해 복권되었다. 그후 악왕으로 추대했고 시후 호 근처에 그를 기리기 위한 악왕묘를 건립했다."

"네, 저도 그곳에 가본 적이 있습니다. 악왕묘에는 바지만 입고 손이 등 뒤로 묶인 채 무릎을 꿇은 네 개의 석상이 있었습니다."

"그것을 간상(奸像)이라고 하는데, 이들은 악비를 모함해서 죽게 한 진회(秦檜)와 그의 아내 왕씨, 그리고 만사설(万俟卨)과 장준(張捘)이다." 그는 비난하듯 고개를 움직였다. "그때부터 우리는 북쪽의 야만족인 빌어먹을 여진족과 싸우고 있다. 그들을 추방하는 대신 우리는 살아남기 위해 공물을 바치고 있다. 그들은 우리 조상들을 공격하여 우리 영토와 옛 수도, 그리고 들판과 곡물을 빼앗았다. 그들 때문에 우리 영토는 이제 과거의 반밖에 되지 않는다. 모두 평화를 주장하던 화평론자들 때문이야! 그게 우리의 커다란 실수였다. 이제 우리는 나라를 지켜줄 군대가 없다는 것을 한탄하고, 그들이 더 쳐들어오지 않도록 평화조약을 맺는 데 만족하고 있다. 그러는 동안 그들은 우리 백성들을 마구 죽이고 있다." 칸 내상은 서류 위로 주먹을 내리쳤다.

"정말 유감스러운 일입니다……." 자가 목청을 가다듬었다. "그런데 그게 이 살인사건들과 무슨 관련이 있습니까?"

"아주 많다." 그가 가쁜 숨을 몰아쉬었다. "기록에 따르면, 악비는 다섯 명의 아이를 낳았는데, 이들의 운명도 아버지와 마찬가지로 치욕과 불명예로 점철되어 있다. 그들의 경력과 가문과 재산은 태풍 속의 재처럼 사라져버렸다. 그리고 악비가 복권되기 전에 반대파의 증오와 원한으로 그들은 잊혀졌고, 가문은 사라져버렸다. 하지만 우리 보고서에 따르면……." 그는 한 페이지를 찾았다. "악비는 사생아 한 명을 낳았는데, 그는 그런 치욕에서 도망쳐 북부로 이주한 후 대단한 부자가 되었다고 한다. 이제 우리는 그의 후손 중 한 명이 조상의 복수를 하려고 하며, 그 대상이 황제 폐하라고 믿고 있다."

"그래서 전혀 공통점이 없는 세 사람을 살해했다는 말입니까?"

"들어라!" 칸 내상이 고함쳤다. 그의 얼굴에는 엄숙함이 배어 있었다. "우리는 지금 금나라와 새로운 조약을 체결하려고 한다. 그 휴전 조약은 우리 국경지방에 평화를 보장할 것이다. 그러나 우리는 조공을 바쳐야 한다." 그는 다른 서류를 집으려고 하다가 멈췄다. "거기에 바로 배신자의 이유가 있는 것이다."

"죄송합니다, 하지만 제가 제대로……."

"그만!" 그가 말을 끊었다. "오늘 저녁에 궁궐에서 환영만찬이 열릴 것이다. 그곳에 금나라 사신들이 참석할 것이다. 너도 준비해야 한다. 적당한 의상을 제공하고, 적합한 신분으로 임명할 것이다. 그곳에서 너는 악비의 후손을 만나게 될 것이다. 네가 누구인지 그쪽에서 알기 전에 네가 먼저 그쪽의 정체를 밝혀야 한다."

❋

사절이 도착하기를 기다리면서, 자는 황궁 재단사가 맞춰 준 초록색 비단 옷을 입었다. 그의 말에 따르면, 칸 내상은 자를 자신의 개인 고문으로 소개할 것이라 했다. 자는 은실로 수놓은 모자를 쓰고 청동거울 앞에서 자기 모습을 보았다. 한쪽 눈썹을 찡그렸다. 공짜 점심을 먹으려고 만찬에 몰래 끼어든 가짜 손님 같았다. 자는 칸 내상의 말을 곱씹었다. 살인자와 마주칠 것이라는 생각에 가슴이 뛰었다. 칸 내상이 그 살인자를 이미 알고 있다면, 왜 체포하지 않고 그에게 소개를 시키려는 것인지 알 수 없었다.

행사는 해가 지기 직전에 영선궁에서 시작되었다. 칸 내상은 이미 연회복을 입고 그를 기다리고 있었다. 두 사람은 접견실로 향했다. 칸 내상은 자를 금나라 풍습의 전문가 자격으로 행사에 참석시키는 것이라고 말했다.

"하지만 저는 그 야만족에 관해 아무것도 모릅니다……."

"우리가 앉게 될 식탁에서는 그에 관해 말할 필요가 전혀 없다." 내상이 말했다.

접견실에 들어서자마자 자의 얼굴이 하얗게 변했다.

연대 하나가 들어갈 정도로 커다란 공간에는 색색의 진수성찬이 가득 차려진 수십 개의 식탁이 있었다. 콩 요리, 새우튀김과 달콤 쌉싸름한 생선이 국화와 모란의 향내와 어우러져 있었다. 또한 산에서 가져온 얼음이 수북한 청동그릇 옆에 일련의 팔랑개비가 설치되어 시원한 바람을 일으키고 있었다. 핏빛으로 치장된 벽은 열린 격자창으로 들어온 빛을 받아 환했고, 격자창 너머로는 상아처럼 하얀 소나무와 높이 솟은 대나무, 치자나무들과 난초들이 서로 아름다움을 뽐냈다.

자는 놀라움에 입을 다물지 못했다. 그때까지 부에 대한 자신의 생각은 화려한 침상 앞에서 얼이 빠진 가난한 수도승처럼 아주 작은 것이었음을 알았다. 최고의 상상력을 지닌 사람도 그의 주변을 가득 채운 화려함이 어느 정도인지 짐작조차 못할 것 같았다.

부동자세로 있는 궁인들은 마치 동일한 틀에서 주조된 것처럼 손님을 맞이하기 위해 완벽하게 정렬해 있었다. 그 뒤의 노란 융단으로 둘러싸인 연단 위에 황제가 앉을 식탁이 있었다. 그 위에는 열 마리의 삶은 꿩이 놓여 있었다. 연단 아래 양 옆으로는 화려한 옷을 입은 수백 명의 손님들이 대화를 나누고 있었다.

칸 내상은 자에게 따라오라는 신호를 보냈다. 수많은 귀족들과 화려한 옷을 입은 부자들, 방방곡곡에서 온 유명인사들, 익히 알려진 시인들, 서예가들, 성장들과 부성장들, 행정부 고위관리들 모두가 가족들을 대동하고 있었다. 형부 내상은 그들 사이를 지나면서, 금나라에 항복한 것처럼 보이지 않기 위해 축제 분위기로 행사를 치르고자 하는 것이 황제의 뜻이라고 알려주었다.

384

그들의 식탁에는 관례대로 여덟 명의 좌석이 마련되어 있었다. 동쪽에 있는 좌석이 가장 중요한 사람이 앉는 자리였다. 형부 내상은 그 자리에 앉았다. 나머지 사람들도 지위와 나이에 따라 각자의 좌석에 앉았다. 자만 예외적으로 칸 내상의 옆에 앉았다.

황제의 도착을 기다리면서 칸 내상은 자에게 조그만 목소리로 말했다. 자신의 자리가 원래 황제 폐하의 식탁에 마련되어 있었지만, 자와 동행하기 위해 그 자리를 다른 사람에게 양보했다고 했다. 그는 식탁에 앉은 사람들에게 자를 소개했다. 두 명의 성장과 세 명의 지식인, 유명한 청동제작인 한 명이었다.

"자는 내 자문관입니다." 칸 내상이 설명했다.

자는 고개를 숙여 인사했다. 칸 내상이 식탁 동료들과 이야기하는 동안, 자는 여자들이 별도의 식탁에 모여 있는 것을 눈여겨보았다. 어떤 행사든 그렇게 하는 게 관례였다. 그때 갑자기 징소리가 울리면서 황제의 도착을 알렸다.

황제는 수많은 신하들과 모습을 드러냈다. 이 땅의 그 어떤 지도자라도 숨을 멎게 할 정도로 위협적인 병사들이 황제를 호위하고 있었다. 북과 나팔소리가 울리자, 모두 일제히 일어났다. 황제는 안색 하나 변하지 않았다. 그는 모두의 존경과 그곳의 광채와 별개로 육체 없는 영혼처럼 앞으로 나아갔다. 옥좌에 도착한 황제는 자리에 앉은 후 손님들에게 앉아도 좋다는 손짓을 했다. 다시 징소리가 울렸다. 수많은 궁인들과 요리사들이 움직이기 시작했고, 이내 쟁반과 음료와 음식이 분주하게 오갔다.

금나라 사절을 기다리면서 청동제작인이 자에게 물었다.

"그런데 어떤 분야의 자문관인가? 형부 내상께선 자문을 구할 분이 아닌데." 그가 웃었다.

음식이 자의 목에 턱 걸렸다. 자는 목청을 가다듬고 말했다.

"저는 금나라 전문가입니다." 자는 무심코 대답했다가 어리석은 소리를 했다는 것을 깨달았다.

"그래? 그러니까 우리가 조공을 바칠 저 염병할 놈들에 대해 알고 있단 말이군? 그들이 우리를 침략하고자 한다는 게 정말인가?"

자는 아직도 음식이 목에 걸린 시늉을 했다. 시간을 벌기 위해 물을 마셨다.

"이 식탁에서 그걸 밝히면, 칸 내상 대인이 제 목을 잘라버리실 겁니다. 그러면 이 식탁은 피로 물들게 될 테지요." 자는 천연덕스럽게 웃으며 말했다. "아마도 저는 죽은 후에 즉시 해고될 겁니다."

청동제작인은 깔깔거리고 웃었다. 칸 내상이 성난 눈빛을 보냈지만, 이후 안도의 표정을 지었다.

"그러니까 청동과 관련된 일을 하시는군요……." 자는 식탁 손님들의 관심을 다른 데로 돌렸다. "오늘 저는 처음으로 청동거울에서 제 모습을 보았습니다. 정말 얼음처럼 반들반들하더군요. 아직도 놀라움이 가시지 않았습니다. 그토록 세련되고 정교한 거울은 처음 보았습니다."

"궁궐에서 말인가? 그렇다면 분명히 내가 만든 것이네. 내가 말하기는 쑥스럽지만, 그 어떤 야금가도 나 같은 능력은 없다네." 그는 허풍을 떨며 손에 끼고 있던 청동 반지들을 보여주었다.

"맞네." 칸 내상이 동의하면서 청동제작인을 엄하게 바라보았다. 청동제작인은 칸의 시선을 느끼자 얼굴에서 웃음이 사라졌다.

칸 내상은 손님들이 자에게 다시 질문을 던지지 못하도록 주도권을 잡았다. 그가 음식 이야기로 화제를 돌리는 것은 그다지 어려운 일이 아니었다. 모두가 건배를 하려는 찰나, 칸 내상이 말했다.

"저기 금나라 사절이 들어오는군." 그가 침을 뱉었다.

그 누구도 일어나지 않았다.

자는 문 쪽으로 몸을 돌려 금나라 대사를 보았다. 대사는 네 명의 관리들 앞에서 걸었다. 더러운 땅 색깔의 까무잡잡한 피부라서 그런지, 유난히 하얗게 빛나는 치아가 눈에 띄었다. 대사는 앞으로 걸어오더니 황제의 식탁에서 다섯 발 떨어진 곳에서 멈추었다. 그를 대동한 사신들과 함께 황제 앞에 무릎을 꿇고 부복했다. 대사는 자기 부하에게 황제에게 선물을 건네라는 손짓을 했다.

"염병할 위선자들" 칸 내상이 중얼거렸다. "우리에게 도둑질을 하더니, 이제는 선물을 바치는군."

음식이 끝없이 나왔지만, 칸 내상은 더 먹지 않았다. 반면에 나머지 손님들은 가느다란 대나무 접시에 담겨온 후식을 먹느라 여념이 없었다. 칸 내상은 자에게 불꽃놀이가 시작되면 누가 용의자인지 알려주겠다고 말했다. 자의 가슴이 다시 뛰기 시작했다.

잠시 후 징소리가 울리면서 황제는 하객들에게 만찬이 종료되었다고 알렸다. 모두가 자리에서 일어났다. 칸 내상은 같은 식탁에 앉아 있던 손님들이 몸을 가눌 때까지 기다렸다가 정원으로 나갔다. 그곳에서는 차와 술을 마시는 연회가 계속되고 있었다. 자는 취한 청동제작인을 부축해야만 했다.

정원에서도 하객들은 성별로 분리되어 계속 연회를 즐겼다. 남자들은 건물 근처에 세워진 커다란 평상 위에 모여 앉아 술을 마시며 웃었고, 여자들은 연못 근처의 조그만 탁자에서 차를 마셨다. 백조들이 헤엄치는 연못에는 달빛이 비쳤고, 조그만 등불들은 일본 소나무 사이에서 밤을 밝혔다. 자는 용의자와 마주칠 시간을 기다렸다. 마치 전투가 다가오는 것처럼 손이 떨렸다. 그러나 칸 내상은 청동제작인만 바라보면서 한시도 한눈을 팔지 않았다.

잠시 후 칸 내상이 그에게 손짓했다.

"가서 차를 마시도록 하지."

칸 내상은 뚱뚱한 몸을 고양이처럼 날렵하게 움직여 어둠 속으로 들어갔다. 몇 개의 화분을 지나 그들은 연못가로 향했다. 수백 마리의 반딧불이를 가둬 만든 빛이 차를 마시고 있던 사람들을 비추었다. 그들의 초대를 기다리지 않고 칸 내상은 허락을 구했다.

"우리가 여기 함께 있어도 괜찮겠습니까?"

어느 중년 여자가 미소를 지으며 그들을 환영했다.

"물론이지요." 그녀가 속삭였다. "그런데 함께 온 사람은 누구죠?"

자는 여자에게서 평온한 아름다움을 보았다. 마흔 살은 족히 되었을 법했지만, 더 젊어 보였다. 그녀와 칸 내상은 서로 아는 사이인 듯했다.

"자라고 합니다. 내 새 자문관이지요." 내상은 여자 옆에 앉으며 자에게도 권했다.

자는 그곳에 있는 사람들을 꼼꼼하게 살폈다. 네 남자와 여섯 여자 모두 즐거운 시간을 보내고 있었다. 남자들은 나이 들어 보였고, 값비싼 옷에 예절이 몸에 배어 있었다. 그들을 맞이한 여자를 제외하고 나머지 궁녀들은 무척 젊어보였다. 그러나 그 누구도 그 나이 든 여자만큼 완벽한 아름다움을 지니고 있지는 않았다.

그 탁자에서 여주인 역할을 하는 중년의 여자가 섬세하게 차를 따라주는 동안, 자는 그곳에 있는 사람들을 더욱 세밀하게 살폈다. 앞에 있는 남자는 근육질이었고, 술 때문에 반쯤 감긴 눈이 불쾌하고 음탕했다. 나머지 세 사람은 위험인물로 보이지 않았다. 그들은 그저 술에 취해 손녀뻘인 궁녀들의 젊음에 반해 침을 흘리는 노인네들이었다.

자는 차 한 모금을 마셨고, 첫 번째 남자를 유심히 바라보았다. 그 남자는 자가 쳐다본다는 사실을 알고 우습다는 눈빛으로 말했다.

"뭘 보나? 혹시 비역쟁이인가?"

자는 시선을 아래로 떨어뜨렸다. 눈치 채지 못하게 살펴야 했는데 너무 분명하게 표정을 드러낸 모양이었다.

"어디서 본 것 같아서 그렇습니다." 자가 변명하며 다시 차 한 모금을 마셨다.

칸 내상은 헛기침을 했다. 무언가 손짓을 했지만, 자는 무엇을 의미하는지 알아볼 수 없었다.

남자들은 계속 술을 마셨고, 궁녀들은 옷 아래에서 남자들의 애무를 느끼며 웃었다. 자는 불편했다. 칸 내상이 무엇을 기다리는지 알 수 없었다. 그는 다시 생각하고 있던 용의자를 쳐다보았다. 그 남자는 가장 나이 어린 궁녀의 앞가슴을 열려고 했지만, 궁녀는 싫다고 했다.

"가만있지 못해!" 그 남자가 고함을 치면서 궁녀의 따귀를 때렸다. 자가 막으려고 하자, 남자가 노려보았다.

"너는 뭔데?"

자는 남자가 자기를 덮칠 것이라고 생각했지만, 칸 내상은 침착하라는 손짓을 했다.

"감히 여기서 그런 짓을 하다니요?" 다정한 여주인이 폭력적인 남자를 나무랐다. 그녀의 목소리는 단호했고 명령조였다. 자는 깜짝 놀랐고, 남자는 화를 냈다.

자는 긴장하면서 주먹을 준비했지만, 칸 내상이 막았다. 여자는 조그만 병을 꺼냈다.

"젊은 여자를 그렇게 정복하는 게 아니에요." 그녀가 조용히 충고했다. 그러고는 그 병에서 약간의 액체를 따라서 남자에게 주었다.

"이게 무엇이오?" 남자는 투덜대면서 내용물의 냄새를 맡았다.

"정력제예요. 아마 당신에게는 약효가 있을 거예요."

남자는 그 말을 믿지 않는 것 같았다. 하지만 그 액체를 단숨에 마셨고, 즉시 뱉어버렸다.

"젠장!" 그가 소리쳤다. "이 빌어먹을 게 뭐요?"

여자는 웃으며 완벽한 치열을 보여주었다.

"고양이 오줌."

자는 웃었다. 사실 고양이 오줌은 정력제가 맞았다. 그러나 그것을 얻는 방법은 그다지 바람직하지 못했다.

"언젠가 수세미를 짜본 적이 있으면, 쉽게 상상할 수 있어요." 여자는 다시 그에게 잔을 건네주었다. "예쁜 수고양이를 잡아서 망치로 불알을 부수지요. 하지만 머리를 때리지 않도록 조심해야 해요. 그래야 산 채로 얻어낼 수 있거든요. 잠시 휴식을 취하게 한 다음, 털에 불을 붙이지요. 그 다음에 끓여서 취향에 따라 간을 맞추어요. 한 시간 정도 끓이고 나서 걸러내면 돼요."

남자는 당황한 얼굴로 여자를 쳐다보았다. 그의 눈은 술기운 때문에 번들거리면서도 멍하니 빙빙 돌았다. 어떻게 해야 할지 모르는 것 같았다. 무언가를 말했지만, 그 자신도 알아듣지 못할 소리였다. 그는 자기에게 건네준 액체를 바닥에 던지고 욕을 하며 그 자리를 떠났다. 다른 남자들도 그를 따르는 것처럼 일어서서 궁녀들을 데리고 갔다.

칸 내상이 웃음을 터뜨렸다. 그곳 탁자에 앉아 있던 사람들이 모두 떠난 후, 내상은 여자에게 관심을 보였다. 그는 자에게 고개를 돌리며 주의를 기울이라는 눈짓을 했다.

"자, 후디에를 소개하지. 악비 장군의 후손이네."

여자는 고개를 숙이며 인사했고, 자는 너무 놀라 아무 말도 못했다.

28

후디에가 악비 장군의 후손이라는 사실은 자에게 충격적이었다. 암컷 영양처럼 섬세한 눈빛의 여인, 단아하게 머리를 단장한 여주인, 화사한 비단으로 만든 한족의 고유의상을 입은 여인, 황후처럼 기품 있고 차분한 태도, 이런 여자가 바로 세 명의 남자를 잔인무도하게 살해했다고 의심되는 사람이라니.

후디에의 눈부신 아름다움이 다르게 보였다. 처음에는 다정한 태도에 매혹되었지만, 이제는 오히려 그를 불안하게 했다. 자는 무슨 말을 해야할지 몰랐다. 간신히 〈만나게 되어 반갑습니다.〉라는 말만 하고 여자의 우아한 모습을 하염없이 쳐다보았다. 그 아름다운 눈에 흐르고 있는 차가운 기운을 보았다. 치명적인 공격을 감행하기 전 평온하게 기회를 엿보는 전갈이 떠올랐다.

후디에는 자가 갑작스레 수심에 잠기는 걸 눈치 채고, 칸의 자문관으로 무슨 일을 하느냐고 물었다. 칸 내상이 먼저 말했다.

"바로 그런 이유로 당신에게 소개하고 싶었던 것이오. 자는 북부 오랑캐에 관한 보고서를 작성하고 있으니, 당신이 자를 도와줄 수 있을 거라고 생각했소. 아직도 당신 아버지의 사업을 맡고 있소?"

"힘닿는 데까지 돕고 있지요. 혼인 이후 내 삶은 많이 바뀌었어요. 하지만 어쨌든 그 일에 대해서는 당신도 알고 있을 테고……." 후디에는 잠시 말을 멈추었다. "그러니까 금나라에 관해 연구하고 있군요……." 그녀는 자를 바라보며 말했다. "그렇다면 운이 좋네요. 대사에게 직접 물어보면 되니까요."

"엉뚱한 소리 하지 마시오. 대사는 지금 바빠요. 나처럼 말이오." 다시 칸 내상이 개입했다.

"치마 문제로 바쁜가요?"

"후디에……. 그렇게 비웃지 마시오." 칸이 인상을 찌푸렸다. "자는 거짓말에 능숙한 이의 헛된 말을 원하지 않소. 이 청년은 진실을 찾고 있소."

"이 청년은 입이 없나요?" 후디에가 말했다. 자는 그녀가 자신을 도발하려 한다는 것을 알았다.

"두 분의 말씀을 경청하고자 했습니다." 자가 대답했다.

자는 그녀가 자기의 말뜻을 알아들었다는 것을 확인하고 어둠 속에서 짓궂은 미소를 지었다. 그는 칸 내상의 목적이 무엇인지 여전히 그 의도를 깨닫지 못했다. 게다가 칸 내상과 후디에의 관계는 처음 그가 예상했던 것처럼 다정하지 않다는 것을 눈치 채고 의아해했다.

갑자기 누군가가 등불의 불빛을 가렸다. 그날 저녁 만찬을 함께했던 청동제작인이었다. 칸 내상은 자리에서 일어났다.

"미안하지만, 급히 해결해야 할 일이 있소." 내상은 청동제작인에게 볼일이 있는지 그 자리를 떠났다.

자는 아직도 무슨 말을 해야 할지 몰랐다. 그는 찻잔을 손끝으로 몇 번 두드리다가 한 모금 마셨다.

"초조해요?" 여자가 물었다.

"왜 초조해야 하는 거죠?"

후디에가 그를 뚫어지게 쳐다보고 있었다.

"몇 살인가요?"

"스물넷입니다." 자는 본래 나이에 두 살을 덧붙였다.

"나는 몇 살쯤 되어 보이나요?"

자는 어둠 속에 가려져 있다는 데 자신을 얻어 그녀를 자세히 관찰했다. 등불의 주황색 불빛이 부드럽게 조각된 얼굴을 아름답게 비추었고, 세월이 흐르면서 생긴 작은 주름살을 덮어주었다. 커다란 귤 크기의 가슴은 한족 의상 위로 봉긋 솟아 있었고, 날씬한 허리와 보기 드물게 탱탱한 엉덩이가 대조를 이루었다. 자가 그녀의 몸을 그토록 뚫어지게 쳐다보았지만, 그녀는 전혀 개의치 않는 것 같았다. 자가 한 번도 보지 못했던 회색 눈이 반짝거렸다.

"서른다섯으로 보입니다." 비록 그 나이보다 몇 살 더 먹었을 거라고 생각했지만, 그렇게 말해야 그에게 도움이 될 것 같았다.

여자가 한쪽 눈썹을 찡그렸다.

"칸 내상과 함께 일하려면 아주 무모하거나 아주 바보 같아야 해요. 자, 당신은 어떤 부류죠?"

자는 여자의 솔직한 말에 놀랐다. 그녀가 어떤 위치인지 몰랐지만, 그와 함께 일하는 사람 앞에서 칸을 비판할 정도면 아주 자신 있는 사람임에 분명했다.

"아마 뒤에서 사람을 흉잡지 않는 부류일 겁니다." 자가 대답했다.

그녀는 인상을 찌푸리더니 시선을 떨구었다. 자는 그것을 일종의 사과라고 해석했다.

"미안해요. 그 사람은 내 기분을 상하게 해요." 후디에는 차를 따르다가 약간 흘렸다. "나는 당신이 원하는 만큼 금나라에 대해 몰라요. 어떻게 도울 수 있을지 모르겠네요."

"당신이 무슨 일을 하는지 말씀해주실 수 있습니까?" 그가 즉흥적으로 말했다.

"내가 하는 일은 나 자신처럼 추잡해요." 그녀는 그리 흔쾌하지 못한 표정으로 차를 마셨다.

"제가 보기에는 그렇지 않습니다." 자가 목청을 가다듬었다. "정확하게 하시는 일이 무엇입니까?"

후디에는 잠시 잠자코 있었다. 무슨 대답을 해야 할지 생각하는 것 같았다.

"나는 소금 수출 사업을 물려받았어요." 마침내 그녀가 입을 열었다. "야만족을 상대하는 일은 힘들었지만, 아버지는 그들을 어떻게 다뤄야 하는지 잘 알았고, 국경 근처에 몇 개의 가게를 차렸지요. 다행히 정부의 방해에도 불구하고 매우 빨리 돈을 벌었어요. 지금은 내가 운영하고 있지요."

"정부의 방해라니요?"

"그건 슬픈 이야기예요. 지금은 연회니까 그런 말은 하지 않겠어요."

"여자 혼자서 맡기에는 위험한 일 같은데……."

"나 혼자 한다고 말한 적은 없어요."

자는 다시 차를 마셨다. 무슨 말을 해야 할까 망설였다.

"아마도 부군을 말씀하시는 것 같네요."

"그래요. 남편이 많은 걸 도와주지요." 그녀의 목소리가 쓸쓸하게 들렸다.

"지금은 어디에 계십니까?"

"출장 중이에요. 자주 출장을 가지요." 후디에는 술을 조금 따랐다. "하지만 왜 내 남편에 대해 묻는 거죠? 난 당신이 금나라 사람들에게 관심을 보일 것이라고 생각했어요."

"그건 여러 일 중의 하나입니다." 자가 대답했다.

자는 상황이 자기 생각대로 돌아가지 않는다는 사실을 깨달았다. 그는 다시 찻잔을 손끝으로 톡톡 쳤다. 무거운 침묵이 흘렀다.

그때 후디에가 움직였다. 그녀가 천천히 소매에서 부채를 꺼내는 동안, 자는 그녀의 하얀 팔을 뚫어지게 보았다. 후디에는 부채를 꺼낼 때와 마찬가지로 천천히 부채를 펼쳐서 부치기 시작했다. 잠시 후 자는 강렬한 향내를 맡을 수 있었다. 익히 알고 있는 향이었다.

"옥향입니까?" 자가 물었다.

"뭐라고요?"

"향수 말입니다. 옥향이군요." 자가 자신 있게 말했다. "어떻게 구했습니까?"

"그런 질문은 특정 부류의 여자들에게 하는 거예요." 후디에는 수줍게 웃었다. "그리고 특정 부류의 남자에게만 대답할 수 있지요."

"그래도 말해주십시오." 자는 끈질기게 요구했다.

후디에는 그에 대한 대답으로 술잔의 술을 비웠다.

"가야겠어요." 그녀가 말했다.

자가 후디에를 붙잡으려는 순간, 폭발음을 듣고 두 사람은 깜짝 놀랐다. 자는 고개를 들었다. 그들 위로 불꽃이 터지고 꺼지며 하늘을 수놓았다. 불꽃이 계속 터지면서 그들의 얼굴을 비추었다. 마치 창공에 떠오르는 수천 개의 해 같았다.

"불꽃놀이네요!" 자는 넋을 잃고 쳐다보았다. "정말 멋있습니다." 그는 후디에의 동의를 구했지만 그녀의 시선은 멍하니 저 멀리 있는 어둠만 바라보았다. "저 위를 보세요." 자가 말했다.

눈을 하늘로 향하는 대신, 후디에는 자를 향해 머리를 돌렸다. 그러나 그녀는 자를 똑바로 쳐다보지 않았다. 불꽃의 불빛에 눈이 축축이 젖어 있는 게 보였다. 자는 그녀의 눈동자가 불꽃이 터지는데도 움직이지 않는다는 것을 알았다.

"볼 수만 있다면 얼마나 좋겠어요." 후디에가 말했다.

자는 여자가 지팡이의 도움을 받아 그곳을 떠나는 걸 지켜보았다.

악비의 손녀인 후디에, 칸이 살인용의자라고 지목한 여자, 그녀는 전혀 앞을 보지 못하는 사람이었다.

✹

자는 자정이 훨씬 넘은 시간에 정원 주변의 수풀 뒤에 있는 칸 내상을 보았다. 누군가 함께 있는 것 같았다. 자는 그들이 있는 곳으로 갔다. 그러나 대화 상대를 알아보고, 걸음을 멈추었다. 금나라 대사였다. 자는 두 사람이 어둠 속에서 무엇에 관해 말하는 것일까 생각했다. 혼란스러웠다. 술 때문에라도 깊이 생각하기가 힘들었다.

잠깐 잠이 들었나 싶었는데 어느 관리가 와서 그를 흔들어 깨웠다. 시체 검사실로 데려오라는 지시가 있었다고 했다.

"당장 일어나시오!" 그는 창문을 덮은 휘장을 거두면서 거칠게 말했다.

자는 눈을 비볐다. 머리가 터질 것만 같았다.

"아직도 시체를 매장하지 않았습니까?" 그는 눈을 가렸다. 햇빛 때문에 눈이 부셨다.

"다른 시체가 발견되었소. 오늘 아침에."

관리는 궁궐 근처에서, 그러니까 궁궐 성벽 바깥쪽에서 시체가 발견되었다고 알려주었다. 자는 시체를 누군가 검사했느냐고 물었다. 관리는 칸 내상이 다른 조사관과 함께 검사하고 있다고 대답했다.

자가 검사실로 들어갔을 때, 칸 내상은 시체 위로 몸을 숙이고 있었다. 죽은 사람은 벌거벗은 채 탁자 위에 누워 있었다. 환관과 마찬가지로 머리가 없었다. 형부 내상은 자에게 가까이 오라고 했다.

"마찬가지로 머리가 잘렸다." 내상이 자에게 알려주었다.

그건 하지 않아도 될 말이었다. 평소와 마찬가지로 칸과 함께 온 초검 판관은 보고서에 상처를 열거하거나 피부색을 적는 등 피상적인 측면만 반영하고 있었다. 얼굴이 없었기 때문에, 판관은 희생자의 나이를 추측할 수 없었다.

자는 보고서를 읽은 후 검사를 시작했다. 가장 먼저 그의 관심을 끈 것은 머리가 잘리면서 생긴 목의 상처였다. 환관의 경우와는 달리, 상처 가장자리는 너덜너덜하고 더러웠다. 자는 살인자가 차분히 죽이는 데 필요한 시간이 없었다고 추측했다. 가슴의 상처는 다른 시체들에서 발견된 것보다 덜 깊었다. 목덜미 부위에는 세로로 긁힌 자국이 있었는데, 어깨까지 내려가 있었다. 그는 손등에서 동일한 유형의 흔적을 발견했다. 마지막으로 발목에서도 예상했던 흔적을 찾았다. 그는 그런 사실을 칸 내상에게 알렸다.

"긁힌 자국은 시체를 이송하는 과정에서 생긴 것입니다. 발을 잡고 끌고 간 것입니다." 자는 그 자국들을 가리켰다. "분명히 그때까지 옷을 입고 있었습니다. 그렇지 않았다면 둔부 부위까지 긁힌 자국이 있어야만 합니다."

자는 집게를 들어 손톱 아래와 피부에 붙어 있던 흙을 떼어내 조그만 병에 넣고 천으로 닫았다. 그는 팔꿈치와 무릎을 누르며 팔과 다리를 펴려고 애썼다. 시체가 아직 초기 경직 단계에 있다는 것을 알 수 있었다. 약 여섯 시간 전에 살해되었다고 추정했다.

갑자기 자가 멈추었다. 아직 머리가 아팠지만, 분명히 향내를 맡았다.

"냄새가 나지 않습니까?" 자가 냄새를 맡았다.

"무슨 냄새?" 칸 내상이 의아해했다.

"향수 냄새 말입니다."

즉시 자는 양쪽 젖꼭지 사이로 파여진 구멍에 코를 갖다 댔다. 입술을 찡그리면서 고개를 들었다. 의심의 여지가 없었다. 옥향이었다. 전날 밤 후디에가 풍기던 냄새였다. 그는 그런 사실을 칸 내상에게 말하지 않았다.

"옷은 어디에 있습니까?" 자가 물었다.

"벌거벗은 상태로 발견되었다." 내상이 대답했다.

"시체 옆에 아무것도 없었습니까? 물건이나 그를 확인해줄 것이 전혀 없었습니까?"

"아무것도 없었다."

"반지가 있었습니다……." 조사관이 지적했다.

"반지라고요?" 자는 놀라면서 칸 내상을 쳐다보았다.

"아, 그렇지! 내가 잊고 있었다." 칸 내상은 목청을 가다듬었다. 그는 조그만 탁자로 가더니 그 반지를 보여주었다. 자는 경악을 금치 못했다.

"이 반지를 모르시겠습니까?" 자가 물었다.

"모르네. 내가 알아야만 하는 것인가?"

"이것은 어젯밤 접견 때 우리와 함께 저녁을 먹었던 청동제작인이 끼고 있던 것입니다."

단 둘이 있게 되자, 자는 칸 내상에게 후디에가 용의자이기는 힘들 것이라 밝혔다.

"내상 대인, 그 여자는 장님입니다!" 자가 지적했다.

"그 여자는 악마다!" 칸이 말했다. "그렇지 않다면 내게 말해보아라. 그 여자가 앞을 보지 못한다는 것을 알 때까지 얼마나 걸렸나? 얼마 동안이나 널 속였지?"

"하지만 대인은 정말로 앞을 보지 못하는 여자가 머리를 톱으로 자르고 시체를 끌고 갈 수 있다고 생각하십니까?"

"바보 같은 생각은 그만해! 그 누구도 그녀가 그 더러운 작업을 직접 했다고는 말하지 않았다!" 그의 얼굴이 굳어졌다.

"아! 아니라고요? 그렇다면 누구죠?"

"내가 그걸 알고 있다면, 여기서 너의 오만불손한 행동을 참고 있진 않을 것이다!" 내상은 화를 벌컥 내면서 자의 검사 도구를 한 손으로 모두 바닥에 흩어버렸다.

자는 머리에서 피가 솟구치는 걸 느꼈다. 그는 깊이 숨을 들이마시고 내쉬었다. 그는 바닥에 뒹굴던 도구들을 주웠다.

"대인, 우리 모두는 수많은 종류의 살인자가 있다는 것을 압니다. 하지만 살인을 저지르려고 생각하지 않는 사람들은 일단 제외하는 게 좋을 것 같습니다. 일반적인 사람들은 어느 날 싸우거나 혹은 다른 남자의 품에 안긴 자기 아내를 발견하면 이성을 잃어버립니다. 그 사람들은 제정신이었다면 결코 상상하지 못했던 광기의 상태에서 살인을 저지르고, 평생 그 결과에 대한 대가를 치릅니다." 자는 자기 도구를 주워 모두 제자리에 놓았다. "이제 다른 사람들을 생각해보겠습니다. 진짜 살인자, 진짜 괴물들을 생각해보겠습니다. 이런 사람들에는 여러 유형이 있습니다. 우선 음욕에 사로잡혀 충동적으로 행동하는 사람들입니다. 상어처럼 끝도 없는 음욕의 소유자들입니다. 일반적으로 이들의 희생자는 여자나 아이입니다. 그들은 죽이는 것으로 만족하지 않고 그들을 더럽히고 망가뜨린 다음에 죽입니다. 또 다른 유형으로는 본질적으로 폭력적인 사람들이 있습니다. 이들은 황당한 이유나 최소한의 도발적인 행위에도 사람을 죽일 수 있는 사람들입니다. 이들은 수염을 스쳤다는 이유로 잡아먹을 수 있는 잠자는 호랑이와 같습니다. 종교나 이상에 사로잡힌 광신도들도 있습니다. 이들은 싸우기 위해 조련된 사냥개처럼 가장 잔인무도한 살인을 저지릅니다. 마지막으로 가장 괴상한 사람들이 있습니다. 이들은 살인의 기쁨을 누리는 사람들입니다. 이런 유형의 살인자는 그 어떤 동물과도 비교될 수 없습니다. 그들 안에 자리 잡은 악은 대단히 사악하기 때문입니다. 그럼 이제 말씀해주십시오. 그 여자는 어떤 유형입니까? 음욕에 사로잡힌 사람입니까? 폭력적인 사람입니까? 아니면 미친 광신도입니까? 아니면 살인의 기쁨을 느끼는 사람입니까?"

칸은 자를 곁눈으로 흘낏 처다보았다.

"뼈와 무기 혹은 벌레에 대한 너의 능력과 학식에 대해서는 전혀 의심하지 않는다. 넌 나를 위해 책을 한 권 써서 그것을 강의할 수도 있어!" 칸 내상이 고함쳤다. "네가 현명하고 지식이 많은 사람이라고 하더라도, 아주 근본적인 것을 한 가지 모른다. 그것은 그 누구보다도 피에 굶주리고 똑똑하며 신중하기 짝이 없는 사람을 보는 눈이지. 그런 사람은 뱀과 같다. 웅크린 채 적절한 순간이 오기를 기다리며 희생자를 유혹하여 단숨에 물어서 독을 풀어놓는 사람이지. 나는 복수의 독을 품고 행동하는 사람들을 언급하는 것이다. 뱃속까지 망가뜨릴 정도로 지독한 증오를 품은 사람들이지. 그런 사람들 중의 하나가 바로 후디에라고 단언하는 것이다."

"무엇으로 희생자들을 유혹하거나 최면을 겁니까? 보이지 않는 죽은 눈으로 그렇게 합니까?" 자가 불쑥 말했다.

"보려고 하지 않는 사람보다 더 심한 장님은 없는 것이다!" 칸 내상은 주먹으로 탁자를 내리쳤다. "넌 지금 황당한 실용적 지식에 눈이 멀어 상식적인 면을 우습게 여기고 있다. 내가 이미 말했듯이 그 여자는 공범을 이용하고 있는 것이다."

자는 그가 은밀히 금나라 대사와 대화하는 것을 보았다는 사실을 말하지 않기로 했다. 칸 내상과 맞서봤자 아무것도 얻는 게 없을 것이다. 그는 전략을 수정하기로 했다.

"알겠습니다. 그렇다면 누가 그녀를 도와 살인을 하는 것입니까? 그녀의 남편입니까?"

칸 내상은 문을 쳐다보았다. 그 뒤에서 수사 판관이 기다리고 있었다.

"밖으로 나가지." 칸 내상이 제안했다.

자는 도구를 보관하고 칸 내상을 따라갔다. 시간이 지날수록 그는 칸을 믿을 수 없었다. 왜 칸 내상이 반지에 관한 것을 숨겼는지, 심지어는 살해된 사람이 청동제작인이라고 밝힌 후에도 왜 그것에 대해 일언반구도 하지 않았는지 알 수가 없었다. 게다가 어쩌면 내상은 마지막으로 희생자와 말한 사람일 수도 있다. 칸 내상은 전날 밤 연회가 열렸던 연못 근처로 자를 데려갔다.

"그녀의 남편은 아니다. 나는 그를 오래전부터 알고 있지. 아주 정직하고 착한 사내다. 하지만 그 마녀와 혼인하는 어리석음을 범했지." 내상은 잠시 말을 멈추었다. "오히려 나는 그녀의 하인을 의심하고 있다. 북쪽에서 데려온 개 같은 얼굴의 몽고인이지."

자는 머리를 긁적였다. 새로운 용의자가 등장한 것이다.

"그렇다면 왜 그를 체포하지 않는 것입니까?"

"몇 번이나 말해야 알아듣겠나?" 그가 손짓했다. "나는 더 많은 공범자들이 있다고 확신하고 있다. 한 사람으로는 이런 잔인한 범죄를 저지를 수 없다고 본다."

자는 입술을 깨물었다. 모두가 알고 있으면서도 아무도 설명할 수 없는 그런 수수께끼가 지겨웠다. 칸의 의심이 사실이라면, 왜 그 몽고인의 뒤를 밟지 않는 것일까? 칸 내상이 뭔가 꿍꿍이가 있다는 생각이 들었다. 그러나 무언가 맞아떨어지지 않았다. 그것은 바로 시체에서 발견한 향내였다. 칸 내상은 엄청난 권력의 소유자이니 그 향수의 일부를 가져와 후디에게 죄를 뒤집어씌울 수도 있다. 하지만 그 향수가 황제의 후궁들만 사용할 수 있는 것이라면, 어떻게 후디에가 사용할 수 있었는지 이해되지 않았다.

자는 어떻게 후디에가 궁녀들의 여주인처럼 행동할 수 있느냐고 물었다.

"내가 그녀라고 말하지 않았느냐?" 칸 내상이 오히려 놀라면서 물었다. "후디에는 〈여사〉다. 선황제 폐하가 가장 아끼던 여인이다."

여사라…… 그런 이유로 후디에는 귀족과 궁녀들 사이의 중매쟁이 역할을 했던 것이다. 그녀가 마치 쾌락을 다루는 여사제처럼 그 누구보다도 연애의 기술을 잘 알고 있었기 때문이다.

"황제 폐하는 자신의 손님들을 잘 접대하고자 할 때마다 후디에를 초청하지." 칸 내상이 툴툴거리며 말했다. "그 여자는 진짜 불꽃이다. 오늘날까지도 그렇지."

칸 내상은 자에게 선황제 시절에 그녀가 장님이지만 아름답다는 소식이 궁궐 성벽을 넘어 궁내에 퍼졌다고 말해주었다. 당시 황제는 그녀의 가족에게 보상을 해주고, 그녀를 후궁 궁궐로 데려오라고 지시했다.

"당시 그녀는 어린아이였지만, 나는 내 두 눈으로 어떻게 황제 폐하에게 마법을 거는지 분명히 보았다. 선황 폐하께서는 나머지 후궁들을 잊고 그녀만 찾았고, 기운을 잃을 때까지 그녀와 즐겼다. 병상에 들게 된 선황 폐하는 후디에를 제국의 여사로 임명했지. 당시에는 이미 늙고 병든 상태였지만, 그녀는 자기보다 낮은 등급의 후궁들과 황제가 최대한 자주 관계를 갖게 했고, 한 달에 한 번만 황후를 찾게 했다. 그녀는 후궁들을 황제의 침소로 데려갔고, 그 여자들에게 옥향을 뿌려주었다. 뿐만 아니라 황제와 후궁의 잠자리도 직접 지켜보았다." 칸 내상은 그 장면을 머릿속에서 그리는 것 같았다. "앞을 볼 수는 없지만, 사람들 말에 의하면 그곳에 있으면서 즐겼다고 하더군."

칸 내상은 선황제가 세상을 떠나고 새 황제가 등극하자, 후디에가 여사 자리를 버리고 떠났다고 했다. 그녀는 물려받은 사업을 냉혹하고 강인하게 운영했으며, 그 후 혼인한 지금의 남편 역시 그녀의 손에서 벗어나지 못한다고 덧붙였다.

"남자들을 미치게 하는 뭔가를 가지고 있는 거다. 황제와 남편에게도 마법을 걸었으니, 너도 방심하면 그녀의 유혹에 넘어가게 될 것이다."

자는 칸 내상의 말을 곰곰이 생각했다. 그는 마법 따위를 믿는 사람이 아니었지만, 분명한 것은 어젯밤 이후로 후디에를 한시도 잊을 수 없었다는 사실이다. 그 여자는 다른 여자들과 다른 점이 있었지만, 그게 무엇인지는 설명할 수 없었다.

29

자는 수사에 집중해야만 했다. 무엇보다도 회유가 돌아올 시간이 가까워 오고 있었다. 그가 푸젠에서 보고서를 가져오면 자는 처형을 당할지도 모른다.

그는 부분으로 나누어 일하기로 했다. 우선 초상화에 그려진 남자에게 온 정신을 쏟았다. 그의 모습을 손에 넣긴 했지만, 그뿐이었다. 그림이 희생자의 신원을 확인하는 데 도움이 될 것이라고 생각했지만, 다른 증거가 부족했다. 게다가 린안에 사는 200만 명에게 일일이 물어보고 다니는 것도 불가능했다. 자는 머리를 쥐어뜯으면서 그림을 뚫어지게 바라보았다. 그는 그림 속 얼굴에 흩어져 있는 조그만 상처들이 어디서 유래한 것일까 생각했다. 질병 때문에 생긴 흔적은 아닌 것 같았다. 따라서 사고로 인해 생겼을 가능성밖에 없었다. 하지만 어떤 사고일까? 상처의 원인이 무엇이든 간에, 그것은 상당한 고통을 야기했을 게 분명했다. 그렇다면 고통 때문에 약방이나 병원을 찾았을 것이다.

바로 그것이다! 그가 갈 수 있는 병원이나 약방의 숫자는 제한되어 있었을 것이고, 그를 치료한 의원은 좀처럼 보기 힘든 상처를 지닌 환자를 분명히 기억할 것이다.

자는 즉시 보에게 수색작업을 부탁했다.

초상화가 그려진 젊은 시체 일이 마무리되자, 자는 얼굴이 완전히 일그러진 시체, 그러니까 손을 잘라 보존함에 보관했던 그 남자에게 집중했다. 보존함에서 손을 꺼내 다시 살폈다. 다행히 얼음이 효과가 있어서 잘랐을 때와 비슷한 상태로 보존되어 있었다. 부식된 희뿌연 색깔은 수백 개의 바늘에 찔린 것 같은 모양새였다. 모든 손가락이 그렇게 부식되어 있었고, 손바닥과 손등으로도 번져 있었다. 아마도 희생자가 어떤 산(酸)을 다루었기 때문인 것 같았다. 전날 자는 이미 이런 흔적을 만들 수 있는 직업이 어떤 것인지 그 목록을 작성해두었다. 비단 세탁업자, 석공, 종이 표백공, 요리사, 가옥 도장업자, 약제사 등등이었다. 너무 많았다. 수색 시간을 단축해야만 했다. 게다가 청동제작인의 시체가 발견된 지역도 살펴야 했고, 그의 작업장도 가봐야 했다. 하지만 가장 급한 일은 절단된 손을 가져가 린안의 대약방에서 물어보는 것이었다.

그는 보와 함께 대약방으로 향했다. 입구에 수많은 사람들이 몰려 있었고, 보는 부하들을 보내 환자들과 상처 입은 사람들을 헤치고 길을 열게 했다. 마침내 약방 안에 들어서서, 자는 보존함에서 잘린 손을 꺼내 판매대 위에 올려놓았다. 순식간에 몰려드는 구경꾼들을 보의 부하들이 해산시켰다. 약제사들은 잘린 손을 보며 벌벌 떨었다.

"여러분은 이 손을 면밀히 살펴보고, 이런 통증에 약을 처방했는지에 대해서만 알려주면 됩니다."

손을 검사한 후 약제사들은 의아해하면서 서로 쳐다보았다. 자는 분명히 그 정도의 질병이라면 치료를 받았을 것이라고 생각했지만, 약제사들은 단순한 부식에 불과하다고 말했다. 자는 그 대답에 만족하지 않고, 책임 약제사와 만나겠다고 요구했다. 잠시 후 멍한 표정의 땅딸막한 사람이 붉은 겉옷과 모자를 쓰고 나타났다. 그는 절단된 손을 보고 상당히 놀란 표정을 지었지만 다른 약제사과 똑같이 대답했다.

"이런 정도의 사소한 상처로 치료를 받으러 오지는 않았을 겁니다."

"어떻게 그렇게 확신하는 거죠?" 자가 물었다.

책임 약제사는 잘린 손 옆에 자기 손을 나란히 놓았다.

"나도 동일한 부식현상을 겪고 있기 때문입니다."

자는 너무나 당황하며 말을 더듬었다.

"어떻게 이런……."

"소금 때문입니다." 책임 약제사는 자기 손을 보여주며 설명했다. "선원들, 광부들, 생선이나 고기를 절여 보관하는 사람들…… 이렇게 매일 소금을 가지고 일하는 사람들은 이런 흔적을 손에 갖게 됩니다. 나는 붕대를 보관하기 위해 매일 소금을 사용합니다. 하지만 그다지 심각한 것은 아닙니다. 이 죽은 사람이 그런 이유로 손을 잘랐다고는 생각하지 않습니다." 책임 약제사는 웃으면서 비아냥거리듯 말했다.

그러나 자는 웃지 않았다. 그는 다시 잘린 손을 보존함에 넣고 린안 대약방을 떠났다.

문이 하나 열리면, 다른 문이 닫혔다. 부식의 원인이 산 때문이라는 생각은 지웠지만, 소금이 출현하면서 또 다른 직종이 덧붙여졌다. 린안 주민의 4분의 1은 어업에 종사했고, 그중 극히 일부가 저장강을 떠나 바다로 나가 고기를 잡았다. 생선 저장 창고에서 일하는 사람들과 소금 관련 종사자를 덧붙이면, 용의자의 숫자는 최소한 5만 명이 될 것이다. 자는 이제 마지막 한 가지 세부사항에 희망을 걸 수밖에 없었다. 그것은 엄지 아래 새겨진 조그만 불꽃 모양의 문신이었다. 보는 자기가 책임지고 그것이 무엇인지 알아봐주겠다고 말했다.

아직 청동제작인의 작업장을 들러야 하는 일이 남아 있었다. 자는 거기서 결정적인 증거를 확보할 것이라고 크게 기대했다. 그는 보와 함께 도시의 남쪽 나루터로 향했다. 그러나 칸 내상이 알려준 곳에 도착하고 나서, 자의 얼굴이 창백해졌다. 전날만 하더라도 린안에서 가장 중요한 작업장이 있던 곳이었지만, 이제는 끔찍하게 파괴된 황량한 풍경만이 남아 있었다. 아직도 불타는 대들보와 이미 타버린 나무, 그리고 녹아버린 금속과 수북하게 쌓인 벽돌 사이로 잔불이 탁탁거리며 타고 있었다. 불길이 작업장의 모든 것을 불태워버리고 연기가 모락모락 피어나는 잔해만 남겨둔 것 같았다. 자는 고향 집을 불살라버린 화재를 떠올렸다. 심지어 똑같은 냄새를 맡고 있는 느낌이 들었다.

그는 무슨 일이 있었는지 알려줄 증인을 찾아 나섰다. 몇몇 사람들은 새벽에 엄청난 불길이 솟았다고 말했고, 어떤 사람들은 건물이 무너지면서 커다란 소리를 냈다고 증언했다. 그리고 몇몇 사람들은 불 끄는 관리들이 너무 늦게 도착하는 바람에 옆에 있는 작업장까지 불길이 번졌다고 말했다. 그러나 그 누구도 그런 혼란스러운 이야기 이외에 중요하게 여길 수 있는 자료를 제공해주지 않았다. 다행히 주변을 어슬렁거리던 약삭빠른 아이가 10전을 주면 정보를 제공하겠다고 말했다. 아이는 뼈에 가죽만 붙은 것처럼 야위어 있었고, 자는 그 돈에다 근처 가게에서 구입한 밥한 주먹을 얹어주었다. 그 밥을 허겁지겁 먹으면서, 아이는 화재가 나기 전에 굉음이 났다고 이야기했지만, 그 이상을 밝힐 수는 없었다. 자가 실망해서 떠나려 했더니, 아이가 소매를 잡았다.

"그걸 본 사람을 알아요."

동료 거지가 몇 년 전부터 작업장 차일 아래서 잠을 잤다고 알려주었다.

"절름발이예요. 그래서 동냥할 수 있는 구역으로 지정된 곳에서 멀리 가지 않아요. 오늘 새벽에 이곳에 와보니, 그 애가 저 뒤에 있었어요." 그러면서 폐허가 된 그곳을 가리켰다. "마치 쥐구멍에 숨어 있는 쥐 같았어요. 그 애는 죽음의 신을 본 것 같은 얼굴이었어요. 도망쳐야 한다고 말했어요. 만일 자기가 발견되면, 죽임을 당할 거라고 말했어요."

"누가 죽인다는 거지?" 자가 눈을 둥그렇게 떴다. "그게 누구지?"

"모르겠어요. 그 애는 겁에 질려 있었어요. 날이 밝자마자 사라졌어요. 자기 물건까지 그냥 여기 놔두고요." 아이는 동냥에 필요한 그릇 하나와 도자기 병 하나가 놓여 있는 구석을 가리켰다. "목발을 짚고 사라졌어요."

자는 유일한 증인이 사라졌다는 것을 애석해했다. 그때 그 아이가 뜻밖의 말을 했다.

"하지만 원하신다면, 내가 찾아줄 수 있어요."

"누구를?"

"내 절름발이 친구 말이에요!"

자는 거지아이의 눈에서 탐욕이 아닌 진심이라는 표지를 찾으려고 했지만, 그렇지 못했다.

"좋아. 데려오면 합당한 보상을 해줄게."

"그런데 전 병들었어요. 배도 고파요. 그를 찾아오느라 동냥을 할 수 없을지도……."

"얼마나 주면 되겠느냐?"

"음…… 만 전이요. 아니, 5천 전이요!"

자는 안 된다는 의미로 고개를 가로저었다. 그러나 더는 선택권이 없었다. 그는 다시 거지아이의 눈을 뚫어지게 바라보았다. 자는 투덜대면서 보에게 동전을 달라고 했지만, 보는 단호하게 거부했다.

"돈만 받고 다시는 모습을 드러내지 않을 것이네." 보가 자에게 경고했다.

"돈을 주세요!" 자가 다시 요구했다. 그는 칸 내상이 필요한 경비가 있으면 얼마든지 써도 좋다고 했다는 사실을 알고 있었다. 보는 결국 돈을 건네주었다.

자가 돈을 세는 걸 보고, 아이의 눈이 마치 황금 산을 본 것처럼 반짝였다. 그러나 그 아이 눈의 광채는 500전에서 그쳤을 때 그만 꺼져버렸다.

"나머지는 친구를 데려오면 주겠다. 그에게도 마찬가지로 5천 전을 주겠다." 자는 나머지 동전꾸러미를 보에게 되돌려주었다.

궁궐로 돌아가기 전에 자는 단서를 발견할 수도 있다는 희망을 품고 잔해 사이를 뒤졌다. 그러나 단지 부서진 질그릇 틀과 녹인 청동을 주조하는 도구들, 그리고 쓰러진 용광로만 발견했다. 자의 눈에 그것들은 글을 모르는 사람 앞에 놓인 책과 같았다. 그런데 이상하게도 청동물건이나 구리나 주석 더미는 보이지 않았다. 아마도 도둑놈들이 가져가버린 것 같았다. 자는 보에게 최근 몇 달 동안 작업장에서 일했던 일꾼들이 누구인지 알아봐달라고 요청했다. 그는 벽돌과 대들보를 제외한 나머지를 모두 궁궐로 옮겨달라고 했다.

궁궐로 돌아오는 길에 그들은 청동제작인의 시체가 발견된 장소를 둘러보았다. 자는 시체를 발견한 경비병이 그곳을 지키고 있다는 사실에 기뻐했다. 화강암 산처럼 생긴 경비병은 시체가 바로 그 장소에서, 즉 궁궐 성벽 아래서 목이 잘리고 발가벗겨진 채 발견되었다고 확인해주었다. 자는 아직도 돌바닥에 남아 있는 피의 흔적을 살펴보고, 두루마리에 목탄으로 핏자국을 있는 그대로 그렸다. 그는 경비병에게 그곳에 보초를 서는 동안 한 장소에 그대로 있는지, 아니면 정기적으로 순찰을 도는지 물어보았다.

"징소리가 나면, 우리는 서쪽으로 삼백 보를 이동했다가 되돌아오고, 다시 반대쪽으로 삼백 보를 걷습니다. 그리고 되돌아가서 다음 징소리가 울릴 때까지 기다립니다."

자는 고개를 끄덕였다. 주변을 마지막으로 둘러보고는, 경비병에게 혹시 관심을 끈 것이 없었느냐고 재차 물었다. 경비병은 없다고 대답했다. 하지만 이미 수사를 진행할 만큼 충분한 것을 찾아냈다.

궁궐의 정원을 살펴보면서, 자는 여러 종류의 흙을 수집했다. 그는 청동제작인의 손톱과 피부에서 발견한 흙을 탁자 위에 올려놓았다. 채집한 네 가지의 흙이 서로 달랐다. 연못 근처에서 가져온 흙은 축축하고 끈끈했으며 검은 색을 띠고 있었다. 숲에서 가져온 흙은 퍽퍽하고 갈색이었으며, 소나무 가시가 들어 있었다. 어젯밤 연회가 펼쳐지던 평상 옆에서 수집한 세 번째 흙은 돌가루였다. 마지막으로 성벽 근처에서 발견한 흙은 누렇고 끈적끈적했는데, 아마도 성곽을 건설할 때 회반죽으로 사용한 점토 때문인 것 같았다. 그는 시체에서 추출된 흙을 성곽에서 가져온 흙더미 옆에 놓았다.

일치했다. 그는 시체의 흙을 다시 병에 넣고, 다른 네 개의 흙에 분류 딱지를 붙였다.

그는 적어놓은 것을 검토했다. 쉬지 않고 일했다. 회유는 곧 돌아올 것이고, 시간은 손 안의 물처럼 빠르게 빠져나가고 있었다. 어둠이 깔리기 시작할 무렵, 그는 적어놓은 것들을 모두 바닥에 던져버렸다. 아직도 약국과 의원으로 보낸 초상화의 결과를 기다리고 있었고 청동제작인의 작업장에서 일했던 일꾼들을 조사해야 했지만, 희망이 보이지 않았다. 가슴의 상처와 관련해서 창을 사용해봤지만 그건 이미 실패했고, 더는 대안이 없었다. 커다란 활을 변형시켜 발사했을 가능성은 남아 있었지만, 그 근거가 미약했다. 멀리 날아갈 수도 없는 무겁고 두꺼운 화살을 만들려는 사람이 있을까? 무슨 목적으로 거의 완벽한 무기를 이동하거나 들거나 조작하는 데 더 힘들도록 크고 무겁게 변형시키겠는가. 그런데 가장 설명이 안 되는 의문은 왜 살인자가 그토록 커다란 무기를 사용하여 희생자들의 목숨을 앗아갔을까 하는 것이다.

갑자기 자는 자신의 추론이 눈먼 여자가 여러 남자를 죽일 수도 있다는 생각처럼 어리석다는 사실을 깨달았다. 수많은 의심이 들었지만, 그래도 아직 후디에가 살인에 연루되어 있다는 생각은 떨쳐버리지 않았다. 여사라는 직책과 옥향의 관계는 상황적인 것에 불과했지만, 각각의 증거와 관련되어 있었다. 그리고 칸 내상의 말에 따르면, 후디에에게는 황제를 증오할 만한 충분한 동기가 있었다. 그녀의 아버지가 할아버지인 악비가 억울한 모욕을 당했다는 가문의 이야기로 증오심에 불을 지폈을 수도 있었다.

자는 여사를 생각했다. 사실 그녀를 만난 이후부터 한시도 머릿속에서 지울 수가 없었다. 인정하고 싶지는 않았지만, 떨쳐낼 수 없는 무언가가 있었다. 그것은 살인을 뛰어넘는 것이었고, 이해할 수도 통제할 수도 없는 것이었다. 왜 그녀의 따스하고 음험한 목소리를 자꾸만 떠올리는 것인지, 왜 그녀의 창백하면서 생명이 없는 눈을 자꾸만 생각하는 것인지, 왜 그녀를 생각할 때마다 가슴이 뛰는 것인지. 게다가 지금은 시시각각 위험이 거리를 좁혀오는 때다. 회유가 돌아오면 위험에 처할 것이고 수사도 실패할 위험이 높으니, 목숨을 건지려면 차라리 궁궐에서 도망쳐야 마땅했다. 그러면서도 그는 자신의 마음 한 구석에서 떠날 줄을 모르는, 형부의 한 자리를 차지하고 싶다는 열망을 직시했다. 황제는 그 자리를 약속했고, 그것이야말로 그가 평생 염원한 것이었다. 정확히 말하면 바로 펭판관이 그에게 주입시킨 꿈이었다.

자는 모든 것을 펭판관에게 빚지고 있었다. 눈을 감으면, 자를 기꺼이 받아들여 자기가 알고 있던 모든 것을 가르쳐준 펭이 떠올랐다. 다시 눈을 감으면, 아버지가 받지 못했던 판관 임명장을 들고 아버지 묘 앞에 서 있는 자신의 모습이 그려졌다.

문 두드리는 소리에 그는 몽상에서 깨어났다. 보가 찾아왔다. 보는 청동제작인의 작업장에서 회수한 잔해를 옮기는 작업이 시작되었으며, 다음날 수련궁에서 후디에 여사가 그를 만나고 싶어 한다는 소식을 알리기 위해서 온 것이었다.

"저와 말입니까?" 자는 화들짝 놀랐다.

자는 혼인한 여자를 남편이 없는 동안 만나는 것이 부담스러웠다. 왠지 등골이 오싹했다. 여자들의 행실 규범에 따르면, 남편이 손님을 맞이할 때면 숨어 있어야 하고, 단지 차나 술을 따를 때만 모습을 드러내어 아무 말도 하지 말아야 했다. 하지만 그런 규범은 여사에게 적용되지 않는 모양이었다.

그날 밤 자는 거의 잠을 이룰 수 없었다. 하지만 후디에의 목소리가 자장가를 불러주는 꿈을 꾸었다.

수련궁은 숲 안에 위치해 있었고, 그 궁의 벽은 고위 관리들이 머무는 궁궐들과 나란히 뻗어 있었다. 자는 양쪽을 연결하는 벽을 수월하게 지날 수 있었다. 그는 삼나무가 줄지어 있는 돌길을 따라갔다. 약속 시간보다 조금 이르게, 화사하게 빛나는 궁 앞에 발길을 멈추었다. 감귤나무 정원으로 둘러싸인 2층짜리 건물이었다. 하늘을 향해 솟아오른 곡선의 처마는 학이 나는 것을 그대로 본뜬 것 같았다. 마치 황제의 보호를 받는 집이라는 것을 자랑스러워하는 듯했다.

문을 두드리려는 찰나, 뜻밖에 문이 열렸다. 그 뒤로 몽고인 하인이 나오더니 안내했다. 자는 그를 따라 햇빛이 환하게 비치는 방으로 갔다. 반짝이는 붉은 벽이 색칠한 지 얼마 되지 않은 것 같았다. 그는 커다란 창문으로 들어오는 햇빛을 받으며 계속 따라갔다. 한 여인이 등을 돌린 채 앉아 있는 모습이 보였다. 옥빛의 헐렁한 한족 의상을 입었고, 머리는 커다란 비단 끈으로 묶었다. 하인이 손님이 왔다고 알리자, 여자는 일어나 그를 향해 몸을 돌렸다. 자는 그녀에게 인사를 하면서 얼굴을 붉혔다. 대낮의 햇빛에서 보니 후디에는 더욱 매력적이었다. 자는 자신의 감정을 추스르려고 애쓰며 방을 둘러보았다. 그 방의 구석을 장식하고 있던 멋진 골동품들이 눈에 들어왔다.

"다시 만나게 되어 영광입니다." 자가 말했다. 그는 곧바로 그 말이 부적절했다는 사실을 깨달았다.

후디에는 미소를 지었다. 그녀의 치아는 음욕을 불러일으키기에 충분했다. 후디에가 움직이자 그녀의 한족 의상이 살포시 열리면서 그 틈으로 봉긋 솟아 있는 한쪽 가슴이 보였다. 그녀가 앞을 못 본다는 생각도 잊고, 자는 눈을 돌렸다. 그의 시선을 알아챌까 두려웠다. 후디에는 그에게 앉으라고 권했다.

"초대해주셔서 감사합니다." 자는 간신히 입을 열어 말했다.

후디에는 예의바르게 고개를 숙이며, 조심스럽게 찻잔에 차를 따랐다. 그녀는 대사의 접견 연회를 어떻게 보냈느냐고 물었다. 자는 다정하게 대답했지만 청동제작인의 죽음에 대해서는 조금도 언급하지 않았다. 잠시 침묵이 흘렀다. 자는 어색했다. 그의 눈은 후디에를 하염없이 바라보고 있었다. 그녀가 움직일 때마다, 눈을 깜박이거나 숨을 쉴 때마다 그의 감각이 흔들렸다. 자는 입술에 뜨거운 찻물을 느끼며 잠시 마음을 가라앉히기 위해 숨을 참았다.

"왜 그래요?" 후디에가 물었다.

"아닙니다. 약간 데었습니다." 자는 거짓말을 했다.

"미안해요." 그녀가 당황하며 용서를 구했다. 그녀는 천에 찬물을 적
셔서 자의 입술을 가볍게 두드렸다. 그녀의 손가락이 자의 입술을 스치
자, 그의 입술은 어쩔 줄 몰라 하며 부르르 떨었다.

"괜찮습니다. 조금 놀랐을 뿐입니다." 그는 그녀의 손으로부터 뒤로
물러났다. "남편은 어디에 계십니까?"

"곧 올 거예요." 그녀는 얼굴을 전혀 붉히지 않고 말했다. "그러니까
궁궐에 묵고 있군요? 자문관치고는 과도한 특권이네요⋯⋯."

"여사님 같은 분이 전족을 하지 않으신 것도 일반적이지는 않습니다."
그는 대화 주제를 다른 것으로 돌리기 위해 아무 생각도 없이 이렇게 대
답했다. 그러자 그녀는 긴 한족 의상 아래로 발을 숨겼다.

"보기 흉할지도 몰라요. 하지만 그 덕택에 나는 제대로 걸을 수 있지
요." 그녀의 얼굴이 경직되었다. "다행히 우리 아버님은 그 관습을 거부하
셨어요."

자는 무척 분별없는 말을 했다는 데 자책했다.

"저는 궁궐에 있게 된 지 얼마 되지 않습니다." 다시 자가 입을 열었
다. "칸 내상이 며칠 동안 있으라고 하셨는데, 확실한 것은 제가 곧 떠날
작정이라는 겁니다. 여기는 제가 있을 곳이 아닙니다."

"아니라고요? 그럼 어디죠?"

자는 무슨 대답을 해야 할지 생각했다.

"저는 학원에서 공부하고 싶습니다."

"그래요? 어떤 공부인가요? 고전 공부인가요? 아니면 문학? 아니면 시인가요?"

"외과입니다."

몹시 불쾌한 표정 때문에 후디에의 아름다움이 얼굴에서 지워졌다.

"미안해요." 후디에가 놀라면서 말했다. "하지만 왜 육체를 절개하는 데 매력을 느끼는지 모르겠네요. 게다가 칸 내상의 자문관이라는 당신 직업과 그것이 무슨 관계가 있나요?"

자는 경솔한 자신이 원망스러웠다. 그는 범죄 용의자와 마주하고 있다는 사실을 떠올렸다.

"금나라는 우리와 식사 습관이 다릅니다. 이런 습관 때문에 어떤 질병이 생기기도 하고, 반면 어떤 질병이 없기도 합니다. 이것이 제 연구의 과제이며, 여기에 있는 이유입니다. 하지만 왜 저를 이곳에 초대하셨는지 말씀해주십시오. 어젯밤에는 금나라에 대해 별로 말씀하려고 하지 않으셨습니다."

"사람은 바뀌는 법이지요." 그녀는 웃으면서 찻물을 조금 더 따랐다. "하지만 물론 그게 이유는 아니에요." 그녀는 살며시 웃었다. "솔직하게 말하면, 그날 당신의 행동이 내 관심을 끌었어요. 그러니까 그 미친 노인네의 폭력에 맞서 궁녀들을 보호하려고 했던 태도 말이에요. 그건 궁궐을 드나드는 남자에게서 좀처럼 보기 힘든 일이거든요. 그래서 놀랐던 거예요."

"그래서 저를 부르신 겁니까?"

"간단하게 말하자면…… 당신을 만나고 싶었어요."

자는 당혹스러웠다. 귀부인이 그토록 스스럼없이 그를 대하는 것이 놀라웠다. 여사가 몸을 숙이면서 다시 한족 의상이 살포시 열리자, 자의 얼굴은 더욱 새빨개졌다. 후디에가 그의 행동을 의식하고 있는지는 모르지만, 자는 시선을 다른 곳으로 돌렸다.

"아름다운 골동품들이군요." 자가 말을 돌렸다.

"아마도 그걸 제대로 감상할 줄 아는 사람들에게나 그렇겠지요. 나는 나를 위해서가 아니라, 주변 사람들을 기쁘게 하려고 수집한 거예요. 내 인생의 거울이지요."

자는 그녀의 말에서 씁쓸함을 느꼈지만, 무슨 말을 해야 할지 몰랐다. 어떻게 눈이 멀게 되었느냐고 물어보려는 찰나, 밖에서 소리가 들렸다.

"남편일 거예요." 그녀가 알려주었다.

후디에는 차분하게 일어나서 문이 열리기를 기다렸다. 자는 그녀가 옷매무새를 여미는 것을 보았다.

복도 안쪽에서 자는 나이 지긋한 남자의 모습을 보았다. 칸 내상과 함께 오면서, 기분 좋게 이야기하고 있었다. 노인은 품에 꽃다발을 들고 있었고, 자는 후디에에게 줄 꽃이라고 예상했다. 남자는 아내를 다정하게 바라보며, 이미 손님이 도착했다는 사실에 흐뭇해하는 것 같았다. 그러나 자를 자세히 바라볼 수 있을 정도로 가까이 오자, 그의 손에서 꽃이 떨어졌다.

노인은 제대로 말하지 못했다. 믿을 수 없다는 눈으로 잠시 서 있었다. 자 역시 마찬가지였다. 하녀가 급히 바닥에 떨어진 꽃을 주웠다. 그 누구도 움직이지 않는 것을 보고, 후디에가 앞으로 나왔다.

"여보, 손님을 소개할게요. 이 청년의 이름은 자예요. 자, 당신에게 내 남편을 소개할게요. 고귀하신 펭판관이에요."

30

자는 꼼짝도 못하고 판관 앞에 서 있었다. 펭도 말을 더듬었다. 당황스러운 시간이 흐르고 나서 마침내 자가 먼저 고개를 숙여 인사했다.

"존경하는 펭판관님."

"여기는 어쩐 일이지?" 판관이 간신히 말했다.

"서로 아는 사이인가?" 칸 내상이 놀라서 말했다.

"단지 조금…… 몇 년 전에 제 아버님이 판관님 아래서 일하셨습니다." 자가 서둘러 대답했다. 자는 펭판관이 아직 상황을 이해하지 못하고 있다는 것을 알았다.

"아주 잘됐군!" 칸 내상이 박수를 쳤다. "그럼 이제 모든 게 쉬워지겠군. 자네에게 말하던 대로……." 그는 펭판관을 쳐다보았다. "자는 금나라에 대한 보고서 작성을 돕고 있다네. 나는 자네 아내의 경험이 많은 도움이 될 것이라고 생각했다네."

"제대로 생각했군! 하지만 우선 앉아서 이 만남을 축하하도록 하지." 펭판관이 아직 당황한 기색을 감추지 못한 채 말했다. "자, 나는 자네가 고향에 있을 거라고 생각했네. 아버지는 어떠신가? 무슨 일로 린안에 온 건지?"

자는 고개를 숙였다. 아버지에 대해 말하고 싶지 않았다. 사실 아무것도 말하고 싶지 않았다. 펭의 명예에 먹칠을 할까 창피했고, 그의 아내에게 마음을 품는다는 사실은 더욱 수치스러운 일이었다. 자는 대화를 피하려고 했지만, 판관은 계속 그의 가족 소식을 듣고자 했다.

"아버님은 돌아가셨습니다. 산사태로 집이 붕괴되었습니다. 모두가 세상을 떠났습니다." 자는 간략하게 말했다. "저는 과거에 응시할 생각으로 린안에 왔습니다……." 그는 다시 시선을 떨구었다.

"아버님이 돌아가셨다고! 그런데 왜 나를 만나러 오지 않았지?" 펑판관은 무척 놀란 표정으로 자를 바라보았다.

"아주 긴 이야기입니다." 자가 다시 대화를 피하려고 했다.

"그럼 차차 이야기를 나누도록 하지." 펑판관이 대답했다. "칸 내상은 자네가 궁궐에 묵고 있다고 말했네. 하지만 이제 내 아내와 함께 일할 거라면, 이 집으로 들어오라고 권하고 싶네. 물론 칸 내상이 반대하지 않는다면……."

"반대라니." 칸 내상이 말했다. "아주 멋진 제안이오!"

자는 그 초대를 거절하고 싶었다. 아버지처럼 여겨왔던 사람을 배신할 수는 없는 일이었다. 회유가 돌아오면 그가 도망자라는 사실이 발각될 것이고, 그러면 펑판관의 명예를 더럽힐 수도 있었다. 하지만 판관은 고집을 굽히지 않았다.

"아니네. 후디에는 아주 훌륭한 안주인이고, 우리는 옛날을 회상하며 좋은 시간을 보낼 수 있을 것이네. 여기 있으면, 아무 걱정도 없을 거라 보네."

"정말이지 귀찮게 해드리고 싶지 않습니다. 게다가 제 침소에 모든 기구와 책을 갖춰 두어서……."

"쓸데없는 소리는 그만하게!" 판관이 자의 말을 끊었다. "자네가 이곳을 떠난다면, 나도 내 자신을 용서할 수 없을 것이고, 자네 아버지도 나를 용서하지 않을 걸세. 자네가 즉시 이곳에 머물 수 있도록 자네 물건을 옮기라고 지시하겠네."

펑판관과 칸 내상은 계속 잡담을 나누었다. 자는 그들의 대화를 주의 깊게 듣지 않았다. 주름으로 가득한 펭판관의 얼굴만 쳐다보았다. 그와 같은 집에 산다는 생각만 해도 가슴이 아팠다.

✸

궁으로 돌아가는 길에 칸 내상은 정말 행운이라며 기뻐했다.

"아직도 모르겠나?" 칸 내상은 손을 비벼대며 말했다. "넌 그 여자의 비밀을 알아낼 기회를 갖게 된 거다! 자세히 조사할 기회가 생긴 것이야!"

"황송하오나 조사관이 용의자의 집에 머무르는 것은 법에 의해 금지되어 있습니다."

"법이라……." 칸 내상이 침을 뱉었다. "그건 수사관을 부정부패에서 보호하기 위한 조치다. 하지만 지금은 용의자가 수사 받고 있다는 사실을 모르고 있으니, 그 누구도 매수하지 못할 것이다. 게다가 넌 판관이 아니다."

"죄송합니다." 자가 그의 말을 끊었다. "대인이 원하신다면 계속 수사하겠습니다. 하지만 그 여자의 집에 머물지는 않겠습니다."

"도대체 왜 그런 멍청한 소리를 하는 거지? 이건 하늘이 주신 기회야! 일부러 만들려고 해도 만들 수 없는 기회란 말이다!"

자는 칸의 행동이 약탈자와 같다는 것을 알고 더욱 결심을 굳혔다. 그는 아버지의 친구였던 사람의 믿음을 배신할 수 없다고 주장했다. 아버지와 펭판관, 그리고 자신의 명예를 더럽히는 일만은 절대로 할 수 없다고 덧붙였다.

"그런 믿음을 가지고 있는데도, 그의 아내가 그의 신세를 망치도록 놔둘 셈이냐? 조만간 그 여자는 배신할 것이고, 펭판관을 죽여버릴 것이다."

"좋습니다! 그렇게 펭판관님의 미래가 걱정되신다면, 즉시 그 여자를 체포하십시오." 자가 대답했다.

"이런 염병할 녀석!" 칸 내상의 얼굴이 바뀌었다. "이미 설명했듯이, 우리는 누가 그녀의 공범인지 알아내야 한다. 지금 체포하면, 공범자는 우리가 고문해서 이름을 알아내기도 전에 도망칠 것이다. 게다가 늙은이의 명예보다 더 위험한 것이 걸려 있다. 바로 황제 폐하의 미래다."

자는 목숨이 위태로울지도 몰랐지만, 주저하지 않았다.

"마음대로 하십시오. 하지만 저는 하지 않겠습니다. 펭판관님의 미래보다 황제 폐하의 미래를 우선으로 생각하지 않겠습니다."

칸 내상은 자를 노려보았다.

자는 도망칠 시간이 되었다는 것을 깨달았다. 서두르면 아직 도망칠 수 있었다. 단지 보에게 궁궐 성문 너머까지 함께 가달라고 부탁할 핑계를 찾기만 하면 되는 일이다. 보가 한눈파는 틈을 이용해 도망쳐서 영원히 린안을 빠져나갈 생각이었다. 자는 하인에게 보를 불러오라고 했다.

짐을 챙기는 동안 후회가 물밀 듯이 밀어닥쳤다. 앞으로 이런 기회를 절대로 갖지 못할 것이다. 그는 자신의 꿈을 생각하며 여기까지 왔지만, 이제는 포기하고 영원히 도망쳐야 하는 것이다. 막내 여동생의 복숭아 같은 순진한 얼굴이 떠올랐다. 가족을 잃었다는 사실을 기억했고, 판관이 되어 세상 사람들에게 진실을 찾아내는 다른 방법이 있다는 사실을 보여주고자 했던 소망을 생각했다. 그것 역시 이제는 허공으로 사라질 찰나에 있었다. 이제 그가 할 수 있는 것이라고는 자신의 체면과 긍지를 지키는 것뿐이었다.

문 두드리는 소리가 들렸다. 자는 슬픔을 한쪽에 놔둔 채 챙겨놓은 짐을 들고 나갔다. 밖에서 보가 기다리고 있었다. 그에게 청동제작인의 작업장까지 함께 가달라고 했더니 보는 조금도 의심하지 않고 따라나섰다. 두 사람은 궁을 나가 성벽으로 향했다. 첫 번째 성벽을 통과하려고 했을 때, 경비병이 그들에게 멈추라고 했다. 보는 통행증을 보여주었다. 경비병은 서류를 흘낏 보았다. 자를 자세히 쳐다보고 다시 통행증을 확인했다. 경비병은 잠시 머뭇거린 후 통과시켜주었다. 두 사람은 두 번째 성벽의 초소로 나아갔다. 거기서 또 다른 경비병이 그들을 멈춰 세웠다. 경비병은 통행증을 보고 자를 곁눈질로 바라보았다. 자는 입술을 깨물었다. 각각의 문마다 그들을 멈추게 한 건 처음이었다. 자는 숨을 들이마시고 기다렸다. 잠시 후 경비병은 통행증을 들고 되돌아왔다. 자가 통행증을 받으려 했지만 경비병은 돌려주지 않았다.

"이것은 형부 내상이 발부한 것이오."

자가 화를 냈지만 경비병은 전혀 아랑곳하지 않고 말했다.

"초소로 따라오시오."

자가 경비병을 따라 그곳에 들어갔을 때 놀라지 않을 수 없었다. 칸 내상이 기다리고 있었던 것이다. 내상은 일어나더니 보초가 건네준 통행증을 받아 쳐다보지도 않은 채 구겨버렸다.

"어디로 가는 것인가?" 칸 내상이 오만하게 물었다.

"청동제작인 작업장입니다." 자는 가슴이 쿵쿵 뛰는 걸 느꼈다. "조사할 단서가 있습니다. 그래서 나리와 함께 가는 것입니다." 자는 덧붙였다.

칸 내상은 한쪽 눈썹을 찡그렸다.

"어떤 종류의 단서인가?"

"단서 하나가……." 자가 말을 더듬었다.

"그래, 그럴 수 있겠지……. 아니면 내가 의심하는 것처럼 도망치려는 바보 같은 생각을 할 수도 있을 테고." 그는 말을 멈추고 웃었다. "만일 그렇다면, 자네 스승 밍교수에게 작별인사도 하지 않고 그렇게 한다는 것은 매우 버릇없는 행동일 것이네. 밍교수는 지금 지하 감방에 있네. 체포되었지. 자네가 펭판관의 거처에 머물라는 내 명령을 듣지 않는 한, 그곳에 있게 될 걸세."

자는 지하 감방으로 밍교수를 찾아갔다. 밍교수는 퇴비장 같은 감방에 있었다. 습기와 썩은 음식 찌꺼기들, 대소변이 하수구에서 나오는 쥐들과 뒤엉켜 있었다. 자는 분노를 참을 수가 없었다. 밍교수는 엎드린 채 다리 상처 때문에 신음하고 있었다. 자는 큰 소리로 항의했지만, 경비병은 작업 중인 도살업자처럼 무자비한 표정을 지었다. 자는 그에게 욕을 하면서 밍교수의 상처를 돌보았다. 자신의 상의를 벗어 물을 적셔 밍교수의 얼굴에 묻은 마른 피를 닦았다. 다리 상처는 심각해 보였다. 젊은 사람이라면 금방 회복될 수 있을 테지만, 나이 든 밍교수는 그러지 못할 것이다. 그는 우선 마음을 진정시키려고 애를 썼지만, 사실 스승보다 더 부아가 치밀어 있었다. 자는 밍교수에게 무작정 그곳에서 꺼내주겠다고 약속했다. 밍교수는 확신 없는 미소를 지으면서, 피 묻은 잇몸을 보여주었다.

자는 내상에게 욕을 퍼부었다. 밍교수의 불행이 자신의 잘못 탓이라며 죄스러워했다. 그는 칸 내상의 협박 때문에 상황이 힘들어졌다고 털어놓았다.

"이건 마구 몽둥이를 휘두르는 것과 똑같습니다. 살인자의 살인 동기도 모르는데, 어떤 단서를 잡고 수사를 계속할 수 있겠습니까?" 자가 씁쓸한 목소리로 불평했다.

"자네는 복수라고 생각하지 않나?"

"그건 칸 내상이 말해준 것입니다. 하지만 어떻게 눈먼 여자를 용의자로 지목할 수 있습니까!" 그러면서 여사의 상황을 자세하게 설명했다.

"그의 말이 일리가 있지는 않을까?"

"물론 그럴 수도 있습니다. 그 여자는 엄청난 재산의 소유자이니 원한다면 군대도 고용할 수 있습니다. 하지만 그럴 이유가 뭐가 있겠습니까? 만일 복수하고자 한다면, 왜 그런 불쌍한 사람들을 살해했겠습니까?"

"다른 용의자는 없나? 죽은 사람들의 적은 없나?"

"이제는 어떻게 생각해야 할지도 모르겠습니다. 환관은 적이 없었습니다. 그는 일만 하면서 살았습니다."

"그럼 내게 말한 청동제작인은?"

"작업장이 불탔습니다. 지금 그걸 조사하고 있습니다."

밍교수는 일어나려고 했지만, 심한 통증을 느껴 다시 바닥에 주저앉았다.

"도와주지 못해 미안하네……. 그런데 자네에게 뭔가 부탁할 것이 있다네." 밍교수는 목에 걸려 있던 열쇠를 꺼냈다. "받게. 이건 내 서재 열쇠라네. 마지막 책장 뒤에 문이 있지." 갑자기 자는 온몸에서 전율을 느꼈다. "그곳 뒤에 내 삶의 비밀이 있네. 나와 평생을 함께했던 소소한 것들이네. 책 몇 권과 그림과 시집, 그리고 기념품들……. 다른 사람에게는 아무런 가치가 없을지 모르지만, 내게는 소중한 것이네. 혹시 내게 무슨 일이 일어나면, 아무도 가져가지 못하게 해주게. 수이한테 보여주면 그가 들어가게 해줄 것이네."

"하지만 교수님……."

"그것들을 내 옆에 묻어주겠다고 약속하게."

"그럴 일은 없을 겁니다."

"약속해주게." 밍교수가 다시 요구했다.

자는 입술을 깨물었다. 큰 소리로 밍교수와 약속했지만, 마음속으로는 만일 스승이 죽는다면 칸도 머지않아 그와 동일한 운명을 맞이하게 할 것이라고 맹세했다.

자는 앞으로 머물 방을 슬픈 눈으로 쳐다보았다. 감귤나무 정원이 내다보이는 널찍한 방이었다. 나무향이 방안 곳곳에 배어 있었다. 그야말로 별천지였다. 펭판관은 자를 보고 흡족한 표정으로 그를 양팔로 껴안았다.

"자!" 열렬히 환영하듯 판관의 머리카락이 너풀거렸다. "우리와 함께 있게 되어 얼마나 기쁜지 모르겠네!"

펭판관은 아버지의 죽음을 둘러싼 상황에 관심을 보였다. 자는 가족을 어떻게 잃었는지, 린안에서의 고생과 점쟁이와의 만남, 그리고 막내 여동생의 비극적인 죽음과 밍학원에 입학하게 된 사연, 이후 궁궐에 있게 된 이유를 이야기했다. 그러나 도망자 신세가 된 사실에 대해서는 입을 다물었다. 펭판관은 너무 놀라 입을 벌렸다. 그의 말을 믿지 못하는 얼굴이었다.

"그런 고생을 하면서도…… 왜 나를 찾아오려고 하지 않았지?" 펭판관이 물었다.

"찾으려고 했습니다." 자는 자기가 도망자라는 사실을 털어놓으려고 했다. 하지만 고개를 숙였다. "판관님, 저는 여기 있어서는 안 될 사람입니다. 저는 판관님과 함께 지낼 자격이……."

펭판관이 자의 말을 막았다. 그간 충분히 고생을 했으니, 이제부터는 기쁨과 슬픔을 함께 나누자고 했다. 자는 아무 말도 하지 않았다. 양심의 가책 때문에 말이 나오지 않았다. 펭판관이 물었다.

"과거에 응시하고 싶어 했지, 그렇지?"

자는 고개를 끄덕였다. 그는 적성 증명서를 손에 넣으려고 애를 썼지만, 아버지의 부정직한 행동 때문에 발부해주지 않았다고 말했다. 자의 눈이 축축하게 젖었다.

펭판관은 슬픔에 잠겨 고개를 숙였다.

"이제 자네도 알게 되었군." 펭판관이 유감을 표했다. "나도 자네에게 그런 사실을 이야기하고 싶지 않았어. 아주 좋지 않은 일이었으니까. 자네가 고향에서 왜 아버지가 갑자기 린안으로 돌아가지 않으려고 하는지 물었을 때에도, 나는 솔직하게 말할 수 없었네." 그는 입술을 깨물었다.

"그 당시 자네는 형이 체포되어 상당히 골치 아픈 상황이었지. 하지만 이제는 내가 자네를 도울 수 있을 걸세. 이제는 영향력도 있으니 아마도 그 증명서는……."

"판관님, 저를 위해 아무것도 해주지 마십시오. 그건 판관님에게 해가 될 수도 있습니다."

"자네도 내가 얼마나 자네를 높이 평가하는지 잘 알고 있을 걸세. 이제 자네가 여기 있으니, 영원히 우리 가족의 한 사람이 되기를 바라네."

그는 아내 후디에에 관해 말했다.

"내가 자네 고향에서 떠난 후 후디에와 만났다네. 분명한 것은 우리가 함께하는 게 쉽지 않았다는 사실이네. 우리가 가는 곳마다 소문과 험담이 뒤따랐지만, 나는 그녀와 함께 행복을 찾았다네."

자는 여사를 곁눈으로 바라보았다. 여사는 정원에서 쉬고 있었다. 그녀의 검은 비단결 같은 머리카락은 햇빛을 가득 받아 빛났고, 머리를 단정하게 동여맨 덕분에 단호하면서 부드러운 목덜미가 눈에 들어왔다. 그는 시선을 돌렸다. 마치 금지된 음식을 훔치려다가 들킨 사람 같았다. 차를 마시고 나서, 그의 방으로 돌아가려 할 때 펭판관의 따스한 목소리가 들려왔다.

"여기로 와 주어 고맙네. 자네와 함께 있게 되어 얼마나 기쁜지 모르겠네."

자는 칸의 집무실로 찾아갔다. 그의 통행증 덕분에 무사히 그곳에 갈

수 있었다. 그는 경비병이 내상에게 알릴 때까지 기다리지 않고 무작정 문을 밀면서 들어갔다. 내상은 깜짝 놀라 분노가 가득한 눈빛으로 노려보았다. 자도 그의 눈빛에 맞섰다.

"지금 당장 밍교수님을 그 하수구에서 꺼내주십시오. 아니면 후디에에게 대인께서 무슨 일을 하고 있는지 모두 말하겠습니다." 자는 도전적으로 말했다.

그 말을 듣자, 칸 내상은 차분하게 숨을 쉬었다.

"아! 그것 때문인가? 난 이미 그를 이동시켰다고 생각했는데."

자는 칸 내상의 말에서 거짓말의 악취가 진동하고 있다고 생각했다.

"만일 꺼내주시지 않으면, 후디에에게 말하겠습니다. 또 교수님이 회복하지 못하신다 해도, 마찬가지로 말하겠습니다. 그리고 돌아가신다면……."

"밍교수가 죽으면, 그건 네가 일을 제대로 하지 않았기 때문이다. 그럼 둘 다 죽게 될 거야!" 내상이 자의 말을 끊었다. "한 가지만 말하겠다. 지금까지 네 수사를 보고 황제 폐하는 만족하셨다. 하지만 나는 아니다. 네 기회는 내 인내심과 같은 속도로 항상 같이 가게 될 것이다. 내 인내심은 아주, 아주 적다. 그러니 타락한 밍교수는 잊어버리고, 즉시 네 일로 돌아가라. 그렇지 않으면 너도 그와 똑같은 운명을 맞게 될 것이다." 칸 내상은 다시 하던 일로 눈을 돌렸다. 하지만 자는 움직이지 않았다.

"내 말을 못 들었나?" 자가 계속 그곳에 있는 것을 보고 칸 내상이 소리쳤다.

"밍교수님을 옮겨주시면 그렇게 하겠습니다."

내상은 허리춤에서 칼을 꺼내더니 눈 깜짝할 사이에 그것을 자의 목에 갖다 댔다. 자는 차가운 금속이 누른다는 것을 느꼈다. 맥박이 뛸 때마다, 그 칼은 푸른 핏줄을 어루만졌지만, 자는 이미 결심을 굳힌 상태였다. 자는 칸이 만일 그를 죽이려고 했으면, 그런 명령을 내리고도 남을 만한 시간이 흘렀다고 생각했다.

"밍교수님을 옮겨주시면 작업하겠습니다." 자가 다시 말했다.

칼날이 분노로 떨리고 있었다. 마침내 칸 내상이 칼을 거두었다.

"경비병!" 그가 소리쳤다. "죄수 밍을 치료하고 이 건물로 이송하라. 그리고 너는……." 그는 두툼한 얼굴을 자에게 갖다 댔다. "네게는 사흘의 말미를 주겠다. 사흘 안에 살인자를 찾아내지 못하면, 다른 살인자가 너를 죽일 것이다."

✺

칸 내상이 준 시간은 대략 회유가 돌아올 날짜와 일치했다. 자는 손톱이 손바닥을 찌를 정도로 주먹을 세게 쥐었다. 밍교수를 구할 수 있는 유일한 출구는 살인자를 찾아내는 것이다. 그것은 펭판관을 배신하는 것이기도 했다.

자는 보와 함께 청동제작인의 작업장에서 발견한 물건들을 쌓아놓은 창고로 향했다. 그 장소는 밍교수를 가두어놓았던 퇴비장과 다름없었다. 그 잔해를 이송한 사람들은 그것이 어느 장소에 있었는지 딱지도 붙이지 않았을 뿐만 아니라, 무작정 수북히 쌓아놓았을 뿐이었다. 보는 미안하다며, 잔해 정리를 도와주었다. 일은 점점 골칫덩이가 되었다. 대부분의 틀과 질그릇 파편들, 도자기 조각들은 너무나 많고 작아서, 재구성한다는 것이 불가능한 작업 같았다. 자는 점토의 다양한 색깔들, 그러니까 금속을 용해시키는 열기로 변형된 색깔들을 기준으로 각각의 그릇과 자기를 분류했다.

작업이 반 정도 진행되었을 무렵, 자는 어떤 조각을 발견하고 깜짝 놀랐다.

"쇠가 아닙니다. 이런 걸 보셨습니까?" 자는 그 파편을 보에게 보여주었다. "나머지 틀과 다릅니다."

보는 나머지 돌조각들처럼 별 관심 없이 그 초록색의 점토 조각을 쳐다보았다.

"이게 뭔가?" 보가 물었다.

"더 찾도록 하지요!"

두 사람은 모두 열여덟 개의 파편을 찾아냈다. 겉모습으로는 하나의 틀을 이루는 것처럼 보였다. 자는 파편이 더 없다는 것을 확인하고서 소중하게 보관했다.

수련궁으로 돌아오자마자 그는 그 조각들을 꺼내 맞추어보기 시작했다. 나머지 틀과 비교할 때, 그것이 초록색을 띠고 있을 뿐만 아니라 모두 일정한 형태를 띠고 있다는 사실에 주목했다. 그가 보기에는 거의 사용하지 않은 것 같았다. 그러나 그런 생각은 틀이라는 의미와 모순되었다. 틀은 수많은 일련의 작품들을 재생산하기 위해 만들어지는 것이기 때문이다. 그때 자는 문틈으로 누군가가 쳐다보고 있다는 느낌에 황급히 조각들을 모아 침상 아래 숨겼다.

"식사가 준비되었어요." 후디에의 목소리가 들렸다.

여자는 허공을 바라보고 있었으며, 역광으로 보이는 그녀의 모습은 아름답게 조각된 현악기 같았다. 식당에는 이미 펭판관이 도착해서 기다리고 있었다.

식사를 하면서 펭판관은 후디에에게 자와의 관계를 설명했다.

"벌써 만났어야 했을 사람이라오. 아직 어린애처럼 소심하지만, 아주 예리한 청년이지. 그의 아버지는 내 밑에서 일했소. 그래서 나는 자를 내 조수로 삼았다오. 학교 수업이 끝나면 내 집무실로 달려오던 게 기억나오. 매일 나와 함께 다니면서 수사 작업을 도왔지." 그의 얼굴이 환해졌다. "질문을 엄청나게 하는 바람에 내가 미칠 지경이었다오……. 모든 걸 자세하게 설명해줘야 했지. 그래서 그런 거다, 라는 말에 절대로 만족하지 않았어."

자는 웃었다. 그때가 자기 인생 최고의 순간이었다.

"자네를 만나고 싶었네." 펭판관이 솔직하게 말했다. "후디에, 자는 반드시 필요한 조수가 되었을 뿐만 아니라, 시간이 흐르면서 내가 가질 수 없던 아들처럼 되었다오." 그의 눈은 슬픔으로 물들었다. "하지만 그런 것은 잊도록 하지. 지금은 우리와 함께 있으니까! 지금은 그게 중요하지."

"그렇게 좋은 조수는 아니었습니다." 자가 얼굴을 붉히며 대답했다.

"그리 훌륭하지 않았다고?" 펭판관이 조용히 말했다. "자네는 최고였어! 자네보다 먼저 일했던 조수들과 비교할 수가 없었지. 아직도 나는 자네 고향의 사건을 기억하네."

"무슨 일이 있었지요?" 후디에가 관심을 보였다.

"특별한 일은 아닙니다." 자는 형의 죄와 그의 비참한 최후를 떠올리면서 불편한 마음으로 목청을 가다듬었다. "모두가 판관님 덕분입니다."

"그게 특별하지 않았다고? 자의 고향에서 일어난 일이었다오. 자는 샹이라는 사람의 시체를 발견했는데 우리는 수사를 진척시키지 못하고 있었지. 그토록 끔찍한 범죄였는데, 용의자도 없고 단 하나의 증거도 없었다오. 하지만 자는 포기하지 않고 나를 도왔고, 결국 나는 필요한 증거를 찾아냈다오."

자는 펭판관이 쫓아낸 파리들이 형의 낯에 앉던 순간을 떠올렸다.

"칸이 자를 고용한 게 전혀 놀라운 일이 아니네요." 후디에가 말했다. "동기가 금나라라는 게 이상하긴 하지만 말이에요. 제가 들은 바에 따르면, 금나라 사람들의 식습관에 관심이 있다고 하네요."

"정말인가?" 펭판관이 이상하다는 얼굴로 자를 쳐다보았다. "난 자네가 그런 일을 하고 있는지 몰랐네. 오히려 자네 일은 우초로서의 자질과 관련이 있을 것이라고 생각했다네."

그 말을 듣자 갑자기 목이 막혀 미주(米酒) 탓으로 돌렸다. 그는 밍학원에서 북쪽의 야만족에 관해 배웠다고 말했다. 다행히 후디에는 그 말에 주의를 기울이지 않는 것 같았다.

"그런데 어떻게 헤어지게 된 것이지요?" 후디에가 물었다. "그러니까 왜 자가 당신 조수를 그만둔 거예요?"

"좋지 않은 일이 일어났습니다." 자가 대답했다. "할아버지가 세상을 떠나셨고, 아버지는 장례식 때문에 휴직을 신청하셔야 했습니다. 그래서 린안을 떠나 고향으로, 그러니까 형의 집으로 갔던 것입니다." 자는 펭판관을 쳐다보면서, 혹시 그가 아버지의 부정직한 행동을 언급하지 않을까 걱정했다. 그러나 판관은 잠자코 있었다. "닭고기가 아주 맛있습니다." 자는 화제를 다른 것으로 돌렸다.

펭판관은 긴 출장 후에 승진했고, 수련궁으로 옮겼다고 했다. 판관은 모든 게 후디에 덕분이라고 말했다.

"아내를 만난 후부터 내 삶은 완전히 달라졌다네." 그는 아내의 손을 어루만졌다. 그에 대한 대답으로 그녀는 손을 살며시 뺐다.

"차를 더 가져오라고 해야겠어요."

자는 후디에가 항상 갖고 다니던 빨간 지팡이의 도움을 받지 않고 어떻게 부엌으로 가는지 지켜보았다.

"아무도 장님이라고 말하지 못할 걸세." 판관이 웃으면서 자랑스럽게 말했다. "전혀 부딪치지 않고 집안 구석까지 가서 자네보다 먼저 돌아올 수 있을 만큼."

자는 고개를 끄덕이면서 멀어져가는 그녀의 모습을 보았다. 자신이 정말 배신자처럼 느껴졌다. 양심의 가책 때문에 마음이 아팠다. 사실대로, 적어도 진실의 일부는 펭판관에게 말해야겠다고 생각했다. 그렇지 않으면 마음이 괴로워 견딜 수가 없었다.

자는 후디에가 자리를 비운 틈을 이용해 칸 내상에 관해 말했다. 하지만 그 전에 펭판관에게 절대 비밀로 하겠다는 맹세를 하게 했다.

"여사님께도 말하시면 안 됩니다." 자는 덧붙였다.

펭판관은 조상의 영혼을 걸고 맹세했다.

자는 자신이 고향에서 도망쳐 도망자 신세라고 고백했다. 회유가 곧 돌아와 그 사실이 밝혀질지 모른다는 말도 했다. 지금 수사하고 있는 이상한 살인사건에 관해 이야기하면서, 각각의 시체와 확인한 모든 것을 자세하게 설명했다. 그는 칸 내상이 이 모든 것을 황제 폐하에 대한 음모와 관련이 있다고 생각한다는 말을 덧붙였다. 물론 후디에를 의심하고 있다는 말은 하지 않았다.

그 말을 듣고 나서 펭판관은 놀라워했다.

"모든 게 믿을 수가 없군. 내가 자네를 어떻게 도울 수 있을지 생각해 보겠네. 자네가 두려워하는 그 젊은이, 그러니까 회유에 대해서는 걱정하지 말게. 푸젠에서 돌아오면 내가 그와 직접 말해서 모든 것을 밝히겠네."

자는 펭판관의 눈을 쳐다보았다. 그의 눈빛은 믿음으로 가득했지만, 자는 그를 배신할 사람이다. 마음이 편치 않았다. 그가 수련궁에 있는 진짜 이유는 살인사건에 후디에가 연루되어 있다는 칸 내상의 의심 때문이라고 솔직하게 말하려는 순간, 그녀가 돌아왔다.

"차 가져왔어요."

펭판관은 아내를 보고 빙긋 웃었다. 그녀는 두 사람에게 차를 따라주었다. 자는 얼빠진 모습으로 그녀를 쳐다보았다. 그녀의 차분한 움직임에 매료되었다. 그때 갑자기 펭판관이 벌떡 일어났다.

"아, 잊고 있었네!" 판관은 급히 방으로 가더니 무언가를 가지고 왔다. "받게, 자." 판관은 자에게 내밀었다. "이건 자네 것이네."

자는 의아해하면서 그 종이를 받아 찬찬히 읽었다.

"이것은……." 자는 말을 더듬으면서, 믿지 못하겠다는 눈으로 판관을 바라보았다.

펭판관은 고개를 끄덕였다.

그것은 자가 과거를 치르는 데 필요한 적성 증명서였다. 거기에는 아버지의 불명예스러운 행동이 언급되어 있지 않았다. 아주 깨끗했다. 이제 그는 시험을 치를 자격을 얻은 것이다. 자는 눈물로 축축해진 눈으로 펭판관을 쳐다보았다.

그때 갑자기 몽고인 하인이 들어와 펭판관에게 몇몇 상인들이 밖에서 기다리고 있다고 알려주었다. 급한 일이라고 전했다. 펭판관은 미안하다며 그들을 만나러 나갔다. 잠시 후 그는 화가 난 얼굴로 돌아왔다. 국경으로 물건을 운반하던 호송원들이 습격을 받았다는 것이다.

"강도들은 물리쳤다네. 하지만 우리 호송원도 한 명 사망했고, 공급물품의 일부를 탈취 당했네. 급히 출발해야 할 것 같네." 그러면서 유감이라고 말했다.

자야말로 유감스러웠다. 자신이 왜 그곳에 있는지 솔직하게 말할 기회를 놓친 것이다. 판관은 작별의 순간에 자에게 귀엣말로 속삭였다.

"칸을 조심하게……. 그리고 후디에도 보살펴주게." 그는 급히 떠났다.

31

자는 후디에와 단둘이 있게 될 것이라는 생각에 긴장이 될 수밖에 없었다. 그는 피곤하다며 쉬어야겠다고 핑계를 댔다. 후디에는 고개를 끄덕이며 나중에 다시 금나라에 관해 이야기를 나누자고 했다. 그는 나중에 먹겠다며 밥공기를 들고 그곳에서 나왔다.

침실에 들어와 그는 청동제작인의 작업장에서 가져온 조각들을 꺼내 다시 작업하기 시작했다. 가장 커다란 조각부터 그것의 위치를 기억하기 위해 목탄으로 숫자를 표시했다. 그 조각들이 접착되도록 그는 밥알을 이용했다. 그러나 손이 떨려 작업이 수월하지 않았다. 서로 연결시킨 몇 안되는 조각들마저 책상 위로 떨어졌다. 그는 여러 번 시도하다가 지친 나머지 그 틀들을 한쪽으로 치워버렸다. 자는 아무리 자기 자신을 속이려고 해도, 손이 떨리는 것은 실패에 대한 두려움이나 기운이 없어서가 아니라는 사실을 알고 있었다. 그가 불안해하는 이유는 후디에의 거스를 수 없는 매력 때문이었다.

그는 잠시 눈을 붙이려고 했지만, 그럴 수가 없었다. 비단 이불이 그의 피부를 스칠 때마다, 그는 그녀를 꿈꾸었다. 펭판관을 생각하며 억제하려고 했지만, 그녀의 봉긋 솟아오른 젖가슴을 머릿속에서 지울 수 없었다.

자는 마음을 가라앉히려고 목욕을 했다. 천천히 옷을 벗고 욕조 안으로 들어갔다. 눈을 감고 머리를 물에 담그면서, 따스한 물을 온몸으로 느꼈다. 그는 화상 흔적으로 뒤덮인 손을 보았다. 상체를 가로지르는 상처도 보았다. 사지가 잘려 불에 탄 몸 같았다. 그때까지 그는 자기 몸에 난 상처 때문에 그리 걱정한 적은 없었다. 아마도 절름발이가 비틀거리며 걷거나, 귀머거리가 침묵을 지키는 데 익숙해지듯이, 그 상처와 더불어 사는 데 익숙해져 있었기 때문일 것이다. 그러나 이제는 자신의 몸이 창피했다. 아니, 경멸했다. 피부에 새겨진 화상 흔적은 이제 그의 생각처럼 일그러져 보였다.

다시 마음의 평화를 찾으려 했지만, 그런 평화는 마음속에 없다는 것을 깨달았다. 그는 잠시 조용히 있었다. 시간이 천천히 흘렀다. 사악한 욕망이 그를 부추겼다.

어떻게 자신을 그토록 극진하게 맞이한 스승의 여자를 생각할 수 있을까? 자책에 빠져 있을수록, 달콤한 유혹에서 벗어나려고 애를 쓸수록, 욕망은 더욱 강해졌다. 피로에 지쳐 깊은 잠에 굴복하는 사람처럼, 그의 의지도 욕망에 잠식되고 있었다.

조금씩 목덜미에서 긴장이 풀렸다. 그의 어깨에서도 긴장이 풀렸고, 팔은 물 위로 둥둥 떴다. 그는 달콤한 잠에 빠져들었다. 그런데 갑자기 강한 향수 냄새를 느꼈다. 마치 현실인 것처럼 강했다. 그때 그녀의 목소리가 들려왔다.

후디에가 그의 앞에서 보이지 않는 눈으로 그를 쳐다보고 있었다. 그녀가 볼 수 없다는 사실도 잊고, 자는 급히 몸을 가리려고 했다.

"괜찮아요?" 후디에가 부드럽게 말했다. "하녀가 당신이 목욕하러 들어갔다고 했는데, 오후 내내 아무런 소식이 없어서 걱정이 됐어요……."

"죄송합니다." 자는 당황해하며 대답했다. "잠들었던 것 같습니다."

그에 대한 대답으로 여자는 벽을 더듬었다. 작은 상자를 찾아 그 위에 조심스럽게 앉았다. 자는 불편했다. 왜 그녀가 그곳에 앉는지 알 수 없었다. 그나마 그녀의 시선이 그의 얼굴에서 약간 빗나가 있어 자는 다소 안심이 되었다.

"그러니까 당신은 우초군요. 이상한 직업이네요."

"저는 사인에만 관심이 있습니다." 자가 핑계를 댔다. "판관님처럼……."

"남편은 승진한 이후부터는 그런 일을 하지 않아요. 지금은 관료 일만 하지요. 당신은요? 정말로 하는 일이 무엇이지요?" 그녀는 일어나 욕조로 다가왔다.

자는 헛기침을 했다.

"이미 말했던 대로입니다. 칸 내상의 자문관으로 일합니다. 그런데 여사님은요? 여사님은 무슨 일을 하시나요?"

"아, 알고 있었어요?" 여자는 천천히 욕조 주변을 맴돌면서 욕조 모서리를 만졌다. "여러 가지 일 중에서 특히 황제 폐하의 목욕 시중을 들었지요." 그러더니 자기 손을 욕조 안으로 집어넣었다.

자는 숨도 멈춘 채 그대로 있었다. 후디에게 그의 맥박소리가 들릴 것 같았다. 다리 근처에서 그녀의 손을 느꼈다. 온몸이 떨렸다. 자는 그녀의 애무를 생각했지만, 그 순간 그녀는 욕조의 배수 뚜껑을 열고 일어났다.

"저녁식사가 준비되어 있어요. 식당에서 기다릴게요." 욕조에서 물이 빠지는 동안, 그녀가 욕실을 나갔다.

저녁을 거르는 게 결례가 아니었다면, 자는 저녁시간에 가지 않았을 것이다. 그는 깨끗한 몸에 향을 뿌리고 하녀의 안내를 받아 식당으로 갔다. 조용하고 외딴 방에 후디에가 긴 의자에 앉아 기다리고 있었다. 그는 맞은편에 앉았지만, 그녀를 쳐다볼 엄두를 내지 못했다. 후디에는 얇고 헐렁한 옷에 피부를 살포시 드러내고 있었다. 자는 침을 삼키고 시선을 다른 곳으로 돌렸다. 하지만 곧 용기를 내어 그녀를 쳐다보았다. 그녀가 움직일 때마다, 젖꼭지가 살짝 튀어나온 젖가슴의 윤곽이 비단 옷 속에서 비쳤다. 그녀는 무심하게 앉아 있었기 때문에, 그는 보다 그녀를 뚫어지게 바라볼 수 있었다. 자는 그녀에게서 좀체 눈을 뗄 수가 없었다.

"뭘 그렇게 봐요?" 그녀가 물었다.

자는 깜짝 놀랐다.

"아무것도 아닙니다." 자가 대답했다.

"아무것도 아니라고요? 음식이 마음에 들지 않아요?"

"아, 물론 마음에 듭니다!" 그는 얼결에 과일 하나를 집었다.

"내가 예전에 무슨 일을 했는지 궁금해했죠? 정말로 듣고 싶나요?"

후디에가 자에게 차를 따라주면서 물었다.

"물론입니다." 자는 그녀의 아름다운 눈에 감탄하지 않을 수 없었다. 다른 모든 여자의 눈을 잊게 만들었다. "죄송합니다!" 자가 용서를 구하며 그녀가 건네주는 찻잔을 집었다. 손이 스쳤다. 온몸이 부르르 떨렸다.

후디에는 차를 마셨고, 입술은 촉촉하게 젖었다. 천천히 대나무 식탁보에 찻잔을 내려놓고 손을 무릎 위에 올려놓았다. 그녀는 자가 쳐다보고 있다는 것을 분명히 알고 있었다.

"그러니까 〈여사〉가 무슨 일을 하는지 알고 싶은 거군요……. 우선 식사를 끝내세요. 아니, 어쩌면 술이 필요할지도 몰라요. 괴롭고 쓰라린 이야기거든요." 그녀는 허공을 바라보면서 한숨을 쉬었다. "나는 어렸을 때 황제 폐하를 시중들기 위해 들어왔어요. 하지만 며칠도 안 되어 그 사람이 내 처녀를 빼앗으면서, 내 어린 시절도 끝났지요. 그는 내게서 무언가를 본 것 같아요. 그걸 보고 취한 것이지요." 그녀의 눈이 슬퍼졌다. "나는 후궁들과 함께 자랐어요. 그 여자들이 내게 사는 법을 가르쳐준 자매들이었지요. 나는 황제를 위해 살았어요. 교묘하고…… 기운을 빼는 기술로 천자(天子)인 황제를 만족시켜주었어요." 그녀의 눈이 축축해졌다. "장난치고 노는 법을 배우는 대신, 나는 키스하고 애무하는 법을 배웠어요. 웃는 대신에 기쁨을 주는 법을 배웠지요. 유교 서적이요? 사서오경이요? 나는 그런 걸 들어보지 못했어요. 내게 읽어주던 책은 쾌락의 기술에 관한 고전들뿐이었어요. 『소녀경(素女經)』, 『서방내비술(序房內秘術)』, 『옥방비결(玉房秘訣)』……. 내 몸이 자라고 가슴이 커지면서, 나는 여자가 되었어요. 그리고 보지 못하는 내 눈처럼 깊고 강렬한 증오를 느꼈지요. 내가 싫어할수록, 그는 나를 더욱 원했어요." 그녀는 마치 볼 수 있는 것처럼 눈을 떴다. "나는 다른 여자들보다 더 훌륭한 여자가 되는 법을 배웠어요. 입으로 더욱 세련되게 애무하고, 내 모든 구멍을 이용하고, 엉덩이를 더욱 구부리는 법을……. 그렇게 나는 침실의 기술을 배웠지요. 나는 그의 욕망이 커질수록, 내 복수심도 더욱 커질 거라는 사실을 잘 알고 있었어요. 그게 내 소망이었어요." 그녀는 자를 쳐다보았다. "시간이 흐르면서 나는 황제의 애첩이 되었어요. 그는 밤낮으로 나를 즐겼어요. 나를 갖고 싶어 했고, 나를 핥고 싶어 했으며, 내 안으로 들어오고자 했지요. 나의 모든 육체를 갖고 내 영혼도 갖고자 했어요."

자는 시든 꽃처럼 기운이 없는 후디에의 얼굴을 보았다. 눈물이 그녀의 부드러운 뺨 위로 쉴 새 없이 흘러내렸다.

"더 이야기하지 않아도 돼요. 저는……."

"듣고 싶지 않아요?" 그녀가 자의 말을 끊었다. "감귤처럼 으스러진다는 게 무슨 말인지 알아요? 그건 고물처럼 느낀다는 거예요. 자신이 완전히 쓸모없어졌음을 느끼는 것이지요. 자신을 잃고, 명예나 자부심도 모두 빼앗겨버리면……." 그녀는 눈물을 닦았다.

"그러면 단지 껍데기예요. 색깔도 없고 향기도 없는 말라비틀어진 껍질이에요. 내 젊은 시절은 상처투성이에다 하나도 남김없이 빼앗기는 시간이었고, 나는 그걸 증오했어요. 그런데 재미있는 건 다른 여자들의 질투였어요. 그 후궁들은 황제의 애첩이 될 수만 있다면, 뭐든 할 수 있었죠. 하지만 나는 그 여자들과 달리 아이를 가질 수 없었어요." 그녀는 쓸쓸한 미소를 지었다. "내 자존심을 바친 대가로 나는 내가 원하는 것을 얻었어요. 아마 내게 요구한 건 무엇이든 다 했을 거예요. 아니, 다 했어요……. 어쨌든 결국 나는 내 목표를 이루었어요. 어느 날 황제가 꿈속에서 내 이름을 부르고 육체의 갈증을 풀기 위해 나를 찾았을 때, 나는 거부했어요. 그는 나를 되찾기 위해 소리 지르고 울부짖으며 나를 마구 때렸지요. 나는 병에 걸렸다고 핑계를 댔어요. 의사들도 치료법을 찾지 못했죠. 결국 그도 병에 걸렸어요. 나는 조만간 그런 일이 벌어지리라는 걸 알고 있었지요. 그날 이후 그의 자랑스러운 옥근은 부드러운 비단 이불이 되었어요. 그 어떤 후궁이나 궁녀들, 혹은 그 어떤 창녀도 내가 그에게 주던 것을 줄 수는 없었거든요."

자는 잠자코 듣기만 했다. 그는 그녀의 손을 잡고 위로하려고 했다. 하지만 손이 닿기 전에 멈추었다. 그녀가 보지 못한다는 게 다행이었다.

"그만하셔도 됩니다." 자가 다시 말했다.

"그래도 나는 그의 곁에 머물렀어요. 그는 내가 다른 여자들에게 기술을 가르치도록 내게 〈여사〉라는 호칭을 붙여주었어요. 다른 후궁들에게 쾌락의 기술을 전수하라는 것이었지요. 나는 황제와 가깝게 있을 수 있었고, 그가 망가지는 걸 가장 가까이에서 지켜보았어요. 늙고 미쳐가는 것을 보았지요. 이후 그 아들이 황위에 오르자, 나는 관심의 대상에서 제외되었어요. 새 황제는 내게 관심을 보이지 않았고, 나도 그를 무관심하게 대했어요. 나는 우리 아버지가 세상을 떠날 때까지 궁궐에 남아 있었어요. 내가 궁궐에 있는 동안은 아버지의 재산을 물려받을 수 없었어요. 그때 펭판관을 만난 거지요."

자는 그녀를 쳐다보았다. 그녀가 궁궐에 사는 동안 남은 눈물을 모두 흘렸을 거라고 상상했다. 그녀는 자에게 약간의 술을 따라주었다.

"그래서 어떻게 되었습니까?" 자가 물었다.

"그것에 대해서는 말하고 싶지 않아요." 그녀의 대답을 들자 자는 마치 망치를 맞은 것처럼 머리가 멍했다.

두 사람은 잠시 말없이 그대로 있었다. 이윽고 그녀가 일어나 자리를 떠났다.

술을 앞에 놓은 채 자는 그대로 앉아 있었다. 그의 머리는 생각과 욕망의 회오리로 가득 차 있었다. 그는 술병을 들고 통째로 마셨다. 펭판관을 생각했다. 후디에도 생각했다. 머리가 빙빙 돌았다. 그는 술병을 든 채 자기 방으로 갔다.

깊은 밤 자는 이상한 소리에 잠을 깼다. 관자놀이를 비볐다. 마치 곤봉으로 맞은 것처럼 머릿속이 마구 고동쳤다. 그는 눈을 뜨고 손에 닿는 데 놓여 있던 텅 빈 술병을 보았다. 달콤하고 끈끈한 술 냄새가 확 풍겨왔다. 방은 어둠에 잠겨 있었다. 그는 발자국 소리와 문이 열리는 소리를 들었다. 심장이 마구 뛰었다. 자는 누운 그대로 방문을 쳐다보았다. 그때 문지방에 서 있는 후디에의 벗은 몸이 달빛에 빛났다.

어둠 속에서 여자가 들어와 문을 닫았다. 자의 몸이 떨렸다. 그녀가 천천히 다가왔다. 후디에는 침상 끝에서 걸음을 멈췄다. 자는 꼼짝도 못하고 그대로 있었지만, 호흡은 눈에 띄게 가빠졌다.

후디에는 그를 덮고 있던 이불을 들추어, 꽃을 어루만지는 사람처럼 조심스럽게 이불 아래로 들어왔다. 자는 안 된다고 생각했다. 그러나 이성보다 더 강력한 욕망이 그녀의 살과 닿고 싶어 안달했다. 그들은 머리카락 한 올만큼의 사이를 두고 있어 그는 후디에의 온기를 느낄 수 있었다. 그녀의 진한 향기가 그의 폐 안으로 들어와 그를 미칠 정도로 취하게 했다. 후디에의 손이 자의 다리를 어루만졌다. 그녀의 손길은 애무와 같았고, 천천히 그의 허리로 올라갔다. 자는 힘껏 숨을 들이마셨고, 그의 복부는 수축되었다. 그는 그녀가 자기 곁을 떠나기를 애원했지만, 동시에 그녀가 계속 애무해주기도 바랐다. 그녀의 가슴을 자기 가슴 위에서 느끼자, 그는 몸을 떨었다. 그녀의 깊은 숨소리를 들었다.

여태껏 느껴본 적 없는 흥분이었다. 엄청난 두려움에 그는 꼼짝하지 못했다. 그의 화상 상처들이 그의 욕망을 눌렀지만, 그래도 그는 후디에 육체의 열기에 이끌리지 않을 수 없었다. 그는 입술을 그녀의 부드럽고 달콤한 목에 묻었고, 마치 죽을 것처럼 부드러운 신음소리가 목에서 흘러나왔다. 그는 그녀의 손을 찾아서 굳게 쥐고, 영원히 그녀의 손을 놓지 않겠다는 필사적인 마음으로 자기 가슴에 갖다 댔다. 그녀 위로 몸을 웅크리고 입술로 그녀 안의 공간과 부드러운 곳을 찾으면서 어깨와 쇄골을 음미했다. 그녀는 머리를 바닥에 대고 가슴을 위로 올려 그가 잡을 수 있게 했다.

자는 혀로 그녀의 온몸을 핥았다. 욕망의 맛을 풍기면서 그녀의 몸이 그의 입술 속에서 떨었다. 그가 애무하는 동안 그녀의 젖이 딱딱해지고, 희미한 신음소리가 흘러나왔다. 자는 필사적으로 그녀의 혀를 빨았다. 마치 자기가 평생 갈구했던 욕망을 풀려는 것 같았다. 그녀도 마찬가지로 반응했다. 그를 붙잡고 잡아당겼다. 마치 그가 필요한 것처럼, 마치 폭풍 속에서 바위를 붙잡으려는 것처럼 그를 껴안았다.

두 사람은 계속 애무했다. 그녀의 헐떡이는 숨소리가 그의 욕망을 자극했다. 여자는 입을 떼어 그의 가슴을 찾았다. 그를 핥고 빨았다. 자는 어둠 속에서 그녀를 지켜보았다. 그녀를 갈망했다. 그녀 안으로 들어가고 싶었고, 그녀에게 그렇게 속삭였다. 하지만 그녀는 그의 말을 듣지 못한 것 같았다. 그녀의 입술은 자의 상처에 아랑곳하지 않고 배로 내려갔고, 떨고 있던 딱딱한 옥근에 이르렀다. 후디에가 그것을 입으로 감싸자, 자는 죽을 것만 같았다. 그녀의 혀는 그를 미치게 만들었다. 그는 눈을 감고 그 순간을 영원히 기억하고자 했다. 갑자기 후디에가 두 다리로 그를 감쌌다. 마치 자기 안에 그가 필요하다고 말하는 것 같았다. 자는 그녀 안으로 들어가려고 했지만, 그녀는 그러지 못하게 막았다. 그녀는 몸을 돌리더니 그의 위에 걸터앉았다. 후디에는 몸을 세우고 그녀의 음부가 그의 옥근에 닿게 했다. 자가 부르르 몸을 떨었다. 후디에는 한 손으로 그의 눈을 가렸다. 그리고 다른 손으로 천천히 그의 옥근을 자기 안으로 넣었다. 자는 헐떡이면서 자기 눈을 가린 그녀의 손을 떼려고 했지만, 그녀는 더욱 세게 그를 누르면서 그의 입술을 핥았다.

"이제 됐어요." 그녀가 그에게 속삭였다.

"나도 됐어요." 그가 대답했다. 그러면서 그녀의 손바닥이 그의 눈을 가리게 놔두었다.

여자는 자신의 음부가 따뜻하고 축축하게 그를 조일 때까지 아래로 내려갔다. 자는 그녀의 뜨거운 열기를 느끼며 굴복했다. 그녀의 움직임은 그를 알지 못했던 쾌감으로 이끌었다. 후디에는 계속 움직이면서 활 모양으로 굽혔고, 마치 질식해 죽기 직전에 한 모금의 공기를 마시듯이, 마치 살아남기 위해서 필요하다는 듯이 필사적으로 그에게 키스했다.

그녀의 몸이 떨렸다. 그녀의 허리는 기나긴 쾌락의 고통을 느끼며 자의 위에서 앞으로 나아가고 뒷걸음쳤다. 그런 움직임은 갈수록 빨라지고 격해졌다. 그녀의 입은 자의 입에서 한시도 떨어지지 않았다. 그에게 숨 쉴 틈도 주지 않았다. 자는 그녀가 자제력을 잃고 흥분하면서 몸을 떠는 것을 느꼈고, 그도 이내 그녀와 똑같아지면서 그녀 안에 사정하고 말았다.

후디에는 마치 두 사람의 피부를 실로 꿰맨 것처럼 그에게 달라붙어 있었다. 그녀는 아직도 쾌감의 고통에 사로잡혀 헉헉거렸다. 몸을 떼기 전에, 자는 후디에의 눈에서 흘러나온 짭짤한 눈물을 맛보았다. 그는 그 것이 행복의 눈물이기를 바랐다.

그러나 그것은 그의 착각이었다.

다음날 잠을 깼을 때, 그녀는 그곳에 없었다. 하녀에게 그녀가 어디에 있느냐고 물었지만, 하녀는 알지 못했다.

자는 그들이 전날 밤에 함께 저녁을 먹었던 식당에서 혼자 아침을 먹 었다. 차를 마셨지만 아무 맛도 느낄 수 없었다. 그는 힘껏 숨을 들이마시 면서, 아직도 그의 피부에 남아 있는 후디에의 향내를 되찾으려고 했다. 그러나 그녀의 달콤한 향내는 이제 쓸쓸한 맛으로 변해 있었다.

자는 펭판관을 생각하면서, 그를 제대로 쳐다볼 수 있을 것인지 생각 했다. 그는 그러지 못할 것이라는 사실을 알고 있었다. 심지어 그 공간에 있는 멋진 청동거울 앞에서 자기 모습을 쳐다보지도 못했다. 그는 서둘러 차를 마시고, 아직도 가시지 않은 숙취를 지우려고 했다. 그는 후디에와 함께 느낀 쾌감을 갈망했지만, 자신이 영혼을 잃어버렸다는 사실도 알고 있었다.

방으로 돌아오면서 그는 거실에서 발길을 멈추었다. 벽을 장식하고 있는 아름다운 골동품에 매료되었던 것이다. 도자기와 수묵화, 그리고 청 동거울들이 너무나 훌륭했다. 며칠 전에 유포의 숙소에서 매료되었던 골동품들은 비교가 되지 않았다. 특히 서예작품은 견줄 바 없이 훌륭했고, 비단으로 뒤덮인 붉은 핏빛의 벽과 완전히 대조를 이루고 있었다. 그것은 당나라 불멸의 시인 이백(李白)의 시였다. 그는 천천히 한 소절을 읽었다.

침상 앞에 비친 달빛을 바라보고
땅에 서리가 내렸나 했네.
고개 들어 산에 걸린 달을 바라보다
머리 숙여 고향을 생각하네.

자는 이백의 글이 자기 신세를 말하고 있음을 깨달았다. 그는 계속해서 벽에 걸린 다른 시를 읽었다. 자는 이 작품이 각각의 천에 적힌 열한 개의 시로 구성되었다는 것을 알리는 조그만 글에 이르렀다. 그러나 그 벽에는 열 개의 시만 표구되어 걸려 있었다. 열한 번째 작품이 있어야 할 장소에는 조잡한 시인의 초상화가 걸려 있었지만, 예전의 작품이 남긴 흔적을 숨기지는 못했다.

자는 침을 꿀꺽 삼켰다. 자신의 의문을 확인하려는 순간, 뒤에서 소리가 났다. 그는 흠칫 놀랐다. 뒤로 돌아서자, 후디에의 얼굴과 마주쳤다. 여자는 눈에 띄는 빨간 옷을 입고 있었다.

"여기서 뭐해요?" 그녀가 물었다.

"아무것도……." 자가 말을 더듬었다.

"하녀에게 내가 어디에 있느냐고 물어봤다고 하던데요."

"예, 그렇습니다. 어디에 있는지 모르겠다고 대답하더군요." 그는 그녀의 손을 어루만지려고 했지만, 그녀는 손을 뒤로 뺐다.

"산책하러 나갔어요." 그녀가 조심스럽게 말했다. "아침마다 항상 하는 일이에요."

자는 그녀를 뚫어지게 쳐다보았다. 그는 다시 열한 번째 그림이 있어야 할 곳을 바라보았다.

"아주 훌륭한 시입니다. 항상 열 편만 있었습니까?" 자가 물었다.

"모르겠어요. 난 볼 수가 없으니까요."

자는 입술을 찡그렸다. 그녀의 행동을 이해할 수 없었다.

"무슨 일 있었습니까? 어젯밤에는……."

"밤은 항상 어두워요. 낮은 밝고요. 오늘은 무엇을 할 생각인가요? 아직도 우리는 금나라에 대해 말하지 않았어요."

자는 목청을 가다듬었다. 사실 북쪽 오랑캐들에 관해 무엇을 질문해야 할지 몰랐다. 아마도 밍교수에게 자문을 구해야 할 것 같았다. 자는 후디에에게 병에 걸린 친구를 찾아가야 하고, 그 다음에는 창고로 가야 한다는 핑계를 댔다.

밍교수는 수수하지만 깨끗한 방에 있었다. 보가 머무는 관사 근처였다. 얼굴은 조금 나아진 것 같았지만, 다리는 아직도 보랏빛으로 멍들어 있었다. 자는 몹시 걱정되어 의원이 찾아왔느냐고 물었다. 밍교수는 고개를 가로저었다.

"난 그런 사람들이 필요하지 않네." 그는 신음소리를 억지로 참으면서 일어났다. "난 목욕도 했고, 이제 음식도 나쁘지 않네."

자는 그의 옆에 먹다 남은 밥이 들어 있는 공기를 보았다. 과일과 술을 가져오지 않은 걸 후회했다. 그는 아무도 엿듣지 않는다는 걸 확인하고, 후디에에 대한 자신의 의문을 털어놓았다. 믿고 싶지 않지만, 갈수록 혐의가 커져갔다. 자는 그 여자에 대한 여러 혐의점을 열거하면서도 그녀를 방어했다.

밍교수는 주의 깊게 그의 말을 들었다. 걱정하는 얼굴이었다.

"자네 말에 따르면, 그 여자에게는 여러 동기가 있는 것 같네." 밍교수가 말했다.

"다시 말하지만, 그것들은 상황적인 것에 불과합니다. 아무런 증거도 없습니다. 게다가 황제 폐하를 증오하거나 혐오할 이유도 없습니다. 물론 그녀가 황제 폐하를 싫어할 수는 있습니다. 그러나 싫어하는 것과 죽이려는 것 사이에는 엄청난 간극이 있습니다. 교수님이 그녀를 한번 만나보셔야 합니다." 자는 고개를 숙였다. "정말 달콤한 여인입니다."

"내가 그녀를 모른다고 생각하나? 이상한 것은 자네가 그녀를 모른다는 사실이네. 자네는 그녀의 매력에 대해 많은 이야기를 했네. 혹시 사실과 욕망을 혼동하고 있는 것 아닌가?"

자는 얼굴을 붉혔다.

"그게 무슨 말씀이십니까?" 자가 펄쩍 뛰었다. "후디에는 파리 한 마리도 죽일 수 없는 사람입니다."

"그렇게 생각하나? 그렇다면 황제 폐하께서 왜 그녀를 여사 자리에서 물러나게 했는지도 알겠군."

"물론입니다! 황제 폐하께서 옥좌에 오르신 후 그녀를 멀리하신 것은, 폐하의 아버지가 병에 걸렸기 때문입니다. 선황제께서는 그녀가 거부하자 이성을 잃으셨습니다."

"그렇게 말해주던가?" 밍교수는 자를 엄한 표정으로 쳐다보았다. "자네는 지금 모든 사람이 알고 있는 이야기를 모르고 있네. 참으로 이상하군."

"무슨 이야기를 말씀하시는 겁니까?" 자가 거의 대들다시피 했다.

밍교수는 나무라는 표정을 지었다.

"돌아가신 선황제 폐하는 그녀가 거부해서 이성을 잃으신 게 아니네. 의원들은 그녀가 황제 폐하께 드리던 차에서 독약을 발견했다네."

자는 그런 이야기를 믿고 싶지 않았지만, 밍교수의 얼굴은 그것이 의심의 여지가 없는 사실임을 보여주고 있었다. 자는 후디에의 무죄를 믿으려 했으며, 동시에 그녀의 매력에 굴복했던 자신을 자책했다. 그는 마치 자신의 영혼을 보잘것없는 동전 한두 푼에 팔아버린 것 같다고 느꼈다. 그는 밍교수에게 자세히 물어보려고 했지만, 그때 경비병이 돌아오는 바람에 그럴 수가 없었다. 경비병은 벽에 기대어 그들의 대화에 귀를 기울였다. 자는 하는 수 없이 엄청난 혼란감에 사로잡혀 그곳을 떠났다.

그는 후디에가 연루된 사건을 다른 관점에서 보려고 애썼다. 어쨌거나 그녀에게는 분명한 동기가 있었다. 선황제에 대한 증오를 숨기지 않았을 뿐만 아니라, 자에게도 이야기한 것은 신중하지 못했다. 황제를 독살할 정도라면, 다른 범죄도 충분히 계획할 수 있는 사람이었다. 게다가 펭판관이 그의 부정한 행위에 공범일 수도 있으나 어쨌거나 어젯밤 그를 가차 없이 배신했다. 향수는 희생자들과 직접적인 관계가 있었다. 하지만 그는 아직도 왜 후디에가 황제와 관련 없는 사람을 죽이려고 했는지는 갈피를 잡을 수 없었다. 관련이 있다면 그건 네 사람 중에서 한 명뿐이었다. 자는 그 한 명의 사인을 밝히면, 나머지는 따라서 해결될 것이라고 확신했다.

그는 다시 환관의 침소를 찾아가기로 마음먹었다. 조사해야 할 것이 있었다. 유포의 침소를 지키던 경비병은 자의 인장을 확인하고 이름을 방명록에 적은 후 들어가게 해주었다. 자는 환관이 골동품을 전시해 둔 거실로 곧장 갔다. 전에 봤던 작품이 여전히 걸려 있었다. 자의 추측은 틀리지 않았다. 그것은 이백의 시였다. 바로 후디에가 수집한 서예작품 중에서 빠져 있던 열한 번째 작품이었다.

자는 서예를 표구한 하얀 틀이 곡선이라는 것을 확인했다. 여사가 거주하는 궁에서 보았던 작품들의 틀과 같았다. 그는 그 작품을 약간 움직여서 벽에 난 흔적을 확인했다. 그곳에 있는 다른 그림들도 똑같이 그렇게 살펴보았다. 그 작업이 끝나자 그의 얼굴에는 분노와 만족감이 뒤섞인 표정이 떠올랐다. 그곳을 나오면서, 자는 그곳에 들어왔던 사람들이 방명록에 기록되어 있다는 사실을 떠올렸다. 경비병에게 동전 몇 푼을 쥐어주고 방명록을 볼 수 있었다. 자는 거기에 적힌 것을 조사했다. 대부분의 이름은 모르는 사람이었지만 다행히 궁궐에서 무슨 직책을 수행하고 있는지 적혀 있었다. 여러 사람들 중에서 칸 내상과 보의 이름도 있었지만, 그는 마침내 정말 찾고자 하는 이름을 알아볼 수 있었다. 필체가 분명했다. 환관이 실종된 지 이틀 후, 후디에라는 이름의 여자가 그곳을 찾아왔던 것이다. 진실이 곧 밝혀질 것이라고 생각하니, 그의 심장이 마구 뛰었다.

우선 자는 청동제작인 작업장의 불탄 잔해가 쌓여 있는 창고를 살펴보기로 했다.

자는 마음이 조금 풀어졌다. 조각들이 맞춰지기 시작한 것이다. 모든 게 제자리를 찾아가는 것처럼 보였다. 하지만 창고에 도착해보니, 창고 문이 열려 있고 경비병도 없었다. 그는 사방을 두리번거렸지만, 아무도 없었다. 순식간에 기쁨이 걱정으로 바뀌었다. 어두운 창고 안으로 천천히 걸어들어 가다가 물건들에 걸려 넘어지고 말았다. 자는 일어나려고 더듬 거리다가, 정리해놓은 대부분의 물건들이 바닥에 어질러져 있는 것을 보 았다. 그는 재빨리 문을 활짝 열어 햇빛이 들어오게 했다. 그제야 창고가 약탈당했다는 사실을 알게 되었다. 주조틀들을 모아놓은 곳에 가보니, 대 부분 산산조각이 나 있는 것을 보고 절망했다. 옆에 있는 곤봉으로 마구 부순 것 같았다. 그때 갑자기 그의 머리 위에서 소리가 났고, 자는 본능적 으로 곤봉을 잡고 눈을 들어 쇳조각들이 쌓여 있던 곳을 쳐다보았다.

하지만 아무도 보이지 않았다. 자는 계속해서 잔해를 살펴보았고, 틀 에서 모형을 추출하기 위해 사용되는 회반죽 자루를 발견했다. 그는 그것 을 챙겼다. 그때 다시 삐걱거리는 소리가 들렸다. 이번에는 소리가 더 컸 다. 자는 다시 눈을 들었고, 쇳조각 위에 웅크리고 있던 사람의 모습을 보 았다. 하지만 그가 본 것은 그게 전부였다. 갑자기 대들보와 창살, 그리고 나무 조각들이 그를 덮쳐왔던 것이다.

자는 먼지가 가라앉기 시작할 때야 비로소 눈을 떴다. 거의 아무것도 보이지 않았지만, 적어도 그는 살아있었다. 커다란 모루 밑으로 미끄러진 게 행운이었다. 그 모루가 그를 보호해주었다. 그러나 그의 오른발은 커 다란 쇠막대기 더미에 눌려 움직일 수 없었다. 자는 쇠막대기 더미를 제 거하려고 안간힘을 썼지만, 아무 소용도 없었다. 점차 햇볕이 먼지 가득 한 공기 사이로 들어와 익명의 침입자를 역광으로 드러냈다. 자는 아무 말도 할 수 없었다. 눈앞에 있는 이가 자신을 매몰시킨 장본인이라고 확신했다. 하지만 그 사람이 다가오는 것을 막을 수 없었다. 자는 먼지와 뒤섞인 끈끈한 침을 삼켰다. 그는 근처에 있던 작은 쇠막대를 잡아 자신의 목숨을 지킬 준비를 했다. 그 사람이 그에게 한 발짝 정도 떨어진 곳까지 왔다. 그제야 그 사람이 자를 보았다. 자가 쇠막대를 그의 머리를 향해 내리치려는 순간, 그 침입자가 말했다.

"자! 자넨가?"

자는 깜짝 놀랐다. 보의 목소리였다. 잠시 그는 진정했지만, 그래도 쇠막대는 손에 굳게 쥐고 있었다.

"괜찮나? 무슨 일이지?" 보는 자를 옴짝달싹 못하게 만들던 커다란 쇠막대 더미를 힘들여 치워주었다. 덕분에 자는 거기서 벗어날 수 있었다. 보의 부축을 받아 창고에서 나왔다. 자는 깨끗한 공기를 한 모금 마시며 안도했지만 여전히 보가 의심스러웠다.

"이곳 경비병이 내게 와서 누군가가 야간 경비가 없는 틈을 타 물건들을 훔쳐갔다고 알려주었네. 그래서 확인하러 온 것이라네."

자는 보의 말을 믿지 않았다. 사실 그는 모든 사람이 의심스러웠다. 그는 제대로 걸을 수가 없었다. 보는 수련궁까지 함께 가주었다. 자는 다시 누군가의 공격을 받을지 몰라 두려웠다. 그는 시체의 초상화에 관해 얼마나 진전이 있었느냐고 물었다.

"아직은 전혀 없네." 보가 말했다. "하지만 자네가 자른 손에 대해서는 새로운 소식이 있지. 자네가 엄지 아래서 발견한 불꽃 모양의 이상한 문신은 실제로 불꽃이 아니네."

"그게 무슨 말씀입니까?"

"나는 비단시장에서 가장 유명한 문신가 첸유에게 그것을 보여줬네. 린안에서 최고로 손꼽히는 사람이네. 그는 오랫동안 살펴보더니, 자기 생각으로는 외부의 원이 소금 때문에 지워진 것이 분명하다고 했네." 그는 모래 바닥에 몸을 웅크리고 앉아 너울거리는 불꽃을 그렸다. 그 주위에 원을 그렸다. "실제로는 불꽃이 아니네. 이것은 음과 양이야."

"도교신자들의 상징 말입니까?"

"보다 구체적으로 말하면 연금술 사제의 것이네. 문신가는 사용된 색소가 수은이며, 이것은 손의 주인이 불로장생의 영약을 찾던 점성술사임을 확인해주는 요인이라고 말했네."

자는 그의 대답에 그다지 놀라지 않았다. 사실 창고에서 벌어진 일 이후, 그는 그 어느 것에도 놀라지 않았다. 창고로 가겠다는 계획은 후디에만 아는 사실이었다. 자는 그녀의 무죄를 믿고자 했던 자신이 얼마나 어리석었는지 깨달았다. 자는 이제 칸 내상에게 달려가 그간 발견한 것을 보고해야 한다고 생각했다. 그러나 그 전에 가장 소중한 자산을 지켜야 했다. 그것은 수련궁에 숨겨놓은 틀 조각들이었다.

수련궁에 도착하자마자, 자는 숨겨놓은 초록색 틀 조각을 찾아보았다. 아직도 왜 그것이 그토록 중요한지 이유는 확실히 모르겠지만, 황제를 살해하려는 사람은 반드시 그것을 찾을 것이라는 예감이 들었다. 다행히 조각들은 제자리에 있었다. 그때 후디에가 문을 두드리지도 않고 들어왔다. 자의 가슴이 떨렸다.

"사고를 당했다는 소식을 들었어요." 후디에는 놀란 표정으로 말했다.

자는 동요하지 않았다. 그녀가 볼 수 없으니 침착하게 틀의 나머지 조각들을 숨기고 일어났다.

"그렇습니다. 아주 이상한 사고였습니다. 사실 거의 살해 기도라고 봐도 무리가 없을 겁니다." 그는 함부로 말했다는 것을 알고 후회했다.

후디에는 눈을 크게 뜨고 더욱 의아한 표정을 지었다.

"뭐라고요? 무슨 일이…… 있었던 거죠?" 그녀가 말을 더듬었다.

그녀가 머뭇거리며 말한 것은 이번이 처음이었다.

"모르겠습니다. 나는 당신이 말해줄 수 있을 거라고 생각했습니다."

"내가요? 무슨 소린지……."

"이제 거짓말은 그만해요!" 그는 그녀의 손목을 움켜잡았다. "처음부터 나는 칸 내상의 말을 믿고 싶지 않았지만, 그가 옳았습니다."

"그게 도대체 무슨 소리예요? 이 손 놓지 못해요! 이 손을 놓지 않으면, 당신은 매질을 당할 거예요!" 그녀는 자의 손아귀에서 빠져나갔다.

후디에는 비틀거리면서 뒷걸음쳤다. 자가 문을 닫아버리자, 그녀는 깜짝 놀랐다. 자는 그녀를 구석으로 몰아붙였다.

"그래서 나를 유혹한 것이지요? 칸 내상이 당신에 대해 경고했어요. 황제에게 꾸민 당신의 음모에 관해서도 말입니다. 나는 그의 말을 믿고 싶지 않았고, 그 바람에 거의 죽을 뻔했습니다. 하지만 당신의 계략은 이제 들통이 났습니다. 거짓말도 이제는 도움이 되지 않을 겁니다."

"미쳤군요! 나를 나가게 해줘요!"

"환관은 소금 전매 사업과 관련된 업무를 담당하고 있었습니다. 나는 그가 소금 거래에서 무언가를 발견했다고 생각합니다. 당신이 그를 매수

455

했는지, 아니면 그가 당신에게 공갈을 쳤는지 그건 잘 모르겠습니다. 그러나 당신은 그가 골동품에 집착한다는 사실을 알고, 그가 거부할 수 없는 것으로 지불했습니다. 그런데도 계속해서 당신을 협박하자, 당신은 그를 죽인 것입니다."

"여기서 나가요! 내 집에서 나가요!" 그녀가 흐느꼈다.

"당신은 내가 창고로 갈 것이라는 사실을 알았던 유일한 사람입니다. 그래서 자객을 보내 나를 죽이려고 했던 것입니다. 아마도 유포나 다른 사람들의 생명도 앗아간 바로 그 사람이겠지요."

"여기서 나가라고 했어요!" 그녀가 소리쳤다.

"당신은 조상의 일 때문에 그 누구도 함부로 건드리지 못한다는 것을 알고 있었습니다. 또한 황제 역시 우리가 배신했던 영웅의 손녀를 아무런 증거 없이 고발하지 못할 것이라는 사실을 알고 있었습니다. 하지만 당신의 복수심은 도를 지나쳤습니다. 황제 폐하가 사랑 때문에 병들었다고 내게 거짓말을 했습니다. 어젯밤에 나를 유혹했던 것처럼, 황제에게 독을 먹였는데도요!"

후디에가 황급히 나가려고 했지만, 자는 막아섰다.

"솔직히 고백하세요!" 자가 소리쳤다. "내게 거짓말을 했다고 인정하세요. 나는 당신이 내게 어떤 감정을 느꼈다고 생각했어요. 고의적으로 그렇게 믿게 한 거죠?" 자는 눈물을 흘리고 있었다.

"어떻게 증거도 없이 나에게 그런 혐의를 씌우는 거죠? 당신, 당신이 먼저 내게 거짓된 신분을 얘기했어요. 게다가 눈먼 여인과 함께 당신이 존경한다던 펭판관을 배신했어요."

"당신이 날 눈멀게 했어요!" 자가 울부짖었다.

"당신은 애처롭고 불쌍한 사람이에요. 내가 당신에게서 무엇을 보았는지 나도 모르겠어요." 그녀는 다시 방에서 나가려고 했다.

"혹시 그 눈물이 당신을 구해줄 거라고 생각합니까? 칸 내상의 말은 모든 면에서 옳았습니다. 모든 면에서 말입니다!" 자는 다시 그녀를 붙잡았다.

후디에의 축축한 눈은 이제 분노로 붉어져 있었다.

"내상은 내가 바보라는 것을 알고 있고, 그것만이 그가 제대로 생각하는 거예요! 궁녀를 지켜주려고 했던 날 밤에 나는 당신이 다르다고 생각했어요. 내가 멍청한 년이에요!" 그녀는 자신을 탓했다. "당신은 다른 남자들과 다르지 않아요. 당신은 내가 늙고 용도 폐기된 〈여사〉라는 이유로, 나를 고발하고 이용하며 경멸할 권리가 있다고 생각해요. 그래요, 나는 방중술의 전문가예요. 그건 사실이에요. 그리고 당신을 유혹했어요. 그게 어쨌다는 거죠?" 그녀가 따졌다. "나에 대해 뭘 알죠? 내가 어떤 삶을 살았는지 알기나 해요? 당연히 모르겠죠! 내가 살아야만 했던 지옥이 어떤 것인지 상상도 하지 못할 거예요."

자는 자신이 겪었던 지옥을 생각했다. 그는 고통받는 것이 무엇인지 잘 알고 있었다. 그녀는 그를 비난할 자격이 전혀 없었다. 자가 사실을 밝혀낸 이후에는 더욱 그랬다.

"칸 내상이 내게 경고했습니다." 자는 다시 말했다.

"칸이라고요? 그 자는 목적을 이루기 위해서라면 뭐라도 할 수 있는 사람이에요. 당신에게 무슨 말을 했죠?" 그러면서 후디에는 자의 가슴을 때렸다. "내가 선황제를 독살하려고 했다고 말했나요? 절대 아니에요! 난 절대로 그런 일을 하지 않았어요. 정말 그랬다면, 황제 폐하가 나를 살려두었겠어요? 혹시 칸 내상이 왜 나를 싫어하는지 진짜 이유를 말해주었나요? 그는 나를 가지려고 수없이 시도했지만 내가 항상 거부했다는 사실을 당신에게 알려주었나요? 그가 내게 청혼했는데, 내가 거절했다고 말해주었나요? 천한 〈여사〉에게 거부당하는 것이 형부 내상에게 무엇을 의미하는지 아나요?" 그녀는 눈물을 펑펑 쏟으면서 바닥에 주저앉았다.

자는 그녀를 바라보면서 무슨 말을 해야 할지 몰랐다.

"당신 이름이 유포의 침소 방명록에 적혀 있었습니다." 자는 솔직하게 말했다. "당신이 어떻게 거기 들어갔는지는 모르겠지만, 분명히 당신은 들어갔습니다. 그리고 그 안에는 이백의 열한 번째 시를 적은 서예작품이 걸려 있었습니다. 당신이 가지고 있던 것이었지요. 당신의 벽에 걸려 있어야 할 소중한 작품인데, 당신은 그것을 조잡한 작가의 초상화로 대체했습니다. 그것은 환관의 능력으로는 결코 손에 넣을 수 없는 작품입니다." 자는 그녀가 부인하기를 기다렸지만, 후디에는 침묵을 지켰다. "나는 소유자의 인장을 읽었습니다. 그 시들은 당신 조부의 것이었습니다. 정말로 당신이 그토록 소중히 여기는 것이었다면, 결코 당신 집에서 나가도록 허락하지 않았겠지요. 예외적인 상황이 아니었다면……."

"예외적인 상황이라고요?" 그녀는 흐느끼면서 나가려고 했다.

"어디로 가십니까?"

"날 좀 내버려둬요!" 그녀는 고개를 돌려 자의 눈이 있다고 생각하는 곳을 쳐다보았다. "칸 내상에게 물어봐요! 그는 사랑을 구걸하기 위해 열두어 병이 넘는 옥향을 보관하고 있어요. 이백의 시는 내 남편이 칸 내상에게 선물한 것이고요. 그러니 그것이 어떻게 유포의 손에 들어갔는지 그에게 물어봐요." 그녀는 나가려다가 발길을 멈추었다. "당신이 아는지는 모르겠지만, 내가 환관의 처소에 들어간 것은 몇 개의 작은 도자기를 되

458

찾기 위해서였어요. 그래요, 환관은 내 친구였어요. 칸 내상은 그가 실종되었다고 알려주면서 내 소유물들을 찾아가라고 말했어요……. 내 말을 믿지 못하겠으면, 칸 내상에게 물어봐요."

자는 혼란스러운 것들을 분명하게 정리하고자 애썼다. 그는 다시 틀을 꺼내 조각을 맞추기 시작했다. 적어놓은 순서대로 시작했지만, 파편들은 무너져버렸다. 그는 자기 손을 보았다. 마치 놀란 아이처럼 떨고 있었다. 후디에를 머리에서 지울 수 없었다. 전날 밤 그토록 다정하게 사랑했던 여인을 힘으로 밀어붙인 것을 후회했다. 거칠게 행동한 것을 뉘우쳤지만, 그는 그녀의 유죄를 확신했다. 그러나 그녀의 행동은 죄를 지은 사람의 행동이 아니었다. 정말 범인일까? 그녀의 죄에 대한 증거가 충분히 있었지만, 또한 문제점도 많았다.

후디에가 그 사람들을 죽이려고 했던 이유가 무엇일까? 그것이 그의 머리에서 떠나지 않는 의문이었다. 아니면 칸 내상이 정말 그 대답을 알고 있는 유일한 사람일지도 모른다. 그 대답이 점토 파편에 있을지도 모른다는 생각에서 그는 작업을 계속했다.

자는 끈끈한 풀로 공들여 조각들을 붙였다. 점차 형태를 갖추게 된 부분을 합치고 나자, 팔뚝 크기의 각기둥이 되었다. 그는 내부의 디딤대처럼 보이던 나머지 파편들을 치웠고, 조심스럽게 틀의 두 부분을 허리띠로 묶어 결합시켰다. 석회를 반죽해서 틀의 내부에 부었다. 응고되기를 기다리며 손에 묻은 석회를 떼어냈다. 마침내 다 굳은 것을 확인하고서 틀의 두 조각을 떼어냈다.

자는 작품의 결과물을 보았다. 황제의 홀(笏)처럼 보이는 물건이었다.

길이는 두 뼘 정도였고, 폭은 칼의 손잡이 정도였다. 한 손으로 충분히 잡을 수 있는 크기였다. 자는 그것의 용도가 무엇인지 짐작할 수 없었다. 그는 다시 틀의 파편들을 옷장에 숨기고, 내부의 디딤대처럼 보이던 조각들과 석고 홀은 마루청 아래에 숨겼다.

그는 당혹스러워하며 정처 없이 거닐었다. 그의 전공은 시체를 분석하고 상처자국을 검사하는 것이지, 음모와 복수를 밝히는 것이 아니었다. 그는 어떻게 흔적을 찾고 눈에 보이지 않는 상처를 밝혀내는지는 알고 있었지만, 광기와 거짓말은 어떻게 해석해야 하는지 전혀 모르고 있었다. 생각하면 할수록 그는 칸 내상이 처음부터 그를 조종했다는 확신을 떨쳐버릴 수가 없었다. 후디에의 말이 사실이라면, 형부 내상은 그녀가 황제에게 주었던 것보다 더 큰 모멸감에 사로잡혔을 것이다. 칸 내상이 그녀와 함께 환관의 처소에 갔을지도 모른다. 내상이 옥향을 손에 넣을 수 있었다면, 그녀에게 모든 죄를 뒤집어씌우기 위해 향수의 흔적을 남겼을 거라는 추측도 가능했다. 그녀가 스스로 범인임을 드러내도록 향수를 이용한다는 것은 너무 이상했다. 게다가 후디에가 황제에 대한 분노를 숨기지 않으니 죄를 뒤집어 씌우기 쉬운 대상이었다. 칸 내상은 청동제작인이 마지막으로 만난 사람이었고, 금나라 대사와 이상한 만남을 가졌다. 내상이야말로 모든 해결의 열쇠를 쥐고 있는 사람 같았다.

6부 ○ 누구를 믿을 것인가

32

칸 내상이 죽었다.

이 소식을 듣자마자, 황제는 왕궁의 판관들을 대거 소집하여 칸 내상의 침소를 찾았다. 자도 그들과 동행했다.

그의 침소 문지방 앞에서 모든 일행들은 공포에 질려 발길을 멈추었다. 칸 내상의 벌거벗은 몸이 마치 두꺼운 자루처럼 천장에 걸린 채 흔들거리고 있었다. 부어오른 얼굴은 마치 파열된 두더지 같았으며, 핏줄이 보이는 창백한 살갗 아래 흐늘흐늘한 살도 사람의 것처럼 보이지 않았다. 그의 발 근처에는 커다란 상자가 있었다. 그것을 발판으로 사용했음이 분명했다. 황제는 즉시 시체를 내리라고 지시했지만, 판관들은 그렇게 하지 않는 게 좋을 것 같다고 조언했다. 그들은 일차 검사를 해야 한다는 데 의견의 일치를 보았다. 자는 그들 뒤에 어느 정도 거리를 두고 참여하라는 지시를 받았다. 판관들이 희생자의 겉모습에 관해 말하는 동안, 자는 판석에 먼지가 희미하게 쌓여 있다는 것을 눈여겨보았다. 창문으로 들어온 햇빛이 바닥을 비추자 먼지가 드러났다. 그는 가구의 숫자와 배치를 확인하며 공책에 그렸다. 마침내 그에게 시체를 검사하라는 지시가 떨어지자, 그는 마치 처음으로 시체를 보는 것처럼 긴장이 되었다.

자는 칸 내상의 머리를 주의 깊게 살폈다. 왼쪽으로 기괴하게 기울어져 있었다. 그의 외눈은 감겨 있었고, 입술과 약간 벌려진 입, 잇몸은 검은색이었다. 이빨이 혀를 강하게 누르고 있었다. 얼굴은 푸른색으로 물들어 있었고, 입가와 가슴 위에는 마른 침이 묻어 있었다. 그의 손가락과 발가락은 아주 이상하게 안쪽으로 굽어 있었다. 복부와 하복부는 일반적인 위치보다 아래로 처진 채 검붉은 색을 띠었다. 술통처럼 두꺼운 그의 다리는 피부 아래로 조그만 핏자국이 있었으며, 마치 뜸 때문에 생긴 흔적처럼 보였다. 바닥에는, 그러니까 그의 다리 아래에는 배설물이 있었다.

자는 상자 위로 올라가 올가미가 새끼손가락 굵기이고 삼을 꼬아 만든 것이라는 사실을 확인했다. 올가미는 굵기가 가늘어서 목젖 아래로 깊이 파고 들어가 있었다. 목덜미 뒤에는 풀매듭, 그러니까 한쪽을 당기면 풀어지는 매듭이 있었다. 올가미는 머리 뒤로, 즉 한쪽 귀에서 다른 쪽 귀까지 머리선 아래로 깊은 상처를 남기면서 더러운 시커먼 색을 남겼다. 자는 의자를 상자 위에 놓고 그 위에 올라가 밧줄이 매여 있던 서까래를 검사했다. 또한 매듭과 대들보도 살펴보았다. 마침내 자는 의자에서 내려와 상자를 움직이려고 했지만, 그럴 수가 없었다. 그는 검사가 끝났다고 알렸다.

황제는 칸 내상을 내리라고 지시하고 예부 내상에게 장례식 준비를 지시했다.

두 경비병이 거구의 시체를 붙잡고, 다른 한 명이 밧줄을 풀어 시체를 바닥에 내려놓았다. 자는 그 순간에 추가적으로 그의 호흡관이 파손되었는지를 살폈다. 자가 칸 내상의 겹턱을 만지는 동안, 보는 칸의 옷이 완벽하게 정돈되어 있던 탁자에서 손으로 쓴 서찰을 발견했다. 그는 황제에게 건네주었다.

황제는 작은 목소리로 그 글을 읽었다. 그의 손이 떨리더니 마치 쓰레기인 것처럼 구겨버렸다. 황제의 고통스러운 표정은 분노의 표정으로 변했다. 그곳에 있던 모든 사람이 알아차릴 정도로 분명하게 바뀌었다. 황제는 그 종이를 보에게 되돌려주고 방금 전에 내린 명령을 번복했다. 모든 장례 행사를 멈추라고 지시했다. 공개적인 장례는 치르지 않을 것이며, 시체를 그 어떤 의식 없이 매장하고, 칸을 동정하는 말도 일체 하지 말라고 명령했다.

황제의 명에, 사람들이 놀라 수군거렸다. 모든 수행원들이 황급히 황제를 대동하는 동안, 자는 두려움으로 그 종이를 받아 읽었다. 칸의 글씨가 분명했다. 내상은 자신이 살인의 주범이며, 후디에를 치욕스럽게 하려고 그런 일을 저질렀다고 밝히고 있었다.

자는 흑단나무 벽에 등을 대고 바닥에 주저앉았다. 믿을 수가 없었다. 모든 것이 끝난 것이다. 이제는 더 수사할 것이 남아 있지 않았다.

그는 하염없이 앉아 있었다. 보가 필체뿐만 아니라 도장도 칸의 것이 분명하다고 확인해주는 말에, 정신을 차렸다. 자는 그곳에서 빠져나와 정원 쪽으로 향했다.

이제 그는 궁궐에 있을 이유가 없었다. 스스로 목숨을 끊은 칸 내상이 살인범임을 밝혔기 때문에, 그는 황제가 약속한 직위를 요구하고 멋지게 사법 관리로서의 경력을 시작할 수 있었다. 밍교수는 석방될 것이고, 후디에는 무죄가 될 것이다. 회유가 그에게 어떤 혐의를 부여해도 펭판관이 해결해주겠다고 약속했으니 이제 그의 모든 꿈은 현실이 될 수 있었다. 그러나 그의 심장은 두려움에 사로잡혀 고동쳤다. 꿈이 곧 이루어질 수 있었지만, 자는 그 모든 것이 꿈이라는 확신이 들었다. 칸의 죽음은 자살이 아니라 타살이었기 때문이다.

✤

자는 짐을 꾸리기 위해 수련궁으로 돌아왔다. 그는 마음의 결정을 했다. 밍교수의 석방이 공식화되면, 그는 궁에서 떠나 영원히 그 불행한 일을 잊어버릴 작정이었다. 앞으로 황제에게 무슨 일이 일어나든 그의 알바 아니었다. 그는 숨겨놓았던 틀 조각들을 떠올렸다. 이 사건을 잊는 최고의 방법은 그것을 파손하는 것이라고 생각했다. 그는 마루청 아래에 숨겼던 석고 홀을 꺼내 침상 위에 놓았다. 하지만 옷장에 숨겨놓은 틀 조각들은 놀랍게도 온데간데없었다. 누군가가 훔쳐간 것이다. 두려움이 엄습했다.

이 사건을 덮는 것은 그리 쉽지 않다고 생각했지만, 그는 이미 계획대로 추진하기로 마음을 굳혔다. 그 틀의 파편들이 사라졌다는 것은 어쩌면 잘된 일인지도 몰랐다. 만일 창고에서 자신을 죽이려 한 것이 점토 조각 때문이었다면, 그가 이미 갖고 있을 테니 오히려 마음이 놓였다.

그는 이상한 석고 홀을 응시했다. 그것을 자세히 살폈다. 외부는 꽃무늬로 장식되어 있었다. 내부에는 디딤대 모양의 막대기가 있어야 하는데 그것이 빠졌다는 생각이 들었다. 그러면서 일종의 피리가 아닐까 의문을 가졌다.

고개를 흔들었다. 자는 그 형태와 용도를 알아낼 필요가 없었다. 그는 그것을 부수려고 높이 치켜들다가 순간 멈추었다. 천천히 손을 내려 홀을 조심스럽게 내려놓았다. 그는 만일 이것이 그토록 중요하다면 아무도 존재할 거라 생각하지 못할 홀을 보관하는 편이 나을 것이라고 판단했다.

그렇다면 숨길 장소가 필요했다. 간단하고 단순한 곳에, 하지만 찾기는 매우 어려운 곳이어야 했다. 확실한 장소가 어디일까 생각하면서, 그는 한 손으로 가슴을 문지르다 목에 걸린 열쇠를 건드렸다. 잠시 잊고 있었다. 그것은 자신이 불길한 운명을 맞이하면 가장 소중한 물건들을 챙겨달라고 부탁하며 밍교수가 건네준 열쇠였다. 제대로 기억하고 있다면, 그 물건들은 그의 사무실에 있는 비밀 공간에 있었다.

자는 옷으로 홀을 둘둘 싸서 짐을 들고 나왔다. 거실에 후디에가 서 있는 것을 보았다. 그는 그녀의 얼굴을 뚫어지게 쳐다보았다. 그녀의 눈가가 젖어 있는 것을 보고, 그는 마음속으로 극심한 통증을 느꼈다. 그녀 옆을 지나가면서 왜 그가 떠나는지 말해주고 싶었지만, 용기를 내지 못했다. 그는 고개를 숙이고 수련궁을 나왔다.

자는 밍교수의 하인인 수이를 찾았다. 그가 열쇠를 보여주자, 수이는 걱정스러운 표정을 지었다.

"교수님은……?"

자는 교수님은 허약한 상태이지만 곧 회복될 것이며, 책을 서재에서 가져와달라고 부탁하셨다며 핑계를 댔다. 수이는 연구실에서 어느 책장으로 가더니, 조심스럽게 책 몇 권을 꺼냈다. 그러자 열쇠가 잠긴 흑단의 함정문이 모습을 보였다. 자는 하인이 그곳에서 나가기를 기다렸지만, 그의 생각과는 달리 하인은 움직일 기색을 전혀 보이지 않았다.

자는 이를 악물었다. 예기치 못한 상황이었다. 그가 계획을 수정하거나 재빨리 일을 처리하지 않으면, 수이의 의심을 살 것이 분명했다. 자는 열쇠로 함정문을 열었다. 곧 조그만 공간이 드러났고, 그 안에 물건들이 가득하게 쌓여 있는 것을 볼 수 있었다. 그는 그 공간에는 석고 홀이 들어가지 않는다는 걸 확인하고 속으로 투덜댔다. 시간을 벌기 위해 그 공간에 수북이 쌓인 책들을 살펴보았다. 그러다가 갑자기 그의 시선이 어느 책에 멈추었다. 그것은 사대부들의 청명한 판결집인 『청명집(淸明集)』이었다. 글씨체로 볼 때 밍교수가 직접 쓴 것이었다. 그는 수이에게 그 어떤 의심도 받지 않도록 그 책을 꺼내면서, 바로 밍교수가 부탁했던 책이라고 말했다. 그러나 아직도 석고 홀을 숨길 방법을 찾지 못하고 있었다.

"무슨 일 있나요?" 마침내 하인이 물었다.

자는 그를 쳐다보며 석고 홀과 돈주머니를 건네주었다.

"부탁할 게 하나 있어요. 내가 아니라 밍교수님을 위한 겁니다."

칸 내상이 죽은 지금, 자가 궁궐로 돌아가는 유일한 이유는 스승을 석방시키기 위해서였다. 밍교수의 다리 상처는 호전되었고, 혈색도 원래대로 돌아왔으며, 며칠만 지나면 걷는 데도 큰 무리가 없어 본래의 업무를 재개할 수 있을 것 같았다. 자는 그가 학원에서도 얼마든지 회복할 수 있을 것이라고 말했다. 밍교수는 기분이 좋아 보였다. 하지만 칸 내상의 자살 상황을 듣고, 밍교수의 얼굴은 다시 창백해졌다. 제자의 목소리에서 뭔가 다른 느낌을 받았던 것이다.

"내게 뭘 숨기는 건가?" 밍교수가 물었다.

자는 주변에 있는 경비병을 쳐다보았다. 그들의 대화에 귀를 기울이는 것 같았다. 자는 아무것도 없다고 대답했다.

"확실한가?" 밍교수가 다시 물었다.

자는 그 어느 때보다도 완벽하게 거짓말을 했다. 밍교수는 그의 거짓말을 믿는 것 같았다. 자는 거짓말을 혐오했지만, 이제는 마치 거짓말의 대가라도 된 것 같았다. 그는 후디에와 펭판관에게 거짓말을 했고, 이제는 밍교수도 속이고 있었다. 자는 빠른 시일 내에 스승을 학원으로 모시겠다고 약속한 후 그와 작별했다. 그러나 그의 서재에서 책 한 권을 가져왔다는 사실은 숨겼다.

자는 자신이 경멸스러웠다. 거짓말과 속임수는 바로 그가 그토록 아버지를 원망하던 이유였는데, 이제는 자신이 그렇게 행동하고 있었다. 진실에 아랑곳하지 않고 죄인과 억울한 사람을 구별해내지 않은 채, 자신의 이익만을 위해 움직이는 사람이 되었다. 펭판관의 현명한 가르침과 밍교수의 솔직한 충고는 이제 안중에 없었다. 그는 셋째를 생각했다. 그녀가 오빠를 자랑스럽게 여기지 않을 것 같았다.

막내를 떠올리자 온몸이 떨렸다. 그는 기운을 잃고 바닥에 주저앉아 자신이 무엇을 하고 있는지, 도대체 무엇을 얻으려는 것인지, 어떤 사람이 되고 있는지 스스로에게 물었다. 그의 머리는 양심의 가책 따위는 잊고 도망치라고, 그런 기회가 다시는 오지 않을 것이라고 자신을 설득했다. 그러나 머릿속에서는 무언가가 그를 천천히 갉아먹고 있었다. 그를 절대로 마음 편히 놔두지 않을 고통이었다. 그것이 바로 주목해야 할 감정이라는 것을 깨달았다.

심지어 자는 후디에를 잊을 자신도 없었다. 그는 끊임없이 그녀의 따스한 피부와 슬픈 눈을 떠올렸다. 그녀가 그리웠다. 갑자기 그는 적어도 그녀에게 작별인사를 해야겠다고 생각했다. 두 번 생각하지 않았다. 그는 수련궁을 향해 걷기 시작했다. 하지만 육체의 욕망에 굴복하는 것인지, 아니면 어렴풋이나마 존엄성을 유지하려고 노력하는 것인지는 구별할 수 없었다.

수련궁에는 펭판관이 막 돌아와 있었다. 그는 자를 힘껏 껴안으며 반가워했다. 자는 결코 배신한 사람을 안아본 적이 없었다. 늙은 펭판관의 몸을 느끼며, 그가 다정하게 손바닥으로 등을 두드려주자 현기증이 났다.

자는 펭판관에게 진실을 밝히겠다고 결심했다. 후디에와 함께 있었던 일은 밝힐 수 없을지 몰라도, 나머지는 단 하나도 숨기지 않고 모두 이야기할 수 있었다. 두 사람은 마주앉았다. 자는 펭판관이 평소처럼 다정하게 따라준 차를 받았다. 그는 조심스럽게 이야기를 시작했다. 칸 내상이 자신을 고용한 이유는 후디에를 몰래 조사하기 위해서였다고 털어놓았다.

"내 아내를?" 펭판관의 손가락 사이로 찻잔이 떨렸다.

자는 그 제안을 수락했을 때만큼은 펭판관이 남편이라는 사실을 몰랐다고 고백했다. 알고 난 후에는 그 일을 하지 않겠다고 거부했지만, 칸 내상이 밍교수의 목숨을 담보로 자신을 위협했다고 털어놓았다.

펭판관의 얼굴은 놀라움으로 가득했다. 칸 내상이 후디에를 살인사건의 용의자로 지목했다는 말에, 놀라움은 곧 분노로 변했다.

"이런 염병할 놈……! 자살하지 않았더라면, 내가 이 두 손으로 갈가리 찢어버렸을 거야!" 펭판관이 소리치면서 일어났다.

자는 입술을 깨물며 펭판관의 눈을 쳐다보았다.

"그게 사실이면 얼마나 좋겠습니까! 하지만 칸 내상은 자살하지 않았습니다."

다시 펭판관의 얼굴에 당혹스러운 표정이 번졌다. 그는 내상이 자신의 죄를 인정하는 쪽지를 남겼다는 궁궐 내의 소문을 믿었던 것이다. 자는 그 쪽지가 실제로 존재하며, 글씨체도 칸의 것임이 틀림없다는 사실을 말했다.

"그렇다면? 그게 무슨 의미인가?"

자는 모든 진실을 밝히고 그것을 황제에게 고해야 할 시간이 왔다고 생각했다. 그는 목을 조르기 위해 사용한 올가미 형태부터 칸의 시체를 검사한 후 밝혀낸 내용을 낱낱이 들려주었다.

"삼을 꼬아 만든 밧줄입니다. 얇지만 질깁니다. 돼지들의 목을 걸 때 사용하는 것입니다."

"아주 적절한 밧줄이었군." 펭판관이 분노의 표정으로 중얼거렸다.

"그렇습니다. 하지만 문제는 제가 어제 오후에 만난 칸 내상의 모습으로 미루어볼 때, 자살을 준비하고 있던 사람의 행동이 아니었다고 분명히 말씀드릴 수 있습니다."

"사람은 마음을 곧잘 바꾸기도 하네. 아마도 밤에 죄책감에 시달렸겠지. 그래서 서둘러 행동에 옮겼을 수도 있네."

"그런 종류의 밧줄을 구하러 새벽에 나갔다는 말씀입니까? 만일 정말로 괴로워 견딜 수가 없었다면, 가장 먼저 눈에 띈 것을 사용했을 겁니다. 방에는 휘장을 묶는 끈과 의복에 달린 끈, 긴 비단 천 등이 있었습니다. 그는 이 모든 것을 사용할 수도 있었습니다. 하지만 그렇지 않았습니다. 절망의 순간에 그는 삼을 꼬아서 만든 밧줄만을 떠올렸습니다."

"아니면 그것을 갖다 달라고 부탁했을 수도 있겠지. 난 자네가 왜 의심하는 것인지 이해가 되지 않네. 게다가 자네가 직접 읽은 글도 있지 않나? 자살을 예고하는 글 말이네."

"아닙니다. 그 글에는 자신의 잘못을 인정하고 있지만, 그 어디에도 스스로 목숨을 끊겠다는 의도는 언급되어 있지 않습니다."

"나도 모르겠네. 결정적인 것 같지는 않네……. 이런 사소한 것으로 황제 폐하를 만난다는 건 좋은 생각이 아닌 것 같네."

"하지만 그게 전부가 아닙니다. 우선 그의 옷은 완벽하게 개어진 채 탁자 위에 있었습니다."

"그건 아무것도 아니네. 자네도 알다시피, 목을 매기 전에 옷을 벗는 것은 자살 사건에서 흔히 볼 수 있네……. 옷이 깔끔하게 개어져 있었다는 것은 그의 세심한 성격이나 행동과 관련이 있고."

"실제로 칸 내상은 깔끔하고 규칙적인 사람입니다. 바로 그런 이유로 탁자에 있던 옷과 옷장에 있는 나머지 옷이 완전히 다르게 개어져 있다는 것은 이상합니다."

"이제 알겠네. 그러니까 자네는 그 옷을 갠 사람이 칸 내상이 아니라는 말이군."

자는 고개를 끄덕였다.

"아주 예리한 관찰력이네. 하지만 초보자의 실수도 눈에 띄네." 펭판관이 지적했다. "평범하거나 가난한 가정이라면, 자네의 추측은 정확했을 것이네. 하지만 분명하게 말하는데, 궁궐에서는 내상들이 자기 옷을 개는 법이 없네. 그것은 하인들의 일이네. 따라서 자네의 생각이 보여주는 것은 칸이 하인들과 다르게 옷을 개었다는 것뿐이네."

자는 역시 옛 스승이 대단하다는 생각이 들었다. 하지만 옷에 관한 것보다 더 중요한 사실이 남아 있었다.

"그렇다면 상자는 왜 거기에 있는 것인지 말씀해주십시오."

"상자라니? 무슨 소린지……."

"내상은 발판으로 상자를 사용했습니다. 분명히 그는 상자를 중앙 서까래 아래에 놓고서 그 위로 올라가 목을 맸습니다."

"그게 뭐가 이상하다는 것인가?"

"상자에는 책이 가득 들어 있었습니다. 제가 움직이려고 했지만, 움직일 수 없었습니다. 그것을 옮기는 데 다른 사람의 도움이 필요했습니다."

펭판관이 이맛살을 찌푸렸다.

"분명히 그렇게 무거웠나?"

"칸 내상보다 더 무거웠습니다. 의자도 많은데 왜 힘들게 그토록 무거운 상자를 끌고 왔던 것일까요?"

"그건 나도 모르겠네. 칸은 아주 뚱뚱한 사람이네. 아마도 의자가 부서질지 몰라서 그랬을 수도 있을 것이네."

"곧 목을 맬 사람이 그런 생각까지 했겠습니까?"

펭판관은 다시 한쪽 눈을 찡그렸다.

"어쨌거나 그게 전부가 아닙니다." 자가 계속 말했다. "그가 목을 매는

데 사용한 밧줄은 새것이었습니다. 한 번도 사용하지 않은 것이었습니다. 마치 갓 꼰 밧줄 같았습니다. 그러나 대들보에 묶인 밧줄 끝의 일부분은 쓸려서 벗겨져 있었습니다.

"밧줄의 끝을 말하는 것인가?"

"네, 대들보의 매듭부터 밧줄의 끝까지입니다. 길이가 두 완척[4] 정도입니다. 그런데 흥미롭게도 그 길이가 죽은 사람의 발꿈치부터 바닥까지의 거리와 똑같습니다."

"도대체 무슨 말을 하려는 건지 모르겠네."

"그가 스스로 목을 맸다면, 먼저 대들보에 밧줄의 매듭을 맸을 겁니다. 그리고 그 고리 안으로 머리를 집어넣고, 상자 위에서 뛰어내렸을 겁니다."

"그렇지, 그렇게 되었을 걸세……."

"하지만 이런 경우라면 밧줄에 쓸림 현상이 나타나지 않았을 것입니다." 자는 일어나서 그 상황을 설명하려고 했다. "제가 보기에는, 칸 내상은 의식을 잃어 쓰러져 있었고, 누군가가 그를 매달았습니다. 아마 마취되었을 가능성이 높습니다. 두 사람 혹은 그 이상의 사람이 그를 상자 위에 올렸습니다. 머리를 고리 안으로 집어넣고, 서까래에 매여 있던 밧줄 끝을 잡아당겨서 칸을 공중으로 들어 올렸습니다. 칸의 몸무게 때문에 그를 들어 올리는 동안 그런 쓸림 현상이 생긴 것입니다. 그 현상이 일어난 밧줄의 길이는 그의 발부터 바닥까지의 거리와 일치합니다."

"일리가 있네." 펑판관이 동의했다. "그런데 왜 살해되기 전에 칸 내상

---

4 완척(腕尺) : 팔꿈치에서 가운데 손가락까지의 길이. 약 50센티미터.

이 의식을 잃었을 것이라고 추정하는가?"

"실제로 아주 결정적인 단서가 있기 때문입니다. 호흡관이 부서져 있지 않았습니다. 고리가 목젖 아래에 위치해 있고, 상당한 높이에서 뛰어내리는 바람에 엄청난 무게를 견뎌야 했다면, 그건 생각할 수 없는 일입니다."

"칸 내상이 뛰어내리는 대신 발을 헛디뎠을지도 모르지 않나?"

"그럴 수도 있을 겁니다. 하지만 칸 내상에게 의식이 있었다면, 틀림없이 살인자들과 맞서 싸웠을 것입니다. 그러나 그의 몸에는 긁힌 자국이나 멍, 혹은 그 어떤 싸움의 흔적이 없습니다. 물론 사전에 독살되었다고 생각할 수도 있을 것입니다. 그러나 그의 심장은 그를 밧줄에 걸었을 때에도 뛰고 있었습니다. 목의 피부는 살아 있는 사람의 것처럼 반응했습니다. 혀는 이빨에 눌려 있었고 입술은 검은색을 띠고 있었습니다. 이 모든 것이 그가 살아있었다는 것을 증명합니다. 그러니 그가 마취되었을 가능성밖에는 남아 있지 않습니다."

"반드시 그렇지는 않네. 살인자들이 그렇게 하도록 만들었을 수도 있네."

"저는 그렇지 않다고 생각합니다. 아무리 끔찍한 협박을 받았더라도, 밧줄이 목에 걸린 채 몸이 허공에 있게 되면, 본능적으로 올가미에서 벗어나려고 몸부림을 쳤을 겁니다."

"아마 손이 묶여 있었을지도……."

"손목에는 그 어떤 흔적도 없었습니다. 그러나 결정적으로 제 추측을 확인시켜주는 흔적이 있었습니다." 자는 책장에서 먼지투성이의 책을 한 권 찾아서 책등을 위로 향하게, 그러니까 수직으로 잡았다. 소매의 끈을 풀어 그것을 책등 위에 놓으면서, 끈의 양쪽 끝이 책 아래로 늘어지도록 놔두었다. "잘 보십시오." 자는 끈의 양쪽 끝을 잡아 갑자기 잡아당겼다. 그는 끈을 들어서 치운 후, 그 흔적을 펭판관에게 보여주었다. "끈이 책등의 먼지에 남긴 흔적은 아주 선명하고 명확합니다. 이제 이것을 보십시오." 자는 아직 먼지 쌓인 책등 부위에 똑같이 끈을 올렸지만, 이번에는 몸부림칠 때의 흔적이 어떻게 남는지를 보여주기 위해 끈의 양쪽 끝을 움직였다. "자, 차이를 보십시오." 자는 불분명하게 넓게 퍼진 흔적을 보여주었다. "그런데 제가 밧줄을 맨 서까래를 확인하기 위해 상자에 올라갔을 때, 첫 번째와 동일한 흔적을 발견했습니다. 깨끗했고 동요한 흔적이 전혀 없었습니다."

"이 모든 게 놀랍군! 황제 폐하에게 왜 이런 사실을 밝히지 않았나?" 펭판관이 감탄을 금치 못했다.

"확신이 없었습니다." 자는 거짓말을 했다. "그 전에 판관님에게 자문을 구하고 싶었습니다."

"내가 보기에는 의심의 여지가 없네. 아마 유일하게 맞아 떨어지지 않는 것은 죄를 고백하는 글인데……."

"그렇지 않습니다, 판관님. 완벽하게 들어맞습니다. 들어보십시오! 칸 내상은 자기가 알고 있는 두 사람을 방으로 들어오게 했습니다. 그가 믿는 사람들입니다. 그런데 갑자기 이 두 사람이 그를 협박하면서, 살인 사건의 주범임을 인정하라고 요구합니다. 칸은 목숨이 달아날까 두려워 그들의 말에 따라 자신의 잘못을 인정하는 글을 썼습니다. 그 글은 자살을 예고하지 않습니다. 살인자들이 그를 죽일 거라는 걸 안다면 칸 내상이 놀라 폭력적으로 반응할 것임을 알고 있었기 때문일 겁니다. 고백서에 지장을 찍자, 살인자들은 그에게 물을 한 컵 주면서 진정하라고 합니다. 그가 아무런 소리도 내지 못하고 저항도 하지 못하도록 이미 마취제를 탄 물입니다. 그가 의식을 잃은 후, 살인자들은 그의 옷을 벗기고 무거운 상자를 방 한가운데로 끌고 옵니다. 서까래에 삼으로 꼰 새 밧줄을 묶습니다. 그들은 가느다란 밧줄을 갖고 왔습니다. 그래야 보다 쉽게 숨겨서 궁궐 내로 반입할 수 있기 때문입니다. 칸 내상의 잠든 육체를 상자로 옮기고 그 위에 앉힙니다. 머리를 밧줄 고리 안으로 집어넣고, 두 사람이 밧줄을 잡아당겨 아직 살아있는 그를 천천히 들어 올려 죽입니다. 그래야 그의 육체가 정말로 자살한 것처럼 반응하기 때문입니다. 그런 후 그의 옷을 잘 접고 그곳을 떠납니다."

펭판관은 입을 다물지 못한 채 자를 쳐다보았다. 그는 옛 제자가 이제는 아주 훌륭한 조사관이 되었다는 것을 알았다.

"즉시 황제 폐하에게 알려야 하네!"

그러나 자는 서두르지 않았다. 그는 자신의 발견이 다시 후디에를 용의자로 지목할 수도 있다는 사실을 알려주었다.

"피 묻은 낫과 파리 떼를 기억하십시오." 자의 목소리가 떨렸다. "저는 죄인을 밝히는 데 도움을 주었지만, 제 형을 잃었습니다."

"오, 맙소사, 자! 그 문제는 잊어버리게! 자네 형은 마을 사람을 죽여서 벌을 받은 것이네. 자네는 해야 할 일을 한 것이야. 게다가 낫에서 피를 찾아낸 사람은 나였지 자네가 아니었네. 그러니 그것 때문에 죄책감을 갖지 말게. 내 아내에 대해서는 걱정하지 않아도 되네. 난 황제 폐하를 잘 알고 있고, 어떻게 그를 설득할 수 있는지도 알고 있네." 펭은 황제에게 가기 위해 자리에서 일어났다. "아, 자네에게 한 가지 말을 해준다는 것을 잊었군. 오늘 아침에 궁궐에서 자네가 걱정하는 그 신참내기 판관을 보았네. 이름이 회유라고 했던가?"

자는 화들짝 놀랐다. 수많은 사건이 동시다발적으로 일어나는 바람에, 그를 완전히 잊고 있었던 것이다.

"걱정하지 말게." 펭이 자를 안심시켰다. "오늘은 이미 늦었네. 하지만 내일 아침 날이 밝으면, 우리는 황제 폐하와 얘기하게 될 것이네. 자네가 발견한 것을 고하고, 자네의 상황을 설명하도록 하게. 그 회유라는 판관이 무엇을 확인했는지는 모르겠지만, 자네를 희생양으로 삼아 승진하려고 했다면, 그 뜻을 이룰 수 없을 거라고 나는 확신하네."

펭판관은 또 한 가지를 확실히 하고자 했다.

"난 무슨 일이 있어도 자네가 이대로 학원으로 돌아가게 하지는 않겠네. 자네의 이름이 완전히 깨끗해질 때까지, 우리 집에 머물게. 그래야 내 마음이 편할 것이네."

하지만 그곳에 오래 머물 수는 없었다. 다음날 자는 밍교수를 방문하는 길에 뜻하지 않게 몇몇 병사들과 마주쳤다. 그들이 길을 막아서더니 자가 무슨 일이냐며 설명을 요구하자마자, 가장 앞에 섰던 병사가 곤봉으로 그의 얼굴을 후려쳤다. 뒤따라 나머지 병사들도 그를 덮치더니, 그가 꼼짝 못할 때까지 발길질을 퍼부었다. 그들은 그의 손발을 묶고 일으켜 세운 채 다시 곤봉을 갈겼고, 자는 결국 의식을 잃고 말았다. 그 바람에 경비병 대장이 황제 폐하에 대한 음모를 꾸민 혐의로 체포되었다고 말하는 것을 전혀 들을 수 없었다.

33

자는 어두운 감방에서 깨어났다. 수십 명의 더러운 죄수들이 그를 에워싸고 있었다. 그들 중 누군가가 마치 값비싼 보물을 발견한 것처럼 그의 옷을 뒤졌다. 자는 그 사람을 밀어버리고 일어나려 했지만, 그때 축축한 물이 그의 눈을 덮었다. 머리에 손을 대보니 그의 손이 붉게 물들었다. 갑자기 경비병이 나타나 자의 멱살을 움켜잡더니 주먹으로 갈겼다.

"일어나!" 바닥에 쓰러진 자에게 경비병이 명령했다. 그의 옆에도 험상궂은 표정으로 곤봉을 든 거구의 경비병이 있었다.

"일어나라고 했다!" 그는 고함을 치면서 다시 곤봉을 내리쳤다.

자는 시키는 대로 했다. 그는 고통은 느끼지 않았지만 대체 무슨 일이 벌어지고 있는지 전혀 이해할 수 없어 고통스러웠다. 왜 이곳에 가두었는지, 왜 계속해서 때리는지 전혀 모르는 채, 그는 넘어지지 않기 위해 벽에 기댔다. 물어보려고 했지만, 말을 꺼내기가 무섭게 경비병이 곤봉 끝으로 배를 찔렀다. 자는 숨을 헐떡이며 몸을 구부렸다.

"질문할 때만 말해라!" 짐승 같은 거구의 경비병이 덧붙였다.

자는 이마에서 떨어지는 피의 장막 사이로 그를 쳐다보았다. 숨도 쉴 수 없었다. 그는 왜 자신을 개처럼 대하는지 설명해주기를 기다렸다.

"누가 너를 도왔는지 말해라."

"누가 나를 도와줬다는 말입니까?" 그는 입안에 고이는 피를 맛보았다.

경비병이 다시 곤봉으로 얼굴을 때리자 이내 뺨이 찢어졌다. 자는 그 충격으로 몸을 떨었고 무릎을 꿇었다. 또다시 곤봉을 맞고, 자는 고꾸라졌다.

"선택해라. 지금 당장 이야기해서 이빨을 성하게 보존하든지, 아니면 네 이빨을 부러뜨려서 처형될 때까지 죽을 먹든지 둘 중의 하나를 택해라."

"도대체 내게 무슨 말을 하는지 모르겠소! 궁에 물어보시오! 난 칸 내상 아래서 일한단 말이오!" 그는 미친 듯이 소리쳤다.

"죽은 사람 밑에서 일한다고?" 또다시 곤봉에 맞아 그의 입에서 피가 뿜어져 나왔다. "저세상에 가면 직접 물어보도록 해."

❋

그가 다시 의식을 되찾았을 때, 누군가가 정성들여 그의 머리 상처에서 피를 닦아내고 있었다. 또렷하게 보이진 않았지만, 그 사람이 보라는 것은 알 수 있었다.

"무슨…… 무슨 일인가요?" 자는 간신히 물었다.

보는 그를 끌고 아무도 들을 수 없는 벽 쪽으로 데려갔다. 그는 아주 심각한 표정으로 쳐다보았다.

"무슨 일이 있었느냐고? 맙소사! 지금 궁궐에는 자네에 관한 얘기만 있네. 자네가 칸 내상의 살인자라고 말이야!"

자는 믿지 못하겠다는 표정으로 눈을 깜빡거렸다. 보는 그에게 마실 물을 주었다. 자는 허겁지겁 들이켰다.

"그나마 자네를 죽이지 않은 게 다행이야." 그는 자의 상처를 살폈다. "오늘 아침 회유라는 관관이 칸의 시체를 검사했는데, 자살일 수가 없다고 결론 내렸네. 또 점쟁이라는 사람과 함께 있었는데, 그는 자네가 나졸을 죽였다고 말하더군." 보는 고개를 흔들었다. "회유가 자네를 고발했고, 체포 명령은 황제 폐하가 직접 내리셨다네."

"하지만 이건 말이 안 돼요! 지금 나를 여기서 꺼내주세요. 펭판관님은⋯⋯."

"조용히 하게! 우리의 말을 엿들을 수도 있어."

"펭판관님에게 물어보세요." 그가 보에게 귀엣말로 말했다. "제가 아니었다는 것을 밝혀주실 겁니다."

"펭판관과 말했나?" 그의 얼굴이 바뀌었다. "무슨 말을 했나?"

"무엇을 말했느냐고요? 사실대로 말했습니다! 살인자가 칸을 마취시켰을 거라고 했습니다. 그를 목매달고 그가 살인자라고 고백하는 서찰을 남겨둔 것이라고 말했습니다." 자는 절망감에 젖어 양손으로 머리를 감쌌다.

"더는 없나? 창고 이야기도 했나?"

"창고 이야기라니요? 무슨 말인지 모르겠습니다. 그게 창고와 무슨 관련이 있습니까?"

"대답하게!"

"했어요. 아니, 안 했어요! 젠장, 기억이 나지 않습니다⋯⋯!"

"제기랄! 자네가 협조하지 않으면, 난 자네를 도와줄 수 없네. 자네가 확인한 모든 것을 내게 밝혀야 하네!"

"하지만 저는 나리께 모두 말했습니다."

"젠장, 바보 같은 소리는 그만하게!" 그는 잔을 바닥으로 던져서 산산조각 내버렸다. 그는 입술을 깨물고 잠시 침묵을 지켰다. 그는 자를 쳐다보았다. "미안하네. 잘 듣게. 자네는 내게 솔직하게 말해야 하네. 정말로 칸 내상의 죽음과 아무런 관련이 없나?"

"도대체 무슨 대답을 듣고 싶은 겁니까?" 자가 소리쳤다. "제가 죽였다고 고백하기를 바라는 겁니까? 오, 조상님들이시어! 이들은 제가 했든 안 했든 저를 죽이려고 합니다."

"좋아, 마음대로 하게." 보는 말하면서 일어났다. 두 명의 경비병이 감방 문을 열어주고 보를 나가게 했다.

자는 매 맞은 개처럼 곰팡이가 핀 구석에 웅크리고 있었다. 무슨 일이 일어나고 있는지 이해할 수가 없었다. 생각하기가 힘들었다. 점차 깊은 피로감이 밀려와 그는 곧 깊은 잠에 빠져들었다.

언제 잠을 깼는지 알 수가 없었다. 하지만 정신을 차려보니 웃옷을 도둑맞았다는 걸 알게 되었다. 주변을 둘러보았지만, 그의 옷을 입고 있는 죄수는 없었다. 자는 더 찾지 않기로 했다. 틀림없이 그보다 더 필요한 사람이 가져갔을 것이기 때문이다. 잠시 후 어느 죄수가 다가오더니 담요 하나를 건네주었다. 자는 그것을 받아 덮으려다가 그를 보았다. 도와준 사람은 옴에 걸린 노인이었다. 그는 곧 담요를 되돌려주었다. 노인이 담요를 가지러 가까이 다가왔을 때, 자는 그의 얼굴에서 눈에 익은 상처를 보았다. 자의 얼굴이 창백해졌다. 그가 확인하려고 가까이 다가가자, 노인이 놀라서 뒷걸음쳤다. 자는 괜찮다면서 그를 안심시켰다. 믿을 수가 없었다. 노인의 상처는 초상화를 그려놓은 젊은 시체의 것과 동일한 형태에 동일한 크기였다. 노인에게 그 상처가 어떻게 난 것이냐고 물었지만, 그는 주변을 둘러보더니 뒷걸음쳤다. 자는 신발을 벗어 그에게 주었다. 노인은 머뭇거리더니 잠시 후 떨리는 손을 내밀어 순식간에 낚아챘다. 자가 주지도 않을 신발을 줄 것처럼 내밀었다고 생각한 모양이었다. 노인이 신발을 신어보는 동안, 자는 다시 그 상처가 어떻게 난 것이냐고 물었다.

"새해 첫날밤에." 마침내 노인이 대답했다. "부잣집에 음식을 훔치러 들어갔어. 몹시 배가 고팠지. 상자들 사이에서 불을 밝혔는데 갑자기 폭발했어."

"폭발했다고요? 그게 무슨 소리죠?"

노인은 자를 아래위로 쳐다보았다.

"자네 바지……."

"뭐라고요?"

"자네 바지 말이야! 어서!" 노인은 그것을 가리키면서 벗으라고 요구했다. 자는 그의 말대로 했다. 자가 바지를 발목까지 내리는 순간, 노인은 바지를 움켜쥐고 빼앗았다.

"축제에 쓸 불꽃들이 있었던 거야." 노인은 이렇게 말하면서 바지를 입었다. "바보 같은 놈들이 그걸 음식이랑 같이 보관했던 거지. 내가 초에 불을 붙여서 가까이 갖다 대자마자 모든 게 날아가버렸어. 자칫 잘못했으면 눈도 잃을 뻔했어!"

자는 좀 더 가까이 그 상처를 쳐다보았다. 바로 그것이었다! 그런 종류의 상처를 지닌 사람을 알고 있느냐고 물어보려는데, 그를 두들겨 팼던 두 경비병의 모습이 보였다. 노인은 황급히 그에게서 떨어졌다. 자는 몸을 웅크렸다.

"일어나라!" 경비병이 명령했다.

자는 명령에 복종했다. 그가 벌거벗은 걸 보고, 한 경비병이 곤봉으로 바닥의 담요를 끌어와 던져주었다.

"덮고 따라와."

자는 제대로 서 있을 수도 없었지만, 비틀거리면서도 있는 힘을 다해 광산 갱도처럼 어두운 복도로 따라갔다. 그들은 색 바랜 나무문이 있는 곳까지 갔다. 첫 번째 경비병이 문을 두드렸다. 자는 죽을 시간이 가까워 온다고 생각했다. 경첩에서 삐걱거리는 소리가 마치 사형선고처럼 들렸다. 점차 문이 열리면서, 환한 빛줄기가 들어와 앞을 제대로 볼 수 없었다. 그의 눈이 빛에 적응되면서, 자는 펭의 모습을 볼 수 있었다. 펭판관은 얼른 그를 붙잡아 넘어지지 않도록 도와주었다. 담요를 벗겨내고 자기 웃옷으로 덮어주었다. 그는 경비병들에게 도와주지 않고 뭘 하는 것이냐고 호통을 쳤다.

"이 염병할 놈들!" 펭판관은 자를 부축했다. "도대체 저놈들이 어떻게 한 건가?"

펭판관은 죄수를 책임진다는 신병인수 각서에 서명했다. 그는 자를 수련궁으로 데리고 왔다.

펭판관은 자를 자기 침소로 옮겼다. 자가 원래 머물던 방에 있겠다고 했지만, 펭판관은 그의 방이 더 편하고 넓다며 자의 말을 들어주지 않았다. 잠시 후 의원이 도착했다. 펭과 의원은 자의 웃옷을 벗겼고, 하인의 도움을 받아 그의 상처를 씻겨주었다. 자는 신음소리를 내지 않았다. 의원은 갈비뼈를 만져보고 호흡소리를 들었으며 머리의 상처를 살폈다.

"다행입니다." 자는 의원이 말하는 소리를 들었다. "부러진 곳은 없습니다. 며칠 푹 쉬고 치료를 받으면 곧 회복될 겁니다."

펭판관은 휘장을 쳐서 햇빛을 차단한 후, 자의 옆에 앉아서 고개를 절레절레 흔들었다. 그의 얼굴에는 수심이 가득했다.

"빌어먹을 놈들! 늦게 도착해서 미안하네. 오늘 아침 일찍 몇 가지 문제를 해결하러 나갔다네. 황제 폐하를 알현하려는데, 그 회유라는 놈이 폐하를 먼저 만나고 있었네. 폐하는 회유가 시체를 검사한 후 칸 내상이 살해되었다는 걸 밝혔다고 말해주었네. 그놈은 자네를 몹시 싫어하는 게 분명하네. 자네를 맹렬하게 비난하면서 황제 폐하를 설득했다네. 내가 들은 바에 따르면, 그는 점쟁이라는 놈과 함께 왔는데, 그 점쟁이는 나졸의 죽음이 자네 탓이라고 죄를 뒤집어 씌웠네."

"하지만…… 그걸 확인한 사람은 저였습니다……!"

"그래서 내가 자네를 석방시킬 수 있었던 것이네. 나는 황제 폐하에게 어제 자네도 회유가 발견한 것을 내게 이야기했다고 말했다네. 나는 상자, 밧줄의 흔적, 자백 편지의 내용 등등에 관해 상세히 말했네. 모든 것을 말했지만, 황제 폐하를 설득하는 일은 쉽지 않았다네. 황제 폐하는 내 이름과 명예를 걸고 맹세하라고 요구하시고, 그제야 자네를 내 보호 아래 두어도 좋다고 허락하셨다네. 나의 보증을 요구한 것이지. 내일 재판이 열릴 것이네."

"재판이라고요? 그럼 황제 폐하께서 판관님의 말을 믿지 않으신 것입니까?"

"거짓말하고 싶지 않네." 펭판관이 한숨을 쉬었다. "회유는 자네에게 죄를 뒤집어씌우기 위해 하늘과 땅을 모두 움직이고 있네. 황제 폐하가 이 사건을 해결하면 자네에게 형부의 한 자리를 약속하셨다는 것 때문에, 자네가 칸 내상을 죽여 가장 간단하게 목적을 달성한 거라고 주장했다네. 칸 내상의 죽음으로 혜택을 볼 사람은 자네밖에 없다고 말이지. 게다가 점쟁이는 자네가 또 다른 살인의 범인이라고 말했다네."

"그건 새빨간 거짓말입니다! 판관님은 아주 잘 알고……."

"내가 알고 있다는 것은 하등 중요하지 않네!" 펭판관이 자의 말을 끊었다. "문제는 그들이 믿고 있는 것이네. 분명한 것은 우리가 자네의 무죄를 입증할 그 어떤 증거도 갖고 있지 않다는 것이네. 자네에게 발부한 인장으로 자네는 궁궐의 모든 곳에 들어갈 수 있었고, 심지어 칸 내상의 개인 침소가 있는 곳에도 갈 수 있었네. 그리고 자네가 그와 말다툼하는 것을 본 증인이 여러 명 있는데, 그중에는 황제 폐하도 계시네."

"알겠습니다. 그러면 제가 잘 알지도 못하는 사람들의 목을 잘랐고, 그들의 가슴에 상처를 입혔으며……."

"다시 말하는데, 그건 문제가 아니네! 내일은 오로지 형부 내상의 살인 사건만 심판할 걸세. 우리가 증거를 보여주지 못하면, 살인자는 자네가 되네."

자는 펭판관이 해준 말을 되새겼다. 펭판관은 자의 마음을 헤아리며 말했다.

"차분하게 생각하게. 지금 자네는 폭풍 속의 호수와 같을 것일세. 비록 폭풍이 호수 수면을 강타할지라도, 깊은 곳은 고요하고 잔잔하다네."

자는 세월의 흐름을 이겨낸 펭판관의 불그스레한 눈을 보았다. 그의 축축하게 젖은 눈은 평정심과 아량을 고스란히 보여주고 있었다. 자는 마음의 평정을 찾기 위해 눈을 감았다. 영혼의 가장 깊은 곳으로 내려가 가장 커다란 수수께끼라고 여기던 것에 온 정신을 모았다. 그가 조사한 바로는, 모든 죽음이 동일한 살인자의 작품이었다. 따라서 열쇠는 환관의 죽음, 손이 부식된 노인의 죽음, 초상화를 그려놓은 청년의 죽음, 청동제작인의 죽음을 연결하는 고리를 밝히는 데 있었다. 그 관계는 향수냄새나 상체에 난 이상한 상처보다 더 중요했다. 그 관계가 무엇인지 알아내야 했다.

갑자기 그의 주변에 있는 모든 것이 사라지고, 방은 어둠에 잠긴 것 같았다. 마음의 눈은 네 구의 시체 얼굴로 향했다.

우선 유포가 소금 거래를 기록하는 장부를 보고 있는 모습을 보았다. 그의 아버지가 평판관 아래서 수행했던 업무와 동일한 것이었다. 환관은 탁송, 재고품, 배급과 가격을 적고 있었다. 어느 순간 그는 계산이 맞지 않는 것을 발견했다. 장부는 바뀌었고, 이익은 줄기 시작했다.

이후 손이 부식된 사람이 나타났다. 소금 때문에 부식된 것이었다. 자는 소금더미에 손을 넣은 그의 모습을 상상했다. 그의 손톱 아래에서는 조그만 숯 조각들이 발견되었다. 숯과 소금을 가지고 작업하는 그의 모습을 생각했다. 도교 연금술사처럼 조심스럽고 능숙하게 두 개를 섞는 모습을.

다음에는 그가 초상화를 그리도록 했던 젊은 남자가 나타났다. 그의 상처는 폭발 때문에 생긴 도둑의 상처 모양과 일치했다.

마지막 모습은 잘난 체하던 청동제작자였다. 그의 작업장은 살해된 그날 불타면서, 유품으로 알 수 없는 지팡이를 남겼다. 청동 홀.

갑자기 무언가 반짝하면서 자의 정신을 뒤흔들었다.

마침내 그것을 본 것이다. 자는 서로 다른 살인을 연결하는 고리를 찾아냈다. 소금, 숯, 수출, 폭발……. 보기 드물면서도 위험천만인 복합물의 성분들이었다.

그의 가슴은 터질 것처럼 뛰었다.

"모르시겠습니까?" 자는 흥분하며 펭판관에게 말했다. "그 연쇄살인의 핵심은 살인자가 사용한 무기에 있는 것도 아니며, 상처 냄새를 숨기기 위해 사용한 향수에 있는 것도 아닙니다! 시체들이 꼴사납게 된 것은 그들의 신원이 아니라 직업을 감추기 위해서였습니다. 살인으로 이끈 건 바로 그들의 직업이었습니다!"

펭판관은 놀란 눈으로 자를 쳐다보았다. 그는 이해할 수 없는 듯 설명해달라고 했다.

"화약입니다! 핵심단서는 화약입니다!" 자가 외쳤다.

"화약이라고?" 펭판관은 의아해했다. "축제 때나 사용되는 그 물건이 무슨 관련이 있단 말인가?"

"정말 제가 바보였습니다! 정말 제가 장님이었습니다!" 자는 자신을 비난했다. 그리고 펭판관을 바라보며 자기가 발견한 것을 그와 함께 나눌 수 있다는 사실에 잠시 기뻐했다.

"학원에서 공부하는 동안 저는 『무경총요(武經總要)』라는 책을 참고할 기회가 있었습니다. 군사기술에 관한 유일한 저작이었습니다." 자는 설명했다. "밍교수님은 무장투쟁 중에 군사들이 어떤 끔찍한 상처에 노출되는지 알아야 한다면서 그 책을 추천했습니다. 혹시 그 책을 아십니까?"

"모르네. 들어본 적도 없네. 사실 나는 그 책이 아주 널리 알려진 것은 아니라고 생각하네. 자네도 알다시피 우리 민족은 군대만큼이나 무기와 병술(兵術)을 혐오하네."

"실제로 밍교수님도 아주 희귀한 저작이라고 알려주셨습니다. 교수님 말에 따르면, 원본 저작물은 북송의 인종 황제께서 학자인 증공량(曾公亮)과 정도(丁度)에게 위탁하신 결과물입니다. 학원에 있는 것은 군사학교 경내에서 나와 유포된 몇 안 되는 사본 중의 하나입니다. 밍교수님은 골치 아프고 난처한 내용 때문에 현재의 황제 폐하가 유포를 금지하셨다고 말씀하셨습니다."

"정말 흥미롭군. 그런데 그 책이 살인사건과 무슨 관련이 있나?"

"아마 없을지도 모르죠. 하지만 그 책의 한 장은 군사적 목적으로 화약을 이용하는 것에 할애되어 있었습니다."

"불을 붙여 쏘는 화살인 화전(火箭)을 말하는 건가?" 펭판관이 물었다.

"아닙니다. 그런 것은 화살대에 추진체가 붙은 단순한 화살입니다. 일반 화살보다 더 멀리 날아가지만 정확도가 떨어지는 것이죠. 하지만 저는 그것보다 훨씬 살상력이 뛰어난 무기를 말하는 겁니다. 치명적인 무기입니다." 자는 마치 그 무기가 앞에 있는 것처럼 눈을 크게 떴다. "인종 황제의 포병들은 화약의 폭발력을 이용할 수 있는 방법을 발견했습니다. 예전의 대나무 총신이 아니라 청동으로 만든 총신을 이용했습니다. 과거에는 가죽이나 포도탄 혹은 분뇨 같은 것들을 쏘았지만, 청동으로 포신을 만들 경우에는 단단한 돌이나 심지어는 아주 강력한 성벽도 무너뜨릴 수 있습니다. 그리고 도교 연금술사들은 질산의 양을 증가시키면 훨씬 더 강력하고 효과적인 폭발을 일으킬 수 있다는 사실을 알아냈습니다."

"알겠네. 하지만 난 이해가 되질 않네……."

"그 책이 여기에 있다면 훨씬 더 정확하게 설명드릴 수 있을 겁니다." 자는 유감스러워했다. "하지만 그들이 사용한 세 가지 유형의 화약이 있었다는 것은 기억납니다. 하나는 불을 붙이는 화약이며, 다른 하나는 폭발하는 화약이고, 마지막은 추진력을 강화시키는 화약입니다. 각각은 유황과 탄소, 그리고 초석을 다른 비율로 섞은 것입니다. 하지만 이건 중요하지 않습니다."

"알겠네. 하지만 아직도 나는 혼란스럽네. 자네에게는 분명할지 몰라도, 나는 화약과 살인사건이 어떤 관계를 갖고 있는지 모르겠네."

"정말 모르시겠습니까?" 자의 얼굴이 상기되었다. "홀은 단순한 홀이 아닙니다! 그것은 끔찍한 살상무기입니다! 손으로 작동할 수 있는 총신입니다!"

"홀이라고? 총신이라고?" 펭판관은 무슨 소리인지 모르겠다는 표정을 지었다.

"청동제작인의 작업장에서 저는 이상한 점토로 만든 틀을 발견했습니다. 그걸 복구했고, 거기서 하나의 석고본을 떴습니다. 저는 그것이 변덕스러운 어느 지도자의 지팡이나 홀이라고 생각했습니다." 자는 허공으로 시선을 옮겼다. 마치 거기에서 해답을 발견할 수 있는 것처럼. "이제는 모든 게 맞아떨어집니다. 우리가 시체에서 발견한 보기 드문 상처들, 그리고 이상한 원형의 상처는 모두 수총(手銃)에서 발사된 일종의 발사체 때문에 만들어진 것입니다. 치명적인 무기입니다. 현재까지 존재하지 않던 무기이며, 피리 크기라서 옷 속에 넣어가지고 다닐 수 있고, 멀리서도 사람을 죽일 수 있습니다. 그래서 절대로 범인으로 지목받지 않은 것입니다."

"그런데 지금 하는 말이 확실한가?" 펭판관은 어안이 벙벙해서 물었다. "그와 같은 것이라면 많은 것을 설명할 수 있네. 그뿐만 아니라, 그 틀을 재판할 때에 제출하면, 자네에게 전가된 비난은 근거가 없다는 것을 보여줄 수 있네."

"그런데 지금 틀이 없습니다." 자는 안타깝게 말했다. "방에 보관하고 있었는데, 누군가가 훔쳐갔습니다."

"여기서 말인가? 내 집에서?" 펭판관이 놀랐다.

그는 고개를 끄덕였다. 펭은 입술을 찡그렸다.

"다행히 본을 하나 떠놓은 것이 있는데, 그건 아직 보관하고 있습니다. 방금 전에 제가 말한 석고 총신입니다. 아마 도움이 될 것입니다."

펭판관도 자의 말에 동의했다. 사실 그것이 마지막 기회였다.

"그 총신은 어디에 있나?"

"학원에 있습니다. 수이라는 이름의 밍교수님 하인이 보관하고 있습니다." 그는 목에서 열쇠를 빼서 펭판관에게 주었다. "그걸 판관님에게 주도록 위임장을 쓰겠습니다."

펭판관은 고개를 끄덕였다. 그는 자가 위임장을 쓰는 동안, 황궁으로 가서 보고하겠다고 말했다. 펭은 그 후에 위임장을 가지고 학원에서 증거물을 찾아오겠다고 했다.

자는 그제야 깊이 숨을 내쉬었다. 마침내 그를 질식할 정도로 짓누르던 악몽에서 해방된 것 같았다.

자는 위임장을 작성한 후, 펭판관이 돌아오길 기다리면서 밍교수의 서재에서 가져온 판결집 『청명집』을 펼쳤다. 법에 따라 죄수가 스스로 자신을 변호해야만 했기 때문에, 유사한 사건들의 판례를 읽으면 도움이 될 것이라고 여겼던 것이다. 밍교수는 그 책에서 사법 분야의 대표적인 소송들을 수집해서 편찬했다. 상속과 이혼, 재산 및 교역 분쟁에 관한 부분은 그 책의 3분의 2를 차지하고 있었지만, 마지막 3분의 1은 범죄의 중대성이나 판관의 현명한 판결로 유명한 형사 재판을 다루고 있었다. 자는 침상에 앉아 마지막 부분에 집중했다. 밍교수는 각 사건의 절차를 아주 분명하게 적어놓았다. 우선 범죄에 대한 간략한 개요로 시작해서 범죄보고서, 판관의 첫 번째 수사내용, 현장방문, 두 번째 수사내용, 고문, 판결을 포함해 판결의 실행에 이르기까지 자세하게 기록하고 있었다. 황제나 황제 수행원에 대한 공격과 마찬가지로, 무기거래와 관련된 모든 사건은 사형선고를 내리고 있었다.

그는 요약본 목록을 확인했다. 갑자기 그중에서 한 대목에 시선이 멈추었다. 아주 완벽한 필체로 이렇게 적혀 있었다.

논에서 일어난 어느 농부의 살인에 관해 존경스러운 펭판관이 실시한 수사기록과 낫 주변에 파리가 몰려드는 것을 보고 내린 놀라운 판결. 효종 황제 13년 7월 3일에 일어난 사건.

자는 날짜를 다시 읽었고, 그것이 실수가 아니라는 사실을 확인했다. 온몸에 소름이 끼쳤다. 도저히 믿을 수가 없었다. 거기에는 당시 형부에 갓 들어온 펭판관이 수십 명의 용의자 중에서 범죄자를 밝히는 데 믿을 수 없는 지혜와 통찰력을 발휘한 결과, 능력을 인정받았다고 적혀 있었다. 범죄자를 알아내기 위해, 그는 모든 용의자들의 낫을 햇볕 아래 한 줄로 놓고, 파리를 끌어들이기 위해 썩은 고깃덩이를 놓았다. 파리가 모일 즈음, 판관은 고깃덩이를 치우면서 감지할 수 없는 핏자국이 묻어 있는 낫으로 날아가게 했다.

자의 손은 두려움에 사로잡혀 심하게 떨렸다. 효종 황제는 현 황제의 조부였다. 효종 황제 13년이면, 펭판관의 나이 대략 서른 살이었다. 그러나 그 책에 기록된 사건은 형의 재판과정 동안 고향에서 목격한 것과 조금도 다르지 않았다. 아주 완벽한 복제품이었다.

자는 자신이 어떻게 그토록 어리석었는지 믿을 수가 없었다. 어떻게 그렇게 끔찍한 속임수에 넘어갈 수 있었을까? 형이 죄를 뒤집어쓴 것은 펭판관의 우연한 발견이나 명민함 때문이 아니었다. 그것은 누군가가 그에게 죄를 전가하기 위해 모든 것을 치밀하게 준비했기 때문에 일어난 것이었다. 그 사람은 바로 이전에 동일한 방법을 사용한 사람이었다. 바로 펭판관이었던 것이다.

하지만 왜 그랬을까?

그는 펭판관을 만나기 위해 방에서 나왔다. 그러나 정원에 나왔을 때 하인이 길을 막았다. 이전에 펭판관과 함께 고향마을로 왔던 몽고인 하인이었다. 자는 그를 뿌리치려고 했지만 소용없었다.

"주인님께서 당신을 집에 머물게 하라고 지시하셨습니다." 그가 위협적인 목소리로 말했다.

자는 몽고인의 무뚝뚝한 표정을 보았다. 그와 몸싸움을 벌일까도 생각했지만, 웃옷이 터질 것 같은 하인의 근육을 보고, 몇 발짝 뒷걸음질을 쳤다. 하인은 그를 번쩍 들어 어깨에 메더니 펭판관의 방에 내려놓았다.

자는 뛰어내릴 작정으로 창문으로 향했다. 하지만 창문은 연못과 접해 있었고, 그 뒤로는 두 명의 경비병이 지키고 있었다. 지금의 몸으로는 몸에 비늘이 난다고 하더라도 도망칠 수 없었다. 화가 치밀어 주변을 살펴보았다. 그가 누워 있는 침상과 수이에게 건네줄 위임장이 놓인 책상 이외에도, 펭판관의 침실 책장에는 법적 문제와 관련된 책으로 가득했다. 자는 한쪽 구석에 소금과 관련된 책들이 놀랍도록 가득 꽂혀 있다는 것을 알았다. 무언가 이상했다. 펭판관은 형부와 관련된 활동을 그만두고 소금 전매사업과 관련된 관료적인 업무에 집중하고 있었다. 또 후디에의 집안도 소금 수출 사업체를 운영하고 있었다. 하지만 소금과 관련된 그토록 많은 서적은 단순한 직업적 관심을 뛰어넘는 것이었다. 충동적으로 그는 몇 권을 살펴보았다. 대부분은 소금 추출 과정, 소금을 적용할 수 있는 분야, 그리고 소금 무역과 관련된 것이었고, 양념이나 음식 보관용, 혹은 의약품으로 소금의 성질을 분석하는 책도 몇 권 있었다. 그런데 초록색 책 한 권이 다른 책들과 색의 조화를 깨며 유난히 눈에 띄었다. 자는 그 책을 꺼내 제목을 보고, 믿을 수가 없었다. 그것은 군사기술에 관한 서적인 『무경총요』 사본이었다. 펭이 모른다고 확실히 언급했던 그 책이었다. 그는 손끝으로 만져가며 완벽하게 정리된 서재의 책들을 살펴보았다. 그중 한 권의 책등만이 나머지 책들보다 튀어나와 있었다. 자는 펭판관이 최근에 그 책을 읽었고, 그의 습관과는 달리 무슨 이유에서인지 나머지 책과 나란히 꽂아놓는 것을 잊었다고 추측했다. 그는 그 책을 꺼내 내용을 확인했다. 흥미롭게도 책 겉장에는 제목이 적혀 있지 않았다. 자는 책을 펼쳐서 읽기 시작했다.

첫 대목부터 피가 얼어붙는 것 같았다. 그 글은 소금 구입과 판매에 관한 자세한 계산서 목록이었다. 그를 전율하게 만든 것은 너무나도 잘 알고 있는 필체였기 때문이었다. 그 필체의 소유자는 각 계산서 끝에 서명해놓았다. 아버지 서명이었다. 그는 열심히 그 장부를 읽었다.

계산서는 5년 전 것이었다. 그 장부는 호부의 문서보관소에서 확인했던 것과 똑같은 사본이었다. 원본과 동일한 일종의 이중장부였다. 그는 장부를 덮고 책의 재단된 모서리를 보았다. 예상했던 대로, 모든 페이지들은 서로 촘촘하게 눌려 있었지만, 두 부분만은 약간 헐렁했다. 펭판관이 가장 많이 들춰보았던 부분일 거라 생각했다. 그는 그 부분의 가장 뒷페이지로 손톱을 집어넣어 책을 펼쳤다. 그곳의 내용은 유포의 서류철에서 발견했던 이상한 변동사항과 일치했다. 그는 다시 흔적이 새겨진 부분의 첫 번째 페이지로 돌아와 주의 깊게 읽었다. 변동 유형이 동일하게 반복되다가 최대치로 떨어졌다. 그날 이후 아버지의 서명은 보이지 않았다. 유포의 서명이 아버지의 서명을 대체하고 있었다.

자는 눈을 질끈 감았다. 눈알이 튀어나올 것 같았다. 그것이 무엇을 의미하는 것일까? 그는 자료를 다시 점검했지만, 이해할 수가 없었다. 머리가 터질 것 같았다.

갑자기 밖에서 소리가 나는 바람에 그는 소스라치게 놀랐다. 즉시 책을 덮고 책장에 꽂았지만, 너무나 긴장한 나머지 책이 바닥에 떨어졌다. 그가 책을 줍는 동시에, 문 열리는 소리가 들렸다. 순간적으로 그는 일어나 책을 제자리에 넣었고, 바로 그때 누군가 방으로 들어왔다. 과일 쟁반을 든 펭판관이었다. 자는 그 책을 원래 있던 자리가 아니라, 나머지 책들과 함께 꽂아놓았다는 사실을 알았다. 얼른 그 책을 꺼내, 과일 쟁반을 든 판관이 눈을 들기 전에 제자리에 돌려놓았다. 그런데 판관이 문을 닫으려고 몸을 돌리는 순간, 자는 그 책에서 종이 한 장이 발밑에 떨어졌다는 것을 알고 경악했다. 그는 발로 종이를 책장 아래 밀어 넣었다. 펭은 그에게 안부를 물었다.

"황궁에는 새로운 소식이 없네. 위임장은 끝냈나?"

"아직 못 끝냈습니다." 자는 거짓말을 했다.

자는 책상으로 달려가 소맷부리에 자기가 써놓았던 위임장을 집어넣었다. 그는 다시 위임장을 쓰기 시작했다. 펭은 그가 떨고 있다는 사실을 눈치 챘다.

"무슨 일이 있나?"

"재판 때문에 긴장해서 그렇습니다." 자는 새 위임장을 써서 그에게 건네주었다.

"과일 좀 먹게." 펭판관은 쟁반을 가리켰다. "그동안 나는 수총 총신을 되찾아오겠네."

자는 고개를 끄덕였다. 펭판관은 방에서 나가려고 하다가, 문 앞에서 우뚝 멈추었다.

"정말 괜찮은 건가?"

"예, 그렇습니다."

그런데 펭판관은 나가려고 하다가 다시 서재에서 무엇을 본 것처럼 멈추었다. 이맛살을 찌푸리더니 자가 궁금증을 갖고 살펴보던 곳으로 발길을 옮겼다. 자는 종이 한쪽 끝이 튀어나와 눈에 보인다는 것을 알았다. 그는 펭판관이 그 종이를 보았을 것이라고 생각했다. 판관은 자가 방금 전에 살펴보았던 회계장부를 꺼냈다. 자는 숨을 죽였다. 판관은 장부를 펼쳐보더니 거꾸로 꽂혔다는 것을 확인했다. 그는 그 장부를 정확한 자리에 다시 꽂고 다른 책들보다 손가락 하나 정도 앞으로 튀어나오게 했다.

펭판관이 나간 후, 자는 떨어져 있던 종이를 살펴보았다. 그것은 장부에서 떨어져 나온 종이가 아니라, 펭이 그 장부 안에 보관하고 있던 편지라는 사실을 알게 되었다. 그의 아버지가 고향에서 보낸 편지였다. 그는 종이를 펼쳐서 읽기 시작했다.

존경하는 펭판관님.

아직 장례기간이 2년 이상 남았고 휴직을 한 상태이기는 하나, 저는 지금이라도 복귀해서 일하고 싶습니다. 지난 편지에서 여러 번 언급했던 것처럼, 제 아들 자는 린안의 국자학에서 공부를 계속하고자 하며, 저도 그 꿈을 함께 나누고자 합니다.

저는 판관님과 제 명예를 위해, 제가 저지르지도 않은 불명예스러운 행동으로 비난을 받고 싶지 않습니다. 또 이 마을에 하루도 더 있고 싶지 않으며, 판관님께서 제 자금 유용에 대한 소문을 참고 덮어주시기를 바라지도 않습니다. 저를 부정부패로 고발하는 사람들이 바로 수치스러운 행동을 한 주범들입니다. 저는 아무런 죄도 없으며, 그것을 보여주고자 합니다. 다행히 부정행위를 보여주는 장부 사본을 가지고 있으며, 따라서 그 어떤 고발도 반박하는 데 힘들지 않을 것이라고 사료됩니다. 판관님께서 이곳까지 오실 필요는 없습니다. 판관님께서 말씀하신 것처럼, 제 복직을 반대하는 이유가 저를 보호하기 위해서라면, 제발 부탁이니 제가 린안으로 가서 무죄라는 증거를 보여주게 해주십시오.

도대체 무슨 일이 있었던 것일까? 편지를 보면 그의 아버지는 자신이 받은 혐의와 무관한 것처럼 보였다. 분명히 펭판관도 알고 있었다. 그런데 린안 국자학에서 아버지의 불명예스러운 행동 때문에 적성증명서를 발부해주지 않는다고 고백했을 때, 펭판관은 아버지의 잘못을 인정하는 것처럼 행동했다.

497

자는 숨을 깊이 들이마시고 다시 펭판관이 마을을 방문했을 때 일어난 사건들을 기억하려고 애썼다. 아버지가 린안으로 돌아가겠다는 굳은 의지를 갖고 있었는데, 왜 갑자기 의견을 바꾼 것일까? 무엇 때문에 하루아침에 자신의 명예를 포기하고 저지르지도 않은 범죄를 덮어쓴 것일까? 그 정도면 엄청난 압력을 받지 않았을까? 왜 펭판관은 아버지가 오지 말라고 분명히 밝혔는데도 마을로 온 것일까? 왜 형에게 죄를 뒤집어씌운 것일까?

자는 아버지를 부정하고 비난했던 자신이 미웠다. 아버지는 생애 마지막 순간까지 그를 위해 애썼지만, 그는 원망과 불신으로 보답했을 뿐이다. 가족의 진정한 오점은 아버지가 아니라 바로 그였다. 자의 입에서 고통의 비명이 흘러나왔다.

그는 분노 때문에 제대로 생각할 수가 없었다. 시간이 한참 지나서야 비로소 안정을 되찾았다. 그는 그 미로 같은 일들에서 펭판관이 어떤 역할을 하고 있는지 마음속으로 물어보았지만, 그 대답을 찾지 못했다. 아버지처럼 여겼던 펭이 믿을 수 없는 배신자였다니.

자는 그 종이를 심장 가까이, 웃옷 아래에 보관했다. 이를 악물고 무엇을 해야 할지 온 정신을 쏟아 생각했다.

그는 가장 먼저 방을 샅샅이 뒤졌다. 모든 것이 제자리에 있도록 아주 조심하면서, 책을 하나하나 꺼내 새로운 자료를 찾았으며, 책장의 빈 공간을 유심히 살피며 들춰보았고, 바닥의 융단과 벽의 휘장 아래도 검사했다. 그러나 유용한 것은 없었다. 책상의 위쪽 서랍들에는 글쓰기 도구들만 들어 있었다. 두 개의 도장과 백지들은 아무런 관심의 대상이 되지 못했다. 검은 가루가 든 조그만 봉지를 열어 냄새를 맡아보니, 화약이라는 것을 확인할 수 있었다. 아래쪽 서랍들은 열쇠로 잠겨 있어 힘을 주어도 열리지 않았다. 자는 위의 서랍을 빼서 그 틈으로 팔을 집어넣어 아래 서랍과 연결되는지 살펴보았다. 불행하게도 나무판자가 서랍과 서랍 사이의 공간을 막고 있었다. 자는 펭이 가져온 톱니 모양의 과도를 잡고 구멍으로 손을 넣었다. 그는 나무판자 안쪽을 잘라내기 시작했다. 잘린 부분이 커졌을 때, 그는 그 틈으로 칼을 집어넣어 판자의 일부를 뜯어냈다. 다시 그 구멍으로 손을 집어넣었지만 그 안의 어떤 물체의 조각들에 닿을 뿐 좀처럼 꺼낼 수는 없었다. 그는 책상 뒷다리를 축으로 삼아 책상을 기울였다. 서랍의 내용물들이 뒤쪽으로 쏠리게 하고, 재빨리 그 조각을 잡아서 힘껏 꺼냈다. 그는 힘겹게 꺼낸 전리품을 책상 위에 올려 놓았다. 그는 깜짝 놀라고 말았다. 그 조각들은 그의 방에서 사라졌던 초록색 파편들이었다. 그러나 그 무엇보다도 그를 놀라게 한 것은 그 파편들 사이에 있는 마른 피로 뒤덮인 작고 둥그런 돌이었다.

※

자는 도둑놈처럼 은밀하게 자기 방으로 건너갔다. 그는 서랍에서 찾은 증거들을 세밀히 살펴보기 시작했다. 틀의 나머지 부분들은 새로운 것이 없었다. 그러나 돌의 둥근 표면에 조그만 나무 파편들이 박혀 있다는 것을 알아냈다. 보다 자세히 검사해보니, 마치 무언가 단단한 것과 부딪친 것처럼 돌 표면이 부서져 있었다. 심장이 마구 뛰었다. 그는 소금에 손이 부식된 남자의 상처에서 발견한 파편을 찾았다. 그는 손을 부들부들 떨면서 그 파편을 집어 둥근 돌 조각으로 가져갔다. 두 조각이 정확하게 맞았다. 그는 너무 놀라 몸을 떨었다. 두 개를 합치면 완벽한 구체를 이루었던 것이다. 그는 황제에게 보여줄 충분한 증거를 가졌다고 생각했다. 하지만 곧 상황이 절망적이라는 것을 깨달았다. 그는 평범한 죄수를 다루고 있는 게 아니었다. 펭은 거짓말과 위장에 능하고 냉정하게 살인도 할 수 있으며 고위층을 자유자재로 다룰 수 있는 사람이었다. 그런데 어리석게도 그는 모든 것을 펭판관에게 밝히고 말았다. 그의 가면을 벗기려면 누군가의 도움이 필요했다. 하지만 이 늑대소굴에서 누구에게 도움을 청할 수 있을까?

절망적이었다. 그는 후디에가 그 음모에서 어떤 역할을 하고 있는지 알 수 없었다. 하지만 굳이 누군가를 믿어야 한다면 그녀만이 그를 도와줄 수 있는 유일한 사람이라는 막연한 기대를 품었다.

후디에는 거실에 앉아 있었다. 그녀의 무릎에는 우윳빛 고양이가 앉아 있었다. 그녀는 고양이를 쓰다듬어주며 발소리를 들었다. 그녀는 고양이를 바닥으로 살며시 놔주고 자가 있다고 생각되는 곳을 바라보았다. 그녀의 회색 눈이 그 어느 때보다도 예쁘게 빛났다.

"앉아도 될까요?" 그가 후디에에게 물었다.

그녀는 손을 내밀어서 앞에 있는 의자를 가리켰다.

"이제 좀 괜찮나요?" 아무런 감정 없이 그녀가 물었다. "당신이 사고를 당했다고 남편이 말해주었어요."

자는 눈썹을 찡그렸다. 감방에서 얼마나 심하게 맞았는지 적당하게 표현할 수 있는 수천 개의 형용사가 있을 것이라고 생각했다. 하지만 그냥 곧 회복될 것이라고만 대답했다.

"하지만 제 건강보다 더 걱정스러운 일이 있습니다. 아마 당신도 걱정하는 일일 겁니다." 그가 말했다.

"말해보세요." 그녀가 기다렸다. 그녀의 표정은 그 어떤 감정도 드러내지 않은 채 냉담했다.

"이상하게 생각하실지 모르지만, 제 목숨은 당신 손에 달려 있습니다."

"그래서요? 내가 당신을 도와야 한다는 말인가요? 당신은 내게 계속 거짓말만 했어요."

"후디에⋯⋯. 그건 고의가 아니었어요. 당신의 남편, 그는 좋은 사람이 아니에요. 아니, 그는 사람을 무자비하게 살해할 수 있는 사람이죠. 당신은⋯⋯."

"당신이 좋은 사람들에 대해 뭘 알아요?" 그녀는 눈물로 붉어진 눈으로 자를 쳐다보았다. "모두가 내게 등을 돌렸을 때, 당신이 나를 따뜻하게 맞이했나요? 최근 몇 년 동안 나를 사랑하고 아껴준 사람이 당신인가요? 아니에요. 당신은 그냥 나와 하룻밤을 즐겼고, 내게 충분히 무례했어요. 갖은 오해를 하면서 말이죠. 내가 지금까지 알았던 모든 사람들처럼 말이에요! 사람들이 당신의 옷을 벗기든, 당신에게 입을 맞추든, 아니면 당신에게 욕을 하든, 그건 나와 상관없어요. 당신은 펭판관을 몰라요! 그는 나를 보살펴주었어요." 그녀는 자에게 쏘아붙인 후 울음을 터뜨렸다.

자는 슬픔에 젖어 그녀를 바라보았고, 그녀가 얼마나 괴로울지 상상했다. 믿고 사랑하는 사람을 의심할 때 겪는 감정, 그도 마찬가지로 그런 고통을 받고 있었다.

"펭판관은 당신이 생각하는 사람이 아니에요." 자는 확신을 갖고 말했다. "나만 위험한 게 아니에요. 나를 도와주지 않는다면 당신 역시 위험에 처할 수 있어요."

"당신을 도와달라고요? 지금 당신은 누구와 말하고 있는지 몰라요? 제발 정신 차려요! 난 장님이에요. 눈멀고 외롭고 염병할 창녀란 말이에요!" 그녀의 눈에는 절망감이 가득했다.

"저는 단지 내일 재판에 가서 진술해달라고 부탁하고 싶어요. 용기를 내서 진실을 말해달라고요."

"그게 전부인가요? 쉽군요." 그녀가 씁쓸하게 웃었다. "싸울 수 있는 젊음이 있고, 볼 수 있는 두 눈을 가진 사람은 용감해지는 게 쉽겠지요. 그런데 정말로 당신이 나를 알아요? 나는 아무것도 아닌 존재예요. 남편이 없으면 나는 아무것도 아니에요!"

"아무리 무시하려고 해도, 당신은 절대로 진실을 바꿀 수 없습니다."

"진실이 무엇이죠? 당신의 진실인가요? 진실은 내게 그가 필요하다는 거예요. 그리고 그가 나를 보살폈다는 거지요. 어떤 남자가 실수를 범하지 않나요? 실수하지 않는 사람이 있나요? 당신은 그렇지 않나요?"

"우리는 지금 사소한 실수에 관해 말하는 게 아니에요! 우리는 살인자에 관해 말하고 있단 말입니다!"

후디에는 고개를 가로저으면서 알아들을 수 없는 말을 중얼거렸다. 그녀에게 더 말한다 해도 전혀 도움을 얻지 못할 것이 뻔했다. 자는 입술을 깨물고 고개를 끄덕였다. 일어나 나가려다가 멈추고 고개를 돌렸다.

"당신에게 강요하지는 않겠어요." 자가 말했다. "당신이 내일 재판에 오거나, 아니면 오늘밤 펭판관이 돌아오면 내가 했던 모든 말을 알리거나, 그건 당신 자유입니다. 하지만 어떻게 행동하고 말하든, 진실을 바꾸지는 못할 겁니다. 펭판관은 살인자입니다. 이것이 유일한 현실입니다.

그의 곁에 남아 있는 것이 당신이 살아가는 방법이라고 말할 수 있을지는 모르겠지만, 사는 동안 당신은 내내 괴로워할 것입니다."

후디에가 돌아서는 그의 팔을 잡았다.

"당신 말이 맞아요. 펭판관은 사람이 죽는 방법을 무한하게 알고 있어요. 당신을 죽일 때는 가장 고통스러운 방법을 고를 것이라는 사실을 잊지 말아요."

34

자는 밤새 잠을 이루지 못했다. 긴 밤이었지만, 무능한 자신에게 진저리를 내고 펭판관을 미워하기에는 그리 길지 않은 시간이었다. 아침 해가 떠오르면서 첫 햇살을 비추자, 자는 준비하기 시작했다. 펭의 불법행위를 분명하게 밝힐 수 있는 전략을 모색하는 데 온 힘을 기울였다. 하지만 그에게는 명약관화한 사실이 황제에게는 황당한 말로 들릴 수도 있었다.

자는 차분함을 유지하고 감정을 드러내지 않기 위해 애를 써야 했다. 펭판관은 옛날 판관 옷을 입고 챙 달린 모자를 쓴 채 다정한 미소를 지으며 기다리고 있었다. 그러나 이제 자는 그 미소를 믿지 않았다. 밖에는 그들을 재판정까지 호위하기 위해 궁궐 경비병들이 기다리고 있었다. 그들의 무기를 보고, 자는 자신의 숨겨둔 무기를 확인했다. 그것은 판결문 책과 아버지의 서신, 화약 주머니, 펭판관의 서랍에서 발견한 피 묻은 작고 둥그런 돌이었다. 자는 후디에의 도움을 간절히 기대했지만, 그녀는 끝내 보이지 않았다.

가는 길 내내 자는 펭판관의 시선을 피하려고 애썼다. 그는 펭판관을 쳐다보지 않으려고 땅바닥을 쳐다보았다. 판관이 그에게 미소를 지으면, 그를 덮쳐 심장을 도려낼 것 같았기 때문이다.

재판정에 도착한 후 펭판관은 기소를 진행할 법관석의 판관들 옆에 앉았다. 그의 옆에는 회유가 앉아 있었다. 그의 얼굴은 과장된 승리의 표정으로 빛났고, 그의 동료들에게 자를 체포하라고 직접 지시했다며 자랑스러워했다. 자는 황제가 앉을 텅 빈 옥좌 앞에서 무릎을 꿇었다. 그가 이마를 바닥에 대고 떨고 있을 때, 징 소리가 울리면서 황제의 입장을 알렸다. 황제는 황금용이 박힌 붉은색 겉옷을 입고 수많은 수행원들의 경호를 받으면서 걸어왔다. 자는 부복한 채 기다렸다.

갓을 눈썹까지 깊이 눌러쓰고 수염에 기름을 칠한 어느 노인이 천자(天子)를 소개하고 왜 송자가 고발되었는지 개요를 설명하기 위해 앞으로 나왔다. 황제가 옥좌에 앉고 내신들이 각자 지정된 자리에 앉은 후, 노인은 정중하게 인사를 하고 시작했다.

"형부 원로 관리로서, 우리의 훌륭하시고 위대하시며, 천자이시고 대지의 주인이신 황제 폐하의 허락을 받아, 가정(嘉定) 연호 첫 해이며, 존엄하고 현명한 통치 19년째의 아홉 번째 달 여드레에, 나는 송자에 대한 재판 시작을 알린다. 그는 칸 내상에 대한 음모와 배신과 살해 혐의로 기소되었으며, 이는 최종적으로 황제 폐하에 대한 배신과 살해기도를 수반한다." 그는 잠시 멈추었다가 다시 읽기 시작했다. "우리 법전인 『송형통』에 따라, 송자는 자신을 방어할 권리가 있지만, 타인의 도움을 요청할 수는 없으며, 자백을 하지 않을 때까지는 선고를 받지 아니한다."

자는 계속 부복한 채로 그 원로의 말을 들으면서, 앞으로 해야 할 진술을 깊이 생각했다. 노인이 말을 마치자 발언권은 회유에게 넘어갔다. 그는 황제의 승인을 받은 후, 일련의 두루마리 종이를 꺼내 펭판관과 함께 사용하는 탁자 위에 가지런히 올려놓았다. 그는 자만한 목소리로 송자의 신상에 대해 설명했고, 여러 증거물들을 언급하면서 자가 유죄라는 사실을 분명히 보여주는 증거라고 지적했다.

"증거들을 구체적으로 열거하기 전에, 여러분들에게 이 거짓말쟁이의 진짜 모습에 접근할 수 있도록 그의 삶을 설명하고자 합니다." 회유는 말을 멈추고 자를 바라보았다. "저는 저 자와 밍학원에서 함께 공부하는 불운을 겪었습니다. 그곳에서 그는 법과 규칙을 준수하지 않는 사람이라는 것을 여러 번 보여주었습니다. 그래서 교수회의에 회부되어 퇴학이 논의되었으나, 익히 알려진 바 비역쟁이 밍원장의 적극적인 거부로 퇴학조치는 유예되었습니다."

자는 속으로 욕을 했다. 회유는 황제 앞에서 그를 공격하고, 밍교수처럼 자신을 보호해주려는 모든 사람의 청렴성을 훼손하려고 작정한 것 같았다.

"일반인의 눈에는 하나의 부적절한 행동에 불과할지 모릅니다." 회유가 계속 말했다. "그러나 사실 그의 영혼 속에는 반항과 증오가 깊이 뿌리박혀 있습니다. 그를 퇴학시키려고 했던 교수들은 그의 행동이 얼마나 천박한지 알고 있었습니다. 이들은 전례 없는 호의를 베풀어 가난에 찌들어 있던 송자를 학원에 입학시키고, 그에게 먹을 것과 가르침을 준 사람들입니다. 그는 배은망덕하게도 자기를 보살펴준 사람들을 물어뜯으면서 은혜를 되갚았습니다." 회유의 얼굴이 굳어졌다. "저는 이곳에 있는 모든 사람들에게 이기주의와 악으로 가득한 사람의 진면모를 보여주고자 합니다. 송자는 극악무도한 계략과 뻔뻔스러운 속임수를 이용해 칸 내상을 기만했으며, 심지어 황제 폐하의 판단까지도 흐리게 만들었습니다. 그래서 칸 내상에게는 이상한 살인사건의 조사를 맡겨달라고 설득했고, 황제 폐하에게는 그 사건을 해결하는 조건으로 형부의 한 자리를 약속받았던 것입니다."

자는 초조해지기 시작했다. 회유가 감언이설을 계속한다면, 황제의 판단력을 흐려놓아서 자는 효과적으로 자신을 변호할 수 없을 것이다. 다행히 회유의 말은 거기서 멈췄고 자에게 말할 기회가 왔다. 자는 턱을 바닥에서 떼지 않은 채 말문을 열었다.

"폐하……." 자는 황제의 허락이 떨어지기를 기다렸다가 말을 시작했다. "회유는 근거 없는 추측과 본 사건과는 전혀 관련이 없는 것들로 저를 공격하고 있습니다. 이 재판은 제 학업능력이나 제 의학지식의 출처나 성격에 관한 것이 아닙니다. 여기서 재판할 내용은 제가 칸 내상의 죽음에 죄가 있느냐 하는 것입니다. 더구나 저는 결코 사익을 취하기 위해 계획한 적도 없으며, 거짓말도 하지 않았고, 속임수나 계략을 쓰지도 않았으며, 그런 것으로 사람의 판단력을 흐려놓지도 않았습니다. 원하신다면, 제가 이 도시를 떠나려 했을 때 폐하의 병사들에 이끌려 궁궐로 왔다는 것을 확인하실 수 있을 겁니다. 폐하께서는 제가 궁궐로 왔던 날, 그러니까 제가 알지도 못했던 살인사건 조사에 참여하라고 요구하신 날, 저를 만나셨습니다. 저는 왜 칸 내상처럼 현명하신 분이, 심지어 천자께서도 저 같은 바람직하지 못한 사람을 눈여겨보신 것일까 생각했습니다. 왜 많은 판관들이 있는데, 적절한 자격도 갖추지 못한 하찮은 학생에게 이런 책임을 맡기시는 것일까 생각했습니다."

자는 무릎을 꿇고 머리를 바닥에 댄 채, 의도적으로 침묵을 지켰다. 회유와 마찬가지로, 자신의 주장을 호소력 있게 전해야만 했다. 그의 말을 듣는 사람들에게 의심의 씨앗을 뿌려서 그들이 스스로 해답을 찾도록 해야만 했다.

황제는 돌처럼 굳은 얼굴로 자를 쳐다보았다. 그의 창백한 눈과 엄한 표정은 선과 악을 넘는 차원이었다. 황제가 가볍게 손을 움직여 회유에게 발언권을 넘기라는 신호를 보냈다.

풋내기 판관은 자기가 적어놓은 글을 보면서 말했다.

"폐하." 그는 황제의 허락이 떨어질 때까지 고개를 숙이고 기다렸다. "저는 이제 이곳에서 다룰 문제에만 집중하고자 합니다." 그는 미소를 지으면서 종이 하나를 집어 다른 종이들 위에 올려놓았다. "칸 내상이 살해되기 얼마 전, 보다 구체적으로는 환관의 시체를 검사했던 날, 송자는 칸 내상 앞에서 칼을 마구 휘둘렀습니다. 게다가 그는 그 칼로 유포의 몸을 무자비하게 찔러 배를 갈랐습니다."

"죽은 몸이었어." 자는 중얼거렸지만, 그 목소리는 모든 사람이 들을 수 있을 정도로 컸다. 경비병 하나가 그에게 곤봉을 내리쳤다.

"그렇습니다. 죽은 시체였습니다. 하지만 그것은 살아있는 육체처럼 다뤄야 합니다! 혹시 성리학의 가르침을 잊은 것입니까?" 회유가 목소리를 높였다. "아닙니다. 물론 저 자는 그걸 잘 알고 있었습니다. 게다가 그의 기억력은 놀라울 정도로 뛰어납니다. 그는 알면서 위반합니다. 송자는 죽은 사람의 영혼은 육체가 매장될 때까지 육체 안에 머무른다는 사실을 알고 있으며, 또한 그러하기에 유교의 법이 죽은 사람의 몸을 절개하는 것을 금지한다는 것도 알고 있습니다. 시체를 절개한다는 것은 아직도 그

507

안에 있는 영혼을 공격하는 것이기 때문입니다. 힘없는 영혼에게 그런 일을 할 수 있는 사람은 황제 폐하의 내상도 충분히 죽일 수 있었을 것입니다."

자는 입술을 깨물었다. 회유의 주장 때문에 불리해지고 있다고 느꼈다. 이제 그가 갈 수 있는 곳은 두 개의 다리만 있는 절벽이었다. 하나는 죽음의 다리이고, 다른 하나는 천벌의 다리였다.

"저는 결코 그 누구도 죽이지 못합니다." 자가 중얼거렸다.

"결코 죽이지 못한다고? 좋습니다." 그 말을 듣자 회유가 웃었다. "그렇다면 폐하에게 제 말을 확인해줄 수 있는 증인을 불러달라고 요청하고 싶습니다."

황제는 형부 관리에게 동의한다는 신호를 보냈다.

머리가 희끗희끗하고 주름살이 가득한 사람이 두 경비병의 호위를 받으며 들어왔다. 그의 단정하지 못한 걸음걸이는 그가 걸친 값비싼 옷이 이 재판을 위해 빌린 것임을 여지없이 드러냈다. 그는 점쟁이 슈, 그러니까 자와 린안 공동묘지에서 함께 일했던 사람이었다.

회유는 증인에게 가까이 오라고 한 다음, 그의 이름을 읽고 사실만을 증언할 것임을 맹세하도록 했다.

"증언을 듣기 전에……." 회유가 말했다. "저 자가 반박할 수 없는 범죄성을 지니고 있음을 모두가 이해할 수 있도록, 저는 송자가 린안에 도착하기 이전에 작성된 보고서를 읽어야 한다고 생각합니다. 이 보고서는 그가 범죄와 친숙하다는 것을 여실히 보여줍니다. 약 2년 전에 그의 고향인 젠양에서 그의 형은 어느 농부를 살해한 혐의로 유죄를 선고받았습니다. 송자는 그의 형과 동일한 범죄적 본능에 사로잡혀 정직한 지주에게

30만 전을 훔쳤고, 그 즉시 여동생과 함께 린안으로 도주했습니다. 그러나 카오라는 나졸이 뒤쫓고 있다는 사실은 몰랐습니다. 저는 그가 린안으로 도주하는 동안 저지른 범죄에 대해서는 건너뛰겠습니다. 단지 그들이 많은 돈을 훔쳤음에도 불구하고 그와 여동생은 이내 가난한 생활을 하게 되었다는 것만 말씀드리겠습니다. 바로 그때 가난하지만 인자한 사람 슈가……." 그러면서 그는 점쟁이를 가리켰다. "그를 불쌍히 여겨서 도시의 공동묘지에 일자리를 주었습니다. 점쟁이 슈가 확인해주겠지만, 얼마 후 나졸 카오는 묘지로 와서 송자라는 도망자를 찾았습니다. 슈는 고용된 일꾼이 범죄자라는 것을 몰랐고, 그의 신분에 대해서도 속은 터라 의도치 않게 그를 보호해주었습니다. 원래의 습관대로 자는 그의 인자함을 배신으로 되갚았습니다. 더구나 그는 슈가 가장 필요로 할 때, 구원해주었던 사람을 배신하고 사라졌습니다. 몇 달 후 슈는 기운을 차려 사법당국에 협조하기로 결심했습니다. 그는 자가 밍학원에 숨어 있다는 사실을 알고 있어 나졸에게 그 정보를 제공했습니다. 그러나 카오는 그를 체포할 수 없었습니다. 그 전에 자의 손에 죽었기 때문입니다."

회유는 점쟁이에게 발언권을 주었다. 점쟁이는 황제 앞에 부복하고, 형부 관리의 허락을 받아 말을 시작했다.

"고명하신 판관님이 말한 모든 것은 사실입니다." 점쟁이는 회유에게 경의를 표했다. "나졸 카오는 제게 학원까지 함께 가달라고 부탁했습니다. 그곳의 위치를 몰랐기 때문입니다. 그러면서 자기 목숨을 걸고라도 자를 체포할 것이라고 자신 있게 말했습니다. 저는 그에게 문제에 휘말리고 싶지 않다고 말했지만, 결국 그의 말을 들어주었습니다. 나졸이 죽기 전날 밤, 저는 나졸을 밍학원까지 안내했습니다. 저는 그곳에 남아 있다가 자와 나졸 카오가 함께 운하 쪽으로 가는 걸 보았습니다. 저는 나졸이 손에 술병을 들고 마시는 것을 보았습니다. 처음에 두 사람은 정상적으로 말했지만, 갑자기 심한 말다툼을 벌였습니다. 자는 나졸이 방심한 틈을 타 그의 머리를 때리고 운하에 밀어버린 후 도망쳤습니다. 저는 나졸을 도우려고 달려갔지만, 그 불쌍한 나졸이 물 아래로 어떻게 가라앉는지만 볼 수 있었습니다."

수백 명의 비난하는 눈길이 자를 향하면서 분노의 웅성거림이 커져갔다. 자는 슈의 말을 반박할 수 있는 방법을 찾으려고 애썼다.

"이 점쟁이는 거짓말을 하고 있습니다! 제게 발언권을 주신다면, 저를 고발하는 점쟁이가 저를 중상 모략할 뿐만 아니라, 폐하도 속이려고 한다는 것을 보여드리겠습니다." 자는 황제도 연루시킬 의도로 이렇게 말했다.

황제를 언급하자마자, 형부 관리는 거절의 손짓을 기다리면서 황제를 바라보았다. 그러나 자가 원했던 것처럼, 황제는 관심을 보였다.

"말하라." 황제가 나지막이 말했다.

자는 바닥에 이마를 조아린 채, 회유를 곁눈으로 쳐다보았다.

"혼자서 증명할 수는 없습니다. 밍교수님의 증언이 필요합니다." 자가 말했다.

꽃

밍교수가 소환되는 동안 잠시 휴정되었다. 자는 잠시 승리감을 느꼈다. 황제를 연관시키면서 그의 마음에 의심을 심어놓았고, 동시에 밍교수의 증언과 조언을 들을 시간을 벌었을 뿐만 아니라 그가 세운 계획의 2부를 시작할 수 있게 된 것이다. 이것은 보를 증언대에 세우는 것이었다. 펭 판관이 앞에 있고, 밍교수는 아프며, 후디에의 도움은 기대할 수 없는 상황에서, 그는 모든 수사과정에 함께 있었던 백발의 관리에게 희망을 걸 수밖에 없었다.

자는 보가 재판정의 한쪽에 있는 것을 확인했다. 그는 경비병들에 이끌려 다른 곳으로 호송될 때, 기회를 엿보아 보에게 다가가서 도움을 청했다. 보는 이내 고개를 끄덕였고, 자를 경호하는 경비병들을 쫓아와주었다. 그곳에서 자는 의심하고 있던 모든 것을 말해주었다. 다행히 보는 혼란스러운 와중에도 돕겠다고 약속했다.

이윽고 재판이 재개되었을 때, 밍교수는 이미 의자에 앉아 있었다. 노교수의 얼굴에서는 이해할 수 없다는 표정이 드러나 있었다. 마치 누가 재판을 받고 있으며, 자신이 왜 황제 앞에 있는지도 모르는 것 같았다. 자는 가능한 한 간단하게 설명했다. 밍교수는 믿을 수 없다는 얼굴로 눈을 깜빡거렸다. 자는 노교수의 다리가 많이 나아졌다는 것을 확인하고 기운이 솟았다.

"황제 폐하." 자는 황제의 승인이 떨어지자 말을 이었다. "폐하께서도 잘 알고 계시다시피, 오래전부터 존경하는 밍교수님은 국자학과 명성을 다투는 익히 알려진 교육기관의 책임자를 맡고 계십니다. 실제로 회유 역시 그곳에서 교육을 받았습니다. 대부분의 학생은 2년이면 족하지만, 그는 6년 동안이나 공부하면서 판관이 되었습니다."

황제는 얼굴을 찌푸렸다. 이 사건을 맡은 판관이 사람들이 말하듯 능력 있는 사람이 아니라는 사실이 뜻밖인 것 같았다. 자는 자신의 의도가 적중한 것을 보고 내심 기뻤다.

"밍교수님은 평판이 훌륭한 분입니다." 자는 고개를 들지 않은 채 말했다. "밍교수님은 항상 올바르고 정직하셨으며, 폐하의 여러 신하에게 지식을 가르치기 위해 열성을 다했습니다. 밍교수님은 의심을 받을 만한 사람이 아닙니다."

"그런데 묻고자 하는 요지가 뭔가?" 형부 관리가 다그쳤다.

"죄송합니다." 자는 용서를 구했다. "밍교수님, 여러 학생들이 물에 빠져 숨진 나졸의 시체를 조사하러 린안 성청에 갔던 날을 기억하십니까?"

"물론입니다. 아주 보기 드문 사건이었습니다. 그리고 그 사건 때문에 회유는 판관이라는 자리를 얻었습니다. 학기말 시험 이틀 전에 일어났습니다."

"시험을 치르기 한 주 전에 학생들은 학원을 떠날 수 있습니까?"

"절대 그럴 수 없습니다. 명확하게 금지되어 있습니다. 사실 특별한 상황이라면, 즉 불가항력적으로 학원을 떠나야 하는 상황이라면, 경비원에게 이름을 적고 외출해야 합니다. 하지만 그 주에 그런 일은 없었던 것으로 기억합니다."

"알겠습니다. 학생들은 어떻게 기말시험을 준비합니까?"

"그 주에 학생들은 낮에 도서관에서 보내고, 밤에는 각자의 방에서 새벽 늦은 시간까지 공부합니다."

"제가 학원에 들어갔을 때 숙소 동료를 지정했다는 사실을 기억하십니까?"

"물론입니다. 모든 학생들과 마찬가지로 숙소 동료가 지정되었습니다." 밍교수가 대답했다.

"그렇다면 제 숙소 동료는 범죄가 일어나기 며칠 동안 제가 밤에 학원에 있었다는 사실을 확실하게 증언해줄 수 있다고 생각하십니까?"

"물론, 그럴 것이라고 생각합니다."

"나졸의 시체 검사 이후 일어난 약탈행위에 관해 이야기해 주실 수 있습니까?"

"약탈행위? 아, 그래요! 보고서를 도둑질한 사건을 말하는군요. 정말 있어서는 안 될 일이었습니다." 밍교수는 황제를 보며 대답했다. "자는 나졸의 죽음에 대해 상세한 보고서를 작성했고, 그 보고서에서 그가 살해되었음을 밝혔습니다. 그런데 이 보고서는 도난당했고, 숙소 동료가 궁궐에서 제공한 판관 자리를 차지하기 위해 자기 것으로 제출했습니다."

"밍교수님, 마지막 한 가지만 더…… 그 당시 제 숙소 동료의 이름을 기억하십니까?"

"물론입니다. 자의 숙소 동료는 회유였습니다."

회유는 자신이 써놓은 쪽지를 구기며 욕을 내뱉었다. 방청객들이 갑자기 왁자지껄 떠드는 바람에 그 욕은 들리지 않았다. 그의 옆에 앉아 있던 펭은 무언가를 귀엣말로 말하면서 쪽지를 건네주었다. 젊은 판관은 그것을 읽더니 고개를 끄덕였고, 밍교수를 대질심문하게 해달라고 요청했다. 황제는 그의 요청을 수락했다.

"존경하는 교수님." 회유는 다정한 목소리로 말했다. "사실대로 증언했다고 확신하십니까?"

"물론입니다!" 밍교수가 의아해하면서 대답했다.

"제가 그 보고서를 훔치는 것을 보셨습니까?"

"아닙니다, 하지만……."

"아닙니까? 알겠습니다. 그렇다면 교수님은 자신을 정직하다고 믿는지 말씀해주십시오."

"물론 그렇습니다."

"성실하십니까? 청렴하십니까?"

"왜 이런 것을 묻는 것입니까?" 밍교수는 자를 쳐다보았다. "당연합니다."

"나쁜 습관은 없습니까?" 갑자기 회유의 말투가 바뀌었다.

밍교수는 고개를 숙이고 침묵을 지켰다.

"무슨 질문인지 이해하지 못하셨습니까?" 회유가 다그쳤다. "다시 질문을 해야겠습니까?"

"아닙니다." 그는 들릴락 말락 하는 목소리로 말했다.

"아니라고요? 악습이 없다는 말입니까? 아니면 질문을 다시 할 필요가 없다는 말입니까?" 회유가 나무랐다.

"난 악습에 젖거나 부도덕한 사람이 아닙니다!" 밍교수가 거의 소리치듯이 말했다.

"아니라고요? 정말입니까?" 그는 펭판관이 방금 전에 건네준 쪽지를 보았다. "그렇다면 남자들에 대한 과도한 취향은 어떻게 평가할 것입니까? 3년 전에 리아오 산이라는 청년은 당신이 그를 유혹했다고 고발했습니다. 그렇지 않습니까?"

"그건 극악무도한 거짓말입니다!" 밍교수가 변호했다. "그 청년은 시험에 통과하기 위해 나를 협박했고, 내가 거부하자……."

"하지만 두 사람은 벌거벗은 모습으로 발견되었습니다." 회유가 밍교수의 말을 끊었다.

"다시 말하는데, 그건 중상모략이었습니다! 때는 여름이었고, 내 방에서 자고 있었습니다. 그가 허락도 받지 않고 들어와 옷을 벗고 나를 협박한 것입니다……."

"알겠습니다……. 또한 이 기록을 보면, 2년 전에 당신은 잘 알려진 비역쟁이와 평판이 좋지 않은 곳에 들어가면서 그에게 돈을 건넸습니다. 이 사건 때문에 교수들은 당신에게 학원장에서 물러나라고 요구했습니다."

"말도 안 되는 소리입니다! 당신이 비역쟁이라고 말한 그 사람은 내 조카였습니다. 그리고 우리가 들어간 곳은 그가 머물고 있던 점잖은 숙소였습니다. 그의 가족이 그에게 돈이 필요하다고 부탁했고, 나는 그 돈을 주러 갔을 뿐입니다. 이런 사실이 모두 확인되었는데, 교수회의가 내게 사임을 요구한……."

"중상모략…… 협박…… 거짓말……." 회유는 머리를 흔들었다. "나이가 드셨지만, 아직도 멋진 외모를 간직하고 계십니다. 혼인하셨습니까, 밍교수님?"

"아니오……."

"여자를 만나본 적이 있습니까?"

밍교수는 고개를 숙였다. 그의 입술이 조용히 떨렸다.

"나는…… 그 어떤 악습에 젖어 있지 않습니다…… 나는 단지……." 밍교수가 입을 다물었다.

"단지 남자들에게서만 매력을 느낀다는 말이죠."

"난 절대로⋯⋯."

"당신을 이해하도록 노력하겠습니다, 밍교수님." 회유는 그에게 다가가더니 한 손을 그의 어깨 위에 올려놓았다. "그게 악습이 아니라면, 어떻게 규정하실 겁니까? 사랑이라고 하실 겁니까?"

"그렇소. 그것이오." 밍교수가 피곤한 표정으로 말했다. "사랑하는 게 죄입니까?"

"아닙니다. 그렇지 않습니다. 사랑은 무조건적이며, 아무런 대가도 바라지 않습니다. 그렇지 않습니까?"

"그렇습니다." 밍교수는 피곤한 눈을 크게 떴고, 이해를 요구하듯이 먼 곳을 바라보았다.

"사랑한다면 무엇이든 하실 수 있습니까?"

밍교수는 자를 쳐다보았다.

"그렇습니다." 밍교수가 말했다.

"고맙습니다, 밍교수님. 이게 전부입니다." 회유가 심문을 마쳤다.

자는 슬픔과 괴로움에 젖은 밍교수를 바라보면서, 그를 증인으로 요청한 것을 후회했다. 그러나 회유의 얼굴은 몹시 만족스러운 표정을 짓고 있었다. 두 명의 경비병이 밍교수를 진료소로 다시 데려다주려는 순간, 회유는 마치 무언가를 떠올린 듯이 그들을 멈추게 했다.

"마지막 질문입니다, 교수님." 그는 밍교수의 눈을 쳐다보면서 한참 동안 말을 멈췄다. "자를 사랑하십니까?"

밍교수는 무슨 소린지 알아듣지 못한 것처럼 말을 더듬었다. 슬픔이 가득한 시선으로 자를 쳐다보았다.

"그렇습니다." 밍교수가 대답했다.

자는 회유의 비열한 전략에 분노했다. 사용할 논거가 없는 상황에서, 그는 스승의 신뢰성을 약화시킬 방법을 취했다. 밍교수의 성향이 야기할 반감과 거부감을 이용했고, 그의 신뢰성은 자를 사랑하고 있다는 고백으로 인해 더욱 타격을 받았다.

자는 다시 정신을 차리고 점쟁이 슈를 대질심문하겠다고 요구했다. 하지만 회유는 마치 그 문제에 목숨이 달린 것처럼 그의 요구에 반대했다.

"폐하." 회유가 큰 소리로 외쳤다. "저 자는 폐하의 지성을 욕되게 하려고 합니다. 슈의 진술은 그보다 더 분명할 수 없습니다. 그는 송자가 어떻게 나졸을 살해하는지 봤다고 증언했으며, 폐하의 허락을 받아 이미 재판정을 떠났습니다."

자는 회유의 얄팍한 재능을 직접 확인했다. 그는 이성에 호소하는 대신, 자신이 황제를 비웃는다는 말을 황제에게 전달한 것이다. 짐작한 바 대로, 황제는 그의 요구를 거부했다.

"그렇다면……." 그는 다시 용기를 내서 형부 관리를 쳐다보았다. "나졸의 시체를 발견한 사람들의 증언을 듣고자 요청합니다." 자가 말했다.

황제는 허락하기 전에 두 내상과 상의했다. 다시 휴정할 필요는 없었다. 카오의 시체를 운하에서 건져낸 경비병들을 이미 회유가 소환했기 때문이었다. 두 사람이 자신들의 신원을 확인하자, 자가 그들에게 물었다.

"당신들의 직업은 운하를 순찰하는 것입니다. 맞습니까?"

"그렇습니다." 두 사람이 이구동성으로 대답했다.

"정확하게 두 사람이 하는 일이 무엇입니까? 그러니까…… 운하 근처를 순찰합니까? 아니면 가끔씩 운하로 갑니까?"

"우리는 매일 운하를 순찰하면서 청소 상태를 확인하고 수문과 계류 중인 선박들을 점검합니다. 우리가 담당하는 곳은 도시의 남쪽 지역, 즉 생선시장과 쌀시장, 그리고 도시의 성벽 사이입니다." 둘 중 나이가 많아 보이는 경비병이 대답했다.

"이 일에 종사한 지 얼마나 됩니까?"

"저는 30년 정도 되었고, 제 동료는 10년 정도 되었습니다."

"그렇다면 상당한 경험이 축적되어 있겠군요. 분명히 당신들은 완벽 하게 임무를 수행할 것입니다. 그럼 이제 묻겠습니다. 카오의 시체를 어 디서, 어떤 상황에서 발견했는지 말해줄 수 있습니까?"

"제가 보았습니다." 젊은 경비병이 말했다. "시장에서 멀리 떨어지지 않은 보조 운하에서 죽은 생선처럼 둥둥 떠 있었습니다."

"도시 남쪽입니까?"

"예, 그렇습니다. 이미 제 동료가 말했던 것처럼, 우리가 일하는 장소 가 바로 그곳입니다."

"운하로 흐르는 물은 어느 쪽을 향합니까?"

"남쪽에서 북쪽입니다. 제강과 같은 방향입니다."

"그렇다면 30년이 넘는 당신들의 경험을 바탕으로 의견을 주십시오. 도시의 북쪽에서 떨어진 시체가 역류로 항해해서 남쪽에 떠다닐 수 있습 니까?"

"그건 불가능한 일입니다. 어떤 구간에서는 물이 서로 뒤엉킬 수 있지 만, 그래도 수문 때문에 그렇게 이동할 수 없습니다."

"불가능하다고?" 황제가 끼어들어 물었다.

경비병들은 자기들끼리 쳐다보았다.

"절대 불가능합니다." 두 사람이 동시에 대답했다.

즉시 자는 황제를 쳐다보았다.

"폐하, 모든 사람들이 밍학원은 도시 북부의 끝에 위치하고 있음을 알고 있습니다. 슈는 제가 학원에서 가까운 운하에 나졸을 밀어버렸다고 진술했습니다. 왜 슈가 거짓말을 했는지 알아야 하지 않을까요?"

경비병들이 점쟁이를 잡아서 황제 앞으로 데려왔다. 회유는 화가 나서 얼굴이 창백해졌다. 그를 재판정으로 끌고 오는 동안, 슈는 자기를 쳐다보는 사람들에게 욕을 했다. 그러다가 곤봉을 맞고서야 입을 다물고 황제 앞에 무릎을 꿇었다. 점쟁이는 툴툴대면서 침을 뱉었고, 자를 죽일 듯이 노려보았다.

"준비되었습니다." 형부 관리가 말했다.

그런데 자는 슈가 아니라 회유를 향해 말하기 시작했다.

"판관님은 우리가 살인이 일어나기 전날 밤 함께 있었다는 것을 잊어버린 것 같습니다. 그러나 아마 나졸의 사인은 기억할 것입니다. 분명히 그럴 것입니다. 그것은 당신을 형부에 들어오게 해준 보고서에 적혀 있으며 당신의 머릿속에 새겨져 있을 것입니다."

회유는 입술을 찡그리면서 쪽지를 보는 척했다.

"완벽하게 기억합니다." 그는 위선적인 표정으로 자랑스럽게 말했다.

"어떻게 죽었습니까? 아마 보고서에 적혀 있을 겁니다." 자는 모르는 척했다.

"가느다란 막대가 귓속으로 들어와 머리를 관통했습니다." 회유가 중 얼대듯이 말했다.

"쇠막대지요?"

"그렇습니다." 회유가 초조해하면서 대답했다.

"이것과 똑같은 것입니까?" 갑자기 자는 점쟁이를 향해 달려가 그의 머리카락 사이에 숨어 있던 긴 바늘을 꺼냈다. 재판정이 조용해졌다.

회유의 얼굴은 창백해지더니 분노로 일그러졌다. 자가 쇠막대를 사람 들에게 보여주자, 그는 인상을 쓰더니 재판정을 나가버렸다. 자는 거기서 멈추지 않았다. 펭판관이 보는 앞에서, 그는 점쟁이를 나졸의 살인범으로 고발했다.

"슈는 카오가 저를 체포하면 제공하겠다는 보상금에 욕심을 냈습니 다. 나졸은 신중한 사람이었을 겁니다. 아마도 제가 있는 곳까지 데려가 지 않으면 보상금을 주지 않겠다고 거부했을 겁니다. 슈는 카오의 태도를 보고 자기를 속이려고 한다고 생각했는지도 모릅니다. 무슨 이유로 다투 었는지도 모르겠습니다. 그러나 슈는 평소의 방법, 즉 쇠바늘을 이용해서 나졸을 죽이고 그의 돈을 훔쳤습니다." 자는 다시 그 바늘을 방청객들에 게 보여주었다.

"거짓말입니다!" 슈가 소리를 질렀고, 경비병은 그를 다시 곤봉으로 때렸다.

"거짓말이라고 했습니까? 증인들은 시체가 생선시장 옆에서 떠다녔 다고 말했습니다. 그곳은 흥미롭게도 슈가 사는 장소에서 얼마 떨어지지 않았습니다." 자는 슈를 쳐다보며 말했다. "보상금과 관련해서는 폐하의 나졸들이 그 지역의 술집주인이나 창녀들에게 물어보도록 하십시오. 그러면 거지 행색의 점쟁이가 카오가 살해된 이후 며칠 동안 돈을 펑펑 썼다는 것을 확인할 수 있을 것입니다."

점쟁이는 더듬거렸지만 마땅한 말 한마디조차 할 수 없었다. 그는 동정과 용서를 구하듯 황제를 바라보았다. 황제는 점쟁이를 체포하라는 명령을 내리고, 점심 이후에 재판을 속개한다며 휴정을 선포했다.

재판이 재개되었을 때, 회유는 자신이 공격을 받았더라도 아직은 적을 물어뜯을 수 있는 사람임을 보여주려고 애썼다. 그의 옆에 있는 펭판관은 차분한 표정을 짓고 있었는데, 자는 위선의 거울이라고 생각했다. 황제가 입장하자, 모두가 고개를 숙여 경의를 표했다. 방금 전에 재판정으로 들어온 한 여자만이 예외였다. 후디에였다.

회유가 발언권을 요청했다.

"하늘의 군주이시여, 야비한 점쟁이 슈가 우리의 믿음을 악용하려고 했지만, 그렇다고 자의 혐의가 벗겨진 것은 아닙니다. 오히려 반대입니다. 그에게는 아직 하나의 살인혐의가 남아 있으며, 그의 죄를 밝혀줄 길로 우리를 인도할 것입니다." 그는 몇 발짝 더 앞으로 가서 자 앞에 섰다. "송자가 칸 내상의 목숨을 빼앗으려는 의도로 가증스러운 계획을 세웠다는 것은 분명한 사실입니다. 그는 칸 내상을 교묘하게 살인한 후 자살로 위장하여 범죄를 숨기려고 시도했습니다. 이것이 바로 비역쟁이의 친구인 송자의 진짜 얼굴입니다. 그는 법 집행을 피해 도주한 도망자이며, 살인범들의 동료입니다."

황제는 거의 보이지 않게 눈을 깜빡거리며 동의했다. 절차에 따라 자에게 변호할 기회가 주어졌다.

"폐하." 자는 앞으로 나와 인사를 했다. "처음에 말씀드린 것처럼, 저는 결코 칸 내상 아래서 일하고자 소망한 적이 없다는 사실을 재차 말씀드리고자 합니다. 제가 수사에 참여하도록 지시하신 분은 바로 폐하이십니다. 이제 저는 서로 다른 형법전서에서 하나같이 반복하고 있는 사실을 강조하고자 합니다. 범죄에는 동기가 필요합니다. 복수나 분노, 혹은 증오나 욕심이 동기가 될 수 있습니다. 그것이 무엇이든 간에, 살인을 저지를 수 있는 동기가 되어야 합니다. 이런 사실을 염두에 두고, 왜 제가 칸 내상을 죽이고자 했을지 생각해봅니다. 왜 제가 재판을 받고 처형 받을 일을 하겠습니까? 폐하께서는 제가 성공적으로 이 수사를 마치면 형부의 한 자리를 주겠다고 약속하셨습니다. 그렇다면 말해보십시오." 자는 회유를 향해 고개를 돌렸다. "배가 고프다고 자기 과수원에 있는 유일한 사과나무를 벨 것이라고 생각합니까?"

회유는 걱정하지 않는 표정이었다. 오히려 그의 얼굴은 자신감으로 가득했고, 자는 그 모습에 불안해졌다. 회유는 손을 들어 발언권을 요청했다.

"어설픈 말장난은 학생들이나 잘난 체하는 사람들에게 하는 것이지, 여기서 할 소리가 아닙니다. 아무리 그래도 우리를 속일 수 없습니다. 이 자는 지금 살인동기에 관해 말하고 있습니다. 복수, 분노, 증오 혹은 욕심이라고요? 그럼 말해보도록 합시다." 회유가 목소리를 높였다. "그의 말 중에서 단 한 가지가 확실합니다. 그것은 황제 폐하께서 살인범을 밝혀낼 경우 형부의 한 자리를 약속하셨다는 것입니다." 회유는 잠시 말을 멈추었다. 그의 얼굴은 자신감으로 가득했다. "송자는 증오와 복수를 언급했습니다. 칸 내상은 수사를 계속해서 돕지 않으면 그가 사랑하는 밍교수를 죽이겠다고 협박했습니다. 송자는 자신의 뜻을 굽힐 수밖에 없었습니다. 칸 내상이 자신에게 어떤 감정을 불러일으켰다고 언급하지는 않았지만, 분명 분노했을 것입니다. 마지막으로 욕심에 대해 말했지만, 칸 내상의 자살과 그의 적절한 자백서를 언급하지 않았습니다. 이것은 황제 폐하께서 약속하신 보상을 확보하는 것과 다름없습니다. 송자는 자신을 과수업자의 모습과 비교했지만, 저는 오히려 고기에 욕심이 나서 우유로 만족하는 대신 하나밖에 없는 암소를 죽이는 것으로 비교하는 것이 더 적당하다고 생각합니다. 그는 법전을 언급했지만, 모든 살인에서 빼놓을 수 없는 요인은 바로 기회라는 사실을 떠올리는 것으로 충분하다고 생각합니다. 송자, 칸 내상이 죽은 날 밤에 어디에 있었는지 말해주십시오."

자는 가슴이 쿵쿵 뛰었다. 급히 펑판관의 아내가 있는 곳을 쳐다보았다. 칸 내상이 살해되던 날 밤은 바로 그가 후디에와 함께 잠자리에 든 밤이었기 때문이다. 잠시 생각한 후, 자는 혼자 방에서 잠들었다고 대답했지만, 회유나 황제도 그 대답에 만족하지 않았다. 자는 다시 말할 기회를 달라고 요청하고, 그들의 주의를 분산시키려고 했다.

"이렇게 말해도 되는지 모르겠지만, 판관님의 주장은 어린양이 코끼리 떼를 이끄는 것과 같습니다." 재판정 안에서 웃는 소리가 들렸다. "너무나 모호하고 황당한 주장이며, 그런 말로는 이곳에 앉아 계신 분들의 반 이상을 고발할 수 있을 겁니다. 하지만 판관님의 목적을 성취하기 위해서라면, 그게 무슨 상관이 있겠습니까? 칸 내상은 사람들이 가장 두려워하고 증오하는 사람이었다는 사실을 판관님도 알고 있을 겁니다. 틀림없이 궁궐 내에도 저보다 더 커다란 동기를 가지고 있는 후보자들이 수십 명에 달할 것입니다. 그러니 이 간단한 질문에 대답해주십시오." 자는 말을 멈추었다가 다시 이었다. "어떤 바보 같은 살인자가 자신의 죄를 스스로 드러내겠습니까? 아니, 보다 쉽게 질문하겠습니다. 제가 살인자라면, 왜 칸 내상의 자살이 실제로는 살인이라고 황제 폐하에게 가장 먼저 밝혔겠습니까?"

자는 결정적인 주장을 했다고 확신했다. 그러나 황제는 한쪽 눈을 찡그리더니 오만하게 자를 쳐다보았다.

"너는 내게 아무것도 밝히지 않았다." 황제가 큰 소리로 말했다. "내상이 살해되었음을 밝힌 사람은 회유다."

자는 왜 황제가 자기가 발견한 것을 인정하지 않는지 그 이유를 이해하려고 했다. 그것은 그의 가장 중요한 패였다. 만일 그 패가 도움이 되지 않으면, 그 어떤 것이나 그 누구도 그를 지켜줄 수 없었다. 그때 펭판관의 위선적인 미소를 보고서야, 자는 깨달았다. 펭판관은 자가 발견한 것을 황제에게 전한 것이 아니라, 회유에게 알려주었던 것이다.

휴정이 되어 자는 잠시 숨을 돌렸다. 황제는 다음날 아침으로 재판을 연기하고 자를 감방에 가두어 엄중히 지키도록 지시했다. 감방에는 펭판관이 미리 와서 기다리고 있었다. 펭판관은 경비병에게 죄수와 이야기하는 동안 철창 뒤에서 기다리라는 손짓을 했다. 경비병은 자를 벽에 맨 사슬로 묶어놓고 나갔다. 자와 판관 사이에 죽 그릇이 놓여 있었다. 자는 하루 종일 전혀 먹지 못했지만 먹고 싶은 마음이 조금도 없었다.

"먹게. 몹시 시장할 걸세." 펭판관이 죽 그릇을 자의 발아래에 놓았다.

자는 그릇을 발로 찼다. 죽 그릇은 판관의 모자로 날아가서 죽을 쏟아냈다. 펭판관은 놀라 뒷걸음쳤다. 옷에 묻은 죽을 닦으면서, 그는 갓난아기가 토한 것을 보고 체념한 아버지처럼 자를 쳐다보았다.

"마음을 가라앉히도록 하게." 펭판관이 점잖게 말했다. "자네가 화났다는 것은 이해하네. 하지만 아직도 이 모든 것을 깨끗이 해결할 방법이 있네." 그는 다시 자 옆에 앉았다. "사건이 너무 커졌네."

자는 그를 쳐다보지도 않았다. 어떻게 이 배신자를 아버지처럼 여겼을까? 쇠사슬에 묶여 있지만 않았더라도, 두 손으로 목을 졸라 죽였을 것이다.

"말하고 싶지 않은 심정을 난 이해하네." 펭이 계속 말했다. "내가 자네라도 그랬을 거네. 하지만 지금은 잘난 자존심을 내세울 때가 아니네. 자네가 내 제안을 듣고 싶지 않다면, 회유가 자네를 갈가리 찢어버릴 때까지 입 다물고 기다려도 좋네." 펭판관은 경비병에게 다른 죽 그릇을 가져오라고 했지만, 자는 소리를 질렀다.

"너나 먹어, 개자식아."

"아! 아직도 혀가 남아 있군!" 판관은 놀란 척했다. "이제 내 말을 잘 듣게. 자네가 이해하지 못하는 것들이 있네. 결코 자네가 알 수 없는 힘이 작동하고 있어. 이 재판은 자네의 문제가 아니야. 나를 믿으면, 내가 자네를 지켜주겠네. 칸은 이미 죽었네. 그가 살해되었든 자살했든, 그건 중요하지 않네. 자네는 그저 입만 다물고 있으면 되네. 내가 회유를 망신시키고 자네 목숨을 구해주겠네."

"내 문제가 아니라고요? 지금 내가 아닌 다른 사람이 철창 안에 묶여 있습니까? 이것이 당신이 말하는 믿음입니까?"

"이런 염병할! 나는 자네를 이 사건에서 떼어놓고 회유가 수사를 담당하기를 원했네. 그가 지휘하면 모든 게 훨씬 더 쉬웠을 걸세. 하지만 그는 자네를 시기하고 질투한 나머지 자네를 고발한 것이네."

"정말입니까? 왜 제가 당신을 믿어야 합니까? 정말로 저를 도와주려고 했다면, 황제 앞에서 했어야 합니다. 칸 내상이 살해되었다는 것을 밝힌 사람은 회유가 아니라 저였다고 확인해줄 기회가 있었습니다."

"자네에게 도움이 되었다면, 그렇게 했을 것이네. 하지만 그 순간 고백했다면, 황제 폐하는 나를 의심했을 것이네. 황제 폐하는 나를 신뢰하시네. 자네가 목숨을 구하고자 한다면, 황제 폐하가 계속 나를 믿도록 해야 하네."

자는 펭판관의 눈을 뚫어지게 쳐다보았다.

"우리 아버지를 도운 것과 마찬가지로 말입니까?" 자가 침을 뱉었다.

"무슨 소린가." 펭판관의 얼굴색이 바뀌었다.

그에 대한 대답으로 자는 펭의 서재에 숨겨 있던 아버지의 편지를 옷에서 꺼냈다. 편지를 펼쳐서 그의 발 아래로 던졌다.

"이 글씨체를 아십니까?"

펭판관은 의아해하면서 그 종이를 집었다. 그의 손이 떨렸다.

"어디서…… 어디서 이걸 찾아냈나? 나는……." 그가 말을 더듬었다.

"그래서 우리 아버지가 돌아오는 걸 허락하지 않았던 겁니까? 소금 총량을 속여 계속 횡령하기 위해서 그런 것입니까? 그래서 환관을 죽였습니까? 그도 그런 사실을 알아냈기 때문입니까?" 자가 소리쳤다.

펭판관은 갑자기 눈을 크게 뜨고 뒷걸음쳤다.

"어떻게 감히 그런 소리를 하나? 배은망덕도 유분수지. 어쨌든 난 자네를 돕기 위해 최선을 다했네."

"우리 아버지를 속였고, 우리 모두를 속였습니다! 그런데도 감사하라고요?" 자는 사슬에 묶인 손을 마구 잡아당겨서 벗어나려고 했다.

"자네 아버지? 자네 아버지는 내 발에 입을 맞춰도 모자랄 사람이야!" 펭판관의 얼굴은 아직도 일그러져 있었다. "난 그를 가난에서 벗어나게 해주었네! 그리고 자네를 아들처럼 대했어!"

"아버지 이름을 더럽히지 마십시오. 그렇지 않으면……." 그는 다시 쇠사슬에 묶인 손을 잡아당겼다.

"나는 자네를 가르쳤고, 내게는 아들이 없기에 아들처럼 자네를 교육시켰네!" 펭판관은 소리쳤고, 그의 눈은 광기로 이글거렸다. "난 항상 자네 편이 되어주었네. 심지어 폭발시킬 때도 자네를 살려주려고 했네! 왜 그들만 죽었다고 생각하나? 자네가 돌아올 때까지 기다릴 수도 있었는데……." 펭판관은 떨리는 손을 내밀어 자의 얼굴을 쓰다듬으려고 했다.

자는 가슴이 찢어지는 것 같았다.

"무슨 폭발 말입니까? 나를 살려주었다니, 그게 무슨 말입니까?" 그는 말을 더듬었다. 마치 세상이 무너지는 것 같았다. "그들만 죽었다는 게 무슨 소리입니까? 무슨 소리냐고요?" 자는 울부짖으며 벽에 박힌 쇠사슬을 떼어내려고 안간힘을 썼다.

펭판관은 팔을 벌린 채 자의 앞에 있었다. 마치 그를 안아주려는 것 같았다.

"아들아." 그가 흐느꼈다.

바로 그때 자는 펭의 소맷부리를 잡아 끌어당겼다. 그의 목을 쇠사슬로 감아서 조였다. 펭판관은 헐떡거리며 발버둥을 쳤다. 자는 온 힘을 다해 그의 목을 눌렀고, 펭판관의 얼굴은 푸르게 변했다. 희뿌연 거품이 펭판관의 입에서 솟구치기 시작했다. 그때 경비병이 자를 덮쳤다.

자가 의식을 잃기 전에 마지막으로 본 것은 가장 고통스러운 방법으로 죽이겠다고 기침을 쏟아내며 위협하는 펭의 모습이었다.

35

경비병은 상관의 지시에 따라 자의 피투성이 얼굴에 물을 여러 번 부어 깨웠다. 잠시 후 누군가가 두들겨 맞은 자의 옆에 몸을 구부렸다. 자는 신음소리를 내면서 퉁퉁 부은 눈을 뜨려고 했지만, 그럴 수가 없었다.

"좀 더 조심했어야 하네." 자는 펭의 목소리를 들었다. "자, 이것으로 닦게." 판관은 무명천을 하나 주었지만, 자는 뿌리쳤다.

점차 희미한 모습이 또렷해지면서, 그의 망막에 선명하게 비쳤다. 펭은 그의 옆에 웅크리고 앉아 있었다. 마치 짓밟아서 터져버린 벌레를 살펴보는 것처럼 그를 쳐다보고 있었다. 자는 움직이려고 했지만, 여전히 벽에 매인 쇠사슬에 묶여 있었다.

"경비병들이 너무 모질게 다뤄서 미안하네. 종종 이들은 사람과 동물을 구별하지 못한다네. 하지만 그것이 그들의 일이니 그 누구도 뭐라고 나무랄 수 없네. 물 좀 마시겠나?"

펭에게서 아무것도 받고 싶지 않았지만, 자는 속이 타버리는 것처럼 목이 말라서 물을 받았다.

"자네는 알고 있나? 난 항상 자네의 기민함과 총명함을 훌륭하게 평가했네. 하지만 오늘 자네는 내 기대를 저버렸네." 펭이 계속 말했다. "유감스럽지만, 자네가 깊이 생각하지 않는다면, 그 총명함 때문에 교수대로 가게 될 것이네."

자는 간신히 눈을 떴다. 옆에서 펭은 위선적이고 냉소적인 미소를 지었다.

"우리 형에게 죄를 뒤집어씌우기 위해 당신이 사용한 바로 그 총명함 말인가요?"

"오! 그것도 알아냈나? 전문가들끼리니까 하는 소린데, 자네도 그건 정말 훌륭한 방법이었다는 데 동의할 걸세." 펭판관은 한쪽 눈썹을 찡그렸다. 마치 주사위 놀이에서 상대방을 자극하기 위해 하는 행동 같았다. "샹이 제거되자, 죄를 뒤집어씌울 사람이 필요했네. 자네 형은 적임자였어. 3천 전은 내 부하가 일부러 내기에서 잃어준 돈이었고, 가죽 끈은 루를 체포하고 샹이 가지고 있던 것으로 바꾸었지. 재판 도중에 제대로 말할 수 없도록 마취제를 먹였다네. 가장 중요한 것은 그 낫을 우리가 훔쳐서 피를 묻혔고, 아무것도 모르는 파리들이 나머지 일들을 하게 만들었다는 사실이지."

자는 상황을 이해하려고 애썼다. 환청을 듣고 있는 것 같았다.

"어쨌든 남의 책을 뒤지는 것은 유전적인 문제 같네." 펭이 계속 말했다. "자네 아버지는 내 회계장부를 보는 것으로 만족하지 않고, 그의 가련한 친구 샹과 그 정보를 공유했네. 그래서 제거할 수밖에 없었네. 그건 일종의 경고였지만, 자네 아버지는 깨닫지 못했지. 폭발이 일어난 날 밤에 난 자네 아버지를 설득하러 갔지만, 그는 완전히 미쳐 있었네. 나를 고발하겠다고 협박했고, 결국 나는 처음부터 했어야 할 일을 하게 되었네. 나를 고발하는 서류의 사본이 필요했지만, 자네 아버지는 그걸 주려고 하지 않았지. 그래서 다른 방법이 없었네. 화약을 사용해 상처를 은폐하려는 생각은 나중에, 그러니까 천둥소리를 들으면서 한 것이네.”

자는 아무 말도 할 수가 없었다. 그래서 그의 형은 자기 낫을 찾지 못하고 동생의 낫을 들고 간 것이었다. 그때 자는 그의 행동을 의심하지 않았다. 살인범이 살인에 사용한 무기를 버릴 수 있다고 생각했기 때문이다.

“이보게!” 갑자기 펭이 큰 소리로 말했다. “혹시 정말로 번개가 쳐서 자네 부모님의 목숨을 앗아간 것이라고 생각했던 건가? 맙소사! 이제 꿈은 그만 꾸고 실제 세계에서 우리와 힘을 합하게.”

자는 믿지 못하겠다는 눈으로 그를 바라보았다. 자기가 듣고 있는 이 모든 것이 잠에서 깨면 사라질 황당한 악몽에 불과하기를 바라고 있었다. 그러나 펭은 그의 앞에 서서 기뻐 날뛰며 계속 큰 소리로 말했다.

“자네 가족……!” 펭판관이 침을 뱉었다. “그들이 자네를 위해 무엇을 해주었나? 자네 형은 자네를 걸핏하면 때리는 망나니였고, 자네 아버지는 딸들의 목숨도 구하지 못하고 아들도 교육시킬 수 없는 겁쟁이였지. 아직도 그들을 잃은 것을 한탄하나? 자네는 그런 지저분한 곳에서 벗어나게 한 내게 감사해야 할 것이네.” 그는 일어나서 감방 안을 서성거리기 시작했다. “자네를 운하의 쥐 같은 신세에서 벗어나게 하고 번듯하게 교육시켜 지금의 자네로 만든 사람이 나라는 사실을 잊었나?” 펭이 유감스러워했다. “자네가 그 가족에서 유일하게 훌륭한 사람이네. 이제 자네가 이곳에 왔으니 나는 우리가 행복하게 살 수 있을 거라 생각했네. 자네와 나와 내 아내 후디에와 함께 말이지." 아내의 이름을 말하면서 그의 얼굴 표정이 부드러워졌다. "두 사람과 함께 내 가족을 이루는 것이지. 나는 자네를 기꺼이 맞이했네. 자네는 내 아들과 같네."

자는 미친 사람처럼 떠드는 펭을 기가 막힌 얼굴로 바라보았다.

"아직도 우리는 예전으로 돌아갈 수 있네." 펭이 혼잣말처럼 계속 말했다. "과거는 잊게! 미래가 자네를 기다리고 있네. 도대체 뭘 원하나? 돈? 우리와 함께 하면 갖게 될 것이네. 공부? 그건가? 물론 그것이겠지! 자네가 항상 욕심내던 것이었으니까. 그럼 그것도 할 수 있을 걸세! 자네가 시험에 통과하여 형부에서 가장 좋은 자리를 얻도록 내가 힘쓰겠네. 자네가 원하는 자리를 말이지! 내가 자네를 위해 얼마나 많은 것을 해줄 수 있는지 아직도 모르겠나? 우리는 예전으로 돌아갈 수 있네. 자네와 나와 후디에는 한 가족이 될 수 있단 말일세."

자는 경멸하는 눈으로 펭을 바라보았다. 사실 얼마 전까지만 해도 그의 최대 소망은 판관이 되어 형부에서 일하는 것이었다. 그러나 지금 그의 유일한 목표는 아버지의 명예를 되찾고 미친 살인자의 정체를 밝히는 것이었다.

"그만 닥치시오!" 자가 소리쳤다.

"뭐라고?" 펭이 놀라면서 말했다. "네가 내 제안을 거부하고 나를 업신여길 수 있다고 생각하느냐? 네가 나를 고발할 수 있다고 믿느냐?" 그가 웃었다. "불쌍한 놈! 내가 황제 앞에서도 진실을 털어놓을 것 같으냐?"

"당신의 자백은 필요 없습니다." 자가 중얼거렸다. "무슨 방법을 쓰더라도 당신을 이대로 두지는 않을 겁니다."

"아! 필요 없다고? 뭘 이야기할 생각이냐? 내가 칸을 죽였다고? 내가 횡령했다고? 내가 네 부모를 죽였다고? 맙소사! 누가 네 말을 믿을 것이라고 생각한다면, 그건 정말로 어리석은 생각이다. 네가 어떤 꼴인지 아느냐? 너는 사형수다. 죽음을 피하려고 무슨 짓이든 할 수 있는 사람일 뿐이다. 옥리들이 네가 나를 죽이려고 했다고 증언할 것이다."

"증거가 있습니다……." 자는 간신히 말했다.

"이걸 말하는 것이냐?" 그는 감방 끝으로 가더니 자루에서 석고상 하나를 꺼냈다. 그는 밍학원에서 가져온 수총 틀을 가리켰다. "네 목숨을 구해줄 것이 이것이냐?" 펭은 그 틀을 머리 위로 들더니 바닥으로 내던져 산산조각을 내버렸다.

자는 눈을 감았고, 파편 조각이 그의 몸을 때렸다. 펭을 보고 싶지 않았다. 그저 죽이고만 싶었다.

"이제 어떻게 하겠느냐?" 펭이 냉소적인 미소를 지었다.

자는 쇠사슬을 벽에서 떼어내려고 몸부림쳤다. 펭은 자의 절망적인 몸부림을 즐거운 표정으로 지켜보았다.

"가련한 신세가 되었구나." 펭이 비웃었다. "내가 너를 죽을 때까지 고문하더라도, 그 누구도 너를 도우러 오지 않을 것이다."

"그런데 뭘 기다리시오? 어서 그렇게 하라고! 지금 죽이라고." 자가 소리쳤다.

"그럼 나중에 내가 재판을 받게 되겠지, 그렇지 않나?" 펭이 다시 웃었다. "넌 네 생각만큼 똑똑하고 영리하지 않아." 그는 머리를 흔들었다. "경비병!" 그가 불렀다.

경비병은 한 손에는 대나무 몽둥이를 들고, 다른 한 손에는 집게 같은 것을 들고 왔다.

"종종 혀가 잘려서 자기변호를 하지 못하는 죄수들도 있지." 펭은 이렇게 덧붙이며 감방을 떠났다.

❈

자는 첫 몽둥이를 맞고 뒹굴었다. 경비병은 씩 웃으며 소매를 걷어붙였고, 자는 그가 녹을 받는 만큼 두들겨 팰 것이란 사실을 알면서도 몸을 지키려고 안간힘을 썼다. 자는 이미 여러 번 목격했다. 처음에는 죽도록 두들겨 패고, 그 다음에는 자술서에 지장을 찍게 했다. 그리고 나면 손톱을 빼고, 손가락을 뭉개서 으스러뜨리고, 침묵을 지키도록 혀를 잘라버렸다. 자는 가족의 복수를 하지 못할 거라는 생각에 절망했다.

더 강한 몽둥이질이 계속되었다. 입안에 넣은 재갈 때문에 숨도 제대로 쉴 수 없었다. 앞이 희미해지더니 그의 부모들이 더욱 생생하게 보였다. 그들이 싸워야 한다고 속삭였지만, 그는 자신이 삶의 마지막 단계에 있다고 생각했다. 몸에서 기운이 완전히 빠져나갔다. 어서 숨이 끊어져 불필요한 고통이 끝났으면 했지만, 아버지의 영혼은 견뎌야 한다고 애원했다. 또다시 몽둥이를 내리치자 자는 쇠사슬 사이로 몸을 웅크렸다. 치명타를 입기 전에 고문을 멈춰야 했다. 그는 코로 공기와 피를 들이마시다가 폐까지 차올랐다고 느꼈을 때 있는 힘을 다해 뱉었다. 순간 입에 물린 재갈이 빠져나와 마침내 말을 할 수 있었다.

"자백하겠습니다." 자가 중얼거렸다.

경비병은 마지막으로 무자비하게 몽둥이를 내리쳤다. 마치 자의 갑작스러운 결심이 그가 누리는 합법적인 즐거움에 종지부를 찍어 아쉬운 것 같았다. 경비병은 즐거움이 덜 가신 얼굴로 자의 손목에 채워진 쇠사슬을 풀어주고, 자백 서류를 건넸다. 자는 덜덜 떨리는 양손으로 붓을 집어 종이 맨 아래에 그의 서명과 비슷한 글씨를 갈겨썼다. 곧 붓이 손에서 떨어지면서, 그 서류에 피와 먹물 자국을 남겼다.

"이 정도면 되겠군." 경비병은 또 다른 경비병에게 그것을 건네주어, 펭판관에게 가져가라고 했다. 그는 이제 집게를 들었다. "그럼 이제 네 손가락 좀 보자."

자는 기운이 다해 아무 저항도 할 수 없었다. 그의 손은 시체의 손과 다름없었다. 경비병은 쇠사슬을 채운 후 오른쪽 손목을 붙잡고 엄지손톱에 집게를 집었다. 그는 손톱이 빠질 때까지 집게를 힘껏 잡아당겼다. 자가 전혀 움찔하지 않는 걸 보고, 경비병은 몹시 못마땅하다는 표정을 지었다. 경비병은 다시 집게를 준비하고 다른 손톱을 시도했다. 이번에는 똑바로 잡아당기는 대신, 위로 당겨서 손톱이 손가락에 덜렁덜렁 걸려 있게 했다. 죄수가 묵묵히 참아내자 화가 치민 경비병은 고개를 절레절레 흔들었다.

"비명도 지르지 않는 것을 보니, 혀를 없애버리는 것이 낫겠군." 경비병이 화난 목소리로 말했다.

자는 몸부림쳤다. 쇠사슬 때문에 제대로 몸을 움직일 수 없었지만, 아버지의 영혼은 계속해서 그를 부추겼다.

"한번이라도…… 혀를 빼내본 적이 있습니까?" 자는 간신히 말했다.

경비병은 작고 새까만 눈을 가늘게 떴다.

"이제야 무서운 건가?"

자는 피 섞인 침을 내뱉었다.

"내 혀를 잡아 빼면 혈관도 함께 나오게 될 것이오. 그러면 나는 돼지처럼 피를 흘릴 것이고, 그 누구도 내가 죽는 것을 막지 못할 것이오." 자는 잠시 침묵을 지켰다. "선고를 받기 전에 죄수를 죽이면 어떻게 되는지 아시오?"

"쓸데없는 소리 지껄이지 마." 경비병은 경고는 했지만 머뭇거렸다. 죄수의 죽음을 야기한 자는 지체 없이 처형된다는 것을 알고 있었기 때문이다.

"당신은 너무 어리석어서 잘 모르고 있소." 자가 중얼거렸다. "왜 펭이 떠났다고 생각하시오? 그는 내게 무슨 일이 일어날지 뻔히 알고 있었고, 죄를 뒤집어쓰기 싫어서 그런 것이오."

"닥치라고 했잖아!" 그는 자의 배를 주먹으로 때렸다. 자는 배를 잡고 고꾸라졌다.

"이 피를 지혈해줄 의사들은 어디에 있소?" 자는 가느다란 목소리로 계속 말했다. "당신이 펭의 말대로 한다면, 나는 출혈로 죽게 될 것이오. 그러면 그는 부정할 것이고…… 당신에게 지시를 내렸다는 사실을 부정할 것이오. 아마 당신이 스스로 한 것이라 말할 것이고, 당신은 당신의 사형 선고문에 서명하게 될 것이오……."

경비병은 마침내 생각을 고쳐먹은 듯이 머뭇거렸다.

"지시를 따르지 않으면 나는……." 그는 다시 집게를 잡았다.

"거기서 멈추는 게 좋을 것이다!" 감방 밖에서 누군가가 호령했다.

자와 경비병은 동시에 고개를 돌렸다. 두 명의 경비병을 대동한 보가 서 있었다.

경비병들은 자를 일으켜 세웠다. 보는 고문 받은 사람들에게 정신을 되찾게 해주는 소금통을 꺼내 냄새를 맡게 했다.

"자, 서두르게. 재판이 곧 시작될 것이네." 보가 재촉했다.

재판정으로 가면서 보는 자에게 자신의 수사결과를 알려주었지만, 자는 그의 말을 거의 듣지 않았다. 자는 어떻게 해야 펭의 목을 자를 수 있을 것인지만 생각하고 있었다. 재판정에 들어가기 전에 보는 자의 얼굴을 닦아주었고, 그에게 깨끗한 옷을 한 벌 주었다.

"정신 똑바로 차리게. 강직하게 보이도록 노력하게. 궁궐의 관리를 고발하는 것은 황제를 고발하는 것과 마찬가지라는 사실을 명심하고." 보가 자에게 경고했다.

두 경비병이 자를 옥좌 앞에 부복시키자, 황제도 놀라 숨을 잠시 멈췄다. 자의 얼굴은 멍과 상처로 가득했으며, 눈은 퉁퉁 부어 있는데다 손톱이 빠진 손가락에서는 피가 흐르고 있었다. 펭은 초조하게 웃고 있었다. 징이 울리고 재판이 재개되었다.

펭이 먼저 발언권을 얻었다. 그는 예전의 판관 의복을 입었고, 기소자라는 것을 보여주는 각모를 쓰고 있었다. 그 야수는 자신의 발톱을 꺼내기로 마음먹은 것 같았다. 그는 자에게 다가와 말하기 시작했다.

"아마도 여러분은 때때로 실망감으로 충격을 받은 적이 있을 겁니다. 파렴치한 동료가 당신을 망하게 하겠다고 협박할 때, 여자가 부유한 남자와 혼인하기 위해 당신을 배신할 때, 혹은 부당한 혐의를 받았을 때가 있었을 겁니다." 펭은 아주 호들갑스러운 몸짓을 하면서 사람들을 바라보았다. "그러나 그 어떤 상황도 지금 제가 느끼는 고통과 비교될 수 없을 것입니다. 지금 황제 폐하 앞에는 자신의 죄를 부정하고 슬픔에 젖은 척하는 최악의 사기꾼이자, 가장 배은망덕하고 교활한 인간이 있습니다. 저는 어제까지만 하더라도 송자를 친아들처럼 여겼습니다. 교육도 시켰고 먹을 것도 주었으며 강아지처럼 보살폈습니다. 저는 자식이 없어 제 모든 희망을 그에게 걸었습니다. 그러나 정말 불행하고 비참하게도 오늘 저는 순한 양의 거짓 가죽 아래에 그 누구도 상상할 수 없는 가장 사악하고 배은망덕한 사회의 해충이 있다는 것을 확인할 수 있었습니다. 저는 지금 송자와 인연을 끊고 판관 회유의 기소를 지지하는 것으로 제 불행을 받아들입니다. 제 마음은 고통스럽기 짝이 없지만, 이자가 피를 흘려서라도 범죄를 자백하도록 해야만 했습니다. 제 명예와 재산을 모두 물려주겠다고 생각한 사람에게서! 저는 아버지라면 결코 듣고 싶어 하지 않을 고통스러운 말을 듣게 되었습니다." 그는 자백진술서를 들고 황제에게 보여주었다. "불행하게도 우리는 그의 입으로 하는 자백은 듣지 못하게 되었습니다. 그가 겁에 질려 자기 혀를 깨물어 잘라냈기 때문입니다. 그러나 저는 이 야비하고 비열한 사람이 제 명예를 더럽혔다는 사실에 대해서도 심판을 내려주실 것을 요청합니다."

황제는 자가 스스로 범죄자임을 인정하고 왜 그런 범죄를 저지르게 되었는지를 설명하는 진술서의 내용을 주의 깊게 읽었다. 그런 다음 그 진술서를 형부 관리에게 주어 기록하도록 했다. 그는 옥좌에서 일어나 마치 똥으로 더러워진 사람을 보는 것처럼 증오의 표정으로 자를 쳐다보았다.

"진술서를 보니, 죄인은 더 진술할 필요가 없을 것 같다. 그래서 나는 다음과 같이 선고하노니……."

"그건 제 서명이 아닙니다……." 자가 피 섞인 침을 뱉고 말했다.

갑자기 재판정은 놀라워 웅성거리는 소리로 가득 찼다. 펭은 부들부들 떨면서 일어났다.

"제가 서명하지 않았습니다!" 자는 무릎을 꿇을 힘마저 없어서 앞으로 고꾸라지려고 하면서 다시 소리쳤다.

"폐하! 그는 이미 자백했습니다." 펭이 조용히 말했다.

"조용히 하라!" 황제가 노여워 소리쳤다. 그는 어떤 결정을 할 것인지 생각하는 듯, 잠시 침묵을 지켰다. "이 서명이 진짜일 수도 있지만…… 아닐 수도 있다. 게다가 모든 죄수는 최후의 변론을 할 권리가 있다." 황제는 다시 자리에 앉아 엄한 얼굴로 자에게 발언권을 주었다.

자는 황제에게 고개를 숙였다.

"존경하는 폐하." 그는 심하게 기침했다. 보가 도와주려고 했지만, 경비병이 막았다. 자는 숨을 깊이 들이마시고 계속 말했다. "이곳에 계신 모든 분들 앞에서 저는 제 잘못이라고 고백합니다. 그 잘못 때문에 저는 속이 쓰리도록 괴롭습니다." 또다시 재판정이 술렁거렸다. "욕심…… 그렇습니다. 욕심 때문에 저는 눈이 멀었고, 진실과 거짓도 구별하지 못하는 무지한 바보가 되었습니다. 그런 어리석음 때문에 저는 제 마음과 꿈을 그 누구보다도 위선적이고 사악한 사람에게 바쳤습니다. 그는 배신을 삶의 기술로 쓰고, 자신에게 득이 되면 언제라도 다른 사람을 죽음으로 몰고 가는 비열하고 음흉한 사람입니다. 저는 한때 그를 아버지로 여겼지만, 오늘은 그가 범죄자임을 알고 있습니다." 자는 펭을 처다보았다.

"입 다물라!" 형부 관리가 경고했다. "황제 폐하의 신하를 모함하는 것은, 황제 폐하를 모함하는 것과 같다."

"저도 알고 있습니다." 자는 다시 기침을 했다. "저는 그 결과가 어떤 것인지 알고 있습니다."

"폐하! 저 말을 들으실 것입니까?" 펭이 소리쳤다. "자기 목숨을 구하기 위해 거짓말과 중상모략을 일삼을 것이며……."

황제는 입술을 찡그렸다.

"펭판관의 말에 일리가 있다. 그러니 증거를 보여주어라. 아니면 즉시 처형하겠다."

"폐하에게 분명하게 말씀드릴 수 있습니다. 제가 무죄임을 증명하는 것보다 더 원하는 것은 없습니다." 자의 얼굴에는 단호함이 깃들어 있었다. "칸 내상이 자살한 것이 아니라 살해된 것임을 밝힌 사람은 회유가 아니라 저였다는 사실을 보여드리고 싶습니다. 제가 펭에게 그것을 밝혔고, 펭은 폐하에게 그 사실을 전하겠다는 저와의 약속을 깨고 회유에게 알려주었습니다."

"어서 말하라." 황제가 재촉했다.

"그렇다면 제가 폐하께 질문을 하도록 허락해주십시오." 자는 황제의 허락을 기다렸다. "아마 회유가 폐하께 상세하게 보고하고 결론을 냈을 겁니다."

"그렇다. 내게 밝혔다." 황제가 말했다.

"정말 흥미롭고 지혜로우며 너무나 알기 어려워서 이전의 그 어떤 판관도 보지 못했던 사실들이었을 것입니다."

"그렇다."

"그 내용은 일반에 공개되지 않았을 것입니다"

"내 인내심이 끝나가고 있다. 어서 요점을 말하라!"

"그렇다면 폐하, 저 역시 그걸 어떻게 알 수 있겠습니까? 칸 내상이 거짓 진술서를 작성해야만 했으며 마취되었고 벌거벗겨졌으며 아직 숨이 끊어지지 않은 상태에서 두 사람이 무거운 상자를 가져와 그를 목매달았다는 사실을 제가 어떻게 알겠습니까?"

"도대체 무슨 말을 하려는 것인가?" 펭이 끼어들었다. "네가 그걸 아는 것은 네가 살인자이기 때문이다."

"그렇지 않다는 것을 보여드리겠습니다." 자는 펭을 노려보았다. 펭의 얼굴이 두려움으로 일그러졌다. "존경하는 폐하……." 자는 다시 황제에게 고개를 돌렸다. "회유가 폐하에게 밧줄이 떨린 흔적을 말했습니까? 칸 내상이 마취되어 있어 목을 매달아도 몸부림치지 않았다고 설명했습니까? 서까래 먼지 위에 새겨진 밧줄의 흔적이 전혀 흔들림 없이 선명하다고 고했습니까?"

"그렇다. 그런데 그게 무슨 관련이……."

"마지막 질문 하나만 더 하게 해주십시오. 서까래에 묶인 올가미의 흔적이 아직 남아 있습니까?"

황제는 회유에게 물었고, 그는 그렇다고 확인해주었다.

"그렇다면 회유가 거짓말하고 있다는 것을 확인하실 수 있을 겁니다. 그가 폐하에게 지적한 흔적은 존재하지 않습니다. 제가 밧줄의 움직임을 확인하면서 실수로 지웠기 때문입니다. 그러니 회유는 결코 그 흔적을 발견할 수 없었습니다. 단지 제가 그토록 믿었던 펭에게 그런 사실을 이야기했기 때문에 아는 것입니다."

황제는 미심쩍은 눈으로 회유를 바라보았다. 회유는 고개를 숙였지만, 펭은 웃으면서 반론을 제기했다.

"아주 훌륭한 시도지만, 시체를 내리면서 흔들리는 바람에, 저자가 말하는 먼지의 흔적이 지워졌을 것이라는 사실을 누구라도 알 수 있습니다. 도대체 언제까지 저 거짓말쟁이의 어리석은 말을 들으면서 이런 수모를 당해야 하는 것입니까?"

황제는 몇 개 되지도 않는 수염을 만지작거리면서 진술서를 다시 살펴보았다. 재판이 늘어지고 있었다. 황제는 기록관에게 준비하라고 지시하고 자리에서 일어나 선고를 내리려고 했다. 그때 자가 앞으로 나왔다.

"마지막 기회를 주시기를 간원합니다! 폐하께서 만족스럽게 생각하지 않으시면, 제가 제 손으로 제 심장을 찌르겠습니다."

황제는 머뭇거렸다. 조금 전부터 그의 얼굴에는 의구심이 드러나고 있었다. 자가 보에게 손짓을 하자, 보가 즉시 가죽 주머니를 건네주었다.

"폐하!" 자는 황제 앞에 그것을 높이 들었다. "이 안에는 제가 무죄라는 사실뿐만 아니라, 엄청난 조작을 통해 숨겨온 얼굴을 드러낼 수 있는 증거가 있습니다. 냉혹하고 정신 나간 야심으로 누구든 죽일 수 있는 사람의 비밀입니다. 이것은 인간이 상상조차 하지 못했던 살상무기입니다. 바로 대포입니다. 하지만 일반 대포와는 달리, 너무나 쉽게 다룰 수 있어서 아무런 버팀목 없이도 쏠 수 있습니다. 너무 작고 가벼워서 옷 속에 넣어 가지고 다닐 수도 있는 것입니다. 하지만 엄청난 살상력을 지니고 있어 전혀 실수 없이 먼 거리에서도 여러 사람들을 죽이는 데 사용할 수 있는 무기입니다."

"말도 안 되는 소리는 그만하라!" 펭이 소리쳤다. "지금 우리에게 마법을 걸려는 것이냐?"

그에 대한 대답으로 자는 주머니 안에서 조그만 청동 총신을 꺼냈다. 황제는 의아해했고, 펭은 창백해졌다.

"청동제작인 작업장의 폐허 속에서 저는 아주 특이한 점토 틀의 잔해를 발견했습니다. 저는 그 파편들을 붙이는 데 성공했지만, 제 방에서 도둑맞고 말았습니다. 다행히 그 전에 석회로 사본을 하나 만들어놓았으며, 그것을 밍학원에 숨겨놓았습니다." 자가 설명했다. "펭은 사본이 있다는 걸 알고는 자기를 믿고 맡기라고 제안했으며, 저는 순진하게도 그 부탁을 받아들였습니다. 하지만 다행히도 펭에게 위임장을 건네주려는 순간, 그의 속임수와 거짓말을 알아챘습니다. 저는 위임장의 내용을 바꿔서 그 틀을 보관하고 있던 사람에게 석고 사본만을 주도록 썼습니다. 그리고 이 청동 사본은 언급하지 않도록 일렀습니다. 펭은 자신의 죄를 밝혀줄 그 석고 틀을 가져와 제 눈앞에서 부셔버렸습니다. 하지만 제가 밍학원에 석고 사본을 맡길 때, 보관하는 것뿐만 아니라 석고 사본을 이용해 실제와 똑같은 복사본을 청동으로 만들어달라고 부탁한 사실은 모르고 있었습니다." 자는 단호하게 그 도구를 들어 흔들었다. "지금 여러분이 볼 수 있는 것이 바로 그 무기입니다."

황제는 수총에 매료되어 그것을 유심히 바라보았다.

"그런데 이 기묘한 물건과 살인이 무슨 관련이 있는 것이냐?" 황제가 물었다.

"폐하께서 말씀하신 이 기묘한 물건 안에 모든 죽음의 원인이 있습니다." 황제는 그 도구를 건네받고 믿지 못하겠다는 눈으로 살펴보았다. "부자가 되려는 야심으로 펭은 이 사악한 무기를 고안하고 만들었습니다. 펭은 이 엄청난 무기의 비밀을 금나라에 팔려고 했습니다. 제작비를 조달하기 위해, 그는 소금 무역에서 나오는 국가 기금을 횡령했습니다." 자가 계속해서 말했다. "환관 유포는 정직한 일꾼이었으며, 양심적이며 빈틈없는 감사관이었습니다. 그는 펭이 횡령했다는 사실을 밝혀냈습니다. 펭이 그를 매수하려고 했지만, 유포가 거절하자 그를 제거했던 것입니다."

"이건 모략입니다, 폐하!" 펭이 소리쳤다.

"조용히 하시오!" 형부 관리가 펭의 입을 잠재웠다. "계속하라." 그는 자에게 명령했다.

"환관은 제 아버님이 알게 된 것과 동일한 횡령 사건뿐만 아니라, 빼돌린 돈이 값비싸고 제조가 매우 어려운 흰 소금, 즉 초석을 구입하는 데 사용되었음을 발견했습니다. 이 물질은 주로 군사용 화약을 제조하는 데 쓰입니다. 또한 수입의 상당한 돈이 세 사람에게 지불되었다는 사실을 확인했습니다. 이들은 바로 알려지지 않은 연금술사, 청동제작인과 폭발물 전문가였습니다. 이 사실을 확인하고 환관은 펭에게 주어지던 기금을 정지시켰습니다." 자는 보가 방금 전에 건네준 보고서를 보여주었다. "그러나 환관이 첫 번째 희생자는 아니었습니다. 이 끔찍스러운 영광을 차지한 사람은 방금 전에 제가 언급한 연금술사였습니다. 그는 도교의 승려인 유라는 사람으로, 그의 손가락은 소금으로 부식되어 있었고, 그의 손톱 아래에서는 숯이 발견되었으며, 엄지 아래에는 조그만 음양 무늬가 문신되어 있었습니다. 이것들은 화약을 제조하는 데 사용하는 물질을 다루었다는 것을 의미합니다. 펭이 약속한 액수를 지불하지 않자, 늙은 연금술사는 항의했을 것입니다. 그들은 말다툼을 벌였고, 펭은 위협해오는 승려를 작업하고 있던 무기로 쏘아 죽였습니다." 자는 반박해보라는 듯이 펭을 노려보았다. "탄알은 가슴을 관통하여 갈비뼈를 부러뜨렸고 등으로 나왔습니다. 그러면서 어느 나무 물체에 박혔습니다. 펭은 죄가 전가될 수 있는 흔적을 남기지 않도록 탄알을 회수했을 뿐만 아니라, 죽은 사람에게 남은 탄알의 특정한 궤적을 지우기 위해, 가슴의 상처를 파서 마치 동물의 공격을 받았거나 섬뜩한 의식의 결과인 것처럼 위장했습니다. 다음 날은 폭발물 전문가 차례였습니다. 저는 그 젊은이의 직업을 얼굴에 난 아주 이상한 상처 때문에 밝혀낼 수 있었습니다. 저는 어느 사람에게서 그것과 동일한 상처를 보았는데, 그 사람은 그것이 화약이 폭발해서 생긴 상처라고 말해주었습니다. 펭은 그 젊은이를 비슷한 이유로 가슴에 칼을 꽂아 살해했습니다. 보는 제게 폭발물 전문가들은 유리로 만든 눈 보호대를 착용하고 일한다는 사실을 확인해주었습니다. 그래서 그의 얼굴을 가득 메운 상처가 눈에는 나타나지 않았던 것입니다. 그를 죽인 후 펭은 가슴의 상처를 후벼 파서, 전날 살해한 연금술사와 동일하게 해놓았습니다. 그런 탓에 동물의 공격이나 종교적 의식으로 인해 살해된 것으로 보였던 것입니다. 하지만 펭은 환관의 살인에서 다른 식으로 행동했습니다. 환관은 실종되면 의심을 살 수 있는 사람이었습니다. 우선 펭은 그를 매수하려고 했습니다. 그는 환관이 골동품에 애착을 갖고 있다는 걸 알고, 헤아릴 수 없는 가치의 서예작품으로 그의 입을 닫으려 했습니다. 환관 유포는 그 제안을 수락했지만, 나중에는 펭의 진짜 욕심이 어느 정도인지 알게 되면서 횡령을 숨겨주기를 거부했습니다. 살인에는 위험이 따랐지만, 환관이 고발하면 수사가 진행될 것이라는 사실을 펭은 알고 있었습니다. 그래서 그의 수족을 절단했고, 다른 두 살인사건과 비슷하게 보이도록 상처를 후벼 팠습니다. 마지막으로 펭은 청동제작인의 목숨을 빼앗았습니다. 바로 수총을 만든 사람이었습니다. 펭은 금나라 사신들의 영접이 끝난 후 폐하의 궁궐 정원에서 그를 살해했습니다. 이것은 시체의 손톱에서 나온 흙이 증명합니다. 펭은 그를 칼로 찔렀고, 누군가의 도움을 받아 아직 죽지 않은 몸을 궁궐 성벽으로 끌고 갔습니다. 청동제작인은 그곳에서 몸부림쳤지만, 결국 목이 잘려서 성벽 반대편에 버려졌습니다."

황제는 여러 번 수염을 만지작거렸다.

"그러니까 너는 이 조그맣고 기묘한 도구가 엄청난 파괴력을 갖고 있다고 생각하는 것이냐?"

"각 병사가 하나씩 갖고 있다고 상상해보십시오. 그것은 인간이 결코 생각하지도 못했던 엄청난 힘일 것입니다."

황제가 펭에게 반론할 시간을 주자, 펭은 눈에 보일 정도로 몸을 떨면서 앞으로 나왔다. 분노로 창백해진 그의 얼굴은 자가 고발하는 무기보다도 더 무서웠다. 그는 자를 가리켰다.

"폐하! 근거 없는 고발로 폐하의 용안에 먹칠을 하는 저 죄수를 즉시 처형하십시오! 저는 저토록 무례한 말을 들어본 적이 없습니다! 아마 옥좌에 앉으셨던 그 누구도 결코 저런 말을 하도록 허락하지 않으셨을 것입니다."

"돌아가신 분들은 편히 쉬시도록 놔두고, 너의 뻔뻔함이나 걱정하라!" 황제가 단호하게 말했다.

창백했던 펭의 얼굴이 붉게 변했다.

"폐하, 시체 판독관이라 불리는 저 무례한 놈은 실제로 거짓말의 대가입니다. 그는 처벌을 피하려는 목적으로 사실을 은폐하고 호도하면서, 헌신적으로 폐하를 섬긴 사람을 모략하고 있습니다. 증거가 어디에 있습니까? 그의 말은 불꽃놀이의 불꽃과 같습니다. 그가 언급하는 상상의 화약처럼 변덕스럽고 갈팡질팡합니다. 이런 거짓말은 어디에서도 볼 수 없습니다. 수총이라고요? 제 눈에는 청동으로 만든 피리밖에 보이지 않습니다. 도대체 그것으로 무엇을 쏜다는 것입니까? 쌀알입니까, 아니면 자두씨입니까?" 펭은 자를 향해 몸을 돌렸다.

황제는 눈을 반쯤 감았다.

"진정하게, 펭. 난 아직 자네에게 죄가 있다고 선고하지 않았네. 하지만 송자의 말은 상당히 일리가 있네." 황제가 지적했다. "난 지금 저자가 진실을 밝히려는 게 아니면 왜 자네를 고발하는지 생각하고 있네."

"폐하, 그것은 생각하실 정도로 어려운 게 아닙니다. 그건 원한과 앙심 때문입니다!" 펭은 목소리가 갈라질 정도로 소리를 높였다. "한때 송자의 아버지는 제 아래서 회계원으로 일했습니다. 공개적으로 밝히고 싶지는 않지만, 저는 그가 회계를 조작해서 이익을 챙긴다는 것을 알게 되어 그를 해고해야만 했습니다. 저는 송자에게 아버지의 잘못을 숨겼습니다. 그러나 송자는 그런 사실을 알아낸 후 이성을 잃고 자기 불행을 제 탓으로 돌렸습니다. 범죄에 관해서 말하자면, 제가 보기에는 확실한 것이 하나도 없습니다. 칸은 그 불행한 사람들을 살해했고, 송자는 이 사건을 해결할 능력이 없었습니다. 그는 욕심에 이끌려 황제 폐하께서 약속하신 자리를 얻기 위해 내상이 자살한 것으로 위장했던 것입니다. 이게 전부입니다. 송자가 밝힌 나머지 모든 것은 단지 허황된 이야기입니다. 완전히 꾸며낸 것입니다."

"그럼 수총도 제가 꾸며낸 것이라는 말입니까?" 자가 울부짖었다.

"조용히 하라!" 황제가 명령했다.

황제는 화를 내면서 무기를 잡고 일어났다. 그는 내상들과 귀엣말로 상의를 한 후 보에게 손짓을 했다. 보는 급히 달려와 황제의 발아래에 엎드렸다. 황제는 나가면서 보를 따라오도록 했다.

자는 영문도 모른 채 재판정 밖으로 끌려나와 있었다. 조금 뒤 자에게 보가 찾아왔다.

"폐하께서 내게 자네에게 이 말을 전하라고 명하셨네." 보는 손으로 눈을 가리더니 입술을 깨물었다.

"무슨 일입니까?"

"황제 폐하께서 자네 말을 믿으시네." 보가 말했다.

"그렇습니까?" 자는 기뻐서 소리쳤다. "다행입니다! 마침내 펭은 처벌을 받게 되고, 저는……." 그런데 보의 신중하면서도 걱정스러운 표정을 확인하자 말을 멈추었다. "무슨 일이 있는 겁니까? 방금 전에 황제 폐하께서 제 말을 믿으신다고……."

"그렇다네." 보는 자를 제대로 쳐다보지 못했다.

"그런데 왜 그러십니까? 제가 아무 죄도 없다는 사실을 믿지 않으시는 겁니까?"

"젠장! 내가 이미 그렇다고 말하지 않았는가!"

"그럼 도대체 무슨 일인지 말씀해주십시오." 자는 답답해 소리쳤다.

보는 눈을 들며 숨을 깊이 들이마셨다.

"황제 폐하께서는 자네가 스스로 죄인이라고 자백하길 바라시네." 보가 간신히 말을 꺼냈다.

"뭐라고요?"

"폐하께서 원하시는 바네. 우리가 할 수 있는 일은 아무것도……."

"왜, 왜 그러시는 거죠? 왜 제가 죄인이라고 자백하고, 펭은 아닌 거죠?" 자는 이렇게 말을 더듬었다.

"자네가 동의하고 유죄를 받아들이면, 황제 폐하께서는 안전한 곳으로 자네를 추방하실 것이네." 보가 확신 없는 목소리로 말했다. "자네에게 자비를 베푸실 걸세. 자네는 낙인이 찍히지도, 매를 맞지도 않을 것이네. 새로운 곳에 정착할 수 있도록 충분한 돈을 하사하실 것이며, 자네 이름으로 저택을 내려 자손에게 물려줄 수 있게 해주실 것이네. 또한 자네가 살아있는 동안 물질적으로 고통을 겪지 않도록 매해 일정 금액을 하사하실 것이네. 이건 매우 대단한 제안이네." 보가 말을 마쳤다.

"그럼 펭은요?" 자가 물었다.

"조용히 그의 문제를 처리하겠다고 말씀하셨네."

"이게 무슨 뜻입니까? 나리도 폐하의 말에 동의하십니까? 그겁니까? 나리 역시 공모자이십니까?" 자는 마치 미친 사람처럼 뒷걸음쳤다.

"제발 부탁이네! 진정하게! 나는 그저 폐하의 말을 자네에게 전할 뿐이야……."

"진정하라고요? 지금 제게 부탁하는 게 어떤 건지 알고 계시죠? 저는 가진 것을 모두 잃었습니다. 제 가족과 꿈, 그리고 명예……. 그런데 이제는 살인자가 되라는 말씀입니까?" 자는 보의 얼굴에 스칠 정도로 자기 얼굴을 갖다 댔다. "안 됩니다, 나리! 저는 지금 제게 남은 단 한 가지는 절대 포기할 수 없습니다. 무슨 일이 일어나든 저는 상관없습니다. 하지만 아버지를 죽이고 가족을 수치스럽게 만든 그 자식을 무죄로 만들 수는 없습니다."

"맙소사! 아직도 모르겠나? 이건 요청하는 게 아니네. 황제 폐하께서는 이와 같은 소동을 윤허하실 수가 없어. 그렇게 되면, 폐하의 통솔력은 의심을 받게 되네. 그렇지 않아도 이미 비방하는 사람들 중에서는 폐하가 너무 유약하다고 평가하는 사람들도 있네. 궁궐에 무질서와 배신이 난무하는 것이 알려지면, 폐하가 자신의 신하들마저 제대로 다스리지 못한다는 사실이 알려지면, 그의 정적들에게 휘두를 수 있는 무기가 하나도 없게 되네. 특히 금나라와는 더욱 그렇다네. 황제 폐하는 금나라의 위협을 받고 있는 이 시점에서 단호하고 확실하게 국가를 통치할 준비가 되어 있다는 것을 보여주고자 하시네. 그래서 궁궐의 판관에게 내상이 살해되었다는 것을 인정할 수가 없는 것이네."

"정의를 구현하여 그런 단호함을 보여주면 되지 않습니까?" 자가 소리쳤다.

"바보 같은 소리는 그만하게! 만일 자네가 거부하면, 황제 폐하께서는 무자비하게 자네를 심판할 것이고, 자네를 죄인으로 선고하실 것일세. 자네는 황제 폐하의 분노를 사게 되네. 그러면 자네는 처형되든지, 아니면 소금광산으로 보내질 것이고, 그곳에서 인생을 마감하게 될 것일세. 자네 아버지를 생각하게. 자네 아버지는 자네가 잘되기를 바라셨네. 만일 자네가 동의하면, 복권되어 형부에 진출할 수도 있을 것이네. 자네가 더 무엇을 요구할 수 있겠는가? 다른 대안이 있는가? 폐하의 의견에 반대하면, 자네를 가만두지 않으실 걸세. 비록 휘갈겨 쓰긴 했지만, 자네는 진술서에 서명을 했네. 자네의 변론을 잘 들어보았나? 자네는 지금 상황 증거만 가지고 있네. 펭과 맞설 수 있는 구체적인 것이 하나도 없네. 그저 의심만……."

자는 멍하니 보의 눈을 쳐다보았다.

"잘 생각하게." 보가 부탁했다. "이건 최고의 조건일 뿐만 아니라, 자네가 할 수 있는 유일한 선택이네."

자는 어깨 위에서 보의 손을 느꼈다. 진심이 느껴지는 손이었다. 자는 자신의 꿈, 최고의 판관이 되겠다는 열망을 생각했다. 그것이 아버지의 꿈이었다는 사실도 떠올렸다. 그는 고개를 숙이고 체념했다. 보가 기운을 북돋아주었다.

✻

자는 천천히 옥좌 쪽으로 향했다. 마치 족쇄를 찬 것처럼 발을 질질 끌며 고개를 푹 숙이고 걸었다. 그는 황제 앞에 다시 부복하여 이마를 땅에 갖다 댔다. 그의 뒤에서 보는 고개를 끄덕이면서 자가 동의했다는 것을 확인시켜주었다. 황제는 만족스러운 표정으로 최종판결문을 쓸 준비를 하라고 기록관에게 지시했다. 자가 그 서류에 서명하면, 재판이 끝나게 되는 것이다.

판결문이 작성되자, 어느 관리가 앞으로 나와 판결문을 읽기 시작했다. 모두가 주의를 기울여 들었고, 황제는 관리가 천천히 읽는 동안 세심하게 지켜보았다. 자의 죄는 인정되고 펭에 대한 고발은 모두 기각되었다. 이제 남은 일은 자가 그 판결문에 서명하는 것뿐이었다. 자는 떨리는 손으로 진술서를 집었다. 먹물이 아직 마르지 않았다. 마치 아직 바뀔 수 있는 여지가 있다고 말하는 것 같았다. 자는 떨리는 손으로 붓을 잡았지만, 제대로 움켜쥘 수가 없어서 그만 바닥에 떨어뜨리고 말았다. 깨끗한 붉은 양탄자에 검은 흔적이 새겨졌다. 자는 용서를 구하고, 다시 붓을 든 채 잠시 생각에 잠겼다. 그 판결문은 자를 유일한 살인범으로 규정하면서 펭의 연루에 대해서는 일언반구도 하지 않았다.

자는 보의 말을 떠올리면서, 정말 그의 아버지가 원하는 선택인지 생각했다. 그는 붓을 굳게 잡고 벼루의 먹물을 묻혔다. 천천히 이름을 쓸 준비를 했다. 가족의 성인 송을 쓰려던 순간, 마음속의 무언가가 그의 손을 멈추었다. 아주 순간적으로 벌어진 일이었다. 그는 눈을 들어 펭이 승리의 미소를 짓는 모습을 보았다. 잿더미 아래에 깔린 부모의 시체, 고문 받아 엉망이 되어버린 형의 모습, 셋째의 죽은 모습이 떠올랐다. 그렇게 그들을 놔둘 수 없었다. 그는 펭을 다시 뚫어지게 쳐다보았다. 이내 그의 얼굴에 불안감이 깃들었다. 자는 판결문을 찢어버리면서, 나머지 먹물을 양탄자 위로 쏟아버렸다.

황제는 분노했다. 죄수에게 수갑을 채우고, 무례한 행동을 한 대가로 열 대의 곤장을 치라고 지시했다. 그 처벌이 끝나면 평결을 내리겠다고 알렸다. 자는 마지막 변론을 할 기회를 달라고 요청했다. 자신이 그렇게 요구할 권리가 있으며, 황제가 수 세기 동안 이어져 내려온 전통적인 절차를 궁궐의 모든 신하들 앞에서 깨버릴 수는 없을 것이라는 사실도 알고 있었다. 황제는 못마땅한 표정을 지으며 요청을 수락했다.

"물시계의 물이 모두 떨어질 때까지다!"

자는 힘껏 숨을 들이마셨다.

펭은 태연한 척했지만, 그의 얼굴에는 아직도 두려움이 남아 있었다.

물이 떨어지기 시작했다.

"폐하, 거의 백 년 전에 폐하의 존경스러운 증조부님은 사악한 대신들의 조언에 이끌리신 나머지, 무고한 악비 장군을 처형하셨습니다. 이후 그분의 무고함이 밝혀졌고 그분의 국가에 대한 충성심과 용기는 모든 백성들의 본보기가 되었습니다. 반대로 그토록 극악무도했던 판결은 우리 역사에서 가장 수치스러운 사실 중의 하나로 기억됩니다. 악비는 처형을 당했습니다. 이후 복권되었지만, 그의 가족이 당한 손해와 상처는 결코 충분히 보상되지 못했습니다." 자는 잠시 말을 멈추고 후디에의 얼굴을 찾았다. "저는 악비 장군 같은 위인과 저를 비교할 생각은 없습니다……. 그러나 폐하께서 정의를 실현시켜주실 것을 믿습니다. 저 역시 모욕당한 아버지의 아들입니다. 저는 지금 제가 범하지도 않았을 뿐만 아니라 명확하게 밝히기 위해 노력했던 몇몇 범죄사건의 주범이라는 누명을 썼습니다. 저는 제가 말하는 것이 모두 사실임을 보여드릴 수 있습니다."

"재판이 시작되었을 때부터 너는 그렇게 말했다." 황제는 시간을 재고 있는 물시계를 초조한 눈빛으로 쳐다보았다.

"그렇다면 저 무기가 얼마나 끔찍한 힘을 지니고 있는지 보일 수 있게 허락해주십시오." 그는 양손을 올려서 수갑을 풀어달라고 요청했다. "저런 살상무기가 적군의 손에 들어간다면 어떤 일이 벌어질지 생각해보십시오. 폐하의 백성들을 생각해주옵소서."

자는 황제의 양심이 흔들리기를 바랐다. 황제는 무언가를 중얼대더니 수총을 들었다. 그는 내상들에게 시선을 준 후 다시 자의 얼굴을 바라보았다.

"사슬을 풀어주어라!" 황제가 지시했다.

경비병이 쇠사슬을 풀어주었다. 하지만 자가 앞으로 나아가려 하자 그를 막았다. 황제는 놔두도록 손짓했다. 자는 비틀거리면서 옥좌 앞에 나아가 무릎을 꿇었다. 그는 황제에게서 조그만 수총을 받았다.

자는 옷에서 둥그런 조그만 돌과 펭의 서랍에서 가져온 검은 가루가 든 자루를 꺼냈다.

"지금 제 손에 있는 탄알은 연금술사의 목숨을 앗아간 것과 동일합니다. 여러분은 이 탄알이 완전히 둥글지는 않다는 것을 확인하실 수 있습니다. 표면의 한 점이 튀어나왔기 때문입니다. 이 탄알은 연금술사의 척추와 부딪치며 부서졌습니다. 그런데 시체를 검사했을 때 꺼낸 조각과 맞춰보니 완벽하게 맞물렸습니다."

자는 전통적인 대포에 관한 글에서 읽은 것을 따라, 주머니의 가루를 무기의 입에 부었고, 붓의 손잡이를 이용해 화약을 누르고 탄알을 집어넣었다. 그는 웃옷에서 가늘고 긴 천을 뜯어낸 후 비비 꼬아서 일종의 심지를 만들었다. 그것을 기구의 옆에 있는 조그만 구멍에 넣은 다음, 황제에게 건네주었다.

"여기 있습니다. 심지에 불만 붙이고 겨냥하면……."

황제는 그 무기를 마치 기적의 산물처럼 쳐다보았다. 그의 조그만 눈은 당황스러워하면서 빛났다.

"폐하!" 펭이 말했다. "언제까지 제가 이런 치욕을 참고 견뎌야 합니까? 이 사기꾼의 입에서 나오는 모든 것은 거짓말입니다……."

"거짓말이라고요?" 자가 뒤로 돌아서서 그를 바라보았다. "그렇다면 제게서 훔친 석고 틀의 나머지 조각들과 군사용 화약과 연금술사의 목숨을 앗아간 탄알이 왜 당신 책상서랍에 숨겨져 있었던 것인지 설명해주십시오." 자는 다시 황제에게 말했다. "저는 그곳에서 이것들을 발견했습니다. 폐하께서 병사들을 보내 그곳을 살펴보면, 틀림없이 더 많은 탄알이 있을 것입니다."

펭은 이를 악물고 옥좌로 천천히 걸어갔다.

"제 책상에서 꺼냈다고 거짓말을 하기 위해 미리 더 많은 탄알을 그곳에 놓아두었을 수도 있습니다."

자는 입을 다물었다. 이런 말을 할 것이라고는 예상하지 못했다. 그는 펭이 무너지고 말 것이라고 여겼지만, 그는 그 어느 때보다도 확고했다. 자는 다리가 후들후들 떨리는 것을 느꼈다.

"알겠습니다. 그렇다면 이 질문에 답해 주십시오." 자가 입을 열었다. "칸 내상은 이달 5일에 살해되었습니다. 당신이 진술한 바에 따르면, 당신이 도성 밖에 있었던 밤입니다. 그러나 보는 어느 경비병이 궁궐로 돌아오는 당신을 보았다는 것을 확인했습니다. 전날 저녁이었습니다." 그러면서 자는 보를 가리켰고, 보는 고개를 끄덕이며 확인해주었다. "그렇다면 당신은 동기도 있었고, 수단도 있었으며…… 아무리 거짓말을 하더라도 우리는 당신이 그럴 기회도 가지고 있었다는 사실을 알고 있습니다."

"그게 사실이냐?" 황제가 물었다.

"아닙니다! 아닙니다, 폐하!" 펭은 마치 용암을 내뿜기 직전의 분화구처럼 소리쳤다.

"증명할 수 있느냐?" 황제가 다그쳤다.

"물론입니다." 그는 분노로 가득한 눈으로 자를 쳐다보았다. "그날 밤 저는 아내와 함께 집에 있었습니다. 밤새 저는 아내와 즐겼습니다. 이걸 듣고 싶으신 것입니까?"

자는 너무나도 놀라 입을 벌린 채 뒷걸음쳤다. 펭은 거짓말을 하고 있었다. 자와 후디에가 함께 잠자리를 한 바로 그날 밤이었다.

펭이 다시 그에게 질문을 던지면서 막다른 골목으로 몰았다.

"그럼 너는? 칸이 살해되었던 날 밤에 어디에 있었나?" 펭이 따져 물었다.

자의 얼굴이 시뻘게졌다. 그는 후디에의 눈에서 생명줄을 찾았다. 그를 위협하는 소용돌이에서 벗어나서 잡을 수 있는 밧줄을 찾았다. 그녀가 앞을 보지 못한다는 사실을 잊은 채, 그녀가 자신의 눈빛에서 그녀를 절실히 필요로 한다는 간절한 소망을 읽기를 바랐다. 하지만 후디에는 순종적인 아내의 역할에 헌신하겠다는 표정으로 조용히 앉아 있었다. 그녀는 결코 사실을 말하지 않을 테지만, 그렇다고 해서 그녀를 비난할 수도 없었다. 자에게는 그녀의 삶을 파괴할 권리가 없었다.

"어서 말하라." 황제가 재촉했다. "내가 평결을 내리기 전에 덧붙일 말이 있느냐?"

자는 침묵을 지켰다. 그는 다시 후디에를 쳐다보았다.

"없습니다." 자는 고개를 숙였다.

황제는 내키지 않은 듯 머리를 흔들었다.

"짐은 송자의 죄가 증명되었다고 선고하며, 따라서 다음과 같이……."

"저와 함께 있었습니다." 재판정 뒤에서 단호한 목소리가 들렸다.

그 목소리는 재판정 전체로 퍼졌고, 동시에 모두가 일제히 고개를 돌렸다. 자리에서 일어난 후디에의 목소리는 전혀 흔들리지 않았다.

"저는 남편과 함께 있지 않았습니다." 그녀는 단호하게 말했다. "칸 내상이 살해된 밤에 저는 송자의 침상에 누워 있었습니다."

펭은 믿기지 않는다는 듯이 말을 더듬었고, 수백 개의 얼굴은 일제히 그를 쳐다보았다. 그의 얼굴은 죽음의 창백한 색깔을 띠고 있었다. 판관은 알아들을 수 없는 말을 중얼거리며 후디에를 뚫어지게 바라보았다.

"어떻게 당신이……!" 그는 비틀거렸다. 제정신이 아니었다. 황제는 그를 체포하라고 명령했다. "놓지 못해! 염병할 계집년!" 그는 울부짖었다. "내가 당신을 위해 얼마나 많은 일을……."

그는 붙잡고 있던 경비병들의 손아귀를 단숨에 빠져나와 황제가 들고 있던 무기 위로 몸을 날렸다.

"모두 물러서!" 펭은 위협했다. 그는 붙잡히기 전에 촛불을 집어 심지에 불을 붙였다. "뒤로 물러나!" 펭은 다시 고함치면서 황제에게 총구를 겨누었다. 병사들이 뒷걸음쳤다. "죽일 년……." 그는 팔을 들더니 그녀를 겨냥했다. "당신에게 모든 것을 다 주었어……. 당신을 위해 모든 걸 했어……." 심지의 불꽃이 점점 다가오고 있었다. "어떻게 내게……."

후디에 옆에 있던 사람들이 몸을 바짝 엎드렸다. 펭은 양손으로 신무기를 들고 있었다. 그가 눈을 깜빡일 때마다 포신이 움직였다. 심지의 불꽃이 청동 포신에 도달하려고 했다. 펭은 소리를 질렀다. 그는 갑자기 무기를 돌려 자기 이마에 갖다 댔다. 쾅 하는 소리가 울려 퍼졌고, 펭의 몸은 피를 뿌리며 무너져내렸다. 즉시 경비병들이 그를 덮쳤지만, 이미 그는 시체가 된 후였다. 황제의 얼굴에는 펭의 피가 튀어 있었다. 황제는 놀란 표정을 지으며 일어났다. 잠시 후 그는 자를 석방하라고 지시한 후 재판이 끝났음을 알렸다.

자는 뻐근함을 느끼며 눈을 떴다. 재판이 끝난 지 불과 일주일 정도였지만, 그의 상처는 빠르게 아물고 있었다. 밖에서는 학생들이 강의실에 들어가려고 서두르는 소리가 들렸다. 그는 지옥 같던 궁궐이 아닌 책으로 둘러싸인 집으로 돌아와 있었다.

그가 일어나기를 기다리고 있던 의원은 달인 약을 들고 들어왔다. 매일 아침, 자는 의원에게 감사하면서 그 약을 단숨에 마셨다.

"교수님은 어떠십니까?" 자가 물었다.

눈이 반짝반짝 빛나던 늙은 의원은 환한 미소를 지으며 약그릇을 받았다.

"한시도 쉬지 않고 말씀하시네. 다리도 도마뱀보다 더 빠르게 낫고 있지." 그는 자의 상처를 살펴보았다. "자네를 보고 싶어 하시네. 자네도 이제 걷기 시작할 때가 되었네." 늙은 의원은 자의 상태가 호전되었다는 것을 확인하고, 그의 등을 손바닥으로 툭 쳤다.

자는 기뻤다. 학원에 돌아온 이후 계속 밍교수의 상태에 관한 소식을 듣고 있었다. 그는 힘들게 일어나 창문의 창호지에 아침햇살이 쏟아지고 있는 것을 유심히 지켜보았다. 자는 강하게 반짝거리는 빛 속에 가문의 성을 자랑스러워하라고 격려하는 조상들의 영혼이 있다고 생각했다. 마침내 그는 마음 편히 조상들을 기릴 수 있게 되었다. 예를 갖춰 향을 피웠고, 그 향내를 맡으면서 그들이 어디에 있든지 편안하게 쉴 것이라고 생각했다.

그는 후디에의 지팡이를 짚고 방에서 나왔다. 그녀는 얼른 회복되라는 간절한 소망을 담아 그 지팡이를 보냈고, 그때부터 자는 그 지팡이를 짚는 꿈을 꾸었다. 그는 밍교수의 침소로 가는 길에 여러 교수들과 만났다. 그들은 마치 그가 동료인 것처럼 대했다.

밍교수는 여전히 멍으로 가득한 몸으로 침상에 누워 있었다. 방은 어두웠지만, 교수의 얼굴은 자를 보자마자 환하게 빛났다.

"자!" 그는 행복해하면서 소리쳤다. "이제 걸을 수 있군!"

자는 그의 옆에 앉았다. 밍교수는 피곤해 보였지만, 눈에서는 활기가 넘쳤다. 그들은 재판과 펭에 관해 이야기했다.

밍교수는 아직도 재판 내용을 잘 이해할 수 없어 궁금해했다.

"예를 들면 범죄의 동기라네."

"솔직히 그걸 알아내는 일은 매우 복잡하고 힘들었습니다. 청동제작인은 수다쟁이인데다 자부심과 허영심이 강한 사람이었습니다. 사실 그가 금나라 사신들의 영접에 초대를 받게 된 것은 펭에게 압력을 넣었기 때문입니다. 펭의 하인이었던 몽고인이 체포된 후 그렇게 자백했습니다.

청동제작인이 상류사회에 들어가고자 안달하고 있어 그곳에 초대받도록 펭에게 압력을 넣은 것이지요. 다만 펭이 위험한 인물이라는 것은 모르고 있었던 것 같습니다. 몽고인의 말에 따르면, 펭은 청동제작인의 탐욕과 경솔함이 자신을 위험에 빠뜨린다고 생각한 끝에, 그날 밤 그를 살해했습니다. 도교 연금술사와 폭발물 제작자와 관련해서는, 이미 제가 재판정에서 말했던 대로 무기 개발에 대한 대가를 지불하지 못해 밀고 당할 위험을 감수하느니 차라리 죽이는 편이 낫다고 생각했던 것이고요. 펭은 조달할 수 없을 정도의 엄청난 빚을 진 것으로 보입니다.”

“그런데 펭은 왜 내상을 죽였나? 내상 같은 거물급에 대한 범죄는 결코 그냥 지나가지 않는다는 걸 알았을 텐데.”

“아마도 그러지 않을 수가 없었을 것입니다. 칸 내상은 후디에가 용의자라는 생각에 집착하고 있었습니다. 아니면 그런 의심 때문에 범죄를 일으킨 진정한 범인은 펭이라는 사실을 알아냈을 것입니다. 아니면 그가 그렇게 할 것이 두려워 펭이 먼저 그를 죽였을 수도 있습니다. 그런데 펭은 그것을 자살로 위장할 수 있는 아주 적절한 방법을 찾아냈습니다. 그 사악한 생각이 제대로 먹혔다면, 내상이 모든 잘못을 뒤집어쓰고 자신은 모든 혐의에서 벗어났을 것입니다. 그런데 제가 자살이 조작된 것이라는 사실을 밝힌 것이지요. 펭은 혐의를 모면할 방법으로 그 이야기를 회유에게 알려주어 저를 고발하게 한 것입니다.”

“그럼 향수 문제는?”밍교수가 물었다. “모든 잘못을 여사에게 뒤집어 씌우기 위해 시체에 향수를 뿌린 것이라는 가정은 좀 이해되지 않네. 살인범이 그녀의 남편이라면, 펭은 무슨 목적으로 그렇게 했던 것이지? 내가 아는 바로는, 펭은 미칠 정도로 아내를 사랑하고 있었네.”

"확실한 증거는 없어도, 그 문제에 관해서는 칸에게 책임이 있다고 감히 말하고 싶습니다. 사실 칸 내상이 살해되었다는 것이 그가 전적으로 죄가 없다는 사실을 의미하지는 않습니다. 내상은 후디에에게 집착하고 있었고, 심지어 자신이 발견하고자 하던 결과와 현재의 증거를 혼동하기까지 했습니다. 언젠가 칸 내상의 청혼을 후디에가 거부한 탓에, 그녀가 황제에 대해 가진 반감만큼 내상도 그녀에게 반감을 갖게 되었을 것입니다. 아마도 이런 증오심 때문에 칸 내상은 판단력이 흐려져 그녀에게 죄를 전가할 수 있는 증거를 남긴 게 아닐까 싶습니다. 그는 옥향을 손에 넣을 수 있는 사람이라 시체들이 발견되자 향수의 흔적을 남겨서 증거를 날조했던 것 같습니다."

"그렇지만 칸 내상이 아주 죄질이 나쁘다고는 할 수 없다고 보네. 어쨌든 범인은 펭으로 밝혀졌으니까." 밍교수는 자가 따라준 차를 마셨다. "정말 이상해! 펭은 매우 점잖고 교양 있는 사람처럼 보였네. 그가 왜 그토록 끔찍한 범죄를 저질렀는지 그 동기를 아직도 이해할 수 없네."

"그걸 누가 이해할 수 있겠습니까? 우리의 정상적인 이해를 펭의 비정상적 행위에 적용하면 이해하기 어렵습니다. 펭은 제정신이 아니었습니다. 그러니 그의 비정상적인 관점으로 보아야 그의 행동이 이해 가능할 것입니다. 보가 펭의 몽고인 하인을 체포하고 확인한 바에 따르면, 하인은 자신이 그 살인에 적극적으로 협력했을 뿐만 아니라 그것은 펭의 탐욕에 의한 것이라고 자백했다고 합니다."

"탐욕 때문이라고? 펭은 이미 부자였네. 그의 아내가 맡고 있던 소금 사업은……."

"그 사업은 오래전부터 악화일로를 걷고 있었습니다. 국경 문제가 생기자, 황제는 펭의 주요 고객이었던 금나라 여진족들과의 무역을 중지시켰습니다. 사실상 파산 지경에 있었던 것입니다."

"하지만 그런 살인을 하면서 펭이 얻을 수 있는 게 뭔가?"

"돈과 권력입니다. 펭은 예전에 후디에가 운영하던 사업을 인계받았지만 그의 서툰 경영으로 거의 파산 지경에 이르렀다는 사실을 잊으면 안 됩니다. 아마도 제 아버지가 펭 아래서 일하고 있을 때, 펭은 후디에와 관계를 가졌을 것입니다. 그때 이미 그는 그녀의 사업에 손을 대기 시작했습니다. 펭은 자신의 마지막 재산을 두터운 관계를 형성하는 데 투자했습니다. 그것의 최종 목적은 우리의 적에게 살상무기의 비밀을 파는 것이었습니다. 펭의 계획대로 이루어졌다면 금나라는 이미 침략전쟁을 벌이는 데 유용한 비밀을 손에 넣었을 것입니다. 펭은 금나라가 승리할 경우 소금 전매사업권을 손에 넣을 수 있을 것이라고 상상했던 것 같습니다. 그러나 이 모든 것은 투기와 다름없는 행동이었습니다. 보와 다른 판관들이 계속 이 문제를 수사하고 있습니다."

"그런데 펭이 어떻게 그토록 살상력이 뛰어난 무기의 비밀을 알게 되었을까?"

"저도 그게 의문이었습니다. 저는 그 대답이 후디에의 가족에게 있다고 생각합니다. 악비는 가장 유명한 장군 중의 하나였으며, 화약을 군사용으로 사용한 선구자였습니다. 사실 펭의 집무실에서 저는 『무경총요』 사본을 발견했습니다. 이것은 군사기술에 관한 책인데, 거기에는 그것을 응용할 수 있는 기초지식이 들어 있습니다. 저는 펭이 군대와 연관된 처가에서 그런 지원을 받았을 것이라고 생각합니다. 보가 확인한 사항들은 이런 의심을 확인시켜주는 것 같습니다."

"이 모든 게 한 여자 때문에 생긴 일이라니…… 결국은 그를 배신한 여자인데……."

자는 후디에의 지팡이를 어루만지면서 침묵을 지켰다. 그녀는 자의 목숨을 구해준 사람이었다. 밍교수는 후디에를 몰랐다. 아무도 자처럼 그녀에 대해 자세히 알고 있는 사람은 없었다. 그는 회복기간에 매일 그녀 꿈을 꾸었고, 그녀를 만나고자 갈망했다. 그는 이제 후디에의 지팡이를 짚고 수련궁으로 가리라 마음먹었다.

❁

다행히 칸 내상이 건네준 인장이 아직도 그 기능을 수행하고 있는 덕분에 궁궐에 들어갈 수 있었다. 자는 정원을 지나 후디에의 거처로 향했다. 그는 그녀와의 재회를 상상했다. 그녀에게 감사를 표하고 싶었다. 그녀를 힘껏 안아 사랑하는 마음을 보여주고 싶었다. 그러나 수련궁으로 다가가면서, 그의 얼굴은 그늘지기 시작했다. 가까이 갈수록 심장이 떨려왔다.

수련궁 근처에서 수십 명의 경비병들이 우왕좌왕하면서 급히 움직이고 있었다. 자는 아픈 다리를 최대한 빨리 움직였다. 자가 신원을 밝혀도 경비병들은 단호히 막아섰다. 무슨 일이 벌어지고 있는지 알려달라고 요구했지만 아무 소용이 없었다. 그들을 밀치고 들어갈 작정을 한 순간, 때마침 수련궁 안에서 보가 나타났다.

"무슨 일이 있는 겁니까?" 자는 보의 팔을 붙잡으며 물었다.

"우리는 수련궁을 수색하고 있었네…… 그런데 그 사이 후디에가 사라지고 말았네. 수사가 끝날 때까지 이곳에 머물러 있으라는 지시가 있었는데도."

"사라졌다고요? 그게 무슨 소리입니까?" 자는 보를 한쪽으로 밀치고 수련궁 안으로 들어갔다.

불안감에 사로잡혀 자는 절룩거리면서 복도를 돌아다녔고, 보는 그를 바싹 따랐다. 그는 후디에가 왜 사라졌는지 이해할 수 없었다. 안방에는 옷과 가재도구들이 널려 있었다. 급히 짐을 싼 것 같았다. 그는 천천히 그곳을 나와 펭의 침실로 들어갔다. 그곳에서 여러 관리가 책장에 말끔하게 정돈되어 있는 책들을 검사하고 있었다. 자는 멍하니 그들을 바라보다가 어느 책장에 시선이 머물렀다. 소금에 관한 책들이 있던 선반이었다. 자는 그곳에서 중요한 책 한 권이 사라졌음을 알았다. 군사기술과 화약 사용에 관한 책, 『무경총요』였다.

자는 그 책이 빠진 틈을 유심히 살펴보면서, 책장 뒤에 붉은 물건이 숨겨져 있는 걸 보았다. 그는 책 몇 권을 밀고 천천히 손을 넣었다. 믿을 수 없는 일이었다. 그 물건은 바로 그의 아버지가 간직하고 있던 옻칠한 함이었다. 아버지가 죽은 날 사라졌던 바로 그 상자였다. 심장이 멎는 것 같았다. 자는 그 함을 아버지의 영혼이 간직된 것처럼 손을 떨면서 열었다. 그 안에 있는 몇몇 서류에서 자는 아버지의 필체를 알아보았다. 그것들은 회계 장부 사본이었다. 펭의 기금 횡령을 보여주는 서류였다.

자는 수련궁을 빠져나왔다. 그는 후디에의 지팡이를 짚고 유령처럼 천천히 걸어 학원 입구에 도착했다. 경비원이 마당에서 누군가가 기다린다는 말에, 자는 가슴이 마구 뛰었다. 후디에일지도 모른다고 생각했다. 그러나 놀랍게도 그를 기다리고 있던 사람은 두 명의 거지였다. 처음에 그는 기억하지 못했다.

"저를 기억하지 못하세요?" 더 어려 보이는 거지가 물었다. "작업장에 화재가 났던 날이요. 제가 절름발이 친구를 찾으면 나머지 돈을 주겠다고 하셨어요."

자는 그를 아래위로 쳐다보며, 마침내 그가 누구인지 기억해냈다. 그는 청동제작인의 작업장 근처에서 만났던 아이였다. 그와 함께 있는 거지는 목발 위에 앉아 있었다. 그가 말했던 증인인 듯했다. 자는 고개를 가로저었다.

"너무 늦었어. 그 사건은 이미 종결되었다."

"하지만 약속하셨잖아요! 이 아이를 데려오면 나머지 돈을 주겠다고 약속하셨는데……." 거지 소년이 투덜댔다.

자는 그 아이의 눈을 뚫어지게 바라보았다. 정말 돈이 필요한 것 같았다. 자는 돈을 꺼냈지만, 그대로 들고 있었다.

"좋아. 네 친구가 무엇을 봤지?"

"자, 어서 말해!" 거지 소년은 절름발이 친구를 떠밀었다.

절름발이 소년이 넘어질 듯이 걸으면서 다가왔다.

"세 사람이 왔어요." 절름발이 소년이 말했다. "한 사람은 지시를 내렸고, 다른 두 사람은 그 지시를 따랐어요. 제가 숨어 있었기 때문에 그들은 저를 보지 못했어요. 하지만 저는 그들을 보았고 그들의 말도 들을 수 있었어요. 지시를 내리던 사람은 밖에서 기다렸고, 다른 두 사람은 작업장 안에서 무언가를 찾았어요. 그리고 사방에 기름을 뿌리고 불을 붙였어요."

"알았어. 그들을 다시 보면 알아볼 수 있겠어?" 자는 별 기대 없이 물었다.

"그럴 수 있을 거예요. 한 사람의 이름은 펭이었고, 다른 사람은 몽고인처럼 보였어요."

자는 깜짝 놀라 절름발이 소년에게 다가갔다.

"그럼 나머지 사람은? 그 사람에 대해 말해봐."

"여자였어요." 그가 말했다. "지시를 내리던 사람은 여자였어요."

"여자였다고?" 자가 말을 더듬었다. "어떤 여자였지?" 자는 절름발이 소년의 어깨를 잡고 마구 흔들었다.

"모르겠어요! 이상한 지팡이를 짚고 걷는 것만 보았어요. 그 지팡이는……." 그 소년이 갑자기 말을 멈추었다.

"왜 그래? 젠장, 어서 말해 봐!" 자가 다그쳤다.

"이것과 똑같았어요." 절름발이 소년이 자의 지팡이를 가리켰다.

자는 아무것도 먹지 않고, 상처도 치료하지 않으면서 방 안에 틀어박혀 사흘을 보냈다. 그저 시간이 흐르게 놔둔 채 후디에가 절름발이 소년이 말한 대로 정말로 주범인지, 펭은 그녀가 복수의 도구로 조종했던 꼭두각시였는지, 그녀가 숨어버린 이유가 무엇인지 골똘히 생각했다. 무엇보다도 왜 후디에가 펭을 배신하면서 자신의 목숨을 구해주었는지를 생각했다. 그건 결코 확인할 수 없는 것이었다.

보가 찾아왔다. 그는 자의 선택이 천만다행이라고 했다. 그가 나중에 알게 된 것은, 황제가 이미 자를 처형하겠다는 결심을 굳힌 채 거짓 제안을 했다는 것이다. 그러니 자의 처형을 막은 것은 뜻밖에도 펭의 자살이었다.

나흘째 되는 날, 자는 슬픔을 떨쳐버리고 일어났다. 한 가지 목표를 가지고 린안으로 왔으니 그걸 이루려면 열심히 공부해야만 했다. 그의 팔과 다리는 잃어버렸던 기운을 회복했으며, 정신은 또렷해져서 열심히 공부할 준비가 되어 있었다.

그날 오후 그는 밍교수를 만났다. 이미 걷기 시작한 밍교수를 보고, 자는 무척 기뻤다. 밍교수 역시 다시 책과 씨름하는 그를 만나게 된 것이 흐뭇했다.

"다시 공부하는 건가?" 밍교수가 물었다.

"네. 해야 할 공부가 많습니다." 자는 읽고 있던 붉은 색 장정의 책을 보여주었다.

밍교수는 빙긋이 웃었다.

"보가 이곳에 왔네." 밍교수는 자 옆에 앉았다. "수사가 어떻게 진행되고 있는지 알려주었지. 그런데 점쟁이는 처형을 당할 것 같더군. 후디에가 도주했다는 것과, 감방에서 자네와 펭 사이에 어떤 일이 있었는지도 말해주었다네. 그런데 황제가 자네를 형부 관리로 임명하겠다는 약속은 취소했다고 하더군."

자는 고개를 끄덕였다.

"그렇습니다. 황제는 제가 발견한 모든 것을 마법에 기인한다고 폄하했다고 합니다." 자는 체념한 표정으로 어깨를 들어올렸다. "하지만 적어도 과거 응시자격을 박탈하지는 않았습니다. 지금 제게는 그것이 중요합니다."

"알겠네⋯⋯." 밍교수는 믿지 못하겠다는 얼굴로 말했다. "하지만 쉽지 않을 것이네. 다음 시험은 2년 후에 있고, 그 시험은 통과하기가 어려워⋯⋯. 나는 자네가 학생 자격으로 계속 있을 필요가 없다고 생각하네. 자네의 지식은 아주 뛰어나니 원한다면 교수직을 얻어주겠네. 그럼 자네가 결코 얻지 못할 수도 있는 것을 위해 걱정하거나 싸울 필요도 없을 것이네."

자는 굳은 결심을 하고 밍교수를 쳐다보았다.

"감사합니다, 교수님. 하지만 저는 공부를 하고 싶습니다. 제 유일한 관심사는 과거에 합격하는 것입니다." 자는 아버지의 서류가 들어 있는 붉은 함을 떠올렸다. "저는 제 자신에게, 가족에게, 그리고 교수님에게 많은 빚을 지고 있습니다."

밍교수는 고개를 끄덕이며 웃었다. 그는 일어나서 가려고 하다가 발길을 멈추었다.

"궁금한 게 있네. 왜 황제 폐하의 제안을 거절한 건가? 보가 내게 이야기한 것에 따르면, 자네가 침묵을 지킨다면 황제 폐하는 자네가 원하는 모든 것을 주겠다고 했다는데 말이지. 왜 수락하지 않은 건가?"

자는 다정한 눈빛으로 늙은 교수를 쳐다보았다.

"언젠가 후디에가 제게 말하길, 펭은 사람이 죽는 방법을 수없이 많이 알고 있다고 했습니다. 아마도 그건 사실일지 모릅니다. 아마도 죽는 방법은 수없이 많을 것입니다. 하지만 제가 확신하는 건, 사는 방법은 단 하나만 존재한다는 것입니다."

아직도 나는 한 손에 진한 커피를, 다른 한 손에는 종이 한 묶음을 들고서 내 사무실에 앉았던 날들을 기억합니다. 그 당시 나는 두 가지만 확실히 해두었습니다. 하나는 작품이 나뿐만 아니라 독자들에게도 감동을 선사해야 한다는 것이었고, 다른 하나는 내가 써야만 할 주제를 발견하지 못하면 결코 글을 시작하지 않을 것이라는 사실이었습니다.

솔직히 고백하건대, 두 달 넘게 수십 장을 끄적거렸습니다. 자극적이고 매혹적인 이야기를 찾았지만, 내가 끄적거리던 것은 전혀 독창적이지 않았습니다. 보다 강렬하고 열정적이며 색다른 것이 필요했습니다.

이런 경우에 흔히 일어나듯, 2007년 1월, 운명이 내 방문을 두드렸습니다. 나는 매년 뉴델리에서 개최되는 제8회 인도 법의학과 독물학 학술총회에 초대를 받았습니다. 나는 법의학자가 아니지만, 문학적인 이유로 이 학문에 매우 큰 관심을 가지고 공부해왔습니다. 그런 이유로 얼마 전부터 여러 법의학 포럼에 참석했으며, 거기서 몇몇 회원들과 우정을 나누었습니다. 그들 중에는 데바라지 만달(Devaraj Mandal) 박사도 있었는데, 그는 학술총회의 발표자이자 내게 초대장을 보내준 사람이었습니다.

여러 가지 이유로 나는 그 날짜에 인도에 갈 수 없었습니다. 만달 박사는 친절하게도 주요 발표문의 초록과 함께 두꺼운 발표논문집을 보내주었습니다. 대부분은 독물학, 법의병리학, 범죄학, 법정신의학과 분자유전학에 관한 글이었습니다. 그중 내 관심을 사로잡은 글은 분광광도법의 최근 발전상황이나 미토콘드리아 DNA 분석 영역에서의 새로운 발견에 관한 것이 아니라, 법의학 초기의 역사를 집중적으로 다룬 글이었습니다. 더 구체적으로 말하자면, 세계적인 법의학의 선구자이자 아버지라고 알려진 중국 남송시대의 학자 송자(宋慈, 1186~1249)를 심층적으로 다루고 있었습니다.

그 글을 읽은 후 나는 새 소설의 주제를 찾았다는 사실을 깨닫고 가슴이 쿵쿵 뛰었습니다. 작업하던 구상들을 모두 멈추고 소설 쓰기에 전력을 다했습니다. 그럴 가치가 있는 작품이었습니다. 인류 역사상 최초의 법의학자가 살아온 매우 독특한 생애이자, 고대 중국의 매력을 한껏 발산하는 역사물이었기 때문입니다.

자료조사 과정은 극도로 험난했습니다. 송자의 일생은 수십 권의 책에서 발췌한 서른 개의 문단에 불과했습니다. 이것은 소설 쓰는 문을 열어주는 데는 충분했지만, 정확한 전기에 바탕을 둔 이야기를 쓰기에는 한계가 있었습니다. 다행히 그의 일생과는 달리 작품에 대해서는 그렇지 않았습니다. 1247년에 간행된 5권짜리 법의학 전서인 『세원집록(洗寃集錄)』은 일본어, 한국어, 러시아어, 독일어, 네덜란드어, 프랑스어와 영어 번역을 통해 지금까지 보존되어 내려왔기 때문입니다.

나는 서퍽 커뮤니티 대학의 부교수로 있는 친구이자 작가인 알렉스 리마(Alex Lima)를 통해 미시건 대학 중국연구소의 나단 스미스(Nathan Smith)가 출간한 『세원집록』의 복사본을 구했습니다. 좀 더 정확하게 말하자면, 브라이언 맥나이트(Brian McKnight)교수가 1854년 일본어 번역본의 귀중한 서론을 포함시켜 영어로 중역한 판본이었습니다.

『세원집록』은 법의학 기술과 방법, 사용기구와 준비과정, 그리고 의례와 법률 등을 모두 집대성한 진정한 보고였으며, 여기에 송자는 자신이 해결한 수많은 법의학 사건을 추가했습니다. 나는 이 책을 바탕으로 열정적일 뿐만 아니라, 절대적으로 현실에 충실한 이야기를 구성할 수 있었습니다.

나는 자료조사 기간을 1년 더 연장하면서, 정치와 문화, 사회와 법, 경제와 종교, 군사와 성(性) 영역에서 필요한 자료를 수집했습니다. 송나라 시대의 의학과 교육, 건축과 음식, 소유권, 의상, 척도법, 화폐와 국가 조직과 관제에 대해 철저히 조사했습니다. 나는 몇몇 놀라운 자료를 통해 영종 황제가 통치하던 시기가 매우 위험한 상황에 처해 있었다는 것을 알게 되었습니다. 당시 북쪽의 금나라는 송나라 북부를 점령한 후 남부까지 침략하겠다며 위협하고 있었기 때문입니다. 또 가족 내에서 엄격하고 복잡한 규범이 존재했으며, 그에 따르면 나이 어린 사람들은 나이 많은 사람들을 절대적으로 존중하고 복종해야만 했다는 사실도 알게 되었습니다. 의식은 삶의 원동력이자 축처럼 중요했으며, 아무리 사소한 범죄를 저질렀다고 하더라도 강력한 물리적 처벌이 보편화되어 있었습니다. 형법은 삶의 모든 면을 통제하는 도구였으며, 당대는 일신교에 지배된 것이 아니라 불교나 도교, 유교 같은 배타적이지 않은 철학이 공존하고 있었다는 것도 알게 되었습니다. 그 누구라도 3년마다 치러지는 과거시험에 합격하면 관리가 될 수 있는 매우 공평하고 시대적으로 앞선 규정도 있었으며, 반군사주의 기조가 널리 확산되어 있었습니다. 무엇보다도 송나라 시대에는 놀라울 정도의 과학적·기술적 발전 — 나침반, 화약, 활자 인쇄술, 어음, 냉동기술, 방수구획 — 이 이루어졌다는 사실을 알아냈습니다.

이상하게 보일지 모르지만, 이 작품의 내용을 대략 구상한 후 처했던 첫 번째 어려움은 등장인물들의 이름이었습니다. 중국어는 매우 복잡한 언어입니다. 대부분의 단어는 단음절이며, 하나의 음절은 다섯 개의 서로 다른 성조로 발음될 수 있습니다. 그러니 이제 송, 당, 밍, 펭, 팡, 강, 둥, 쿵, 풍, 콩과 같은 성을 지닌 등장인물들이 모두 소설에 나온다고 생각해봅시다. 아마 세 페이지도 못가서 독자들은 심한 두통을 느끼면서 책을 덮게 될 것입니다.

이런 문제를 피하기 위해, 나는 주요 역사적 인물들의 이름은 그대로 유지하면서 이미 사용한 이름과 유사하거나 혼란을 야기할 수 있는 이름은 다른 것으로 대체했습니다.

그러나 어려움은 계속되었습니다. 중국어 발음에서 나타나는 다양한 성조 때문에 동일한 단어라 할지라도 듣는 사람에 따라 다르게 문자화되었습니다. 참고한 문헌에서도 주인공 송자의 이름이 총시, 충시, 성시, 심지어는 숭추라는 이름으로 사용되었다는 것을 알게 되었습니다.

이 문제가 해결되고도 나는 더 큰 문제에 봉착하게 되었습니다. 역사적 배경을 지닌 소설을 쓰겠다고 마음먹을 때, 모든 작가가 당면하는 가장 중요한 암초 중의 하나는 사실과 허구를 어느 정도의 비율로 구성할 것인가 하는 것입니다. 이런 소설에서는 특징적으로 사용 가능한 자료를 신중하고 꼼꼼하게 다루면서 존중해야 하기 때문입니다.

나는 역사소설이란 그 무엇보다도 소설이 되어야 한다고 생각합니다. 우리는 소설이 허구라는 토대에서 출발해야만 합니다. 그래야 독자를 사로잡는 마술과 힘이 설명됩니다. 이런 어려운 과정을 극복하면, 이제 핵심은 작가가 역사적 사실을 얼마나 엄정하고 정직하게 다루는가 하는 문제를 마주하게 됩니다.

『시체 읽는 남자』의 경우, 주인공인 송자(宋慈)는 실제 인물입니다. 매우 훌륭하고 상세한 저서들을 펴냈지만, 그리 알려지지 않은 사람입니다. 이 소설에서 나는 주인공이 일하는 방법, 혁신적인 법의학 기법, 초기의 어려움,

과감함과 현명함, 학업에 대한 열정과 진실과 정의에 대한 갈망을 최대한 정확하게 반영하려고 애썼습니다. 각각의 사건에 묘사된 모든 과정과 절차들, 법과 의전, 분석과 그 방법, 기구와 장비들과 재료들을 당대의 현실에 충실하게 작성했습니다. 허구적 인물들도 있지만 여기에는 실제 인물들도 있습니다. 영종 황제와 그의 수행원들, 형부 내상과 밍교수를 들 수 있습니다. 또한 지금의 대학에 해당하는 국자학 같은 명망 있는 학술 기관, 국경지역에서의 불안한 정치적 상황, 그리고 무엇보다도 이 세상에서 최초로 발명된 혁신적이자 치명적인 수총(手銃)의 출현과 같은 역사적 사실의 도움을 받았습니다.

그러나 허구적 요소들을 첨가하여 당시의 사회, 음모와 계략, 발전과정을 유사하게 재창조했습니다. 이런 점에서 다소 복잡한 줄거리를 짰으며, 그 안에서 중국인들이 국가최고기밀로 간직하던 폭약 제조방법이 어떻게 그들의 적인 몽고인들에게 넘어가 마침내 유럽에 이르게 되었는지 추측해보았습니다.

송자가 앓은 이상한 질병은 선천성 무통각증 및 무한증(CIPA)이라고 명명된 것이며, 이 질병은 NTRK1 유전자가 변이되어 고통이나 더위 혹은 추위의 신호를 뇌로 전달하는 신경세포의 형성을 억제하여 생깁니다. 나는 주인공을 더욱 극화시키기 위해 소설에 임의로 도입한 것이지, 주인공이 그 병을 앓았다는 증거는 없다는 사실을 밝힙니다.

마지막으로 문학 장르에 대한 개인적인 생각을 피력하려 합니다. 우리는 인간이 선천적으로 자기를 둘러싼 모든 것을 분류하려는 경향이 있다는 사실을 알고 있습니다. 이것은 정보의 공급이 수요를 초과하고 너무나 광범위한 탓에 그 용도가 불분명해지는 사회에서는 당연한 것입니다. 문학 장르에 관해서도 유사한 현상이 벌어집니다. 너무 많은 책들이 출간되어 출판인은 각각의 책이 어느 장르에 속하는지 결정해야만 합니다. 서적상도 각 책마다 어느 분야로 분류되는지 알아야 하고, 독자들은 각자의 취향에 따라 어느 분야에서 책을 고를 수 있는지 알아야 합니다.

여기까지는 큰 문제가 없을 것입니다. 그것은 체계화의 형식이며, 어느 정도 필요하기 때문입니다. 그러나 구태여 그럴 필요가 없는 것은 각각의 소설에게 고정된 표시를 붙이는 인간의 전형적인 관습입니다. 우리는 〈순수문학〉 〈장르소설〉 등으로 구분하지만, 이런 분류는 결코 각 작품의 문학성에 따라 객관적으로 정해지는 것이 아닙니다.

이런 이야기를 하는 것은 내가 종종 〈역사소설은 장르소설〉이라고 말하는 소리를 들었기 때문입니다. 나는 그렇게 말하는 사람이 구체적인 소설에 관해 말하고 있는 것인지, 아니면 그저 일반적인 여론의 흐름을 따르는 것인지 의문이 들었습니다. 내 관점을 보여주기 위해, 비범한 재능을 가진 어느 작가가 오늘날 젊은 커플, 즉 서로 증오하는 몬태규 가문과 캐풀릿 가문의 젊은 연인들에게 일어난 비극적인 사랑이야기를 쓴다고 상상해봅시다. 『로미오와 줄리엣』이 16세기 베네치아를 배경으로 삼고 있다고 단순히 역사소설로 구분되어, 인류 최고의 가장 아름다운 사랑이야기임을 포기해야 할까요?

나는 이 경우에 호세 마누엘 라라(José Manuel Lara)가 남긴 말을 떠올릴 필요가 있다고 생각합니다. 그는 이렇게 말했습니다. "실제로는 단지 두 종류의 소설만 존재한다. 좋은 소설과 나쁜 소설."

안토니오 가리도

송자의 일생

송자는 1186년 푸젠성의 젠양에서 태어났다. 그의 아버지 송궁(宋鞏)은 학업에서 그리 뛰어나지 않았지만, 영종 황제가 제공한 편의 덕분에 급제하였다. 송궁은 아들의 미래에 집착하여 주희(朱熹)의 제자 오치(鳴稚)와 진덕수(眞德秀) 아래서 공부를 시켰고, 이후 린안의 국자학, 즉 현재의 항저우 대학에 입학시켰다. 의학과 법학, 그리고 범죄학 과정을 수강한 후, 송자는 1217년 진시에 급제했고 저장성의 행정관으로 임명되었다. 그러나 아버지의 갑작스러운 죽음으로 그 직책에 부임하지 못한 채 모든 공적 임무를 사임하고 장례를 치러야 했다. 거의 10년 후 송자는 장시성의 장정현(長汀縣) 관리로 임명되었다. 그가 법의학 분야에서 훌륭한 작업을 해내자, 그곳의 지사(知事)는 시기하여 그를 여러 번 강등시켰고, 결국 관리로서의 삶을 포기하게 되었다. 그 지사가 죽은 후, 송자는 옛 직책으로 복직되었고, 이후 지현(知縣)과 고급 형사법관(刑事法官) 등 여러 행정직을 맡으면서 승진했다. 그는 평생을 법의학 연구와 분석에 바쳤고, 밀교와 주술에 바탕을 둔 옛 관습을 폐기시켰다. 그는 혁신적인 기법을 도입했고, 그것들 중의 몇몇은 오늘날까지도 유지되고 있다. 그는 인류 역사상 처음이자 가장 중요한 법의학 서적인 『세원집록』을 완성하고, 그 2년 뒤 1249년에 세상을 떠났다.

시체 읽는 남자

초판 1쇄 발행	2016년 11월 10일
초판 2쇄 발행	2018년 7월 23일

지은이	안토니오 가리도
옮긴이	송병선

펴낸곳	(주)인터파크(레드스톤)
주소	경기도 고양시 일산동구 호수로 672 대우메종리브르 611호
전화	070-7569-1490
팩스	02-6455-0285
이메일	redstonekorea@gmail.com

ISBN 979-11-957935-2-5 (03870)